ELSE BUSCHHEUER

VENUS

ELSE BUSCHHEUER

VENUS

Roman

Diana Verlag

Layout und Herstellung Helga Schörnig
Satz Leingärtner, Nabburg
Gesetzt aus der Stone Serif 10,7/14,8 pt
Druck und Bindung GGP Media GmbH, Pößneck

Printed in Germany

ISBN 3-453-29012-7

Die Autorin ist über else@else.tv im Internet zu erreichen.

Prolog

Es ist ein dampfend heißer Frühsommertag, als wir durch Manhattan fliegen, auf der Suche nach unserer Sommergeschichte. An der Upper East Side werden wir fündig. Durch ein riesiges blitzblank geputztes Fenster sehen wir eine nackte Frau stehen, reglos neben einem nackten Mann, dieser auch reglos, aber liegend, blutend, aus vielen Wunden, zwischen ihnen ein Messer.

Wir nähern uns der Wohnung, dem Zimmer, betrachten die beiden. Es ist nicht viel Ausdruck im Gesicht des Mannes, denn er ist ja tot. Das ist offenkundig, dass er tot ist, und jeder, der schon mal einen Toten gesehen hat, wird bestätigen, dass der Unterschied zwischen einem lebenden nackten Mann und einem toten nackten Mann derselbe ist wie zwischen einem Fisch im Wasser und einem Fisch in der Dose. Erloschen, entseelt, nichts als der Verwesung ausgesetztes Fleisch.

Auch im Gesicht der Frau ist nichts zu lesen, und das, obgleich sie lebt. Sie ist schön gewachsen, zweifelsohne, ausgestattet mit einem milchweißen Körper, an dessen Hals hektische Flecken wie Klatschmohn wachsen. Breitbeinig steht sie da, Füße nach außen, vor sich hin starrend, nicht direkt zum Toten am Boden, eher hindurch, vorbei, woanders hin, dorthin, wo keiner ihrem Blick folgen kann, wir jedenfalls nicht. Die Geburt der Venus fällt uns ein, und wir spüren brennenden Hunger auf die ganz große Tragödie.

Erst nach Minuten öffnet sich Venus' Hand, spreizen sich spillerige Klavierfinger, als würden sie das Messer fallen lassen wollen, wenn es nicht schon am Boden läge. Sie läuft einige Schritte zum nächsten Zimmer, Staubflocken tanzen zwischen ihren nackten Füßen, als sie ihren etwas zu dünnen Körper über den Marmorfußboden balanciert, sie reckt ihren ohnehin etwas zu langen Hals, greift nach einem roten Büstenhalter, einer roten Unterhose, einem roten Sommerkleid, rot wie das Blut am Körper des Mannes, am Messer, auf dem Boden, das frische Blut, dessen metallener Geruch in der Luft hängt. Sie zieht sich an, mit den eckigen Bewegungen einer Gliederpuppe, und verlässt die Wohnung.

Wir gehen ihr natürlich nach, denn an diesem Eckpfeiler der Geschichte ist unser Interesse erwacht, wir heben an ihm das Bein wie ein Hündchen; was passiert ist, wollen wir wissen, und natürlich auch, warum, warum eher als wann, und ob die beiden einander geliebt haben oder nur Liebe gemacht oder nicht einmal das. Wir wollen wissen, was nun wird aus der Frau, denn was aus dem Mann wird, ist ja klar. Der Mann wird in eine Tüte gepackt, in eine Kühltruhe geschoben, er wird aufgeschnitten, ausgenommen, wieder gestopft und später vergraben. Wir gehen also ihr nach, weil uns das interessanter erscheint, als neben ihm hocken zu bleiben und auf die Herren von der Spurensicherung zu warten, wir sind von Neugier gepeinigt, von Schadenfreude, Mitleid, Sensationslust, wir wollen alles, alles über die schöne bleiche Venus wissen.

Sie aber läuft nur, und wenn wir nicht von dem Toten wüssten, würden wir vielleicht das Interesse verlieren, eine Frau, die die First Avenue hinunterläuft, barfuß, Block für Block, im flammend roten Kleid, auch wenn sie dabei fabelhaft aussieht, auch wenn ihr Spaghettihaar wie eine weiße Flagge im Sommerwind flattert, auch wenn dieser Langlauf vor der atemberaubenden Kulisse von Manhattan geschieht, so erschöpft sich doch der Anblick nach und nach, nur unser Herrschaftswissen hält uns bei der Stange. Niemand, der die milchweiße hellblonde Frau sieht, weiß, was wir wissen. Niemand kann in ihrem blassen Gesicht lesen, dass es gerade den Tod geschaut hat.

I Verliebung

Eine halbe Stunde später ist die Protagonistin unserer Sommergeschichte schon fünfundzwanzig Blocks downtown gelaufen, und uns beruhigt die Vorstellung, dass kein Mensch New York zu Fuß verlassen kann, weil das Wasser ihn früher oder später aufhalten wird, in welche Himmelsrichtung er auch immer zu fliehen versucht.

Die Venus wird über kurz oder lang den Südzipfel der Insel erreichen, und dann ist nämlich Sense.

Aber das scheint sie nicht zu stören. Sie läuft. Sie läuft. Sie läuft wie jemand, dessen Ziel es ist, zu laufen, den steinharten Boden Manhattans mit sorgsam manikürten Zehen abzumessen, wie jemand, der kapriziös ist oder wütend oder ganz und gar gedankenversunken. Wir sind fest davon überzeugt, dass es nicht zum Tagesgeschäft dieser Frau gehört, mit nackten Füßen über New Yorks heißen Asphalt zu laufen, dazu sieht sie zu elegant aus und die Füße zu verhätschelt, aber wir begegnen ihr ja im Moment ihrer Lebenswende, das allein macht sie für uns interessant, also folgen wir ihr weiter.

Doch weil dieser New Yorker Sommer sich besonders schwül anfühlt, so wie jedes Jahr, weil sie erschöpft ist, weil sie keinen Hitzschlag erleiden soll, schicken wir ihr Angebote entgegen. Wir schicken einen Polizisten, einen

Feuerwehrmann, einen Soldaten, einen Bodybuilder, einen Skilehrer, starke, potente Männer. Sie kommen in kurzen Abständen auf sie zugelaufen, lächeln, sagen hi, suchen ihren Blick, aber sie sieht sie nicht, sie sieht sie nicht, sie läuft weiter. Also schicken wir ihr einen Akademiker, einen Dichter, einen Studenten, aber auch diese Männer sind offenbar unsichtbar für sie.

Etwa zehn Blocks vor der Houston Street biegt sie urplötzlich nach links ab, läuft ostwärts, zwei Blocks weiter, dann wieder downtown, vorbei an Paolo's Deli, Laptop Repair, Dolphin Gym, Ugly Coyote Thrift Shop, King's Pharmacy, Theodoro Grocery, Dry Cleaner and Landromat, Hairdresser unisex. Vor Paolo's Car Repair jedoch strauchelt sie und fällt. Wir sehen, dass ihre Fußsohlen bluten. Wir sehen, wie ein kahl rasierter Riese in einer orangen Kutte sie aufhebt, auf sie einredet. Wir sehen, wie sie kurz Gegenwehr leistet, wie ihr Gesicht sich höhnisch verzieht, wie sie aber dann aufgibt und nachgibt und sich auf seine starken Arme heben und wegtragen lässt. Wir frohlocken. Eine gefallene Prinzessin und ein Bettelmönch. Eine Mörderin und ein Heiliger. Ihr Anblick und wie sie gemeinsam in einer kleinen Barockkirche auf der Avenue B verschwinden, hat unsere Phantasie angeregt, so sehr angeregt, dass wir alle Termine absagen, dass wir es als unumstößlich betrachten, diesem Paar weiter zu folgen, in ein Treppenhaus, in einen Fahrstuhl, in ein mit Goldbrokat und rotem Samt ausgeschlagenes Zimmer mit niedriger Decke, voll gestopft mit Buddhastatuen, Kruzifixen und kitschigen indischen Göttergemälden.

Schon sitzt sie auf einem Stuhl, der Kopf hängt nach unten, das weißblonde Spaghettihaar hat sich wie ein

Schleier vor ihrem Gesicht geschlossen. Sie bietet ein Bild des Jammers, das muss man schon sagen, aber selbst im Jammer ist sie noch anmutig. Jetzt, langsam, hebt sie den Kopf, der etwas Gläsernes hat, der Vorhang öffnet sich, mit flaschengrünen Augen unter dichten weißen Wimpern sieht sie sich unwillig um. Was soll man sagen, wenn man aufwacht und sich alles wie ein Traum anfühlt, in diesen Dingen ist selten einer originell.

»Wo bin ich?«, fragt sie da auch schon.

»In God's Motel«, säuselt ein Stimmchen. »Willkommen!«

Wir werfen nun einen Blick hinter ihre helle Stirn, in das Chaos in ihrem Kopf. Eben denkt sie, sie sei tot und im Himmel. Eine Vorstellung, die ihr gefällt.

»Was ist passiert?« Sie kräuselt ihre perfekte Nase, findet sich umringt von Aschenputteln. Das ist ja ekelhaft, denkt sie. Das kann unmöglich der Himmel sein.

Man kann sich vorstellen, wie fremd sich jemand fühlt, der sonst auf der Upper East Side verkehrt, in Penthäusern mit spiegelblanken Fenstern, die diese Menschen vermutlich niemals betreten werden, es sei denn, sie putzen sie, die Fenster und die Penthäuser.

Neben ihr sitzt ein indisch aussehendes Mädchen, das fast aus seinem Sari platzt, mit hüftlangem schwarzem Haar, glänzend wie Rabengefieder. Sie tätschelt Venus' Wangen, knetet ihre zarten hellen Hände, stellt ihr mit schwarzem Mund irgendeine Frage, die sie aber nicht beantwortet. Eine Asiatin mit Kopftuch ums ungeschminkte Gesicht bringt eine Tasse Tee, die die Venus aber nicht trinkt. Das wäre ja noch schöner. »Ich trinke einen doppelten Espresso«, lässt sie die Anwesenden wissen, da sie ein verwöhntes Zicklein ist. Die Asiatin schüttelt stumm den Kopf, geht wieder weg, kommt mit einem Glas Wasser zurück.

Ein feister Indianer mit einer dicken dunklen Hornbrille wäscht Venus' Füße und reinigt sie mit Jod. »Aua!«, schreit sie und zieht die Füße weg. Die Sätze des Indianers beginnen mit »Anyway«. Er macht aufmunternde Scherze, über die nur er selbst lacht, im Falsett, während er geziert abwinkt. Ein Orientale mit einem hohen Korkhut und einem bunten Flickenmantel steht an der Tür, die schmutzigen Hände über der Brust gekreuzt, unwirklich wie eine Märchenfigur. Oder ist das ein Traum, denkt unsere Venus. Bin ich etwa auf Drogen?

Noch mehr Menschen sind da, aber sie bleiben schemenhaft. Nur dass ein haariger Zwerg in weißer Toga ihr immer wieder das Wasserglas hinschiebt, es ihr sogar an die Lippen hebt, nimmt sie wahr. Sie trinkt. Sie verzieht das Gesicht. Das Wasser schmeckt nach Chlor. Das Zimmer riecht nach Räucherstäbchen. Der Magen des Toga-Zwergs knurrt vernehmlich.

Sie muss raus aus diesem Kostümfundus, raus aus dieser Gesindekammer, in der man ihr sogar den Espresso verweigert.

»Wo kann ich telefonieren?«, fragt sie und sieht sich um. Natürlich ist es pikiert, unser Uptown-Girl mit seinem Marc-Jacobs-Kleidchen aus der neuen Kollektion. Noch greifen wir nicht ein. Im Gegenteil. Wir sind sehr gespannt, wen sie nun anrufen wird. Sie sieht blass aus, vielleicht ist es das sie umspülende Rot des Kleides, vielleicht ist es der unsortierte Farbenwust des multireligiösen Zimmers, aber unsere Venus wirkt durchsichtig, als hätte der Tod des nackten Mannes alle Farbe aus ihr herausgewaschen, als hätte sie gleichsam mit ihm alles

Blut verloren, als hätte die Sonne sie gebleicht, anstatt sie zu bräunen.

Der Haarzwerg reißt ein schnurloses Telefon aus dem Holster und reicht es ihr. Sie nimmt es huldvoll in ihre spillerigen Klavierfinger, hält aber inne.

»Neun vorwählen«, sagt Toga mit leiser, eingecremter Stimme und immer noch penetrant knurrendem Magen. Der feiste Indianer, der rote Kriegsbemalung im Gesicht hat, tupft immer noch an ihren Füßen herum. Sie zieht sie weg, woraufhin er eingeschnappt zischt.

»Neun vorwählen«, haucht das Männchen noch mal. Sie tippt mit ihrem perfekt geformten perlmuttlackierten Zeigefingernagel die Neun vor. Aber es ist nicht die Neun, um die es hier geht. Die Neun ist es nicht. Es ist der Rest. Sie kann sich nicht erinnern, was dann kommt. Nicht an die Nummer. Nicht einmal daran, wenn sie anrufen will.

»Wo bin ich hier eigentlich? In einer Klapsmühle?«, ruft sie. Die hektischen Mohnblumen wachsen wieder auf ihrem Hals. Unsere Venus will aufstehen, aber sie schwankt, sie fällt.

Hände, dunkle, raue, abgearbeitete, kräftige Hände, fangen sie auf, kurz sind wir besorgt, man könne unser neues Spielzeug zerbrechen, aber nein, sehr sorgfältig wird es auf ein Sofa gelegt.

»Es sind über vierzig Grad draußen«, haucht Toga, von dem wir annehmen, dass seine Sanftheit gespielt ist. »Da sind Kreislaufprobleme ganz normal.« Sie sieht aus, als wäre sie empört, wenn sie nicht so schwach wäre. Man hat ihr vielleicht Drogen gegeben, sie gekidnappt und bestohlen. Sie muss weg. Sie muss ihre Sachen nehmen und weg.

»Meine Tasche«, ruft sie wie ein König, fehlt nur noch, dass sie ungeduldig in die Hände klatscht.

»Da war keine Tasche«, sagt der Orange Riese.

»Du lügst«, sagt sie. »Du hast mich beklaut! Du hast mich gekidnappt! Ich will nach Hause! Was grinst du so?«

Uns gefällt die Idee, sie hier zu behalten, die Prinzessin auf der Erbse, uns gefällt die Idee immer besser, je weniger sie ihr gefällt. Sie will telefonieren, aber sie weiß nicht, wen anrufen. Sie will nach Hause, aber sie weiß nicht, wo das ist. Was sie nicht zu vergessen haben scheint, sind die kleinen Dinge, die das Leben angenehmer machen.

»Hat jemand eine Zigarette?«

»Wir rauchen hier nicht«, sagt Toga sanft. Sie sieht sich zornig um. Niemand erhebt Protest. »Ich sagte nicht, dass ihr rauchen sollt, sondern dass ich rauchen will.«

»Du rauchst auch nicht, du hast es nur vergessen«, predigt sein kleiner Mund, ein sprudelndes Brünnlein im Dschungel seines Vollbarts. Ich werde gleich aufwachen, denkt sie. Und dann ist es vorbei. Und dann rauch ich eine. Aber sie wacht nicht auf. Und es ist nicht vorbei. Und geraucht wird hier nicht.

»Du kannst heute Nacht hier bleiben«, sagt Toga, und wir können nicht fassen, wie dieses Sahnestimmchen zu den wolligen Unterarmen, zu dem wütenden Verdauungsrumpeln in seinem Leib passen soll. »Morgen wird es dir besser gehen.« Unsere Venus ist plötzlich sehr müde. Sie wirft dem Orangen Riesen, der im Weg steht, einen Blick zu und humpelt Toga nach. Schwer, sehr schwer fühlen sich ihre Beine an, ihr ganzes zartes Knochengerüst scheint aus Blei zu sein. Wir können in sie hineinsehen. Ihr Kopf ist leer, das ist der Schock, aber auch ihr Herz ist leer, das wundert uns.

»Wo bin ich überhaupt?«, fragt sie.

»An einem Ort des Friedens«, wispert der kleine Mann an ihrer Seite, »in einer Tempelkirche.«

»Eine … Tempelkirche?«

»Ein Gotteshaus. Tempel, Kirche, Moschee, Synagoge, nenne es, wie du willst.«

Sie folgt ihm, leicht schwankend. »In welcher Stadt?«

Er sieht sie alarmiert an.

»New York«, sagt er, »New York City.« Im nächsten Moment hechtet er sich auf den Boden. »Sieht denn das keiner? Muss ich denn alles alleine machen?« Er nimmt den Zipfel seiner Toga und reibt, das ganze bärtige Männchen rutscht dabei vor und zurück. Der Stein des Anstoßes ist ein Milchfleck, der aber offenbar schon angetrocknet ist. Unsere Venus sieht taktvoll weg. Wir auch, wir sehen uns um, denn wir haben noch nie einen Tempel gesehen, der gleichzeitig eine Kirche, eine Synagoge und eine Moschee ist. Ein skurriles Sammelsurium, verkitscht, ungeordnet, symbolüberfrachtet, ein kleines Irrenhaus inmitten eines großen, inmitten eines ganz großen.

Unser Blick richtet sich auf den Mönch, der unsere Venus gefunden hat, der ein freundliches langes Gesicht hat, einen knarzigen kahlen Kopf, ein herrisches Kinn. Sein oranger, fast bodenlanger Kittel wird von einem Strick zusammengehalten wie eine Mönchskutte. Ein strammer Bauch hängt über diesen Strick, und auch seine Hände fallen uns auf, die wie Flöße sind, wie Bärentatzen, wie Bratpfannen. Wir sehen am Ausdruck seiner Augen unter buschigen Augenbrauen, dass er die meisten Dummheiten schon hinter sich hat, er ist gezähmt worden, nun zähmt er andere, indem er Ruhe ausstrahlt, ausgleichende Ruhe, er macht sogar uns ruhig, die wir doch ganz aufgeregt sind von den Ereignissen des Tages. Wie muss es erst unserer amnesierten Venus gehen in ihrem kargen Gästebett in ihrem kargen Zimmerchen, in dem sie nun liegt, die milch-weißen dünnen Beinchen angehockt, die Füße in Mullverbänden, das rote Kleid wie eine voll erblühte Tulpe um die schmalen Hüften geplustert, verloren wirkt sie, so ohne jeden Bezug zum Upper-East-Side-Ambiente.

Ihre Augenlider flackern. Es ist Abend oder später Nachmittag. Sie ist immer noch in ihrem goldbrokatenen Albtraum eingesperrt. Sie versucht, sich zu erinnern, an das, was war. Wir sehen sie in ihrem Gedächtnis nach irgendwas suchen, tasten, aber sie denkt gegen eine Mauer. Denn hier haben wir zugegebenermaßen bereits die Hände im Spiel. Sie rüttelt an der Mauer, die wir Stein für Stein um ihre Lebenserinnerung errichtet haben und die so lange stehen bleiben wird, wie wir es wollen. Von nun an werden alle in unserer Sommergeschichte handelnden Figuren unsere Spielzeuge sein, zu unserer Erbauung und auf eigene Gefahr.

Kurz schwanken wir, dann fällt dem Orangen Riesen die männliche Hauptrolle in unserer Sommergeschichte zu. Toga wäre auch infrage gekommen, aber immerhin war es der Riese, der sie auf der Straße fand und herbrachte, nicht der Zwerg. Der Riese wird es auch sein, der sie in Empfang nimmt, wenn sie aufwacht. Er wird ihr Ärgernis sein und später ihr Lehrer und später ihr Mensch. Wir nennen ihn Bliss Swami. Er ist unser

Archetyp des keuschen Mönchs, sie die ätherische Versuchung. So schreiben wir mit literarischen Gaumenfreuden am Drehbuch, während unsere Heroine traumlos schläft.

»Willkommen«, sagt lächelnd der Bliss Swami in freundlichem, langsamem Bariton, als Venus verschlafen aus dem Zimmer tritt. »Möchtest du etwas essen?«

Der Bliss Swami spricht so langsam, dass sie gern an seiner Kurbel drehen würde. Sie mustert ihn hochmütig. Sie ist ungeduldig. Sie ist verwöhnt. Offenbar entspricht der Mann nicht im Geringsten ihren Vorstellungen. Hätte mich nicht jemand anders finden können, denkt sie.

Wir haben dir Angebote entgegengeschickt, möchten wir einwenden, einen Polizisten, einen Feuerwehrmann, einen Soldaten, einen Bodybuilder, einen Skilehrer, starke, potente Männer, wir haben auch Sensible geschickt, einen Akademiker, einen Dichter, einen Studenten, aber sie hört uns ja nicht, außerdem ist in unserer Sommergeschichte kein Platz für Rechtfertigung.

Venus wirft einen pikierten Blick in den Topf. Das ist ja ekelhaft, denkt sie.

Wüsste sie von uns, sie würde uns zürnen, da wir im Begriff sind, sie zum Klischee zu machen, aber wir haben Klischees zu schätzen gelernt, sie treffen zu, nichts unterhält uns besser.

»Salat hätte ich gern, Rucola, aber ohne Dressing, nur etwas frisch gepressten Zitronensaft, aber auf einem Extra-Teller«, sagt Venus knapp. Die Art, wie sie die Lippen kräuselt, lässt uns vermuten, dass sie normalerweise bekommt, was sie will. »Und einen Espresso.«

»Ähm … tut mir Leid«, sagt der Bliss Swami, den es offenbar nicht kränkt, wie ein Kellner behandelt zu werden. Er öffnet langsam, sehr langsam, einige Schränke und Schubladen. »Ich kann dir frische Karotten anbieten und Yogi-Tee.« Es sieht nicht so aus, als würden die beiden kulinarisch ins Geschäft kommen. Genau genommen lässt Venus ihn stehen, geht in ihr Zimmer und knallt die Tür.

Sie sieht sich um. Das Zimmer ist karg wie Karotten und Yogi-Tee. Nichts als Fenster, Tisch, Bett, Madonnenbild. Sie hat in ihrem Kleid geschlafen. Sie hat keinen Kamm, kein Make-up, keine Zahnbürste. Und natürlich wissen wir, wonach sie angstvoll alle vier Wände absucht. Nach einem Spiegel. Sie muss ja furchtbar aussehen! Wie sieht sie überhaupt aus? Kein Spiegel da. Sie hebt eine Strähne ihres hellblonden fast weißen Spaghettihaares hoch und betrachtet sie. Sie sieht sich wieder um. Auch kein Badezimmer.

Sie öffnet die Tür und sieht den Bliss Swami wie einen großen, mit Moos bewachsenen Stein im Goldbrokatzimmer sitzen. Sie würde ihm gern das Lächeln aus dem Gesicht prügeln. Aber ihre gute Erziehung, die sie keineswegs vergessen hat, darauf legen wir Wert, veranlasst sie, ihre wahren Gefühle zu verbergen und zurückzulächeln, etwas maskenhaft, doch für ihn reicht es allemal.

»Wo, bitte, ist das Bad?«, fragt sie. Der Bliss Swami zeigt ihr den Weg zum Flur. Ein Gemeinschaftsbad mit muffigen Handtüchern und struppigen ausgedienten Zahnbürsten armer Leute. Sie verriegelt die Tür und sieht lange in den Spiegel.

Das, was sie sieht, kennt sie nicht. Ein schmales, blasses, müdes Frauengesicht. Flaschengrüne Augen unter dichten weißen Wimpern. Ein Schwanenhals, in dem sie den Puls klopfen sieht. Ein rotes Sommerkleid von einem Designer, dessen Name ihr nichts sagt. Eine schwere Armbanduhr an ihrem Handgelenk. Nichts löst Wiedererkennen aus. Alles kommt ihr unbekannt vor. Die ganze Frau kommt sich unbekannt vor. Wer immer sie ist, sie hat es vergessen.

Unsere Venus setzt sich auf den Wannenrand. Schreck. Angst. Leere. Der Wannenrand ist kühl. Ihre Beine zittern.

Einen Moment lang sind wir unaufmerksam, weil wir in einen kleinen Streit darüber geraten sind, ob wir jetzt schon erzählen sollen, was bisher passierte, denn wir haben, während sie schlief, recherchiert. Die Venus sitzt immer noch ratlos auf dem Wannenrand. Sie öffnet den Spiegelschrank, in dem sich einige leere, staubige Toilettenartikel finden, darunter eine Haartönungswäsche. Sie beschließt, sich vorübergehend den Namen der Haartönungswäsche zu geben. Wir nennen dieselbe rasch »Venus«, weil wir es nicht verantworten können, sie mit dem Namen »Flexible Color« durch unsere Sommergeschichte laufen zu lassen. Venus verlässt das Bad und steuert auf den Mönch zu. Er steht riesig und mit hängenden Armen da, dasselbe unverwüstliche Lächeln im Gesicht, denn er benutzt immer nur das eine. Wie ein Sack hängt der orange Kittel an ihm, erdet ihn, hält ihn auf dem Boden der Tatsachen.

»Ich heiße Venus«, sagt sie, obwohl ihr der Name schon merkwürdig vorkommt, sowohl für eine Haartönungswäsche als auch für sie. Er nickt freundlich und scheint nicht im Geringsten überrascht.

»Bliss Swami.«

»Bliss was?« Sie lacht nervös auf.

»Bliss Swami. Das ist mein spiritueller Name.«

»Wie auch immer«, sagt sie, eisig weht uns ihre Arroganz an. Sie schüttelt den Kopf, als könne sie das alles gar nicht fassen. »Ich möchte so schnell wie möglich …«

In diesem Moment wird uns klar, dass selbst ein vorübergehender Gedächtnisverlust unsere Venus nicht an diesen Ort binden wird. Natürlich kann sie einfach rausmarschieren aus jenem ehrenwerten Haus, das wir ihr als neues Zuhause zugedacht haben. Sie kann etwa zur Polizei laufen, um herauszufinden, wie sie wirklich heißt. Aber das haben wir ja schon herausgefunden. Nein, unsere Geschichte soll nicht so langweilig werden wie das Leben. Keine verpasste Gelegenheit. Venus, die Göttin der Liebe, die Göttin der Schönheit, ganz ohne Verliebung, unmöglich!

Es muss eine Verliebung stattfinden, jetzt und hier, wie ein Blitzschlag muss es sie treffen, und nun lässt sich Zauberei leider nicht umgehen, Zauberei, die aus der Geschichte, die wie ein Krimi begann, ein Märchen machen wird, eine Romanze, denn die schönsten Romanzen spielen unserer Meinung nach in New York.

Wir berühren ihre helle Stirn also sanft, ganz sanft mit dem Zauberstab, und duftende Rosenblüten fallen in ihr Herz. Sie sieht auf, sie sieht den Mann an, der vor ihr steht, und seine Augen sind tiefe, kristallklare Seen, mit glitzernden Fischschwärmen, mit steilen, felsigen Ufern, auf deren Klippen sie sich nackt räkelt, mit Schilfbrauen, die den Ufern Schatten spenden, seine Lippen schwellen ihr zärtlich entgegen, seine Hände sind Flöße, stabil gezimmert, um sie durchs Leben tragen zu können. Sie starrt ihn an und beendet ihren Satz:

»… ich würde gern eine Weile hier bleiben.«

Der Bliss Swami sieht für einen Moment erstaunt aus. Ihn haben wir mit dem Zauberstab nicht berührt, er ist noch derselbe, ein Mönch in einer Kirche, einer, der zwar schon vieles gesehen hat, aber noch keinen blonden ätherischen Engel ihn lüstern anstarren.

»Wir vermieten Gästezimmer an Touristen«, sagt er und räuspert sich. Wenn er wüsste, wie das geht, Verlegenheit, er würde umgehend von ihr befallen. Seine Stimme ist männlich und sanft zugleich. Der schlafende Riese. Der traumwandelnde Krieger. Glücklicherweise ahnt er nicht, was ihm bevorsteht, sonst würde er alles stehen und liegen lassen, würde rennen, um sein Seelenheil, um sein Leben. Aber der ganze Mann verharrt in freundlicher Untätigkeit. »Ich müsste herausfinden, ob eines frei ist.«

Er ist schön, denkt sie. Wie schön er ist! Und sagt atemlos: »Ist denn eins frei?«

Der Bliss Swami setzt sich langsam in Bewegung, geht lautlos zum Schreibtisch, beugt sich darüber, blättert in einem abgegriffenen Buch.

»Ähm ... ja.«

»Was kostet das?«

»Ähm ... zweitausend Dollar im Monat.«

Kein Problem, denkt sie, will sie sagen, will in ihre nicht vorhandene Tasche greifen, um mit nicht vorhandenem Geld zu bezahlen, mit einer lässigen Handbewegung, die nur Menschen im Repertoire haben, die sich alles kaufen können. Sie hält mitten in der Bewegung inne, sich der Vergeblichkeit der Aktion bewusst werdend.

»Was?«, sagt sie. »So viel? In diesem ...«, sie verschluckt den Rest des Satzes, weil der herrliche Anblick des Orangen Riesen ihr den Atem raubt.

»Wir sind ein Zufluchtsort für Menschen, die sich ihrer inneren Leere bewusst werden«, sagt der Bliss Swami.

»Reiche Menschen, nehme ich an«, murmelt sie. Mehr als Murmeln ist im Moment nicht drin.

Er nickt. »Das sind oft die leersten«, sagt er ernst.

Da nickt sie auch, denn sie ist viel zu verliebt, um ihm den Vogel zu zeigen. Vielleicht haben wir unseren Zauber zu hoch dosiert, jedenfalls bedankt sie sich artig, geht in ihren Witz von einem 2000-Dollar-Zimmer zurück und überlegt, wie man an Geld kommt, wenn man keines hat, und wie das andere Leute machen.

Sie humpelt hinaus auf die Straße, die Luft ist kühl und klar. Sie läuft auf nackten verbundenen Füßen mit der Abendsonne im Rücken. Ich heiße Venus, erklärt sie dem Straßenlärm. Der brummt nur. Sie sieht sich um und atmet tief ein, aber die Luft ist feucht und schwül und enthält wenig Sauerstoff, und egal, wie tief sie atmet, es scheint auf geheimnisvolle Weise nie tief genug zu sein. Sie betrachtet die Gesichter der Menschen. Kennt der mich? Oder die? Die schmale Straße, eingerahmt von hohen Häusern, der Straßenlärm, der Hochmut der Großstadt, der selbstverliebte Brachiallärm der Feuerwehren, der Gestank nach Wohlstandsmüll und Fäulnis. All das kommt ihr vertraut vor. Dies könnte ihr Haus sein. Oder jenes dort? Die Geräuschkulisse dringt durch jede Pore in sie ein. Die gelben Taxis fahren direkt durch ihren Kopf, zum einen Ohr rein, zum anderen wieder raus, so leer ist der (die reichsten Menschen sind oft die leersten …), so laut sind die. Es schmerzt etwas, sie hört ein fernes Rauschen des

Blutes, spürt einen leichten Puls in den Schläfen. Bin ich verheiratet?, denkt sie. Warten meine Kinder auf mich?

Ein Wind kommt auf, dem sie nicht viel entgegenzusetzen hat. Vor ihre Beine weht ein Zeitungsblatt und bleibt an ihren spitzen Knien hängen. Sie bückt sich, zupft es ab, will es wegwerfen, sieht eine Annonce darauf. WATCH EXCHANGE, Fifth Avenue and 23th Street. Venus sieht auf ihr linkes Handgelenk. Da ist eine Uhr. Sie ist schwer, klobig, unbequem, sie sieht teuer aus. Nach Gold mit Brillanten. Es ist fünf Uhr. Fünf Uhr nachmittags. Sie ist an … Avenue B, Ecke 9. Straße. Sie sieht wieder auf die Annonce. Ich werde die Uhr verkaufen, denkt sie. Ich muss geradeaus bis zum Ende vom Tompkins Square Park und links, denkt sie. Geradeaus und links, komisch, denkt sie, das weiß ich.

Nach zwanzig Minuten Barfußmarsch ist sie angekommen, fußwund, die schmutzigen Mullbinden wie Schleppen hinter sich herziehend, aber mit der Leichtigkeit blutjunger Verliebtheit im Bauch. Nun steht sie vor einem alten Eckhaus, dessen atemraubende Schmalheit ihr vertraut erscheint.

Gegenüber sieht sie die großen grünen Neonbuchstaben leuchten: WATCH EXCHANGE. Sie bittet einen rauchenden Passanten um eine Zigarette. Ihr linker Fuß schmerzt mehr als der rechte, sie hebt ihn hoch und dreht ihn im Gelenk. Der eine Verband ist ganz abgefallen, der andere hängt noch am rechten Fuß. Sie steht auf einem Bein, spürt die Wucht des ersten Zuges in allen Gliedern, strauchelt, hält sich an einem Hydranten fest. Nach drei Zügen wirft sie die Zigarette weg und betritt das Geschäft.

»Es ist eine Goldstein Diamond Pearl Master«, sagt der Verkäufer. Er ist um die fünfzig und hat ein Vollmondgesicht. Er wirft einen Blick auf ihre Füße, sagt aber nichts. Jesus' Füße sahen streckenweise auch nicht besser aus. »Da haben Sie ein wertvolles Stück, Katalogpreis 6435 Dollar.« Er sieht sie anerkennend an, als steige mit der Uhr auch ihr Wert. »Ist sie kaputt?«

Das sind drei Monatsmieten in seiner Nähe, denkt sie.

»Nein«, sagt sie. »Ich will verkaufen.«

Auf diese Nachricht hin kühlt der Mann merklich ab. Nochmals nimmt er die Goldstein Diamond Pearl Master in die Hand und starrt sie lange durch eine Lupe an. In Venus schießt Angst hoch. Eine Fälschung. Kürzlich gestohlen worden. Sie macht sich verdächtig. Vielleicht ist sie eine Kriminelle.

»Entschuldigen Sie mich einen Moment«, sagt der Mann mit dem Vollmondgesicht und verschwindet im Hinterzimmer. Er ruft die Polizei, denkt sie, jetzt ruft er die Polizei. Ihr dünnes milchweißes Bein wippt nervös, aber sie bleibt sitzen, denn sie braucht ja das Geld, denn sie will ja in der Nähe des Orangen Riesen sein, so nah und so lange, wie es geht, dazu haben wir sie schließlich mit unserem Zauber verdonnert.

Nach langen fünf Minuten kommt der Mann wieder raus. Er lächelt entschuldigend.

»Es fehlen zwei Glieder am Originalarmband. Haben Sie die grad da?« Sie schüttelt den Kopf. Das Schwein. Er weiß genau, dass sie die Glieder grad nicht da hat. Er ist ein erfahrener Ankäufer von Verzweiflungsuhren. Er riecht ihre Notlage.

»Dann brauch ich die Papiere.« Sie schüttelt den Kopf.

»Sie haben keine Papiere für die Uhr?«

Sie sagt leise: »Nein.«

»Haben Sie einen Ausweis dabei?«

»Auch nicht.«

»Also, unter diesen Umständen ...«, sagt er gedehnt, »unter diesen Umständen kann ich Ihnen höchstens die Hälfte geben.«

»Sie sind ein Betrüger!«

Der Betrüger zieht einen Katalog aus einem Stapel, leckt den kurzen Zeigefinger an und fährt mit ihm quietschend die Spalten herunter.

»Wie gesagt, 6435 Dollar Listenpreis«, sagt er und hält ihr den Katalog hin. »Mit Papieren, also Kaufnachweis und vollständigem Armband.«

»Vielen Dank für Ihre Bemühungen, Mister ...«

»Kingsley«, ergänzt er servil.

»... Mister Kingsley. Ich ziehe es vor, mich nach einem seriösen Geschäftspartner umzusehen. Guten Tag!«

Sie humpelt zur Tür, den Verband wie einen toten Wurm hinter sich herziehend.

»Selbstverständlich! Viel Spaß dabei«, ruft der Verkäufer ihr nach. »Und falls Sie nicht fündig werden: unser Angebot steht!«

Fünf Uhrenhändler und zwei Glassplitter später steht sie wieder vor WATCH EXCHANGE.

»Freut mich, dass Sie sich doch noch für uns entschieden haben, gnädige Frau«, sagt Kingsley und bereitet die Papiere vor. »Füllen Sie dieses Formular aus. Der Barscheck geht Ihnen dann in zwei Wochen zu.«

Barscheck. Zwei Wochen. Sie schnappt nach Luft.

»Ich brauche das Geld cash«, sagt sie. »Sofort.«

»Cash zahlen wir nur in Ausnahmefällen, aber dann anteilig«, sagt er. »Das wären in Ihrem Fall ...«, er zückt den Stift und malt Kringel in sein Notizheft, »... 2000 Dollar.«

»2200«, bittet sie und spürt die Demütigung in jedem Knochen.

»Okay«, sagt er leutselig und zwinkert ihr zu, »weil Sie es sind!«

Es ist niemand anders im Laden. Er schreibt keine Quittung. Er leckt den Finger an und zählt ihr die stinkenden grünen Scheine hin. Er hält ihr die Hand hin, aber sie nimmt sie nicht. Er zuckt mit den Schultern und steckt die Goldstein Diamond Pearl Master in seine Hosentasche, sieht, wie sie aus dem Laden humpelt, das Geld in der Faust und sich draußen bei einem Straßenhändler billige Schuhe kauft. Er sieht, wie der Straßenhändler argwöhnisch den knittrigen 50-Dollar-Schein betrachtet, den sie ihm hinhält.

Während sich unsere Venus auf den Heimweg macht, Heimweg nach ihrem momentanen Kenntnisstand, während sie also durch die taghelle, dunstheiße Manhattaner Nacht Richtung downtown zurück gen Tempelkirche humpelt, beginnen wir, deren Bewohner mit interessanten Lebensgeschichten auszustatten.

Toga

Der haarige Zwerg mit der eingecremten Stimme wurde geboren in Little Italy, jenem Stadtbezirk in Manhattan, in dem Ford Coppola den *Paten* spielen ließ, im Übrigen einen unserer Lieblingsfilme, weshalb wir Toga auch verstärkte Beachtung schenken werden. Er stammt aus einer Familie von italienischen Gastwirten, Kleinkriminellen und nebulösen Gestalten, die man im weitesten Sinne der organisierten Kriminalität zurechnen kann, und stand mit zwanzig Jahren vor der Entscheidung, das Restaurant seines Vater zu übernehmen. Toga war zu diesem Zeitpunkt ein kleiner, drahtiger Frauenheld, stark behaart und trinkfest, der die Bräute seiner Brüder auftrug und einen kleinen, aber schwunghaften Waffenhandel betrieb. Seine Stimme war harsch und hart. Er sprach viel zu schnell, viel zu laut, viel zu viel, war aufbrausend und unkontrolliert, mit jener wild fuchtelnden Gestik der Italiener, er legte sich mit jedem an, stritt, schlug, und da er stets bewaffnet war, kam es auch vor, dass er schoss.

An einem Sonntag ging er mit irgendeinem Mädchen in den Central Park zum Picknick, sie lief vor ihm in ihrem engen kurzen Kleid und trug einen Weidenkorb mit Chianti und Antipasti. Keine Frau zum Heiraten, dachte er, als er ihren runden Hintern vor sich hin- und herschaukeln sah. Nur zum Vergnügen. Aber er freute sich gar nicht auf das Vergnügen. Auch nicht aufs Saufen mit seinen ebenfalls lauten, ebenfalls stark behaarten Brüdern, auf die fabrikneuen glänzenden Waffen, die man ihm heute geliefert hatte, nicht mal darauf, dass er bald Restaurantchef sein würde und Robert De Niro sein Stammgast. Es schien ihm alles so sinnlos.

Sie hatten ihr Picknick, es wurde dunkel. Alle Paare im Park legten sich nieder. Roberto griff dem Mädchen unter den Rock. Sie wehrte sich. Er wurde wütend und schlug sie. Sie wehrte sich wieder. Er wurde noch wütender und würgte sie. Sie war doch selbst schuld, sie hatte ihn angemacht mit ihrem kurzen Kleid. Kein anständiges Mädchen trägt so ein Kleid. Sie wehrte sich nicht mehr. Sie war tot. Eine dumme Kuh weniger, dachte er, stand auf, klopfte sich die Hose sauber und wollte gehen.

Doch dann traf ihn ein Lichtstrahl geradewegs ins Hirn. Ein Inder erschien ihm, wie aus dem Boden gestampft. Er war uralt, braun wie geröstete Mandeln, verhutzelt wie ein Zirkusäffchen, aber vollkommen haarlos. Er schwebte in einer gleißenden Lichtwolke über der Wiese. »Du bist auf dem falschen Weg, Roberto«, sagte er. Roberto traute seinen Augen und Ohren kaum. Die nackten Füße des alten Inders berührten den Boden nicht. »Komm mit mir, lerne Demut, ergib dich Gott, sei der Diener des Dieners, und du wirst frei sein.«

Frei sein, das war das Verlockendste, das Roberto je vernommen hatte. Er hatte plötzlich das Gefühl, dass das die Lösung für alle seine Probleme war, und zog noch am selben Tag in einen der vielen Hare-Krishna-Tempel ein, die in jenen Tagen wie Pilze aus dem steinharten New Yorker Boden wuchsen.

Roberto schor sich den Kopf, legte seinen Mafioso-Anzug ab und hüllte sich fortan in jene weißen Laken, die ihm rasch zu seinem neuen Namen verhalfen. Er sprach seit seiner Erleuchtung sanft und leise, lebte weiterhin in Manhattan, ging aber niemals wieder nach Little Italy (»in die Dunkelheit«, wie er sagte) und wurde von seiner Familie, die ihn erfolgreich aus den Ermittlungen der Polizei heraushalten konnte, zur Persona non grata erklärt. Ein Jahr später legte er das Mönchsgelübde ab, gelobte also Keuschheit bis ans Ende seiner Tage.

Trotz seiner plötzlichen Wandlung vom Saulus zum Paulus bleib Toga auf beeindruckende Art und Weise derselbe. Er hatte zwar die Seiten gewechselt, hatte die

Knechtschaft der Lebenszwänge gegen die Knechtschaft der Glaubenszwänge getauscht. Er war zwar nun angetrieben vom unbeugsamen Willen, der eigenen Natur zu widersprechen, anstatt ihr zu dienen, aber die genetische Disposition zum Killer war nach wie vor da. Sie war nach seinem Maßstab zu etwas Gutem geworden. Er würde immer noch töten, nur eben für Gott. Er würde immer noch kriminell sein, nur eben für Gott. Er sah sich als Soldat Gottes, machte eine militärische Karriere in den Heerscharen des Herrn. Was immer Gott wollte, er würde es tun. Er war ehrgeizig, erfinderisch, ruhelos. Er vertrug das indische Essen nicht, aber er zwang es erbarmungslos in sein revoltierendes Körperchen hinein.

Als er dreißig war, wurde er von seinem Guru, der in Indien saß und dem verhutzelten Zirkusäffchen aus seiner Vision aufs Haar ähnelte, zum Tempelpräsidenten ernannt und lenkte nun die Geschicke des Hauses.

Er eröffnete ein vegetarisches Restaurant, ein Yogazentrum, bald ein Hotel. Er entwickelte eine nahezu beängstigende Putzwut, es war, als wolle er sein Innerstes blitzblank von bereits begangenen Sünden schrubben. Seine eingecremte Stimme täuschte. Mit harter Hand führte er seine kleine Gemeinde aus verkrachten Existenzen, was ihm durchaus nicht nur Dankbarkeit einbrachte. Den Gewinn, der sich rasch auf eine halbe Million Dollar jährlich belief, Tendenz steigend, lieferte Toga an den Guru ab.

Als er vierzig war, begab er sich auf Geheiß seines Gurus mit einem Koffer voller Dollarnoten nach Thailand, um dort Land zu kaufen und einen Tempel zu bauen, einen prachtvollen Tempel, einen Palast aus

Gold, um Guru und Gott zu erfreuen. Toga, der beseelt davon war, die Botschaft des Herrn zu verbreiten und gefallene Seelen zu retten, der ein religiöser Eiferer und Karrierist geworden war, erwies sich auch für diese Aufgabe als geeignet. Besonders um eine gefallene Seele, ein junges Mädchen, das nicht sprechen konnte, bemühte er sich. Ihre wimpernlosen Augen hinter einer Nickelbrille hingen unentwegt an ihm, ohne zu zwinkern, ihre Lernbereitschaft kam ihm fast wie Hunger vor. Die Erinnerung an die matte dunkle Schwere ihres Haares, an die glatte junge Haut ihrer Mädchenbeine begleitete ihn in die Nacht. Er war erstmals seit fast zwanzig Jahren geil. Am nächsten Tag bat er das Mädchen, fortan Kopftücher und lange Röcke zu tragen. Sie gehorchte, säuberte den Palast, kochte das Essen, schlug die Schellen und sah ihn erwartungsvoll an, ohne Wimpern, ohne Zwinkern, auf weitere Anweisungen wartend.

Seine italienisch-kleinbürgerliche Halbbildung reichte aus, um den Namen des Mädchen, Cio-Cio-San, als böses Omen zu entlarven. Er assoziierte damit eine hysterische und selbstmörderische Kurtisane aus einer Oper. Weil er noch immer eine heimliche Schwäche für den Katholizismus hatte, taufte er das Mädchen abmildernd auf den Namen Maria Magdalena und ließ ihr eine Sonderbetreuung angedeihen.

Wenige Wochen später erfuhr er, dass seine Mission in Thailand erfüllt sei. Er verbrachte die ganze Nacht auf Knien, er betete laut, schnell, hastig, unaufhörlich, er betete sieben Stunden pausenlos, aber vor das blaue Gesicht seines Gottes schob sich immer und immer wieder das schlitzäugige Mädchengesicht, den Blick lidschlaglos auf ihn geheftet. Am nächsten Morgen sagte er ihr, dass er abreisen würde, sagte der Weinenden tröstende Worte über Gott, warf ihr einen letzten langen Blick zu und ging.

Er ließ sich einen Vollbart wachsen, um sie zu vergessen. Drei Monate später war der Vollbart dicht und schwarz, und er sah zu seiner Zufriedenheit den Heiligen in den Wäldern bereits viel ähnlicher. Da stand sie plötzlich vor ihm, mit Kopftuch, Rock und ebenjenem bittenden Blick. Er wies ihr einen Platz im Hause zu, gelobte sich aber, sie zu meiden. Nach einigen Monaten spürte die Einwanderungsbehörde sie auf und verwies sie des Landes. Toga, der sich eine ganze Nacht mit dem Bliss Swami besprochen hatte, fuhr ihr zum Flughafen nach, holte sie zurück und heiratete sie eine Stunde später, im Rathaus, wo skurrile Paare wie sie im Akkord verheiratet wurden. Er wusste, dass die Vedischen Schriften einen gefallenen Mönch wie ihn einen Kotzefresser nannten. Er gelobte sich, ihr und dem Guru eine reine, sexlose Ehe, eine Mönchs-Nonnen-Ehe, eine rein spirituelle Lebensgemeinschaft mit Gott im Zentrum. Ihr rosenblattförmiger Mund, sie würde ihn nie schminken, er würde ihn nie küssen, das war Teil der Absprache. Es war der von Toga sehr verehrte indische Heilige Ramakrishna, der sagte: »Verlass eine Frau, die dir Hindernisse auf den Weg zu Gott legt. Mag sie sich umbringen und sonst noch tun, was sie will.«

Weil auf dem Heimweg ein großer Hunger unsere Venus befiel, hat sie, den Ekel überwindend, am Broadway mehrere Hotdogs gekauft und verschlungen. Inzwischen ist sie wieder zurück im East Village, zurück im Goldbrokatzimmer, im Seitengebäude der kleinen Kirche.

Das Haus ist eine jener typischen New Yorker Verschmelzungen von Alt und Neu, von Geistlich und Weltlich, ein alter Vierstöcker mit Flachdach und Feuerleitern neben einer schmalen neuen Kirche, die an einen umgedrehten Eiszapfen aus Beton erinnert. Am Eingang des Nebengebäudes hat Venus ein Schild mit der Aufschrift »Glückliche Sklaven Gottes« wahrgenommen.

Toga empfängt sie und ortet sofort das Geldbündel in ihrer linken Faust. Unsere Venus hält Ausschau nach ihrem Ritter, sieht aber nur eine kirschgroße Kakerlake, die die Wand hinaufflitzt. Das ist ja ekelhaft, denkt sie. Dann macht sie erste Bekanntschaft mit Togas unvergleichlicher Art der Konversation.

»Wie ist das Wetter draußen?«, säuselt er.

»Tropisch«, sagt Venus, wie absichtslos herumlaufend und dabei in alle Gästezimmer spähend. Sie fröstelt, zu groß ist der Temperaturunterschied zwischen dem schwülen Draußen und dem von Klimaanlagen kaltgeblasenen Innen.

»Wir sind so voll«, flüstert Toga und versucht, zu schätzen, wie viel Bargeld sein neuer Gast in der Hand hält.

In der Tat spürt Venus ein gewisses Völlegefühl im Magen, das allerdings nicht das Gefühl der Leere in ihrem Kopf aufhebt. Oder meint der Bartzwerg die Zimmer? Sind inzwischen etwa alle Zimmer belegt?

»Voll mit relativen Wahrheiten«, ergänzt Toga, der es über die Maßen liebt, in Rätseln zu sprechen, um für einen klugen Mann gehalten zu werden. »Wie das Wetter ist, wie spät es ist, wie der Präsident heißt ...«

Venus kann den Bliss Swami nirgends entdecken. Hatte der nicht noch vor kurzem von Leere gesprochen, die die Menschen herführte?

»Dabei ist die relative Wahrheit unnütz, morgen schon nicht mehr wahr«, sagt Toga. »Deshalb ist sie ja relativ.« Er hat in Venus' Hand einige Hunderter ausgemacht und schätzt die Summe auf mehrere tausend Dollar.

»Aber kennst du die absolute Wahrheit?«, fragt er, während er verträumt an ihr vorbei auf die Wand blickt, als spreche er mit der Kakerlake, die er jedoch gar nicht wahrnimmt, denn das wäre ihr sofortiger Tod.

»Nein«, sagt unsere Venus wahrheitsgemäß. Sie kennt ja nicht mal die Vergangenheit. Sie kennt ja nicht mal ihren Namen, und was will dieser Irre eigentlich von ihr.

Der legt die Hand auf sein weißes Gewand, links unters Schlüsselbein, als wollte er einen Sultan grüßen.

»Ich bin sicher, in deinem Herzen weißt du sie.«

Ihr wird unheimlich zumute. Der Zwerg spricht mit ihr in einem Tonfall, in dem man mit Idioten spricht. Er beugt sich zu ihr und seine Stimme wird noch cremiger: »Die absolute Wahrheit ist, dass wir alle Diener Gottes sind.«

Sie sitzt jetzt auf einem Stuhl, hat den Berg von zerknüllten Scheinen auf den Tisch geworfen, die dünnen weißen Beine übereinander geworfen und wippt nervös mit dem Fuß. Sie hat es, davon hat Toga ja noch keine Ahnung, auf einen ganz speziellen Diener Gottes abgesehen.

»Ich selbst nenne mich sogar den Diener des Dieners«, sagt Toga, der sich wieder dem Tagesgeschäft zugewendet hat und mit dem Fragment eines Lappens Tische und Stühle abwischt, alle außer dem, auf dem Venus sitzt. Sie sollte lange Röcke tragen, denkt er wischend und keuchend, lange Röcke und Kopftücher in gedeckten Farben. Er denkt an Ramakrishna und seufzt. Sie sollte mehr fragen, denkt er. Und weniger Make-up benutzen. Und mehr essen.

Er nimmt etwas vom Tisch und bewegt sich auf sie zu. »Möchtest du Prasadam?«

Er hält ihr eine verbeulte Blechschale mit gelb gefärbtem dampfendem Kohl hin.

Sie macht einen langen Hals. »Was ist das?«

Das Tor zur Hölle, denkt er, ist die Frau. »Spirituelles Essen.«

»Nein, wirklich nicht«, sagt sie und zieht die Nase kraus. »Ich hatte gerade Hotdog.«

Toga erbleicht, ihm entfährt ein kleiner empörter Rülps. »Wir sind Vegetarier«, sagt er und räuspert sich. »Wir glauben daran, dass wir, wenn wir Fleisch essen, im nächsten Leben dafür bestraft werden.«

»Herzlichen Glückwunsch«, sagt Venus, »Kühe sind Vegetarier. Das scheint sie aber nicht davor zu schützen, im nächsten Leben Hotdogs zu werden.«

Toga wirft den Lappen in die Ecke.

»Ich war auch mal zynisch«, sagt er leise, kopfschüttelnd, während er seine haarigen Hände unterm Wasserstrahl des Küchenhahns vom Seifenschaum befreit, als sei dies eine rituelle Waschung. Dann lauter: »Bliss Swami hat mir gesagt, du möchtest bei uns ein Zimmer mieten?«

An dieser Stelle sollten wir rasch Togas Geschichte zu Ende erzählen.

Toga (Fortsetzung)

Fünf Jahre zuvor hatte der Guru seinen Körper verlassen, wie die Hindus das Sterben nennen. Leider, ohne Toga vorher zu seinem Nachfolger zu bestimmen. Das betrübte diesen sehr. Er haderte eine Zeit lang mit Maria Magdalena, die ihn zum Kotzefresser gemacht hatte, aber dann sah er, dass alles Gottes perfektem Plan folgte. Der hatte ihm den freien Willen gegeben, und nun hatte er, Toga, die Qual der Wahl.

Die Jahrtausendwende nahte, und der Sinnenfreude aufgeschlossenere Gruppen, sich dem »New Age« zurechnend, jagten den singenden Haarzipfelmönchen die Gefolgschaft ab. Während einer Abendzeremonie, auf der Toga den Wänden aus den Vedischen Schriften vorlas, beschloss er, sich selbstständig zu machen, nahm sich ein Beispiel an der weltweiten Popularität des Dalai-Lama und gründete eine Non-Profit-Gesellschaft, genannt die »Glücklichen Sklaven Gottes«. In deren Statuten wurden alle Religionen auf ihre Gemeinsamkeiten geprüft und das »allen großen Religionen innewohnende verborgene Wissen« beschworen. Gott sei Gott, war Togas pfiffiger Schluss, egal, bei welchem Namen man ihn nenne, und wenn das endlich jeder begreifen wolle, dann gäbe es auch keine Kriege mehr auf der Welt. Natürlich glaubte er eigentlich nicht daran, denn es gab nur einen richtigen Glauben, und das war seiner, aber er ging mit der Mode, und was dieser Schwindler konnte, dieser Dalai-Lama, Leute mit Allgemeinplätzen locken, einwickeln und abzocken, das konnte er auch.

Tatsächlich. Die Zeitgeistmagazine entdeckten die »Glücklichen Sklaven Gottes«. Immer mehr gut verdienende Aussteiger signalisierten ihr Interesse an glücklicher Sklaverei. Toga verkaufte das alte Tempelgebäude, ein heruntergekommenes Mietshaus an der Lower East Side, an eine Fitness-Studio-Kette und erwarb vom Erlös eine kleine Kirche in der Nachbarschaft, die in den letzten dreißig Jahren erst deutsch-polnisch-katholisch, dann amerikanisch-spanisch-episkopal, dann vietnamesisch-evangelisch und zum Schluss serbisch-orthodox gewesen war. Rasch wurde die Kirche, die ihren Namen »Zum heiligen Franz« aus ihrer deutschen Phase behalten hatte, mit indischem und asiatischem Kabbala-Kitsch eingerichtet, wobei Toga mit relativ bescheidenem Grundwissen versuchte, es allen Religionen recht zu machen. Er schrieb »God« beispielsweise G-d, um den Juden nicht auf den Schlips zu treten, er ließ sogar einen Altar herstellen, dessen Symbol je nach Gottesdienst vom Om-Zeichen über das christliche Kreuz bis hin zum Davidstern gewechselt werden konnte. Die Tempelkirche mutierte rasch zu einer Wohngemeinschaft versprengter Religiöser aus aller Welt, die der Versuch verband, der sündhaften Welt zu entsagen. Genau genommen handelte es sich hier um eine Organisation zur Verwertung unbezahlter Mühen.

Die Glücklichen Sklaven Gottes teilen sich in Permanente und Temporäre. Permanente, Arme mit meist kriminellen Lebensläufen, leben mietfrei und arbeiten dafür klaglos Tag und Nacht. Temporäre, von Reichtum und Erfolg gelangweilte Reiche, zahlen 2000 Dollar monatlich, auch klaglos, und müssen obendrein Teller waschen. Manchmal denkt Toga, dass sein Guru stolz auf ihn wäre. Was wir im Übrigen bezweifeln.

*

»Ja, ich möchte ein Zimmer mieten«, sagt unsere Venus. »Ich warte auf… den… Bliss Swami. Ich möchte ihm das Geld persönlich geben.«

Toga, der zwar immer noch cholerisch ist, aber inzwischen gelernt hat, zu implodieren statt zu explodieren, fegt mit kleinen festen Schritten davon. Warum sie das Geld nicht ihm gibt! Seine Wut bekämpft er, indem er die Mutter Erde tritt. Er klopft dreimal fest und hart an die Tür und reißt sie dann auf. Im Dunkeln schreckt eine Gestalt hoch.

»Könntest du bitte unseren neuen Gast abkassieren? Die Dame möchte nur mit dir verhandeln«, zischt Toga anklagend, als sei dieser Umstand die Schuld des Bliss Swami. Umgehend richtet sich die Gestalt auf und wickelt sich in seine orange Kutte, während Toga ungeduldig auf der Stelle trippelt.

»Gib ihr das Zimmer mit der Klimaanlage«, sagt er. »Zweitausend Dollar, du hast ihr den Preis schon gesagt?«

Der Swami nickt nur langsam und schreitet mit hängenden Armen davon, ein schlafender Riese, unverärgerbar, unerschütterlich. Jedenfalls erweckt er bei uns diesen Eindruck. Toga findet den Swami einfach nur lahmarschig.

Im Goldbrokatzimmer wartet die Venus auf ihn. Der Bliss Swami taucht auf. Sie strahlt ihn an. Sie ist weit davon entfernt zu verhandeln. Stumm überreicht sie ihm das Geld. Er nimmt es höflich an, ein Gähnen unterdrückend, schreibt eine Quittung aus, führt sie verschlafen und noch langsamer als sonst zu einem Zimmer, das etwas größer und schöner ist als das, in dem sie den Nachmittag verbracht hat. Er bleibt im Türrahmen stehen. Sie wirft ihm einen schmachtenden Blick zu und wünscht ihm eine gute Nacht. Er appliziert sein einziges Lächeln und geht.

Sie schließt die Tür, lehnt sich dagegen, streicht mit den Händen über das lackierte Holz, seufzt, denkt an sein langes freundliches Gesicht, das von nichts als von buschigen Brauen überschattet wird. Sie rekapituliert die Kontur seines kahl rasierten Schädels, auf dem frische hellgraue Borsten sprießen, von denen sie annimmt, dass sie weich sind. Und sie fragt sich, woher wohl das herrische Kinn kommt, das im groben Gegensatz zu seiner aufreizenden Demut steht.

Statt der Madonna hängt das Bild eines dicken Chinesen an der Wand, der ein furchterregendes rotes Gesicht hat und sich am eigenen Bart zieht. Sie bleibt, sie hat keine Ahnung, warum sie bleibt. Doch, sie weiß, warum. Natürlich weiß sie, warum. Sie ist ja nicht blöd, unsere Venus. Sie will, dass er sich freut, dass sie bleibt. Ob er sich freut, dass sie bleibt? Warum sollte sie sonst bleiben? Sie zieht sich aus und wirft sich dünn und weiß und nackt auf das wackelige Holzbett, das aussieht, als hätte ein Tischlerlehrling Ausschuss produziert.

Schon am nächsten Morgen findet sie heraus, dass es zum Zuständigkeitsbereich des Bliss Swami gehört, kaputte Dinge zu reparieren. Im Verlauf des Tages bricht sie erst einen Haken an ihrem Kleiderständer ab, hat dann ein Problem mit der Klimaanlage, schraubt schließlich die Glühbirne aus der Fassung und lässt sie verschwinden, und das, obwohl eine verschwundene Glühbirne durchaus Verdacht erregen könnte. Sie hätte nichts dagegen, Verdacht zu erregen. Allerdings ist der Bliss Swami über jede Verdächtigung erhaben. Bei jeder Reparatur bittet er Venus, das Zimmer zu verlassen, da ihm sein Mönchsstand verbiete, mit einer Frau allein in einem Zimmer zu sein.

»Aber als Mönch«, haucht sie, »bist du doch ein Neutrum. Du bist unverführbar, sonst wärst du doch kein Mönch.«

Er lächelt und schweigt und schraubt.

»Kann man die Tür nicht abschließbar machen, bitte?«, fragt sie vom Sofa im Goldbrokatzimmer aus.

Er sieht überrascht auf: »Warum?«

»Damit mir niemand was stiehlt«, sagt sie.

Er sieht sich wortlos im Zimmer um. Es ist vollkommen leer.

Wie peinlich, denkt sie. Ich hab ja gar nichts.

»Mein Herz!«, ruft sie albern und erschrickt über sich selbst.

Der Bliss Swami lässt die Bemerkung unkommentiert. Mit etwas Glück hat er sie überhört. Vermutlich weiß er auch gar nicht, was das ist, flirten.

»Ich hänge mein Herz an nichts«, sagt er schließlich, »das kann ich nur empfehlen. Dinge kommen zu dir und sie gehen weg. Menschen kommen zu dir und sie gehen weg. Es ist gut, wie es ist.«

»Ihr redet alle so komisch«, sagt Venus, »und ihr heißt alle so komisch. Wofür habt ihr spirituelle Namen?«

»In diesem Haus haben nur die Hindus spirituelle Namen. Bei den Juden, Moslems und Christen ist das nicht üblich.«

»Ihr lebt hier alle zusammen?«

Er nickt heiter.

»Wir versuchen das Unmögliche.«

Sie hat Mühe, sich nicht zu krümmen unter seinem Blick. Sie kann sich das nicht erklären. Irgendwas ist nicht richtig. Einerseits ist ihr vollkommen klar, dass sie nicht hierher gehört, andererseits gäbe sie etwas drum, hierher zu gehören. Sie träumt sich in eine Nonnentracht, orange, mit Strick, vielleicht würde ihm das gefallen.

»Wie heißt du richtig?«, fragt sie ihn.

»Was meinst du mit richtig?«

»Na, welchen Namen haben dir deine Eltern gegeben?«

Er seufzt. »Dexter«, sagt er in einem Tonfall, der ausdrückt, dass es sich hier um Unwesentliches handelt. Die Sache ist allerdings auch zu unwesentlich, um sie zum Geheimnis zu erklären.

»Soll ich dich Dexter nennen?«, fragt sie.

»Das wird nicht nötig sein. Und dein Name?«, fragt der Bliss Swami. »Wo kommt dein Name her?«

»Was?« Sie erschrickt. Sie betrachtet ihre spillerigen Klavierfinger, ihre ovalen Fingernägel. Der perlmuttene Nagellack blättert ab. Wie haben ihre Eltern sie genannt? Wird sie es je erfahren?

»Von Botticelli? Von dem Bild? Oder von dem Planeten?«

Oder vom Haartönungsmittel im Badschrank, denkt unsere Venus, unser Spielzeug, das arme verwirrte.

»Du kannst dich nicht erinnern«, sagt der Bliss Swami, dem man nicht viel vormachen kann. »Stimmt's?«

»Kümmre dich um deinen ... Mönchskram«, faucht sie und steht auf.

Ein Plan muss her, denkt sie. Ich muss etwas unternehmen, jetzt, jetzt gleich, sofort, muss rausgehen, muss durch Manhattan laufen, nach Informationen suchen, nach Erinnerungen suchen. Der Fahrstuhl kommt nicht. Sie läuft die Treppen hinunter, mit immer noch brennenden Füßen in ihren Fünf-Dollar-Schuhen, im roten

Kleidchen, mit wehendem weißblondem Spaghettihaar, sie nimmt zwei Stufen auf einmal. Im Dauerlauf überquert sie die Straße, läuft fast in ein Auto, stößt gegen Passanten, entschuldigt sich, rennt weiter, erreicht schließlich atemlos den Park.

Bis zum Abend sitzt sie auf einer Parkbank und starrt vor sich hin. Bei Anbruch der Nacht sitzt sie immer noch mit gefurchter Stirn und beißt sich auf die farblosen Lippen. Immer wieder setzen sich andere auf die Bank, um auszuruhen, Kaffee zu trinken, zu plaudern, zu streiten, zu küssen.

Einmal sitzt ein junger Mann neben ihr auf der Bank. Ein Mädchen kommt vorbei. »Hi Marty«, ruft sie erfreut und küsst ihn andeutungsweise auf beide Wangen. »Wie geht es dir?«

»Es geht mir schlecht. Tiffany hat mich verlassen. Ich falle in dieses Loch. Und ich falle und falle, und es geht immer tiefer. Und ich habe eigentlich keine Angst, aber das Fallen hört nicht auf. Ich weiß nicht weiter.«

»Na dann«, sagt sie und küsst ihn nochmals andeutungsweise auf beide Wangen. »Ich muss. Lass es dir gut gehen! Und grüß Tiffany!«

Das Mädchen geht in die eine Richtung, der junge Mann schleicht in die andere. Venus ist wieder allein. Wenn kümmert schon, wie es anderen geht, denkt sie. Wen interessiert das schon? Wer vermisst einen Menschen, wenn er plötzlich weg ist. Vermisst sie jemand? Wer würde Marty vermissen?

»Alles in Ordnung, Mam?«, sagt jemand. Sie sieht auf. Ein Cop steht vor ihr, ein junger stiernackiger Bursche mit neugierigen Murmelaugen.

»Ich … ja, alles in Ordnung«, sagt sie. Der Officer

mustert sie einen Moment. Dann tippt er an seine Mütze und läuft weiter. Sie wartet, bis er verschwunden ist, und steht dann auf. Langsam, mit zierlichen Schritten, läuft sie zurück.

Wir finden es unterdessen an der Zeit, etwas Pfeffer ins Geschehen zu werfen.

2 Beichtgeheimnis

Das geschieht am nächsten Morgen, als sich unsere Venus im Grocery Store auf der Avenue B Ecke 5. Straße einen Kaffee holt. Sie wird schon genügsam. Es muss nicht mal mehr Espresso sein. Beim Hinausgehen bleibt ihr verschlafener Blick an einer der Zeitungen hängen, die wir stapelweise vor die Tür des Grocery Store gelegt, ihr mitten auf der Straße praktisch vor die Füße geworfen haben. MORD IN MIDTOWN titelt die New York Post. Darunter steht: »Millionenerbe erstochen! Tatverdächtige flüchtig!« Und ein Foto von einer Frau.

Unsere Venus ist schon fast einen Block weiter gelaufen in Richtung Tempelkirche, bevor sie wie vom Donner gerührt stehen bleibt, sich umdreht und zurücklaufen will. Das Blut schießt ihr doppelt so schnell wie sonst durch die Adern, ins Gesicht, in Wangen und Stirn, bis in die Haarwurzeln, als sie begreift: Auf dem Foto, das ist sie! Sie muss zurücklaufen, sich vergewissern, eine Zeitung kaufen. Nein, nein. Sie braucht nicht zurückzulaufen. Sie kann nicht zurücklaufen. Das Risiko ist zu groß. Das ist sie auf dem Foto.

Irgendwie gelangt sie zurück in ihr Zimmer. Da sitzt sie nun, in heller Aufregung, auf ihrem schief und krumm zusammengezimmerten Bett, und kaut den Perlmuttlack von ihren Nägeln. Dann steht sie auf, läuft ein paar Schritte, dreht sich um, läuft zurück, setzt sich wieder aufs Bett. Ein Königreich für einen Freund, denkt sie. Ich muss aus meinem Versteck kommen, denkt sie. Zur Polizei. Alles aufklären. Eine Verwechslung. Das ist bestimmt eine Verwechslung.

Sie braucht einen Anwalt! Bestimmt hat sie einen Anwalt! Vielleicht steht das in der Zeitung. Sie braucht die Zeitung, sie braucht diese Zeitung, jetzt gleich. Aber sie kann jetzt nicht raus. Jeder könnte mit dem Finger auf sie zeigen, da ist sie, die Mörderin, die Millionenerben-Mörderin. Der Zeitungsverkäufer wird sie erkennen. Der Polizist aus dem Park wird sich erinnern. Der Uhrenverkäufer! Vielleicht ist eine Belohnung ausgesetzt. Jetzt, in diesem Moment, hat er vielleicht schon ihr Foto in der Zeitung gesehen und 911 angerufen. Er wird sie beschreiben, das weißblonde Spaghettihaar, das flammend rote Kleid.

Sie läuft zum Schreibtisch, zieht die Schublade auf, zählt, wie viel Geld übrig ist. Sie hat noch 180 Dollar. War da nicht noch mehr Geld? Sie weiß es nicht. Sie kann nicht umgehen mit Geld, unsere Venus. Sie wird einen Privatdetektiv beauftragen. Den kann man hoffentlich davon bezahlen. Das Beichtgeheimnis. Sind das nicht Mönche, die hier leben? Leise öffnet sie die Tür, um zu sehen, ob der Bliss Swami sich im Goldbrokatzimmer aufhält. Mit ihm würde sie ihr Geheimnis teilen. Was soll einen Mann wie ihn schon erschüttern? Wirkt er nicht durch und durch unerschütterbar? Er würde ihr helfen, ganz gewiss würde er ihr helfen. Auf seinen Floßhänden würde er sie aus dem Schlamassel tragen.

Unser Bliss Swami ist nicht da, aber der Indianer

sitzt am Tisch und isst rasch und fast ohne zu kauen quittegelben Gemüsebrei mit einem großen silbernen Löffel.

»Hey,« flüstert sie. Er scheint nicht zu hören.

Mau

Der Indianer heißt Mau. Er ist fünfundzwanzig und seit zwei Jahren ein Glücklicher Sklave Gottes. Geboren wurde er in einem Indianerreservat in Connecticut. Sein Großvater war ein Schamane. Er hatte Mau, bevor er in die Berge ging, um zu sterben, ein Lied beigebracht, an dessen erste Zeilen sich Mau noch erinnert:

»Meine Mutter ist die Erde. Ich habe vier Schwestern, eine für jede Richtung des Windes. Mein ältester Bruder ist die Sonne. Die Bäume sind meine Cousins. Mein Großvater, er sah alles beginnen. Niemand hat ihn jemals gesehen.«

Unmittelbar nach dem Tod des Großvaters hatte Maus Vater auf dem Gebiet des Indianerreservats eine riesige Spielhalle errichtet. Damit wurde die arme Familie schlagartig reich. Im Staat Connecticut war das Glücksspiel verboten, doch in Indianerreservaten galten andere Gesetze. Nachdem die Familie wohlhabend geworden war, ging sie zwar von Fusel zu hochwertigen Spirituosen über, aber ansonsten änderte sich nicht viel. Da es nur wenige ausgebildete Geschäftsleute unter den Indianern gab, waren die Drahtzieher und Geldverdiener bald Weiße.

Maus Vater starb Ende der Neunziger an einer Mischung aus Bourbon Whisky und gebrochenem Herzen. Mit seinem kleinen Erbteil, der ihm an seinem achtzehnten Geburtstag ausgezahlt wurde, ging Mau nach New York, bekam einen Job im Spirituosenhandel und ernährte sich bald überwiegend von Koks und Champagner.

Ungefähr zur selben Zeit hatte er sein Coming-out und wechselte die Liebhaber zweimal wöchentlich, bis er Ely, einen Luxus-Playboy kennen lernte. Mau verdiente gut, aber er gab noch mehr aus. Seine Schulden wuchsen, sein Drogenverbrauch nahm zu, und Ely ließ ihn sitzen, als er wegen Vollsuffs gefeuert wurde. Er konnte die Miete nicht bezahlen und flog raus aus seinem schicken Penthouse in TriBeCa. Er versuchte, einen Job zu finden, stellte aber fest, dass er nicht mehr imstande war, ein geordnetes Leben zu führen. Nach seinem Entzug lernte er bei den Anonymen Alkoholikern einen Glücklichen Sklaven Gottes kennen.

Er zog in die Tempelkirche ein und ließ sich als Koch ausbilden. Das Kochen machte ihm großen Spaß. Da die malaiischen Küchenkollegen ihn lehrten, weder mit Butter noch mit Öl zu geizen, nahm Mau allein im ersten Jahr vierzig Pfund zu. Er war nach wie vor süchtig. Er hatte lediglich Champagner und Drogen gegen Fressen und Gott eingetauscht.

Nach einem Jahr wurde er mit der Anbetung der heiligen Statuen betraut. Da es schwer war, die Riten der unterschiedlichen Religionen zu vereinen, hatte Toga kurzerhand das Prinzip der hinduistischen Anbetung außer für Krishna, Durga und Shiva auch für die Statuen von Jesus, Maria und Buddha eingeführt, eine »Götzenanbetung«, die die Fraktion der orthodoxen Moslems in den Anfängen der Gemeinschaft der Glücklichen Sklaven Gottes postwendend aus dem Haus getrieben hatte.

Die heiligen Statuen müssen, wie etwa Haustiere oder behinderte Kinder, vierundzwanzig Stunden täglich betreut werden. Mau, der für diese Funktion eine spezielle Einweihung erhielt, steht morgens um vier auf, unterzieht sich rituellen Waschungen, »weckt« die Statuen, zieht ihnen die Nachtgewänder aus, wäscht sie, zieht ihnen die prachtvollen Taggewänder an (selbst der im Christentum eher spartanisch dargestellte Jesus wird in der Tempelkirche zum heiligen Franz in prachtvolle perlenbestickte Kleider gehüllt, mit Schmuck behängt und geschminkt; die Heilige Mutter Gottes sieht gar aus wie eine indische Prinzessin), füttert sie symbolisch, so wie Kinder ihre Puppen füttern, öffnet den Vorhang für die verschiedenen Morgenzeremonien, schließt den Vorhang danach, badet die Statuen wieder, füttert sie wieder, zieht sie wieder um. Sein Job ist Schwerstarbeit, weswegen er auch oft und viel essen muss und noch dicker wird, ein progressiver Vorgang.

Meist fühlt sich Mau glücklich und erfüllt wie nie zuvor, die heiligen Statuen erfordern seine ganze Aufmerksamkeit, wollen seine Liebe und Zuwendung mehr als seine Eltern, seine Geschwister und alle schwulen Liebhaber zusammen. Er fühlt sich erotisch stark zu Krishna hingezogen, dessen Schönheit und Jugend er nach Feierabend heimlich in Gedichten beschreibt und auf dessen nacktem Körper er zu meditieren pflegt (der Meditation folgt im Regelfall ein langes entspannendes Wannenbad, wo eher eine kalte Dusche empfohlen). Mau hat das Gefühl, dass Krishna die Lösung für alle seine Probleme ist.

Dass Sex in seinem neuen Leben offiziell nicht stattzufinden hat, und schwul schon gar nicht, erschüttert ihn von Zeit zu Zeit erheblich. Er ist dann launisch, umwölkt, bockig, faul, unzuverlässig, der Unmut hängt ihm in den Bäckchen, seine Stirn trägt alle Zeichen des Trotzes, und er legt seine Kriegsbemalung an, einen roten Strich, der von seinen äußeren Augenwinkeln bis in seinen Haaransatz hineinführt und für dessen Herstellung er Lippenstift benutzt. Der rote Strich ist das Zeichen dafür, dass ihm jeder möglichst aus dem Weg gehen sollte. Glücklicherweise spricht ihn unsere Venus in einer seiner heiteren Phasen an.

»Hey, du«, ruft sie leise.

Er dreht den Quadratschädel und fixiert sie durch seine dicke dunkle Hornbrille.

»Hi«, sagt er in gedehnt tuntigem Tonfall. »Gut eingelebt?«

»Jaja«, sagt sie und winkt ihn eifrig heran. Ungern, sehr ungern lässt sich Mau beim Essen stören, kommt aber näher, da seine Neugier rasch über seine Fresssucht siegt.

Sie zieht ihn in ihr Zimmer und schließt die Tür hinter ihm.

»Anyway, was ist denn los?« Mau stellt beunruhigt fest, dass die blonde junge Frau von sehr knabenhafter Gestalt ist. Er fährt mit der Hand unter sein T-Shirt und kratzt sich seine fetten schwitzenden Brüste.

»Kann ich dir vertrauen?«, fragt sie. Mau nickt eine Spur zu heftig.

»Kannst du mir bitte draußen eine New York Post holen? Bitte. Schnell.«

Mau wirft ihr einen Blick zu, der in etwa fragt, warum in Gottes Namen sie sich nicht selbst ihre Zeitung holt.

»Hol schnell die Zeitung«, sagt sie, »dann erzähl ich dir mehr.« Das ist übertrieben. Sie weiß ja gar nicht mehr. Sie wird nur wissen, was sie in der Zeitung liest. Und das wird Mau dann bereits gelesen haben.

Der zögert noch. Ein weiteres Laster hat er bisher nicht aufgeben können. »Rauchst du?«

Sie stockt kurz. »Ja«, sagt sie. »Ich glaube, ja.«

»Du glaubst?« Er sieht sie mit wachsendem Interesse an. »Wenn du glaubst, ja, brauchst du dann keine Zigaretten?«

Sie versteht und gibt ihm einen Zehndollarschein. »Hier, bring eine Schachtel mit.«

»Sorte?«

»Egal.«

Mau läuft nach unten. Der Zwickel seiner Dhoti, einer weiten indischen Hose, hängt so tief, dass er sich mit kurzen watschelnden Schritten bewegen muss und dabei frappierende Ähnlichkeit mit einer Seerobbe entwickelt. Er beeilt sich, angetrieben von seiner Lust auf eine Marlboro, seiner Neugier, seiner Klatschsucht. Sein letztes wollüstiges Tratscherlebnis liegt schon fast ein Jahr zurück. Kuki hatte ihm anvertraut, dass sie ein Kind hat, irgendwo in New York. Der Nachhall seines Schweigegelübdes hatte noch in Kukis Zimmer gelegen, als er damals ihr Geheimnis bereits mehreren Permanenten weitererzählt und sie dabei zu strengster Geheimhaltung verpflichtet hatte. Es war einfach zu herrlich, es machte ihn so bedeutend, in der Lage zu sein, Informationen dorthin zurückzugeben, wo sie hingehören, wo alles hingehört: in den ewigen Kreislauf. Was für ein Geheimnis würde er gleich erfahren, und wer würde der Erste sein, dem er es unter dem Siegel der Verschwiegenheit weitererzählen könnte?

Inzwischen sind die Ermittlungen auf der Upper East Side in vollem Gange. Sie werden geführt von einem Inspektor der Mordkommission, der eine Mischung ist aus Hercule Poirot und Columbo. Er heißt Daniel H. Boone, was ihm in seinem Leben schon einigen Spott eingebracht hat. Er steht kurz vor der Pension und ist nicht der Action-Typ mit Tür-Eintreten und Ballermann, eher ein vergrübelter Tüftler. Aber er ist ein New Yorker, ein echter New Yorker, wie er nicht müde wird zu betonen.

Daniel H. Boone stammt nämlich aus Brooklyn, das, wie er findet, im Unterschied zu Manhattan, das echte New York ist. Er ist Abkömmling einer irisch-katholischen Einwandererfamilie. Sein Urgroßvater war Polizist, sein Großvater war Polizist, sein Vater war Polizist, und so hat sich auch für ihn nie die Frage gestellt, aus der Familientradition auszuscheren. Dabei war er immer ein weiches Kind, weiß und weich wie ein Engerling, mit rosigen Bäckchen, als hätte er Backpfeifen empfangen, mit spärlichem Haarwuchs, der nie für einen Bart reichte. Da seine Mutter früh an einem Herzinfarkt starb, wuchs Daniel H. Boone bei Annie auf, einer resoluten deutschstämmigen Esoterikerin mit grauem Dutt und Brille auf der Nasenspitze. Annie war über sieben Ecken mit ihm verwandt und wurde von allen nur »Muhme Annie« genannt.

Schon in der Schule war Boone ein Beobachter, ein Träumer, und immer für sich. Die Mädchen gefielen ihm ausnehmend gut, aber er fühlte sich ihnen nicht gewachsen. Er wagte sich nie an sie heran, und dabei blieb es, als er längst erwachsen war. Boone blieb ein Träumer. Boone blieb ein Junggeselle, und seine Muhme Annie blieb die einzige Frau in seinem Leben, bis zu ihrem späten Tod mit 99 Jahren.

Sein ganzes Leben lang steht Boone nun schon im Dienst der New Yorker Polizei, fünfundzwanzig Jahre davon ist er bei der Mordkommission, und all die Jahre erscheinen ihm kurz wie ein Wimpernschlag. Er selbst sieht in seinem Spiegelbild immer noch den eigenbrötlerischen dicklichen weichen Jungen von damals, nur, dass ihm inzwischen die Haare ausgegangen sind. Wenn es nach Boone ginge, könnten weitere dreißig Jahre ebenso vergehen, aber es geht nicht nach ihm. Vor kurzem ist sein verlässlicher Lebenstrott zum zweiten Mal nach Annies Tod erschüttert worden. Er soll sein Junggesellenapartment in SoHo zum Monatsende verlassen. Die Miete für sein Studio, die anfangs 209 Dollar betragen hatte, war in den Jahren stetig gestiegen und betrug inzwischen fast das Zehnfache. Er kann sich seine Bude nicht mehr leisten. Er fliegt raus. Er muss sich etwas Billiges suchen. Immerhin ist er ein angehender Rentner, und bald wird er von seiner schmalen Beamtenpension leben müssen. Sehr bald.

Boone hat, wie es seine Art ist, eine Wand seines Büros mit allen verfügbaren Fotos von Opfer und Tatverdächtiger gepflastert. Er hat ein fotografisches Gedächtnis, er kann mit Fällen zusammenhängende Erinnerungen im Nachhinein zurückspulen wie Magnetbänder. Die Annäherung an einen neuen Fall, wenn er wie ein Blinder die neue Umgebung abtastet, ist für ihn die glücklichste, die intensivste Zeit. Er spürt, riecht, spinnt. Er löst sich auf. Er ist nichts als Vermutung. Dieser Zustand ist wie Balancieren auf einem Drahtseil ohne Netz. Jeder neue Fall ist das Land der unbegrenzten Möglichkeiten.

Doch es ist immer dasselbe: Je näher Boone der meist prosaischen Wirklichkeit kommt, desto betrübter wird er. Nicht nur, weil, wie er gelernt hat, die Wirklichkeit nicht viel mit der Wahrheit zu tun hat, sondern weil die Wirklichkeit meist einen hochgradig niederschmetternden Effekt auf ihn hat. Denn es ist ähnlich wie in der Liebe, sagt sich Boone, 62 Jahre alt, unverheiratet: Kein echter Kuss ist ideal. Nur der in meiner Phantasie erzeugte Kuss ist ideal. Der echte Kuss, so gut er ist, wird immer verdorben durch allerlei Einflüsse. Bei Küssen kann er das nur annehmen. Bei Fällen weiß er das.

Während das Lösen eines Falles für andere Kollegen einem herzhaften Nieser, einem guten Schiss oder gar einem Orgasmus gleichkommt, bedeutet es für Boone Zusammenbruch und Enttäuschung. In diesen Momenten wird ihm klar, dass er den traurigsten Beruf der Welt hat. Er macht es eben nur für die Anfänge. Und dies ist der letzte Anfang, der Anfang vom letzten Fall.

Boone sitzt auf seinem Drehstuhl aus Plastik, schwingt leise quietschend hin und her, mustert durch die Glasscheibe seiner Bürowand die Kollegen draußen, junge kraftstrotzende wie geleckt aussehende Männer, die zwischen Funktelefon und Computer hin und her eilen, die Knarre im Holster, mit T-Shirt und Sakko, wie in *Miami Vice*. Die Invasion der Yuppies, nennt das Boone. Es sind Menschen wie diese, die nicht nur sein Büro bevölkern, sondern die auch in Wohnungen wie seine ziehen, Wohnungen, die frei werden, weil Menschen wie er die Miete nicht mehr zahlen können. Seit er einen neuen Chef hat, Captain Kelly, den Ober-Yuppie, sind die alten Gesichter nach und nach verschwunden, und Boone selbst beginnt, sich wie ein

Schönheitsfehler zu fühlen, ein Überbleibsel aus den Siebzigern. Er trägt billige Bundjacken und schwarze Oberhemden, die er im Dutzend kauft, da er zu starker Transpiration neigt. Er hat immer ein Wechselhemd im Büro, auf Schwarz sieht man die Schwitzflecken am wenigsten.

Er betrachtet jedes Foto an der Wand einzeln, schließt zwischendurch die Augen und denkt sich eine Geschichte dazu aus. Es ist jedes Mal eine andere Geschichte, abhängig von der Anzahl der Informationen, abhängig auch von seiner Stimmung, vom Wetter, von der politischen Weltlage, von der Qualität des Kaffees, von einigem und vielerlei und letztlich allem.

Jetzt hat er also hier einen reichen Tunichtgut, der erstochen worden ist mit viel zu vielen Stichen, von denen zumindest die letzten 35 vollkommen sinnlos waren, weil schon die ersten drei das ihre getan hatten. Die messerführende Person war Rechtshänder. Keine Fingerabdrücke. Keine Tatzeugen. Ein Mann ist getötet worden von jemandem, der sehr wütend gewesen sein muss, sehr emotional, vielleicht sogar von Sinnen. Getötet mit einem Steakmesser, was beweist, dass der Mensch vom Steak nicht allzu weit entfernt ist. In Schicksalsmomenten. Wenn es um die Wurst geht.

Boone betrachtet die Fotos des Opfers. Er trinkt aus einem braunen Pappbecher. Der Kaffee ist kalt. Er verzieht das Gesicht. Dieser junge Mann hat eindeutig zu viele Komplimente gehört in seinem kurzen Leben. Und er hat sie alle geglaubt.

Sicher, er ist ohne Frage attraktiv. Er hat zum Beispiel schönes volles Haupthaar, das muss Boone, der die Glatze auf seinem Oberkopf mit drei langen quer geklebten Strähnen seines Haarkranzes kaschiert, neidlos anerkennen. Aber was hat der Tunichtgut jetzt von seinem schönen vollen Haupthaar? Tot ist er. Mausetot.

Boone betrachtet das Foto der Tatverdächtigen. Er grabbelt seinen Doppelwhopper aus der Tüte. Der ist auch kalt, aber Boone verschlingt ihn gierig. Ein Mannequin läuft auf ihn zu, dezent geschminkt, pastell gefärbt ist sie wie eine Apfelblüte. Er kann kaum Lippen ausmachen im blassen Gesicht. Sie trägt Kleidung von einem Designer namens Marc Jacobs, dessen Name an einem Vorhang hinter dem Laufsteg prangt. Boone kennt den Designer nicht. Er kennt überhaupt keine Designer. Er kauft seine Kleidung bei Kmart.

Die junge Frau trägt eine Frackhose mit Frackgürtel, eine weiße ärmellose Bluse, aus der nackte, dünne, fast ebenso weiße Arme kommen, um deren Handgelenke weiße Manschetten geschlungen sind wie Armbänder. Ärmel gibt es nicht. Die ganze Frau ist so weiß-rosé, die Haare, die Haut, die Bluse. Er spürt die Schwingung ihrer Schritte, das leichte Wogen unter dem gestärkten Leibchen. Er schließt die Augen. Er legt ihr das Steakmesser in die schmale weiße Hand. Es fällt immer wieder heraus.

Aber wir sind nur auf einen Sprung vorbeikommen. Unsere Sommergeschichte spielt in der Tempelkirche zum heiligen Franz, und dahin müssen wir rasch wieder zurück, müssen sie erreichen, bevor Mau mit der Zeitung auf unsere Venus trifft.

Der nimmt sich indessen Zeit, der Lümmel.

Ganz außer Atem sind wir, ganz umsonst, denn er steht auf der Avenue B, eine Seerobbe vor einer Betonzapfen-Kirche, hat sich eine taufrische Marlboro angesteckt und starrt durch seine dicke schwarze Hornbrille auf die Titelseite der New York Post. Er zieht den Rauch ein, mit fast verzweifelt wirkender Kraft, als wäre es Crack.

Das ist sie! Er hat sie ja gerade noch gesehen! Junge hübsche Frau mit knabenhafter Figur. Platinblonde, nein, weißblonde Haare, genau! Auf dem Foto trägt sie ein blaues Kleid, aber es ist dem roten, das sie in Wirklichkeit trägt, ähnlich, jedenfalls vom Aspekt der Spärlichkeit her. Hat dieses bleiche Deckchen einen Mord begangen? Kaum zu glauben, dass ein so blutarmes verhungertes Ding gewalttätig werden kann, schon gar nicht so, dass kaum ein Tropfen in dem Mann verbleibt. Blutneid? Eifersucht? Perversion? Eine heilige Aufregung überfällt Mau, und der Impuls, ihre Seele zu retten, ist fast noch größer als der, unsere Venus zu verraten.

Mau zwingt sich zur Ruhe und betritt mit der Zeitung unterm Arm den Tempel. Als er sich klar macht, dass er nach Zigarette riecht, dass er zudem etwas Verbotenes unterm Arm trägt, muss er eine Entscheidung treffen: Fahrstuhl oder Treppe. Er weiß, dass er eine Fünfzig-fünfzig-Chance hat, Toga in die Arme zu laufen. Fünfzig-fünfzig-Chance heißt für Durchschnittsmenschen Fünfzig-fünfzig-Chance. Für notorische Glückspilze heißt es Siebzig-dreißig-Chance. Für weitgehend glücklose Menschen wie ihn heißt es jedoch Zehn-neunzig-Chance. In diesem wahrscheinlichen Fall würde das bedeuten, dass er dem Tempelpräsidenten mit der hohen Erpressungsqualität, dem Sklavenhalter mit den Argusaugen, dem mit dem Elefantengedächtnis und der größten Macht im Haus in die Arme liefe.

Mau entscheidet sich trotz Leibesfülle und Kurzatmigkeit für die Treppe. Der Lift könnte zur Falle werden, die Treppe ließe aber immer einen Fluchtweg offen, um eine etwaige Begegnung zumindest drastisch zu verkürzen. Er stopft die Zeitung unter sein XXL-Shirt, wo sie inmitten all der wogenden Rundheit schwer erklärbare Kanten macht, aber für den flüchtigen Blick eines Entgegenkommenden mit etwas Glück unsichtbar bleibt. Natürlich! Toga springt ihm entgegen, zwei Stufen nehmen seine flinken Beinchen auf einmal. Sein Fragen-Vorwurfs-Geflecht aus wasmachstdusospätdraußenhastdudieheiligenstatuenschlafengelegthastdugerauchtichmussnachhermalmitdirsprechenundübrigensaberdashatzeitweilichgradkeinezeithabeweildasmotelvollistweilichdasbettneubeziehenmussteweilduesversprochenundnichtgemachthattestweilichdengastzurückrufenmussteweilduesgesagtundnichtgemachthastweilicheinfachwilldassdudichunbefriedigtfühlstweilichmichunbefriedigtfühleweilicheinfachwilldassdudichalsderdienerdesdienersdesdienersfühlst weilichmichalsderdienerdesdienersfühle überhört Mau. Er ist glücklich, etwas an Toga vorbeischmuggeln zu können.

Und noch bevor er überhaupt versucht, das Petzen zu erwägen, spürt er, mitten auf der Treppe, mitten in seinen Eingeweiden, um wie vieles heißer die Verschwiegenheit in seinen fetten Lenden brennt.

Wir folgen Mau in Venus' Zimmer, er wird von dieser bereits ungeduldig erwartet. Sie will ihm die Zeitung entreißen, aber er flüstert, sie seien im Zimmer nicht sicher. Er wisse einen Platz, sagt er und führt die Ungeduldige die Treppen hoch aufs Dach.

Mau öffnet die knarrende Stahltür zum Dach der Kirche, wobei er sich ganz schrecklich auffällig benimmt. Oben angekommen, in brütender Mittagshitze, umfangen vom Manhattans Panorama, für das unsere Venus in diesem Moment allerdings vollkommen blind ist, entreißt sie ihm das Boulevardblatt, und während sie liest, blüht der Klatschmohn wieder an ihrem Hals. Maus leicht schräg geschlitzte Augen hinter dicken Brillengläsern hängen an ihren, die sich Zeile um Zeile bewegen. An der Höhe ihrer Lider kann er sehen, was sie grade liest, er kann es auswendig, sodass er synchron seine Lippen bewegt.

Mord in Midtown. Millionenerbe erstochen. Putzfrau machte den grausigen Fund. Die Hauptverdächtige: seine Geliebte, ein Fotomodel.

Ging es um Geld, um Eifersucht, um nackte Lust? John Goldstein war jedenfalls an diesem Tag nicht mit seiner Frau, Effi Goldstein, zusammen, sondern mit ihrer gemeinsamen engen Freundin Verena Palmen, und er war nackt.

Fortsetzung Seite drei.

Bis zu diesem Moment kann Mau außer Angespanntheit nichts im Gesicht der Venus erkennen, nicht einmal ein Zucken, als sie ihren Namen liest. Auch die Mohnblumen sieht er nicht wachsen, da ihr Hals durch die Zeitung verdeckt ist. Beide denken dasselbe, sie hoffend, er befürchtend: Ist das gar nicht ihr Name? Ist sie es doch nicht? Handelt es sich um eine Doppelgängerin, eine Verwechslung, ein vertauschtes Foto?

Dann aber blättert sie um und stößt einen leisen Schrei aus. Sie lässt die Zeitung fallen, die vom lauen Sommerwind, der auch neugierig ist, einige Meter weiter getragen wird. Auf Seite drei ist ein Foto des Toten, eines aus besseren Tagen, da er noch lebte, und er sieht aus, als habe er nicht schlecht gelebt: in jedem Arm ein Mädchen, gebräuntes Gesicht, dunkler Schopf, teurer Haarschnitt, Grübchen.

»Die Ratte«, flüstert unsere Venus und sinkt auf die heiße Dachpappe, wo sie ganz klein wird und grau und krumm. Die Zeitung liegt auf dem Boden, die Titelseite wird wieder zugeweht, und wir erkennen unter Venus' Titelfoto den neuen Namen, den die Boulevardpresse unserer Heldin zugedacht hat, ein Name, den unsere Venus vermutlich bis an ihr Lebensende nicht mehr loswerden wird, so oder so: *das Steakmessermodel.*

Während Maus Gedanken in respektvollem Abstand um die Formulierung »nackte Lust« kreisen, ist Venus ihrem Tiefpunkt ein Stück näher gekommen. Sie kennt den Toten, gut genug offenbar, um ihn »Ratte« zu nennen. Auch lässt dieser wenig zärtliche Kosename die Möglichkeit zu, dass sie ihn ermordet hat, eine Tat, die auch ihr Black-out erklären würde. Den Schock. Den einem Mord nachfolgenden Schock, der immer noch anhält. Die Ratte. Das ist ihr eingefallen. Nur diesen einen Ziegelstein haben wir gelockert in der Mauer in ihrem Kopf. Es ist ja nicht so, dass wir unsere handelnden Figuren um ihrer selbst willen quälen. Wir lieben unsere Sommergeschichte. Wir mögen jede darin agierende Figur. Wir haben sogar Mitleid, als wir auf das Häufchen Unglück heruntersehen, das unsere Heldin ist, und erwägen kurzzeitig ein Happyend.

Unsere Venus liegt so, bis ihr Blick sich in einer Gestalt fängt, die keine fünf Meter entfernt hockt. Es handelt sich um einen kleinen alten Mann im schmuddeligen Lendenschurz mit langen, grauen, verfilzten Haaren, der unbeweglich in die Sonne starrt. Sie schreckt auf und zeigt in die Richtung des Alten: »Da ist jemand!«

Mau winkt ab. »Das ist nur Sun Baba. Der sitzt hier immer.«

»Aber«, flüstert sie, »der hat sicher alles gehört.«

»Der hört nix«, sagt Mau. »Der guckt immer nur in die Sonne.«

Unsere Venus sieht die weißmilchigen tränenden Augen des Greises. Das ist ja ekelhaft, würde sie normalerweise denken, so gut kennen wir sie schon, wenn sie nicht so aufgewühlt und schockiert wäre von den neuesten Entwicklungen.

Einen Mord zu begehen, jemanden mit dem Messer zu durchlöchern wie ein Sieb, das ist wirklich ekelhaft, das ist zutiefst abscheulich, denkt sie. Dagegen ist dieser zerlumpte Grashüpfer geradezu harmlos.

Mau bewegt sich auf den winzigen, dürren, alten Mann zu, nimmt einen tiefen Zug aus seiner Zigarette – er hat sich inzwischen schon die dritte angezündet, wer weiß, wann er wieder dazu kommt – und bläst dem Alten den Rauch mitten ins Gesicht. »Siehst du?«

Es erscheint uns angebracht, obwohl wir hier ungern unterbrechen, an dieser Stelle rasch Sun Babas Geschichte zu erzählen.

Sun Baba

Die ersten neunzig Jahre seines Lebens verbrachte Sun Baba in Varanasi, der Stadt seiner Vorfahren, jenem heiligen Platz in Nordindien, in den nach der Legende Shivas Urblitz gefahren war und der auch Kashi genannt wurde, »Stadt des Lichts«. Schon als kleiner Junge baute er Tempel aus Lehm und betete Shiva an. Er wuchs heran, arbeitete im Reis-Export, gründete eine Familie, träumte aber immer von spiritueller Erfüllung.

Als er seinen Traum mit dreißig wahr machte und Sadhu wurde, ein heiliger Mann, gab er zugleich seine Erinnerungen auf. Sein irdisches Leben – ausgelöscht. Seine Karriere – vorbei. Seine Probleme – verschwunden. Es gab keine Bindungen mehr, keinen Kontakt zu den Angehörigen, keine Anhaftung. Seine Eltern, seine Geschwister, seine Frau und seine Kinder, sie alle sahen ihn niemals wieder und schickten sich darein.

Die ersten Jahre seiner Askese verbrachte Sun Baba auf einem Banyan-Baum, einmal am Tag schickten ihm mildtätige Spender einen Korb mit Reis und Wasser per Flaschenzug hinauf. Da er aber an Wadenkrämpfen zu leiden begann und überdies in einen lästigen Nachbarschaftsstreit mit dem Sadhu auf dem Baum nebenan verwickelt wurde, zog er im dritten Winter ans Ufer des Ganges um.

Von da an pflegte Sun Baba auf einer der untersten Stufen des Dashaswamedh Ghat zu sitzen, einer der aus grobem Stein gehauenen Treppen, die direkt in den Fluss hineinführen.

Er begann jeden Tag mit einem rituellen Feuer und einer Waschung. Er aß eine Banane, die ihm Gott täglich auf unterschiedlichen Wegen als Nahrung angedeihen ließ und die er danklos entgegennahm, und starrte in die Sonne, das kosmische Feuer, das Herz des Himmels, den Mund des Feuergottes Agni.

Wie selbstverständlich hatte er diese Form der Meditation für sich entdeckt, seinen ihm vorbestimmten Weg, um Samsara, die Kette der ewigen Wiedergeburt, zu durchbrechen und das Nirvana zu erreichen. Bald begannen unaufhörlich Tränen aus seinen Augen zu rinnen, als körperliche Reaktion auf die tägliche Tortur, sodass Touristen dachten, der alte spärlich gekleidete Mann weine. Aber er weinte nicht. Er war ja nicht traurig. Er war auch nicht fröhlich. Er war einfach.

Sun Baba saß Monate und Jahre und Jahrzehnte auf den untersten Stufen des Ghat und starrte in die Sonne, er würde auch noch heute auf den untersten Stufen seines Ghat sitzen und in die Sonne starren, wenn er nicht nach und nach zur Attraktion von Varanasi geworden wäre, wenn er nicht in internationalen Touristenführern Erwähnung gefunden hätte, wenn ihn nicht eines Tages ein texanischer Ölmillionär entdeckt, in ein Flugzeug gesteckt und nach Austin, Texas, gebracht hätte.

Der Texaner, der stets Stetson trug, nannte Sun Baba seinen Guruji und kassierte drei Jahre lang von Besuchern, die den Alten mit Bananen füttern durften.

Auch die Besucher nannten den alten Yogi Guruji. Sun Baba kümmerte es nicht. Meist schaute er sie gar nicht an, die undankbaren Menschentiere, denen sein Gott Shiva das Feuer und die Kultur geschenkt hatte. Es kümmerte ihn nicht, wo er saß und in die Sonne starrte. Sie war heiß, sie war hell, so oder so. Sie war überall dieselbe, auch wenn sie anders aussah. Es kümmerte ihn nicht, dass man ihn für Geld vorführte, dass man ihn Guruji nannte. Es kümmerte ihn nicht, dass er die Sprache dieser Menschen nicht verstand, er hörte sowieso nicht hin.

Manchmal legte sich jedoch ein eiserner Reif um sein altes Herz. Dann vermisste Sun Baba die Stadt des Lichts, wo die niemals verlöschenden Feuer der Reinigung brennen, wo die Wasser des heilenden Ganges fließen, sein Zuhause. Er wollte zurück, zur Mutter Ganga, in der er monatlich seine zwei Meter langen verfilzten Haarzöpfe gewaschen und ausgewrungen hatte. Eines Tages macht er sich, fast hundertjährig, auf den Heimweg. An Gangas Ufer würde man ihn verbrennen. In Gangas Fluten würde man seine Asche streuen. Er fixierte die aufgehende Sonne, die er nur noch schemenhaft wahrnahm, weil er inzwischen fast erblindet war. Nach Osten würde er gehen, dorthin, woher er gekommen war. Und wenn er nur lange genug der Sonne entgegenliefe, würde er Varanasi erreichen und seinen Körper verlassen können, denn es war an der Zeit.

Er lief immer geradeaus, ohne einen Penny in den Taschen, ohne Landkarte, ohne Hilfe. Er lief fast zweitausend Meilen und erreichte nach drei Monaten, inzwischen von Fernsehkameras und einer wachsenden, langhaarigen, bärtigen Schülerschar begleitet, New York. Er hatte gerade am Battery Park sein morgendliches rituelles Feuer entzündet, als über ihm ein Flugzeug in eines der vielen hohen Häuser flog. Ringsrum herrschte Verwirrung und Geschrei. Alle starrten auf das qualmende Haus.

Nur Sun Baba starrte in die Sonne. Er starrte in die Sonne, als das zweite Flugzeug in das zweite Hochhaus flog, und auch, als beide Hochhäuser längst zusammengebrochen waren. Er saß dort, wie eine Statue, vollständig mit weißem Staub bedeckt. Die unaufhörlich rinnenden Tränen bahnten Schneisen in sein Gesicht, und er hörte nicht auf, in die Sonne zu starren. Im Chaos verloren die Fernsehteams und Schüler Sun Babas Spur und auch das Interesse.

Schließlich wurde er, wie Kuki, wie Venus, wie viele

andere Gestrandete, vom Bliss Swami aufgelesen, so wie man herrenlose Katzen aufliest und Vögel mit gebrochenen Flügeln.

Gleich nach der ersten Nacht verließ Sun Baba das ihm zugedachte Zimmer in God's Motel und suchte seinen Weg zum Licht, erklomm die Stufen zum Dach der Kirche zum Heiligen Franz, dessen gleißende Helligkeit und glühende Hitze ihn an seine Heimat erinnerte. Ein alter Spruch fiel ihm wieder ein. »Du kannst Kashi verlassen, aber Kashi wird dich nicht verlassen.« So wurde er auf dem Kirchendach heimisch.

Venus betrachtet ihn. »Er weint.«

»Der weint nicht. Dem tränen nur die Augen. Vom In-die-Sonne-Gucken, der Qualm stört ihn gar nicht. Den stört nix, hast du ja gemerkt.« Mau macht eine triumphierende Geste mit der Zigarette. »Anyway, so kannst du jedenfalls das Haus nicht mehr verlassen«, sagt er, »eine Verkleidung muss her, so lange bis – sich die Sache aufgeklärt hat.«

Sie sieht ihn dankbar an, lässt sich von ihm hochziehen und zurück in ihr Zimmer führen. Ein Freund ist geboren. Der Dicke mit der dicken Brille macht ihr Hoffnung mit diesem Satz. Die Sache wird sich aufklären. So wird es kommen. Zweifelsohne.

»Soll ich einen Privatdetektiv beauftragen?«, fragt sie.

»Hast du Kohle?«, fragt Mau zurück. Sie seufzt und wirft die Zeitung auf den Tisch. »Hundertachtzig Dollar.« Mau lacht tuntig auf.

»Das wird nicht reichen, meine Liebe!«

»Nicht?«

»Ganz und gar nicht. Aber das wird auch nicht nötig sein! Es wird dir sicher bald alles wieder einfallen.«

Genau, denkt sie, und Mau steigt erneut in ihrem Ansehen. Es wird ihr alles wieder einfallen, wie es wirklich war, wer es wirklich war, und dann kann sie zur Polizei gehen und alles erklären.

»Erst mal«, sagt Mau, der sich unter dem dankbaren Blick der knabenhaften Frau streckt und fast schlanker wird, »muss eine optische Veränderung her.« Sie sieht an ihrem roten Kleidchen herunter und nickt. »Wir werden Kuki zu Rate ziehen müssen«, sagt Mau. »Anyway, sie kann nähen und sie hat Geschmack.« Unsere Venus nickt gehorsam. Sie ist froh, dass da jemand für sie denkt. Sie ist froh, dass Mau die Sache für sie in die Hand nimmt.

»Aber«, ruft sie, »nichts dem Bliss Swami sagen.« Mau sieht sie erstaunt an und seine Stimme klettert eine entrüstete halbe Oktave in die Höhe. »Wie käme ich denn dazu?« Er schüttelt den Kopf. Wenn es eine undankbare Adresse für Klatsch gibt, dann ist es der Swami. Toga, das wäre was anderes. Der hört gerne Klatsch. Und er ist sexy, von der Behaarung mal abgesehen, das müsste natürlich alles mit Heißwachs runter. Aber der kleine feste Hintern, die zarte Statur, das Wieselhafte und dabei Ölige ...

Venus holt ihn mit einer bangen Frage aus den sündigen Gedanken: »Und was machen wir jetzt?«

»Komm«, sagt Mau, »auf zu Kuki.«

Kuki

Das indische Mädchen mit dem schwarzen Mund, das Mädchen, an dessen Füßen Glöckchen klingeln, ist eine Fischerstochter aus dem Dorf Kap Comprin an der Südspitze Indiens, gewöhnt an die sengende Hitze des

Sommers, die heftigen Wolkenbrüche des Monsuns, die kalten Meereswinde des Winters. Ihre Eltern sind Kundalini-Yogis, bringen der Hindu-Göttin Durga Tieropfer dar und verachten Menschen, die an andere Götter glauben, besonders aber Moslems. Kukis stärkste Kindheitserinnerung ist, dass sie mit einem kleinen Blechnapf zum Milchmann geschickt wird, sie feilscht, er ziert sich, sie zahlt, er füllt den Milchnapf halb. Zu Hause wird die rare Milch mit Wasser verdünnt.

Mit fünfzehn, in ihrer Hochphase töchterlicher Auflehnung, trat Kuki zum Islam über und breitete fünfmal täglich in der Lehmhütte ihrer Eltern den Gebetsteppich gen Mekka aus. Drei Monate später, als die Eltern ernste Anstrengungen unternahmen, ihr verdrehtes Kind zu verheiraten, schor sie sich den Kopf und erklärte, fortan in einem buddhistischen Kloster im Himalaja leben zu wollen. Sie ging tatsächlich ins Kloster, hielt es dort aber nur knapp zwei Monate aus und zog zu Freunden nach Neu-Delhi. Als sie wenig später von einem One-Night-Stand mit einem Atheisten aus Bombay schwanger war, kehrte sie zu ihren Eltern zurück. Diese verstießen sie. Sie verdrehte, noch bevor ihre Schwangerschaft sichtbar war, einem amerikanischen Touristen den Kopf und ließ sich als rassiges Mitbringsel mit nach New York nehmen. Sie bekam ihr Kind, jubelte es dem Ami unter, verließ beide, wurde erst mager- und dann cracksüchtig und lebte mit anderen Obdachlosen im Tompkins Square Park vom Betteln und Klauen, bis der Bliss Swami sie eines Winters aus dem Müllberg wühlte, aus der Dreckkruste klopfte und auf seinen Pranken in die Tempelkirche trug.

Zum Zeitpunkt unserer Geschichte ist Kuki 22 Jahre alt, sieht aber immer noch aus wie sechzehn. Sie ist zu desillusioniert, um sich länger gegen ihre Wurzeln aufzulehnen. Sie geht klaglos und pünktlich religiösen Verrichtungen nach, die sie seit ihrer Pubertät strikt abgelehnt hatte. Sie hat, seit der Bliss Swami sie untergewichtig und mit Ausschlag überzogen auflas, gleichermaßen an Gewicht und Zuversicht gewonnen, doch ihr schwarzer Mund, ihre zusammengewachsenen Brauen, ihre scharfe Nase verhindern, dass sie allzu weich und rundlich wirkt. Erst seit sie hier ist, seit sie ihr Augenmerk nicht mehr darauf richtet, ihren Eltern zu missfallen oder Männern zu gefallen, hat sie angefangen, herauszufinden, wie sie ist. Sie massiert gern. Sie lacht gern. Sie isst gern. Sie tanzt gern. Sie klatscht gern. Sie schmückt sich gern.

Kuki hat die Statur einer teuren Vase, die flüssige Körpersprache einer Bauchtänzerin. Ihr Körper ist schwer, sie bewegt ihn wie eine träge Siamkatze. Sie trägt ausschließlich Saris, die aus meterlangen Seidentüchern geschlungenen indischen Kleider, oder Punjabi-Suits, eine Kombination aus langem Seidenoberteil und Pluderhosen. Sie ist also stets von Kopf bis Fuß geschmückt, vom Perlendiadem bis hin zu mit Glöckchen besetzten Fußspangen. Sie bewohnt ein großes Zimmer im ersten Stock. Dort empfängt sie täglich Kunden für Massagen, die sie mit »Energiearbeit« umschreibt. Ihre Freizeit verbringt sie ausschließlich mit der Anbetung, Fütterung und Umkleidung der hölzernen Durga-Statue, die eigens für sie am Altar aufgestellt wurde.

Zwei Minuten nachdem die beiden das Zimmer verlassen haben, klopft es sehr leise an die Tür. Unmittelbar danach, fast noch im Klopfen, öffnet sie sich. Toga tritt ein, wirft einen anerkennenden Blick auf das Bett, das er selbst zusammengezimmert hat, und lässt sich dann in den Liegestütz fallen – hier müssen wir erstaunt sehen, dass er das durchaus auch tut, wenn er sich unbeobachtet fühlt. Jedenfalls wischt der kleine haarige Mann auf dem Boden von Venus' Zimmer herum, putzt und schrubbt und murmelt vor sich hin, steckt einen Papierkeil unter die Tür, schaltet die Klimaanlage an und will eben das Zimmer wieder verlassen, als die New York Post in sein Blickfeld gerät.

Kopfschüttelnd will er sie greifen und ab damit in den Müll, auf dass seine Seele nicht verschmutzt werde, aber es ist zu spät. Die Seelenverschmutzung hat bereits stattgefunden. Toga sieht Venus' Foto, seine braunen Augen verengen sich, er liest, schüttelt den Kopf, liest, plumpst auf die Knie, faltet die Hände zum Gebet, sieht schließlich eine Wollmaus auf den Dielen, unterbricht das Gebet, schnappt sich die Wollmaus, springt in den Stand – eine Übung, die wir nicht ohne Bewunderung zur Kenntnis nehmen – und verlässt das Zimmer. Die Zeitung lässt er auf dem Tisch liegen, so wie er sie gefunden hat.

Einige Sekunden später kommt er wieder zurück, entfernt den Papierkeil, schaltet die Klimaanlage wieder aus, verwischt alle Spuren seines Besuches, oder sagen wir fast alle, denn die Flecken und die Wollmaus stellt er nicht wieder her, und verschwindet eiligen Schrittes.

Wir eilen ihm nach, überholen ihn im Goldbrokatzimmer, huschen die Treppen hinunter in Kukis rubinrot ausgekleidetes Gemach und haben offenbar verpasst, mit welcher Begründung die Tarnung unserer Venus bereits in die Wege geleitet wurde.

»Wollen wir die Haare färben? Ich hätte Henna im Haus«, sagt Kuki unternehmungslustig.

Hastig schüttelt die Venus den Kopf. Sie möchte ihr weißblondes Haar behalten. Sie ist ja nur an einer vorübergehenden Veränderung interessiert. Sicher hat sich schon in wenigen Tagen alles aufgeklärt.

»Pony schneiden? Perücke?«, fragt Kuki und hält lockend einen pinkfarbenen Pagenkopf hoch. Venus schüttelt wieder den Kopf. Sie beobachtet Kuki, die in einer messingbeschlagenen Truhe wühlt. Sie bestaunt Kukis Rasse, den schwarzen Mund mit der kurzen Oberlippe, durch die perlmuttweiße Zähne blitzen, die dunklen Brauen wie Vogelschwingen, die sich über der scharfen Nase schließen. Sie bewundert den schwarzbraunaschigen Hautton der jungen Frau, das kleine und fremdartig schöne Gesicht, die schlanken Fesseln und Handgelenke, das Haar, schwarz wie Ebenholz.

Aus der Truhe fördert Kuki erstaunliche Dessous zutage. Venus' Aufmerksamkeit wird von einer nur aus Strängen bestehenden violetten Unterhose geweckt, auf deren dreieckigem Vorderteil eine Plastik-Mickymaus angebracht ist, die auf Knopfdruck »Love me tender« singt, ein Effekt, der Mau kreischendes Gelächter entlockt.

»Haare ganz abschneiden?«, fragt Kuki. »Ich kann gut Haare schneiden.«

Venus hört gar nicht mehr auf, den Kopf zu schütteln.

»Dann bind mein weißes Kopftuch um«, sagt Kuki, wirft ihr dickes schwarzes Haar um sich und nimmt ihr mit resolutem Griff die immer noch singende Mickymaus-Reizwäsche weg. »Bind es tief in die Stirn, oder warte, ich helfe dir. Die Haare stopfen wir drunter.«

Während Kuki ihr hellblondes Spaghettihaar unter das Tuch stopft, sieht Venus in ihrem Dekolleté an einer Kette ein Medaillon, welches sich geöffnet hat und das Foto eines indischen Babys zeigt.

»Wer ist das?«, fragt sie und greift nach dem Medaillon. Kuki entzieht sich ihrem Griff.

»Kavi«, sagt sie kalt. »Hat man es dir nicht erzählt? Pfeifen es nicht schon überall die Spatzen vom Dach?«

Venus fühlt sich unbehaglich. Offenbar hat sie verbotenes Terrain betreten. Mau macht ihr Zeichen, das Thema zu wechseln, aber ihr fällt nichts ein außer Mord. Mord. Mord. Kuki fällt beinahe augenblicklich wieder zurück in ihren Plauderton.

»Ich geb dir meinen hellen Anzug, den mit den Perlen. Ich tausch ihn ein gegen dein Kleid, okay?«

Mau, der sich ebenfalls für einen Moment unbehaglich gefühlt hat, und zwar aus Gründen, die uns bekannt sind, räuspert sich und hat sofort wieder Oberwasser. »Anyway, das Kleid wird dir nicht passen, Schwester«, sagt er, nicht ohne Häme, aber auch nicht ohne Liebe.

»Dann setze ich eben einen Stoffkeil ein … Schwester«, antwortet Kuki spitz. »Gegen dich bin ich immer noch schlank.« Ohne das geringste Bedauern stimmt unsere Venus dem Kleidertausch zu, bittet aber Kuki, Mau hinauszuschicken, bevor sie mit dem Umkleiden beginnt.

»Hey, ich bin schwul«, ruft Mau und versucht im Hinausgehen einen Blick auf Venus' knabenhafte Gestalt zu werfen, aber vergeblich, Kuki stellt sich ihm in den Weg.

»Du bist nicht dein Körper«, sagt sie, »du bist eine unsterbliche Seele« und schließt die Tür. Dann wirft sie einen hochinteressierten Blick auf Venus' rote Unterwäsche. »Die gib mal lieber auch her«, sagt sie. »Sie würde ohnehin durchscheinen.«

Draußen pfeift Mau »Love me tender«.

»Willst du Unterwäsche von mir?« Venus denkt an den Mickymaus-Schlüpfer und lehnt dankend ab. »Büstenhalter brauchst du ja nicht unbedingt«, sagt Kuki anerkennend, als sei dieser Umstand ein Verdienst. »Aber die Nagellackreste müssen runter.«

3 Hindupampe

Als Venus beim Mittagessen in gelbem, öligem, stark gewürztem Reisbrei herumpickt – drei Nelken und eine zigarettengroße Zimtstange hat sie schon auf den Tellerrand gelegt –, treiben die Gedanken sie weg, weit weg in den Nebel der Vergangenheit. Sie sitzt wie versteinert. Kleine gelbe Fettseen bleiben auf dem Pappteller zurück, werden kalt und hart, ohne dass sie sich auch nur rührt. Sie sitzt einfach da, den Löffel in der Hand und taucht in ihr eigenes Nichts.

»Immer dieselbe Hindupampe«, sagt ein Mann mit einem traurigen Hundegesicht und starker Tabakfahne und setzt sich an ihren Tisch, ohne sich weiter vorzustellen. Sie sieht ihn fragend an.

»Die essen vegetarisch, aber die machen überall Butter ran, weil die Kuh heilig ist. Böse tierische Fette!« Der Mann verzieht das Gesicht so stark, dass seine Wollmütze stärker in die Stirn rutscht. Er wirkt unfreiwillig komisch. Sein Gesicht ist viel zu groß für seinen Kopf. Er versucht mehrere Male, ein Gespräch anzufangen. Vergeblich. Das blonde Mädchen ist in Gedanken woanders.

Nachmittags geht sie in ihrem neuen Gewand spazieren, unsicher und mit gesenktem Kopf. Im Grocery Store kauft sie eine Sonnenbrille für zwei neunundneunzig. Die Sonnenbrille gibt ihr etwas mehr Sicherheit. Nun sieht sie wie eine überspannte europäische

Touristin aus. Niemand wird sie erkennen. Sie will, dass sie niemand erkennt, obwohl sie insgeheim hofft, dass sie jemand erkennt, jemand, der alles aufklären würde, der ihr sagen würde: Das ist ein Missverständnis. Du warst zur Tatzeit bei mir. Ich kann das bezeugen.

Ihr einziger Anhaltspunkt ist die Ratte namens Johnny. Und die Ratte namens Johnny ist tot. Da ist niemand sonst, an den sie sich wenden könnte. Niemand, dem sie etwas bedeutet. Sie läuft weiter, in ihr Selbstmitleid eingesponnen wie in einen Kokon. Durch Johnnys Gesicht blendet sich das des Bliss Swami. Seine Milde, sein Lächeln, sein knarziger Schädel, die freundlichen Augen unter Schilfbrauen.

Er hat sie in ihrer neuen Verkleidung gesehen, nur eine knappe Stunde zuvor, und hat es nicht einmal zur Kenntnis genommen.

»Was genau ist eigentlich deine Funktion?«, hat sie ihn gefragt.

Und er lächelte und antwortete: »Ich bin ein Diener Gottes.« In einem Tonfall, in dem einer sagt: Ich bin Assistent des Geschäftsführers. Aber er hätte auch sagen können: Ich bin ein gemeingefährlicher Geisteskranker, sie hätte ihn genauso angeschmachtet. Sie war so beschäftigt damit, vom Wohlklang seiner Stimme bezaubert zu sein, dass es ihr unmöglich war, sich auf den Inhalt seiner Worte zu konzentrieren. Für den Bruchteil einer Sekunde erwog sie sogar, dem Swami zu erzählen, dass sie wegen Mordes gesucht wird. Eine Überlegung, die vom schwungvollen Eintritt Togas zunichte gemacht wurde.

Kuki macht viel Lärm mit ihren Fußglöckchen, wann immer sie sich bewegt, und sie bewegt sich praktisch immer. Bis zum Abendessen hat sie ihre Ankündigung, in Venus' rotes Kleidchen Stoffkeile einzusetzen, bereits wahr gemacht. Ihre Religion verbietet ihr, die stämmigen, aber dennoch wohlgeformten Beine zu zeigen, deshalb trägt sie Hosen zum Kleid und ist ergänzend mit Armbändern und Henna-Mustern auf den Handrücken geschmückt.

»Kommst du ursprünglich aus Polen?«, fragt sie unsere Venus. »Ich finde, du siehst polnisch aus.«

Venus würde allzu gern Auskunft geben, hat aber keine Ahnung, ob sie ursprünglich aus Polen kommt.

Benito, ein italienischer Dauergast, der nämliche, der beim Mittagessen die Bezeichnung »Hindupampe« geprägt hat und auch am Tisch sitzt, scheint eine Ahnung zu haben. Jedenfalls schüttelt er den Kopf und verzieht sein ohnehin zerknautschtes Shar-Pei-Gesicht in der Absicht, Kompetenz vorzutäuschen.

»Polinnen sehen anders aus«, sagt er und kratzt den Ruß von einer verkohlten Vollkornbagelhälfte. Als ihn niemand fragt, woher er das weiß, legt er die Bagelhälfte weg, verschränkt die Arme und antwortet trotzdem. »Ich hatte mal eine.«

Dann wendet er sich Kuki zu und stellt in verächtlichem Tonfall fest: »Ich finde, *du* siehst polnisch aus heute, und nicht zu knapp.«

Vielleicht sollten wir an dieser Stelle Benito vorstellen.

Benito

Er stammt aus Sizilien. Er ist der Sohn eines Schlachters und Ältestes von dreizehn Geschwistern. Da er von klein auf kein Blut sehen konnte, blieb ihm nichts übrig, als in der Klippschule seiner Kindheit herauszuragen. Er ertrotzte ein Stipendium für die Universität Mailand. Damit zog er sich den Hass seiner jüngeren Schwester zu, die nach dem Tod des Vaters, obwohl sie Ambitionen zum klassischen Bratschenspiel hatte, gezwungen war, einen Fleischer zu heiraten und vermutlich bis zum Ende ihrer Tage im väterlichen Geschäft Kalbsleber, Blutpudding und Hühnerflügel zu verkaufen.

Seit seiner Pubertät ist Benito in psychiatrischer Behandlung. Die Diagnose: manisch-depressiv. Die Depression ließ etwas nach, als Benito auf der Universität die Anziehung entdeckte, die sein sarkastisch-depressives Hundegesicht auf einen bestimmten Frauentyp hatte. Besonders wenn er die Wollmütze, mit der er bereits damals seine beginnende Glatze verbarg, tief über die Ohren zog. Er wusste wohl, dass sein Schlag bei den Frauen eine Gabe war, die kein Mensch studieren konnte, ein Geschenk des Himmels, überaus hilfreich. Von da an war Schluss mit dem Fleiß. Und auch von seinem Scharfsinn machte er kaum noch Gebrauch.

Über kurz oder lang verliebte sich Priska, die soeben ins Feld geführte Polin, in ihn. Er mochte das Himbeeraroma ihres Lippenstifts und ging mit ihr nach Warschau, wo sie Karriere als Modedesignerin machte und Benito ein Jahr lang durchfütterte. Dann begegnete er einer gewissen Bibi, einer Schweizer Zahnärztin, welche er nach Zürich begleitete, wo er ihr einige Monate auf der Tasche lag, bis er sie mit einer ihrer Patientinnen, Monique, einer Blondine aus Saint-Tropez, betrog.

Monique wollte ihn heiraten und zahlte ihm eine Fotoausrüstung und eine Ausbildung, um ihn ihren wohlhabenden Eltern nicht als Taugenichts vorstellen zu müssen. Benito lernte die Grundbegriffe des Fotografierens und merkte schnell, dass ihm die um seinen Hals baumelnde Profi-Kamera einen Extrabonus bei den Frauen einbrachte. Aus dem Taugenichts wurde ein fotografierender Taugenichts. Zum Tee bei Moniques Eltern erschien er nie, denn zu diesem Zeitpunkt befand er sich schon auf einem Schiff nach Montreal, mit Charisma, einer fünfsprachigen Eurasierin, die ihre erste Rolle bei einer kanadischen Filmproduktion antrat. In Montreal erweckte Benito den Brutpflegetrieb von Sandy, einer amerikanischen Rotkreuzschwester, von der er sich von nun an regelmäßig den Puls messen, einen blasen und die Miete bezahlen ließ. Er begleitete Sandy nach Los Angeles, wo er sich zum ersten und einzigen Mal in seinem Leben verliebte: in Rajana.

Rajana lernte er in einer Bar am Sunset kennen, wo sie kellnerte, natürlich nur nebenbei, da sie kurz vorm internationalen Durchbruch als Schauspielerin stand. Direkt hinter Rajanas 10 000-Dollar-Silikon-Busen fand Benito ernst zu nehmende innere Werte, aufgrund derer er erst einen Job annahm (Sicherheitsmann im Safeway) und später eine Bank überfiel.

Vier Jahre danach, unmittelbar nach seiner vorzeitigen Entlassung, ging er mit der ehemaligen Gefängniswärterin Lucille nach New York. Lucille hatte dort einen Job in der Obdachlosenbetreuung angenommen und sorgte für Benito, weil der ja erst als Fotograf Fuß fassen musste. Bevor er aber mit dem Fußfassen begann, räumte er Lucilles Konto ab, verschwand und mietete sich feudal im Gästetrakt der Tempelkirche zum heiligen Franz ein. Er war ein Temporärer, so lange sein Geld reichte, und stand nun gerade vor der Entscheidung, ein Permanenter zu werden, mit allen Nachteilen, die damit verknüpft waren, was seine ohnehin düstere Stimmung zusätzlich eintrübte.

Benito fühlt sich erschöpft, ausgehöhlt von seinen eigenen Aversionen. Er hasst New York, diesen engen, miefigen, unaufgeräumten Moloch mit seinen klirrend alten Wintern und den glühend heißen Wüstensommern. Aber er hasst auch den Rest der Welt, insofern ist es gleich, wo er ist. Er findet die englische Sprache scheußlich, aber er findet auch andere Sprachen scheußlich. Er kann Schwule nicht leiden, er hat was gegen Ausländer. Er empfindet Religiosität als Beleidigung seiner Intelligenz, aber er hat auch die Gottlosigkeit draußen satt.

Er blickt auf alles und jeden herab, auch auf sich selbst, aber das am wenigsten.

Unsere Venus mustert, unempfänglich für seine Reize, Benitos frühwelke Lippen. Präzise gesagt, ist unsere Heldin unempfänglich für jedermanns Reize, wenn er nicht Bliss Swami heißt. Dessen schweren sinnlichen Mund sieht sie, wann immer sie die Augen schließt. Sein Mund ist so gar kein Mönchsmund, denkt sie. Ob er je eine Frau geküsst hat? Benitos Mund, der gerade mit schleppendem italienischem Akzent irgendetwas erzählt, hat mit Sicherheit oft geküsst. Vielleicht zu oft. Vielleicht zu oft ohne Liebe. Wenn man ohne Liebe küsst, denkt Venus, schrumpfen die Lippen. Unwillkürlich berührt sie ihre eigenen.

»Wo ist der Bliss Swami?«, hört sie sich fragen.

Kuki wirft einen Blick auf die Uhr, die überm Schreibtisch hängt.

»Im Regenbogensaal. Dienstags leitet er die Abendzeremonie.«

Regenbogensaal ist der von Toga entwickelte politisch korrekte Name für das Kirchenschiff, damit sich keine Glaubensrichtung auf den Schlips getreten fühlt. Venus springt auf, stürzt dabei fast den Tisch um, entschuldigt sich halbherzig und verschwindet.

Da Benito und Kuki einander nicht ausstehen können, ist damit das ohnehin schwächelnde Tischgespräch ganz beendet.

Venus eilt hinunter zum Regenbogensaal. Sie stellt ihre Billigschuhe neben andere Billigschuhe in ein kleines, weißes, dilettantisch gezimmertes Regal. Sie zuckt zusammen, als sie im Vorzimmer zwei Gestalten mit geschlossenen Augen und verfilzten Dreadlocks im Schneidersitz auf zwei Stühlen hocken sieht. Wie es ihr scheint, sind es Zwillinge, die wie Puppen dasitzen, mit schmalen Hand- und Fußgelenken, mit weißen durchsichtigen Häuten wie riesengroße Föten. Der Anblick erschreckt unsere Venus und fasziniert sie zugleich. Und auch wir sehen die beiden mit Abscheu und Zärtlichkeit an.

Winter/Alien

Der Cousin und die Cousine aus Florida sind das merkwürdigste Paar, das die Welt je gesehen hat. Als Kinder waren sie kleine, zarte, verhuschte Wesen mit instabilen Brustkörben, die, als hätten sie sich verabredet, immer bleich geblieben waren inmitten der sonnengebräunten Gleichaltrigen, immer dünn geblieben waren, während anderen Muskeln wuchsen, immer beieinander und einander ähnlich und gemeinsam isoliert geblieben waren wie die schwachen Kinder eines Wurfes, die irgendwann verhungern und von den Eltern aufgefressen werden.

Winter, ein Junge, fühlte als Mädchen. Alien, ein Mädchen, fühlte als Junge. Beide liebten einander vom ersten Tag, blieben unzertrennlich, als hätten sie keine andere Wahl, als seien sie durch eine unsichtbare Nabelschnur miteinander verbunden. Und durch ebendiese Nabelschnur floss Winters Geschlecht in Alien, floss Aliens Geschlecht in Winter. Beide wurden von ihren Familien – die Mütter waren verschwistert – erst voneinander fern gehalten, dann nicht mehr ernst genommen, schließlich vergessen. Mit 15 flohen sie, vagabundierten durchs Land und fanden schließlich einen willigen Arzt in L.A., der bereit, ja sogar hoch motiviert war, alles Nötige zu veranlassen. Winter und Alien verschrieben sich einem wissenschaftlichen Versuch, um die Operationen zu finanzieren. Das Forschungsprojekt wollte messen, was bei einer kreuzweise vorgenommenen Geschlechtsumwandlung eines zweiten Grades verwandten Paares von der Liebe übrig bleibt. Begleitend trieben sie mit ihrer schaurig-schönen Liebesgeschichte Honorare in TV-Shows ein, welche die Operationen mit laufenden Kameras begleiteten. So wurde Winter zur Frau gemacht, Silikonkissen unter ihre Brustmuskeln gestopft, der ungeliebte Penis entfleischt und als Hautschlauch nach innen zur Vagina umfunktioniert. Alien indessen wurde zum Mann hergerichtet, die Brüste amputiert, eine Penis- und Hodenplastik modelliert, Hormone brachten bald die ersten Barthaare zum Vorschein, die Flüsterstimme sank ein wenig, Kleidung und Gang wurden vom Probanden rasch angepasst.

Indem aber das Mädchen Alien zum Jungen wurde und der Junge Winter zum Mädchen, indem die Geschlechter wie beim Foxtrott abgeklatscht wurden, blieb jedoch der Fluss der Liebe gleich, er brauchte nicht die Richtung zu ändern, er war geschlechtslos, wie Sand in einem Zeitglas floss er von A nach B und, als das Zeitglas umgedreht wurde, mit ebengleicher Stetigkeit von B nach A.

Die Sensation der ersten Liebesnacht, der Nacht, als Alien in Winter steckte und nicht länger umgekehrt, war beiden zum Sterben schön. Sie wollten verschmelzen und eins werden mit dem All, aus dem sie kamen und das sie trug.

Bei Tag besehen war die Sache nicht hundertprozentig gelungen: Ihre Körper schmerzten, die Narben schmerzten, die Pillenberge zur Aufrechterhaltung des neuen Geschlechts mussten beschafft sowie täglich mit wachsendem Ekel vertilgt werden. Bis ans Lebensende würde das so gehen, so viel war gewiss, bis an beider Lebensende, welches natürlich, dem Blutkreislauf der Liebe Rechnung tragend, gemeinsam erfolgen würde.

Sie waren zwanzig Jahre alt, als sie einander standesamtlich heirateten. Der Mann, der einst Frau war, heiratete die Frau, die einst Mann war. Gleich darauf wurden sie von einer großen Traurigkeit befallen, weil sie immer Freaks bleiben würden, weil sie sich niemals voneinander würden trennen können, weil sie zu feige waren, zu abhängig, das neu errungene Geschlecht an anderen, an ahnungslosen Partnern auszuprobieren, weil sie einzeln lebenslang nur halb sein würden. Genauso wie wir.

Alien, der mit seiner neu erworbenen Männlichkeit gern andere Frauen beglückt hätte, wurde von Winters neu erworbener Weiblichkeit davon zurückgehalten. Alien begann, einen Macho-Mann zu imitieren, Winter mutierte zum Ewigweiblichen. Das Transzendentale ihrer Liebe war gestört. Die alten Körper waren Fallen gewesen, denen mit Blut und Tränen zu entkommen war. Doch auch die neuen erwiesen sich als Fallen. Winter und Alien kamen zu der Erkenntnis, dass jeder Körper eine Falle sei und die Welt, in der die Körperfallen aufgestellt waren, ein Schattenreich. Es gab nur noch eine Lösung, die Lösung für alle ihre Probleme, darüber waren sich die Liebenden einig: die Befreiung vom Körper, die totale Auslöschung des Egos, die Verschmelzung mit dem Größeren, den Sieg über den Trieb.

Winter und Alien begannen, neben den Hormonen von Glückspillen und Tanz zu leben. Sie schlingerten geldlos und planlos durchs Land, wund getanzt, verfilzt, halb verhungert enterten die beiden vor zwei Jahren die Tempelkirche zum heiligen Franz im East Village, Manhattan.

Toga sah die beiden Geschöpfe und dankte etwas zornig Gott, dem er ja zu danken hatte für jedes Geschenk, und da die Welt Gottes Werk war und die Dinge einem perfekten Plan folgten, waren auch diese verlausten, verfilzten Kinder Teil dieses Plans, waren von Gott geschickt, der in diesem Hause Allah, Jehova, Krishna, Jesus, Buddha, Shiva genannt wurde. Folglich mussten sie aufgenommen werden.

Winter und Alien wurden Glückliche Sklaven, da sie sich aber weigerten, in getrennten Zimmern zu wohnen, wie es die Hausregeln für Paare vorschrieben, die keine spirituelle Weihung erhalten hatten, wurden sie in einer Hauruck-Zeremonie eingeweiht und erhielten den Segen des Allmächtigen. Jedenfalls wandte der hörbar nichts ein. Sie betreuten fortan das von Toga neu geschaffene Obdachlosenversorgungs-Programm »Daily Bread«. Sie kochten, buken, wuschen, kleideten, fütterten, tränkten, opferten sich ganz und gar auf für das, was sich vor der Schwelle der Tempelkirche an menschlichem Abschaum angesammelt hatte, und sie wurden darüber sehr fromm, sogar ihre Tänze wurden fromm.

Venus, die sich an den beiden ins Gebet versunkenen Vogelscheuchen respektvoll vorbeigeschoben hat, findet sich im Regenbogensaal, im Allerheiligsten der Tempelkirche wieder. Sie weiß nicht, was man tut, wenn man derartige Gefilde betritt, ist nervös und verunsichert. Sie sieht den bauchigen Bliss Swami neben einer bauchigen Trommel sitzen, genauso reglos und versunken wie die beiden Dreadlocks. Er nimmt keine Notiz von ihr. Sie steht da wie bestellt und nicht abgeholt. Am liebsten würde sie kehrtmachen.

Das Zentrum des Altars bildet eine Gruppe grellbunt gekleideter Holzpuppen. Eine davon ist blau angemalt, eine andere ist rosa, in der dritten erkennt sie mit einiger Mühe Jesus. Auf der linken Seite des Tempels stehen kleine Throne mit blattgoldenen Rahmen, Fotos von Gurus und kirchlichen Oberhäuptern, würdig verhüllten alten Männern mit Bart und ohne Bart, mit Kopfbedeckung und ohne. Sogar der Papst ist dabei, und auch den Dalai-Lama hat Toga aufgestellt, obwohl er ihn nicht ausstehen kann. Aber berühmt ist berühmt. Die Fotos sind mit frischen Blumengirlanden umwunden. Venus, die in modernistischen Glaspalästen groß geworden ist, an die sie sich zwar nicht erinnert, die sie aber in den Knochen hat, ist ja schon vertraut mit dem kitschigen Interieur der Glücklichen Sklaven Gottes, mit der Tendenz zu Vollgestopftheit und Farbenpracht, in der selig und weggetreten ihr Romeo sitzt. Sie beschließt kurzerhand, dass ihr gefällt, was ihm gefällt, und begibt sich, versöhnt mit dem Geschmacksgefälle, in den Schneidersitz. Erst jetzt nimmt sie wahr, dass seitlich, mit Kopf und Körper rhythmisch nach vorn gen Wand stoßend, der finstere Orientale mit dem hohen Korkhut und dem bunten Flickenmantel steht und einen Singsang vor sich hin murmelt. Er wendet sich nach ihr um, und es kommt ihr so vor, als zwinkere er ihr in eindeutiger Absicht zu. Sie erschrickt und wendet den Blick ab.

Ein kleiner Junge betritt den Raum, kniet nieder, berührt mit der Stirn das Parkett, steht wieder auf, läuft auf unsere Venus zu, faltet possierlich die Hände auf Kinnhöhe und neigt den Kopf, um sie zu grüßen. Dann setzt es sich neben sie, gleitet lautlos in den Schneidersitz. Venus ist beeindruckt. Lautlos in den Schneidersitz gleiten, das macht was her, das finden sogar wir. Sie schließt die Augen, ihre Sinne sind so geschärft, dass sie alles um sich herum intensiver wahrnimmt. Das Rauschen eines Vorhangs oder Gewands. Das Knarren des Parketts. Sie riecht sogar den leicht pudrigen Duft ihres eigenen Haares.

Der Bliss Swami räuspert sich, legt den Riemen der mit Bast bespannten Trommel um seinen massigen Hals, kneift dic Augen zusammen und trommelt routiniert los. Es ist ein schwerer trampelnder Rhythmus. Venus fühlt sich unwohl, sie will aufstehen und weggehen, aber der Anblick seines schweren Körpers hält sie zurück, der schlafende Ausdruck seines Gesichts, die Wucht seiner bratpfannengroßen Hände, die im freien Flug, locker und beiläufig, auf die Membrane der Trommel auftreffen. Wie schön er ist, denkt sie beklommen. Und ist es nicht er, der ein neues Licht angezündet hat inmitten ihrer Finsternis? Sie hat das Gefühl, der Swami sei die Lösung für all ihre Probleme. Und sie entscheidet, zu bleiben, schon weil sie beschlossen hat, dass ihr gefällt, was ihm gefällt.

Bum. Rumbum. Bum. Rumbum. Der Rhythmus schafft ein vibrierendes Band zwischen ihm und ihr. Plötzlich will sie wissen, welche Farbe seine Augen haben. Warum weiß sie das nicht? Mach die Augen auf, denkt sie und starrt ihn an. Mach die Augen auf. Und als hätte er sie gehört, als hätte sie ihn hypnotisiert, macht er die Augen auf. Sie sind blau.

Das Blau seiner Augen fährt wie ein Schwert in ihr Innerstes. Sie möchte seine Augen küssen. Sie wünscht sich Liebe ins Blau seiner Augen. Sie wünscht sich, dass eines Tages sein Blick in Liebe auf ihr ruht. Der Bliss Swami hat angefangen zu singen. Seine Stimme ist laut und hell und nicht hundertprozentig treffsicher. Der Junge wiederholt gehorsam jedes Melodiestück, apportiert es mit dünnem zittrigem Stimmchen, er scheint alle Worte auswendig zu kennen. Das Duett wirkt intim. Und das ist gar kein Junge. Das ist eine Frau, eine kleine Frau mit verwirbeltem rotem Haar und ältlichem Spitzmausgesicht, auf die Venus eifersüchtig ist, weil sie mit dem Riesen etwas teilt, das Venus nicht mit ihm teilen kann: ein Lied. Unsere Venus erhebt sich, mit abgestützten Armen und knackenden Kniegelenken, von lautlos keine Spur, murmelt eine Entschuldigung und verlässt den Tempel. Sie kennt die Sprache nicht, sie kennt die Lieder nicht, sie kennt die Götter nicht. Außerdem ist hier ein Mord aufzuklären.

4 Feenkuss

Die Mordaufklärung bleibt ein unklares Projekt. Venus läuft wochenlang herum, ziellos, wie aufgezogen, Treppe rauf, Treppe runter, macht auf dem Absatz kehrt, wechselt den Raum, kann sich nicht konzentrieren. Niederschlagen, entweihen, zerhacken möchte sie die bemalten Holzpuppen, die ihr den Mann wegnehmen, den Mönch, den sie doch haben will, und es geht nicht an, dass sie nicht haben kann, was sie haben will. Wo gibt's denn so was!

Ihre weiße perlenbestickte Verkleidung, der cremefarbene Punjabi-Suit von Kuki, erinnert sie an ihre Situation. Sie wäre gern allein, aber in diesem Haus kann man nirgends allein sein. Toga macht sich im Goldbrokatzimmer zu schaffen. Sie will nicht, dass er sie sieht. Er geht ihr auf die Nerven. Er ist ständig präsent, Tag und Nacht, mit seiner Stehaufmännchen-Attitüde, seiner gespielten Sanftheit, der eingecremten Stimme, dem Wichtelbart.

Jedes Mal, wenn er Venus etwas erklärt, nickt er bei jedem Wort so nachdrücklich, als wolle er es in ihren Kopf klopfen. Sein Lachen hat etwas von einem Schluchzen. Lustig ist es nie. Es bricht manchmal aus ihm heraus, genau wie die Rülpser, unverhofft auch für ihn selbst, wie es scheint. Es bricht heraus, tropft lautlos an seinem Bart herunter und versickert im Nichts. Er turnt zwischen Stimmungen, Themen und Ansichten herum wie ein Äffchen.

Keine Ahnung hat der Mann, in welchen Schwierigkeiten jemand stecken kann, keinen Schimmer von der Welt da draußen, denkt sie, denn sie weiß ja nichts von Togas mörderischer Vergangenheit. Vielleicht hätte sie dann mehr Respekt vor ihm, so von Mörder zu Mörder. Aber so will sie sich an ihm, der gerade einen Schrank auf Hochglanz wienert, einfach nur vorbei in ihr Zimmer stehlen.

Doch er stellt sich ihr in den Weg. »Der Monat ist fast zu Ende«, sagt er und denkt: Immerhin trägt sie kein Make-up mehr. Dafür ein Kopftuch.

Sie sieht ihn fragend an. »Das Zimmer muss neu vermietet werden«, sagt er. Sie sieht nicht aus, als hätte sie einen Menschen getötet, denkt er, aber sehe ich so aus?

»An wen?«, fragt Venus. Ein Monat ist um, denkt sie. Ein ganzer Monat ist um. Was habe ich nur die ganze Zeit gemacht? Toga hebt die haarigen Hände weit über den Kopf. »Mamma mia, an dich oder an jemand anders. An den, der bezahlt.« Ich sollte nicht so hart zu ihr sein, denkt der von chronischem Sodbrennen geplagte Diener des Dieners. Immerhin ist sie am richtigen Platz, um Buße zu tun, so wie ich Buße tue. Dieses Haus ist für Menschen wie uns gemacht, für Flüchtlinge, für Müde, für Suchende, für Menschen, die vergessen wollen, die finden wollen.

Venus sitzt der Schreck in allen Knochen. Seit sie den Bliss Swami fast den gesamten Uhrenerlös ausgehändigt hat, hat sie über Geld nur noch einmal nachgedacht, nämlich als sie erwog, einen Privatdetektiv anzuheuern. Wann immer sie Lust hat, nimmt sie vom welk-schmutzigen Haufen der übrig gebliebenen Dollarscheine einen für Hotdogs, Kaffee, Zigaretten. Der Tempel-Kühlschrank ist immer voll, das Bett bezieht sich von selbst, sie ist Teil eines funktionierenden Organismus, aber sie hat vergessen, dass sie dafür bezahlen muss.

Sie läuft in ihr Zimmer, öffnet die Schublade der Kommode, schreit auf, weil eine riesige Kakerlake aufgeschreckt davonkrabbelt, und zählt das verbliebene Geld.

»Wenn du ein bescheideneres Zimmer beziehst, wenn du an unseren Programmen teilnimmst und Service im Dienste des Herrn zu verrichten bereit bist, dann würde sich die Miete drastisch reduzieren«, ruft Toga ihr nach, aber sie hört gar nicht hin. Sie ist aufgewühlt, durcheinander, in ihrem Kopf tanzen der tote Millionenerbe, die Kakerlake und der Bliss Swami miteinander und werfen die Beine wie die Donkosaken. Hundertachtundvierzig Dollar und dreißig Cent. Sie muss Geld besorgen. Aber wie diesmal?

Sie wagt sich aus dem Haus, sonnenbebrillt, ängstlich. Vor Kiosken blättert sie verstohlen Zeitungen durch, doch sie findet keine Hinweise auf neue Entwicklungen in besagtem Mordfall.

Sie wandert zum Tompkins Square Park, beobachtet die Obdachlosen, die dort wie Tiere in einem großen Freiluftgehege hausen und plötzlich, als hätte jemand nach ihnen gepfiffen, alle zum Ausgang laufen. Der Park erbricht menschlichen Abschaum. Er kotzt die Elenden aus. Sie bilden eine Schlange vor einem Kleinbus. Abgerissene, rachitische, betrunkene Gestalten in stinkenden, zerlumpten Kleidern.

Die beiden blassen Kinder mit den Dreadlocks und den schwer auszumachenden Geschlechtern, die unsere Venus im Tempel gesehen hat, teilen Plastikteller mit dampfendem Essen aus. Das Mädchen hat ums linke Auge einen schwarzen Ring tätowiert. Der Junge hat stechend grasgrüne Augen. Oder andersherum. Venus ist sich nicht sicher, wer was ist. Sie nähert sich langsam dem Kleinbus. »Willst du helfen?«, fragt der vermeintliche Junge.

Sie wirft einen Seitenblick auf die Gestalten, die in der Schlange stehen, und schüttelt den Kopf. Wir schütteln auch den Kopf über so viel Diskrepanz.

»Jeden Tag eine gute Tat!«, sagt der Junge und lacht mit merkwürdig heller Stimme. »Wie bei den Pfadfindern.«

In der Schlange gibt es Tumult.

»Sagt mal, ihr weißen Fotzen, ihr wollt mich wohl nicht?« Ein Mann baut sich vor Venus auf. Ein Mann wie ein Schrank, größer noch als der Bliss Swami, schwarz wie ein Loch. Eine Bettlerin geht dazwischen und bufft den Riesen vor die Brust.

»Hey Man, ich bin eine schwarze Fotze, und ich will dich auch nicht!«

Johlen in der Menge. Der schwarze Riese schiebt sie weg und kommt Venus näher.

»Du bist die Tochter von Sklavenhändlern«, sagt er, »das seh ich dir an.« In seinen Augen sind viele Äderchen geplatzt. Er riecht nach Schnaps und ungeputzten Zähnen. In gewissem Sinne hat er Recht, unsere Venus gehört, auch gestrandet und entwurzelt, immer noch zweifellos der herrschenden Klasse an. Sie steht in ihrem perlenbestickten Punjabi-Suit ätherisch zwischen all dem Elend, sogar ihren neuen Namen, Steakmessermodel, trägt sie wie ein Tiffany-Accessoire.

Der Junge ruft aus dem Auto: »Mach dich mal locker, Zak. Hier hast du 'n Cranberry-Muffin.« Der schwarze

Riese fängt den Muffin, einen Klumpen aus locker gebackenem Teig in einer Papiertüte, wirft Venus einen unentschlossenen Blick zu und bleibt stehen. Das Mädchen nähert sich mit großen schweren Schritten dem schwarzen Riesen, reckt sich auf die Zehenspitzen, nimmt sein Gesicht in die Hände und küsst ihn auf den Mund. »God bless you«, sagt es. Und leise zu Venus: »Sorry!« Der schwarze Riese zieht sich mit verklärtem Blick zurück. Er lächelt.

»Ist doch nix passiert«, sagt Venus mit leicht zittriger Stimme. Das Mädchen hat den stinkenden Typen tatsächlich auf den Mund geküsst. Und sich dafür entschuldigt. Oder wofür auch immer. »Seid ihr eigentlich auch … religiös?« Das Mädchen sieht schweigend den Jungen an. Offenbar ist sie nicht befugt zu antworten. Unter ihren Augen sind Netze von alter Mascara. »Wir lieben alle Menschen«, flüstert sie mit unsicherem Seitenblick auf den Jungen.

»Religiös nicht«, sagt der, springt in den Spagat und dehnt den Oberkörper nach vorn und nach hinten, nach vorn und nach hinten. »Spirituell! Wir sind spirituell!« Er kneift die stechend grasgrünen Augen zusammen. »Wir sind … Gott.« Er lacht dröhnend, verschränkt die Hände ineinander und streckt sie hoch zum Himmel. Seine Knochen krachen. Dann dehnt er sich stöhnend nach links und nach rechts, nach rechts und nach links. »Aber wir müssen noch üben.« Er knackt die Fingergelenke einzeln. »Im Tempel sagen sie, dass Gott die Welt perfekt gemacht hat. Aber sieh dir das an.« Er zeigt mit großer Geste auf die Schlange, die inzwischen auf über hundert Leute angewachsen ist. »Ist das eine perfekte Welt?«

*

Die Welt ist alles andere als perfekt, das weiß indessen auch Daniel H. Boone, unser Inspektor, aber den fragt ja keiner. Der soll nur immer Ergebnisse liefern, Dukaten scheißen wie ein Goldesel, dafür wird er ja schließlich bezahlt. Als sei die Welt perfekt. Wir haben ihm rasch einen Besuch abgestattet, nicht zuletzt, weil wir das Elend im Tompkins Square Park nicht ertragen können. Boone kommt zwar voran, aber langsamer als Captain Kelly, sein Yuppie-Vorgesetzter, hofft.

Die leidige Wohnungssuche hält Boone auf. Er hat zwar etwas Neues gefunden, ein winziges Einzimmerapartment in Brooklyn, aber das wird erst in sechs Wochen frei, und er braucht sofort einen Platz zur Überbrückung. Eine Woche hat ihm der Hausbesitzer gegeben, ein überaus unwürdiger Abgang, nach dreißig Jahren. Captain Kelly, dem Boones private Umstände natürlich egal sind, hat seinen dienstältesten Inspektor in der Mordkommission bereits zweimal verwarnt und auf Ergebnisse gedrängt. Die Öffentlichkeit will einen Mörder. Und zwar in Handschellen. Und zwar hopphopp.

Etwas tiefer ist Boone inzwischen eingedrungen in die Glitzerwelt des Millionenerben, die, obwohl sie glänzt, nicht Gold ist. Er hat mit frisch gewaschenem schwarzem Hemd die Witwe des Opfers vernommen, eine fahrige dünn gehungerte New Yorkerin mit übertriebener Gestik, die die Hauptverdächtige stark belastet und selbst ein Alibi nennt, das allerdings noch überprüft werden muss. Er hat seine einzige Krawatte umgebunden und die Eltern von Opfer und Tatverdächtiger kennen gelernt, alles feine Pinkel der New Yorker Upperclass. Er hat in Räuberzivil wiederholt den Tatort besichtigt, sich in die markierten Umrisse der Leiche gelegt, mit geschlossenen Augen, nur an den roten

Bäckchen als Noch-Lebender auszumachen. Er ärgert sich seit der Titelgeschichte in der New York Post täglich mit Dutzenden von Anrufern herum, die das Steakmessermodel gesehen haben wollen, in Manhattan, in New Mexico, auf Hawaii, sogar in China. Die meisten Anrufer waren nicht zu gebrauchen. Nur zwei Protokolle hat sich Boone zum Rückruf bereitgelegt. Ein Uhrenhändler will gesehen haben, wie sein Kollege einer blonden Frau im roten Kleid ein Goldstein-Fabrikat passender Beschreibung abgekauft, aber keine Quittung geschrieben hat. Ein Polizist hat im Tompkins Square Park eine Frau gesehen, die ihm bekannt vorkam, hatte aber erst später angesichts des Fahndungsfotos eine Ähnlichkeit festgestellt.

Aktuell starrt er im goldorangen Licht der zwischen den Wolkenkratzern untergehenden Sonne auf den Obduktionsbericht, als könne er die Abfolge der Messerstiche decodieren, ihnen ein Muster, eine Geheimbotschaft entringen.

Auf Boones Schreibtisch, dessen hygienischer Zustand unser Mitleid erregt, liegt neben dem Bericht ein kleiner Haufen bekleckerter blassgrüner Karteikarten, die Boone in krakeliger Schrift mit Wörtern beschrieben hat. Die Karteikarten sehen aus, als würden sie seit Jahren benutzt. Boone ist ein sparsamer Mann, überdies bringen ihm die Karteikarten zuweilen Glück. Langeweile?, steht auf der ersten. Drogen?, auf der zweiten. Weitere sind zu erkennen. Lust? Eifersucht? Rache? Notwehr? Das Wort »Notwehr« ist durchgestrichen.

Boone sieht auf die Uhr. Feierabend, murmelt er vor sich hin.

Aber was ist das, Feierabend? Was macht man am Feierabend? Den Abend feiern? Boone weiß, wie er den

Abend feiern wird. Er hat sein Joggingzeug im Auto. Der Doppelwhopperbauch muss weg. Neue Wohnung, neues Leben, neue Figur. Ein schlanker Rentner will er sein, wenn schon Rentner. Einer, der eine gute Figur macht beim Taubenfüttern. Er lacht verächtlich und wirft noch einen Blick auf die Daten der Zeugen. Ein Uhrenverkäufer, ein Polizist. WATCH EXCHANGE hat schon zu. Das örtliche Polizeirevier ist auf der Avenue C, oben zwischen 9. und 10. Straße. Gesehen haben will der Kollege die Frau im Tompkins Square Park. Wir flüstern Boone ein, den geplanten Ausdauerlauf von der Brooklyn Bridge ins East Village zu verlegen, und wir machen das so diplomatisch, dass er glaubt, ganz allein auf die Idee gekommen zu sein.

Es ist noch hell, als er auf der Avenue B hinter einem weißen klapprigen Kleinbus parkt, an dem sich eine Schlange gebildet hat. Vor dem Joggen will er quer durch den Park zum Polizeirevier. Er trägt also noch nicht den Jogginganzug, sondern sein Räuberzivil: schmuddelige braune Bundjacke, No-Name-Jeans, schwarzes verschwitztes Hemd. Ein Umstand, der ihm die nun folgende schicksalhafte Begegnung einbringt. Als er den Park betritt, tippt ihm jemand auf die Schulter. Er dreht sich um mit der Hand an der Dienstwaffe. »God bless you«, sagt ein weiß gekleidetes feenhaftes Wesen, drückt ihm etwas in die Hand und küsst ihn auf den Mund.

»Kannst du fahren?«, fragt Alien unsere Venus mit gesenkter Stimme, die den Stimmbruch noch nicht erlebt zu haben scheint. Venus, die gerade hinter Winter und Alien in den weißen klapprigen Kleinbus steigt, um mit ihnen zum Tempel zurückzufahren, hat keine Ahnung.

»Winter kann auch nicht fahren«, ruft Alien, als Venus nicht antwortet. »Aber ich. Nur ich hab keinen Führerschein.« Winter lächelt Alien verliebt an. Venus denkt an die stinkenden, zerlumpten Menschen, die sie im Park zurückgelassen haben. Wird auch sie bald dort hausen? Wird sie in der Schlange stehen, um eine Suppe zu holen, einen Muffin, einen Kuss, einen Segen?

Sie hat immer noch keine Idee, wie sie Geld auftreiben könnte. Winter und Alien unterhalten sich. Winter spricht viel, aber sie nuschelt so stark, dass Venus kein Wort versteht. Wie alt die beiden wohl sind? Ob sie Geschwister sind? Aber wer ist der Bruder, wer die Schwester?

Mit angehaltenem Atem schleicht Venus die Treppe hoch, aber Toga hört sie doch. Ganz in Weiß stellt er sich ihr in den Weg. Sein Gesichtsausdruck ist milde, seine Stimme ist leise, dennoch wirkt der Zwerg bedrohlich. »Hast du das Geld dabei?« Sie schweigt. Ihre letzten Kröten trägt sie bei sich. Der Zwerg kriegt die jedenfalls nicht.

»Geld ist nicht wirklich wichtig«, säuselt Toga.

»Na also«, gibt Venus patzig zurück.

»Nicht im spirituellen Sinne«, sagt Toga und wirft das Geschirrtuch über die Schulter, um sich bequemer in den Türrahmen lehnen zu können. »Aber wir leben nun mal im Zeitalter des Materialismus. Dazu Manhattan, beste Lage.«

Sie drückt sich an ihm vorbei und ruft: »Morgen! Morgen bringe ich das Geld.«

Maria Magdalena, Togas Frau, steht in der Küche des Goldbrokatzimmers und hackt mit roboterhafter Geschwindigkeit Gemüse, ohne auf ihre Hände zu sehen. Hackhackhack. Ihre schrägen wimpernlosen Augen scannen alles ein, ohne messbare mimische Reaktion.

Maria Magdalena

Cio-Cio-San, die Asiatin mit dem stummen rosenblattförmigen Mund, von ihrem Ehemann Toga »Maria Magdalena« getauft, verbirgt hinter ihrem ungeschminkten Gesicht perfekt die Verzweiflung ihrer Jugend in Thailand, von der niemand weiß, außer uns natürlich. Sie war die jüngste von fünf Töchtern, ihre Eltern starben früh. Ihre einzige Kindheitserinnerung ist die an die geschnürten Füße ihrer chinesischen Großmutter. Füße mit komprimierten Hacken, verkrüppelten, unter die Sohle gebogenen, kleinen Zehen und hohem, kamelbuckligem Spann, Füße die aussahen wie Ziegenhufe. Als die Großmutter starb, legte sich der Großvater auf den Fußboden der Baracke und rührte sich nicht mehr. Er lag dort ohne Konturen wie ein Wassersack, dem Boden vollkommen angepasst. Er atmete, ließ sich füttern, aber er schlug nie mehr die Augen auf, sprach nie mehr ein Wort.

Cio-Cio-San und ihre Schwestern tanzten in Clubs in Bangkok, schliefen mit Touristen, träumten vom Heiraten und davon, woandershin mitgenommen zu werden, irgendwohin, Hauptsache weg. Eine Schwester starb an Syphilis, eine starb an Aids. Zwei schafften den Absprung nach Deutschland und lebten dort mit ihren Ehemännern, einer ein Säufer, der andere ein debiler Sadist, und schickten monatlich Geld. Nur Cio-Cio-San blieb. Sie blieb beim Großvater, beim großen, feuchten, faulenden, stinkenden Tier, das fraß und pisste und schiss, aber nicht mit ihr sprach, sie nicht ansah, nicht in den Arm nahm.

Eines Tages – es war genau sieben Jahre, nachdem der Großvater sich auf den Boden gelegt hatte – hörte sie einfach auf, ihn zu füttern. Sie gab ihm nichts zu essen, sie gab ihm nichts zu trinken, sie wechselte seine Windeln nicht mehr. Nach einem Tag wurde er fahl, sein Gesicht klappte ein, die Kiefer schienen zu schrumpfen. Am zweiten Tag roch der ganze Raum nach Scheiße. Die Ratten huschten aufgeregter als sonst an den Wänden entlang. Seine Lippen platzten mit kleinen Plops auf. Am dritten Tag hörte er auf zu atmen. Drei Stunden später war er kalt und wächsern. Da ging Cio-Cio-San hinaus in die Welt wie ein tapferer kleiner Zinnsoldat, aufrecht, mit ihrem geraden Körper, den jungen knabenhaften Gliedern, dem unbewegten Gesicht, als sei nichts geschehen.

Am Ende der Straße hörte sie Schellenklänge und sah wunderliche Gestalten in weißen und orangefarbenen Gewändern die Straße entlangtanzen und singen. Sie ähnelten mit ihren kahl rasierten Köpfen ein wenig den buddhistischen Mönchen, die sie kannte, aber sie schienen fröhlicher, und auf ihren Skalps waren kleine Haarbüschel vergessen worden. Cio-Cio-San sah, wie sich den Mönchen Passanten anschlossen, wie sie einfach hinterherliefen und mitsangen und mittanzten, also lief sie auch hinterher, war aber zu scheu, um zu tanzen oder gar zu singen. Es roch nach Essen, nach süßem Reis und gebratenem Gemüse. Es gab frisch gebackenes Brot und sauberes Quellwasser. Ein kleiner weißhäutiger Mann mit einem starken Bartschatten faltete die Hände vor der Brust, verbeugte sich und fragte sie nach ihrem Namen. Seine Stimme war weich wie eine Hängematte. Cio-Cio-San wollte antworten, brachte aber kein Wort heraus. Vielleicht, weil sie schon seit Jahren nicht mehr gesprochen hatte. Sie legte sich in die Hängematte seiner Stimme und blieb.

Sie folgte dem kleinen weißen Mann in einen prachtvollen goldenen Palast, den sie noch nie zuvor gesehen hatte, der über Nacht aus dem Boden geschossen zu sein schien. Von Buddha war dort weit und breit nichts zu sehen. Der Gott der Mönche hatte blaue Haut und spielte Flöte. Alle warfen sich vor ihm nieder, fielen mit der Stirn auf den Boden, auch Cio-Cio-San, da der kleine weiße Mann sie sanft darum gebeten hatte. Sie fand das alles viel weniger schlimm als das fressende scheißende Großvatertier, und der kleine weiße Mann gefiel ihr. Aber immer noch brachte sie kein Wort heraus. Das ist Gottes Strafe, dachte sie, er hat mich stumm gemacht, weil ich den Großvater ermordet und den Ratten zum Fraß vorgeworfen habe.

Sie lebte in einer kleinen Hütte neben dem Palast, lernte, die Schellen zu schlagen und indisch zu kochen. Putzen konnte sie ja schon. Sie hing an den Lippen des kleinen weißen Mannes, obwohl der ihr in einem Ton, in dem man mit Idioten spricht, die Welt erklärte. Cio-Cio-San war das egal. Sie vergaß Buddha und betete vorschriftsmäßig Krishna an. Sie trug auf die Bitte des kleinen weißen Mannes hin nur noch Kopftücher und lange weite Röcke. Besser als nackt in der Bar, besser als Ratten, Syphilis, Aids. Sie absolvierte ein ungeheures Pensum an täglichen Gebeten und harter körperlicher Arbeit. Sie stand im Morgengrauen auf und knüpfte flinkhändig Blumengirlanden für ihren neuen Gott, aber eigentlich für den kleinen weißen Mann, der ihr inzwischen einen neuen Namen gegeben hatte, der ihr viel besser gefiel als ihr alter: Maria Magdalena. Sie hatte das Gefühl, dass der kleine weiße Mann die Lösung für alle ihre Probleme war.

*

Als Venus ihr Zimmer betritt, findet sie es leer. Das Bett ist frisch bezogen, saubere Handtücher liegen fächerförmig angeordnet darauf. Venus stampft mit dem Fuß auf. »Was fällt dir ein, du Zwerg?«, ruft sie. »Du schmeißt mich raus? Du schmeißt mich einfach raus? Du gibst mir keine Chance, keinen einzigen Tag Aufschub?«

Togas Frau fixiert sie mit unbewegtem Gesicht, während ihre Hände weiter Gemüse hacken. Hackhackhack.

»Venus«, sagt Toga salbungsvoll. »Wir alle lieben dich…« Der Tonfall, in dem er das sagt, der Blick, mit dem er seine Bemerkung begleitet, bereitet sogar uns ein Unbehagen. Auch bezweifeln wir, dass die Gemüsehackmaschine mit dem Blumenkopftuch und dem Raschelrock unsere Venus liebt. Die Einzigen hier, die sie lieben, sind vermutlich wir.

»Ich pfeif drauf«, ruft Venus und läuft hinaus, geradewegs in den prallen Bauch des Bliss Swami, den wir vorsorglich im Flur bereitgestellt haben. Sie weint. »Ich will hier raus, aber ich weiß nicht, wohin!«

Bliss Swami bleibt stumm, er steht bewegungslos und hält sie etwas unentschlossen eher von sich weg als im Arm.

Sein Herzschlag beschleunigt sich dennoch. Es ist ihm nicht erlaubt, eine Frau im Arm zu halten. Die vedischen Schriften weisen einen Fall wie diesen klar als spirituelle Verunreinigung aus. Frauen gehören nicht in die Arme von Mönchen. Aufgabe eines Mönchs ist es, sich ganz Gott zu widmen, mit all seiner Zeit, all seinen Gedanken, all seiner Kraft und Anstrengung, mit allem, was er hat und ist. Es ist der Teufel, der das Ziel verfolgt, den Mönch von Gott wegzulocken. Manchmal, sehr oft sogar, erscheint der Teufel in Gestalt einer Frau. Jede Versuchung, der der Mönch widersteht, bedeutet Kraft, Seelenfrieden, Freude. Jede Versuchung, der der Mönch unterliegt, fordert »Reaktionen« heraus, schlechtes Karma sammelt sich an, gutes wird zerstört. Komplizierte Waschungen werden nun notwendig sein, denkt Bliss Swami, während er unsere Venus auf Abstand hält. Doch das Fleisch ist schwach und er sieht sich außerstande, sich zu befreien.

»Wir schmeißen dich nicht raus«, sagt Toga, der es für bescheidener hält, von sich, dem Diener des Dieners, im Pluralis Majestatis zu sprechen. »Wir möchten, dass du bei uns bleibst.« Er tritt hinter sie, nimmt sie an den Schultern und löst sie langsam, aber bestimmt vom Swami, um dessen Seelenheil er zu Recht fürchtet. »Aber es ist… offensichtlich, dass du kein Geld mehr hast. Deswegen haben wir entschieden, dich bei Bringfriede einzuquartieren. Die Miete kannst du vorerst im Haus abarbeiten. Du wirst von jetzt an täglich zur Morgenzeremonie gehen. So wirst du weiterkommen auf deinem spirituellen Weg.«

Venus, deren spiritueller Weg sie bisher – der Hindupampe wegen – nur anfallartig auf die Toilette geführt hat, fühlt sich gefangen. Eben hat sie sich noch rausgeschmissen gefühlt, jetzt fühlt sie sich gefangen. Ist sie gefangen? Kommt sie jemals raus hier?

»Sag mal, gehst du da auch immer hin?«, fragt sie später Benito, der nach Zigarette stinkend und mit tieftraurigem zerknautschtem Gesicht ins Goldbrokatzimmer geschlurft kommt. Er macht sich an den Lunchtöpfen zu schaffen und setzt sich mit drei gedünsteten Karotten auf dem Teller neben Venus an den Tisch. Uns fällt auf, dass er immer diesen leicht weggetretenen Ausdruck hat, man kann schwerlich ahnen, ob er zuhört oder nicht.

»Wohin?«, fragt er schließlich.

»Zur Morgenzeremonie?«

Er grinst schadenfroh. »Ach, haben sie dich jetzt auch im Sack?«

Sie nickt.

»Drei Stunden Höhlenrituale«, sagt er wegwerfend. »Götzenanbetung. Fahnenappell. Ich muss da seit einer Woche hin, seit ich Permanenter bin. Erst war es hart, aber … man gewöhnt sich dran, wirst schon sehen. Wo werden sie dich einquartieren?«

»Ich weiß nicht«, antwortet Venus, »bei einer Dingsfriede.«

»Na halleluja!«

Von draußen ist eine kräftige männliche Singstimme zu hören. Es ist Mau, der sich selbst auf der Gitarre begleitet. Im schluchzenden Falsett singt er ein Lied:

»Ehe ich weinend zu Boden stürze,
Sei gnädig und komm
Mit deiner göttlichen Flöte zu mir …
Ich kann ohne deinen Anblick nicht leben,
Du einzige Wirklichkeit, komm zu mir, komm!«

Venus und Benito sehen sich an, Venus verkneift sich das Lachen, Benito versucht es gar nicht erst. »Komm her mit deiner Flöte«, wiederholt er im Lachkrampf immer wieder. Gekränkt bricht Mau seinen Vortrag ab.

Bringfriede

Seit ihrem vierten Lebensjahr, als eines Nachts jemand mit eisernem Griff ihre Knöchel umklammerte und sie schweißgebadet erwachte, schreiend, von den Eltern der Lügen bezichtigt, leidet die Tochter aus reichem englischem Haus an Albträumen und dunklen Visionen. Noch wochenlang hatte sie blaue Flecken, die sie aus Angst vor der elterlichen Strafe verbarg, noch jahrelang spürte sie den Griff um ihre Knöchel, die zweifelsfrei teuflische Kraft, die an ihr zog, die sie in die Hölle hinabziehen wollte. Mit zehn wurde sie in ein Internat in den Schweizer Alpen gesteckt, wo man ihr für ein Vermögen Anstand, Demut und mehrere Sprachen beibringen sollte.

Dies schien ihr nicht zu bekommen. Mit vierzehn wurde sie Jeanne d'Arc und kam in psychiatrische Behandlung. Mit sechzehn wurde sie Jesus und in ein idyllisch gelegenes Sanatorium eingewiesen. Als sie zwei Jahre später »geheilt« entlassen wurde, war sie immer noch Jesus, nun aber heimlich. Sie wollte kein Studium antreten, zog in ein evangelisches Kloster und wurde Diakonisse, obwohl sie ja eigentlich Jesus war, herabgestiegen, um die Menschheit von ihrem Leiden zu erlösen. Das genaue Datum stand noch aus, Bringfriede wartete auf ein Zeichen. Die Rettung der Menschheit sollte eine Überraschung werden.

Im Rahmen eines Austausches kam die 20-Jährige nach Florida in eine andere Klosterfiliale ihres Ordens. Sie erregte Aufsehen, weil sie sich, was unter evangelischen Diakonissen unüblich ist, das Haupthaar schor und das Häubchen keck auf der Glatze trug. Einmal, als die Diakonissen Badetag hatten und mit ihren einteiligen großräumigen Badegewändern unter den mittelalterlichen grauen Nonnentrachten im Grüppchen zum

Strand liefen, erhielt Bringfriede von ihrem Vater, Gott selbst, den Auftrag, sich nackt auszuziehen, nackt bis aufs Häubchen, und übers Wasser zu laufen. Teile der Aufgabe misslangen.

Bringfriede wurde gerettet, vom Orden suspendiert und in eine New Yorker Klinik eingewiesen, wo sie mit Van Gogh, Einstein, Hannibal und Sokrates ein recht polemisches Leben unter hoher Medikation führte. Zehn Jahre später brachte sie die eigene Krankenakte in ihren Besitz und musste darin lesen, dass sie »psychopathisch minderwertig« sei und an »hysterischen Affektionen« litte. Obendrein nannte man sie eine »pathologische Lügnerin«. Bringfriede, tief gekränkt, brach aus, indem sie den Nachtwächter erst verführte und dann – lebensgefährlich, aber nicht tödlich – in die Kehle biss. Sie arbeitete fünf Jahre lang mehr oder minder erfolgreich als Handleserin im Greenwich Village. Im Alter von vierzig Jahren wandte sie sich den Lehren des Nostradamus zu und wurde vollends verrückt. Bald nahm sie in ihr Wahrsager-Programm Anleitungen zu Voodoo, Todeszauber, zur Dämonenbeschwörung, zum Teufelspakt, zu satanischen Ritualen, Rachezauber und die Kristallkugel auf. Als es ihr zur Gewohnheit wurde, die Kunden wegen ihrer banalen Lebensgeschichten zu beleidigen, kamen keine mehr.

Schließlich verschwand Bringfriede aus ihrer Wohnung und streifte monatelang durch New York, wo sie sich Passanten abwechselnd als Buddha und Satan vorstellte. Toga griff sie eines Tages auf, als sie im Vorraum des Tempels Schuhe stahl, nur jeweils einen, um, wie sie angab, die Einbeinigen New Yorks damit zu kleiden. Als er sie fragte, warum sie es so eilig habe, flüsterte sie ihm zu, das Jüngste Gericht sei nah. Die Polachsen würden sich in

Kürze empfindlich verschieben und ein großer Meteorit würde in die Nordsee einschlagen. Der Kontinent Amerika würde auseinander brechen und zwei Drittel der Menschheit würden von Raumschiffen verschleppt werden.

Toga brachte Bringfriede, von ihrem apokalyptischen Vortrag und seiner eigenen Güte betört, in der Tempelküche unter, die zu diesem Zeitpunkt das Zentrum allerbösester Reibereien war, da die malaiischen Köche keinerlei Interesse daran zeigten, das koschere Kochen zu lernen, was wiederum die Fraktion der orthodoxen Juden aus dem Haus trieb.

Erst als unsere Venus Bringfriedes Zimmer betritt, einen Verschlag, der jeder Beschreibung spottet, versteht sie Benitos »Na halleluja«. Großteile des Zimmers werden von Strickutensilien eingenommen, Venus sieht Stapel von überdimensionalen Nadeln, ganze Gebirge mehrfarbiger Wollreste sowie mehrere Lagen bereits fertig gestrickter unförmiger Pulloverteile. Venus sieht außerdem einen Haufen einzelner Schuhe, ein Regenfass voller Kronkorken und Dutzende Heiligenbildchen. Bringfriede, das alte Kind, das mit Bliss Swami in der Abendzeremonie gesungen hat, begrüßt sie mit einem faden feuchten Altweiberhauch und der Frage: »Rieche ich aus dem Mund?«

»Nein«, lügt Venus überrumpelt.

»Ich trinke nämlich jeden Morgen ein Glas Eigenurin«, erklärt Bringfriede.

Das ist ja ekelhaft, denkt Venus. Nur Bruchstücke von Bringfriedes Vortrag erreichen sie danach: Derzeit miserable Schwingungen. Jede Menge schlechtes Karma. Schwarzer Qualm, der Seelen dauerhaft verrußt.

Bringfriede entzündet nun einige getrocknete Blätter, die stark nach männlichem Schweiß riechen, wirft sie in eine flache handtellergroße Muschelschale und bedeutet Venus, ihre Arme zu heben, da sie spirituell gereinigt werden müsse.

Venus hebt ihre Arme und lässt die Prozedur klaglos über sich ergehen. Was kann spirituelle Reinigung schaden, denkt sie. Hauptsache, sie hat eine Bleibe. Mehr als Bringfriedes Wahnsinn stören sie die Techno-Bässe, die aus dem Zimmer ihrer neuen Nachbarn Winter und Alien dröhnen. In diesem Moment stellt Venus beklommen fest, dass Bringfriede die ganze Zeit gesprochen und sie gar nicht zugehört hat.

Während die kleine Frau strickt, erklärt sie Venus, an welche Regeln sie sich fortan zu halten habe. Dabei übertönt ihre leise Stimme kaum das Klappern der riesigen Nadeln. Nun, da sie nicht mehr Temporäre sondern Permanente sei, habe sie alle Rechte verloren, erfährt Venus. »Dafür hast du jetzt jede Menge Pflichten«, sagt Bringfriede und kichert solidarisch, wobei sie stark lückenhafte Zähne zeigt. Sie drückt Venus einen Zettel in die Hand. Mit wachsender Nervosität liest die, welche Eckpfeiler fortan ihr Tag haben soll. Wecken um 4.30 Uhr, 5–6 Uhr stille Meditation im Tempel, 6–7 Uhr Gesang und Tanz, 7–8 Uhr Vorlesungen, Gebete, Gesprächszirkel, 12–21 Uhr: diverse Arbeiten in Küche und Gästebereich, 22 Uhr Nachtruhe.

»Das schaffst du schon«, sagt Bringfriede, »im Kloster ist es schlimmer, da war ich nämlich schon.« Auch in der Hölle war Bringfriede bereits, wie wir wissen, aber das erzählt sie unserer Venus nicht. Außerdem hört die sowieso nicht mehr hin. Sie wird ab sofort den Alltag des Bliss Swami teilen, ihm nah sein, ihn besser kennen lernen, ihn von ihren Vorzügen überzeugen, sobald sie welche ausgemacht hat, was kann man sich Schöneres denken? Sie lässt die Umarmung des Orangen Riesen in Endlosschleife Revue passieren und schläft mit fast wohligem Gefühl ein.

Wenig später zieht sie jemand am großen Zeh. Mitten in der Nacht. Venus schreckt auf. Sie sitzt im Halbdunkel im Hochbett und stößt mit dem Kopf an die Decke. Es ist ihr, als wäre sie eben erst eingeschlafen. Hat sie das alles geträumt?

»Aufstehen!«, wispert Bringfriede, die bereits fertig geduscht ist und eben in eine viel zu große Latzhose steigt. »Ich hab deinen Wecker ausgeschaltet.« Venus reibt sich die Augen. Sie hat gar keinen Wecker.

»Am großen Zeh ziehen ist die sanfteste Art, jemanden zu wecken, weil der große Zeh weit weg vom Herzen ist«, erklärt Bringfriede. »Dann können die Traumgeister in Ruhe davonziehen und du kriegst keinen Schreck.«

Venus, der das Herz bis zum Hals schlägt, mustert ihre Mitbewohnerin: das Spitzmausgesicht, das verwirbelte rote Haar, die Vogelwaden. »Was für eine Tortur«, grollt sie, reibt sich den Kopf und lässt sich wieder zurückfallen, die rissige Zimmerdecke anstarrend.

»Das macht ihr jeden Tag?«

»Ja«, sagt Bringfriede, zieht ihr die Bettdecke weg und hält ihr eine Achselhöhle hin: »Rieche ich nach Schweiß?« Ein dunstiger Schwapp alter Drüsen ergießt sich über unsere kopfschüttelnde Venus.

»Wer überleben will, hat keine andere Chance«, sagt Bringfriede. »Gerade im Zeitalter des Kali-Yuga. Ich kenne deine Geburtsdaten nicht, aber du bist eindeutig ein neptunischer Mensch, das fühle ich, hier.« Sie nimmt Venus' Finger und legt sie sich auf die flache Brust. »Da muss man aufpassen. Du willst doch nicht zu den Verdammten gehören?«

Venus fröstelt. Gehört sie nicht bereits zu den Verdammten?

»Heute ist indisches Programm, morgen katholisch, übermorgen muslimisch, schamanisch und jüdisch fallen aus, steht alles auf dem Plan«, sagt ihre neue Zimmergefährtin, die Venus bei sich Strickliesl tauft.

Noch ist der Tag weit davon entfernt, überhaupt anzubrechen. Unsere Venus ist gezwungen, sich einzureihen in die Gruppe verschlafener Aschenputtel. Vorm Gemeinschaftsbad Schlange stehen, anziehen, barfuß und verpennt runter in den Regenbogensaal. Der ist noch dunkel, die Vorhänge noch zugezogen. Schlafdunst, Fußschweiß, Knoblauch und die Sommerhitze des vergangenen Tages schlagen ihr entgegen. Überall hocken, stehen, knien Menschen, auf Kissen, an den Wänden, im Zentrum des Raumes, im hinteren Drittel. Menschen mit und ohne Hut, mit und ohne Kopftuch, mit und ohne Schuhe. Es müssen dreißig oder vierzig sein, mehr vielleicht, schwer zu zählen. Erkennen kann sie keinen.

Ein skurriler Geräuschfilm wabert durch den Raum. Worte, gebrabbelte Worte, höher, tiefer, schneller, langsamer, gesprochen, geflüstert, gesungen. Ein Horn macht einen heiseren Ton, Perlen klappern, geschäftig und einlullend zugleich, sehr fremd. Menschliche Stimmen verschmelzen zu einem gewaltigen Bienensummen. Dabei scheint jeder auf sein eigenes Lied zu beharren. Venus' Augen gewöhnen sich an das Dunkel. Nun erkennt sie Toga im Schneidersitz auf drei Kissen sitzend. Wie Caesar thront der Diener des Dieners über allen anderen. Sie hört seine hektisch gezischten Worte aus allen anderen heraus, schneller, lauter, deutlicher als die anderen. Maria Magdalena sitzt neben ihrem Mann, viel tiefer, ohne Kissenthron, ohne Wimpern, ohne Stimme, ohne jeglichen

Schick, nur mit Nickelbrille und Blumenkopftuch und raschelndem Rock. Durch ihre Hand gleiten die Perlen einer Kette. Sie macht das übliche unbeteiligte Gesicht.

Unsere Venus, die immer noch nicht viel mehr als eine vage Ahnung hat, dass ihr Leben früher erheblich glanzvoller und annehmlicher war, zögert kurz, setzt sich aber in den ungewohnten Schneidersitz. Sie erkennt ihren Verbündeten Mau an seiner Silhouette. Er sitzt ganz in ihrer Nähe. Er ist in eine Art Stola gehüllt und schnarcht leise. Sie versucht, die Augen zu schließen, sich zu konzentrieren, in sich hineinzuforschen, in einem verborgenen Winkel ihres Selbst ihr Gedächtnis wiederzufinden. Es klappt nicht, die Gedanken driften ab, jedes Geräusch stört sie. Nach fünf Minuten beginnt ihr rechtes Knie zu schmerzen. Sie ändert ständig die Position. Neugierig dreht sie sich zu jedem Rascheln, jedem Zischen hin, dann immer wieder zur Uhr über dem Eingang, deren Zeiger gen 6 Uhr schleichen.

Genau ihr gegenüber erkennt sie Benito. Er streckt als Einziger die Beine bequem von sich und schlürft geräuschvoll Tee aus einer Tontasse. Toga, der kurz aus seiner theatralischen Trance erwacht, springt auf, robbt auf Knien zu Benito und flüstert ihm etwas ins Ohr. Dieser verdreht die Augen, nimmt seine Teetasse, bringt sie hinaus und kommt ohne sie wieder herein, worüber der Orientale mit dem Korkhut kichert. Als Benito Venus sieht, hebt er lässig die Hand zum Gruß. Sie nickt ohne allzu große Emphase in seine Richtung. Sie weiß nicht, ob sie ihn mag.

Vor ihr läuft der kubanische Koch klein und krummbeinig im weißen schmutzigen Rock auf und ab und murmelt und zischt. Kuki köpft in einer Ecke mit einer großen Schere Blumen, schnipp, schnipp, schnipp, und reiht sie zu Girlanden. Venus hört leise ihre Fußglöckchen klingeln. Bringfriede läuft ganz nach vorn zum Altar, der von einem Vorhang bedeckt ist, wirft sich auf die Knie und bekreuzigt sich mehrfach mit großen, ausholenden Bewegungen. Dann bleibt sie vorn sitzen, von Kopf bis Fuß in ein mit fremden Zeichen bedecktes weißes Baumwolltuch gehüllt, aus dem nur Füße und Vogelwaden hervorlugen, unter dem Tuch klappern unheilvoll die spitzen, langen Stricknadeln.

Von einem Verlangen getrieben, dessen Ursprung nur wir allein kennen, sucht unsere Venus mit Blicken den Raum ab. Und dann sieht sie ihn endlich, den Bliss Swami, groß wie ein Berg, weltentrückt, seltsam heiter. Sein Kopf schaukelt hin und her, die blauen Augen unter den buschigen Augenbrauen sind geschlossen, das herrische Kinn ist nach vorn gestreckt. Irgendwo hat sie dieses Schaukeln schon gesehen.

Der Vorhang öffnet sich. Er scheint einen riesigen Magneten im Boden zu aktivieren, dessen Gegenpol in den Köpfen der Hockenden eingebaut ist, denn alle plumpsen unisono mit der Stirn auf den Boden, auch Mau, der uns erneut an eine dressierte Seerobbe erinnert. Nur der Orientale, Benito und Venus plumpsen nicht. Benito grinst, schüttelt den Kopf in ihre Richtung, hebt die Schultern.

Nach etwa gefühlten fünf Stunden geht das Saallicht an. Venus fühlt sich der Helligkeit ausgeliefert, fühlt sich beobachtet, aus unzähligen fremden Augenwinkeln, von allen anderen Alteingesessenen, die immer schon hier waren und die immer hier bleiben werden. Und sie? Wo kommt sie her? Wo geht sie hin? Du hast mich umgebracht, sagt leise die Ratte. Dafür wirst du in der Hölle schmoren.

Toga springt hoch wie ein Gummiball und steckt allen Büchlein zu mit Gebets- und Liedtexten in Englisch sowie einer aus Schnörkelzeichen bestehenden fremden Sprache. Venus hält das Büchlein in den Händen und versucht, die richtige Seite zu finden. Bliss Swami soll sehen, dass sie sich bemüht. Aber sie findet die richtige Seite nicht. Toga fuchtelt, dieser kleine Tyrann, mitsingen soll sie. Sie bewegt also gehorsam die Lippen.

Kuki wirft einen Blumenkopf nach Mau, der nach seinem Kopfsprung aufs Parkett wieder eingeschlafen ist. Er macht einen besonders lauten Schnarcher, wacht auf und betet automatisch mit. Er kennt die Gebete auswendig und schüttelt nach jeder Zeile tuschartig das Tamburin.

Neben sich sieht Venus einen großen Nelkenstrauß stehen, dessen Blüten auf Köpfung warten. Sie langweilt sich, also riecht sie eher mechanisch an den Blumen, weil man an Blumen eben riecht. Da zieht sie jemand unsanft weg: »Du darfst nicht an den Blumen riechen, ihr Duft ist für Gott bestimmt«, zischt Bringfriede, offenbar ehrlich besorgt.

Was für ein sonderbares Haus, denkt Venus. Offenbar sind die frömmsten Eiferer aller Glaubensrichtungen wie Läuse aus dem Haar der Welt gekämmt und in die Tempelkirche zum Heiligen Franz gefegt worden. So einer ist der Bliss Swami auch. Ein religiöser Eiferer. Dieser verzückte Gesichtsausdruck, als würde ihm Gott unter der Kutte einen blasen. Die Zeremonie hat etwas Hexenhaftes, ein geheimer Bund trifft sich hier, dessen Gepflogenheiten ihr fremd sind. Sie fühlt sich gefangen in einer Kannibalenhöhle, als Menschenopfer vorgesehen, gleich, denkt sie, wird sie aufgespießt und durchgebraten.

5 Spülhände

Ihr erster Arbeitstag beginnt um zwölf Uhr mittags. Die Ärmste wird von Toga zum Küchendienst eingeteilt. Die »Küche« besteht aus einem Herd, einem Kühlschrank, einer Arbeitsplatte und einem Waschbecken in der Kochnische des Goldbrokatzimmers. Um die Mittagszeit herrscht dort immer erhebliches Gedränge.

Als Venus eintrifft, steht Bringfriede bereits am Herd und rührt mit einem großen Löffel in einem großen Topf mit Hindupampe. Kuki läuft in Venus' flammend rotem Marc-Jacobs-Kleidchen mit eingesetzten Keilen und nackten dunklen Klingelfüßen durch die Küche, schnappt sich einen Keks, murmelt etwas, steckt ihn quer in ihren Mund und sieht mit den unter der etwas zu kurzen Oberlippe vorblitzenden weißen Zähnen aus wie ein Hamster.

Arjuna, der kubanische Küchenchef mit dem traurigen Löwenkopf, mustert Venus spöttisch von oben bis unten. Anderen Menschen vorgesetzt zu sein, ist eine Position, die er zuweilen genießt. Und jetzt ist ihm dieses Porzellan-Englein zugeflogen, unsere Venus, mit Händen, die nie zuvor mit scharfer Seifenlauge in Kontakt waren. Wir werfen einen wehmütigen letzten Blick auf ihre Klavierfinger, als er Venus auch schon heranwinkt.

»Prinzessin, he?«, sagt er. »Töpfe schrubben!«

Venus schiebt die Ärmel von Kukis perlenbesticktem Punjabi-Suit hoch. Das ist ja ekelhaft, denkt sie.

»Anyway, ich finde, du bist etwas overdressed«, sagt Mau kichernd, der sich gerade seine schwarzen Haare im Nacken zusammenbindet, um sich an die verantwortungsvolle Herstellung spirituell unbedenklicher Käsetorte zu machen.

»Blödmann«, sagt Venus. »Ich hab doch nichts anderes!« Sie hält die Luft an und taucht die Hände bis zu den Gelenken in die Lauge, wo sie umgehend ihre Jungfräulichkeit verlieren. Von nun an werden sie eine Patina entwickeln, die leicht rissige, leicht geschwollene, leicht nach Lauge riechende Patina arbeitender Frauenhände. Unsere Prinzessin mutiert zur Küchenmagd, jedes Fünkchen Hochmut wird man ihr austreiben, dafür werden wir schon sorgen.

Mittendrin, wie eine Aufseherin, läuft eine Frau mit kniehohen schwarzen Lederstiefeln hin und her, keiner genauen Aufgabe nachgehend. Die Frau schwenkt ein gewaltiges Hinterteil und sieht mit ihren runden Schenkeln und den spitzen Stiefeln aus wie ein Truthahn.

Der zu schrubbende Topf ist riesig, zerbeult, schwarz angelaufen, mit hartnäckig angebackenen Rückständen am Boden. Venus lernt, dass Ekel offenbar keiner Erinnerung bedarf. Er ist einfach da. Sie verliert eine Stunde und drei Fingernägel, aber Arjuna findet immer noch schmutzige Stellen. Spöttisch sagt er, sie hätte den Topf wohl nicht mit ausreichend Liebe abgewaschen. Der Schweiß läuft ihre Achselhöhlen hinab. Ausreichend Liebe fühlt sie schon, allerdings nicht für den Topf.

»Hör nicht drauf, so sauber war der Topf noch nie«, raunt Bringfriede.

»Arbeiten in der Küche des Herrn«, ruft Arjuna, hinterm Rücken von einer pantomimischen Posaune Bringfriedes begleitet, »ist eine hochreligiöse Handlung. Du musst jedes Reiskorn behandeln, als sei es dein Augapfel. Du musst den Topf behandeln, als sei er dein Kopf. Und das Wasser …«, er dreht den quietschenden Hahn auf, »… ist ebenso wichtig wie dein eigenes Blut.«

»Von wegen zweiundzwanzig Uhr Nachtruhe«, murmelt Venus, als sie nach Mitternacht hundemüde, mit schmerzenden Knochen und roten, pochenden Waschfrauenhänden die Küche verlässt. Auf dem Weg in ihr Zimmer sieht sie den finsteren Korkhut-Mann mit dem bunten Flickenmantel wieder im Türrahmen stehen, züngelnd und grunzend.

Scheich Ramzi

Sein richtiger Name lautet Jaber Al Ahmad Al Jaber. Er ist groß und von etwas windschiefer Gestalt. Er hat lange, dünne, strähnige, schwarze Haare und einen langen, aber schütteren Vollbart. Hände und Gesicht sind wettergegerbt und dunkelbraun. Seine Augen laufen spitz zu, die Backenknochen stehen hervor. Er hat mongolisches Blut und wuchs in Pakistan wie ein Königssohn auf. Er las den Koran nach sieben Traditionen. Er studierte die Sternenkunde und die Werke der Dichter. Er schrieb Gedichte und träumte davon, ein Künstler zu sein. Eine Blume war etwas Schönes für ihn, und ein Kadaver, so hatte man es ihn gelehrt, war etwas Hässliches.

Als Jugendlicher erfuhr er, dass er einer langen Ahnenreihe von Fakiren, Magiern und Derwischen entstammte. So soll sein Großvater Omar in Zuständen der

Trance in der Lage gewesen sein, seinen Kopf mit dem Schwert abzuschlagen und nachher wieder auf seinen Rumpf zu pflanzen. Ramzis Vater Kalif beherrschte sinnlose Kunststücke wie das, einen Fuß breit über dem Boden zu laufen, und sinnvolle wie die, Krankheiten zu heilen. Hingegen war das einzige Kunststück, das Scheich Ramzi hervorzubringen vermochte, das, mit der Zungenspitze die eigene Nase zu berühren. Damit konnte er keine Lorbeeren ernten, aber immerhin gewann er Suleika, die Schöne, Sanfte, Lotosgleiche.

In der Nacht zu seinem achtzehnten Geburtstag träumte Ramzi düster. Er träumte, dass er Suleika heiratete, sie sich aber, als er sie küssen wollte, in einen hässlichen riesigen feuerspeienden Drachen verwandelte. Er wollte niemandem seinen Traum erzählen und verfiel in eine Sinnkrise. Er verließ Suleika (nur eine ihrer seidenglatten Haarsträhnen nahm er mit), er verließ seine Träume, er verließ sein Land und bereiste, der Tradition der Wanderderwische folgend, die Welt. Einige Jahre lebte er in Indien mit Aghoris zusammen, mit bläulicher Asche eingeriebenen nackten Sadhus, Anbeter des Gottes Shiva, die Urin aus Hirnschalen tranken und in dem Ruf standen, Leichenteile zu verzehren. Die Aghoris liebten es, sich mit Kot zu beschmieren. Sie hatten Sex mit Prostituierten oder menstruierenden Frauen aus niedrigen Kasten. Jede bestehende Regel wurde ins Gegenteil verkehrt, mit einer Konsequenz, die den Scheich nachhaltig beeinflusste. Das ist die Wahrheit, dachte er: Es gibt nichts Böses oder Abscheuliches für den, der die Täuschung überwunden hat. Wer hatte das Gerücht in die Welt gesetzt, dass eine Blume etwas Schönes sei und ein Kadaver etwas Hässliches? Wer hatte sich angemaßt, festzulegen, was stinkt und was duftet, was rein ist und was unrein, was richtig ist und was falsch? War nicht vielleicht alles andersherum? Oder war nicht vielleicht alles gut? Oder war nicht vielleicht alles schlecht? Die weltlichen Gesetze nicht zu beachten, nur Gott untertan zu sein, das erschien dem Scheich die Lösung für all seine Probleme. In den folgenden Jahren, in denen er Südostasien, Osteuropa und Schwarzafrika bereiste, gab es keine Regel, die Ramzi nicht gebrochen hat, mit der Gewissenhaftigkeit, mit der andere Menschen Regeln befolgen.

Ramzi trägt einen bunten Flickenrock, Erbstück seines Großvaters, und einen hohen Derwischhut aus Kork, darunter eine Art weißes Nachthemd mit weit geöffnetem Brustausschnitt. Um seinen Hals klimpert eine Kette aus menschlichen Fingerknochen, ein Abschiedsgeschenk der Aghoris. Warum er in die Neue Welt kam, in der er so deplatziert wirkt, als sei er einem im Fieberwahn gelesenen Hauff-Märchen entsprungen, ob er sich den Titel »Scheich« selbst gegeben hat oder er ihm verliehen wurde, und wenn ja, von wem, ist nicht überliefert. Jedenfalls war er einer der ersten Permanenten unter den Glücklichen Sklaven Gottes.

Toga hat seine liebe Not mit ihm, weil oft Beschwerden laut werden, er habe roten Betelsaft aufs Trottoir gespuckt, Passanten beschimpft, auf der Straße seine Notdurft verrichtet oder Touristinnen Obszönitäten nachgerufen. Scheich Ramzi gibt dazu keine Erklärungen ab. Der ist jenseits von Gut und Böse, sagt Benito nicht ohne Anerkennung, und er weiß vermutlich gar nicht, wie Recht er hat. Der ist verrückt, urteilt hingegen Bringfriede. Wir haben allerdings schon oft beobachtet, dass vor allem Verrückte andere gern für verrückt erklären.

Ramzi nennt sich selbst einen »heiligen Narren« und scheint sich von den Reinheitsgeboten des Korans befreit zu haben: Er wäscht sich selten und gibt ernsthaften Anlass zu der Annahme, sich noch nie die Zähne geputzt zu haben. Die meisten anderen Hausbewohner fürchten sich vor Ramzis düsterem Blick aus schmutzigem verwittertem Gesicht, sie machen einen Bogen um ihn, zumal er sich zuweilen hinter Mauern zu verstecken und sie mit einem »Buh!«-Geräusch zu erschrecken pflegt.

Scheich Ramzi lässt sich also nur begrenzt zu sinnvollen Arbeiten einsetzen. Zuweilen begleitet er Winter und Alien mit ihrem Daily-Bread-Kleinbus zum Tompkins Square Park und hilft ihnen, Muffins auszuteilen, wobei er sich allerdings jeden zweiten teuflisch kichernd selbst in Mund und Taschen stopft. Als Winter, die ein Herz für jede Kreatur hat, ihn einmal küsste, kam sie kaum mehr dazu, »God bless you« hinzuzufügen, da er ihr blitzartig seine pelzige Zunge tief in den Rachen steckte. Sie erbrach sich und murmelte: »Sorry!« Er steckte seinen schmutzigen Finger in Winters Kotze und leckte ihn kichernd ab.

Sein Lager hat Ramzi auf dem Flur vor dem Treppenabsatz zwischen Kirchentrakt und Gästetrakt aufgeschlagen. Es kommt nicht selten vor, dass jemand nachts über den Schlafenden stolpert, der dann, fest in seinen bunten Flickenmantel gewickelt und durch diesen gedämpft, dunkle kehlige Flüche ausstößt oder blitzschnell den Knöchel des Störers packt und zuweilen auch hineinbeißt. Als Toga ihn anfangs erstaunt fragte, ob er nicht täglich fünfmal beten und Heilige Waschungen verrichten müsse, hat Ramzi ihn ausgelacht. »Ich muss nix beten«, sagte er, »ich *sein* Gebet. Ich muss mich nix waschen, ich sauber, wenn neunundneunzig Namen

Allahs aussprechen.« Orthodoxe Religiöse wie Toga nennt Ramzi verächtlich »Gebetsbeamten«, Katholiken »verlügene Menschenfresser«, die Gesänge im Regenbogensaal »Quieken tote Säue«, blonde weißhäutige Frauen ruft er »ungefickte Albinohühner«. Und genau das ist es, was Venus für ihn ist. Ein dürres, hässliches, ungeficktes Albinohuhn.

Unser rotbäckiger Inspektor würde in Ramzis Beschreibung weder seine Hauptverdächtige wiedererkennen noch das feenhafte Wesen, das ihn im Park geküsst hat. Schon gar nicht würde er auf die Idee kommen, dass es sich um ein und dieselbe Person handelt. Daniel H. Boone ist immer noch benommen, er kriegt die Frauenstimme, die ihn mit dem leise gehauchten »God bless you« für den Bruchteil einer Sekunde an die Existenz von Engeln glauben ließ, nicht mehr aus dem Kopf. Zwar hält er immer noch an der Überzeugung fest, dass nur der in der Phantasie erzeugte Kuss ideal ist, jedoch ist dieser tatsächliche Kuss dem in seiner Phantasie erzeugten empfindlich nahe gekommen.

Die Vernehmung des Kollegen indessen kann er unter Ulk verbuchen. Der stiernackige junge Polizist hatte im Prinzip alle Fragen mit Ja beantwortet. Ja, die junge Frau habe der auf dem Foto geähnelt. Ja, sie habe ein rotes Kleid getragen. Ja, er würde sie wiedererkennen. Dann fragte Boone zu Testzwecken, ob sie einen türkisfarbenen Schminkkoffer in der Hand gehalten habe. Ja, sagte der Polizist, auch dies treffe zu. Sicher hätte er im Zweifelsfalle auch bestätigt, dass sie auf einem Elefanten geritten war.

»Der scheidet also aus«, murmelt Boone vor sich hin. Erst als er seinen Wagen schon fast wieder erreicht hat, erst als er nach seinem Autoschlüssel suchen will, stellt er fest, dass er etwas Verknülltes in der linken Hand hält: eine fettdurchtränkte Papptüte, in welcher sich ein zerquetschter und nach Verkostung für sehr schmackhaft befundener Cranberry-Muffin findet sowie ein pinkfarbener Handzettel, auf dem für ein Bed&Breakfast namens »God's Motel« geworben wird, Avenue B, ganz in der Nähe, direkt am Park.

Boone, der sich, anstatt zu joggen, mit Gebäck voll gestopft hat, will diesen Tag erfolgreich zu Ende bringen. Eine scharfsinnige Eingebung haben. Eine sinnvolle Entscheidung treffen. Irgendwas.

Soll er vielleicht doch noch beim Uhrenhändler vorbeifahren? Oder das Alibi der Ehefrau überprüfen? Er erschrickt. Ein Junge mit verkrüppelten Armen und Beinen schiebt sich wie eine Strandkrabbe auf ihn zu und hält eine fingerlose Handfläche auf. Mit einem Dollarschein will sich Boone von seinem Unbehagen loskaufen, aber es gelingt nicht. Fast kommt ihm der Muffin hoch.

Er betrachtet wieder den Handzettel. Wenn er in das Bed&Breakfast einzöge – er müsste sich natürlich nach dem Preis erkundigen, aber die Gegend gefällt ihm gut –, könnte er die Zeit überbrücken, bis er seine neue Wohnung in Brooklyn beziehen kann. Und wer weiß, vielleicht hielt sich die Tatverdächtige dem schwachbrüstigen Zeugen zum Trotz doch hier in der Nähe auf, war hier im Park oder in der Nachbarschaft. Vielleicht könnte er seine Bleibe sogar als Recherche geltend machen, solche und ähnliche Gedanken gehen dem Mann durch den Kopf, als er sein Auto erreicht.

Er zieht fluchend einen Strafzettel hinterm Scheibenwischer hervor und steigt ein. Drinnen zieht er seine ausgedienten blassgrünen Karteikarten aus der Jackentasche, starrt sie an und steckt sie wieder ein. Dann fährt er und steht, fährt und steht, hupt und trommelt aufs Lenkrad. Sein abwesender Blick bleibt an einer dicken Inderin hängen, die ein rotes Kleid trägt, in dessen Seiten weiße Keile eingearbeitet sind. Das Rot des Kleides erinnert ihn an etwas.

Er schwitzt sehr stark, ist immer noch mit der Überlegung beschäftigt, sich in God's Motel einzumieten, und schließlich kann er nicht vier Sachen auf einmal: fahren, schwitzen, eine Entscheidung fällen und über rote Kleider nachdenken. Erschwerend kommt noch hinzu, dass er auch an nichts glaubt, zumindest nicht an eine höhere Gerechtigkeit. Es ist ihm vollkommen klar, und das, obwohl Muhme Annie ihn stets aufforderte, Zeichen zu folgen, obwohl ihn vorhin ein Engel geküsst hat, es ist ihm vollkommen klar, dass er, Daniel Hiob Boone, ganz allein im Universum ist.

Im Goldbrokatzimmer gießt sich Venus pfeifend, wie alle Menschen, die Absichtslosigkeit vortäuschen, einen Tee auf, und während sie das tut, macht Daniel H. Boone unten auf der Straße eine Vollbremsung. Ein rotes Kleid! Ein rotes Kleid von Marc Jacobs! Er muss die dicke Inderin wiederfinden! Er hat so ein Gefühl. Er setzt zurück, ohne in den Rückspiegel zu sehen. Doch ist Daniel H. Boone weder im Universum allein noch auf der Avenue B. Es kracht furchtbar, dann schwinden ihm die Sinne.

Arjuna, der krummbeinige Küchenchef, wirft einen Blick aus dem Fenster, schüttelt den grauschwarzmähnigen Löwenkopf, pfeift leise durch die Zähne und betritt hinter seiner Frau das Goldbrokatzimmer. Er hat leicht geschlitzte Augen im dunkelhäutigen Gesicht. Man könnte ihn eher für einen Mexikaner halten. Er trägt den üblichen schmutzigen weißen Rock, eine Lunghi, die uns an ein kräftig benutztes Geschirrtuch erinnert. Venus' cremefarbene Kleidung erinnert Arjuna wiederum an die ersten Monate nach seiner Einweihung, als helle Farben Pflicht waren, um den Göttern Respekt zu erweisen. Aber das ist auch schon wieder fast ein halbes Jahrhundert her.

»Hast du meine Frau schon kennen gelernt?«, fragt er Venus. Sie dreht sich um und ist enttäuscht, denn sie trinkt nicht einen Tee nach dem anderen, weil sie auf Arjuna wartet oder weil sie Arjunas Frau kennen lernen will, sie hatte vielmehr gehofft, den Swami hier zu treffen.

Mit zusammengekniffenen Augen unter dünn gezupften Brauen sieht sie neben Arjuna den Stiefeltruthahn stehen. Ihr Blick ist merkwürdig schief, ein Auge scheint in Richtung Himmel zu schauen, eines in Richtung Hölle. Die Frau sieht aus, als könne sie ihren Ehemann mühelos verschlucken. Komische Paarungen gibt es, denkt Venus.

Baula

Sie stammt aus der South Bronx. Ihr Vater war das, was man in Amerika »White Trash« nennt, und er starb auch einen passenden Tod: Im Vollsuff geriet er unter ein Auto. Baulas Mutter ist römisch-katholische Puerto-Ricanerin und arbeitete als Vollzugsbeamtin auf Ryker's Island, bis sie, wie in diesen Berufen üblich, mit 45 in Frühpension geschickt wurde. Baula besuchte die Schule eher sporadisch und ging schon mit 16 das erste

Mal anschaffen. Was nach Milieuschaden und Geburtspech aussieht, hat ihr jedoch nie spürbare Probleme bereitet. Sie mag Sex, sie kann den Hals nicht voll kriegen davon, und in der Schule hat es ihr weder jemals gefallen, noch hat sie dort jemand vermisst, als sie eines Tages gar nicht mehr erschien.

So war es für sie eher eine glückliche Fügung, schon früh ihr Hobby zum Beruf machen zu können. Man kann sich vorstellen, dass sie als Prostituierte sehr fleißig war. Da sie die Vereinigten Staaten nie verlassen hat, lebte sie ihr Fernweh aus, indem sie sich auf ausländische Freier kaprizierte. Sie reiste mit dem Geschlechtsteil. Ihren Namen Baula soll sie vom Sex-Guru Bhagwan erhalten haben, dem sie zwei Jahre lang in Oregon folgte. Über diese Periode ihres Lebens hält sich Baula jedoch bedeckt, vielleicht weil man ihr nachsagt, sie sei in einen Mordanschlag auf Bhagwan verwickelt gewesen.

Genau nach zwanzig Dienstjahren im horizontalen Gewerbe beschloss sie überraschend, »anständig« zu werden, was allerdings nur hieß, dass sie es nicht mehr für Geld machen wollte. Sie macht es aber doch noch für Geld, denn sie verdient ihren Lebensunterhalt inzwischen mit Green-Card-Ehen.

Zum Zeitpunkt unserer Geschichte ist Baula 37 Jahre alt, steht gut im Futter, trägt gern Rindsleder und blickt mit ihrem merkwürdig verqueren Blick auf vier Ehen zurück, für die sie jeweils 20 000 Dollar kassiert und – ihrer nymphomanischen Veranlagung Rechnung tragend – den größtmöglichen sexuellen Einsatz des jeweiligen Partners verlangt hat. Das Geld hat sie in Designerkleidung und Designerdrogen investiert. Ihre mehr als viertausend Freier sowie die vier Ehemänner – ein schwuler Russe (der von ihr Gebrauch machte, als sei sie ein Mann), ein aidskranker Araber (lehnte aus religiösen Gründen Oralsex ab), ein konvertierter Jude aus einer deutschen Nazi-Familie (der perverseste von allen) und ein steinreicher Hongkong-Chinese (der sowohl höflichste als auch ausdauerndste Liebhaber, den sie jemals hatte) – haben ihr einen Überblick über Religionen, Schwanzgrößen und Liebestechniken der Welt verschafft und überdies in ihr ein erotisches Faible für ordinierte Anhänger restriktiver Religionen erweckt.

Ansonsten steht Baula allen Glaubensrichtungen leidenschaftslos gegenüber. Sie würde sich vermutlich als Agnostikerin bezeichnen, wenn sie intellektuell dazu imstande wäre. Nur Hexerei ist ihr unheimlich. Als Kind hatte sie einmal auf dem Weg zur Sonntagsmesse tote ausgeblutete Hühner vor der Kirche liegen sehen. Ihre Mutter sagte ihr, das sei Santería-Zauber, Voodoo, schwarze Magie.

Baula hatte von diesem Tag an nie wieder Hühnerfleisch angerührt. Als sie bei ihrem ersten Besuch in der Tempelkirche zum Heiligen Franz herausfand, dass Arjuna, ihr viertausendundfünfter Partner und fünfter Ehemann, Santeria-Priester ist, sah sie rot. Sie warf kurzerhand alle Utensilien, die sie auf seinem Altar und unter seinem Bett fand, in den Müll. Sie riss die Ketten und Amulette von seinem Hals und verpasste dem fast 60-Jährigen, der ihr kaum bis zur Schulter geht, eine schallende Ohrfeige.

Da Arjuna Küchenchef ist, betrachtet sich Baula automatisch als Küchenchefin, wäre ihr Mann Arzt, hielte sie sich automatisch für Frau Doktor, Scheinehe hin oder her. Sie schwingt die Knute über dem Personal, das ihr auch sexuell zur Verfügung stehen muss, denn

Arjuna, so weit ihre ungefragte Auskunft für jedermann, kann sie unter anderem anatomisch nicht zufrieden stellen.

Widerstrebend streckt unsere Venus dem Stiefeltruthahn die Hand hin. Dieser ergreift sie und drückt unverhältnismäßig fest zu. Baula hält nicht viel von Frauen, vor allem, wenn sie jünger sind, schlanker sind und in ihrem Revier rumpfuschen. Venus hat Mühe, unter dem Händedruck nicht zu schreien. Arjuna blickt stolz zwischen den beiden appetitlichen Geschöpfen hin und her, die unterschiedlicher nicht sein können. Die eine hat zu viel Farbe und zu viel Fleisch, die andere von allem zu wenig; die eine seine Ehefrau, die andere seine Untergebene und womöglich potenzielle Geliebte, wer weiß? Zweifelsohne ist diese Überlegung Arjunas rein theoretisch, nicht nur, weil unsere Venus bereits anderweitig orientiert ist, sondern auch, weil er allein mit Baulas sexueller Zufriedenstellung in den Miesen ist.

Arjuna

Arjuna Campos Montes de Oca wurde geboren in Trinidad, wuchs aber in Santiago de Cuba auf. Den Namen Arjuna – so heißt ein berühmter Krieger aus den Vedischen Schriften – hat er seiner Mutter zu verdanken, einer Tänzerin halb indischer, halb spanischer Abstammung.

Doch Arjuna interessierte sich weder für den Hinduismus der strengen und hypernervösen Mutter noch für die Arbeit seines einsilbigen Vaters als Santeria-Priester. Er zog es vor, seine ärmliche, vollkommen spielzeuglose Kindheit am Parque Baconao, dem schönsten Strand

Santiagos, zu verbringen, aus nassem weißem Sand Tropfsteinhöhlen für Vogelspinnen zu bauen und Touristen zu beklauen. Rückblickend betrachtet Arjuna diese Zeit als »Zeit des Schlafes«.

Eines Tages nahm der nigerianische Vater seinen widerstrebenden Sohn zu einer geheimnisvollen Zusammenkunft mit. Beim immer schneller und lauter werdenden Rhythmus der Trommeln zu wilden karibisch-barbarischen Klängen, die ihm besser gefielen als die endlosen gebetsmühlenartigen Lieder der Hindus, sah er seine sonst vollkommen normalen Nachbarn, Verwandten und Freunde sich plötzlich merkwürdig gebärden. Sie stampften wild auf, schnappten nach Luft, schrieen wie Irre, in ihren Augen war nur noch das Weiße zu sehen, Schaum stand ihnen vorm Mund, manche wurden ohnmächtig. »Omi tutu«, sangen sie. »Omi tutu! Ashe O! Ashe O!«

Der Zehnjährige staunte, warf seinem Vater fragende Blicke zu, aber dieser benahm sich auch nicht besser. Er sang vor, die anderen sangen nach, es war ein einziges heißes Aufbäumen der Leiber, hingewendet zu einer Arjuna unbekannten höheren Macht, deren Wirkung er von einem Moment auf den anderen mit ganzer Kraft ersehnte.

Mit Erfolg. Zwei weiße Tauben flatterten plötzlich über der Menge, eine setzte sich auf Arjunas Schulter. Sogleich fiel auch er in Trance. Chango, der Gewittergott, fuhr in ihn hinein. Arjuna sprang und tanzte und brüllte und schüttelte die Doppelaxt, die sich plötzlich, niemand wusste, woher, in seinen Händen befand. Als er wieder zu sich kam, wurde ihm höchster Respekt zuteil. Die Tauben und die Trance waren Zeichen. Die Götter hatten ihn auserwählt.

Das war am 31. Dezember 1958 gewesen. Arjuna weiß das Datum deswegen so genau, weil am nächsten Tag Fidel Castro vom Balkon des Rathauses in Santiago die sozialistische Republik Kuba ausrief und weil sich auch auf Castros Schulter eine weiße Taube setzte. Für Arjuna war dies Grund genug, gegen Castro, der nun in Santeria-Kreisen ebenfalls als Auserwählter galt, ernsthafte Konkurrenzgefühle zu entwickeln, sodass er sich zuweilen sogar hinreißen ließ, wüste Verwünschungen gegen den Präsidenten auszustoßen, jedoch ohne Erfolg.

Sein Vater lehrte ihn nun Lieder, Gebete, Beschwörungen, führte ihn ein in die Riten und Geheimnisse seines Volkes. Schließlich erhielt Arjuna die Einweihung zum Santeria-Priester und wurde ein angesehener Heiler, ein Bekämpfer der schwarzen Magie und des bösen Blicks. Nicht eine Sekunde schwankte er zwischen dem Hindu-Glauben seiner Mutter, der vorschrieb, sich einem Guru und mehreren Göttern total zu unterwerfen, und der Praktizierung des Voodoo-Kults, der ihm zutiefst demokratisch und gerecht erschien. Voodoo war der kurze Dienstweg zu Gott, Gott fuhr persönlich in die betenden und tanzenden Menschen hinein, Vermittler wie Guru und Papst wurden vollkommen überflüssig. Arjuna brachte es sogar zu Landesruhm, als er einmal den kubanischen Kulturminister von einem ominösen Bauchschmerz befreite. In seinem weltlichen Leben wurde er ein hervorragender Koch und arbeitete im 5-Sterne-Restaurant des Riviera-Hotels, bis er seiner Mutter am Sterbebett versprach, sich um deren kranken Bruder in New York zu kümmern.

Es gelang ihm, ein vorläufiges Visum für die USA zu bekommen. Doch als dieses abgelaufen und der zu pflegende Onkel gestorben war, hatte Arjuna so viel Geschmack am Kapitalismus gefunden, dass er nicht nach Hause zurückwollte. Er fand eine Anstellung als Chefkoch in der Küche der Tempelkirche zum Heiligen Franz sowie freie Kost und Logis unter der Voraussetzung, sich wie die anderen Glücklichen Sklaven Gottes den im Haus geltenden Regeln zu beugen. Er versprach, was immer Toga verlangte, und wurde ein Permanenter.

Durch die Vermittlung Dritter lernte er Baula kennen, schloss mit ihr eine Scheinehe, für die er in Raten zahlte, und verliebte sich in die üppige nimmersatte Frau. Er hat das Gefühl, sie ist die Lösung für alle seine Probleme, und er vergisst, dass sie im Prinzip nur seine Geschäftspartnerin ist, der er im Übrigen noch zehntausend Dollar schuldet.

Baula, die darauf besteht, ihr eigenes Apartment in Washington Heights zu behalten und Arjuna untersagt, sie zu besuchen, taucht jedoch fast täglich bei den Glücklichen Sklaven Gottes auf. Sie verbringt auch häufig die Nacht in seinem Zimmer, was gegen mehrere der geltenden Gebote verstößt. Er erträgt ihre Launen, erfüllt ihre Wünsche und tut alles in seiner Macht Stehende, um sie glücklich zu machen.

Dass Baula bei ihrem ersten Besuch in seinem Zimmer seinen Altar zerstörte und seine geweihte weiß-rote Halskette zerriss, sodass Baula mit verzerrtem Gesicht in den wie in Zeitlupe umherspringenden Glasperlen stand und dabei eine unflätige Schimpftirade auf seine »Scheißgötter« losließ, hat er ihr verziehen. Auch dass sie verkündete, sie wolle so lange keinen Sex mit ihm, bis er seinen »Neger-Voodoo-Scheiß« aufgäbe.

Wenn andere Permanente ihm berichten, wie Baula über ihn spricht, dass sie ihn betrügt, glaubt er es nicht, will er es nicht hören. Was immer sie tut, sie kann nichts dafür. Sie ist von einem Dämon besessen. Chango hat ihn zu ihr geführt, um sie zu heilen. Arjuna betet für sie. Er flüstert Beschwörungen und stellt neue Kerzen und Gläser mit Weihwasser unter sein Bett, wenn sie bei ihm ist. Er würde sie im Schlaf hypnotisieren. Er würde ein Huhn für sie schlachten, wenn sich ihr Zustand nicht bessern würde. Sicher würde sie ihn dann zurücklieben und mit ihm die wunderbare Religion seiner Väter.

»Baula – Venus. Venus – Baula.«

Die beiden Frauen bleiben stumm. Das Albinohuhn und der Stiefeltruthahn. Zwei Frauen mit Vergangenheit, auch wenn die eine nichts davon weiß und die andere nichts davon wissen will. Zwei Frauen, die es gewohnt sind, zu kriegen, was sie wollen, mit harten Bandagen zu kämpfen, bis zum unwiderruflichen Sieg. Der weibliche Instinkt der beiden schlägt Alarm. Die Feindschaft wird nonverbal besiegelt. Baula appliziert den tödlichen Händedruck. Venus erwidert ihn nach Kräften.

Arjuna indessen hält das spröde Verhalten der beiden für auf ihn fokussierte Eifersucht.

Im Hintergrund, von allen unbemerkt, setzt sich Toga auf einen Stuhl. Wieselflink wienert er den Silberrahmen eines Heiligenbildes. Die Wut rumpelt in seinen Innereien. Flittchen. Anders nennt er Baula bei sich nicht, obwohl sie natürlich ein Geschöpf Gottes ist, was sie nur vergessen hat und was auch er allzu gern vergisst. Diesem Flittchen ist es verboten, die oberen Stockwerke zu betreten. Zum Regenbogensaal kann er ihr den Eintritt nicht verwehren, das würde gegen die von ihm selbst erstellte Hausordnung verstoßen. Aber hier, hier will er sie nicht sehen. Der Diener des Dieners hält die

Luft an und unterdrückt ein Bäuerchen. Ruhig bleiben, denkt er, stützt sich mit beiden Armen ab und hüpft auf dem Stuhl in den Lotossitz. Mit durchgedrücktem Rücken und geschlossenen Augen will er den Gelassenheits-Prayer vor sich her sagen, aber er fällt ihm nicht mehr ein. Ruhig bleiben, zischt er sich wieder zu. Er wird tatsächlich ruhig, vor allem, als das Flittchen das Goldbrokatzimmer verlässt.

Das ist Zen, denkt er stolz. Ruhig bleiben zu können das ist Zen. In Wirklichkeit hat er nicht die leiseste Ahnung, was Zen ist, aber er hat für den Notfall – falls es jemals einen Zen-Buddhisten zu den Glücklichen Sklaven Gottes verschlagen sollte – entsprechende Literatur bereitgelegt.

Eben nimmt eine stattliche Kakerlake ihren Weg Richtung Buddhastatue, vor der eine Schale mit Tafelbirnen steht, die zu erreichen die Kakerlake für die Lösung all ihrer Probleme hält. Toga vergisst Zen, springt auf, stürzt zum Waschbecken, zerrt unter der Spüle Insektenvertilgungsspray hervor, verspricht der Kakerlake, sie könne ihn in ihrem nächsten Leben töten, und läuft giftsprühend dem fliehenden Tier hinterher. Die Intentionen sind verschieden, aber beider Motorik, die des Opfers und die des Täters, weist gewisse Parallelen auf.

Kuki, die einen Großteil von Manhattans Laternenmasten mit pinkfarbenen Handzetteln für »God's Motel« beklebt hat, läuft klingelnd auf den Verkehrsunfall zu. Sie sieht einen älteren Mann aus dem vorderen Auto klettern, auf sie zutorkeln, sieht seine Beine einknicken, sieht, wie er niedersinkt, auf die Knie, auf die Stirn, als würde er den Göttern Respekt erweisen wollen. Sie hockt sich vor den stark schwitzenden Mann, legt ihm ihre Hände auf den kahlen, mit orientierungslosen Haarsträhnen beklebten, äußerlich unversehrten Kopf, ruft die Göttliche Mutter Durga an und bittet sie, ihre heilende Shakti fließen zu lassen.

Es dauert keine zwei Minuten, weder Polizei noch Notfallwagen sind bisher in Sicht, dass Daniel H. Boone die Augen aufschlägt, geweckt von leichten Stromschlägen, die er in beiden Schläfen spürt, von Ameisen, die auf seinen Händen herumspazieren zu scheinen, von einem harten Pochen unter seinem Brustbein. Wo bin ich?, wird er gleich fragen, denken wir, doch Boone überrascht uns.

»Ist das Kleid von Marc Jacobs?«, fragt er und erwischt Kuki damit auf dem falschen Fuß, denn zum einen ist sie im Geiste ganz bei der Göttlichen Mutter, zum anderen hat sie noch nie etwas von Marc Jacobs gehört.

Bliss Swami hat sich inzwischen einen Kamillentee aufgegossen und nimmt am Tisch Platz. Für Venus hat sich das Warten gelohnt. Ihr Blick liegt mit Wohlgefallen auf seinem knarzigen Schädel. Die Stoppeln auf Kopf und Gesicht sind gewachsen, sie wachsen straff gebürstet aus ihm heraus. Englischer Rasen. Einmal im Monat, das wird sie noch lernen, rasieren die Mönche ihre Schädel mit schartigen handgeschliffenen Küchenmessern, denn von Rasierschaum, Klingen, Rasiermessern und Haarschneidemaschinen wollen sie nichts wissen, als lebten sie noch im Zeitalter der Jäger und Sammler.

Sie sind nicht allein, unser Romeo und unsere Julia in spe. Toga macht sich im Hausflur zu schaffen. Mau stöbert den Kühlschrank nach Essensresten durch. Benito ist leider ebenfalls auf einen Schlaftrunk hinuntergekommen und lässt sich neben Venus und dem Swami am Tisch nieder. Alles, was Venus über Benito weiß, hat sie von Kuki erfahren, die zwar ungern Essen, aber gern ihre Meinung über Dritte teilt, vor allem, wenn diese abwesend sind. Benito sei langweilig. Benito sei depressiv. Benito sei *Pain in the ass*.

Nun erfährt Venus mehr über den Italiener mit der tief ins Gesicht gezogenen Wollmütze, die an einigen Stellen bereits aufdröselt. Dass er seit einem halben Jahr hier lebt. Dass er kein Geld mehr hat. Dass alles sinnlos ist. Dass er einen Stein in sich trägt. Jedes Wort eine Anklage, vorgetragen in seinem verbrockten Italo-Englisch.

»Ich wollte, ich wäre tot«, sagt Benito. In seinen feuchten Bernhardineraugen flackert der Schein der Deckenlampe wie der letzte Lebensfunke. »Ich sollte das vielleicht mal in die Hand nehmen.«

»Du sprichst von Selbstmord?«, fragt der Swami. Er hebt die Brauen, behält aber sein Lächeln im Gesicht. Benito hebt die Schultern, aber sie sacken gleich wieder nach unten, niedergedrückt von dem Stein, den er in sich trägt.

Stirb doch, denkt unsere Venus, und versau mir nicht mein Tête-à-Tête. Der Swami indessen sieht sich in der Pflicht für eine Predigt, obwohl Predigten eigentlich in Togas Fachgebiet fallen. Doch Toga zieht es vor, mit vollem Körpereinsatz die Treppenstufen zu schrubben, allerdings wohlweislich in Hörweite.

»Die Seele des Selbstmörders schlüpft in einen Geisterkörper«, souffliert er von draußen, als der Swami nicht gleich spricht. Benito verdreht die Augen und zieht eine Grimasse.

»Der Geist hat noch alle menschlichen Bedürfnisse«,

ergänzt Bliss Swami. »Er hat Hunger, er wird von Lust gequält …« hier macht er tatsächlich ein etwas gequältes Gesicht, findet Venus »… er will schlafen, er will sich amüsieren, aber er kann diese Bedürfnisse nicht befriedigen.«

Benito lacht böse auf. »Ihr seid ja wie die Katholiken. Alles verteufeln, was Spaß macht: wichsen, saufen …«

»Selbstmord«, ergänzt Mau kauend.

»Du, komm lieber her mit deiner göttlichen Flöte«, ruft Benito. Mau macht ein schnippisches Geräusch.

»Aber macht dir überhaupt irgendwas Spaß?«, fragt Venus mit einem Seitenblick auf den Swami, dem sie, komme, was da wolle, beizustehen gedenkt.

»Es gibt keinen Gott oder Krishna oder Buddha oder Allah, wie immer der schwule Bruder hier heißt«, sagt Benito und verzieht das müde Shar-Pei-Gesicht, »das ist nachgewiesen.«

»Es gibt Gott, du weißt es, du hast es nur vergessen«, ächzt Toga mit vom Schrubben verzitterter Stimme aus dem Treppenhaus. Es herrscht einen Moment lang Stille.

Dann wendet sich Benito Venus zu: »Sag doch auch mal was, Prinzessin auf der Erbse, du bist doch todsicher Atheistin.«

Venus schüttelt erschrocken den Kopf. Sie möchte weder eine Prinzessin auf der Erbse sein noch in Glaubensfragen verwickelt werden. Alles, was sie möchte, ist dem Swami gefallen. Am liebsten würde sie sich – im Falle eines Angriffs, den sie fast herbeisehnt – schützend vor den Geliebten werfen und den frustrierten Mützenträger wegbeißen. Aber der Angriff bleibt aus. Sie hat das Gefühl, sie sollte etwas zum Gespräch beisteuern.

»Es gibt so viel Schönes auf der Welt«, hört sie sich leise sagen. Der Swami sieht sie wohlwollend an.

»Ach ja?«, sagt Benito aggressiv, »was denn?«

Arme Venus! Sie ist allzu schlecht ausgestattet für Fangfragen wie diese. Ach, stammelt sie, tatsächlich errötend, da wisse sie gar nicht, wo sie anfangen solle. Da gäbe es so viel, zum Beispiel... Hilfesuchend sieht sie Bliss Swami an. Das Blau seiner Augen macht sie gänzlich stumm. Er denkt gar nicht daran, ihr zu Hilfe zu kommen. Oder er traut sich nicht. Oder er traut sich zwar, weiß aber nichts. Er verschränkt seine Finger ineinander und harrt geduldig ihrer Antwort. Sie betrachtet seine Fingernägel. Kurz und schaufelförmig sind sie, mit großen runden Halbmonden. Ihr fallen zum wiederholten Male seine riesigen Hände auf. Sie sehen weich und stark aus. Sie könnten mit Leichtigkeit ihre Taille umschließen, sie könnten die ganze Venus hochwerfen und wieder auffangen. Sicher. Zärtlich. Warm. Weich.

Der Swami selbst scheint seinen Händen keine Beachtung zu schenken. Genauso wie er ihrer Schönheit, ihrer Liebe, ihrer Misere keine Beachtung schenkt. Vermutlich hat er noch nie darüber nachgedacht, ob seine Hände schön sind oder nicht. Nie zieht er seinen strammen Bauch ein. Er ist frei von Posen dieser Art. Er kümmert sich nicht um Äußerlichkeiten. Das imponiert ihr einerseits und stellt sie andererseits ins Abseits. Alles, was sie hat, sind Äußerlichkeiten. Innen herrschen Notstand und Chaos.

»Wenn wir eines natürlichen Todes sterben«, sagt der Swami langsam und bedächtig und in einem Tonfall, der das Reden nicht zum Hauptziel hat, »werden wir wiedergeboren und wiedergeboren und wiedergeboren, tausend Mal.«

»… und öfter«, ergänzt sanft vom Treppenhaus Toga.

Unsere Venus nickt. Immerhin ist sie erst kürzlich wiedergeboren worden.

»Das ist doch spannend«, sagt sie. »Ich hätte gern tausend Leben.«

Bliss Swami und Benito lächeln müde, als seien sie schon beim neunhundertneunundneunzigsten angelangt.

»In dieser Welt zu leben, in diesem Körper zu leben, heißt zu leiden«, sagt der Swami. Es klingt freundlich, aber abschließend.

Die beiden anderen nehmen zur Kenntnis, dass Leben Leiden ist und dass sich jeder irrt, der gerne lebt. Der eine nickt abwesend, die andere erstaunt. Toga hat eben seine Putzarbeit beendet und betritt mit wehenden weißen Gewändern das Zimmer. Er erliegt dem Bedürfnis, das letzte Wort zu haben, auch wenn sein Einwurf etwas zusammenhanglos erscheint.

»Wir alle sind Sünder«, sagt er.

»Nur der auf dem Dach nicht«, reimt Mau munter, »der ist Inder.«

Über seinen Kalauer bricht er in kreischendes Gelächter aus, in welches erst Benito, dann alle anderen einfallen, sogar wir. Nur Toga bleibt ernst. Er schließt die Augen, hält theatralisch die stark behaarten Hände gen Himmel und brabbelt ein Gebet.

»Ich möchte euch nun bitten, euch jetzt auf eure Zimmer zu begeben«, haucht er. Ohne Widerworte löst sich die Runde auf.

Sollte ich die Ratte wirklich geschlachtet haben, denkt sie auf dem Weg in ihr Zimmer, dann mache ich das jetzt wieder gut. Ich büße. Jeder gebackene Muffin, jedes geputzte Klo, jede Nacht in der Rabbit-Box wiegt einen Messerstich auf. In pathetische Gedanken wie diese vertieft, stolpert sie über einen lebendigen Körper. »Sorry!«, sagt ein dünnes Stimmchen. Winter sitzt auf der Treppe, in einer Decke gehüllt. Sie entschuldigt sich mehrfach. Es ist, als entschuldige sie sich für ihre Existenz.

Winter sieht aus wie ein Vögelchen, das aus dem Nest gefallen ist: lieb, dünn, schädelig, mit Habichtnase und vielen langen, hoffnungslos verfilzten Zöpfen. Venus spürt ihre Verlorenheit, unterdrückt aber den Impuls, stehen zu bleiben und mit Winter zu reden. Sie fühlt sich selbst verloren. Sie hat selbst Probleme. In dieser Welt zu leben, heißt zu leiden. Das ist nun mal so. Da muss Winter halt durch.

Als Venus mit bleierner Müdigkeit in den Gliedern ihr Zimmer betritt, sieht, wie Bringfriede im Dämmerlicht mit weiten hochgerutschten Hosenbeinen, die den Blick freigeben auf ihre Vogelwaden, auf dem Kopf steht, öffnet sich unten die Haustür, und Kuki führt den derangierten Daniel H. Boone herein.

6 Manieren

Toga, der in embryonaler Körperstellung im selbst gezimmerten Bett liegt und von seinem glorreichen Einzug auf dem himmlischen Planeten träumt, schreckt, von Kukis Rufen aufgeweckt, hoch. Da er nicht nur der Diener des Dieners ist, sondern gleichzeitig auch ein Vorbild, wohnt er in einem wirklich mistigen Verschlag. Seinen eigenen Hausregeln folgend, verzichtet er auf jegliche Privatsphäre. Er lässt die Zimmertür jederzeit weit offen, denn er hat nichts zu verbergen, und auch potenzielle Diebe sind Geschöpfe Gottes, von diesem selbst geschickt, um zu testen, ob man etwa weltlichem Besitz anhafte. Seine Ehefrau hat er ein Stockwerk tiefer untergebracht. Beide vermeiden es, sich gegenseitig im Zimmer des anderen aufzusuchen. Sie treffen sich ausschließlich in unverdächtigem, bevölkertem Ambiente, in der Kirche, im Goldbrokatraum, oder sie erledigen gemeinsam mit den Fahrrädern in der Stadt diverse Besorgungen.

»Ein Notfall«, flötet Kuki munter, ohne sich für die Störung zu entschuldigen.

Der Tempelpräsident springt aus dem Bett, schlaftrunken, aber umgehend, mit nacktem, fast durchgehend behaartem Oberkörper, nur mit einer luftigen Herrenunterhose bekleidet, auf der Santa Claus abgebildet ist und die er aus der Altkleiderspende gewühlt hat. Kuki, die in Sichtweite wartet, verkneift sich ein Kichern. Wir denken an ihren singenden Mickymaus-Schlüpfer und meinen, sie hat allen Grund zum Verkneifen.

»Haben wir ein freies Zimmer?«

Daniel H. Boone sitzt unterdessen leicht benommen nebenan in der spärlichen Nachtbeleuchtung des Goldbrokatzimmers, einen dampfenden Yogi-Tee vor sich, von nicht enden wollenden gregorianischen Mönchsgesängen beschallt. Er versucht, sich daran zu erinnern, wie er hierher kam, was genau passierte, aber er ist zu müde, und sein Schädel brummt. Als er nach dem Henkel der Teetasse greifen will, findet er jedoch in seiner linken Hand eine zerknüllte, fettige Papptüte und einen pinkfarbenen Flyer. Langsam kehrt die Erinnerung zurück. Der Kuss im Park. Der Polizist und der Schminkkoffer. Der Muffin. Der Strafzettel. Das rote Kleid. Der Unfall. Die Fußglöckchen seiner rassigen Retterin. Ihre schwarzen plaudernden Lippen.

Toga gähnt, wobei sein zierlicher Mund die Gestalt eines Wachteleis formt, das weich im Nest aus Bart ruht. Er klappt den Mund wieder zu und klopft sich mit der flachen Hand auf die Brust. »Ist das Zimmer für einen zahlenden Gast, oder hast du etwa schon wieder einen Obdachlosen angeschleppt?«, fragt er. Kuki hat sich mittlerweile angewöhnt, Toga mit seinen eigenen Waffen zu schlagen.

»Es handelt sich in jedem Fall um ein Geschöpf Gottes«, sagt sie, lächelt charmant und legt dabei ihre perlmuttweißen Hamsterzähne frei.

»Ich komme«, haucht Toga gottergeben, aber wütend. Manchmal verwünscht er jenen Sommerabend im Central Park und dessen Folgen. Manchmal verwünscht er, Tempelpräsident geworden zu sein. Alles muss man selber machen! Toga hatte sich in der Planungsphase die Gemeinschaft der Glücklichen Sklaven Gottes immer anders vorgestellt. Wie in einem Hochglanzkatalog, nur die glänzendsten Vertreter aller Religionen, vorbildlich gekleidet, sich vorbildlich benehmend, sauber, duftend, in schönster Eintracht und strikter Entsagung unter Gottes Dach und seiner Fuchtel in der Tempelkirche zusammenlebend. Die Realität unterscheidet sich erheblich vom Traum. Es vergeht kein Monat, in dem er nicht die Polizei rufen muss, weil es über den Streit, welcher Gott der einzige sei, zu Handgreiflichkeiten kommt – Rufmord für die Idee der Glücklichen Sklaven. Toga seufzt. Gott hat zweifelsohne einen perfekten Plan, und ein kleiner unbedeutender Mensch wie er ist sicher nur zu blöd dazu, ihn zu verstehen. Er wickelt sich in sein Gewand und wirft majestätisch die Schärpe über die Schulter.

Indessen erkundet Daniel H. Boone in dem Bestreben, Traum von Wirklichkeit zu unterscheiden, ob die Mönchsgesänge Teil einer Halluzination sind, und wenn nicht, wo verdammt noch mal sie herkommen. Er kann keinen Lautsprecher finden und geht dem Klang nach. Er kriecht ächzend unter den Schreibtisch, wobei die Kmart-Hose etwas nach unten rutscht.

Als Toga das Zimmer betritt, sieht er Boones Gesäßritze unter seinem Schreibtisch hervorragen. Himmel, hilf, noch ein Verrückter! Toga schickt einen vorwurfsvollen Blick nach oben. Nicht dass er Gottes Geschenke nicht zu würdigen wüsste, aber was zu weit geht, geht zu weit.

»Herzlich willkommen bei den Glücklichen Sklaven Gottes«, sagt er salbungsvoll. Sein Blick wandert an der Gestalt, die sich nun vor ihm aufrichtet, erst herab, dann wieder hinauf. Boone steht ächzend mit hochrotem Kopf vor ihm, während die drei langen Haarsträhnen, die sonst über seiner Glatze kleben, ihm wie Lämmerschwänze in die Augen hängen. Toga ist fast einen Kopf kleiner als Boone, und der ist schon klein.

»Ich wollte nur wissen, wo die Lautsprecher sind«, sagt Boone schüchtern.

Toga will die Sache kurz machen und wieder ins Bett. Selbstredend sind vor Gott alle Menschen gleich, doch davon abgesehen bezweifelt Toga, dass dieser Mann imstande ist, die Monatsrate eines Temporären zu zahlen. Er zeigt auf den zerknüllten Flyer, der neben der fettigen Muffintüte auf dem Tisch liegt. »Wie ich sehe, sind Sie auf unsere Anzeige hin gekommen.«

Boone starrt ihn an. Einen Engel hat er heute schon getroffen, aber dieser hier, mit dem Bart und den weißen wehenden Gewändern, sieht wie ein Erzengel aus. Ein Erzengel im Taschenformat.

»Ja. Nein. Ach ... *das* ... das ist Ihr Haus?«

Merkwürdige Zufälle gibt's. Oder ist das keiner? Boone denkt an seine übersinnliche Muhme Annie. Die hat nämlich immer gesagt: Ein Zufall, das ist, wenn dir das Schicksal etwas in den Schoß wirft. Boone erinnert sich erstmals seit Jahren an diesen Satz, und er denkt erstmals überhaupt darüber nach.

»Wir sind so voll ...«, intoniert Toga sein Standardgespräch.

»Ich suche auch nichts für heute Nacht«, sagt Boone.

»... voll mit relativen Wahrheiten«, fährt Toga fort. »Wie das Wetter ist, wie spät es ist, wie der Präsident heißt ...«

»Wie spät ist es eigentlich?«, fragt Boone. Toga zeigt stumm auf die neben dem Jesusbild hängende Bahnhofsuhr. »Dabei ist die relative Wahrheit unnütz, morgen schon nicht mehr wahr«, sagt er. »Deshalb ist sie ja relativ.«

Boone versucht, die Uhrzeit zu erkennen, aber das Zifferblatt verschwimmt vor seinen Augen. Er verspürt einen leichten Brechreiz.

»Kennen Sie die absolute Wahrheit?«, fragt Toga. Boone schweigt beduselt. Toga legt die Hand auf sein Herz. »Ich bin sicher, in Ihrem Herzen wissen Sie sie.«

Boone überlegt, was er sagen soll. Schließlich fällt ihm wieder ein, wie er hierher gekommen ist. »Ihre ... indische ... Kollegin war so freundlich, mich hierher zu führen, um einen Tee zu trinken und etwas ... auszuruhen.«

»Tee«, wiederholt Toga hektisch, »Tee ... Tee ...«, und da ihm Gastfreundlichkeit zwar kein Bedürfnis, aber eine Pflicht ist, rast er wie aufgezogen im Zimmer umher, um die sofortige Teeherstellung in Angriff zu nehmen.

»Nein, danke«, sagt Boone und zeigt auf seine dampfende Tasse. »Ich hab schon. Das ist also God's Motel?«

»Ja!« Toga nickt feierlich. »Ich möchte Sie aber darauf aufmerksam machen, dass wir eine spirituelle Gemeinschaft sind.«

»Wie der Name nahe legt«, murmelt Boone. Das weiße Männchen hat für ihn plötzlich nichts Erzengelhaftes mehr. Es ist nichts als ein hyperventilierendes Pelztier, durch eine unsichtbare Treibjagd aufgeschreckt und leicht exzentrisch.

»Wer hier wohnt, muss sich an Regeln halten.«

»Selbstverständlich«, murmelt Boone, der nun wieder sitzt und sich von seinem stechenden Kopfschmerz gedanklich weitgehend außer Gefecht gesetzt fühlt.

»Mir schwebt da gerade so etwas vor. Haben Sie spezielle Monatsraten?«

Wusst' ich's doch, denkt Toga bei sich, wieder ein Maul mehr zu stopfen. Laut sagt er:

»Wenn Sie zwei Stunden am Tag für die Gemeinde arbeiten, kostet ein Monat achthundert Dollar.«

»Das ist«, murmelt Boone, »gar nicht wenig.«

Ihm ist schwarz vor Augen. Das mag am Preis, das mag am Unfall liegen. Plötzlich hat er die Ob-dachlosen aus dem Park vor Augen, ihre roten versoffenen Gesichter, ihre zerstochenen Arme, ihre verpinkelten Hosen. Er denkt an den Krüppel, die Strandkrabbe, die ihn angebettelt hat. Wenn er etwas fürchtet, dann ist es eine Pechsträhne. Seine Muhme Annie pflegte zu sagen, dass der Mensch die Dinge anzieht, die er befürchtet. Daher versucht der lädierte Boone, seine Befürchtung vor sich geheim zu halten.

»Frühstück ist inbegriffen«, haucht Toga.

Boone hat nie Geld gespart. Er hat einfach keine Rücklagen.

»Lunch ebenfalls«, fügt Toga hinzu.

Boone hat immer von der Hand in den Mund gelebt. Er kann seine paar Kröten nicht aus dem Fenster schmeißen.

»Wenn Sie jeden Morgen zur Zeremonie kommen, kostet es nur fünfhundert im Monat.«

Fünfhundert. Zeremonie. Spirituelle Gemeinschaft. Boone stellen sich einige Fragen, aber ihm ist zu schwindlig, um sie Toga zu stellen.

»Aber wir leben sehr bescheiden …«, säuselt der.

Boone will eine abwiegelnde Geste machen, stößt dabei aber die Tasse um. Der Rest des heißen Yogi-Tees ergießt sich über die Tischdecke, die Tasse selbst rollt vom Tisch und zerspringt.

»… bescheiden und ruhig«, haucht Toga, während er

nach Lappen und Kehrschaufel hechtet. »Macht nichts«, knirscht er putzend. »Kein Problem!«

Boone schämt sich. Jetzt hat er dem Pelztier zusätzlich Umstände gemacht. Jetzt muss der kleine Mann zu seinen Füßen putzen. Boone wischt sich die Hände an der Hose ab. Sie sind ganz klebrig vom Muffin. Oder ist das Blut? Und wie spät ist es? Und wo ist eigentlich sein Auto?

»Suchen Sie etwas für heute?«, fragt Toga liebenswürdig und unterdrückt ein zartes Aufstoßen, wobei seine Augen etwas hervortreten und sein behaarter Hals anschwillt.

»Nein«, sagt Boone, der sich vorübergehend etwas besser fühlt, »aber ab dem Ersten. Für einen Monat erst mal. Übergangsweise. Wann ist der Erste?«

Toga blättert in einem großen Buch, das aufgeschlagen auf dem Schreibtisch liegt.

Boone betrachtet ein großes Gemälde mit Jesus am Kreuz. Jesus sieht ihn angewidert an. Daneben sitzt Buddha, dicklich, mit Dutt und zusammengekniffenen Augen, wie eine faule Puffmutter. Und wer ist auf diesen Gemälden dort? Was für eine spirituelle Gemeinschaft ist das eigentlich? Die Glücklichen Sklaven Gottes. Das klingt beängstigend. Boone sieht sich schon Ron-Hubbard-Bücher auf dem Broadway verkaufen, zum Gelächter des gesamten New Yorker Police Departments.

»Freitag ist der Erste«, haucht Toga. »Sie haben Glück. Wir haben ein Zimmer frei. Für einen Monat, sagten Sie?«

Der Inspektor denkt an seine Muhme Annie. Na bitte. Er würde diesem Zeichen folgen. Er schlägt also ein und zahlt an. Cash. Alles, was er noch in der Hosentasche hat. Dann macht er sich auf die Suche nach seinem Auto.

»Bist du krank, Girl?«, fragt Kuki am nächsten Tag beim Lunch und kneift Venus ins Ohr. Venus erwacht mit einem kleinen Schmerz aus ihrem Tagtraum, einer strahlenden, duftenden, blütenregnenden Vereinigung mit dem Bliss Swami. Kuki, das Mädchen mit den Klingelfüßen, pflegt einen körperlich-kumpelhaften Umgang mit allen Tempelbewohnern. Man muss ständig auf der Hut sein: ein Klaps auf den Po, ein knallender Kuss, eine ungebetene Nackenmassage, etwas in der Art erfolgt meist, nur die Mönche lässt sie in Ruhe.

»Nein, ich war nur … in Gedanken.«

»Ein schlechter Ort zu sein«, sagt Kuki, der Philosophisches im Allgemeinen nur versehentlich unterläuft.

»Wir dürfen nicht Sklaven unserer Gedanken werden«, sagt Toga.

Venus' Aufmerksamkeit ist nach wie vor geteilt, denn der Bliss Swami kommt herein, lädt sich den Teller voll, nimmt am Tisch Platz und betet ein nicht enden wollendes Gebet in Sanskrit.

Toga macht sich währenddessen in der Küche zu schaffen, leert den Mülleimer, schrubbt die Herdplatte und ruft schließlich dem Orangen Riesen zu, dass er ihn dringend sprechen müsse. Der Swami antwortet nicht. Toga wäscht ein paar schmutzige Teetassen ab. Der Swami betet immer noch. Toga kommt zum Tisch und räuspert sich. Bliss Swami öffnet die Augen. Er lächelt Toga an. Er lächelt Venus an. Er lächelt Kuki an. Seine große Hand greift nach dem Löffel und mit einer langsamen schweren Bewegung lädt er ihn voll. Stumm.

»Hast du fünf Minuten Zeit?«, fragt Toga mit schlecht verborgener Ungeduld.

»Nach dem Essen«, sagt der Bliss Swami und kaut langsam und sorgfältig.

»Aber kannst du mir nicht zuhören, während du isst?«, sagt Toga und trippelt aufgeregt hin und her. »Es geht um Sun Baba. Der muss auch mal was tun, nicht immer nur auf dem Dach hocken. Wir sind hier schließlich in Manhattan, ich muss ja schließlich alles zahlen, Strom, Betriebskosten, Steuern … Da kann ich keine Schmarotzer gebrauchen.«

»Wenn ich esse, esse ich«, antwortet der Swami. Venus ist erstaunt über seinen Starrsinn, der sich ihr erstmals offenbart, über seine Respektlosigkeit, und plötzlich passt auch sein herrisches Kinn.

»Dann eben später«, haucht Toga und läuft ärgerlich hinaus.

Bliss Swami scheint ihn im selben Moment vergessen zu haben. Er steckt den Löffel in den Mund, leert ihn dort aus, indem er ihn leicht nach oben führt und dann herauszieht. Er legt ihn neben dem Teller ab und kaut den Kohleintopf mit bedächtig malmenden Kieferbewegungen. Er schweigt und macht einen friedlichen, unbeteiligten Eindruck, der auf uns, die wir nicht in ihn verknallt sind, fast einfältig wirkt.

Mau kommt herein, setzt sich an den Tisch und isst demonstrativ nicht. Er sieht aus wie eine Walküre mit seinem mächtigen Brustkorb und seinem offenen wallenden Haar. »Ich bin nämlich auf Diät«, erklärt er, als hätte ihn jemand gefragt, und schnuppert an den voll geladenen Tellern der anderen, wobei er wohlige Hmmmmm-Geräusche macht. Venus kennt inzwischen die Fressanfälle, die einer Mau-Diät auf dem Fuße folgen. Sie sind furchtbar.

»Los, träum nicht, iss, iss Prasadam, Girl«, befiehlt Kuki, die selbst den ganzen Tag mit vollen Backen mampft, obwohl sie ständig klagt, dass sie zu dick sei.

Venus lässt sich widerstandslos den Teller mit Hindupampe voll schaufeln – heute ist es eine öl- und butterhaltige Masse aus Reis und Gemüse, in der Zimtstangen und Nelken schwimmen. Die Hindupampe ist Krishna gewidmet und wird die, die davon essen, von innen spiritualisieren. Venus weiß nicht genau, was das bedeutet, von innen spiritualisiert zu werden, aber es klingt sehr gepflegt. Offenbar ist aber die Spiritualisierung von innen ein schmerzlicher Vorgang. Venus fühlt sich ständig voll. Sie hat Blähungen. Sie hat Durchfall. Sie nimmt zu. Sie sieht Mau an. Er ist dick. Sie sieht Kuki an. Die ist auch dick. Sie denkt an Bliss Swamis strammen Bauch. Die meisten hier sind dick.

Als Bliss Swamis Teller leer ist, rülpst er herzhaft und erhebt sich. Kuki rülpst ebenfalls, ohne den geringsten Anflug von Reue. Spiritualisierung scheint mit einem Totalverlust von Manieren einherzugehen. Das ist ja ekelhaft, denkt unsere Venus, und ihr weißes Prinzessinnenkörperchen verspannt sich in einem Anfall kultureller Gegenwehr. Wo bin ich hier nur hingeraten?

»Keine Manieren, diese Inder«, sagt Mau, bei dem sie sich später beklagt, und zieht geräuschvoll den Rotz hoch. Es scheint kein indisches Problem zu sein. Mau hat seine Haare mit einer Spange hochgeklemmt, die dicke schwarze Brille balanciert er am Bügel im Mund, während er die Abrechnungen für die Gästezimmerbuchungen zusammenheftet.

»Anyway, die spucken auch überall hin. Ich war da ja noch nie, will da auch nicht hin, aber in Kalkutta, wenn du da mit dem Ärmel an die Häuserwand kommst, dann schmierst du dich voll mit stinkendem Schleim.«

Er wischt die Nase an seinem Ärmel ab.

»Was die auch immer kauen? Dieses rote Zeugs, Kautabak, Betelnusssaft oder so was. Der Scheich, die Touristen aus Indien und Umgebung. Ferkel, allesamt.«

Er schüttelt sich, wobei die Brille runterfällt.

»Der Alte da oben, der kackt auch aufs Dach.«

Das ist ja ekelhaft, denkt Venus, aber sie will sich auf keinen Fall durch Dachkackgeschichten von der Fährte abbringen lassen.

»Aber der Bliss Swami ist doch kein Inder«, sagt sie. Mau antwortet gähnend, und zwar ohne den kleinsten Impuls, sich die Hand vor den Mund zu halten: »Doch, hat angeblich eine indische Mutter. Anyway, mehr weiß ich auch nicht.«

Es klopft. Ein australischer Tourist steht mit monströsem Gepäck in der Tür. Er ist aufgehalten worden, da Toga mit ihm im Treppenhaus die Wir-sind-so-voll-Nummer abgezogen hat. Mau muss sich nun darum kümmern, den verwirrten Reisenden einzuchecken.

Venus geht in ihr Zimmer. Sie ist versöhnt. Ihr Geliebter hat eine indische Mutter und damit einen Freifahrtschein in schlechtem Benehmen. Sie kann es gar nicht erwarten, dem Swami irgendwo im Hause zu begegnen, um ihm zu gefallen. Fast ist sie stolz auf ihre Wahl. Als hätten wir ihr eine gelassen.

Abends lässt Scheich Ramzi wieder die Milch anbrennen. Er lässt zweimal täglich die Milch anbrennen, morgens und abends. Keine Manieren, die Inder. Er schlurft in die Küche, schüttet Milch in einen Topf, dreht die Gasflamme auf maximum und schlurft wieder weg. Vom Zischen und Gestank alarmiert, stürzt Venus aus dem Treppenhaus in die Kochnische im Goldbrokatzimmer, um Herd und Topf vor dem Schlimmsten zu bewahren. Sie gießt die heiße Milch in eine Tasse und stellt sie dem Scheich auf den Tisch.

»Warum trinken Inder immer heiße Milch?«, fragt sie, obwohl sie Angst vor seiner muffigen, düsteren, windschiefen Erscheinung hat. Der Scheich dankt ihr nicht, sondern schlürft lautstark, schweigt, denn er unterhält sich selten mit Frauen. Und grundsätzlich nicht mit ungefickten Albinohühnern.

»Krishna mag Milch«, säuselt Toga.

Hinter ihm steht stumm und wimpernlos Maria Magdalena mit Armen voller Nelken- und Rosensträuße, die sie Blume für Blume köpfen, auffädeln, zu Girlanden winden und den heiligen Statuen um die hölzernen Hälse hängen wird. Der Scheich schnaubt. Er kann den Hindukram nicht leiden. Gott hat keine Gestalt, er darf nicht abgebildet werden, nicht geschmückt und schon gar nicht gefüttert wie ein Haustier. Ramzis gelbliche Augäpfel treten hervor.

»Nasrudin«, krächzt er in gebrochenem Englisch, »gehen durch Blumengarten und werfen Brotkrumen. Als Nachbar fragen, warum tut, Nasrudin sagen: Wollen Tiger fern zu halten. Sagen Nachbar: Aber hier nix Tiger in herum zwanzig Meilen. Nasrudin antworten: Da du siehst, wie wirkt Brotkrumen. Hahahaha!«

Toga und Venus sehen sich an. Der Scheich hat zusammenhängend gesprochen. Nicht sinnvoll, aber zusammenhängend.

Ungerührt fährt Maria Magdalena fort, die duftenden Blumensträuße aus der Folie zu wickeln und die Blumenköpfe mit der Schere abzuschneiden. Das Schnippschnippschnipp der Schere und das Rascheln der Röcke ist alles, was von ihr zu hören ist. Ob sie nicht nur stumm ist, sondern auch taub?, denkt Venus.

Ramzi verlässt das Zimmer. Zurück bleiben der muffige Geruch seines ungewaschenen bunten Flickenmantels und das schmutzige Geschirr.

Toga zündet ein Räucherstäbchen an und fuchtelt damit über dem Stuhl herum, auf dem der Scheich gesessen hat.

Mau ist aufgetaucht, um nach Essbarem zu suchen. Der Rhythmus, in dem seinen Diäten Fressattacken folgen, ist atemberaubend. Mit einem Gesichtsausdruck, der sich jeden Kommentar aufs Entschiedenste verbittet, schichtet er sich vier Muffins auf die gut gepolsterte samtbraune Handfläche, kommt noch einmal zurück, greift schnippisch einen fünften und verschwindet.

Venus ist schon eingeschlafen, als es hart an ihre Zimmertür klopft. Die Strickliesl schläft mit Ohrstöpseln und Schlafbrille und hört nichts. Venus' Herz macht einen Sprung, ihre Hände fahren glättend über das Haar. Die absurdeste Variante erscheint ihr nahe liegend. Kommt Bliss Swami sie besuchen? Als sie zur Tür läuft, sieht sie, dass Bringfriede im Schlaf am Daumen lutscht. Ein altes Kind mit verwirbeltem rotem Haar, das Gesicht gelöst und friedlich, der kleine Körper schlafschwer und verbogen, die dürren Vogelwaden freigestrampelt. Fast hat unsere Venus ein zärtliches Gefühl für ihre Zimmergenossin. Allerdings wird das zärtliche Gefühl rasch abgelöst von Enttäuschung, als sie öffnet und nicht der Bliss Swami, sondern Alien vor ihr steht, mit verfilzten Haaren und diesmal stechend türkisfarbenen Augen.

»Psssst«, sagt Alien, legt den Finger auf den Mund und brüllt: »Winter und ich wollen dir etwas zeigen.« Venus möchte lieber in ihrem Zimmer bleiben, schon für den Fall, dass fünf Minuten später wirklich Bliss Swami sie besucht, was zwar unwahrscheinlich ist, aber nicht unmöglich. Nichts ist unmöglich.

»Wir gehen zum Clubbing«, sagt Alien.

»Ich habe nichts anzuziehen«, sagt Venus.

»Stimmt«, sagt Alien mit einem amüsierten Blick auf ihren cremefarbenen perlenbesetzten Punjabi-Suit. »Vielleicht kann dir ja Winter was geben.«

Alien, dessen weite, glänzende, mit Taschen und Schnüren übersäte Dreiviertelhose die Spargelhaftigkeit seiner unbehaarten Beine noch betont, nimmt die Protestierende bei der Hand und führt sie in Winters und sein Zimmer, das düster gestrichene Wände hat, die mit braunen Handabdrücken bedeckt sind.

»Ist das Farbe?«, fragt Venus ahnungsvoll.

»Nee, Blut«, sagt Alien. »Ich zieh mir das aus der Eichel, geht ganz einfach.«

»Sorry«, murmelt Winter.

Alien klopft durch die Hose auf sein Geschlechtsteil, auf das er so stolz ist, auf das er so lange gewartet hat. Gern würde er es rausholen und Winter damit beeindrucken. Jedem würde er es gerne zeigen, jedem im Haus, auf der Straße, auf der Welt, er ist schließlich und endlich ein Mann, und das muss gefeiert werden. Venus betrachtet die braunen Handabdrücke und bekämpft ein leichtes Schwindelgefühl. Winter wühlt aus steifen weißen Plastiktüten Klamotten, an denen noch die Preisschilder hängen. Venus fragt lieber nicht, woher sie stammen.

»Sorry«, murmelt Winter. Alien brüllt: »Jeden Tag eine gute Tat«, und schenkt ihr Turnschuhe. Als die drei schließlich auf Zehenspitzen das Haus verlassen, trägt unsere Venus weiße Turnschuhe, ein langes schwarzes Jerseykleid und eine schwarze Baseballkappe.

Sie laufen im Entenmarsch: Venus, Alien, Winter. Für jemanden, der auf Zehenspitzen geht, macht Alien erstaunlich viel Lärm. Komplett lautlos dagegen folgt ihm Winter, die nur ein kleiner dünner Schatten an der Wand ist und die, als Venus sich suchend nach ihr umdreht, leise etwas murmelt, »Sorry«, vermutlich.

»Was glaubst du, was Gott ist?«, fragt Alien mit seiner lauten sonoren Stimme, während er sie in ein Auto bugsiert, das mit laufendem Motor draußen wartet. Er starrt sie mit knalltürkisfarbenen Augen an. Venus antwortet nicht, und ihre Antwort ist auch nicht erforderlich, denn Alien antwortet sogleich selbst.

»Ein DJ«, sagt er.

»Yeah«, sagt der Fahrer, ein Asiate, der eine rote Bommelmütze tief ins Gesicht gezogen hat, dreht sich um und zeigt auf sein T-Shirt, auf dem in weißen Lettern »Gott ist ein DJ« steht. »Warst du schon mal in Ekstase?«, fragt Alien, um sogleich wieder selbst zu antworten: »Ich ja. Niemand von den Glücklichen Sklaven war jemals in Ekstase. Aber ich. Beim Tanzen. Immer wenn ich tanze. Manchmal tanze ich zehn Stunden am Stück und werde dann ohnmächtig.«

Der Bommelmützenjunge am Steuer hupt, schimpft und fährt ruckhaft. Venus fühlt sich, als würde sie etwas Verbotenes tun. Tut sie etwas Verbotenes? »Ist dir Gott mal erschienen?«, fragt Alien weiter. »Mir schon. Beim Tanzen. Beim Tanzen ernähre ich mich vom Licht. Größte Ekstase! Größte Ekstase! Nur durch Licht!«

Venus sieht sich nach Winter um, ihr fällt auf, wie schön und melancholisch Winters Augen werden, wenn sie Alien ansieht, warm und tief unter langen dunklen

Wimpern und zarten hellen Lidern. Winter nickt. »Wir sind alle kleine Buddhas«, flüstert sie.

Das Auto hält vor einem Kellerloch. »Drunk love« steht auf einem blassblau flimmernden Neonschild. Ein breitschultriger Schwarzer steht vor einem Türverschlag, Hände im Schoß verschränkt, Hals eingezogen, Füße nach außen.

»Wie geht's?«, brüllt Alien, den Venus noch nie leise sprechen gehört hat. Der Türsteher winkt die vier jungen Leute gelangweilt durch. Sie betreten einen düsteren Verschlag, laufen eine Kellertreppe hinunter, in einen relativ kleinen Raum, der mit Plüschsofas, Getränkekisten und Menschen voll gestopft ist. Es wird laut dröhnende Musik gespielt mit peitschenden Roboter-Rhythmen. Die Bässe rütteln Venus' Innereien durcheinander. Es ist, als säße sie auf einer Waschmaschine. Sie sieht tanzende Leiber, religiöse Tänze, rituelle Tänze, Opfertänze, Anbetungstänze, Verführungstänze.

Dann beginnen Alien und Winter zu tanzen, kleine Buddhas mit Gott als DJ, jeder für sich und doch vollkommen synchron. Auf der vollen Tanzfläche tun sich zwei Kreise auf, magische Kreise, Lichtkegel, in denen zwei Solotänzer sich drehen. Sie tanzen mit einer Mischung aus Präzision und Eleganz, die Venus unwirklich vorkommt. Morgens im Regenbogensaal, wenn die anderen aufstehen und nach Togas und Bliss Swamis Vorbild die Füße im »Swami-Step« abwechselnd nach außen tippen, bleiben Alien und Winter in Decken gehüllt sitzen, zwei Decken mit Köpfen, müde, apathisch, bekennende Nichttänzer. Aber hier, in diesem harten gnadenlosen synthetischen Klangkörper des Rhythmus, werden sie wesentlich, stimmig, verschmelzen mit dem Raum, ziehen jeden Anwesenden in ihren Bann. Auch uns. Sie bewegen sich wie ein einziges Tier, sie tanzen wie das Eine, das vor der Trennung war, wie Shiva im Feuerrad, wie Kali auf Shivas Brustkorb.

Sie tanzen gleichzeitig die Schöpfung und die Zerstörung, die Verzweiflung und die unbändige Freude, sie tanzen Liebe und Hass, Leben und Tod, und wir tanzen mit ihnen. Ohne einander anzusehen, mit einigen Metern Zwischenraum, gleiten sie wie mit Helium gefüllt um die eigenen Achsen, korrespondieren in perfekter Vollendung, miteinander, mit sich selbst, die Köpfe, die Arme zum Himmel gestreckt, einer alten fleckigen Kellerdecke, die sich plötzlich zu öffnen scheint, um den Blick freizugeben auf die sternlose Dunstglocke des Großstadthimmels.

Unsere Heldin ist aufgekratzt, als sie morgens um vier zurück in God's Motel kommt. Winter und Alien verschwinden auf ihrem Zimmer, das Schlafen lohnt nicht mehr. Auf dem Flur im Treppenhaus bemerkt Venus eine Statue, die ihr vorher noch nie aufgefallen ist. Ein in rötlich goldenes Metall gegossener Mönch in Kutte, den Kopf geneigt, die Formen fließend. Unsere Venus setzt sich auf die oberste Treppenstufe und berührt die Statue. Sie nickt ein, die Hand auf dem Mönchssockel, den Kopf am Metallmönch, und schreckt hoch, als sie eine vertraute Stimme hört.

»Guten Morgen! Hast du die Nacht mit Franz von Assisi verbracht?« Der Bliss Swami steht vor ihr, den Gebetssack wie eine Brottasche vor dem strammen Bauch, eine Decke geschultert, fertig für die Morgenzeremonie. Er fragt ohne jeden Doppelsinn, ohne Anspielung, er ist nichts als freundlich. Natürlich fällt ihm auch nicht auf, dass sie andere Kleidung trägt.

»Wie spät ist es?«, fragt Venus verschlafen. Ihre Lippen kleben aneinander. Ihre Stimme ist heiser. Ihr Herz pocht laut.

»Genau fünf Uhr«, sagt Bliss Swami.

Er setzt sich neben sie. »Als junger Mann hat Franziskus sein bürgerliches Leben verlassen, von heute auf morgen«, sagt er.

»Wieso denn?«, fragt Venus, plötzlich hellwach, »hat er jemanden umgebracht?«

Der Swami sieht ihr prüfend in die Augen. Erst als er den Blick wieder abwendet, berührt sie sanft seine Schulter.

»Ich habe vielleicht jemanden umgebracht«, sagt sie, obwohl ihr die Sache mit dem Mord schon sehr weit entfernt vorkommt. Es gibt eine neue Wirklichkeit in ihrem Leben. Es gibt eine neue Dringlichkeit in ihrem Leben.

Der Bliss Swami indessen zuckt zusammen, weniger der Nachricht als der Berührung wegen. Er rückt von ihr ab und sieht sie lächelnd an. Das macht sie wütend. Er schenkt dieses Lächeln jedem. Es ist beliebig, sie möchte, dass er ihr ein exklusives Lächeln schenkt, eines, das sich von dem, das er für andere übrig hat, unterscheidet, wohltuend unterscheidet, massiv unterscheidet. Sie will ein Lächeln ganz für sich allein.

»Hast du in Notwehr gehandelt?«

In ihren Ohren hallt der peitschende Rhythmus der Musik nach. Ihr Verstand betastet die Mauer, die wir um ihre Erinnerungen gebaut haben. Ein Loch klafft, einige weitere Steine sind inzwischen lose, aber nicht lose genug. Noch scheint es uns ein Schuss ins Knie, die Mauer einstürzen zu lassen. Bei aller Liebe.

»Ich weiß es nicht. Ich weiß nicht mal, ob ich's überhaupt war.«

»Philosophisch gesehen, kannst du niemanden ermorden, Seelen sind unsterblich.«

»Prima«, sagt sie säuerlich. »Das merk ich mir für meine Verteidigung.« Und nach kurzer Pause: »Würde es dir etwas ausmachen, wenn ich eine Mörderin wäre?«

Er weicht ihrem Blick aus und starrt an die Wand, als läse er seine Antwort dort ab. »Ich nehme jeden Moment so, wie er ist.«

Es mag unser Zaubermittel sein oder ihre Übermüdung oder beides zusammen, jedenfalls nimmt Venus dies als Aufforderung. Sie beugt sich zu ihm und schlingt den Arm um seinen starken Hals. Doch er wendet sein Gesicht ab. So landet der Venuskuss, obwohl als Lippenkuss angelegt, auf der bartstoppeligen Mönchswange.

Wir kichern.

Er schweigt.

Die Abgeblitzte hingegen ist wütend und beschämt zugleich. Verständlich! Da beichtet sie nun und will Absolution und will Trost, eine Umarmung, einen Kuss, was auch immer, irgendwas steht ihr doch zu. Auch wenn es nur ein aufmunterndes Wort gewesen wäre, ein mimisch angedeuteter Zweifel, eine Standpauke, eine Flucht, irgendwas. Aber der Bliss Swami sitzt da, als hätte sie nicht von Mord gesprochen, als hätte sie nicht versucht ihn zu küssen.

Jetzt entfernt er auch noch ihren Arm von seinem Hals. Entfernen – anders kann man das nicht nennen. Bliss Swami berührt auch den Sockel der Statue. Seine Hand liegt nur wenige Millimeter neben ihrer, ohne ihre zu berühren. Sie sieht aus wie das nahezu unsinnig vergrößerte und verbreiterte Modell ihrer Hand und hinterlässt, als sie fortgeht, einen feuchten Schleier auf dem blanken Metall.

»Ich habe auch noch eine größere davon gemacht«, sagt der Berg von einem Mann langsam. »Sie steht im Vatikan.«

Venus vergisst Wut und Enttäuschung. Sie vergisst den Kuss, der ein Entwurf blieb. Ihr entgeht, was uns sofort auffiel: dass die Statue kein Geniestreich ist, eher Kunsthandwerk als Kunstwerk.

»Du bist Bildhauer?«

»Ich war Bildhauer. Ich war Bildhauer und Mönch. Jetzt bin ich … Mönch.« Eigentlich wollte er »nur noch Mönch« sagen. Er versucht nicht nur, ohne Frauen auszukommen, er versucht auch, ohne Wertungen auszukommen.

»Und warum?«

Er sagt lange nichts und zuckt dann mit den Schultern. »Ich diene Gott, wo und wie immer er will.«

Ein hoffnungsloser Fall, denkt Venus. Ein riesiger, knarziger, hoffnungsloser Fall. Und mit einem fast verzweifelten Impuls wagt sie einen zweiten Vorstoß, nur zwei Minuten nach dem Scheitern des ersten. »Woher weißt du, was er will?«, fragt sie. »Woher weißt du, ob er nicht will, dass du mich küsst?«

Seine rechte Hand fährt in den Gebetssack, Perlen klimpern. Flucht ins Gebet fällt uns dazu ein. Nun beginnt er wieder zu schaukeln, als wollte er sich selbst in den Schlaf wiegen. Wieder kommt ihr das Schaukeln bekannt vor. Sie hat das Gefühl, dass er sie in diesem Moment und überhaupt wegwünscht.

»Erzähl mir von deiner Bildhauerei«, sagt sie hastig, denn die Liebe macht sie kühn. »Es interessiert mich.« Sie mustert ihn. Sie kann nichts Indisches an ihm entdecken.

Aus dem Inneren der Tempelkirche ertönt ein Gong. Er soll nicht weggehen, denkt sie. Nicht weggehen!

»Später vielleicht«, sagt der Bliss Swami und geht weg.

Noch ehe sie sich besinnt, ist er schon außer Hörweite, außer Sichtweite, vermutlich wirft er sich bereits vorm Altar nieder, seinen blauen Gott um Vergebung für seine jüngste Sünde anflehend, die Arme nach vorn gestreckt, das Gesicht auf den Boden gepresst, wie ein Trockenschwimmer, der, allen Erdgewalten zum Trotz, versucht unterzutauchen.

7 Seniorentarif

Der Alltag der Glücklichen Sklaven Gottes besteht aus glücklichem Gefangensein in einer glücklichen Endlosschleife aus Dauerbeschäftigung mit stets den selben Dingen, umgeben von stets den selben Leuten. Venus erkennt die meisten Permanenten inzwischen blind: Kukis Klingelfüße, Maria Magdalenas raschelnde Röcke, Togas Verdauungsrumpeln, das keuchende, fauchende Hinken des Scheichs, Maus permanentes Schniefen, das von Übergewicht und Gesäßwackeln verursachte Wetzen seiner fetten Schenkel aneinander, Benitos trauriges Latschenschlurfen, Bliss Swamis gründlichen schweren Schritt, des Stiefeltruthahns Absatzklacken, das unstete Trippeln, Bringfriedes Nadelklappern, das Knacken der eigenen Knochen, Aliens Unfähigkeit, leise zu sein, selbst Winters Geräuschlosigkeit erkennt Venus am Klang.

Doch es gibt im Haus ein zweites, bunteres, lauteres, abwechslungsreicheres Leben, ein Leben, das fast vollkommen separat und konträr abläuft. Jeden Tag checken Touristen aus aller Welt ein, aus Asien, Afrika, Europa kommen sie, manche bleiben nur für eine Nacht, manche für eine Woche. Sie ziehen große Koffer mit vielen Aufklebern hinter sich her, sprechen die merkwürdigsten Sprachen, verwüsten die Zimmer, schmeißen klitschnasse Handtücher auf den Boden im Bad, so wie sie es von Hotelzimmern gewohnt sind. Sie haben Kinder dabei und Hunde und Papageien und Laptops, sie laden sich ihre Teller mit Essen voll und lassen sie irgendwo stehen. Sie blockieren die Telefonanschlüsse und die Bäder. Sie irren halb nackt über Korridore, haben Sonderwünsche und sind irgendwann wieder weg. Wie ein Spuk.

Die meisten nehmen gar nicht zur Kenntnis, dass sie bei einer Sekte untergebracht sind. Sie werden zwar darüber belehrt, dass sie sich an einem vegetarischen Ort befinden, an dem das Rauchen, das Trinken und das Fleischessen zu unterlassen ist, aber sie hören nicht zu oder vergessen es wieder oder halten sich einfach nicht daran.

Einmal beobachtet Venus, wie ein irischer Gast, ein rothaariger Muskelprotz, sich in der Kochnische des Goldbrokatzimmers einen Fisch brät. Toga erscheint wie aus dem Boden gestampft, predigt mit freundlicher, eingecremter Stimme zu dem Iren und wirft, als der weg ist, die entweihte Pfanne samt Fisch kurzerhand in den Müll.

Ein anderes Mal findet Venus einen Chicken-Burger im Kühlschrank. Der Kühlschrank wird geputzt, Winter trägt den Chicken-Burger mit Wegwerfhandschuhen und weit von sich gestrecktem Arm zu einer Mülltonne auf der Avenue B und brennt danach im und um den Kühlschrank extrastarke Räucherstäbchen ab.

Manchmal verirren sich die Touristen in die Morgenzeremonie: Kalifornierinnen mit Shorts und ohne Büstenhalter, Europäerinnen mit Hut und Wanderschuhen legen sich im Regenbogensaal flach auf den Boden und stöhnen, wie sie es in ihren New-Age-Entspannungszirkeln gelernt haben. Ihre Ehemänner lachen sich mit Bierfahne über die Betenden kaputt. Funktelefone klingeln. Kameras blitzen. Kinder nehmen die mit Bast bespannten Trommeln und schlagen sie aufs Parkett, bis sie kaputtgehen. Andere Touristen steigen sogar über die Absperrung zum Altar, stehlen sich »Andenken« wie Gurufotos und Kerzen, klauen Krishnas Perlenkette direkt vom Hals der Statue und richten dabei noch andere Verwüstungen an. Die Permanenten sind angehalten, den Touristen stets freundlich zu begegnen, sie nie auszuschimpfen oder zurechtzuweisen und auch die dümmsten Fragen geduldig zu beantworten.

Venus aber hat keine Lust dazu, als ihr eine Männerstimme im Dämmerlicht ein einleitendes »Verzeihung …« zuflüstert.

»Ich bin Gast im Hause«, sagt ein großer hagerer Mann, in dem sie einen australischen Touristen erkennt, »… und durch ein … Hupen und Klopfen wach geworden. Könnten Sie mir freundlicherweise sagen, was hier stattfindet?«

»Gottesdienst«, antwortet Venus. Dann erinnert sie sich an Benitos Bemerkung und wirft »Stammesrituale« hinterher.

»Ach … interessant. Und … welche Konfession?«

»Alles, was bei drei nicht auf dem Baum ist«, knurrt Venus, sieht den Bliss Swami wie vermutet flach auf dem Boden liegen, als suche er Deckung bei einem Luftangriff, erkennt im Priester erstaunt Arjuna und wirft einen Blick auf den Wochenplan. »Heute katholisch, morgen Hindu, übermorgen hol ich der Königin ihr Kind.«

Der Australier blickt erstaunt, läuft kopfschüttelnd auf Zehenspitzen in die Ecke und hockt sich hin. Er mustert etwas verwirrt die Jesusfigur in der Mitte des

Altars, die an einen Transvestiten erinnert, und den weihrauchschwenkenden Mann, der aussieht, als hätte sich ein Plüschlöwe als russisch-orthodoxer Priester verkleidet. New York ist schon eine dolle Stadt, denkt der Australier, und wir müssen ihm Recht geben.

Im Verlauf des Tages, der sich draußen unterteilt in einen schwülen Morgen, einen wüstenheißen Mittag und einen drückend sonnigen Nachmittag, der aber drinnen gleichmäßig halbschattig und kühl verläuft, begegnen sich der Orange Riese und das Albinohuhn dreimal flüchtig. Venus ist verlegen. Sie hat das Gefühl, dass er sie anders ansieht, dass er etwas zu ihr sagen möchte, aber er schweigt. Wenn er den Raum verlassen hat, ist er noch da wie ein Pulsschlag. Er erschreckt und entzückt sie, dieser rätselhafte Berg von einem Mann. Was hat er vor? Hat er überhaupt etwas vor? Er lässt sie vollkommen im Unklaren über seine Gefühle, seine Pläne, seine Gedanken.

Bei der vierten Begegnung lassen wir ihn vor ihr stehen bleiben. Seine Arme baumeln diesmal ausnahmsweise nicht, denn er trägt einen erdigen Ballen in den Bratpfannen, die seine Hände sind. Er räuspert sich und fragt: »Warst du schon mal auf dem Dach? Du könntest mir helfen, dort Oregano zu pflanzen.«

Jetzt sieht sie das zarte grüne Pflänzchen über dem erdigen Wurzelballen zwischen den Händen. Sie kann nicht mehr als schlucken und nicken. Mit pochendem Herzen geht sie ihm nach. Er steigt bedächtig Stufe um Stufe, führt sie Treppe um Treppe hinauf. Gesprochen wird nicht. Er öffnet die schwere Stahltür, deren Quietschen und Knarren Venus bereits kennt. Sie betreten das Dach der Kirche. In diesem Moment bahnt sich etwas an, das spürt sie. Es bahnt sich etwas an, und niemand, nicht einmal wir, weiß, was.

Die Sonne steht schon so tief, dass sie fast hinter der Skyline verschwunden ist. Doch Romantik kann gar nicht erst aufkommen, denn auf dem Dach wird geschrieen. Es dauert einige Sekunden, bis beiden klar wird, dass Scheich Ramzi Sun Baba mit dem Kopf nach unten vom Dach hält und in gebrochenem Englisch auf ihn einstichelt.

»Sagen die neunundneunzig Namen von Allah!«, ruft Ramzi und kichert. »Los! Sagen sie!«

Sun Baba, den Ramzi an den Füßen hält und schüttelt wie einen Rekord-Hecht, sagt kein Wort, da er vor fünfzig Jahren ein Schweigegelübde abgelegt hat. Er versucht vielmehr klaglos, von dieser unbequemen Position aus in die Sonne zu sehen. Ramzi hingegen scheint dem Spiel einigen Genuss abzugewinnen: »Sagen es! Sagen es! Sagen Al-Malik! Sprichen mich nach: Al-Malik. Al-Dschalil. Al-Karim. Sul-dschalali-wal-Ikram. Sprichen mich nach, sonst schmeißen runter!«

Der Bliss Swami tritt näher heran. Wir lassen ihn in Venus' Gegenwart den Mann der Tat sein, den Der-nicht-lange-Fackelt, den besonnenen Schlichter. So wird er in Venus' Augen noch wachsen.

»Ramzi prabhu«, ruft er. »Lass den Alten in Ruhe. Gott ist eine Flamme, aber diese Flamme erscheint unterschiedlichen Menschen in unterschiedlichen Farben.«

Der Scheich unterhält sich offenbar zu gut, um Einsicht zu zeigen. Unser Mann der Tat geht nun in eine der Venus unbekannte Sprache über, was diese nur noch mehr beeindruckt. Er redet so lange, bis Ramzi augenrollend und eine Grimasse ziehend den alten Mann auf die Dachpappe gleiten lässt. Als sei nichts geschehen, kriecht diese Handvoll alter Mensch, dieser dürre, geröstete Grashüpfer ein paar Meter gen Dachmitte, setzt sich in den Lotossitz und dreht den Kopf dorthin, wo eben die Sonne untergeht.

Der Scheich verschwindet mit wetzenden Rockschößen durch die Tür, wobei er die neunundneunzig Namen Allahs vor sich hin murmelt.

Erst jetzt sieht Venus, dass neben Sun Baba ein Walkman liegt und mehrere bunte Wegwerffeuerzeuge. Sie nähert sich ihm, den Schreck noch in den Knochen.

»Hör mal, das mit eben … tut mir Leid.«

Keine Antwort.

Sie tippt auf den Walkman: »Was hörst du da? Hörst du Musik?«

Keine Antwort.

Sie tippt noch mal auf den Walkman und ruft: »Musik?«

Jetzt reagiert er. Er sieht sie an, setzt den Kopfhörer auf, wiegt den Kopf hin und her, klopft mit seinem dürren Finger auf die Ohrmuschel und sieht wieder in die Ferne. Doch das Batteriefach ist leer, es steckt keine Kassette im Walkman, es ist keine Musik zu hören. Die bunten Wegwerffeuerzeuge sind auch leer.

»Was macht er mit dem Müll?«, fragt sie den Bliss Swami.

»Touristen haben ihm das gegeben, getauscht gegen seinen rituellen Feuerhaken und seinen Dreizack.«

Unser Oranger Riese, der keine Ahnung hat, dass er von uns im Rollenfach des jugendlichen Liebhabers besetzt ist, schickt sich an, in den Blumenkästen zwischen Tomaten und Basilikum ein geeignetes Plätzchen für die würzig duftenden Oregano-Pflanzen zu finden.

»Was für eine Sprache war das?«

»Tamil.«

»Was hast du dem Scheich gesagt?«

»Dass nicht einmal die Göttin der Gelehrsamkeit mit den Bergen als Tintenpulver, dem Meer als Tintenfass, dem Weltenbaum als Schreibfeder und der Welt als Papier Gott zu beschreiben vermag.«

Mutig, mehrsprachig und gebildet, denkt Venus. Diplomatisch, spontan und erfolgreich, mit eigener Statue im Vatikan.

»Und was hat er gerufen?«

»Dass er auch Englisch spricht.«

Beide lachen. Weit und groß ist die Himmelskuppel über ihnen, nahtlos von Hochhäusern gesäumt, von denen das größte einen Strahlenkranz aus Sonne trägt. Der beste Platz, denkt sie, für einen Handel um Zuneigung, denn darauf läuft es hinaus. Bliss Swami erklärt ihr, beide Hände in der Erde, die Himmelsrichtungen, die Namen der Häuser, die Stadtteile. Er scheint die laute große Kraft nicht wahrzunehmen, die sie hier draußen umfängt. Es liegt ein permanentes Dröhnen in der Luft, vom Swami unbemerkt. Er ist schon zu lange hier, ist betriebstaub geworden wie jemand, der an der Autobahn wohnt. Er hat einen auf andere Dinge konzentrierten Gesichtsausdruck. Er scheint in sein Innerstes hineinzulauschen, als säße dort ein heimlicher Souffleur. Wie kann man sich nur so von der Welt isolieren, denkt unsere Venus, die ihn verstohlen beobachtet. Er dreht an einem Hahn und sprenkelt Wasser auf die sandige Erde. Er nimmt eine der Pflanzen und buddelt ein Loch. Sie entschliesst sich zur Nachahmung, nimmt eine andere Pflanze und buddelt ein Loch neben seinem. Wie zwei Maulwurfspaare stecken ihre Hände in der Erde. Maulwurfspaare, die einander noch nicht vorgestellt worden sind.

»Ähm …« Bliss Swami kaut an einem Satz. Es dauert. Venus kramt mit erdigen Händen in ihrer Hosentasche nach einer Zigarette. Sie zündet sie an, gerade noch rechtzeitig. Ein plötzlicher Wind kommt auf, der den Lärmteppich in einzelne Geräusche zerreißt, der Taxihupen und Martinshörner nach oben trägt. Venus verbirgt sich hinter Bliss Swamis kräftiger Gestalt, will am liebsten ihre Arme um ihn schlingen. Sie will, dass er etwas sagt. Nicht irgendwas, das Richtige. Er soll ihr Fels im Wind sein, ihr Fundament, ihr Gipfel. Er soll sie halten.

»Ähm … Ich möchte keine Affäre«, sagt Bliss Swami, als habe er ihre Absicht gespürt, immer noch grabend, mit unwilligem Blick auf ihre Zigarette.

Venus glaubt, sich verhört zu haben.

»Ich möchte keine Affäre«, wiederholt Bliss Swami nachdrücklich. Er spricht den Satz wie einen Bannfluch.

Sie kommt aus seinem Windschatten, läuft um ihn herum, sieht in sein Gesicht. Die blauen Augen ducken sich unter den Schilfbrauen.

»Sag mal, spinnst du?«, schreit sie mit erstickter Stimme und ist beschämt, dass der Wind Zeuge ist und Sun Baba und die Taxihupen und die Martinshörner und die Wolkenkratzer (und wenn sie erst von uns wüsste!), beschämt, dass sie einen Korb gekriegt hat von einem Mönch mit Bauch, aber ohne Manieren. »Wer sagt denn hier was von Affäre?«

Er sieht sie an und lächelt. »Ich bin froh, dass du einverstanden bist«, sagt er und umarmt sie. Es ist eine sehr abstrakte Umarmung, mit weggedrehtem Kopf und weggebogenem Körper, die erdigen Hände in die Luft haltend wie ein Chirurg, doch noch ehe sie ihm zeigen kann, welches Potenzial in einer Umarmung steckt, ertönt das Quietschen und Knarren der Stahltür.

Sie springen auseinander wie umgedrehte Magnete. Toga steht vor ihnen, mit sicherem Instinkt für mönchisches Fehlverhalten. Venus beugt sich nieder und scharrt wie eine Irre im Beet, schuldbewusst als hätte man sie beim Kopulieren erwischt. Toga, dem man nicht anmerkt, ob er im Gegenlicht die Verfehlung hat sehen können, zieht den Swami am orangen Ärmel beiseite. Es sieht aus, als zöge eine Maus an einem Elefanten. Venus kann nicht hören, was sie miteinander besprechen. Geht es um sie? Fliegt sie nun raus?

»... im Haus mithelfen ...« sind die einzigen Worte, die sie verstehen kann. Dann bewegen sich die beiden auf Sun Baba zu, dessen Leiden heute offenbar kein Ende nehmen sollen.

»Sag ihm, dass er sich hier einbringen muss, wenn er weiterhin in dieser Gemeinschaft leben will. Wir sind eine spirituelle Familie, jedes Familienmitglied hat Pflichten, daher möchte ich, dass er künftig zur Morgenzeremonie erscheint und täglich zwei Stunden freiwillige Arbeit leistet. Hier macht nicht jeder, was er will. Ich lasse mir nicht auf der Nase herumtanzen.«

Toga schließt die Augen über der Nase, auf der kein Glücklicher Sklave ungestraft tanzen darf. Seine Lider flackern unruhig. Er atmet tief ein. Da ist es wieder, sein Temperament, das herumrennt wie ein durchgegangenes Pferd. Da ist sie, seine Wut, die umherhüpft wie ein Affe im Wald. Wie schwer es ihm aber auch gemacht wird! Wie doch Undank der Welt Lohn ist, und das, wo vielmehr die Dankesschuld erdrückend sein sollte!

Der Swami spricht leise auf Sun Baba ein. Dieser bewegt sich keinen Millimeter.

Togas Stimme entcremt sich. Venus wird erstmals Zeugin davon, wie restlos und plötzlich sich Togas Stimme entcremen kann. Sie bekommt einen unangenehmen, fast schneidenden Klang.

»Sag ihm, er soll sich nicht taub stellen, er soll gefälligst Gott dienen, und zwar zu unseren Konditionen. Wie das geht, das werde ich ihn wissen lassen. Zu gegebener Zeit!«

Der Swami spricht wieder einige Worte, von denen Venus annimmt, dass sie keine direkte Übersetzung sind, da sie einen eher entschuldigenden abwiegelnden Klang haben. Vielleicht sagt er dem alten Mann, er solle sich nicht sorgen, er wolle sich schon für ihn einsetzen. Jedenfalls nimmt Venus ein leichtes Nicken von Babas Kopf wahr, genug, um Toga fürs Erste zu beruhigen. Sie hofft, dass der Diener des Dieners, den sie nun noch mehr verachtet, verschwindet. Sie hofft, dass sie eine zweite, etwas erweiterte Umarmung in Angriff nehmen kann, eine zärtliche Variation auf die erste, aber Toga hält nun wieder des Swamis orangen Ärmel fest. Die Maus zieht den Elefanten vom Dach, wo unsere Venus leidlich verwirrt, aber nicht ohne Triumph, zurückbleibt. Jetzt ist die Katze aus dem Sack, denkt sie, alles andere ist eine Frage der Zeit. Lolitahaft und, wie wir finden, etwas zu siegesgewiss dreht sie eine Strähne ihres weißblonden Spaghettihaares.

*

Den Fall entzogen! Kelly, dieser Lackaffe, sein Chef, hat ihm den Fall entzogen! Mit einer Halskrause, aus der sein rundes rotbäckiges Gesicht quillt, steht Boone zornig inmitten all des Krams, den er in den letzten dreißig Jahren in seiner Junggesellenbude angehäuft hat. Die Ereignisse überschlagen sich, und das ist etwas, was er überhaupt nicht kennt. Entmutigt setzt er sich auf einen Haufen ungelesener Sunday Times. Fast ist dem alten Inspektor zum Weinen zumute.

Vorgestern Abend ist er bei der Suche nach seinem Auto mitten auf der Straße umgekippt. Man ist ja schließlich auch nicht mehr der Jüngste, das kommt noch erschwerend hinzu. Er fand sich im St. Vincent's Krankenhaus wieder, den Hals in die Manschette gepresst, angeblich mit einem Schleudertrauma, vor allem aber mit einer Gehirnerschütterung, welche nach Aussage des Dienst habenden Arztes, ein echter Komiker, zwei Wochen stationären Aufenthalt erfordere. Vollkommen ausgeliefert, und so etwas ihm!

Schon am nächsten Morgen schwenkte er seine Bullenplakette und entließ sich selbst aus dem Krankenhaus. Auf eigenes Risiko könne jeder gehen, erklärte der Arzt freundlich, theoretisch auch ein Komapatient. Er müsse nur wegen der Rechnung seine Adresse hinterlassen und hier und da unterschreiben, was den meisten Komapatienten jedoch unmöglich sei. Boone, der mit dieser Art von Humor noch nie etwas anfangen konnte, unterschrieb hier, unterschrieb da. Immerhin hatte er triftige Gründe, die gegen einen zweiwöchigen Krankenhausaufenthalt sprachen: Er hatte ein Auto zu suchen, einen Fall zu lösen, eine Wohnung zu räumen und – er hatte keine Krankenversicherung.

Nur Ärger. Seinem Auto konnte er an diesem Morgen auf dem Autofriedhof in Staten Island die letzte Ehre erweisen. Totalschaden. Abschleppkosten. Versicherungstheater. Er müsse den Unfall als Arbeitsunfall melden, erfuhr er, damit die Versicherung überhaupt zahle.

Als er aber dem Captain den Arbeitsunfall meldete, entzog der ihm den Fall. Er ginge eh demnächst in Pension. Und hätte ja eh noch so viel Resturlaub. Und er sei eh nicht belastbar mit einer Gehirnerschütterung. Er soll sich erst mal auskurieren. Auskurieren ist ein Euphemismus für »Aussortieren!«. Wenn der Auskurierte schließlich wiederkommt, hat er kein Büro mehr.

Erstmals seit dreißig Jahren fuhr Boone mit der U-Bahn nach Hause und er litt unter seinem so vehementen sozialen Abstieg. An seiner Wohnungstür fand er den Räumungsbescheid. Dreißig Stunden Zeit hat er. Nach dreißig Jahren. Für jedes Jahr eine Stunde. Wenn es nicht so traurig wäre, müsste er lachen.

Stattdessen sitzt er hier, mit steifem Hals und dröhnendem Kopf, auf einem Stapel ungelesener Sunday Times, auf den Scherben seines Lebens. So schnell kann es in New York mit dem Abstieg gehen. Er sieht sich um, wozu er wegen der Halskrause aufstehen und sich tapsig wie ein Zirkusbär einmal um sich selbst drehen muss. Und dann fragt er sich, was wir uns auch fragen: Wozu hat er eigentlich all den Kram aufgehoben? Wozu braucht ein Mensch den ganzen Mist?

Er nimmt den pepitastoffbespannten Koffer, mit dem er vor dreißig Jahren aus Brooklyn gekommen ist. Er öffnet ihn und stopft Wäsche hinein, Socken, einige Hemden, zwei Jeans, einen gestreiften Pyjama, einen Anzug, alles von Safeway. Er sieht sich um und packt sein einziges Buch dazu, *Der alte Mann und das Meer*. Das wollte er schon immer mal lesen, jetzt hat er sicher Zeit dazu. Er öffnet eine Dose Heineken, wühlt lange nach seinem einzigen Fotoalbum, setzt sich auf den Boden und blättert es durch.

Beim Foto von Muhme Annie macht er Halt, blickt einen Moment lang sentimental drein, droht dann schelmisch mit dem Finger und sagt: »Na, Annie, schöne Sachen hast du mir da eingebrockt!«

Er packt das Fotoalbum in den Koffer, macht den Koffer zu und setzt sich drauf. Angeln in Montana, das war immer so eine Vision fürs Alter gewesen, Angeln in Montana. Aber je älter Boone wird, desto weiter weg rückt die Vision, das heißt, der Abstand ist immer derselbe geblieben. Er hatte nie verstanden, dass das Alter, in dem ein Mann nach Montana geht und angelt, bereits eingetreten war.

Vor zwei Monaten erstmals, vor zwei Monaten musste er für einen Fall nach Indianapolis fliegen, und die Frau am Ticketschalter sagte laut: »Nehmen wir den Seniorentarif?« Nicht allein die Erwähnung des Seniorentarifs, sondern auch die Sprechlautstärke, gekoppelt mit dem taktlosen Einsatz des Wörtchens »wir«, hatten ihn trübsinnig gemacht. So spricht eine Krankenschwester mit einem Tattergreis, mit einem, der unter sich macht und sabbert. Und heute hatte ihm in der U-Bahn jemand seinen Sitzplatz angeboten. Ein Vierzigjähriger hatte ihm seinen Sitzplatz angeboten! Während Boone den Sitzplatz dankend angenommen hatte, da er ihm nicht ungelegen kam, gab er sich dem Tagtraum hin, seine Dienstwaffe zu ziehen und dem Vierzigjährigen ins Knie zu schießen.

Daniel H. Boone seufzt und macht die Glotze an. Er ist ein Rentner, plötzlich ist er ein Rentner. Er tut uns Leid, der Inspektor im Pech, aber er macht sich gut in unserer Sommergeschichte. Wir bleiben noch so lange, bis er sich ins Bett legt. Weil er plötzlich ein Opa ist, ächzt er dabei. Wegen der Halskrause bewegt er sich sehr vorsichtig. Weil er eine Bierdose in der Hand hat, legt er sich auf den Rücken. Er denkt an die schöne Tatverdächtige, die pastellgefärbte Apfelblüte, das Steakmessermodel. Das zarte, schöne, leicht geheimnisvolle Mädchen, um das sich jetzt seine Kollegen kümmern werden, die jünger sind als er, die optisch und altersmäßig besser zu ihr passen, die effizient sind, kampfsporterprobt und studiert, mit mehr Haaren, mit Internet-Kenntnissen, mit Waschbrettbäuchen. Darüber schläft er gramvoll ein.

»Sag mal, woran glaubst du eigentlich?«, fragt Kuki Benito an jenem Abend. Sie hat einen provozierenden, leicht zwitschernden Tonfall und sieht ihr Gegenüber frei von jeglicher Sympathie an. Benito sitzt in seinem sich aufdröselnden Strickpullover verdrossen am Tisch im Goldbrokatzimmer, die Mütze hat er fast über die Augen gezogen. Er gähnt. Vielleicht hat er ihre Frage nicht gehört. Vielleicht hat er sie absichtlich überhört. Vielleicht will er ihr zeigen, wie wenig Gewinn er sich prinzipiell von einem Gespräch mit ihr verspricht. Schließlich ringt er sich fast überraschend zu einer Antwort durch: »Ich glaube an die Überwindung des eigenen Ichs durch Selbstmord.«

Kuki sitzt mit angezogenen Knien auf dem Sofa und näht ein glitzerndes Gewand für ihre Durga-Statue, obgleich diese schon dreihundertneunzehn Gewänder besitzt. Sie seufzt und schwingt die Ohrgehänge, wobei sie eine schwere Moschuswolke durch den Raum schickt, die gegen die Weihrauchwolke der Räucherstäbchen prallt, woraufhin sich beide Wolken zu einem explosiven Duftgemisch vereinen.

»Das tut mir Leid«, antwortet Kuki ohne Mitgefühl, »und du?«

Sie sieht Venus fragend an. Die ist erschrocken darüber, dass sie in die Unterhaltung gezerrt wird. Sie würde lieber träumen und druckst: »Ich ... ich glaube an so ein Etwas, das ... das Universum erschaffen hat, all die Dinge, die wir nicht begreifen können.«

Benito stöhnt.

Kuki ignoriert ihn. »Siehst du, und ich glaube an jemand.«

»Und was ist der Unterschied? Etwas? Jemand?«

»Mit jemandem kann man in Kontakt treten.«

Venus nickt. Sie glaubt auch an jemand. Und sie gäbe etwas darum, mit ihm in Kontakt zu treten. Und zwar in Ganzkörperkontakt.

»Wenn ihr das nächste Mal mit eurem Jemand in Kontakt tretet, sagt ihm, er kann mich mal«, sagt Benito und zieht die Wollmütze über die Ohren. Bevor er aus dem Zimmer geht, dreht er sich noch mal zu Venus um. »Hör mal, Mädel, du kommst hier reingestolpert und glaubst jeden Scheiß. Warum glaubst du denn jeden Scheiß?« Er schlurft hinaus.

Venus sieht ihm unschlüssig nach. Es scheint ihr gerade beides ähnlich absurd: an nichts zu glauben und an jeden Scheiß zu glauben.

»Mit Nächstenliebe ist das so eine Sache«, sagt Kuki und beißt den Faden ab, »wenn es um Idioten geht.«

Das ist Togas Einsatz. »Ich bete für ihn«, sagt er mit jovialer, selbstherrlicher Miene, in einem Tonfall, der genauso gut heißen könnte: »Ich hau ihm eine aufs Maul.« Er sieht sich Beifall heischend um, dabei fällt sein Blick auf die Fäden abbeißende Kuki: »Nichtnichtnicht«, ruft er, »nicht, wenn du Gewänder für Heiligenstatuen nähst. Dann werden Faden und Nadel unrein.«

»Danke für die Belehrung, Prabhu«, sagt Kuki gereizt.

Unsere Venus läuft Benito nach. Vielleicht hat der ja Zigaretten, ihre sind alle. Vielleicht hat der ja Antworten, ihre sind alle.

»Was bist du denn so grantig?«, fragt sie ihn draußen.

»Frag vielleicht öfter mal mich. Ich hab die ganzen vedischen Schwarten gelesen. Frauen sind hinterlistig. Frauen sind von niederer Geburt. Frauen sind unrein.«

»Apropos unrein, haste mal 'ne Zigarette?«

Benito hält ihr eine hin: »Wenn jemand an die Grenzen seines Verstandes kommt, dann probiert er es eben mit Glauben. Das ist legitim, aber es funktioniert nicht.«

Mit einem Seitenblick überfliegt Venus die Schlagzeilen. Sie berichten von einem Krieg, kein Wort über das Steakmessermodel.

»Bist du schon mal an die Grenzen deines Verstandes gestoßen?«

Er schüttelt den Kopf, empört über die Verdächtigung: »Noch lange nicht. Ich stoße nur an die Grenzen des Verstandes anderer Leute.« Aller anderen Leute, ergänzt er bei sich.

»Bei mir ist es auch kein Verstandesproblem«, verteidigt sich Venus. Allein will sie nicht als Idiot dastehen. »Ich habe mein Gedächtnis verloren.«

»Na wunderbar! Beneidenswert! Eine Chance, die man wahrnehmen muss. Aber was willst du dann hier in diesem Irrenhaus?«

»Du bist doch auch hier!«

»Ja, aber ich *weiß*, dass es ein Irrenhaus ist. Außerdem ist es ohnehin zu spät für mich. Aber du? Fang halt neu an. Verkriech dich nicht in einer Gruppe von Psychopathen, die hier sind, weil sie hier nicht denken müssen. Bleib nicht bei diesen Losern, die die Hoffnung längst aufgegeben haben. Mach lieber eine Therapie.«

Sie merkt förmlich, wie die Mohnblumen an ihrem Hals wachsen.

»Ich weiß nicht, ob ich ausgerechnet mit dir meine Probleme besprechen sollte.« Was bildet sich dieser Typ eigentlich ein? Das Thema Bliss Swami jedenfalls, so viel ist klar, wird sie auf keinen Fall anschneiden. Benito würde sie auslachen. Er würde sie ab sofort bei jeder sich bietenden Gelegenheit verspotten. Der hat bestimmt noch nie Liebeskummer gehabt, der braucht keinen anderen Menschen, um Kummer zu haben, denkt sie.

Was den Liebeskummer betrifft, so irrt sie sich gewaltig, unsere Venus, denn Benitos große Liebe, die Kellnerin Rajana, hat eine nässende Wunde in seinem Herzen hinterlassen, die nicht nur bei jeder Bewegung schmerzt, wie etwa ein offener Rücken, sondern auch bei jedem Gedanken. Aber darüber spricht Benito nicht. Stattdessen neigt er, wie die meisten Atheisten, zum Predigen.

»Diese Suche nach einer Fremdbestimmung, die dich von deinen destruktiven Anteilen löst, die dir Schutz gibt, das kannst du höchstens mal eine Zeit lang machen. Als Symptomtherapie.«

»Die da drinnen sind vielleicht irre, aber sie machen einen erheblich glücklicheren Eindruck als du.«

»Das täuscht. Du bist noch nicht lange genug hier, um das einschätzen zu können. Ich finde, es gibt nichts

Armseligeres, als irgendwelche Scheißregeln einzuhalten, um sich nachher in irgendeinem Himmel zu Tode langweilen zu können. Es gibt nur eine Welt, und die ist nun mal voller Niederlagen.«

Sie mustert sein zerknautschtes Gesicht, die welken Lippen, an deren oberer die Kippe hängt und interessanterweise auch beim Sprechen nicht runterfällt.

»Weißt du, was ich denke? Du bist kein guter Umgang für mich. Ich hab keine Lust, mich von dir anstecken zu lassen.«

Sie laufen ein Stück.

»Nanana«, sagt Benito. Er versteht das nicht. Früher hatte seine angriffslustige Art die allerbeste Wirkung auf Frauen, grade auf spröde Frauen wie diese. Die werden viel zu wenig kritisiert, viel zu wenig beschimpft. Die werden immer nur angebetet, was sie natürlich ankotzt. Daher finden sie die Art seiner Ansprache meist erfrischend. Diese nicht. Möglicherweise hat Venus einfach vergessen, dass sie auf Männer wie ihn steht. Er wird seine Taktik ändern. Er wird es mit der humorigen Kumpeltour versuchen.

»Hör mal, ich hab Hunger«, sagt er. »Was ist heut für ein Tag? Magst du Parmaschinken?«

Sie zuckt mit den Schultern. »Keine Ahnung.«

»Du magst Parmaschinken«, sagt Benito, wobei er die eingecremte Stimme Togas imitiert, »du hast es nur vergessen!«

Es wirkt. »So trübsinnig bist du ja gar nicht.« Venus schenkt ihm ein Lächeln, das ihn zugleich verwirrt und erfreut. Er hat plötzlich das Gefühl, dass sie die Lösung für alle seine Probleme ist.

»Man hat so seine Momente«, sagt Benito und versucht auch ein Lächeln, allerdings erfolglos. Es ist zu lange her. Seine Lachmuskeln sind verkümmert. »Komm, ich weiß, wo es donnerstags was umsonst gibt.«

Sie überqueren die Houston Street und laufen nach Südwesten, bis sie einen piekfeinen Delikatessenladen erreichen.

»Heute ist Donnerstag. Da gibt es nachmittags immer Parmaschinken«, sagt Benito. Tatsächlich. Am Wurststand liegt ein silbernes Tablett voller hauchdünner Scheiben zum Kosten. Venus greift eine Faust voll.

»Du, schmeckt mir«, ruft Venus kauend, während der Verkäufer hinter ihnen her schimpft.

»Siehst du, haste was über dich gelernt.«

»Warum nimmst du nichts?«

»Mein Vater war Fleischer.«

»Verstehe.«

Mit diesem dürren Dialog, während dem sie sich einander erstmals nah fühlen, trennen sich die beiden Permanenten. Benito hat einen Termin bei seinem Psychiater. Venus schleicht in ihr Zimmer zurück, froh, niemanden zu treffen. Ihr Atem riecht nach Zigarette, ihre Finger riechen nach Schinken, sie hat zwei Regeln gebrochen und obendrein einen Mönch versucht, und sie hat tatsächlich ein schlechtes Gewissen deswegen.

Die Strickliesl fängt sie an der Zimmertür ab. »Ich bin der uranfängliche kosmische Erzeuger«, ruft sie heiser. »Tausend Häupter besitze ich, ich bin das heiligste der heiligen Opfer. Wirf dich zu meinen Lotosfüßen nieder, Ungläubige! Erweise mir die Ehre!«

»Ich bin sehr müde«, sagt Venus und drängt sich an ihr vorbei. »Sonst gern.«

Bringfriede aber geht ihr nach, ist wenige Zentimeter hinter ihr, fuchtelt mit alarmierend langen und spitzen metallenen Stricknadeln. »Zur selben Zeit aber bin ich der Strudel, der zerstörerische Wirbel, der alles wieder einsaugt, was jemals entfaltet wurde.« Die Stimme hinter ihr schwillt zu einem schrillen Kreischen an: »Ich setze allem, was entsteht, ein Ende.«

In dieser Nacht schläft Venus vorsichtshalber auf dem Sofa im Goldbrokatzimmer.

8 Donnerhall

»Möchtest du mich heute auf meinem Morgenspaziergang begleiten?«, fragt Bliss Swami. Venus fühlt sich etwas zerschlagen von der Nacht auf dem Sofa, auch hätte sie sich sicher mehr gefreut, wenn die Sache auf dem Dach nicht gewesen wäre – seitdem hat sie kein privates Wort mehr mit ihm gewechselt, hat sie jemals ein privates Wort mit ihm gewechselt? –, aber sie sagt trotzdem Ja.

Sie sagt Ja, weil er sie heute in der Morgenzeremonie angesehen hat, und zwar intensiv angesehen, das können wir bezeugen. Sie ruft sich seinen Blick in Erinnerung zurück. Sein Gesicht im Feuerschein, als er ihr die Kerze reicht, die zuckende Flamme, die ein bizarres Muster an die Wand wirft, sein Gesicht ihrem ganz nahe, sein Blick in ihren versenkt. Das muss doch Liebe sein, denkt sie, das *muss* Liebe sein, egal, was der sagt, ich seh das doch, der liebt mich. Sie hatte ihre Hand über die Flamme gehalten, zu tief über die Flamme, zu lange über die Flamme, der Hitze standhaltend, seinem Blick standhaltend, und hatte dann, so wie es alle tun, ihre Stirn mit den Fingerkuppen berührt.

Jetzt tun ihr die Fingerkuppen weh, Brandblasen sind darauf gewachsen. Und anzuziehen hat sie auch nichts! Sie wünscht sich neue Sachen. Kuki hat unter fadenscheinigem Vorwand ihren Punjabi-Suit zurückgefordert,

Venus trägt seit Tagen das schwarze Jerseykleid, das ihr Winter für die Diskothek geliehen hat. Auch das wird sie bald zurückgeben müssen. Aber heute muss es noch mal gehen. Und der Swami hat sowieso keinen Blick dafür. Der würde nicht mal merken, wenn ich nackt wäre, denkt sie.

Es handelt sich um einen ausgedehnten Spaziergang, derselbe, den Bliss Swami jeden Morgen, seit vielen Jahren schon macht, immer um dieselbe Zeit, bisher immer allein. Der Himmel ist beißend blau und sehr klar. Ein weiterer außerordentlich heißer Tag kündigt sich an. Es ist 8.30 Uhr morgens, sie laufen der Sonne entgegen. Während Venus sogar unter ihrer Sonnenbrille geblendet ist, beobachtet Bliss Swami aus zusammengekniffenen Augen unter buschigen Augenbrauen sehr aufmerksam die Umgebung. Das erstaunt sie. Sie hatte sich den Spaziergang stumm und ins Gebet versunken vorgestellt.

»Da hat jemand Krücken weggeworfen«, sagt Bliss Swami und nimmt prüfend einen glatten, dunklen Holzstab mit Griff in die Hand. »Gute Qualität!« Oder: »Dieses Geschäft muss kürzlich ausgebrannt sein. Siehst du hier? Die Holzverschalung ist neu gemacht, aber man sieht die verkohlten Stellen noch.« Oder: »Da steht ein nagelneues Bett am Straßenrand. Nur der Boden fehlt, aber das wäre nicht viel Arbeit.« Als ob es nicht bessere Themen gäbe. Was indessen der Mönch denkt, wissen wir nicht. Wir können seine Gedanken nicht hören; ihre sind zu laut. Er hat die rechte Hand tief in seinem Gebetssäckchen vergraben, der Zeigefinger lugt heraus und zeigt nach vorn, Richtung East River.

»Was genau machst du eigentlich immer in diesem Sack?«, fragt Venus.

»Ich chante«, sagt er. »Ich spreche mein Mantra, auf jede Perle der Mala.«

Er zieht die Perlenkette hervor, die schon unzählige tausend Male durch seine Finger geglitten ist. Wie ein monströser Regenwurm sieht sie aus, wie ein Regenwurm in einer Bratpfanne von Hand. Venus schnappt danach. Er lässt sie. Sie betastet behutsam die Perlen, die Brandblasen an ihren Fingerkuppen schmerzen. Die Perlen sind aus Holz, länglich, grob behauen, dunkelbraun. Und nun entweiht. Der Swami steckt sie eilig weg. Kein Fremder darf die Mala eines Hindus anfassen, denn sie ist von seinem Guru geweiht worden. Aber die Sonne scheint, und das Mädchen weiß es ja nicht besser, und jetzt ist es eh zu spät.

Kurz darauf erregt ein am Straßenrand aufgeschütteter Sandhaufen des Swamis Aufmerksamkeit. Er fährt prüfend mit der linken Hand hinein. »Guter Sand«, murmelt er. »Ausgezeichneter Sand.«

»Darfst du überhaupt mit Frauen spazieren gehen?«, fragt sie, frontal auf interessantere Themen zusteuernd.

»Es ist egal, ob du ein Mann bist oder eine Frau«, erwidert er etwas zu schnell.

Jetzt ist sie eingeschnappt.

»Sieh mal, dort!« Der Swami, der davon nichts merkt, zeigt auf einen Koffer, der neben einer Mülltonne steht. »Der ist so gut wie neu!« Ein Umstand, der ihn zu erfreuen scheint.

Er bückt sich, betastet den Koffer, so wie er sie nie betasten wird, öffnet ihn, so wie er sie nie öffnen wird – alles mit der linken Hand, während die rechte, mit Ausnahme des Zeigefingers, weiter im Gebetssack wühlt.

»Es sind Sachen drin!« Venus hockt sich neben ihn. Die Kleidungsstücke sind frisch gewaschen, gebügelt und sauber zusammengelegt. Sie sind mit kleinen handgeschriebenen Preisschildern versehen. Vierzig Dollar. Dreißig Dollar. Zehn Dollar.

»Jemand hat sie in Kommission gegeben und nicht verkauft«, sagt sie.

Bliss Swami hat im Koffer Jeans entdeckt, die er prüfend in die Luft hält. Sie sind riesig.

»Passt mir!«, sagt er fachkundig.

»Sie würden einem Elefanten passen«, sagt Venus und lacht und ist gar nicht mehr eingeschnappt. Sie hält kurz ein rotes Kleid in die Höhe, dann fällt ihr aber ein, dass das nicht die intelligenteste Verkleidung wäre, und wühlt und greift nach einem weißen Teddysamt-Anzug, Kapuzenshirt und Hose.

»Alles wie neu!«, sagt Bliss Swami. »Es gibt so viel Schönes auf der Welt.«

Hat er sie zitiert, um sie zu verspotten? Aber das kann nicht sein. Der weiß doch gar nicht, was Spott ist. Sie greift nach noch mehr Sachen, sie rafft, was sie fassen kann. Da sind jede Menge Kleidungsstücke, die ihr passen würden.

»Brauchst du das alles?«, fragt der Swami verwundert. Sie lässt die Sachen fahren, bis auf den Anzug. Sie schämt sich und schüttelt den Kopf.

»Aber den Koffer?«, fragt sie, als der Bliss Swami die Jeans über seine wuchtige Schulter wirft und weitergehen will.

»Ich brauche keinen Koffer«, sagt er, »ich will ja nicht verreisen. Willst du verreisen?«

»Nein, nein!« Um nichts auf der Welt will sie weg von ihm. Sie will seine Glückliche Sklavin sein in alle Ewigkeit, amen.

»Aber ich will mich gleich umziehen«, sagt sie, von sich selbst überrascht. Der Bliss Swami lächelt und zeigt auf dichtes Gebüsch am Straßenrand. Er sieht ihr nach, mit brennenden Augen. Ihm ist die materielle Welt nie ganz fest vorgekommen. Zwei Minuten später ist sie wieder da, mit heißen Wangen hüpft sie auf den Bliss Swami zu wie ein ausgelassenes Kind, im weißen Samtanzug, der ihr passt und bequem und so gut wie nicht verschlissen ist. Unser Held ist entzückt und beunruhigt zugleich. Ihre Erscheinung erinnert ihn an das Hohelied. Schön wie der Vollmond, rein wie die Sonne, furchtbar wie die Heerscharen, denkt er. Und fragt: »Weißt du inzwischen mehr über dich?«

Aus irgendeinem Grund fällt ihr ein, dass sie laut Bringfriede ein neptunischer Mensch ist. Sie laufen einige Schritte. Sie zaudert. Ihr Herzschlag verdoppelt die Frequenz.

»Ich weiß, dass ich … vielleicht … in dich verliebt bin«, hört sie sich sagen.

Furchtbar wie die Heerscharen, denkt er, weiterlaufend, Schritt um Schritt möchte er seine gemeinen menschlichen Beschränkungen hinter sich bringen. Er antwortet nicht. Sie hält den Atem an, ihre Schritte werden hastig. Hat er sie nicht gehört? Will er sie nicht gehört haben?

»Und du?«, sagt sie, weil sie die Stille nicht mehr aushält, »was weißt du über dich?«

Bliss Swami reibt seinen Bart. Dabei macht er ein Gesicht, als würde er zum ersten Mal über sich nachdenken.

»Vermutlich bin ich …ähm … von dir besessen«, sagt er. Mit Gebeten versucht er seit Tagen, diese schlimmen Worte bei sich zu behalten. Vergeblich.

Venus bleibt stehen. »Das ist bedauerlich«, sagt sie schockiert. »Wirklich bedauerlich!«

Nun, da er nicht verliebt ist, sondern das Gegenteil, besessen, macht er sie zu dem, von dem man besessen ist, zum Teufel. Etwas ist gegen seinen Willen geschehen. Ein Besessener muss geheilt werden. Ein Besessener muss zum Teufelsaustreiber.

Was soll sie sagen? Was ist schlimmer? Dass es ihm egal ist, ob sie eine Frau ist oder ein Mann, oder dass er von ihr besessen ist? Sie gehen dann zehn Minuten oder länger schweigend nebeneinander her. Die Lippen des Bliss Swami bewegen sich, er betet wieder. Der Mann besitzt die Unverfrorenheit, jetzt zu beten! Betet er darum, ihn von der Versuchung zu befreien?

Mau, der seine schwarzen Haare zu einem Pferdeschwanz gebunden hat und abwäscht, sieht die beiden zurückkommen, getrennt von einer unsichtbaren Wand, die er vorerst ignoriert.

»Neue Klamotten?«, sagt er mit prüfend hochgezogenen Augenbrauen.

»Ja, und was gibt's hier Neues?«

»Ach«, er winkt ab, »Bringfriede brüllt rum. Seit Stunden. Sie sagt, die Boten der Hölle sind da, um sie zu holen.«

Venus braucht einige Sekunden, um zu reagieren. Zu sehr ist sie noch mit ihrer eigenen Dämonisierung befasst.

»Sie hat den Derwisch mit der Stricknadel attackiert«, sagt Mau. Erst jetzt dringt seine Botschaft in Venus' Bewusstsein.

»O je, wo ist sie?«

»In Sicherheit.« Mau grinst breit. »Anyway, Toga ist bei ihr.«

Der Bliss Swami verlässt mit schwerfälligen Schritten den Raum. Umgehend schwenkt Maus Tonfall um, von geschäftlich-informativ zu neugierig-konspirativ: »Sag mal, wie heißt das Spiel, das ihr da spielt? Dornenvögel?«

Venus sieht ihn verständnislos an.

»Na, das Buch, kennst du das Buch nicht? Das Mädel und der Priester?«

Venus schüttelt den Kopf.

»Ihr Frauen seid komische Wesen. Immer müsst ihr irgendwen zu irgendwas bekehren.«

»Wie meinst du das?«

Mau wirft einen Blick auf ihren neuen weißen Anzug. Sie hat genauso schmale Hüften wie Ely, denkt er, und ein Schwapp Lava ergießt sich in seine Eingeweide.

»Das ist euer Lieblingsprojekt«, sagt er. »Schwule und Mönche umdrehen.«

Venus hat noch nicht einen einzigen Gedanken daran verschwendet, Mau umzudrehen – im Gegenteil, Mau ist der einzige männliche Glückliche Sklave Gottes, dem Frauen bedenkenlos Zärtlichkeiten zukommen lassen können, er wird von allen geherzt und geküsst, er frisiert sie, gibt ihnen Styling-Tipps und hat Kuki angeblich sogar schon nackt gesehen, »eine Erfahrung, die man nicht wiederholen möchte«, so sein Kommentar.

»Wie kommst du denn auf so was?«

»Na, du und Bliss Swami, das sieht doch ein Blinder mit 'nem Krückstock. Dachpflanzaktionen, Spaziergänge, offenbar sogar Klamottenshopping.« Er lässt seinen Blick vielsagend an ihrem neuen Outfit hinabgleiten. »Die gesamte Community ist besorgt.«

Venus kann sich nur zu gut vorstellen, wer die gesamte Community informiert hat.

»Um sein Seelenheil oder um meins?«

»Na, um seins natürlich. Deins ist ja im Arsch.«

»Danke.«

»Bitte.«

Mau trocknet sich kichernd die runden samtbraunen Hände ab. »Nee, jetzt mal im Ernst«, sagt er, »mal angenommen, dass es Gott wirklich gibt und dass er wollte, dass du hier in diesem spirituellen Irrenhaus landest – find doch einfach raus, warum er das will. Bei mir ist es so: Ich hab Angst vor dem Wahnsinn da draußen. Krieg und Umweltverschmutzung und Drogen und Aids. Außerdem bin ich so fett geworden. Ich stelle nichts mehr dar. Das Gute ist, Krishna liebt mich trotzdem.«

»Mag ja sein«, sagt Venus, »aber streichelt er dich, küsst er dich, umarmt er dich?« Sie will ihn streicheln, um sein Defizit zu veranschaulichen.

»Nur kein Mitleid, ich bin okay«, sagt Mau und geht einen Schritt zurück. »Ich hab hier echt schöne Sachen gefunden. Das Meditieren. Das Singen. Die heiligen Statuen verehren ...«

Draußen läuft Toga mit seiner Frau vorbei, beide schieben ihre Fahrräder Richtung Lift. Toga steckt seinen Kopf durch die Tür, rasselt mit dem Schlüsselbund, macht das Licht aus, denn er pflegt Strom zu sparen, greift einen Lappen, wischt im Halbdunkeln den Türrahmen ab, gibt Mau im Flüsterton einige Aufträge, belehrt zischend beide, sie sollen leise sein und die Gäste nicht stören, und geht wieder hinaus.

»Kennst du seine Geschichte?«, fragt Mau, als Toga weg ist, und macht das Licht wieder an. Venus schüttelt den Kopf und wirft sich aufs Sofa. Sie kennt Togas Geschichte nicht, und sie interessiert sie auch nicht. Was meint der Bliss Swami damit, dass er von ihr besessen ist? Begehrt er sie? Begierde wäre was Handfestes, Besessenheit kommt ihr dagegen passiv vor, schwer greifbar und gleichzeitig durch und durch negativ.

»Der war auch mal Mönch.«

Sie horcht auf. »Wer? Toga? Toga war Mönch?«

»Ja.«

»Aber er ist doch verheiratet!«

»Leider!« Mau macht nonverbal deutlich, dass er den Diener des Dieners nicht von der Bettkante schubsen würde, aber Venus starrt durch ihn hindurch.

»Er ist gefallen«, sagt Mau. »Er ist ein gefallener Mönch. In den Vedischen Schriften steht, das ist wie Kotze fressen.«

»Das steht da?«

»Ja, da steht ja auch, Schwulsein ist pervers.« Mau lacht bitter. »Anyway, ich bin ja nicht mehr schwul. Ich war schwul. Seit zwei Jahren bin ich gar nichts mehr. Jedenfalls sind Frauen Feuer und Männer sind Butter …«

»… steht in den Vedischen Schriften?«

»Genau. Frauen bringen Männer zum Schmelzen, locken sie weg von Gott.«

»Na super. Was ist denn das für ein Gott, der den Mann aus dem Paradies rausschmeißt, nur weil er eine Frau liebt?«

»Na, und ein Mann, der einen Mann liebt, der darf gleich in die Hölle«, sagt Mau seufzend. »Ab in den Fahrstuhl und zack, Basement.«

»Wie ging es weiter mit den beiden?«

»Ich war ja damals noch nicht hier, das ist vier oder fünf Jahre her. Das ist ja auch der Grund, weshalb er nicht Guru geworden ist. Ist mir jedenfalls erzählt worden. Sie kam ihm nach, aus Thailand, wo er grade einen Tempel gebaut hatte. Dann wurde sie aufgestöbert und ausgewiesen, und er saß traurig rum. Der Bliss Swami hat ihn zum Flughafen geschickt. Wenn du sie liebst, heirate sie«, soll er gesagt haben.

»Bliss Swami?«, fragt Venus, Hoffnung in der Stimme.

Mau grinst und nickt. Venus schüttelt ungläubig den Kopf.

»Ich hätte den beiden gar keine Liebesgeschichte zugetraut. Sie wohnen ja nicht mal in einem Zimmer.«

»Sie führen eine sexlose Ehe.«

»Du willst damit sagen, sie hatten nie Sex? Miteinander oder überhaupt?«

»Bin ich Jesus? Wächst mir Gras aus den Taschen? Keine Ahnung!«

»Er lebt wie ein Mönch, und sie lebt wie eine Nonne, nur dass sie verheiratet sind?«

»Genau! Anyway, auf diese Weise können sie zusammen sein, aber er darf sein Keuschheitsgelübde nicht brechen.«

Venus sieht sich mit Kopftuch und langem raschelndem Rock in der Morgenzeremonie sitzen, wimpernlos, Blumengirlanden aufreihend, stumm, den Zeigefinger aus dem Gebetssack spießend.

»Aber warum haben sie dann geheiratet?«

Mau pustet sich eine Haarsträhne aus der Stirn und hängt das Geschirrhandtuch über die Herdklappe. »Greencard. Liebe. Was weiß ich.«

Bringfriede, deren gellende Schreie die Gäste in God's Motel nicht nur unruhig machen, sondern zum Teil auch vertreiben, wird nachmittags von zwei Sanitätern abgeholt. Es heißt, sie bringen sie ins Bellevue, in die städtische Nervenklinik. Venus wäre besorgter, wäre vielleicht sogar mit ins Spital gefahren, wenn ihre Gedanken nicht fast vollständig von ihrem Mönch absorbiert wären. Den ganzen Nachmittag, den ganzen Abend und Großteile der Nacht denkt sie nach über den Spaziergang mit dem Swami und über Togas Ehe, über Besessenheit, Kotzefresserei und den emotionalen Stellenwert von Sex.

Sie beobachtet Toga und Maria Magdalena. Plötzlich interessiert sie sich für dieses Paar. Sie gehen freundlich miteinander um, liebevoll, ruhig. Sie arbeiten gemeinsam, sie flüstern sich Dinge zu und lachen. Offenbar ist Maria Magdalena doch nicht stumm oder taub. Noch gestern waren ihr beide so langweilig und uninteressant gewesen. Nun sind ihre Phantasien entfacht. Wie keusch ist diese Ehe wirklich?

»Hast du das mit der sexlosen Ehe gewusst?«, fragt sie Kuki.

»Na klar«, sagt die, »jeder hier weiß das. Hier wurden Wetten abgeschlossen, ob das gut geht.«

»Hast du das gewusst?«, fragt sie Benito.

»Na, das merkt man doch«, sagt der. »Der totale Triebstau. Sie läuft rum wie drei Tage Regenwetter und er hat Sodbrennen und einen Putzfimmel. Die wären beide interessante Fälle für den Psychiater.«

»Habt ihr das gewusst?«, fragt Venus Winter und Alien. Alien nickt, verdreht die Augen, deren Iris heute rot-blau kariert ist, und fuchtelt mit der Hand vor der Stirn herum. Winter lächelt verschämt und murmelt »Sorry!«.

In der Nacht, in der sie zum ersten Mal allein in ihrem Zimmer schlafen wird, findet sie einen hastig hingekrakelten Brief von Strickliesl auf ihrem Bett. Zweifelsohne einen Beweis ihrer Zuneigung:

»Liebste Venus!

Bei Eutergeschwulst der Kuh muss man einen lebendigen Maulwurf in ein Tuch wickeln, ihm den rechten Vorderfuß abbeißen und ihn mit der Hand erwürgen.

Mit derselben Hand, mit der man den Maulwurf erwürgt hat, bestreicht man das Euter und kratzt es mit dem abgebissenen Fuß.

Immerdar

Deine Bringfriede«

Sie liest den Brief gerührt, wieder und wieder. Nachts träumt sie vom Scheich. Ramzis Gesicht ist ganz nah vor ihrem. Seine gelben Augäpfel leuchten. Eine dünne, gespaltene Zunge fährt aus seinem verwitterten Mund, in ihre Nasenlöcher, in ihre Ohren, in ihre Augen. Sie spürt die scharfe Zunge wie ein Reibeisen auf ihren Lidern, Wangen, Lippen.

Schweißnass wacht Venus auf. Heilfroh, keinen haarigen Maulwurffuß im Mund zu haben und keine raue Scheichzunge. Den Rest der Nacht wälzt sie sich herum und nimmt ihre quälenden Gedanken wieder auf. Hat sie einen Mann? Hatte sie viele Männer? Mag sie Sex? Sie versucht, sich Toga und seine Frau beim Sex vorzustellen. Es gelingt nicht. Sie versucht, sich den Bliss Swami und sich selbst vorzustellen. Es gelingt nicht. Schließlich stellt sie sich einfach nur Körper vor, anonyme, nackte, schwitzende Körper. Sie berührt ihren eigenen Körper, der auch nackt ist und auch schwitzt. Zum ersten Mal fehlen ihr Dinge von früher, sie fehlen ihr körperlich, Erfahrung, Erinnerung, der Zugriff auf Phantasien, Erlebnisse, auf schöne und wilde und leidenschaftliche Momente eines gelebten Menschenlebens.

In der Morgenzeremonie kann sie die müden Augen nicht von Toga und seiner Frau lassen. Sind sie verliebt? Warum gibt ein Mann seinen Mönchsstatus auf, wenn er nachher trotzdem keinen Sex haben darf? Toga wäre vielleicht der neue Guru geworden, aber er hat sich für die Ehe entschieden. Gibt es einen anderen Grund dafür als Liebe? Einmal sieht sie, dass er im Dunkeln ihre Hand hält. Seine kleine linke hält ihre kleine linke, sie haben ja beide winzige Hände, ihre beiden rechten stecken jeweils im Gebetssack. Es gibt keinen Grund, in einer so unbequemen Pose zu verharren, außer – Liebe. Liebe? Oder Gewohnheit? Ist Gewohnheit ein Grund? Oder Besitzdenken? Aber was findet sie an ihm, dem ehrgeizigen, putzsüchtigen, übereifrigen Männchen? Und was findet er an ihr, diesem stummen, schmucklosen, verhuschten Wesen? Und ist Liebe jemals für Außenstehende plausibel?

Es ist eine Hindu-Zeremonie, die traditionell nach der gebetssackwühlenden Brabbel-Meditation mit einem Kirtan beginnt, dem anschwellenden Dauergesang eines Mantras, bei dem es einen Vorsänger und den Chor gibt. Aber heute ist es nicht Togas helle Stimme, die das Lied anstimmt, nicht der Bliss Swami gibt diesmal falsch und laut den Vorsänger, auch nicht Kuki, die mit erhobenem Kopf und den entblößten weißen Schneidezähnen wie ein dicker Hamster aussieht, der die Sonne ansingt. Es erklingt eine andere Stimme zu den anfangs leisen Schlägen der Trommel.

Erst weiß Venus nicht, woher die Stimme kommt. Sie ist so klar und rein, so außerirdisch, als sänge eine Sirene, es ist, als hätte jemand ein großes mildes Licht entzündet. Mit dem Gesang ändert sich alles. Das Licht wird wärmer, die Blumen beginnen, übermäßig zu duften, der Weihrauch betäubt die Sinne.

Venus sieht sich um, sieht Mund um Mund an, wessen Lippen sich bewegen. Da! Sie muss zweimal hinsehen. Es ist Maria Magdalena, die singt. Die Stumme singt, über den Saum eines Vorhangs gebeugt, an dem sie Ausbesserungsarbeiten vornimmt, sie singt ganz beiläufig unter ihrem verwaschenen rosa Kopftuch, sie singt in ihren raschelnden Rockschoß hinein, und ihr Gesang berührt Venus' Herz. Venus schließt die Augen, die Frauenstimme hüllt sie ein wie ein warmes wollenes Tuch. Ihre Haut kräuselt sich, besonders bei den hohen Tönen. Tränen treten in ihre Augen. Sie denkt, wenn Bringfriede das jetzt hören könnte, die würde bestimmt nicht mehr schreien. Auch die anderen scheinen ergriffen, Kuki hat beide Hände auf ihr Herz gelegt und rutscht klingelnd auf Knien näher an Maria Magdalena heran, wie eine Nixe, ihre Füße wie einen Fischschwanz, ihre schwarzen Haare wie eine Schleppe hinter sich herziehend. Der Swami hält die Augen geschlossen, das herrische Kinn an die Brust gedrückt, die rechte Hand ruht bewegungslos im Gebetssack. Venus sucht Benitos Blick, aber der stiert nur übellaunig vor sich hin. Er fühlt sich, wie immer, hohl, müde, erschöpft. Er langweilt sich. Er findet diesen stundenlangen Hindusingsang langweilig. Bist du denn taub, denkt Venus, möchte sie quer durch den Saal rufen, hörst du nicht, wie schön das ist?

Das Frühstück wird überschattet von einem Streit. Benito löst ihn aus, indem er hereinschlurft, sich eine Banane aus dem Korb nimmt, sie schält und hineinbeißen will.

»Das nicht dürfen!«, kreischt Scheich Ramzi. Venus erinnert sich nicht mehr an ihren Traum, wird dennoch von einem großen Unbehagen befallen, als sie den Scheich sieht. »Mussen zu Allah beten, bevor essen Banane!«

»Ach, und wenn nicht?«, fragt Benito verächtlich und beißt ab. Offenbar kann er sich nicht entschließen, Ramzi direkt anzusprechen. »Kann gar nicht glauben, dass gerade ein Kümmeltürke hier den Polizisten spielt.«

Toga, der gerade eine Fleischtomate aufschneidet, verhaucht geschickt einen Rülps: »Du musst die Banane Krishna opfern, bevor du sie isst.«

»Noch irgendwelche Vorschläge?«, fragt Benito griesgrämig in die Runde.

Toga fällt demonstrativ auf die Knie, um zu beten, für Benito zuvörderst, vielleicht auch für Ramzi, nicht zuletzt rückwirkend für die Banane, deren weißmehlige Spitze soeben in Benitos zerknautschtem Hundegesicht verschwindet. Ramzi hält seine schmutzigen Hände wie Krallen und faucht.

»Also«, sagt Benito mampfend. »Der Stinke-Fakir sollte sich mal einen Termin bei meinem Psychiater geben lassen.«

»Es war einmal Mann«, flüstert der Scheich, während er langsam und leicht hinkend um Benito herumläuft, »der hatte verloren Ring. Sucht in Zimmer von Haus, aber nix finden. Dann holen Hilfer mit Werkzeuge und mehr Licht. Hilfer sucht und sucht in Zimmer, viele Jahren, aber nix finden. Da holt Mann mehr Hilfer, die suchen und suchen in Zimmer, aber nix finden Ring in Zimmer.«

»Ich habe kein Ahnung, wovon der spricht«, sagt Benito, den die körperliche Nähe des Scheichs, den er heimlich verehrt, zu verwirren scheint. »Ich weiß nur, dass euer Gott ein Zyniker ist.«

»Der Ring war nicht in dem Zimmer«, sagt leise Venus.

Der Scheich ignoriert den Einwurf des Albinohuhns und verlässt kichernd den Raum. Das Telefon klingelt. Toga nimmt ab.

»God's Motel«, meldet er sich.

»Kennst du diese Kakerlakenfallen?«, fragt Benito. »Roach Motel heißen die. Der Slogan ist gut: Sie checken ein, aber sie checken niemals aus.«

»Wenn du dich ihm zynisch näherst, wird er für dich ein Zyniker sein«, raunt Toga, den Hörer zuhaltend, Benito zu. »In dieser Beziehung ist er wie ein Spiegel. Welches Gesicht auch immer du ihm zeigst, er reflektiert es.« Benito überlegt, von wem Toga wohl spricht, vom Scheich oder von Gott. Er betrachtet den Tempelpräsidenten, er ist ihm unheimlich, weil er das Olivenöl so weggetreten über die Tomatenstücke gießt, als wasche er Jesus persönlich die Füße. Toga beendet sein Telefonat und hebt zu einer seiner verschwiemelten Beweisführungen an: »Wie lange gehst du nun schon regelmäßig zum Psychiater?«

»Zwanzig Jahre. Wieso? Und ihr? Wie lange hockt ihr schon hier? Denkt, Gott liebt euch nur, wenn ihr den ganzen Tag betet und singt und opfert und ja keinen Spaß am Leben habt! Geht doch mal raus! Die Sonne scheint! Die Vögel singen! Geht ins Kino! Setzt euch in die Bar, trinkt ein Glas Wein, genießt das Leben!«

»Leise!«, flüstert Toga augenrollend. »Bitte! Die Gäste schlafen noch!«

Benito schlurft hinaus. So enden die Debatten meist: mit seinem Abgang.

»Da läuft es, unser Sinnbild an Lebensfreude«, sagt Mau, stülpt sich eine Plastiktüte auf den Kopf, zieht sein Gesicht in griesgrämige Falten und macht Benitos harten italienischen Akzent nach: »Ich bin so deprrrrimiert! Es gibt keine Hoffnung! Ich trrrage einen Stein in mirrr! Ich will tottt sein!«

»Der Ring war nicht im Zimmer«, wiederholt leise Venus, »aber was hat das mit Benito zu tun?«

»Anyway, dieser Scheich ist gar nicht mal so verrückt«, sagt Mau. »Die Überlegung, dass die Ursache für eine Depression vielleicht in einem früheren Leben liegen kann, ziehen Psychiater überhaupt nicht in Betracht.«

»Du meinst, der Ring war in einem anderen Zimmer?«

»In einem anderen Zimmer, in einem anderen Haus, in einem anderen Land, in einem anderen Leben. Anyway, irgendwo anders.«

Daniel H. Boone ist am frühen Mittag eingetroffen. Direkt von Watch Exchange aus ist er hergelaufen, wo er den Uhrenhändler befragt hat, welcher tatsächlich beobachtete, wie sein Kollege von einer blonden Frau in einem roten Kleid eine Goldstein Diamond Pearl Master angekauft hat, den Ankauf aber nicht durch die Bücher hat gehen lassen. Den besagten Kollegen, Mister Kingsley, haben wir in den Urlaub nach Hawaii geschickt, um die Sache etwas spannender zu machen. Boone behält sich vor, diesen Yuppie-Arschlöchern, seinen Kollegen, vorerst nichts davon zu erzählen. Sollen die sich doch einen Wolf recherchieren im Internet! Ihn geht die Sache nichts mehr an. Man will seine Arbeitskraft nicht mehr, er betrachtet sich also selbst als im wohlverdienten Vorruhestand. »Was für ein Freudentag das ist«, murmelt Boone auf dem Weg zu God's Motel mehrfach vor sich hin.

Doch ganz so rosig sieht die Sache nicht aus. Boone ist immer noch von Kopfschmerz geplagt, zudem von Weltschmerz und einem starken Gefühl der Nutzlosigkeit. Wortkarg lässt er sich von einem dicken, pferdeschwänzigen jungen Mann mit schriller Lache in ein

Gästezimmer führen. Um Jahre gealtert fühlt sich Boone, gebrechlich, bettlägerig. Ohne große Umschweife legt er sich in das vorgefundene dilettantisch gezimmerte Bett. Es ist dasselbe Bett, in dem unsere Venus, seine Ex-Hauptverdächtige, am ersten Tag geschlafen hat, aber das weiß Boone ja nicht, genauso wie er nicht weiß, wie nahe er ihr gerade ist. Er starrt auf ein Madonnenbild und schmollt mit der Welt. Wir haben ihm höchstpersönlich Bettruhe verordnet. Der Inspektor soll uns nicht in die Suppe spucken, nicht jetzt, wo sich endlich was tut. Jetzt, wo sie sich bald kriegen, die gefallene Prinzessin und der Bettelmönch, die Mörderin und der Heilige.

Während Boone, der im Zimmer keinen Fernseher ausmachen kann, seufzend *Der alte Mann und das Meer* über den schmerzenden Kopf hebt und zu lesen beginnt, von dem Fischer, der seit vierzig Tagen keinen Fisch mehr gefangen hat und der nun als »Salao« gilt, was die schlimmste Form von glücklos ist, sitzt das Steakmessermodel, seine Apfelblüte, derweil nebenan im Goldbrokatzimmer und wartet ganz prosaisch auf das Klingeln der Eieruhr. Sie würde, ohne zu zögern, die Muffins im Ofen verkohlen lassen, wenn ihr Held dazwischenkäme. Aber ihr Held lässt auf sich warten, die Eieruhr klingelt, und sie nimmt die Muffins heraus, alles in Zeitlupe. In den nächsten Minuten wird er eintreten, gemächlichen Schrittes, den strammen Bauch herausgestreckt, denn mittags pflegt er Mau an der Rezeption, wie der Schreibtisch im Goldbrokatzimmer vollmundig genannt wird, abzulösen. Als er wenig später tatsächlich eintritt – nach dem Zeitplan der Glücklichen Sklaven Gottes kann man die Uhr stellen –, sind beide allein im Zimmer.

Der Bliss Swami senkt trotzdem die Stimme: »Ich hab etwas für dich.«

Er kramt irgendwo in den Falten seiner Mönchskutte, verlegen, linkisch, und schiebt eine hosenwarme Gebetskette über den Tisch. Die Kette ist nagelneu, mit an einem Strick aufgeknoteten Perlen, grob behauen wie Bliss Swamis, aber leichter, heller, noch ungefügig. Sie weiß nicht, was sie sagen soll. Soll sie sich etwa freuen? Soll sie etwa auch ihre Hand in einen Baumwollsack stecken? Soll sie den Zeigefinger durch ein Loch nach außen spießen und Gebete brabbeln so wie er?

Kuki nähert sich auf Klingelfüßen. Sie trägt die Haare gescheitelt, in zwei langen, dicken, geflochtenen, schwarzen Zöpfen. Ein indisches Schneewittchen, doch die scharfe Nase unter zusammengewachsenen Brauen kündet von einem Schuss böser Königin.

»Oho«, ruft sie in neckendem Ton. »Sieht ganz so aus, als ob der Bliss Swami mal wieder auf Freiersfüßen wandelt!«

Der Orange Riese errötet. Venus versteinert. Kuki greift nach der Kette, hält sie gegen das Deckenlicht, macht gurrende Geräusche der Verzückung, als bestünde sie aus glitzernden Diamanten, legt sie sich spielerisch um den Hals und wirft sie dann Venus zu.

»Nimm dich in Ahacht!«, ruft sie und verschwindet. Da Venus versteinert ist, kann sie die Kette nicht fangen. Sie fällt zu Boden. Der Bliss Swami setzt sich an den Tisch, räuspert sich und beginnt zu beichten. In Zeitlupe setzt sich Venus neben ihn.

»Ähm … das ist so«, erzählt er der Tischplatte, »in den letzten Jahren habe ich manchmal Angst gehabt, Angst vor dem Mönchsein, Angst, bis zu meinem Tod zölibatär zu leben, allein zu leben, allein zu sterben, einsam zu leben. Einmal habe ich Kuki gefragt, ob sie mich heiraten will.«

Venus schweigt. Ihr Gesicht brennt wie Feuer. Der Sonnenbrand vom Spaziergang tags zuvor. Eine Allergie, eine Liebesallergie. Oder Scham. Sie taucht unter den Tisch, angeblich, um die Kette aufzuheben.

»Sie hat mich ausgelacht«, sagt Bliss Swami. Venus hat etwas Scharfkantiges im Hals. Sie ist gefangen zwischen den Mauern ihrer weggeschlossenen Erinnerung und dem Scharfkantigen, sie sitzt in einer Mausefalle und rennt panisch in ihren eigenen Eingeweiden hin und her, hin und her. Irgendetwas läuft hier gewaltig schief, denkt sie. Es gibt Vernetzungen und Geheimnisse, von denen ich keine Ahnung habe, denkt sie. Offenbar fand Kuki die Vorstellung, mit ihm verheiratet zu sein, absurd.

Der Beichtende wartet indessen auf Einwände und Zwischenfragen, aber die Tischplatte wendet nichts ein und fragt nichts.

»Es war nicht das erste Mal. Ich habe vorher schon andere Frauen gefragt. Touristinnen, die hier gewohnt haben. Auch einige aus der Community. Alle haben Nein gesagt. Niemand will mich heiraten.«

Venus' Gefühle ändern sich schlagartig. Der Kloß ist weg, weggeflutet von einer heißen Welle des Mitleids, auf dessen gischtiger Spitze sie reitet, mit wehendem Haar, selbstredend im Brautkleid. Ihr Herz schlägt schneller. Ist es das, was sie will? Wer kann denn ahnen, dass ein Mönch vom Heiraten träumt?

Venus denkt an Toga und Maria Magdalena. Eine Ehe mit einem Mönch, so ein Quatsch. Es ist lächerlich. Kuki hat Recht, dass sie ihn ausgelacht hat. Venus steht auf, geht zum Waschbecken und beginnt, eine fettige Pfanne zu schrubben, mit ihm abgewandtem Gesicht. Sie macht eine Fratze, kneift alles zusammen, was sich im Gesicht zusammenkneifen lässt, weil sie sich nicht mehr beherrschen kann, weil sie irgendwas machen muss. Er kommt ihr nach. Er steht hinter ihr. Groß. Sehr groß. Über ihr. Heiße Luft kommt aus seinen Nüstern. Sie spürt, wie sich ihre Nackenhaare aufstellen. Er setzt mehrmals an, zögert dann, sagt schließlich fest: »Ich glaube, Krishna will, dass ich dich heirate.«

Wie von der Tarantel gestochen dreht sie sich um. Sie sehen sich an. Er legt seine riesige Hand auf den Rücken ihrer schmalen, nassen. Warum küsst er mich nicht?, denkt sie. Wenn er mich küsst, nehm' ich ihn.

»Willst du?«, fragt er.

Er küsst sie nicht. Sie nickt. Was soll's. Sie nimmt ihn auch so. Sie weiß nicht, warum, aber sie will. Es ist romantisch. Ich bin irre, denkt sie. Ich bin im Begriff, einen Mönch zum Kotzefresser zu machen, meine Freiheit aufzugeben und für den Rest meines Lebens die Vedischen Schriften zu lesen. Aber das stimmt ja so nicht, sie ist ja gar nicht frei. Sie ist ein Niemand, der ein Jemand werden will. Eine Einsame, die eine Zweisame werden will. Sie ist eine Gejagte, eine Vergessene, eine Verlorene. Und was verliert sie schon? Sie hat ja nichts. Willigt sie ein, weil sie sonst niemand hat? Will sie sich verstecken vor denen, die sie draußen suchen? Vor der Erinnerung? Hat sie aus Mitleid Ja gesagt? Weil ihn sonst keine will? Warum auch immer, sie hat genickt, die Heirat ist beschlossene Sache.

Trotz der vielen Körbe scheint unser tollpatschiger Bewerber ernsthaft mit ihrem Ja gerechnet zu haben. Jedenfalls ist er präpariert. Er wühlt wieder in den Falten seiner Kutte und bringt schließlich einen Zehndollarschein zutage. »Wollen wir einen Verlobungsring kaufen?« Venus starrt auf den zerknüllten Schein. Wollen wir? Ganz unversehens sind sie und er zum »wir« verschmolzen. Der Mann hat sich vorbereitet. Er wusste, dass sie Ja sagen würde. Hat sie wirklich schon Ja gesagt? Kann sie zurück? Will sie zurück? Er nimmt ihre tropfende Hand in seine große, die sich wie erwartet als weich herausstellt, und während sich unsere Venus in seiner weichen Hand zusammenkauert wie in einem großen Schlauchboot, das auf einen Wasserfall zutreibt, stopft der Bliss Swami beide Hände, seine und ihre, in die Falten seiner Kutte, wo sich eine mit Krümeln gefüllte Tasche befindet, deren Innennaht gerissen ist. Die Naht ist gerissen, mehr kann Venus nicht denken, sie laufen hinaus, noch ehe sie begriffen haben, was da gerade mit ihnen geschieht. Niemand begegnet ihnen, sodass Verlobung und Aufbruch zum Ringkauf zeugenlos bleiben, sie laufen westwärts und nordwärts zum St. Mark's Place, an diesem normal heißen Spätsommerabend. »Sieh doch, wie blau die Nacht ist«, ruft der Bliss Swami, »wie Krishna!«, und es scheint ihm gar nichts auszumachen, dass die Leute sich nach ihnen umdrehen, denn die sehen zwar ab und zu Mönche, aber selten einen Mönch Hand in Hand mit einer Frau.

Die von den Glücklichen Sklaven Gottes so verschmähte materielle Welt bricht über die beiden frisch Verlobten herein mit Fressbuden, Touristen, lärmenden Reisegruppen, Kampfhunden, schwarz geschminkten Punks, Drogensüchtigen, Bettlern. Die blaue Nacht hat bis auf die Farbe nichts mit Krishna gemein. Sie riecht nach Rauch, Qualm, Frittenfett, Schweiß, Bratendunst, Smog, Sperma, verbranntem Gummi, Müll, Holzspänen,

Alkohol, Haschisch, Kotze, Kaffee, saurem Rülps und Bier. Venus, von einem Gefühl der Gottverlassenheit befallen, drängt sich näher an den Bliss Swami, sie sucht Schutz, aber sie merkt, dass auch er Schutz sucht. Draußen ist der Mönch entmachtet: ein älterer Mann mit Kullerbauch, vollkommen wehrlos und ausgeliefert, den beiden Unbekannten, der Nacht und der Braut. Und das erst gibt ihr richtig Aufschwung, weil sie sich praktisch von einem Moment auf den anderen befördert fühlt, sie ist keine hilflose, gestrandete, polizeilich gesuchte, leere Hülle mehr, sie ist jemand zum Anlehnen, eine Braut, eine angehende Ehefrau. Sie ist jetzt sein Mensch und er ist ihrer.

Sie laufen immer wieder die Buden ab, hin und her, her und hin. Alles wiederholt sich, sieht gleich aus, ist doch unterschiedlich in Farbe, Preis, Qualität. Mützen, Tücher, Sonnenbrillen, Schmuck. Immer wenn der Swami Ringe sieht, presst seine Hand, das weiche Schlauchboot, ihre, tief drinnen in den verkrümelten Falten seiner Kutte. Mit großer Aufmerksamkeit verfolgt der fallende Mönch ihre Wahl, kommentiert jeden Ring, den sie ihm zeigt, bleibt geduldig, interessiert, höflich. Er verhält sich wie der ideale Mann zum Shoppen, als sei es für ihn das Natürlichste auf der Welt, einen Verlobungsring auszusuchen, mitten in der Nacht, mitten in New York.

Nach zwei Stunden – zehn Uhr abends ist es schon, längst ist für Bliss Swami die Bettruhe angebrochen – sind drei Ringe in der engeren Wahl, zwei mit Motiven, einer glatt. Schließlich entscheiden sie sich für den glatten, aus weichem weißem Silberrohr geschnittenen. Bliss Swamis Geld reicht nur für einen, er besteht auf dem Ring für sie, er besteht darauf, ihn zu bezahlen und zieht den zerknüllten Zehndollarschein aus der Tasche, von dem Venus vermutet, dass er ihn sich unter einem Vorwand von Toga geliehen hat. Er bezahlt, steckt ihr den Ring auf den Finger und kniet noch am Stand vor ihr nieder, um sie in aller Form um ihre Hand zu bitten.

Ein Bild für die Götter, möchten wir fast sagen, und applaudieren gerührt. Venus ist aufgewühlt, verwirrt, glücklich. Die Straßenhändler, Araber und Mexikaner, fallen in unseren Beifall ein und rufen Glückwünsche. Romeo steckt Julia den Ring an, mitten auf der Straße, sie kann sich nicht vorstellen, jemals zuvor etwas so Schönes erlebt zu haben. Sie kann sich nicht vorstellen, dass jemals jemand so etwas Schönes erlebt hat. Sie hat plötzlich das Gefühl, dass dieser Mann die Lösung für alle ihre Probleme ist.

»Morgen«, sagt Bliss Swami, der zum Abschied ihre Hand drückt und strahlt, »morgen werde ich es offiziell bekannt geben.«

9 Tigerfüttern

Verschwitzt, verwirrt und verlobt schleicht Venus die Treppen hoch in ihr Zimmer, spürt den sachlichen Händedruck, der alles besiegelt hat, spürt den Verlobungsring, der eng auf ihrem Finger sitzt, tastet sich im Dunkeln in ihr Hochbett. Ihr ist schwindelig. Ein panischer Puls klopft in ihrem Kopf. Sie hat Angst vor allem, was war, vor allem, was sein wird, sie will weglaufen, sterben, im Boden versinken, in sein Zimmer laufen, in die Falten seiner Kutte greifen, durch das kaputte Futter seiner krümeligen Kuttentasche, will mit ihm ficken. Sie will es dem Strickliesl erzählen, aber das ist nicht mehr da. Sie will ihre beste Freundin anrufen, ihre Eltern, Geschwister, aber sie hat nichts von alledem zur Hand, sie hat nur sich zur Hand und ihren Aufruhr.

Dann hört sie einen Schrei. Es ist ein schriller Schrei, dem ein Türenknall folgt, schnelle Schritte, Gerangel auf dem Flur, ein aggressiv gezischter Wortwechsel, ein wütender Aufbruch. Dann Stille. Dann sehr lautes Weinen. Da weint jemand, der nicht nur traurig ist, sondern auch der gehört werden will. Venus springt aus dem Bett, stürzt zur Tür, läuft hinaus, findet Winter auf dem Boden sitzend. Sie schreit, sie klagt, sie rauft sich die verfilzten Zöpfe. Ihre Nase blutet, ihr T-Shirt ist zerrissen.

»Hat er dich geschlagen?«, fragt Venus. Winter antwortet nicht. Venus will sie streicheln. Winter zuckt zurück. Venus will sie umarmen. Winter schiebt sie weg. Sie weint und schreit und trommelt gegen die Wand. Es ist erstaunlich, zu welcher Lautstärke dieses kleine Sorry-Menschlein fähig ist in Zeiten der Verzweiflung.

»Er behandelt mich wie einen Hund«, sagt sie.

Venus setzt sich neben sie, lehnt sich gegen die Wand, weiß nicht, was sie sagen soll, lauscht im Glück der Unglücklichen.

»Ich wollte Tänzerin werden«, wimmert Winter. »Aber ich habe meine Träume aufgegeben für sie.«

»Für wen?«

»Für ihn.«

Winter lässt sich lautlos zu Boden gleiten. Hilflos sieht Venus hinunter auf das verfilzte androgyne Kind. Sie liegt da, klein und dünn, wie ein Würmchen, wie ein abgetriebener Embryo.

»Er hat gesagt, er möchte allein sein. Aber er geht zu einer Frau, zu einer anderen Frau. Ich weiß es.« Sie wimmert nur noch. Leise, kraftlos.

»Komm mal mit an die frische Luft«, sagt Venus und berührt ihre knochige Schulter. Winter wehrt sie ab. »Nein. Ich warte auf ihn. Er kommt zurück. Er kommt immer zurück.«

Venus geht allein an die frische Luft, obwohl sie ja gerade an der frischen Luft war. Und außerdem ist sie gar nicht frisch, die Luft. Sie ist stickig und stinkig und schwer wie ein feuchter Hut. Aber wie könnte sie jetzt schlafen? Winter ist zu bedauern, denn sie leidet. Und Winter ist zu beneiden, denn sie liebt. Venus betrachtet ihren Ring. Liebt sie nicht auch? Es ist Mitternacht, als sie das Haus verlässt. Vor der Tür steht Benito, mit hochgezogenen Schultern und runtergezogener Strickmütze. Er raucht.

»Joggst du neuerdings?«, sagt er, mit spöttischem Blick auf ihren weißen Teddysamt-Anzug und ihre Turnschuhe.

»Und du? Frierst du mitten im Sommer?«, sagt sie und zeigt auf seine Mütze.

»Die Mütze ist Ausdruck meiner Individualität«, sagt Benito würdevoll. »Sie dokumentiert, dass ich ich bin und nicht du. Was war denn das für ein Geschrei da oben?«

»Winter ist unglücklich.«

»Ach, das Winter schon wieder.«

»Wieso ›das‹ Winter?«

»Neutrum. Zwitter. Was weiß ich.«

»Meinst du, sie tut sich etwas an?«

Benito lacht bitter auf. »Weißt du, es ist nämlich so, meist sterben die anderen.«

»Wie meinst du das? Sie ist völlig aufgelöst.«

»PMS. Alle paar Wochen. Das kriegt sich wieder ein.«

»Dir tut wohl niemand Leid außer du selbst«, sagt Venus verächtlich. Benito geht ihr plötzlich auf die Nerven. Neulich hat sie gedacht, dass er eigentlich ein netter Kerl ist, aber er ist kein netter Kerl. Er ist weit entfernt davon, ein netter Kerl zu sein. Warum belästigt er alle Welt mit seiner Depression?

Ein besoffener Penner wankt vorbei. »Jesus ist für dich am Kreuz gestorben«, lallt er Benito zu und entschwindet in die Nacht.

»Das Gegenteil ist der Fall«, ruft Benito ihm nach, »ich sterbe für ihn. So ist das nämlich!« Dann spricht er wieder leise. »Und ich bin vollkommen im Recht, wenn ich mir Leid tue. Ich tue mir Leid, weil ich niemanden liebe. Und weil mich niemand liebt. Das Freak-Transen-Ding liebt den Techno-Zwitter mit den bunten Kontaktlinsen. Ich hasse die, weil ich neidisch bin. Einen Menschen zu haben, für den man alles aufgeben würde. Es gibt doch nichts Schöneres. Ich hätte auch gern so einen Menschen. Ich würde auch gern spüren, dass ich lebe.«

Venus sieht ihn erstaunt an. Benitos Zigarette ist bis auf den Filter heruntergebrannt. Er zieht trotzdem noch einmal, verbrennt sich, flucht, lässt den Stummel fallen.

»Na, siehst du, du lebst«, sagt sie.

Er sieht sie erstaunt an. »Du bist ja zynisch! Ich wusste gar nicht, dass du zynisch bist.« Anerkennung schwingt mit in seinem Tonfall.

»Wusste ich auch nicht«, sagt sie. »War das zynisch?«

»Du, ich hab meine Kamera verkauft«, sagt Benito. »Wollen wir das Geld versaufen?«

»Gute Idee«, sagt Venus. »Es gibt etwas zu feiern. Ich habe mich soeben verlobt.«

Auweia, jetzt wird er mich auch hassen, denkt sie. Weil ich einen Menschen habe. Weil ich spüre, dass ich lebe.

Hass können wir nicht erkennen, aber in Benitos Gesicht kommt zum ersten Mal, seit wir ihn kennen, Leben. Hass ist das nicht. Entgleisung wäre der bessere Ausdruck oder Entgeisterung, vielleicht auch Enttäuschung oder Entsetzen, irgendwas mit E jedenfalls, was genau, ist schwer auszumachen unter den tiefen Furchen der Bitternis, die seinem Gesicht längst den Stempel aufgedrückt haben. Fast macht Benito den Anschein, als sei er soeben einem Betrug auf die Spur gekommen, als hätte diese Frau ihn mit jemandem betrogen.

Boone, der den ersten Roman seines Lebens in einem Rutsch durchgelesen hat und dessen zähes Herz bewegt ist von der Geschichte des alten Fischers, tappt indessen barfuß im gestreiften Kmart-Pyjama durchs nachtleere

Goldbrokatzimmer, getrieben von Neugier, Hunger und Blasendruck. Zuerst fördert er im Kühlschrank eine Plastikdose mit Hindupampe zutage, in der er skeptisch herumstochert, dann findet und benutzt er das Bad, in dessen zahnpastabespritztem Spiegel er sein müdes, rotbäckiges, rundes Gesicht sieht, die überklebte Stirnglatze, den Drei-Tage-Bart. »Salao«, schimpft er sich, die schlimmste Form von glücklos, genau wie der alte Mann aus dem Buch. Er geht ins Zimmer zurück, wühlt in seinem Koffer und findet schließlich zwischen Unterwäsche und Dienstwaffe seinen Rasierapparat. Das Haus ist vollkommen still, nur tibetische Mönche brummen leise vom Band, als Boone das nur von einem elektrischen Blumenstrauß beleuchtete Goldbrokatzimmer nochmals durchquert und, kopfschüttelnd die pompöskitschige Einrichtung betrachtend, zurück ins Bad geht, um sein Gesicht vom Pennerlook zu befreien.

Boone ist in der Welt zu Hause. Er hält nicht viel von Religionen. Er weiß nicht viel über Religionen. Aber was er darüber weiß, ist ihm suspekt. Die völlige Unterwerfung des Islam. Die peinliche Gesetzeseinhaltung des Judentums. Die Buße, das Flehen um Gnade im Christentum. Das Gesetz des Karmas, das bereits Säuglinge schuldig macht im Hinduismus, sie alle sind ihm verdächtig. Er kann sie nicht überführen, dazu weiß er zu wenig darüber, dazu interessiert er sich zu wenig dafür, aber sie sind ihm verdächtig. Allerdings kann jeder machen, was er will, sagt er sich, und in diesem Haus scheint niemand zu irgendwas gezwungen zu werden, es liegt also kein Straftatbestand vor.

Dennoch macht ihn die weihrauchgeschwängerte Feierlichkeit unruhig. Das leise tibetische Mönchsgebrumme, das so tief ist, dass es wie ein endloser inbrünstiger Dauerrülps klingt, macht ihn sogar aggressiv. Fast kommt Boone das laute Brummen seines Rasierapparates wie eine Erlösung vor. Doch als er fertig ist und das Gerät ausschaltet, ist es, als bliebe ein Echo des Rasiergeräusches zurück. Es sind nicht nur die Kassetten-Mönche. Er steckt lauschend den Kopf hinaus ins Treppenhaus und vergisst seinen knurrenden Magen. Es kommt von unten. Gut möglich, sagt er sich, dass jemand Radio hört, dass jemand mit einer untertourigen Bohrmaschine arbeitet. Aber mitten in der Nacht? Es klingt auch eher wie ein Hornissensummen, ein Vibrieren der Wände, ein Grunzen unbekannter Dschungeltiere. Es erschreckt ihn, wie gut der struppige Schatten an der Wand dazu passt, der sich bewegt und sich dann glücklicherweise als sein eigener herausstellt. Ein diffuses Unbehagen packt den erfahrenen Polizisten, immerhin hat er es hier nicht mit dem üblichen Problem zu tun, es ist vielmehr der Spuk, das Außerordentliche, Übernatürliche, Ungreifbare, das ihn nochmals ins Zimmer zurückgehen und den Rasierapparat gegen seine Knarre austauschen lässt. Sicher ist sicher.

Auf nackten Füßen, Senk-Spreiz-Füßen übrigens, patscht Boone die Treppe hinunter, die Waffe entsichernd, dem unheilvollen Brabbeln nachgehend, zum Teil aus allzu menschlicher Neugier, zum Teil trotz Urlaubs immer im Dienst. Und obwohl er in seiner Polizistenlaufbahn schon tausendfach erfahren hat, dass es Türen gibt, die man nicht öffnen soll, einmal der Gefahr wegen, aber auch deshalb, weil das, was sich dahinter verbirgt, weit hinter dem Imaginierten zurückbleibt, öffnet er die Tür. Sein Kiefer fällt herunter, so fremdartig ist das Bild, das sich vor ihm auftut. Ein an Kitsch kaum zu überbietendes Kirchenschiff, in dem es keine Möbel, keine Betbänke, keinen Beichtstuhl gibt, sondern nur das blanke Parkett, auf dem ein riesiger kahl köpfiger Mönch in einem orangen Kittel kniet, hin- und herschaukelnd wie in Trance, und in einer Endlosschleife aus Sprechgesang sich verfangen zu haben scheint, der hohl und tief klingt, dessen Klang sich an den Wänden bricht und zu verdoppeln scheint, als sei ein einziger Bär allein imstande, einen Kanon vorzutragen.

Boone sieht nur den kahl rasierten Hinterkopf, den starken Nacken, die mächtige Gestalt, die sich klein zu machen versucht vor wild geschminkten Holzpuppen in bestickten Gewändern. Wie kann ein Mensch, auch wenn er überdimensional groß ist, allein solch ein Geräusch erzeugen? Es muss sich um einen akustischen Effekt handeln, denkt er, vielleicht ist irgendwo ein Verstärker versteckt. Boone, der immer alles herausfinden will, Berufskrankheit, macht einen Schritt auf den Riesen zu. Holz knarrt. Boone erstarrt. Er, der eben noch auf der Jagd nach Einbrechern war, ist plötzlich selbst zum Einbrecher geworden. Mit der Waffe in der Hand steht er hinter einem betenden Mönch. Der Mönch ist ehrlich, der Mönch würde niemandem nachschleichen. Allein die Art, wie er dasitzt und brummt und brabbelt, lässt ihn so geradlinig und unbeirrbar erscheinen, dass sich Boone nicht nur körperlich klein fühlt, nein, er fühlt sich auch menschlich klein, winzig, erbärmlich, ein Verlierer, ein obdachloser Vorruheständler, ein Kleingeist im gestreiften Kmart-Pyjama, der bewaffnet in einer Kirche steht. Der Mönch lebt hier, weil er es will. Boone hat es hierher verschlagen wie ein Blatt im Wind. Der Mönch trägt die Glatze wie einen Heiligenschein, Boone versteckt seine unter quer geklebten Haarsträhnen. Der Mönch hat Enthaltsamkeit als Lebensform gewählt, bei

Boone ist sie schlicht Mangel an Gelegenheit. Der Mönch hat das Fleisch besiegt, während Boones Fleisch einfach nur vergammelt.

Beschämt schleicht er hinaus und hinauf und legt sich wieder ins Bett. Erstaunt müssen wir feststellen, dass der im Normalbetrieb so erfahrene Inspektor bedenkenlos über die wackelige suggestive Brücke von Gebet und Mönchstracht gegangen ist, barfuß, im gestreiften Pyjama, dass er sich hat blenden lassen vom äußeren Schein der Keuschheit und Entsagung. Er liegt mit seiner Einschätzung so falsch, dass uns seine Beurlaubung plötzlich berechtigt erscheint. Er ist gestrauchelt, sein unfehlbarer Instinkt, sein lebenslang trainierter logischer Verstand, er hat gelitten, sein gut genährtes Bullen-Ego. Daher scheint es uns nun unumgänglich, die Geschichte des Bliss Swami zu erzählen.

Bliss Swami

Dexter Brown ist ein Findelkind. Er war kaum eine Woche alt, wog aber fast zwanzig Pfund, als ihn Mirabai und Ruben Brown auf der Schwelle ihres kleinen Hauses am Rand von Salt Lake City fanden. Seine Mutter, die brunhildengleiche 16-jährige norwegische Auswanderin Ingrid, hatte ihn in den Morgenstunden dort abgelegt. Nachdem sie von ihrem Großvater vergewaltigt und schwanger geworden war, hatte sie das Kind allein im Wald entbunden, hatte die Nabelschnur an einem Stein durchgescheuert und musste die Frucht ihrer Schande rasch loswerden.

Mirabai, die Finderin, war eine in Amerika geborene Inderin, außerordentlich quirlig, klein und zierlich, mit dunklen Augen und dunklen Haaren, eine Frau, die einst Träume hatte, die begraben wurden, als sie Ruben traf und heiratete. Ruben, dessen Familie aus dem Baltikum stammte, war herrschsüchtig, krummnasig und schwarzbärtig. Das kinderreiche Mormonenpaar nahm das tapsige bärenhafte Kind bei sich auf und gab es als ihr eigenes aus.

Jedoch wuchs Dexter nahezu täglich, wie der Däumling aus dem Märchen, und strafte alle Mendelschen Gesetze Lügen. Er war groß, blond, blauäugig sowie extrem verlangsamt innerhalb der kleinen dunklen Familie, die immer in Bewegung war. Den größten Unterschied jedoch machte Dexters herrisches Kinn; die untere Gesichtspartie der Browns war kurz und weich. Dexter fühlte sich ungeliebt. Zu Recht. Es schien tatsächlich, als verübelten ihm die Eltern und Geschwister sein Anderssein. Er selbst verübelte es sich. Er konnte sich das nicht erklären. Er mutierte zum Bettnässer, Fingernägelkauer und Legastheniker.

Bestraft wurde er mit Hausarrest, Stockschlägen auf die Fingerspitzen, In-der-Ecke-Stehen, Kellerknast sowie seinem Albtraum, dem Bibelmarathon. Beim Bibelmarathon musste er der restlichen Familie einen Tag lang aus der Bibel vorlesen. Stehend, ohne zu essen. Schwer zu sagen, für wen Dexters Gestammel quälender war, für ihn selbst oder den Rest der Familie. Der Hass der Geschwister auf ihn wuchs.

Dexter wies eine große handwerkliche Begabung auf, die jedoch niemand förderte. Als auch erste Annäherungen ans weibliche Geschlecht niemand förderte, zuletzt das weibliche Geschlecht selbst, zeigte Dexter deutliche Tendenzen zu Onanie, Exhibitionismus und Spannerei. Seine Mormoneneltern waren angewidert und hielten es für angebracht, ihm mitzuteilen, dass er nicht Fleisch von ihrem Fleische sei. Er wandte sich in einer Mischung von Erleichterung und Wut – selbst in der Mormonenhauptstadt Salt Lake City schwer aufzutreibendem – Whisky zu und wechselte mit 16 zu LSD. Vermutlich hätte er sich umgebracht, hätte er von seiner gewaltsamen Zeugung, seiner inzestuösen Herkunft, den Umständen seiner Geburt und Aussetzung gewusst. Im Rausch brach er in einen Zeitschriftenladen ein und stahl alle Penthouse-Ausgaben. Mehrfach wurde er von der Polizei aufgegriffen, als er an einem selbst gebastelten rindsledernen Spezialgurt an Dachrinnen der Nachbarschaft hing und in Schlafzimmerfenster spähte, ein Fernglas in der linken Hand, sein Geschlechtsteil in der rechten.

Es wusste keiner, und es kümmerte auch keinen, dass eine zarte Seele in Dexters schwerem Körper wohnte, wo sie sich um die Herrschaft stritt mit seinem Trieb und unterlag, begünstigt durch die fehlende Erfahrung der Zuneigung. Denn noch bevor Dexter jemals Liebe, körperliche und seelische Liebe erfahren konnte, fand er sich im Kinderheim, in der Jugendstrafanstalt, in Selbsthilfegruppen. Schließlich nahm ihn ein katholisches Kloster auf, wo er Geselle eines Bildhauers wurde, dann selbst Bildhauer, schließlich Mönch. In diesen zehn Jahren entstanden ganze Herden von Franziskus-Statuen. Der katholische Heilige, der mit Tieren sprach, anstatt mit Frauen zu kopulieren, war sein unerreichtes Vorbild. Die gelungenste Franziskus-Statue wurde zum Vatikan geschickt (der das Geschenk übrigens dankend ablehnte und zurückschickte, was unser Swami entweder nie erfuhr oder nie wahrhaben wollte), die kleinste brachte er viele Jahre später in die Tempelkirche zum heiligen Franz.

Es fiel Dexter leicht, der Welt, die es nie gut mit ihm

meinte, Adieu zu sagen. Die Geilheit fuhr immer seltener in ihn, aber wenn, dann wie ein Blitz, so brachial, dass der bullenhafte Trieb, der Dexters zarte Seele wie ein Hälmchen niedertrampelte, blind irgendein Opfer suchte, und zwar das nächstbeste. Jedoch führte nicht die Tatsache, dass er Stammkunde im benachbarten Bordell war, zu Dexters Rausschmiss, sondern dass er in einer jener Nächte, als er die schreckliche Schlacht gegen seinen Trieb führte, aus Ton die Heilige Mutter Gottes modellierte, stehend, nackt und zwischen den Beinen blutend.

Es geht das Gerücht, dass der Abt Künstler und Kunstwerk obendrein in enger Umarmung fand, als er im Morgengrauen das Atelier betrat.

Dexter ging nach New York, versuchte sich als Künstler, scheiterte jedoch schon an der Atelierbeschaffung und begegnete mit 27 Jahren, ohne jemals ein Mädchen geküsst zu haben, denn in Puffs und Klöstern wird nicht geküsst, Toga. Dieser erzählte ihm die Wir-sind-so-voll-Geschichte und machte Dexter nach und nach zu dem, den wir kennen gelernt haben, den ruhig lächelnden Bliss Swami.

Er war es, der Toga zuriet, die Kirche zum heiligen Franz zu kaufen, er war es, der Toga veranlasste, Maria Magdalena zu heiraten, er wurde der ausgleichende Widerpart, Togas bessere Hälfte, jedenfalls, solange er sich in der Gewalt hatte. In der Hare-Krishna-Bewegung, die genauso lustfeindlich war wie sein Elternhaus und das Kloster, hatte das ungeliebte riesige Findelkind sein Zuhause gefunden.

Die ersten drei Jahre lang ging auch alles gut. Doch dann klaute Dexter die Telefonkasse und hastete zum Times Square, zu Fuß, im strömenden Regen, in der

Mönchskutte, eine Nutte suchen. Nach einer weiteren dreijährigen Pause fand er im Treppenhaus eine Zeitung mit erotischen Annoncen. Er nahm sein Erspartes, fünf Dollar und sieben Cent, die auf den Straßen New Yorks eingesammelten Pennys der letzten Jahre, und konnte das mitleidige ältliche Freudenmädchen zu einer Handmassage überreden.

Hinterher war es immer dasselbe. Wie plötzlich es umfiel, das brüllende fickende Tier in ihm, wie es in den Staub fiel und verreckte! Wie elend er sich fühlte, wie schmutzig, schwach, krank, ja, er fühlte sich krank, pervers, nicht wert, ein Mönch zu sein, nicht einmal wert, ein Mensch zu sein. Das war alles? Dafür setzte er sein Seelenheil aufs Spiel? Was für eine himmelschreiende Enttäuschung! Sterben wollte er, nur noch sterben, Hand anlegen, diesmal an sein Leben, aber das ging ja auch nicht, weil er dann ein Geist würde und herumspuken müsste und immer noch geil wäre, aber nicht mehr zu befriedigen. Er büßte, kasteite sich, betete nächtelang, schwor sich und Gott Besserung. Er rasierte seinen Schädel, bügelte seine Kutte, stand stundenlang auf dem Kopf, unterzog sich einer strengen Fastenkur, las in den Vedischen Schriften, er büßte so drakonisch, so demonstrativ, so offenkundig, bis auch der letzte Permanente wusste: Unser Bliss Swami war wieder im Puff.

Als aber God's Motel geöffnet wurde, kam der Puff in die Kirche. Frauen aus aller Welt, verheiratete Frauen, ledige Frauen, geschiedene Frauen, verwitwete Frauen. Sie waren klein, groß, dick, dünn, mit und ohne Arsch, mit jungen oder mit alten Brüsten, sie kamen in allen Haut- und Haarfarben, in allen Rocklängen, sie waren ihm alle recht. Es gab keine von ihnen, von schlank und schön bis krummbeinig und hässlich, die es nicht in seine Phantasien schaffte. Eine schaffte es auch in sein Bett. Toga tobte. Diesmal drohte dem Swami der Rauswurf. Er musste versprechen, Mitglied einer Selbsthilfegruppe zu werden, und ließ sich fortan von Toga Brom in den Tee schütten. Fast jeden Abend traf sich der Swami mit anderen »Sexsüchtigen«, vornehmlich orthodoxen Juden und Katholiken, und betete mit ihnen gemeinsam um Befreiung vom krankhaften Trieb. Es war dieser Zirkel, in dem er erstmals in Worte fasste, wovon er sich bedroht sah. Er sagte, seine Seele hänge im Geilheitsanfall nur noch mit einem dünnen Faden am Körper, er habe Angst, dass dieser Faden eines Tages reiße.

Er machte gute Fortschritte, bis Baula bei den Glücklichen Sklaven Gottes aufkreuzte. Sie war die Schlange, der Teufel, das Feuer, das auf die Welt kam, um die Butter zum Schmelzen zu bringen. Er erinnert sich nur noch, dass er frische Milch aus dem Kühlraum im Keller holte, als Baula plötzlich vor ihm stand, schielend, ein Auge gen Himmel, eines gen Hölle, als sie den engen Rock schürzte, langsam, ganz langsam, sodass Zentimeter für Zentimeter ihre saftigen weißen Schenkel hervorquollen, und dass sie ihn mit dem langen rot lackierten Zeigefinger heranwinkte. Immer höher zog und schob ihre andere Hand den Rocksaum, unter dem sich keine Unterwäsche befand. Er starrte auf das dunkle Dreieck ihrer Schamhaare, als sei er hypnotisiert worden. Er witterte den anziehenden und absolut unanständigen Duft eines triefenden weiblichen Geschlechtsteils. Das Nächste, was er weiß, ist, dass er die ihm unbekannte, ja unsympathische Frau in die Kartoffelsäcke gefickt hatte, von hinten, er hatte seine großen weichen Hände in ihre großen weichen Brüste vergraben. Er hatte sie gefickt, mit weit ausholenden wütenden Beckenbewegungen, mit einem bullenhaften Stöhnen, das sich gemeinsam mit seinem Samen tief aus seinem Bauch entlud. Die Wände müssen gewackelt haben in der Tempelkirche zum heiligen Franz, die Permanenten hatten sich tuschelnd auf der Kellertreppe versammelt, um dem Schauspiel beizuwohnen, der Swami mit geraffter Kutte, sein kräftiger angespannter Arsch, ihre zitternden weißen Backen, sein Brüllen, ihr Fauchen, die Staubwolken, die aus den Kartoffelsäcken aufstiegen, und von oben, aus dem Regenbogensaal, klangen leise die Bongotrommeln des ahnungslosen Arjuna im Takt.

Toga erteilte Baula das bereits erwähnte Hausverbot und führte mit Bliss Swami ein eingecremtes Vierstundengespräch. In einem hoffnungslosen Fall wie diesem, führte der Diener des Dieners aus, müsse Bliss Swami über ein weltliches Leben außerhalb der Glücklichen Sklaven Gottes nachdenken, müsse sozusagen, das war angedeutet, ein Unglücklicher Sklave Gottes werden, oder, wenn ein Verbleib im Hause ihm am Herzen läge, über eine Heirat. Es lag allerhand Drohung in dem Ratschlag. Es gäbe außer dem Modell der sexlosen Ehe, die er, Toga, führe, und die er ihm, Bliss Swami, nicht empfehlen könne, ja noch das herkömmliche Modell, in welchem Sex einmal monatlich zum Zwecke der Kinderzeugung erlaubt sei, natürlich nur, wenn beide Partner vorher jeweils fünfzig Runden gechantet hätten. Weiter fiele ihm, so Toga, keine Lösung ein, von der eines chirurgischen Eingriffs – hier bog er sich in stummem Phantomschmerz – mal abgesehen.

Der Swami bat den Freund, flehte ihn an, um eine letzte Chance, er wolle es nun schaffen, er sei sich nun gewiss, dass er den Tiger nicht länger füttern wolle, das war eine der Umschreibungen für Sex unter den Glücklichen Sklaven Gottes, »den Tiger füttern«, er wolle zölibatär leben, ohne Wenn und Aber. Zwei riesige Schwurfinger hob der Swami und Toga gab ihm eine letzte Chance. Wenige Monate später bat der erneut vom Tiger gerittene Bliss Swami die überraschte Kuki um ihre Hand und wurde statt einer Antwort ausgelacht. So lief der arme Mann weiter als Mönch umher, die Vedischen Schriften in der einen Hand, die Libido in der anderen.

Ein halbes Jahr später trat unsere Venus in sein Leben. Die Aufmerksamkeit, die ihm die junge und schöne Frau entgegentrug, machte ihn verlegen. Ihre Zuneigung verwirrte ihn. Es war nicht die übliche Wirkung, die diese Frau auf ihn hatte. Es war auch nicht die übliche Wirkung, die er auf eine Frau hatte. Hatte er überhaupt jemals eine Wirkung auf Frauen? Sein Herz schlug schneller, wenn er Venus sah, aber er hatte nicht jene Krämpfe im Leib, nicht jene Blutleere im Kopf, nicht erhob sich sein stattliches Geschlechtsteil unter der Kutte. Er spürte Glück, Frieden und Wärme in ihrer Nähe, gepaart mit einer inneren Ruhe, die nicht aus Geilheit geboren zu sein schien. Was anderes konnte es bedeuten, als dass ihm eine Frau geschickt wurde, an deren Seite es möglich wäre, Gott im Zentrum seines Lebens zu behalten?

Zum letzten Mal hat er heute Nacht die orange Mönchskutte angezogen, die ihn durch so viele qualvolle Jahre des Bemühens begleitet hatte. Auf dem Parkett hat er gekniet so wie damals im Kloster auf den kalten Steinen. Den Zeigefinger hat er aus dem Gebetssack gespießt und gechantet, aber nicht leise wie sonst, sondern laut und schnell, so laut und schnell er nur konnte.

Nun fühlt er sich gestählt, gewappnet, gesegnet, von himmlischen Mächten getragen. Er wird Venus die ganze Wahrheit sagen. Und egal, wie sie reagiert, er wird Gott danken dafür.

Die Nachtluft ist plötzlich klar und geruchlos. Benito und Venus schweigen auf dem Weg zur Kneipe. Als die Restauranttür sich öffnet, schwappt ihnen nach Schnaps und Alkohol stinkende Luft entgegen. Benito setzt sich an die Bar und hält der Kellnerin, die ihn begrüßt wie einen Stammgast, lässig zwei Finger hin.

»Brauchst du das Geld nicht, um deine Zimmermiete zu bezahlen?«, fragt Venus.

»Jetzt nicht mehr«, sagt Benito. »Wieso willst du diesen Deppen heiraten?«

Zwei Flaschen Heineken kommen über den Tresen geschliddert. Benito zieht eine Schachtel Zigaretten aus der Brusttasche und wirft sie daneben. Venus beschließt, nicht eingeschnappt zu sein. Wie kann Benito sehen, was sie sieht.

»Weil er mir einen Antrag gemacht hat.«

»Hör mal, ich bin, glaub ich, der Einzige hier, dem er noch keinen Antrag gemacht hat«, sagt Benito.

»Du redest wirr. Du hast doch grad selbst gesagt, dass es nichts Schöneres gibt, als einen Menschen zu haben, für den man alles aufgeben würde.«

»Nur mit dem Unterschied, dass du gar nicht weisst, was du aufgibst.«

»Na doch, das Rauchen, das Fleischessen, das Saufen …«

»Prost«, sagt Benito und haut seine Bierflasche gegen ihre. »Nein, ich meine, du erinnerst dich nicht an dein früheres Leben. Vielleicht hast du einen Mann und fünf

Kinder. Vielleicht hast du ein Schloss in Frankreich. Du erinnerst dich ja nicht.«

»Vielleicht bin ich auch eine Mörderin?«, sagt Venus und lacht ein wenig zu laut.

»Wär mir egal, weißt du, ich bin ein Bankräuber«, sagt Benito. »Nobody is perfect!« und hebt die Bierflasche an den Mund. Sein Adamsapfel setzt sich in Bewegung, es gluckst laut. Er leert die Flasche in einem Zug.

»Mist, das hatte ich ganz vergessen«, ruft Venus. »Ich kann Bliss Swami gar nicht heiraten. Ich hab ja überhaupt keine Papiere. Nix. Keinen Pass, keinen Personalausweis, nicht mal einen Führerschein.«

Benito zeigt der Kellnerin wieder zwei Finger.

»Umso besser.« Er nimmt Venus' Flasche und leert sie auf dieselbe Art. »Ich hab mal einen Film gesehen …«

»Du hast mein Bier getrunken!«

»Kriegst ein neues, Lady! Jedenfalls erlebt dieser Typ denselben Tag immer wieder, jahrelang. Der Wecker klingelt morgens um dieselbe Zeit, er tritt in dieselbe Pfütze, baggert dieselbe Frau an. Und dauernd muss er wieder bei null anfangen. So kommt mir das Leben in der Tempelkirche vor. Wie ein Scheißtag, der sich so lange wiederholt, bis man es kapiert hat.«

Zwei neue Flaschen kommen über den Tresen geschliddert.

Benito grunzt und leert eine weitere Flasche. »Am Anfang ist der Typ ein Arschloch. Er ist eitel, egoistisch, arrogant. Er findet alle anderen blöd und langweilig. Er sieht auf die anderen herab.«

Genau wie du, denkt Venus. Sie schnappt nach der Bierflasche, ehe Benito wieder schneller ist. Sie nippt. Das Bier ist eiskalt. Es schmeckt. Sie nimmt einen kräftigen Schluck. Ihre Kehle ist vereist wie eine Rutschbahn im Winter. Ihr Bauch wird innen tiefgekühlt. Dampf steigt auf in ihrem leeren Kopf und kondensiert.

Benito ordert bereits wieder. »Ich weiß noch, dass er sagt, er hätte mal einen Tag am Strand verbracht mit einem hübschen Mädchen, sie haben Hummer gegessen und nachher Sex gehabt, bei Sonnenuntergang, warum er denn nicht diesen Tag immer wieder erlebt, sondern den beschissenen Tag, an dem alles schief geht. *Das* kotzt ihn an. Der Ort. Das Hotel. Kein warmes Wasser in der Dusche. Er verachtet den Job, den er machen muss. Er trifft Leute, die er doof findet. Er sieht keinen Ausweg.«

Venus nimmt ihr Bier und starrt in die Flaschenöffnung. Innen ist ein Stück Glas abgeschlagen. »Wie kommt er da raus?«

»Na, erst kriegt er mit, dass er machen kann, was er will, eine Bank überfallen, einen Unfall bauen, andere umbringen, sich umbringen, er wird immer wieder in diesem Hotelzimmer aufwachen, immer wieder am selben Tag, morgens um sechs. Er kann sich nicht mal umbringen, verstehst du? Das allerwichtigste Menschenrecht, über das eigene Leben und Sterben zu entscheiden, nicht mal das hat er.«

Venus ist unruhig. Hier in dieser verräucherten Kneipe, ausgerechnet mit Benito, kommt sie der Lösung der Dinge so nahe. Vollkommen unverhofft, eher beiläufig, wird einen Spaltbreit der Vorhang geöffnet. Und ausgerechnet von Benito. Die nächsten zwei Flaschen Bier ordert sie. Sie zündet sich eine Zigarette an.

»Sag mir, wie er da rauskommt.«

»Na, er kapiert, dass er die Situation nicht ändern kann, dass er die anderen Leute nicht ändern kann. Das Einzige, was er ändern kann, ist sich selbst.«

Benito leert glucksend die nächste Flasche. Er wischt

sich über die Stirn und setzt gedankenverloren die Wollmütze ab. Venus verkneift sich ein Kichern. Benito hat eine spiegelblanke Glatze, die clownesk von dunklen Locken umkränzt ist.

»In seinem Leben gibt es kein Morgen. Er kann nichts auf morgen verschieben, nicht auf den nächsten Tag hoffen, er hat nur eine Chance. Er muss das Beste draus machen.«

»Komisch, dass ausgerechnet du das sagst.«

»Wieso?«

»Weil du aus allem das Schlimmste machst.«

»Nein, wirklich, theoretisch ist mir das klar. Ich kann nur aus meinem eigenen Gefängnis nicht raus. Der Typ fängt an, freundlich zu sein, hilfsbereit, er lernt Klavier spielen, Fremdsprachen, Skulpturen aus Eis machen, er weiß zum Beispiel, wohin er jeden Tag rennen muss, also in welchen Park, um einen Jungen zu retten, der vom Baum fällt.«

Venus sieht Benito verwundert an. Er sieht gar nicht so schlecht aus. Die Glatze steht ihm, sie öffnet seinen Blick. Ist das Betroffenheit in seinem Shar-Pei-Gesicht? Sind das Tränen in seinen Bernhardineraugen?

»Er macht aus dem Scheißtag einen schönen Tag«, sagt sie nachdenklich. »Sollte die Lösung so einfach sein?«

»Das ist der Schlüssel.«

»Aber der Ring war nicht im Zimmer.«

»Es gibt keinen Ring. Und es gibt auch kein Zimmer. Das existiert alles nur in unserer Einbildung.«

»Wenn es so einfach ist, warum machen wir es dann nicht alle? Du zum Beispiel. Wenn du den Schlüssel hast, warum schließt du dann nicht einfach die Tür auf?«

»Na ja, Honey, es ist so, ich hab zwar den Schlüssel«,

Benito rülpst leise, während er die (wie vielte?) leere Bierflasche über sich hält, um noch ein paar Tropfen in seinen kleinen Mund zu schütten, als gösse er ein Wahrheitsserum in sich, »aber es gibt keine Tür.« Sein blasses Gesicht mit den verwelkten Lippen ist von ganz konkreten Erwartungen beherrscht.

Sie schweigen. Unvermittelt nimmt er ihre Hand mit seiner klammen, flaschenkalten. »Vielleicht, wenn ich nicht so allein wäre«, sagt Benito mit der durchsichtigen Hinterlist eines Betrunkenen. Sie zieht ihre Hand weg.

»Der Typ hat sich nämlich nachher in eine Frau verliebt. Und erst, als er ihr Herz erobert, in nur einem Tag, erst als sie freiwillig bei ihm bleibt und mit ihm die Nacht verbringt, kein Sex, nur in seinen Armen liegt, wird er erlöst.«

»Das ist wenigstens mal 'ne originelle Anmache«, sagt Venus und lacht versöhnlich. Dann sieht sie Benito, einen Schluckauf bekämpfend, mit hängenden Schultern, die Füße um den Barhocker geschlungen wie ein Affe, ein trauriger einsamer Langarmgibbon mit einem kahlen Eierkopf und einem Hundegesicht. Er hat den Schlüssel, und er denkt, sie ist die Tür. Die Tür steigt vom Barhocker und umarmt den Schlüssel. Soll er sich alles von der Seele heulen.

»Im Ernst.« Benito denkt aber nicht ans Heulen, er kaut vielmehr an ihrem Ohrläppchen, der Schlüssel will rein ins Schloss, das ist die Natur des Schlüssels. »Ich finde dich sehr attraktiv und …« Benito lallt einige Schweinereien. Sie macht sich los. Eine Bierflasche fällt um und ergießt sich auf den Tresen, den Barhocker, den Boden. Die Barfrau ruft den Türsteher und zeigt auf beide.

Venus ist schon am Ausgang. »Glaub mir, ein Mönch,

der wird dich auch nicht glücklich machen«, ruft Benito. »Obwohl er einen Riesenschwanz haben soll. Hat mir Baula erzählt. Im Bett!« Er lacht dreckig.

»Arme Sau«, murmelt Venus. »Arme, arme Sau!« Sie murmelt es auf dem Heimweg, sie murmelt es noch, als sie schon im Hausflur ist. Sie murmelt es auf der Treppe, auf dem Flur, unter der Dusche. Mit offenen Augen liegt sie im Bett. Baula, der Stiefeltruthahn. Sie ist mit Arjuna verheiratet. Sie war mit Benito im Bett? Und mit …? Unmöglich. Verleumdung. Vergiftung. Besoffenes Gelalle.

Sie ist schon eingeschlafen, als sie draußen wieder Krach hört. Alien ist zurückgekommen.

»Was ist das für ein T-Shirt?«, hört sie durch die Tür Winter fragen, ungewohnt laut, deutlich, scharf.

»Was willst du? Ein T-Shirt halt«, sagt Alien.

»Ich will wissen, was das für ein T-Shirt ist, du Schwein«, schreit Winter. »Ich schlag dich tot, du Drecksau, das T-Shirt ist von der Schlampe, von der Ficknutte, bei der du warst, sie hat es dir gegeben, es riecht nach Nuttenparfüm, ich riech das doch, sie hat es dir gegeben, du hast sie gefickt, gefickt hast du sie.«

Er lacht. »Halt's Maul!«, sagt er. »Du bist hysterisch. Du solltest mal sehen, wie hässlich du bist, wenn du hysterisch bist … Hey, hey, hey … lass das … was soll das? Willst du mich schlagen? Willst *du mich* schlagen?«

10 Kriegsbemalung

Als der Wecker klingelt, fühlt sich Venus, als sei sie es gewesen, die geschlagen worden ist. Als hätte sie nur fünf Minuten geschlafen. Als hätte sie einen furchtbaren Fehler begangen. Sie stemmt sich hoch, klettert die dilettantisch zusammengezimmerte Treppe vom Hochbett herunter und macht sich auf den Weg ins Bad. Sie hat zugenommen, ist also nicht mehr dürr, sondern normal schlank. Auf ihrer weißen Gesichtshaut sprießen Sommersprossen, die Hände haben vom Spülen eine leicht rötliche Tönung bekommen, die Fingergelenke wirken kräftiger. Es kann sie nicht mehr jeder Windhauch, jede Kakerlake, jeder schmutzige Küchentopf umpusten. Wie wir finden, hat die Prinzessin ein, zwei Schritte auf das Aschenputtel zu gemacht.

Sie betritt den Regenbogensaal und erweist den Göttern ihre Ehre. Was für sie noch vor einigen Wochen undenkbar war, bereitet ihr nun nicht die geringste Mühe, niederzuknien und mit der Stirn den Boden zu berühren. Die Morgenzeremonien sind Venus mittlerweile fast schon vertraut. Routine ist eingezogen in ihr neues Leben. Wann immer sie verschläft, wird Toga sie schlüsselbundrasselnd, mit hartem Fingerknöchel klopfend, wecken. Sie weiß, an welchem Wochentag Maria Magdalena welche Kopftuchfarbe trägt, sie kennt den Gesichtsausdruck von Mau, wenn er »seine Tage« hat oder auf Diät ist oder dieselbe bricht. Sie weiß, dass Winter wie eine an die Wand gelehnte Leiche aussieht, wenn sie im Halbdunkeln einschläft, wenn ihr Kiefer herunterklappt und ein Spuckefaden aus ihrem Mundwinkel läuft. Nur das Geklapper von Bringfriedes Stricknadeln fehlt. Hat man sie in eine Zwangsjacke gesteckt, in eine Gummizelle? Bekommt sie Injektionen in den Oberschenkel, zwingt man ihr mit einer Schnabeltasse aufgelöste Tabletten in den Schlund?

Alle erheben sich. Rabbi Turteltaub singt. Venus kennt inzwischen die Gepflogenheiten, die Abfolge von knien, stehen, sitzen, zuhören, nachsprechen, vor- und nachsingen. Sie mag den Rabbi, der einmal wöchentlich hier gastiert, der weitgehend publikumslos, aber unverdrossen Vorträge über die Kabbala hält, obwohl im Moment nicht ein einziger Jude in der Tempelkirche zum Heiligen Franz lebt.

Sie weiß, an welchem Tag was passiert. Sie kennt die Sanskrittexte der populärsten Hindu-Lieder genauso wie die lateinischen Litaneien und die hebräischen Gesänge. Sie hat gelernt, wann wer Blumenblätter wohin streuen muss, wann sie sich wie oft mit gefalteten Händen um einen Gummibaum zu drehen hat, wann sie mit der Stirn aufs Parkett zu fallen hat und wann sie zwar die Schuhe anbehalten kann, aber ihr Haar bedecken muss. Sie macht das alles mit der traumwandlerischen Sicherheit einer Person, die hier aufgewachsen ist. Wie wir finden, gewinnt sie diesen Riten eine Grazie ab, die neu ist und obendrein überaus erfreulich anzuschauen – oder sollten wir uns selbst in die Venus verliebt haben?

Sie sucht den Raum ab nach Benito. Sie kann ihn nicht sehen. Er wird verschlafen haben, besoffen, wie der war, denkt sie. Sie kann sich eines leichten Ekelgefühls nicht erwehren, als sie sich Benitos Kauleisten an ihrem Ohrläppchen in Erinnerung zurückruft, sein besoffenes Gelalle, seine Obszönitäten, seinen Bierdunst. Vielleicht will er einfach nicht dabei sein, wenn unsere Verlobung bekannt gegeben wird, denkt sie. Venus kann es gar nicht fassen, als das Wort »Verlobung« in ihrem verschlafenen Bewusstsein ankommt, sie muss ihren Ring berühren, um sich von der Richtigkeit zu überzeugen, heute wird Bliss Swami ihre Verlobung bekannt geben.

Es ist morgens, fünf Minuten vor acht, als unser gefallener Mönch das Wort ergreift. Venus, die mit ihren vor Aufregung feuchten Händen Flecken aufs von Toga blank gewienerte Parkett des Regenbogensaals macht, sitzt da mit verkatertem gesenktem Kopf, ihm schräg gegenüber, auf der anderen Seite des Raumes. Sie hat nur zwei Stunden geschlafen. Sie hat sich dreimal die Zähne geputzt, geduscht, die Haare gewaschen, um auch nur jede Ahnung von Kneipendunst und Regelbruch abzuwaschen.

Das war mein Junggesellenabend, denkt sie. Jetzt ist es so weit. Jetzt ist es zu spät, denkt sie. Jetzt kann ich nicht mehr zurück. Jetzt werde ich bald raschelnde, bodenlange Röcke und Kopftücher tragen, werde Nichtraucher, Nichttrinker, Nonne, Wasimmer. Auch der Bliss Swami ist nervös. Und dann drängeln sich auch noch andere vor, die auch was bekannt zu geben oder zu fragen haben.

Kuki beklagt eine kaputte Klospülung. Mau will über die Arbeitsteilung in Vorbereitung eines Hindu-Festes sprechen, er erklärt, er sei nicht in der Stimmung, für dieses Fest Kuchen zu backen, und jetzt nimmt auch der

Letzte im Raum wahr, dass er seine Kriegsbemalung trägt. Zum Schluss regt Toga an, Bringfriede in der Nervenklinik zu besuchen. Als alle Stimmen verklingen, als Toga letztmals fragend in die Runde blickt, wobei er seinen Hals bewegt wie eine Schildkröte, räuspert sich Bliss Swami, und unsere Heldin ist umgehend der Ohnmacht nahe. Die im Regenbogensaal vorherrschende Unaufmerksamkeit löst sich umgehend auf, da der Swami selten das Wort verlangt.

»Ähm ... ich möchte euch allen Venus vorstellen«, sagt der Bliss Swami schließlich heiser. »Ähm ... die meisten von euch kennen sie ja schon.«

Alle starren Venus an, die den Kopf gesenkt hält. Alle wenden sich ihr zu im vollen Bewusstsein, einer extrem interessanten Nachricht entgegenzusehen. Und da ist sie auch schon, leicht verdruckst, dennoch wie Donnerhall:

»Ähm ... wir werden heiraten.«

Toga lässt ein erschrecktes Stößchen Luft, faltet die Hände, rollt die Augen nach oben weg und fängt halb laut an zu beten. Fast hat Venus Angst, er könnte lang hinschlagen und auslaufen wie ein rohes Ei. Ansonsten herrscht einen kurzen Moment lang Totenstille, niemand scheint zu atmen. Dann beginnt der Tumult.

»Ich hab's gewusst! Ich hab's gewusst!«, ruft Arjuna. Kuki kommt mit Klingelfüßen auf Venus zu, umarmt sie und legt ihr eine Rosengirlande um.

»Du wolltest ihn nicht, jetzt nehm' ich ihn«, flüstert Venus.

Kuki nimmt Venus' Gesicht in trockene aschig-dunkle Hände und küsst ihre Wangen. Mau trommelt, theatralisch jauchzend, einen Tusch auf den Bongos. Die Kriegsbemalung gibt Anlass dazu, dass die Aufrichtigkeit dieser Meinungsbekundung anzuzweifeln ist. Der Derwisch kichert und bewegt schaukelnd die Hüften vor und zurück, vor und zurück. Baula, der Stiefeltruthahn, springt auf, läuft auf knallenden nackten Hacken hinaus und knallt die Tür zu. Venus zögert einen Moment, steht dann auf und läuft Baula nach, von dem Bliss Swami mit einem sorgenvollen Blick verfolgt. Da läuft sie, meine Ehe, denkt er. Da läuft es, mein Glück. Nun ist alles aus.

Sie stellt Baula in dem kleinen Vorzimmer vor dem weißen dilettantisch gezimmerten Holzregal, wie sie mit scharfem Rrrratsch die Reißverschlüsse ihrer spitzen Stiefel schließt. Sie hebt den Kopf und sieht Venus an, mit ihrem verqueren Augenpegel, ein Auge nach oben, eines nach unten gerichtet. Ihre Gesichtsmuskulatur ist verspannt, sie atmet heftig durch die Nase ein wie jemand, dessen Mund geknebelt ist oder von teuflischen Mächten zugehalten wird. Die beiden Konkurrentinnen, deren Gegensatz nicht größer sein könnte, mustern sich beredt, von Kopf bis Fuß, Venus mit aller Geringschätzung, die sie aufbieten kann, Baula mit allem ihr zur Verfügung stehenden Niveau. Die Ausbeute ist eher bescheiden.

»Gibt es ein Problem?«, fragt Venus, die ihren Herzschlag hört.

»Ein Problem?«, höhnt Baula. »Und ob es ein Problem gibt! Dieser Mann, dein frommer Bräutigam, der ist gemeingefährlich!«

»Ach, ja? Bist du deswegen eifersüchtig? Kümmer dich doch um deinen eigenen Mann!«

Baula faucht, gedemütigt, da Venus Arjuna, diesen zottelköpfigen Voodoo-Tropf, als Argument ins Feld führt.

»Dein feiner Swami hat mich vergewaltigt. Vergewaltigt hat der mich. Gemeingefährlich ist er!«

Das ist ja ekelhaft, denkt Venus. Das ist ja ein Albtraum.

»Pah«, flüstert sie kalt, »mein Verlobter ist viel zu geschmackvoll, um dich Glöckner auch nur in Betracht zu ziehen.«

»Bitch!«

»Schlampe!«

»Steakmessermodel!«

Für eine Schrecksekunde erstarrt unsere Venus. Baula nutzt dies, um ihr den Zeigefinger in die Stirn zu bohren, ihr scharfer roter Plastik-Fingernagel schneidet wie eine Laubsäge in die Haut. Venus stemmt sich gegen den Druck, wird aber wie eine Feder nach hinten gebogen und muss unverhofft in den Ausfallschritt. Der Worte sind genug gewechselt. Mit einer Armbewegung befreit sie sich von Baulas Finger und platziert zu ihrem eigenen Schreck eine Ohrfeige im unausgeglichenen Gesicht der Herausforderin. Es klatscht gewaltig. Baula brüllt wie eine Löwin. Sie holt mit der Faust aus und zielt auf Venus' Gesicht. Diese zieht den Kopf ein. Die Faust landet in der Luft und Baula wird um die eigene Achse geschleudert. Eine Gelegenheit, die Venus nutzt, um Baula in den Hintern zu treten. Baulas Rocknaht platzt wie eine Wurstpelle aus Kunstdarm. Die fauchende Riesin rafft sich auf und rennt Venus um. Sie packt sie mit beiden Händen an der Kehle und würgt sie. Die Mohnblumen sind längst wieder am Hals unserer Heldin gewachsen, sie wachsen ungesehen unter den Händen von Baula. Das Körpergewicht der Gegnerin macht Venus kurzatmig. Es gelingt ihr, eine der würgenden Hände zu lösen und hineinzubeißen.

Toga, der in der Tür steht, fühlt sich für den Bruchteil einer Sekunde an seine ehemalige Lieblingsserie erinnert, den *Denver-Clan*, an eine der Schlammschlachten von Krystle und Alexis Carrington. Es waren genau diese Catfights, die er mit in seine feuchten Träume nahm, damals, als er noch in der Dunkelheit lebte. Es war abwechselnd die blonde blauäugige Krystle mit den breiten Schultern und dem unschuldig bebenden Busen oder die dunkle und grundböse Alexis gewesen, die ihn anzog und zur Vorlage seiner Phantasien wurde, zuweilen waren es beide gleichzeitig. Er schüttelt die Erinnerung ab wie einen tollen Floh, trennt scheinbar mühelos, kraft seiner Autorität als Tempelpräsident und oberster Glücklicher Sklave, die balgenden Weiber, erschlägt eine Kakerlake, springt in den Liegestütz und hebt eine Wollmaus auf, alles in einer Bewegung.

Das Frühstück verläuft in angespannter Atmosphäre.

»Sie hat ernsthafte psychische Probleme«, sagt Bliss Swami, während ihm Pampelmusensaft vom Kinn tropft. Venus, die eine seltsam vertraute Befriedigung in den Nachwehen des Kampfes verspürt, sucht nach Anzeichen von Schuld unter den Schilfbrauen ihres mehr fressenden als essenden Verlobten. Und der Stiefeltruthahn? Plustert er sich bereits im nächstbesten Polizeirevier auf?

Allgemeine Gereiztheit liegt in der Luft. Toga, der Baula aus dem Haus expediert hat, robbt schrubbend durchs Goldbrokatzimmer. Er hat Venus, da sie keine sichtbaren Blessuren davongetragen hat, gebeten, am Vormittag Gästezimmer zu putzen und herzurichten. Sie macht sich gleich nach dem Frühstück an die Arbeit, hält sich exakt an seine Anweisungen, leert die Papierkörbe, fegt und wischt die Zimmer aus, der innere Nachhall der gewaltsamen Auseinandersetzung kommt ihr dabei zugute. Das abgezogene Laken, das sie um ihr Handgelenk wickelt, ist Baulas Haarschopf. Der Lappen, den sie auswringt, ist Baulas Hals. Die Kakerlake, die sie zu Brei zertritt, ist Baula selbst.

Bliss Swami entkommt ihr über der Putzerei. Er hat sich davongestohlen. Oder er musste weg. Natürlich wird sie ihn bei nächster Gelegenheit dazu befragen. Obwohl es vollkommen unhaltbar ist, was der Stiefeltruthahn erzählt hat. Undenkbar. An den Haaren herbeigezogen. Sie wickelt das Laken fester um ihr Handgelenk. Verleumdungen. Lügen. Schmutz. Vermutlich hat er Baula verschmäht, abgewiesen und damit ihre Rachsucht erweckt.

Ihre Aufgeregtheit will sich nicht legen. Toga, der mittags ihre Arbeit prüft, bringt sie erst richtig in Rage. Er hat diese ärgerliche Art, hektisch umherzulaufen, hier ein Kissen ein Stück nach links zu schieben, hier den Papierkorb einen Millimeter nach rechts, hier über den Nachttisch zu wischen und prüfend seine Handfläche zu betrachten, dort die Vorhänge auf- und zuzuziehen, als hätte sie geschludert. Sie kann ihn nicht leiden.

Nachmittags muss Bliss Swami aus dem Mönchstrakt ausziehen. Er muss seine Kutte abgeben. Er ist gefallen, unrein geworden, er ist kein Mönch mehr, er ist ein Kotzefresser, hat es nicht geschafft, hat sich von einer Frau um den Finger wickeln lassen. Das spricht natürlich keiner aus. Aber es steht unweigerlich in der Luft. Venus beschließt, das Thema Baula samt Detailfragen vorerst zu umgehen. Er hat es schwer genug. Abends gehen sie spazieren, züchtig nebeneinander, ohne Berührung. Venus fühlt sich wie eine Verlobte im 19. Jahrhundert.

Wie der Bliss Swami sich fühlt, wissen wir nicht. Jedenfalls will er keine Umarmung, keinen Kuss.

Zurück im Goldbrokatzimmer, beklagt sich Venus bei Mau. »Ich bin im Begriff, einen Heiligen zu heiraten.«

Mau sagt nichts. Er steht mit dem Rücken zu ihr. Sie kann sein Gesicht nicht sehen. Sie sieht nur seine mächtigen Schultern, seine schweren samtbraunen Oberarme im ärmellosen Shirt. Die Haare hat er zu einem straffen schwarzen Dutt gebunden. Er sieht aus wie ein Sumo-Ringer. Sein breiter Rücken wackelt. Als sie um ihn herumgeht, sieht sie, dass er lacht.

»Was ist so lustig daran?«, fragt sie.

»Entschuldige«, japst er, »entschuldige, aber ich fürchte, hier liegt ein Irrtum vor.«

Sie hört ihn, aber sie versteht ihn nicht. Die Liebe hat ihre Ohren verstöpselt.

»Wie meinst du das? Der Bliss Swami ist ein Mönch. Wir werden eine enthaltsame Ehe führen, so wie Toga und Maria Magdalena.«

Mau kann kaum noch an sich halten. »Girl, ich finde, jemand sollte dir die Augen öffnen, bevor du unseren heiligen Mönch heiratest.«

»Wieso? Was ist los?«

Er hält sich den prustenden Mund zu. In letzter Zeit fühlt er sich von höherer Stelle zur Verschwiegenheit berufen. Ein Los, das selbst für seine breiten Schultern zu schwer ist. Er ziert sich ein wenig, der Form halber.

»Ich finde nicht, dass ich dieser Jemand sein sollte.«

Nach der guten und erlösenden Erfahrung der Prügelei mit Baula hat Venus den Hang zur Körperlichkeit. Sie greift nach Maus Shirt und zerrt an dessen Stoff. Das scheint ihre neue Hauptbeschäftigung zu sein, sie verteidigt ihren zukünftigen Mann. Der Bliss Swami ist eine durch und durch respektable Persönlichkeit, ein Mönch, ein Weiser, ein Yogi, ein Heiliger, denkt unsere Venus, es kann nicht stimmen, was die Lästerzungen über ihn sagen.

»Hör mal zu, du blöde Tucke. Du sagst mir sofort, was Sache ist.«

Toga betritt den Raum. »Ich denke nicht, dass euer Tonfall der geeignete ist für einen heiligen Ort wie diesen«, säuselt er. »Ebenso die Lautstärke.«

Venus stürzt hinaus. Die Schonzeit ist vorüber. Sie findet den Bliss Swami in seinem neuen Zimmer im dritten Stock, er richtet sich ein mit langsamen, bedächtigen, in sich ruhenden Bewegungen. Es dauert lange, bis er seine spärliche Habe verteilt hat: ein kleiner Stapel Kleidung, ein schmaler abgewirtschafteter Futon, die Vedischen Schriften in Gestalt dicker und zerlesener Wälzer mit unzähligen Buchzeichen und Vermerken. Er scheint nicht erstaunt zu sein, dass sie mit ihm sprechen will. Er ist in Zivil, ein Anblick, der immer noch gemischte Gefühle in ihr auslöst. Er hat einen Teil seiner mönchischen Würde verloren, aber er ist nun auch besser zu erreichen. Er trägt die am East River gefundenen Elefantenjeans, der Kuttenstrick fungiert als Gürtel, und ein verschlissenes T-Shirt mit Fleckrändern von gelber Hindupampe auf dem Bauch.

»Ich muss dich sprechen«, sagt sie, »allein.«

Er nickt. Er wischt sich die Hände an der Hose ab, als seien sie feucht oder schmutzig. Die Stunde der Wahrheit ist gekommen. Seine Arme baumeln fast noch hilfloser, bis er auf die Idee kommt, die Hände in die Hosentaschen zu stopfen. Sie laufen zum Tompkins Square Park. Sie will es langsam angehen.

»Hast du … immer im Zölibat gelebt?«

Er schmunzelt. »Nein. Ich habe als Mönch … gewisse Rückschläge erlebt.«

Ihr wird übel. »Was für Rückschläge?«

»Rückschläge«, wiederholt Bliss Swami gemütvoll-heiter. »Ich sollte als Mönch vollkommen ohne Anhaftung sein. Aber ich bin es nicht. Ich spüre manchmal Lust. Jede Frau kann Phantasien erzeugen. Es gibt nur eine Frau, aber sie hat unterschiedliche Gesichter.«

»Danke, dass du mir das Gefühl gibst, jemand Besonderes zu sein!«

Sie schweigen. Er versucht, ihre Hand zu nehmen, aber sie verschränkt die Arme. Es kommt ihr so vor, als bestrafe sie sich selbst.

Sie wird ihn fragen, gleich wird sie ihn fragen. Stattdessen aber hört sie sich rufen: »Warum umarmst du mich nicht endlich? Warum willst du mich nicht umarmen?«

Er sieht sie an. »Aber ich will dich doch umarmen«, sagt er, »ich will dich doch umarmen.«

Romeo umarmt Julia, zum ersten Mal, genau genommen zum zweiten Mal, aber zum ersten Mal freiwillig und – wirklich. Er umschlingt sie mit seinen riesigen weichen Armen, er beugt sich herab und schmiegt seinen stoppeligen bärtigen Schädel an ihr Gesicht, seinen stattlichen Bauch an ihre Brust, hüllt sie mit seiner mächtigen Gestalt ganz und gar ein, bittet sie mit jeder seiner Fasern um Vergebung, sodass sie bewegt und den Tränen nahe ist. Endlich spürt sie sein herrisches Kinn in ihrer Halsbeuge, kann sie die Hand auf seinen warmen knarzigen Schädel legen, in dem all diese wunderlichen Dinge vor sich gehen. Seine weichen graublonden Haarstoppeln. Die Wärme seiner Haut. Der Hauch seines Atems.

»Wir sind nur Menschen«, flüstert der Bliss Swami. »Wir haben die Tendenz, in Illusion zu verfallen.«

Sie hat ganz und gar nichts dagegen, in Illusion zu verfallen. Und sie möchte diesen Moment nicht kaputtmachen. Um nichts in der Welt. Aber sie muss. Sie stemmt sich von ihm weg, löst sich aus der Umarmung.

»Gibt es Dinge, die ich wissen sollte, bevor ich dich heirate?«

Sie setzen sich auf eine Bank. Der Bliss Swami nimmt ihre Hand in seine großen, weichen. Er sieht traurig aus. In Sichtweite, auf der Straße, läuft windschief Scheich Ramzi vorbei und spielt auf einer Flöte. Die Flötenmelodie bahnt dünn und fern und vergeblich ihren Weg durch den New Yorker Straßenlärm quer durch den Park zu unserem seltsamen Paar auf der Bank. Der Bliss Swami, der symbolische Kotzefresser, fixiert nachdenklich Scheich Ramzi, den tatsächlichen Kotzefresser.

»Ich wollte immer Mönch sein«, sagt er, »aber ich bin schwach.«

»Was meinst du?«

»Das Keuschheitsgelübde. Ich habe es gebrochen.«

»Wann?«

»Oft.«

»Oft? Mit wem?«

»Mit Frauen aus der Community. Mit weiblichen Gästen. Mit Prostituierten.«

»Allah sein groß«, kräht Scheich Ramzi, der sich hinkend nähert. Er sieht die beiden nicht, nicht den Orangen Riesen, nicht das Albinohuhn, und läuft vorbei. Sie sind leicht zu übersehen, zwei Häufchen Unglück, in sich zusammengekauert, wie müde Touristen, die verschnaufen müssen. Niemand würde dieses Paar für frisch verlobt halten. Sie tastet nach ihrem Ring. Er sitzt locker. So was, gestern war er noch zu eng, denkt sie. Eben konnte sie gar nicht nah genug bei ihrem Verlobten sein. Nun wünscht sie sich größtmögliche körperliche Distanz. Die Bank ist entschieden zu klein. Sie rutscht weg, so weit, bis ihr halber Hintern in der Luft hängt.

»Jemand, den ich kenne?«, hört sie sich fragen, obwohl sie es ja weiß. Sie weiß es ja.

»Baula.«

Venus tut uns Leid. Immerhin können wir unsere Mitschuld an ihrer Lage nicht bestreiten. Die Chance der Neugeburt bietet sich nicht vielen. Und dann gleich wieder verwundet. Nebenan prügeln sich zwei Obdachlose. Ein Polizeiwagen kommt. Die Raufbolde werden abgeführt.

»Geh weg!«, das ist alles, was sie sagen kann.

Der Swami nickt, sie hasst ihn für sein Verständnis, sie hasst ihn, sie hasst ihn. Er steht auf und geht, von ihrem Hass begleitet, der Zeigefinger sticht wie ein Dorn aus dem Gebetssack heraus.

Sie hasst ihn! Oh, wie sie ihn hasst! Den Heiligen hat er ihr vorgespielt. In Wirklichkeit sticht sein Schwanz aus seinem Mönchsgewand heraus wie sein Zeigefinger aus dem Gebetssack. Sie geht zurück. Wir würden fast sagen: Sie marschiert.

Unsere Venus hat die Tempelkirche erreicht in einer Verfassung, die jeden Mord entschuldigen würde. Doch als sie die Treppe hochläuft, nimmt ihre Wut ab, Stufe für Stufe, und wird von Ratlosigkeit abgelöst. Sie betritt das Kirchendach und setzt sich neben Sun Baba, vor dem ein großer Topf voller Kartoffeln steht, ein Messer liegt daneben. Der Kampf mit Baula, die Wut auf den Swami, alles fühlte sich besser an als die Leere im Kopf, die sich nun langsam wieder ihrer bemächtigt, so wie auf die Flut unweigerlich die Ebbe folgt. Sie betrachtet den Alten, der weder Kartoffeln noch Messer noch sie wahrzunehmen scheint. Er scheint ganz versessen zu sein auf Leere im Kopf, auf Ereignislosigkeit, auf Einsamkeit. Ihr Blick gleitet an seiner verhärmten, von verfilzten Haaren bedeckten, sonnenverbrannten Gestalt hinunter. Sie unterdrückt einen Aufschrei. Der schmutzige Lendenschurz klappt einen Spaltbreit auf. Quer durch seinen schrumpeligen alten Penis ist ein Pflock gestoßen. Sie starrt auf das gepfählte Geschlechtsteil. Durch Bliss Swamis Schwanz gehört auch ein Pflock, armdick, mit einem Schloss davor, ein Keuschheitsgürtel. Oder gleich ab mit dem Ding.

»Hat… das Toga gebracht?«, fragt sie und zeigt auf den Kartoffeltopf, als müsse sie sich selbst lautstark ablenken. »Sollst… du Kartoffeln schälen?« Er antwortet nicht. Sie nimmt das Messer und schält die Kartoffeln. Das Kartoffelschälen, das ihr am Anfang gar nicht gelingen wollte, hat sie unter Arjunas Fuchtel gelernt. Ganz dünn hebt sie mit der Messerschneide die rotbraune Oberfläche der Knolle ab, spiralförmig, alles in einem Stück. Schale um Schale ringelt sich auf der sonnenheißen Dachpappe, bis der Berg abgetragen, die Arbeit erledigt ist.

Bevor sie das Dach verlässt, greift sie kurz entschlossen den kaputten Walkman und die Wegwerffeuerzeuge und setzt dem alten Mann ihre Sonnenbrille auf. Er rührt sich nicht, er lässt sie gewähren. Er mag sich wundern, wenn er überhaupt zum Wundern imstande ist, er mag sich wundern, dass der helle Sonnenball plötzlich um zwei Schattierungen dunkler brennt, aber vermutlich nicht mal das. Sie steht noch eine Weile da und sieht hinunter auf das ameisengleiche Treiben Manhattans. Der Ring. Er stört. Sie zerrt ihn vom Finger, sieht ihn lange an, wirft ihn runter, runter vom Dach, wartet gar nicht, bis er auftrifft. Dann rennt sie los, einfach raus, einfach weg.

Der neonhelle New Yorker Abend umfängt sie sanft, fast zärtlich. Es regnet warme große Tropfen. Regenschirme rangeln miteinander auf der Straße. So viele Menschen unterwegs, die alle wissen, wo sie herkommen, wo sie hingehen, wie sie heißen, denkt Venus. So viele Menschen, die lügen und betrügen, Gott, ihre Frauen, ihre Männer, ihre Freunde, ihre Kunden. So viele Menschen, die sich heute besaufen werden oder weinen oder irgendjemanden mit nach Hause nehmen, weil sie einsam sind. Niemand weiß, was sie unter ihrer Kleidung tragen, ob sie Ringe in den Brustwarzen haben oder einen Pflock im Schwanz. Niemand kann sehen, ob sie eine Mordanklage am Hals haben oder todkrank sind oder böse. Niemand außer uns.

Venus nimmt die Mütze ab. Die Tropfen platzen mit kleinen schmerzlosen Trommelgeräuschen auf ihrem weißblonden Haar, auf ihrem wohlgeformten kleinen Schädel, ihrer glatten hellen Stirn. Wie eine nasse Katze sieht sie aus mit ihren flaschengrünen Augen, die überdacht sind von dichten weißen Wimpern. Leicht fauliger Geruch steigt von der Straße auf, der Regen spült den Sommertag von der Houston Street. Sie atmet tief ein. Sie steckt die Hände in die Hosentaschen und findet dort eine Zigarette. Die Zigarette ist nass. Sie betritt einen Grocery Store. Er kommt ihr innen unsinnig bunt vor.

Tropfend läuft sie an den Regalen entlang und bleibt vor den Chemikalien stehen. »Roach Motel«, steht auf einer kleinen Dose. »Sie checken ein, aber sie checken nie aus.«

Sie denkt an Benito, muss lächeln, läuft weiter, Meter um Meter an Dressings vorbei, Chunky Blue Cheese Dip, Honey Mustard Dip, Honey French Dip, Miso Dressing, Karashi Dressing, Thousand Island Dressing, Creamy Ranch Dressing, Creamy Italian Garlic Dressing, Minced Garlic Dressing. Meter für Meter verändert sich ihre Stimmung, mäandert über Müdigkeit, Lebensmüdigkeit, Melancholie, Schwermut, Zorn, Wut. Sie ist plötzlich wütend über die unsinnige Fülle an Stimmungen, diese unsinnige Fülle an Dressings, die keine Sau braucht, keine Sau. Deswegen rennen alle in die Tempelkirche, denkt Venus, sie verstecken sich, sie verschanzen sich vor der Invasion der Dressings, der Dips, vor der totalen Verdippung. Vielleicht ist sie ja verrückt? Vielleicht gehört sie in die Insektenfalle? Oder ins Bellevue, in die Gummizelle, gleich neben die vom Strickliesl? Das Bunte dreht sich vor ihren Augen. Sie hätte gern Heimweh.

»Hast du was gesagt?«, fragt der Verkäufer, ein kleiner dicker Mexikaner.

Sie sieht ihn irritiert an. »Ich hätte gern … Streichhölzer.«

Als er ihr ein Mäppchen Streichhölzer über den Ladentisch schiebt, stürzt ein maskierter Mann herein und schreit, er wolle Geld, der Verkäufer hebt die Arme, geht rückwärts, bückt sich blitzschnell und schießt den Einbrecher über den Haufen. Der fällt auf den Rücken, Blut sprudelt aus seinem Bauch, er hat weder eine Waffe noch sieht Venus ein Verbrechergesicht, als sie ihm die

Maske abzieht. Er ist ein junger Bursche, mit trotzigem Mund und einem T-Shirt, auf dem »Don't waste, my time« steht. Er hat es getan, weil er arm war, weil er cool sein wollte, weil er Liebeskummer hatte, weil er einen Film gesehen hat, wo das einer macht, und jetzt, nur ein paar Augenblicke später, ist er tot.

»Notwehr«, sagt der Verkäufer und tippt 911 ins Telefon. »Du kannst das ja bezeugen.« Sie dreht sich um und läuft weg, läuft weiter durch den Regen ins Unbekannte, Hauptsache, weg.

»Hey, Nixe«, ruft jemand durchs runtergelassene Autofenster, »Zeit für'n Kaffee?« Sie bleibt stehen. Sie ist vollkommen durchnässt und ganz klamm. Und obwohl die Luft brütend heiß ist, ist ihr kalt. Sie steigt ein.

»Du bist wohl keine Amerikanerin«, sagt der Mann hinterm Steuer. »Eine Amerikanerin wäre niemals eingestiegen.«

»Ich bin Polin«, sagt sie und wischt sich ihr Gesicht am Ärmel ihres Jogginganzugs trocken.

»Das geht für mich in Ordnung«, sagt er und lacht.

»Und du?«, fragt sie.

»Brooklyn«, antwortet er, »ich komm aus Brooklyn.« Ein Straßenlicht beleuchtet sein großflächiges Gesicht, die dunkelrote Hornbrille, vor allem die Stirnglatze. »Ich heiße Joseph«, sagt er, »ich bin im Begriff, die Welt zu retten.«

»Du könntest eventuell mich retten anschließend«, sagt Venus.

Er mustert sie unschlüssig. »Ich wünschte, das wäre eine sexuelle Anspielung«, sagt er.

»Ich auch«, sagt sie, »aber leider. Da muss ich passen. Ich bin nämlich Nonne. Und außerdem verlobt.«

Er parkt rasant in zweiter Reihe.

»So, so, eine verlobte polnische Nonne, interessant.«

Er führt sie in ein Lokal, das einen doppelten Glasfußboden hat, in welchem sich zerbrochene grüne Bierflaschen befinden, und lädt sie zu diversen Drinks mit komplizierten Namen ein, die sie folgsam nacheinander leert, bis sie Josephs großen Kopf dreimal sieht.

»Wenn du dein eigenes Todesdatum wissen könntest, würdest du es wissen wollen?«, fragt sie. »Nehmen wir an, ich geb dir jetzt einen Briefumschlag und da steht das drin. Würdest du ihn öffnen?«

Joseph fixiert sie, den großen Kopf aufgestützt, mit glasigen Augen.

»Hast du die Frage verstanden?«

Er nickt langsam. »Ja, es ist nur, ich brauche den Umschlag nicht zu öffnen, weil ich mein eigenes Todesdatum selbst rausfinden kann, wenn ich will.«

»Ach, wann wäre das denn? Wann wirst du sterben?«

Er schließt die Augen für einige Sekunden, grinst dünnlippig und sagt: »Morgen. Wirst du dann heute mit mir schlafen, wenn ich morgen tot bin? Ausnahmsweise.«

Sie schüttelt den Kopf. »Wie gesagt. Nonne«, lallt sie.

»Und verlobt«, lallt er.

Sie prosten sich zu, Joseph packt Zigaretten auf den Tisch, sie rauchen und trinken und später, im Auto, baut er einen Joint. Sie rauchen schweigend. So schlecht sieht er eigentlich nicht aus, denkt unsere Venus und lässt ihren Blick wohlwollend auf Josephs drei großen Köpfen ruhen. Und warum eigentlich nicht mit ihm schlafen? Sie stellt sich vor, wie sehr das den Bliss Swami kränken würde. Oder würde er Gott dafür danken?

»Dann gehen wir eben jetzt tanzen«, ruft Joseph. Das andere Thema scheint ohnehin vom Tisch. Sie fahren nach Midtown, in eine Diskothek, die Musik aus den

Achtzigern spielt. The Cure, Roxy Music, Alphaville, Boy George, sie kennt jedes Lied, sie kennt alle Texte. Sie hat ihr ganzes Leben vergessen, aber diesen Mist, den weiß sie noch. Sie tanzt, unsere voll trunkene Venus, sie tanzt allein, sie tanzt wild, sie strauchelt, fällt um, landet mit dem Hintern auf dem Tanzboden, steht schwankend wieder auf.

Joseph, der ja schließlich den Eintritt bezahlt hat, gockelt nun um sie herum, schiebt sich immer näher heran, versucht, sie anzutanzen, zu drehen und zu umarmen, das alles will sie nicht, das wehrt sie ab.

Es ist morgens um zwei, als sie zurückfahren Richtung East Village. Slalom. Joseph raucht noch einen Joint, auf der anderen Straßenseite stehen die Cops.

»Scheiße, steck mal ein«, sagt Joseph und gibt ihr etwas in Papier Eingewickeltes. Er wirft den Joint aus dem Fenster. Venus ist schwindelig und schlecht. Hinter ihr trötet das Martinshorn, sieht sie den Polizeiwagen heranziehen. Da plötzlich fühlt sie seine Hand in ihrem Schoß, sich derb in ihren Hosenbund wühlen wollend. Sie schiebt Josephs Hand weg, doch die kommt wieder und wieder. Er lässt das Lenkrad los und nimmt die andere Hand zu Hilfe, sie wehrt sich, beißt, drückt sein Gesicht weg, das sich ihr nähert, schafft es sogar vermittels katzenhafter Biegsamkeit, die uns entzückt, ihn zu treten. Er schlägt sie. Eine rote Ampel überfährt er, an der nächsten hält er kurz an. Sie reißt sich los und springt aus dem Auto. Sie rennt weg. Als sie vor »Kentucky Fried Chicken« steht, hört sie ein furchtbares Krachen. Josephs Auto ist gegen einen Laternenmast geknallt. Tumult entsteht, Menschen scharen sich um die Unfallstelle, der Polizeiwagen jauchzt ein letztes Mal auf und hält, Türen klappen.

Venus betritt »Kentucky Fried Chicken«, setzt sich an einen Tisch und versucht, sich zu beruhigen. Sie ist schlagartig nüchtern. Josephs Ohrfeige brennt noch auf ihrer Wange. Joint, Tanz, Kampf und Unfall haben ihr Adrenalin geflutet. Sie zwingt sich, tief und langsam zu atmen. Es rauscht in ihren Ohren. Ist Josephs Prophezeiung eingetroffen? Ist es Zufall, Schicksal, Gottesstrafe? Wäre sie jetzt auch tot, wenn sie im Auto geblieben wäre? Würde Joseph noch leben, wenn sie sich hätte begrabschen lassen? Sie ist in weitere Todesfälle verwickelt. Zwei Tote in einer Nacht, eine grausige Bilanz.

»Unsere Tische sind nur für Kunden.« Venus sieht auf. Ein mürrischer dunkelhaariger Junge mit eintätowierten Koteletten steht vor ihr. Er hält in der Hand ein Tablett mit halb aufgegessenen Burgern.

»Aber ich bin ja ein Kunde«, sagt sie, nicht bereit, sich fortjagen zu lassen. Sie schließt die Fäuste unterm Tisch. Auf seinem Schild steht: »Freundlichkeit hat einen Namen: Charlie«.

»Wo ist denn dann die Bestellung?«, sagt er.

»Ich hab mich noch nicht entschieden … Charlie.«

Sie zwinkert ihm zu. Er zögert einen Moment, sieht sich um und stellt ihr dann einen alten Teller mit einem halben Burger hin.

Dann sagt er laut: »Kann ich das abräumen?«

Sie braucht einen Moment, bis sie verstanden hat. Ihre linke Wange brennt. Sie tastet. Sie ist geschwollen und gefühllos.

»Nein«, sagt sie. »Ich bin noch nicht fertig.«

Sie zischt ihm ein »Danke« zu. Aber Charlie hat schon wieder das mürrische Gesicht und geht weiter. Da sie nun offiziell eine Kundin ist, sitzt sie noch eine Stunde und beobachtet die Penner und Besoffenen auf der Straße. Sie sieht, wie der Rettungswagen die Unfallstelle verlässt. Sie sieht, wie das völlig verbeulte Auto wegtransportiert wird.

Zehn Minuten später tritt sie auf die Straße und orientiert sich. Es ist fast taghell, obwohl mitten in der Nacht. Vorhin im Auto glaubte sie einen Vollmond gesehen zu haben, aber jetzt ist er weg. Sie läuft die Second Avenue herunter, an Josephs auf die Straße gemalten Körperumrissen vorbei, an seinen Blutflecken vorbei.

»Hey Pumpkin!«, ruft jemand. Sie hört einen parkenden Lieferwagen. Ein Schwarzer mit Dreadlocks springt heraus. »Soll ich dich mitnehmen?« Er hält ein Bündel Zeitungen in der Hand und wirft sie vor einen noch geschlossenen Grocery Store.

»Nein«, sie schüttelt den Kopf. »Lieber nicht. Ich bringe Unglück.«

»Ich bin nicht abergläubisch«, ruft der Zeitungsmann, wirft einen zweiten Stapel auf den ersten, macht eine einladende Bewegung gen Auto und steigt ein, als sie nicht mitkommt. Der Lieferwagen hupt noch mal und fährt einen Block weiter, zum nächsten Geschäft.

Wird Bliss Swami Gott danken, wenn er merkt, dass sie weg ist? Wird er traurig sein oder erleichtert? Wird er an sie denken? Sie suchen? Sie vermissen?

Sie bleibt mit dem Fuß hängen, strauchelt und fällt über etwas Weiches.

»Hey, Schwester, kleiner Ritt gefällig?«, sagt das Weiche. Sie liegt auf einem Obdachlosen. »Sorry«, sagt sie und klingt wie Winter. »Tut mir Leid.«

Der Mann hat einen roten Bart und rote Augen. Er sieht sie misstrauisch an. Dann stellt er sich vor: »Peter Jr.«. Peter Jr. trägt einen zerschlissenen Hut und einen noch zerschlisseneren lila Samtmantel. Sie kennt ihn. Er holt sich manchmal im Park eine Suppe von ihr.

»Haste was zu rauchen?«, fragt er. Venus tastet in ihre Hosentasche und findet Josephs Päckchen. Sie wirft es Peter Jr. hin. Der stinkt entsetzlich. Er erkennt sie nicht. Er kriegt ja nicht mal richtig seine Augen auf. Sie sind ganz verklebt.

»Und haste was zu saufen?«

»Nee.«

»Und haste mal 'n Dollar?«

Sie dreht die Taschen ihrer ehemals weißen Hose nach außen und zuckt mit den Schultern. Dann beugt sie sich zu ihm runter, küsst ihn auf den Mund und sagt: »God bless you.«

»Ach, du bist das«, brummt er nur.

Venus sieht sich um. Sie kennt die Gegend.

»Hey, aber ich weiß, wo du baden kannst und frühstücken.«

Er sieht sie unentschlossen an. Seine Füße sind nackt und verkrustet vor Dreck. Die Nägel sind verhornt und eingewachsen. Der große Zeh ist geschwollen, beulig und entzündet. Venus denkt an den Pflock, der durch Sun Babas Glied gestoßen wurde. Sie denkt an Baula und Bliss Swami, ineinander verkrallt, schwitzend, fickend.

»Ist das weit?«, fragt der Penner.

»So vier Blocks.«

Peter Jr. steht ächzend auf und packt seine Sachen zusammen. Eine alte Plastiktüte, zum Bersten voll mit Lumpen, ein Henkel abgerissen. Einen kaputten Regenschirm. Eine Decke. Er humpelt. Beim Laufen sieht er auf den Boden.

»Da«, sagt er und zeigt genau vor sie. »'n Penny. Heb mal auf und gib ihn mir.«

Sie hebt den Penny auf und gibt ihn ihm. Er spuckt dreimal drauf, steckt ihn ein und hat plötzlich das Gefühl, dass der Penny die Lösung für alle seine Probleme ist.

»Da«, ruft er, als sie schon fast da sind, »noch 'n Penny!«

Sie bückt sich, um den Penny aufzuheben. Da sieht sie, genau daneben, im Staub des Straßenpflasters, etwas Silbriges, Glänzendes. Sie streckt die spillerigen Klavierfinger danach aus, erkennt es, schließt die Faust, öffnet sie wieder. Es ist ihr Verlobungsring. Sie küsst ihre Faust.

Warum hat sie ihn weggeworfen? Warum war sie so traurig, so enttäuscht? Alles ist vor ihrer Zeit geschehen. Deshalb hat sie ihn wiedergefunden. Sie sollte erleichtert sein, dass der Swami nicht der Heilige ist, für den sie ihn hielt. Als die Tempelkirche in Sichtweite ist, beschleunigt sich ihr Herzschlag. Es wird Tag. Der Bliss Swami macht sich sicher schon für die Morgenzeremonie fertig. Vielleicht steht er bereits unter der Dusche. Ob er seine Kutte wieder trägt? Ob er sich als entlobt empfindet, nachdem sie ihn weggeschickt hat?

Sie bringt den Penner in eins der Badezimmer und lässt ihm Wasser ein. Die Bahnhofsuhr im Goldbrokatzimmer zeigt 4.45 Uhr. Von weitem hört sie einen Schlüssel klirren. Toga. Das Schlüsselbund ist seine Krone, sein Zepter, sein Speer. Wie Mutter Oberin kündigt er seine Ankunft an, gleichzeitig Warnung und Einschüchterung. Schon steht er vor ihr und erfasst die Lage mit kurzem flackerndem Blick, den Stoßseufzer bereits in der Kehle, die Wut bereits in den Gefäßen, aber noch zu schläfrig für cholerische Ausbrüche.

»Venus, kann ich dich sprechen?«

Er geht mit ihr auf den Flur, so schneidig, dass er einige Sekunden warten muss, bis sie nachkommt.

»Du kannst hier keine Penner mit reinbringen. Ich habe das auch schon mehrfach Kuki gesagt.«

»Ich denke, das ist ein Zufluchtsort für verlorene Seelen?«

»Ja, aber was sollen die Gäste sagen, die sich hier Flöhe und Läuse holen?«

Reste von Alkohol und Marihuana machen Venus übermütig: »Sie sollten Gott dafür danken.« Doch Togas Gesicht versteinert, die Augen quellen heraus. Da packt sie den Diener des Dieners am Gutmenschentum.

»Ich wollte ihm nur Prasadam geben.«

Anderen Menschen geweihtes Essen zu geben gilt unter den Glücklichen Sklaven Gottes als vorbildliche Tat. Man kann damit himmlische Verdienste erwerben und schlechtes Karma abtragen, einen Mord zum Beispiel. Man kann eine Stufe weiterkommen auf der spirituellen Leiter. Toga selbst verteilt Prasadam, wo immer er geht und steht, ja, er isst selbst tapfer Unmengen davon, obwohl es ihm nach jeder Mahlzeit fast die Därme zerfetzt, innere Spiritualisierung ist nun mal kein Wunschkonzert. Aber muss es gleich ein Penner sein, der gefüttert wird? Und gebadet? Im eigenen Haus?

»Gut«, sagt schließlich Toga, in einem Tonfall, der dies alles andere als gutheißt. Die Frau ist das Tor zur Hölle, nichts anderes hat er von Anfang an gesagt. Diese jedenfalls, sie bringt nichts als Ärger, verdreht seinem guten Freund, dem Bliss Swami, den Kopf, schleppt Krätze ins Haus und hat obendrein eine Fahne.

»Bitte putze nachher das Bad und bringe ihn mit zur Morgenzeremonie.«

»Hast du was Frisches zum Anziehen für ihn?«

Toga seufzt, macht eine fast militärische Drehung, öffnet den Schrank und zerrt ungehalten einen grünen

Wäschesack heraus, er scheint den Sack mit seinen kleinen behaarten Händen regelrecht zu würgen.

»Den hab ich von der Laundry-Besitzerin geschenkt bekommen. Nicht abgeholte Sachen.«

Venus öffnet den Sack. Warum holen Menschen ihre Sachen nicht ab? Vergessen sie es, sind sie umgezogen, haben ihre Frau verlassen? Ein kalter Schauer weht sie an. Weil sie tot sind. Weil sie gestorben sind. Ein bisschen viel Tod heute Nacht, denkt sie.

Sie sucht dem Obdachlosen eine Kordhose und ein fast neues T-Shirt aus dem Sack heraus, auch Socken und Unterwäsche.

Toga denkt an das Ramakrishna-Zitat, zu einer ausgedachten Melodie singt er es innerlich immer wieder vor sich her. »Verlass eine Frau, die dir Hindernisse auf den Weg zu Gott legt. Mag sie sich umbringen und sonst noch tun, was sie will.« Er sollte es Bliss Swami noch mal zum Vortrag bringen. Bevor es zu spät ist.

Venus würde Toga gern fragen, wie das ist, eine Ehe ohne Sex. Wenn Sex verboten ist, wie definiert man ihn? Ist schon der erotische Gedanke Sex? Der Kuss auf den Mund mit halb geöffneten Lippen? Der Zungenkuss? Die Berührung des Armes, die Gänsehaut erzeugt? Die Umarmung, bei der sie seine Erektion spürt? Ist alles erlaubt, bei dem man angezogen ist? Ist alles erlaubt, was man bei geöffneter Tür macht? Oder im Stehen? Oder für Gott?

Doch sie hat diese Art von Beziehung nicht zum Diener des Dieners. Sie kann ihn nicht einfach nach diesen Dingen fragen. Außerdem sitzt Mau inzwischen am Tisch. Mit vollen Backen mampft er die Reste vom Vorabend. Er stopft sie nur so in sich hinein. Ein dicker Gierschlund, morgens um fünf.

»Gut geschlafen?«, fragt er hinterlistig.

Venus zögert. »Ja.« Sie setzt einen Tee für Peter Jr. auf.

»Du lügst«, sagt Mau, »du warst die ganze Nacht nicht da. Du stinkst wie eine Schnapsfabrik. Und jetzt entschuldigst du dich erst mal.«

»Wofür denn?«

»Für die blöde Tucke.«

»Entschuldigung. Fette Tucke natürlich!«

Er knufft sie in die Seite.

»Na warte! Erzähl schon, was hast du getrieben heute Nacht?«

»Ach, frag lieber nicht. Ich musste nachdenken.«

»Hat der Swami gebeichtet?«

»Ja. Warum hat er nur seine Vergangenheit vor mir verborgen?«

»Wieso, du verbirgst doch auch deine Vergangenheit vor ihm«, sagt Mau.

»Das ist was anderes. Ich hab sie vergessen!«

»Die Frage ist doch: Kannst du dich nicht erinnern oder willst du nicht?

»Ich kann nicht … und ich will auch nicht richtig.«

»Oder hast du dich vielleicht schon erinnert, aber sagst es uns nicht?«

»Nein, nein«, sie schüttelt hastig den Kopf.

»Würdest du den Bliss Swami heiraten, wenn du dich wieder erinnerst?«

»Woher soll ich denn das wissen?«

»Oder ist er nur ein exotisches Abenteuer zwischendurch?«

»Was weißt du schon!«

»Du meinst, ich als Schwuler?«

»Unsinn. Wie machst du das eigentlich mit dem Sex hier?«

»Viel beten. Kalt duschen.« Er kommt ihr näher und flüstert in ihr Ohr. »Und manchmal wichs ich auch. Ich stelle mir Krishna nackt vor. Du weißt doch, dass ich immer die Heiligen Statuen umziehe? Willst du wissen, was er drunter hat? Einen Tanga, einen blauen aufgemalten Tanga.«

»Du bist pervers!«

»Boahh, und du stinkst!«

»Jaja. Denkst du, Gott hört dich nicht, wenn du flüsterst?«

»Ich hoffe, Toga hört mich nicht, wenn ich flüstere.«

Als Venus zurückkommt, ist Peter Jr. weg. Es fehlen: die Telefonkasse mit Quarters im Wert von circa vierzig Dollar, zwei Kissen und eine Bettdecke.

Das Badezimmer ist unfassbar marihuanavernebelt. Die Badewanne ist in einem beklagenswerten Zustand. Sie schrubbt sie. Sie schrubbt sich. Sie eilt zur Morgenzeremonie. Ab heute, so steht es in den Hausregeln, ist ihr Platz an der Seite ihres zukünftigen Mannes. Gilt das noch? Sie setzt sich im weihrauchgeschwängerten Schummerlicht des Regenbogensaals neben den Bliss Swami. Er schaukelt hin und her, hin und her. Er ist vollkommen ins Gebet versunken. Er bemerkt sie nicht. Sie nimmt seine Hand. Sie betrachtet den Umriss seines knarzigen Schädels, das herrische Kinn, den Schattenriss seiner Schilfbrauen.

Unser Held ist wieder in Zivil. Er hat die ganze Nacht gechantet, in seiner Mönchsrobe, sich dann geduscht und umgezogen. Wenn Krishna will, dass ich sie heirate, wird sie wiederkommen, hat er gedacht und gewünscht, dass sie wiederkommt. Und sie ist hier! Sie verzeiht ihm! Er atmet aus und umschließt ihre Finger mit seiner weichen Pranke.

Er ist nicht mehr ihr Vater, ihr Lehrer, ihr Berg. Sie bewundert ihn nun nicht mehr, sie begehrt ihn. Die schwere Kraft seines Schrittes neben ihr stellt sie nicht mehr zufrieden. Der sanfte Druck seiner großen weichen Hand um ihre stellt sie nicht mehr zufrieden. Sie starrt immer nur seine Lippen an. Nachts träumt sie von ihnen, tagsüber starrt sie sie an. In ihrer Phantasie berührt sie sie mit ihrer Zunge, fährt damit auf ihnen entlang, erst auf der oberen, hin und zurück, dann auf der unteren, spürt die pulsierende Zartheit und Wärme seiner Haut, fährt mit der Zungenspitze seine Unterlippe hinunter nach innen, seine Oberlippe hinauf nach innen, an den glatten Konturen seiner Schneidezähne entlang, saugt an seinen Lippen so lange, bis sie schwellen, bis sie immer schwerer werden, bis sie den Kupfergeschmack seines Blutes schmeckt.

»Wann küssen wir uns endlich?«, fragt sie.

Bliss Swami erschrickt. Mit dem Küssen kennt er sich nicht aus. Er weiß nicht genau, wie es geht. Er weiß nicht, wozu es gut ist. Und er hat das Gefühl, es ist keine gute Idee. Wenn er sie küsst und er tut es nicht gut, will sie ihn dann noch heiraten? Wenn er sie küsst und den Tiger füttert, kann er sich dann noch im Zaum halten?

»Nach der Hochzeit«, sagt er streng.

Venus ist wütend. Die Katze im Sack soll sie heiraten? Einen Mann, von dem sie nicht einmal weiß, wie er küsst, dessen Liebhaberqualitäten sie nicht kennt, den sie niemals nackt gesehen hat? Sie gehen spazieren. Er liest ihr aus den Vedischen Schriften vor. Er lehrt sie Gebete. Vermutlich will er ein vorbildlicher Verlobter sein, vermutlich plant er, ein vorbildlicher Ehemann zu sein, wenn schon ein Kotzefresser, genauso wie Toga.

Nur einmal brennt ein Feuer zwischen ihnen. Es ist

der Tag, den dem sie gemeinsam Muffins für die Obdachlosen backen. Der Bliss Swami stemmt die Säcke, Mehl, Zucker, er schneidet mit einem Messer, groß wie ein Schwert, die Butter vom Block, schmilzt sie in einem Tiegel. Sie misst alles ab, schüttet es in eine riesige Schüssel. Sie schaufelt zwei Hand voll eisgekühlten Joghurt aus dem Eimer. Er gießt die heiße Butter auf Mehlberge, Zuckerberge, Joghurthügel. Ein Kunstwerk entsteht, eine Landschaft, Berg und Tal, Himmel und Erde.

Ihre Hände fahren in die heiß-kalte, flüssig puderige Mischung, vier Hände, ihre und seine, fahren tief hinein, so wie damals in die Blumenerde. Aber diesmal berühren sie sich, suchen einander unter dem Deckmantel des entstehenden Teiges. Die Zutaten sperren sich lange dagegen, zu einer Masse zu werden, Mehlinseln, Zuckernester halten sich hartnäckig, werden von ihren Händen gesucht, gejagt, vernichtet. Doch schließlich einigen sich der Goldton der Butter, das Weiß des Joghurts, das Braun des Rohrzuckers und das Grau des Vollkornmehls auf einen zarten Ockerton. Der Teig ist eine geschmeidige, sämige Masse geworden. Triumphierend hält der Swami die Hände hoch. Seine Finger sind kräftig wie junge Zweige. Klebrige Teigfäden hängen dazwischen. Sie greift danach, zieht seine Bratpfannenhand an ihr Gesicht, leckt sie ab. Sie leckt die Handfläche ab, leckt zwischen dem kleinen und dem Ringfinger. Sie leckt zwischen dem Ringfinger und dem Mittelfinger. Sie leckt zwischen dem Mittelfinger und dem Zeigefinger. Er, wie unter Schock, hält erst still, zieht mit der Kraft der Verzweiflung die Hand weg, sie, mit teigverschmiertem Gesicht, starrt seine Lippen an, leckt sich die Lippen, schweigt.

Beide tun danach, als sei nichts geschehen.

11 Polterabend

Der Sommer ist so gut wie vorbei. Der Countdown naht. Wir werden noch einmal eingreifen. Verschiedenes muss hinaus ans Licht, und dazu tauchen wir unsere triebgestauten Helden in das, wovor sie die größte Angst haben: in Dunkelheit.

Unsere Aufgabe besteht darin, mit dem Zauberstab in lustfördernder Absicht die frischen Muffins zu berühren. Wir führen Regie, wir allein bestimmen, wann der Sündenfall passiert. Wir küren die nahende Nacht zum Sommernachtstraum, wir werden heute sogar Träume erfüllen, die gar niemand hat.

Es ist acht Uhr abends, eine der letzten heißen Spätsommernächte kündigt sich an, unser Romeo und unsere Julia stehen Hand in Hand auf dem Kirchendach. Es ist laut da oben, der Straßenlärm, die Martinshörner, die Schornsteine, die Öffnungen der Heiz- und Klimaanlagen.

Warum bin ich nicht geil?, denkt der Swami. Dass Geilheit hier nicht angebracht ist, ist ihm klar. Im Dämmerlicht des Sommertages hat unser Held stattdessen hehre Gedanken. Viel hat er in den Veden gelesen über die verschiedenen Naturen der Liebe. Er kennt bisher nur den Eros, die Liebe, die nach Sättigung, nach Erfüllung in einem anderen Menschen strebt. Aber was er möchte, ist Agape, die Liebe, die nichts zurückhaben will, die Liebe ohne Belohnung, die bedingungslose allumfassende Liebe. Wie eine glühende Sternschnuppe ist Venus in seinem Leben aufgetaucht, hat seine Mönchskutte weggeschmolzen, seine Sinne verwirrt, sein Herz berührt. Doch wie nun weiter?

Ich will lieber mit ihm in seiner Welt sein als ohne ihn in meiner, denkt Venus, obwohl sie nur eine vage Vorstellung von seiner Welt hat und überhaupt keine von ihrer.

Ob die Yuppies inzwischen weitergekommen sind mit meinem Fall?, denkt Daniel H. Boone, der nun wieder mit rosigen Bäckchen in seinem schief gezimmerten Bett liegt, der so gut wie genesen ist, der sich um die mit Toga vereinbarte Mitarbeit in der Community gedrückt hat und der sein Zimmer bis dato so selten wie möglich verlassen hat. Sein Fall. Es ist immer noch sein Fall, obwohl er sich seit seinem Einzug in God's Motel nicht mehr damit befasst hat. Jetzt plötzlich interessieren ihn die neuesten Entwicklungen. Er steigt ächzend aus dem Bett und schickt sich an, auf der Straße eine Zeitung zu kaufen.

Ich bin so deprimiert, denkt Benito, der in seinem Verschlag auf einem dilettantisch gezimmerten Stuhl sitzt, die Hand am Schalter der Stehlampe. »Der Stein in mir ist zu schwer.«

»Komm, du kleine Sau«, keucht leise Mau unter der Dusche, den nackten Krishna im blauen Tanga vor Augen, »komm her mit deiner göttlichen Flöte.«

»Ich habe meinen Engeln befohlen, dass sie euch behüten auf allen euren Wegen«, ruft Bringfriede in ihrer Zelle in der Klapsmühle Richtung Tür.

Ich hab alles falsch gemacht, denkt Kuki und betrachtet traurig das Kinderfoto in ihrem Medaillon.

Was fällt der Schlampe ein, mir den besten Ficker wegzunehmen?, denkt Baula, die, besinnungslos vor Geilheit, im düsteren Keller hockt und auf ihr nächstes Opfer wartet.

»Chango, nimm den bösen Zauber von meiner Frau«, murmelt Arjuna, der in Priestertracht in seinem Zimmer kniet, in der linken Hand ein Foto von Baula, in der rechten Hand ein panisch flatterndes Huhn.

Eine sexlose Ehe – das ist wirklich zum Kotzen, denkt Maria Magdalena, die zusammen mit Toga Blumengirlanden knüpft, jede körperliche Berührung vermeidend.

Eine sexlose Ehe – das ist wirklich zum Kotzen, denkt Toga, der zusammen mit Maria Magdalena Blumengirlanden knüpft, jede körperliche Berührung vermeidend.

Erinnerungen sein Stachelschweine, denkt Scheich Ramzi, der Suleikas Haarsträhne in seiner schmutzigen Hand hält. Ich brennen Bude hier an, Allah sein Zeuge, ich brennen alles weg!

Es ist wie ein leises Fade-out, wie ein seufzender letzter Atemzug, als New Yorks Lichter ausgehen, eines nach dem anderen. Die Laternen, die Reklameschilder, die Ampeln, die Kneipenbeleuchtungen und alle Fenster werden dunkel, Licht für Licht erstirbt, erlischt, weil wir es so wollen. Erst weiß Venus gar nicht, was los ist. Irgendetwas ist jedenfalls anders. Sie sagt: »Es ist so…« und Bliss Swami vollendet: »… dunkel.« Beide beugen sich über die Brüstung, im fahlen Mondlicht, das plötzlich, ganz auf sich gestellt, vor sich hin funzelt.

»Sieht nach Stromausfall aus«, sagt der Swami ruhig. Er sieht keinen Anlass zur Beunruhigung. Er hat schon viele Stromausfälle erlebt. »Sieht nach Weltuntergang aus«, sagt Venus, und in ihrer Stimme schwingt die Hoffnung mit auf einen Tanz auf dem Vulkan. Sie halten sich an den Händen und starren auf die dunkle Stadt, die keine Skyline mehr hat, keine Konturen, die zum schwarzen Loch geworden ist, in dem Autoscheinwerfer wie verirrte Glühwürmchen umhergeistern. New York, in tiefe Nacht gehüllt, mit verbundenen Augen brüllend, im Hitzetaumel, in heilloser Verwirrung. In Nächten wie dieser wird über das Schicksal der Welt entschieden. Nach Nächten wie dieser wird nichts mehr sein, wie es war.

Im Regenbogensaal gehen die elektrischen Blumensträuße aus, die Altarlämpchen verglimmen, das gedimmte Deckenlicht verlöscht. In Küche und Keller rumpeln die Kühlaggregate ein letztes Mal auf, um einer alarmierenden Stille zu weichen. Im Goldbrokatzimmer verstummen die singenden Mönche, die Klimaanlagen und Ventilatoren rotieren langsam aus. Dann klingelt das Telefon. Toga, der wieselflink eine Kerze angezündet hat, nimmt den Hörer ab. »God's Motel«, säuselt er und wiederholt heftig nickend Bruchstücke erster Gerüchte. »Feuer in der U-Bahn-Station. Aha. Explosion am East River. Ja. Ja. Terroranschlag? Weiß man noch nicht. Aha. Ganz Manhattan ohne Strom.« Der Diener des Dieners legt auf. »Krishna hat einen perfekten Plan«, sagt er und nickt wie eine Nickmaschine. Er kramt das batteriebetriebene Radio hervor und schaltet es an, rasch und ein wenig unbeholfen.

Nachrichtensender verbreiten Panik. Stromausfall in ganz New York, in ganz Amerika, auf der ganzen Welt. Warenhäuser werden geplündert. Gefängnisse und Nervenkliniken melden Ausbrüche. Supermärkte geben ihre

Waren weg. Toga entschließt sich zu Aktionismus. Die Zimbeln schlagend – es lebe der Handbetrieb –, läuft er durch das finstere Haus, um alle zusammenzurufen, während Maria Magdalena, gerade wie ein Zinnsoldat, mit Kopftuch und raschelnden Röcken vor ihm herläuft und mit der Kerze den Weg leuchtet.

Daniel H. Boone, der, als die Lichter ausgingen, gerade einen Doppelwhopper verputzt und mit zwei Heineken nachgespült hatte, tritt aus dem dunklen Fastfoodladen. Er hält die Zeitung noch ungelesen unterm Arm und steht sehr verschwitzt und verloren auf der finsteren Straße. Sterne. Erstmals sieht er Sterne am Firmament. Während Boone nach oben sieht, sehen wir nach unten und beobachten aus der Vogelperspektive, was draußen geschieht. Es herrscht umgehend festliche Stimmung. Spontane Straßenfeste entstehen, Nachrichten hangeln sich von Mund zu Mund, Freundschaften werden geschlossen, die bei Tageslicht keine Chance gehabt hätten. Im Schutz der Dunkelheit rücken die Menschen zusammen, vorerst noch unentschlossen, ob sie einander ermorden oder umarmen wollen. Die Sehnsucht nach dem Versteckspiel ringt mit der Urangst vor der Dunkelheit. Natürlich hat auch die Stunde der Menschen mit dem Helfersyndrom geschlagen. Selbsternannte dicke Feierabend-Verkehrspolizisten treten auf den Plan, mit neonfarbenen handgemalten Schildern um den Bauch und Trillerpfeife im Mund, vollkommen unfähig, dem Chaos Einhalt zu gebieten. Die Kerzenpreise steigen, die Taschenlampenpreise steigen, die Batteriepreise steigen, alles in atemberaubender Geschwindigkeit.

»Das passt ja«, denkt Boone und geht langsam zur Tempelkirche zurück. Vor der Tür sitzt ein kleiner Junge und schaut ihn finster an. Oder vielleicht schaut er gar nicht finster, vielleicht ist es nur die Dunkelheit, die ihn so finster aussehen lässt, oder sein schmutziges Gesicht.

»Ja, wo kommst du denn her?«, fragt Boone, der keine Erfahrung mit Kindern hat und unwillkürlich den Ton imitiert, den er bei anderen hört, wenn sie mit Babys sprechen. »Dudududu!« Das Kind bleibt von seiner Ansprache unbeeindruckt. Weit und breit ist niemand zu sehen, zu dem es gehören könnte. Was soll Boone machen? Am liebsten würde er sich drücken, vorbeischieben, weitergehen. Aber sein Polizistenethos lässt das nicht zu. Er packt das Kind derb unter den Achselhöhlen und hebt es hoch, wobei er ein starkes Stechen im Kreuz verspürt. Er trägt es ins Haus und erklärt ihm etwas betulich, dass der Onkel es jetzt erst mal dortunddorthin bringen würde. Das Kind ist schwerer, als er dachte, hält aber still. Als Boone es im dunklen Fahrstuhl abstellt, wo es zu schreien anfängt, sieht er eine merkwürdige Kolonne im Kerzenschein die Treppe herunterziehen, angeführt von der Asiatin, die niemals grüßt, keinen Blick erwidert und immer Kopftücher und lange Röcke trägt. Sie hält eine Kerze in beiden Händen. Ihr folgt das Pelztier, der Erzengel im Taschenformat, eine verbeulte Aluminiumschüssel mit Muffins balancierend. Hinter ihm kommt ein Riese, der einen alten Inder huckepack trägt. Gefolgt werden sie von Zwillingen mit verfilzten Haaren und blassen Gesichtern. Den Schluss bildet der dicke junge Mann, der Boone das Zimmer zugewiesen hat. Er trägt eine Duschhaube und rote Kriegsbemalung um die Augen.

Inzwischen hat auch Boone gemerkt, dass Fahrstühle im Fall von Stromausfall nicht fahren. Das Kind hat sich beruhigt. Er nimmt es an der Hand, die ebenfalls ziemlich schmutzig aussieht, geht gen Treppenhaus und wird dabei von Toga geortet. Der Diener des Dieners ist verärgert über diesen Gast, der einen Spezialtarif vereinbart, aber dann keinen Dienst geleistet hat, zwei Stunden täglich, wie versprochen, nichts davon hat er eingehalten, unter dem Vorwand, krank zu sein. In seinem Zimmer hat er sich verschanzt, sodass Toga nie die Tür öffnen und die Klimaanlage seines Zimmers für die Lüftung des Goldbrokatraumes benutzen konnte wie gewohnt. Und nun schmuggelt er auch noch ein Kind ein, aber das gibt Aufschlag!

»Gut, dass ich Sie treffe«, säuselt Toga. »Kommen Sie bitte gleich mit, wir hatten ja vereinbart, dass Sie täglich zwei Stunden bei uns arbeiten. Das wären jetzt ...«, in Togas Kopf rattert eine Zählmaschine, »... 12 Stunden, so weit.«

»Ich war krank«, sagt Boone. Auf müde Ausreden wie diese reagiert der Diener des Dieners gar nicht. Als ob er selbst nie krank wäre. Als ob er deswegen seine Pflicht vernachlässige. Er raunt seiner Frau, die in der Tempelkirche zurückbleibt, einige Anweisungen zu und richtet das Wort wieder an den verstockten Gast.

»Wir fahren zu unserem Supermarkt ins West Village. Er gibt Lebensmittel kostenlos heraus, weil die Kühlanlagen ausgefallen sind. Wir werden ein Fest machen, ein One-God-Fest, um die Obdachlosen zu speisen. Haben Sie Besuch?«

Das Kind hat sich von Boones Hand losgerissen und die Arme verschränkt. Sein dunkles Gesicht blickt bockig in die Welt. »Ich will zu meinem Dad«, sagt es hell und empört. »Es saß vor der Tür«, ergänzt Boone ratlos und zeigt auf die Tür, als wolle er jeden Zweifel ausräumen.

»Möchtest du einen Muffin?«, fragt Toga und hält dem Kind die Schüssel hin. Das Kind schüttelt den Kopf, aber alle anderen bedienen sich, Boone eingeschlossen. Boone hebt den duftenden Muffin an seine Nase. Überaus angenehme Erinnerungen bemächtigen sich seiner. Er beißt kräftig hinein und schnauft vor Behagen. Mau stapelt ganze Muffintürme auf seinen drallen Handflächen. Er ist ärgerlich, weil er von Toga zum wiederholten Mal in Folge beim Onanieren gestört worden ist. Und wenn er ärgerlich ist, ist er immer besonders hungrig. Toga fühlt sich offenbar in der Pflicht, Konversation mit dem Kind zu machen. »Wo ist denn dein Dad?«, fragt er mäßig interessiert. Das Kind lässt seinen Blick über die merkwürdige Gesellschaft schweifen, die nach und nach in den Kleinbus klettert. Er bleibt hängen an dem Alten, der wie ein Äffchen auf dem Buckel des Riesen sitzt.

»Nicht hier«, sagt es missmutig. Dann zupft es an Boones Ärmel: »Will auch! Will auch!« Schnaufend und ächzend nimmt der Inspektor den Muffinrest in den Mund und das Kind huckepack, es ist warm und weich und schmiegt sich an ihn, und für den Bruchteil einer Sekunde wärmt das Kind durch seinen Buckel hindurch sein Herz, sieht er sich selbst als den Großvater, der er jetzt wäre, wenn er eine Frau und Kinder gehabt hätte, wenn diese Kinder wiederum Familien gegründet hätten, wenn eine Enkelschar seinen Lebensabend vergolden würde, eine, die man mitnehmen könnte zum Angeln nach Montana …

»Steigen Sie ein«, ruft Toga ungeduldig. »Wir nehmen den Jungen mit. Er kriegt ein Eis. Du willst doch sicher ein Eis?«

»Ich will zu meinem Dad«, ruft das Kind herrisch von Boones Buckel herunter, während dieser ächzend Togas

Aufforderung nachkommt. Dann springt noch jemand in den Bus und der setzt sich ruckend in Bewegung. Alien sitzt hinterm Steuer, was das Rucken erklärt, aber nicht entschuldigt. Die junge Frau, die zum Schluss eingestiegen ist, wird gegen Boone geworfen, dieser wiederum landet auf dem Schoß des mampfenden indianischen Duschhaubenträgers. Das Kind lässt sich vom Buckel des Inspektors gleiten und sitzt nun neben dem Greis, den der Riese behutsam auf die Bank im Fahrzeuginneren gesetzt hat. Während das Kind das Deckenlicht im Bus angemacht hat und mit fast mütterlicher Sorgfalt und obendrein mit Erfolg den Greis mit einem Muffin füttert, rafft sich Boone von Maus Schoß, panisch, da er glaubt, unter sich Maus Geschlechtsteil sich rühren zu fühlen, und wendet sich hastig der jungen Frau zu, die sich bei ihm entschuldigt.

Er erstarrt. Diese Entfärbte, die Haare, die Haut, die Kleidung. Die dünnen weißen Arme. Die Anmut. Seine Verdutztheit macht uns große Freude. Er sieht sich Aug in Auge dem Steakmessermodel gegenüber, der Apfelblüte, daran gibt es keinen Zweifel. Aber das ist noch nicht alles. In diesem Moment niest der Indianer und die junge Frau sagt »God bless you«, womit sie sich Daniel H. Boone obendrein als küssender Engel aus dem Park offenbart. Die beiden Bilder, das der vermeintlichen Mörderin und das des segnenden Wesens schieben sich übereinander, werden Fleisch und Blut und machen Boone, der die Autorität des Inspektors verloren, aber noch nicht die Natur des Privatiers angenommen hat, hilflos wie ein Baby.

»Schmeckt der Muffin?«, fragt sie heiter, beißt in ihren und drängt sich neben ihn auf die Bank. »Ich habe ihn gebacken.«

Boone nickt. Die unter seinem Arm in Vergessenheit geratene Zeitung fällt ihm in den Schoß. Boone und Venus blicken kauend auf die Titelseite.

Neues vom Steakmessermodel. Die Spur führt ins East Village. Verena Palmen (Foto), das »Steakmessermodel«, nach dem seit Wochen in den Vereinigten Staaten gefahndet wird, soll nach dem Millionenerben-Mord auch an einem bewaffneten Überfall auf einen Grocery Store beteiligt gewesen sein. Ramhad Nakschbandi, das Opfer, sprach exklusiv mit der New York Post, Fortsetzung Seite drei.

Das Foto zeigt unsere Venus in einer leicht affektierten Pose, werbend für ein Kosmetikprodukt, das sie in ihren Händen hält. Darunter steht: *Das Steakmessermodel in rosigeren Zeiten.* Inspektor und Venus verharren für einige Sekunden mit gesenkten Köpfen in der Leserpose. Dann sehen sie sich an, die Augen wandern von links nach rechts, in ihren Mundhöhlen verbleiben ungekaute Muffinreste. So, jetzt bin ich also erkannt worden, denkt Venus, und Klatschmohn wächst auf ihrem Schwanenhals. Jetzt werde ich also nicht nur wegen Mordes gesucht, sondern auch noch wegen bewaffneten Raubüberfalls, denkt sie, das wird ja immer besser. Dieses Mädchen hat niemanden umgebracht, denkt Boone, der zwar die Autorität des Inspektors verloren hat, aber nicht seinen Instinkt. Dieses Mädchen hat auch kein Geschäft überfallen. Und sie ist viel schöner als auf den Fotos.

Er schwitzt noch mehr. Vielleicht ist er nicht ganz objektiv, aber was soll's, er ist im Urlaub. Er schlägt die Titelgeschichte diskret nach innen, beide wenden sich voneinander ab, als seien sie bereits am Ende einer kurzen und belanglosen Konversation angelangt, und jeder denkt seinen Teil.

Boone sieht sich nach den anderen um, vorsichtig macht er von seinem Hals wieder Gebrauch, der ihm, obwohl er kurz und muskulös ist, etwas zerbrechlich vorkommt, seit die Gipsmanschette abgenommen wurde. Während sich der Kleinbus einen Weg durch das selbst für New Yorker Verhältnisse ungewöhnliche Chaos bahnt, betrachtet der Inspektor zerstreut die wunderliche Gesellschaft, in der er sich befindet.

Während Boone sich im Gesicht des Indianers feststarrt, von dessen Schoß er gerade geflohen ist, blitzen Einzelheiten der letzten Wochen in seiner Erinnerung auf. Der mausetote Tunichtgut mit dem vollen Haupthaar. Das Foto des auf ihn zulaufenden Models. Das Messer, das immer wieder aus ihrer schmalen weißen Hand fällt. Der Kuss im Tompkins Square Park. Das rote Kleid der dicken Inderin. Der Unfall.

Mau indessen errötet unter dem Blick des Mannes, der eben auf seinem Schoß gesessen hat, und ist versucht, ihm zuzuzwinkern. Seine Hände fahren zur Stirn, um das Haar zu richten, ertasten die vergessene Duschkappe, ziehen sie verschämt vom Kopf. Er spürt den Männerhintern noch wie ein heißes Brikett in seinem Schoß. Mit jeder Faser seines fetten ungeliebten Körpers schreit er nach Aufmerksamkeit.

Aber Boones Blick ist schon weitergewandert. Der Mann neben dem Indianer kam ihm schon vorhin im Treppenhaus bekannt vor. Ein nordischer Typ mit kurzen blondgrauen Stoppeln, buschigen Augenbrauen und vollen roten Lippen. Ruhig und sanft blickt er aus blauen Augen, der Riese, lächelt ihn freundlich an. Nein, er lächelt die Frau neben ihm an, er lächelt die Apfelblüte an!

Die Robe! Natürlich! Das ist der röhrende Hirsch aus dem Kirchenschiff. Das ist der Mann, der den brummenden Singsang veranstaltet hat, der Mönch, den er so um seine Konsequenz beneidet hatte. Aber warum ist er in Zivil? Und warum lächelt er eine Frau an? Verliebt an? Neben dem Mönch sitzt im Schneidersitz der Inder, der auf dem Mönchsbuckel geritten ist, ein so dünner Mann, dass man die Rippen zählen kann, so alt, dass man meinen möchte, er mumifiziert schon. Der Alte trägt eine Sonnenbrille, sitzt im Schneidersitz und ist nur mit einem Lendenschurz bekleidet. Seine Haarsträhnen sind lang und grau, sie hängen fast bis auf den Boden.

Was hatte die Ehefrau des Opfers gleich noch mal gesagt? Sie sei zur Tatzeit verabredet gewesen in einem Café auf der Upper West Side, ein Kellner sei Zeuge. Hat er das Alibi überprüft? Hat irgendjemand das Alibi überprüft? Neben dem Yogi sitzt das Kind und spielt an dessen Haaren herum. Der Alte kümmert sich nicht darum. Aber jetzt, im immer wieder von Scheinwerfern aufgeleuchteten Halbdunkel des Busses, sieht Boone, dass das Kind gar kein schmutziges Gesicht hat, die Haut ist dunkel, es ist ein indisches Kind. Wenn sich bis morgen früh niemand meldet, will er bei den Kollegen anrufen, so schwer ihm das fällt, und fragen, ob eine Vermisstenanzeige vorliegt. Das Kind trägt eine kleine Tasche um den Hals. Boone zeigt auf die Tasche: »Was hast du denn da Feines?« Er will nach der Tasche greifen, doch das Kind hält sie fest und brüllt.

In diesem Moment ruft Venus: »Halt! Alien! Stopp!« Vollbremsung. Boone fliegt schon wieder durch die Gegend, diesmal rücklings zu seinem Platz zurück. Venus öffnet, noch halb im Fahren, die Seitentür und stürzt hinaus. »Was ist denn los?«, ruft Mau. Der Bliss Swami will sich aufrichten, kann aber nur gebückt im Auto stehen. Alle sehen Venus nach. Sie läuft auf einen umgestürzten Papierkorb Bleecker Ecke Spring zu, auf dem eine von mehreren Menschen umringte Person steht und singt. Die Person hat eine Fackel in der Hand, die geheimnisvolle Schatten auf ihr zahnloses altes Jungengesicht, auf ihr verwirbeltes kurzes Haar wirft.

»Bringfriede«, flüstert Toga.

»Sie singt die Nationalhymne«, brüllt Alien und schlägt sich mit der flachen Hand auf die Stirn.

»Sorry«, flüstert Winter.

»Ach, und ich hatte gehofft, die alte Kräuterhexe ist tot«, knurrt Mau.

Toga beschränkt sich darauf, vieldeutig zu seufzen.

Venus ist froh, das Strickliesl wieder zu sehen. Sie braucht eine Vertraute. Sie hat Bringfriedes unverdrossenen Irrsinn vermisst, ihr Auf-der-Kippe-Stehen zwischen Psychose und kumpelhafter Munterkeit, ihr Stricknadelgeklapper, ihren Sammeltrieb, ihre unnachahmliche Gabe, andere zu überraschen.

»Wer sind Sie«, ruft Bringfriede. »Ich kenne Sie nicht!«

Es kostet Venus einige Überredungskunst, sich Bringfriede in Erinnerung zu rufen, sie zu bewegen, in den Bus zu steigen.

»Setzt dich hin«, sagt Venus und bietet ihr ihren Platz an, während Toga genervt auf die Uhr sieht und Alien hart anfährt. Bringfriede wendet sich Boone zu: »Entschuldigen Sie, junger Mann«, sagt sie zu dem etwa Gleichaltrigen. »Darf ich an Ihnen riechen? Sie riechen nach Thunfisch. Ich hatte schon lange keinen Thunfisch mehr.«

»Boone«, sagt Boone verwirrt. »Daniel H. Boone.«

»Sehr angenehm«, antwortet sie. »Sie können mich Mother of Mercy nennen. Sind Sie Atheist?«

Der Indianer ist inzwischen zu den beiden verfilzten Kindern und Toga ins Cockpit des Wagens umgestiegen, um einen Blick auf seine früheren Stammkneipen im Greenwich Village zu werfen. Die Apfelblüte nimmt neben dem ehemaligen Mönch Platz und – Boone ist schockiert und ein bisschen eifersüchtig – hält mit ihm Händchen. Sie flüstern, und beide sehen zu Boone hin, der Mönch lächelnd, sie ernst.

»Ich finde, Sie sind ein ausgesprochen gut aussehender Mann«, sagt Bringfriede und rückt näher. »Ich nehme an, Sie trinken regelmäßig Eigenurin?«

Boone weicht reflexartig zurück. »Rieche ich aus dem Mund?«, fragt sie. »Nein, ganz und gar nicht«, sagt er, beide Fragen auf einmal beantwortend. Er sieht die Frau neben sich an. Sie hat kurze strubbelige rote Haare und Zahnlücken. Na, alter Mann, sagt er zu sich selbst, da sitzt dein Preis. Es ist nicht der küssende Engel, das Steakmessermodel, die pastellfarbene Apfelblüte; es ist ein verwirrter Pumuckl.

»Wofür steht das H. in Ihrem Namen?«, fragt Bringfriede. Boone grinst. Zum ersten Mal im Leben hat er das Gefühl, sein zweiter Vorname könnte Punkte bringen: »Hiob«, sagt er. Bringfriede lächelt ihn an, schlägt ihre Vogelwaden übereinander und schiebt ihre kleine Hand unter seinen Arm: »Hiob«, ruft sie vergnügt, »wunderbar!« Es besteht kein Zweifel: Diesen Mann hat ihr der Himmel geschickt.

Ungern trennen wir uns von der hübsch-hässlichen Szenerie, müssen aber kurz in der Tempelkirche nach dem Rechten sehen. Kuki, die inzwischen die »Energiearbeit« an dem australischen Gast beendet und fünfzig Dollar abkassiert hat, streift auf der Suche nach etwas

Essbarem durchs Haus und trifft im Goldbrokatzimmer vor dem Blech mit den restlichen frischen Muffins auf den Scheich und Maria Magdalena, die, was durchaus ungewöhnlich ist, weil die eine nicht spricht und der andere nicht scherzt, sich scherzend miteinander unterhalten.

»Issen Muffin, schöne Frau«, sagt Ramzi, nimmt einen und will ihn Kuki spielerisch zum Munde führen. Die hält sich die Nase zu. »Ehe ich mich von dir füttern lasse, du Schmutzfink, musst du dich erst mal waschen, Haare schneiden, Fingernägel sauber machen, Zähne putzen.«

Ramzi betrachtet seine Trauerränder. So hat noch nie jemand mit ihm gesprochen. Schon gar keine Frau. Plötzlich sieht er sich selbst von außen, riecht seinen eigenen Gestank, findet sich hässlich, abstoßend, eine Zumutung und hat die Aghoris im Verdacht, ihn an der Nase herumgeführt zu haben. Hat er wirklich Allah gedient? Was ist so schlecht daran, gut zu riechen, saubere Fingernägel zu haben und anderen zu gefallen? Er hört Kukis Fußkettchen klingeln wie die Glocken göttlicher Verheißung. Er greift nach einer Kerze und läuft Richtung Badezimmer.

»Hier«, ruft Kuki und wirft ihm ein T-Shirt und eine Hose nach, die sie in aller Eile aus dem grünen Spendensack gezogen hat. Der Scheich nimmt die Sachen an sich, dreht sie, betrachtet sie und dreht den Badewannenhahn auf.

Kuki hat bereits in jeder Backe einen Muffin und wendet sich Maria Magdalena zu, mit der sie noch nie ein Wort gewechselt hat, weil auch sie dachte, die junge Frau sei entweder stumm und taub oder debil, auf jeden Fall aber Togas treu ergebener Spitzel.

»Setz mal die Brille ab«, fordert sie sie mit geblähten Hamsterbacken auf und mustert sie aufmerksam. »Silberner Lidschatten würde dir gut stehen. Und warum versteckst du deine Haare immer? Ich könnte sie dir mal hochstecken. Soll ich?« Sie löst das Tuch von Maria Magdalenas Kopf und fährt prüfend durch das dicke, glatte, schwarze Haar der Asiatin, das schwer ist und von fester Struktur. »Offen sieht ein bisschen langweilig aus. Willst du vielleicht Locken?« Maria Magdalena kichert, schiebt die gelbbraune Babyhand vor perlmuttfarbene flache Zähne und hat dank unseres Muffinzaubers alle Scheu verloren. Kuki nimmt die so plötzlich verwandelte Asiatin sachte bei der Hand: »Komm, Mariechen, wir machen dich schön!«

Der Kleinbus ist indessen an dem ökologischen Supermarkt angekommen, bei dem die Glücklichen Sklaven seit Jahren Stammkunde sind und Discount beziehen. Doch noch bevor Toga Aufgaben verteilen kann, läuft Mau davon, wie ferngesteuert, die Duschhaube in der Hand, in T-Shirt und Shorts. Als Erklärung schleudert er ein »will nur mal kurz…« hinter sich, verschwindet in der kerzenbeleuchteten schwulen Barlandschaft der Christopher Street und ward nicht mehr gesehen.

Toga, die kleinen stark behaarten Hände wie Luftwurzeln gen Himmel erhoben, zählt das übrig gebliebene Häuflein der Aufrechten. Ein Kindergärtner bin ich, denkt er, ein Kindergärtner des Herrn, und diese Kinder sind weiß Gott schwer erziehbar. Er weist Alien und Winter an, die Bänke aus dem Kleinbus zu montieren und Platz für die Waren zu schaffen. Boone und Bringfriede sollen sich beim Chef des Supermarktes melden und in

Abstimmung mit diesem die Produkte aus den Kühlregalen einpacken.

Venus wird mit der Beleuchtung des dunklen Supermarkts betraut, die das Flair einer verlassenen Fabrikhalle hat, ganz ohne Neonlicht und Fahrstuhlmusik. Sie hält einen Arm voll weißer Altarkerzen wie Blumen, verteilt sie entlang der Kühlregale und verschleißt einige der klammen Streichhölzer, ehe sie die stämmigen Kerzen zum Brennen bringt. Der Supermarkt bekommt sofort einen persönlichen, fast märchenhaften Anstrich, goldenwarm, romantisch fast, mit zuckenden Lichtflecken an der Gipskartondecke. Der Bliss Swami, Sun Baba und das Kind werden nun zu Venus in Richtung Gefriertruhen geschickt, eine Richtung, die sie sich erst imstande sehen einzuschlagen, als der Swami den alten Yogi huckepack nimmt, ohne messbare Reaktion bei diesem. Toga geht natürlich zu Recht davon aus, dass der Alte eine Hilfe ist, da er ja täglich auf dem Dach Gemüse schält. Ihm, der stets von sich behauptet, dass ihm nichts verborgen bleibe, ist Venus' karitativer Einsatz verborgen geblieben. Das Kind will nun auch huckepack, also kommt Venus und stellt ihren schmalen Rücken zur Verfügung. So zieht unser nicht zum Zug kommendes Liebespaar mühselig und beladen durch die unendlichen Weiten des kerzenflackernden Supermarktes.

Die Kühltruhen befinden sich an der hinteren Wand, Yogi und Kind werden direkt davor abgesetzt. »Was hast du denn da?«, fragt nun auch Venus und greift nach dem kleinen Plastiktäschchen, das um den Hals des Kindes hängt. Diesmal leistet er keine Gegenwehr. Sie öffnet die Tasche und findet ein mehrfach gefaltetes amtliches Dokument. »Jason Myers«, liest sie. »Das ist mein Dad, das ist mein Dad«, ruft das Kind. Stumm zeigt Venus dem Swami das Dokument. Es bestätigt das negative Ergebnis eines Vaterschaftstests.

»Hiob! Guck mal!«, kreischt indessen Bringfriede quietschvergnügt, »wenn ich dieses Wasser zu Wein machen kann, trinkst du die Flasche dann mit mir aus?« In ihrer Hand schwenkt sie eine Flasche kalifornischen Chardonnay.

»Moment mal, der nicht, der wird ja nicht schlecht«, sagt der Supermarktchef, der einen Vollbart und einen langen Pferdeschwanz trägt. Er will ihr die Flasche aus der Hand nehmen, aber sie lässt nicht los.

»Das geht in Ordnung, ich bezahle«, sagt Boone, der über sich selbst hinauswächst, der sich innerhalb der letzten halben Stunde vom schlecht gekleideten Opa im Vorruhestand zum Gentleman aufgeschwungen hat, und drückt dem erfreuten Supermarktchef zwanzig Dollar in die Hand.

»Kann nicht rausgeben, krieg die Kasse nicht auf.«

»Stimmt so«, sagt Boone generös.

»Kriegst du die auf?«, fragt Bringfriede und setzt sich im Dämmerlicht der Kerzenbeleuchtung auf den Boden.

»Was, hier?«, fragt Boone.

»Ja, wo denn sonst, Hiob«, sagt Bringfriede, die strahlend ihre Zahnlücken zeigt, die in der letzten halben Stunde von der verhuschten Irren zum verführerischen Weibchen mutiert ist. Sie zieht ihn mit zwei dünnen Armen an sich: »Viel Zeit haben wir nicht mehr, mein Lieber! Die Welt ist schon in Dunkelheit gehüllt.«

An ihnen vorbei schleppt der Bliss Swami Kartons mit tiefgekühlten Lebensmitteln, vier, sechs, acht auf einmal. Er schleppt sie nicht, er jongliert sie wie Tennisbälle. Er ist der Einzige, der wirklich arbeitet, aber er tut es spielerisch, nebenher, als sei es eine Freude.

Der Kleinbus ist bereits voll. Alien und Toga fahren los, um die erste Fuhre in die Tempelkirche zu bringen.

Boone schwitzt. Ein Königreich für ein frisches Hemd! Er stellt fest, dass er selbst in nüchternem Zustand nicht ganz unempfänglich für den koboldhaften Charme seiner Begleiterin ist. So draufgängerisch hat noch nie eine Frau mit ihm gesprochen. Mit dem rechten Daumen drückt er den Korken in die Flasche, eine seiner leichtesten Übungen. Aber halt! Hier schreckt er körperlich regelrecht auf. Er schnappt sogar nach Luft, so bedeutsam scheint ihm die rückwirkende Erkenntnis, zumal sie für seine Apfelblüte entlastend zu sein scheint, nein, entlastend *ist*. Er sieht es genau, sein fotografisches Gedächtnis lässt keinen Zweifel zu, sie hat die Streichhölzer mit der linken Hand angefacht: Die Apfelblüte ist Linkshänderin! Die Tatwaffe wurde von einem Rechtshänder geführt! Seine Haltung strafft sich. Er ist auskuriert. Er muss ins Büro, er muss die Akten einsehen.

»Noch eine Stunde«, sagt Bringfriede und faltet kokett die Hände: »Wir wünschen dem Herrn einen goldenen Tisch, auf allen vier Ecken gebratenen Fisch.« Spricht's, zieht die Flasche an sich, nimmt einen tiefen Zug und reicht sie dem Inspektor.

Der findet Bringfriede so geistreich, so amüsant, so besonders, so schön, dass wir einen Moment lang fürchten, wieder überdosiert zu haben. Er trinkt und gibt ihr die Flasche zurück: »Und dann?«

Sie prustet los, das rosige Gesicht des Inspektors mit feinem Weinnebel bestäubend; sie lacht, weil ihr neuer Freund nicht weiß, was doch die Spatzen von den Dächern pfeifen; ihre Augen blitzen im frauenfreundlichen Licht der Kerzen. »Na, dann geht die Welt unter!«

*

»König der Kürbisrassel, Chango ist wohlhabend. König der Kürbisrassel, Chango ist wohlhabend«, singt Arjuna.

Dann läuft er drei vorher abgemessene und geprobte Schritte rückwärts, auf das geöffnete Zimmerfenster zu, über seinen traurigen Löwenkopf wirft er das flatternde schwarze Huhn, in dem jetzt Baulas Dämon wohnt, aus dem Fenster hinaus. Wäre er strikt den Anweisungen der Zeremonie gefolgt, so hätte er das Huhn erst schlachten und ihm dann die Zunge herausreißen müssen. Doch Arjuna ist ein zutiefst friedfertiger Mensch. Er entschließt sich, das Huhn am Leben zu lassen, das jedenfalls ist der Irrglaube, dem er erliegt, dass das Huhn am Leben bleiben würde, dass es wegfliegen könne, wenn er es aus dem Fenster würfe.

Kleine Sünden werden bekanntlich sofort bestraft; bei der ungewohnten Bewegung verrenkt sich Arjuna das Kreuz und geht stöhnend zu Boden. Das Huhn fliegt mitnichten, es ist ein echtes New Yorker Huhn, ein Großstadthuhn, das zwar Flügel hat, aber deren Zweck nicht kennt. Es handelt sich um seit Generationen gestutzte Flügel, die nur zum Schmuck da sind, obwohl sie nicht mal wirklich schmücken. Das Huhn geht auch zu Boden, dem unumstößlichen Gesetz der Erdanziehung Rechnung tragend, wie ein nasser Sack plumpst es nach unten und trifft mit dem Knallgeräusch eines platzenden Wasserballons vor Togas Füßen auf der Avenue B auf. Der bekreuzigt sich reflexartig, er ist zwar seit fast zwanzig Jahren Hindu, aber der Katholizismus sitzt ihm wie Krebs in den Knochen. Er sieht irritiert nach oben, ins schwarze Loch des unbeleuchteten Nachthimmels, dann wieder auf den Fleck aus Därmen, Blut und Federn vor sich, er schüttelt den Kopf, murmelt das heilige Mantra und betritt mit straffem Schritt und wehenden hühnerblutbesudelten weißen Gewändern die von Kerzen beleuchtete Tempelkirche zum heiligen Franz. Als testosteronverzerrte Schneewittchenvariante – weiß wie Schnee, rot wie Blut, schwarz wie Ebenholz – gefällt uns der Diener des Dieners ausgezeichnet.

Toga ist ärgerlich, nicht nur der Flecken wegen. Als geborener New Yorker ist er an fremdverursachte Verschmutzungen aller Art gewöhnt. Aber Maria Magdalena sollte vor der Tür längst Tische aufgestellt haben, um die Lebensmittel auszuteilen. Alles muss man alleine machen, denkt er. Dann bleibt er wie vom Donner gerührt stehen. Singend, gebadet, umgezogen, mit geschnittenem Haupt- und Barthaar, eine Blumengirlande um den Hals gewunden, kommt ihm Scheich Ramzi entgegen, der zwei Geschenke Gottes im Arm hält, Kuki im linken und eine Tempeltänzerin im rechten, keine Albinohühner, wie Ramzi findet, sondern richtige Frauen.

»Willst du einen Muffin?«, fragt Kuki, die wie immer geschmückt und aufgedonnert ist, und stopft Toga etwas Weiches, Krümeliges, Süßes in den geöffneten, wie ein Wachtelei geformten Mund. Der Kaureflex setzt ein, das ganze Bartnest wackelt. Wie gut doch dieser Muffin schmeckt, denkt Toga, der das Gebäck zwar im Bus ausgeteilt, aber, da er der Diener des Dieners ist, nichts davon gegessen hat.

»Kümmre du dich lieber um deine Frau«, knurrt der Derwisch eifersüchtig, lässt die Tempeltänzerin los und schubst sie dem zurückweichenden kleinen Mann entgegen. Als Toga jedoch einen zweiten Blick auf die Tempeltänzerin wirft, verschluckt er sich und hustet. Es ist tatsächlich seine Frau, seine eigene Ehefrau, die ihn aus geschminktem Gesicht anlächelt. Brillenlos, lidschlaglos, mit einem kurzen, aufreizend fransigen Haarschnitt.

Weiter nach unten traut er sich nicht zu schauen. Frauen sind Feuer, Männer sind Butter. Ausnahmen gibt es nicht. Er hat es immer gewusst. Er fürchtet sich. Er stürzt in die Knie und sammelt jeden Muffinkrümel einzeln auf. Ich halluziniere, denkt er. Wenn ich wieder hochkomme, ist der Spuk vorbei.

Als er wieder hochkommt, wirkt das Aphrodisiakum bereits. Vergessen ist, was Ramakrishna sagte. Sehr lecker mutet plötzlich die Kotzefresserei an. Etwas Ungeheuerliches beginnt sich in Toga zu versammeln, in Bewegung zu setzen, ganzheitlich zur Jagd zu blasen. Toga hat urplötzlich, nach Jahren des Wartens, Schuftens und Entsagens, das Stadium totaler Verzückung erreicht. Jedoch ist es erstaunlicherweise nicht Gott, der ihn verzückt, sondern seine eigene Frau. Sie ist es, die ihm zur Ekstase verhelfen wird. Sie ist es, die ihm zur Ganzheit fehlt. Was war das nur für ein Quatsch mit der sexlosen Ehe? Heute ist sie fällig.

Sun Baba, der sonnenbebrillt, aber sonnenlos vor den Kühlregalen im Schummerlicht des Supermarktes hockt, das klebrig-süße Bananenaroma des Muffins noch im Mund, hat die halb geschmolzenen Speiseeis-Familienpackungen, die der Swami in einer Reihe neben ihm aufgestellt hat, inzwischen ertastet und geöffnet. Er riecht an der ersten Packung. Sie duftet nach Moschus und Gelbwurz. Wie einen Angelhaken steckt er seinen Zeigefinger hinein. Die Masse ist kalt, schmelzend, klebrig. Sein Finger beginnt zu schmerzen. Er zieht ihn wieder heraus. Jetzt fühlt sich der Finger taub an. Er führt ihn zum Mund und leckt ihn ab. Er schmeckt nach Kokosnussöl, Zimt, Sandelholz.

Nun steckt er die ganze Hand in den Eistopf, wie eine

Schaufel steckt er seine dünne vertrocknete Greisenhand hinein. Die Eiscreme löst sich in Klumpen von seiner Hand und tropft zu Boden. Er hält die Hand über sein Gesicht. Die Eiscreme tropft in die Furchen seines Gesichtes, auf seine zerklüftete dunkle Stirn, in Augen, Nase, Mund. Er schließt die Augen. Er sieht die Feuer am Ufer der Mutter Ganga. Er öffnet den eingefallenen Mund wie eine schwarze Höhlentür. Er lässt die Eiscremebatzen, die sich mit seinen Tränen vermischen, direkt in seinen Mund fallen. Er sieht die ewigen Feuer lodern und spürt ihre Hitze. Er kühlt seinen Körper mit dem Wasser der Mutter Ganga.

Nun steckt er beide Hände in den Eistopf, diesmal führt er sie direkt in seinen zahnlosen Mund. Er bestreicht seinen mageren Heuschreckenkörper mit der kühlen schmelzenden Eiscreme. Seine flachen zurückgebildeten Kiefer mümmeln. Er schmatzt. Seine Zunge fährt heraus und holt die Reste. Er schaufelt nun mit beiden kalten nassen Händen die Eiscreme aus der Packung und benetzt sein Gesicht damit. Er vergräbt seine eingefallenen Augen, seine sonnenverbrannte Nase, seine hohlen Wangen, seinen lippenlosen Mund im Eis. Er reibt seine schlaffen Ohren, seine verfilzten grauen Haare damit ein. Er kichert leise. Er verteilt die schmelzende, würzige, kalte Creme auf seinem Schildkrötenhals, seiner eingefallenen dürren Brust, auf den knochigen Schultern, auf seinem mit einem Pflock durchstoßenen, plötzlich schmerzenden Geschlechtsteil. Er isst sie. Er trinkt sie. Er wird übergossen von edlem Metall, erfasst und gehalten von übergroßen Händen. Ekstatisch fühlt er sich, göttlich, wie Shiva, der Herr des Feuers. Du kannst Kashi verlassen, denkt er, aber Kashi wird dich nicht verlassen.

*

Das Greenwich Village gleicht einem einzigen großen Darkroom. Rings um den Waverly Place schwirrt die Luft, ist nichts als ein einziges männliches Pfeifen und Baggern zu hören, ein Flirten und Fummeln und Gurren und Kichern. Mau ist im »Sonnenkönig« angekommen, einer Kellerkneipe, die in jedem Touristenführer steht. Hier werden schon seit Jahrzehnten abends von grobschlächtigen Transvestiten Musical-Melodien im Falsett vorgetragen. Die Kneipe gehörte vor drei Jahren noch Ely, seinem Verflossenen. Vor der Tür qualmen Grills, dem Verderb preisgegebene Gemüse und Fleischbrocken verbreiten schwelend-rauchige Düfte. Und mitten in den Rauchschwaden der Brutzeleien steht er: Ely. Es gibt ihn noch. Er ist noch da.

Beide fallen einander um den Hals, beleidigen sich gegenseitig zärtlich, Maus Leibesfülle und Elys verdächtiger Abgezehrtheit wegen. Sie beglückwünschen sich zum Drogenentzug und feiern ihr unverhofftes Wiedersehen. Zum ersten Mal seit Jahren setzt sich das bittere Bieraroma wieder auf Maus Zunge ab, schlägt er seine Zähne wieder in zerrig-saftig-aasige Fleischstücke, zum ersten Mal seit Jahren küsst er wieder einen anderen Menschen, spürt Lippen, Atem, Bartstoppeln, Zunge. Er umarmt den wiedergefundenen Geliebten. Er ist nicht schön, nicht blau, nicht geschmückt wie die Statue seines Gottes, aber er lebt. Mau ist in Maya. Es geht doch nichts über die warme, pulsierende, leicht klebrige Halsbeuge eines lebendigen Mannes, denkt er.

Im »Sonnenkönig« herrscht das anonyme Klima eines türkischen Bades mit beschlagenen Spiegeln. Es riecht nach Alkohol, Tabak und warmem Herrenparfüm auf verschwitzter Haut. Die fünf mit Kondenswasser beschlagenen Männer im »Sonnenkönig« spielen

Flaschendrehen. Der, auf den die Flasche zeigt, muss traditionsgemäß ein Kleidungsstück ausziehen und soll dann die größte Sünde beichten, die er jemals begangen hat.

Alle sind berauscht von Heineken und handwarmen Cocktails. Einer, ein Latino mit blondierten Haaren, ist schon fast nackt. Die Kerzen sind zu schiefen Stümpfen heruntergebrannt, die Taschenlampenlichter werden dunkler, die Sterne haben sich verschämt abgewandt. Um Sünden ist Mau nicht verlegen, aber er ist mit Abstand der Dickste in der Runde, und allein der Gedanke an die Entblößung seiner Speckfaltenlandschaft bringt ihn in die Bredouille. Er verflucht jeden verdammten Muffin auf seinen Hüften. Fast sehnt er sich zurück in die Geborgenheit der Glücklichen Sklaven, wo er unter heiligen Holzpuppen und gläubigen Heterosexuellen war, die sich nicht stießen an seiner Fettheit und seiner Fresssucht. Doch nun, ganz plötzlich, ist er wieder sein Körper und nichts als sein Körper, und der ist nun mal fett.

Als ihn die Flasche zum ersten Mal erwischt, entsinnt er sich glücklicherweise der Duschhaube, reißt sie aus der Tasche, stülpt sie sich auf den Kopf, zieht sie wieder herunter und wirft sie unter Protestpfiffen der anderen in den Kreis.

»Billiger Trick«, raunzt Ely und bufft Mau in die Seite.

»Ich jedenfalls kann nicht schummeln«, sagt tuntig der Blondierte und legt die Hand auf sein strammes Hosenpaket.

»Warte, Schwester«, sagt ein rothaariger Junge mit durchtrainierten tätowierten Armen im Scharfrichterton, »noch mal kommst du uns nicht so davon. Was ist deine Sünde?«

Mau wirft Ely einen Blick zu. »Ich war mal in Amsterdam, mit Heather, einer Kollegin. Ich hab sie mitgenommen, weil sie da Verwandte hat, bei denen wir wohnen konnten. Anyway, vor dem Rückflug hab ich ihr die Haare gestylt, mit einem Tuch. Sie war so begeistert, sie sagte, das sei so süß von mir und ich sei ein echter Freund. Ich hatte aber zehn Gramm Kokain in das Tuch gewickelt.« Für Ely, denkt er.

»Nicht schlecht«, sagt der Fünfte im Bunde, ein aschblonder Amerikaner mit einem monströsen Adamsapfel, der bisher weder viel gesagt noch viel ausgezogen hat.

»Haben sie sie geschnappt?«

Mau schüttelt den Kopf. Geschnappt haben sie sie nicht, aber sie hat das Kokain gefunden, als sie, zurück in New York, das Tuch aus dem Haar nahm. Ihren angewiderten Blick, als sie ihm den Stoff vor die Füße warf, kann er sich bis heute lebhaft in Erinnerung rufen. Sie hatte ihn nicht verpfiffen, wollte aber nie mehr etwas mit ihm zu tun haben. Er hatte sie später gesucht, denn einer der zehn Schritte im Programm der Anonymen Alkoholiker war es, seine ehemaligen Opfer um Verzeihung zu bitten. Aber sie war nicht mehr auffindbar.

Mau dreht die Flasche, holt mit aller Kraft Schwung. Krishna, mach bitte, dass sie nicht wieder bei mir stehen bleibt, denkt er. Als Nächstes wäre das T-Shirt dran, er trägt nur noch drei Kleidungsstücke, T-Shirt, Shorts und eine Hindu-Unterhose, eine Art Mull-Stringtanga, der sicher bei seinen Mitspielern verschärfte Heiterkeit auslösen wird. Krishna erhört Maus Gebet. Die Flasche zeigt auf den Blondierten. Lässig, ohne auch nur den geringsten Anflug von Scham oder Befangenheit zu zeigen, hebt er den Hintern und entledigt sich seiner engen Unterhose, während er mit den anderen abwechselnd Augenkontakt hält, am längsten mit dem tätowierten Rothaarigen, alles mit der Trägheit eines erfahrenen Strippers. Vier Augenpaare hängen gierig an seinem halb erigierten Geschlechtsteil, das sich in einem Meer von blondiertem Schamhaar leicht hin und her bewegt wie der Schwanz eines Hundes in Erwartung der Wurst.

»Anyway, was ist deine Sünde?«, fragt Mau mit leicht zitternder Stimme.

»Ich arbeite als Kellner in einem Café am Columbus Circle. Vor einem Monat kam eine Frau zu mir. Stammkundin. Gute Trinkgelder. Aus bestem Hause oder so. Sie bat mich, auszusagen, dass sie an einem bestimmten Tag zu einer bestimmten Uhrzeit da gewesen sei. Ich wusste zwar genau, dass sie an diesem Tag nicht da war, aber sie hat mir fünftausend Bucks gegeben. Cash. Am nächsten Tag habe ich dann in der Zeitung gelesen, dass ihr Mann tot ist. Millionenerbe und so. Eine Woche später waren die Bullen da. Ich bin das Alibi einer Mörderin.«

Maus leicht geschlitzte Augen weiten sich.

»Und was für ein schönes«, sagt Ely.

»Hi«, brüllt jemand. Alien ist aus der Dunkelheit aufgetaucht, mit leuchtenden Raubtieraugen, und schaut sich ungewohnt scheu um. Mau, ohne von Aliens Geschlechterwanderung zu wissen, nimmt an dem androgynen Knaben zum ersten Mal etwas wahr, das er vorher an ihm nie bemerkt hat: die unerweckte Sehnsucht eines nahenden Coming-out.

»Hier sind eigentlich nur Schwestern zugelassen«, sagt Mau gedehnt. Alien lächelt geheimnisvoll. Ich bin mehr Schwester als ihr alle zusammen, denkt er, zum ersten Mal im Leben stolz auf die in ihm verbliebene unausrottbare Restweiblichkeit.

»Anyway, setz dich halt her«, sagt Mau und schlägt mit der dicken samtbraunen Hand auf den freien Platz neben sich, erleichtert, dass sich der Flasche nun ein potenzielles Opfer mehr darbietet, neugierig, wie Alien wohl nackt aussieht. Die restlichen Spielteilnehmer sind hin- und hergerissen zwischen Aliens ekelhaften Dreadlocks und seiner ausgesprochen vielversprechenden Figur.

»Wann warst du denn zum letzten Mal mit deinem Dad zusammen?«, fragt Venus. Das Kind zieht die Schultern hoch, lässt sie fallen, zieht sie hoch, lässt sie fallen.

»Heute?«, fragt Venus.

»Hab schon vierzehn Zähne«, sagt das Kind. »Willste sehen?«

Das Kind fletscht die kleinen weißen Hamsterzähne.

»Kannst du denn schon so weit zählen?«, fragt Venus.

Mit immer noch geöffnetem Mund schüttelt das Kind den Kopf.

»Wie heißt du?«, fragt Venus.

Abrupt klappt das Kind den Mund zu, als sei ihm eben eingefallen, dass es darin verbotenes Gut schmuggele. »Kavi«, presst es zwischen zusammengebissenen Zähnen hervor.

Venus betrachtet es nachdenklich und stellt im Gesicht des Kindes eine Nase fest, die scharf werden will, Augenbrauen, die zusammenwachsen wollen. Dann die dunklen Haare wie Rabengefieder. Die braunschwarze aschige Haut …

»Und deine Mum?«, fragt sie ahnungsvoll.

Kavis Oberlippe ist zu kurz und lässt auch bei geschlossenem Mund ein Zahndreieck sehen. »Hab keine Mum«, murmelt er, rollt sich in einer Kiste mit Kräutern zusammen, gähnt herzhaft und schläft noch im Gähnen ein, mit offenem Lippendreieck, durch das die kleinen weißen Hamsterzähne blitzen.

Indessen ist, nur zwei Gänge weiter, unser Inspektor betrunken, berauscht und verknallt. Seine Herzfrequenz ist extrem erhöht, der Wein pulsiert in seinen Gefäßen, der Muffin hat das Übrige dazugetan. Boone trägt auf seinen kurzen Armen Bringfriede, die kichert und schnattert und seine Haarsträhnen verwuschelt und verspottet und allerhand Unsinn erzählt, er trägt sie frohlockend in Richtung Bus, der bereitsteht zur letzten Fuhre. Himmelfahrt, denkt Boone, das ist die Nacht der Nächte, und wen kümmert schon ein kümmerlicher Fall, wenn die Welt untergeht und die Hormone tanzen.

Alle verderblichen Waren sind abtransportiert oder verpackt, vor Boone trägt der Swami eine Gemüsekiste mit dem schlafenden Kind. Venus läuft neben ihm und schaut sich um, der alte Yogi wird vermisst. »Sun Baba«, ruft sie, wohl wissend, dass der Alte, selbst wenn er ihren Ruf hörte, nicht antworten würde. »Sun Baba!«

Der zottelige Hund des Supermarkt-Chefs ist es, der den Alten findet, beschnüffelt und von oben bis unten mit blauer Zunge ableckt. Dem Supermarkt-Chef selbst bleibt dieser Umstand verborgen, da er sich mit Winter in die Haushaltswaren-Abteilung verzogen hat, wo die beiden heftig knutschen. In einer Eispfütze liegt die Leiche des alten Mannes, noch kleiner und dünner als zu Lebzeiten, nichts als ein Grashüpfer, aber einer mit einem seligen Lächeln im Gesicht. Stumm und unschlüssig scharen sich unsere Helden um den Toten, keiner weiß, was sagen, was tun. Nur Bringfriede springt von Boones Arm, schlägt ein Kreuz über der Leiche, zerrt an Sun Babas schlaffem Arm und ruft: »Stehe auf, mein Sohn, und wandele!«

*

Toga empfängt den Bus, Regieanweisungen gebend. Eine kurze Bestandsaufnahme ergibt, dass vier Personen vermisst sind: drei von der Dunkelheit verschluckt, eine tot. Stattdessen gibt es Zuwachs, ein in einer Gemüsekiste schlafendes indisches Kind, eine Rückkehrerin, die irre Bringfriede, die offenbar aus der Klapsmühle entkommen ist und sich obendrein mit einem Motelgast eingelassen hat. Es gab Tage, an denen hätte Toga Neuigkeiten wie diese nur mithilfe ausgedehnter Putzaktionen verkraftet. Aber nun, im aphrodisierten Zustand, mit der lodernden Gewissheit einer schönen und begehrenswerten Ehefrau an seiner Seite, einer Tempeltänzerin im bauchfreien Sari, mit modernem fransigem Kurzhaarschnitt und dunkelrot geschminktem rosenblattförmigem Mund, lassen ihn die Neuigkeiten kalt. Er funktioniert noch, er leitet den Abtransport von Sun Babas Leiche in die Wege, er stellt die Obdachlosenbeköstigung auf die Beine, aber dann lässt er den Dingen ihren Lauf. Wie schön, wie entspannend es ist, den Dingen ihren Lauf zu lassen, denkt er. Er hat nicht mal seine blutbefleckte Toga gewechselt. Er übersieht eine Wollmaus und kneift vor lauter Übermut die neben ihm Sandwichs austeilende Maria Magdalena in den festen, knabenhaften Hintern. Sie quiekt wie ein Meerschwein.

Er schickt den Swami, den Kleinbus zu parken. Er drückt der angeschickerten Bringfriede und ihrem Helden die Obstkiste mit dem schlafenden Kind in die Hand, Arjuna, der einen Hexenschuss simuliert, wird auf die Suche nach Kuki geschickt, deren Anwesenheit für den anstehenden Großabwasch erforderlich ist. Venus soll die restlichen Speiseeis-Familienpackungen portionieren und an die Obdachlosen austeilen, die bereits Schlange stehen, und Ramzi soll die noch nicht aufgetauten Gefrierwaren ins noch halbwegs kalte Kühlhaus im Keller bringen.

Selbst Scheich Ramzi schlägt die Weltuntergangsstimmung aufs Gemüt. Hat er etwa mit der Dreckkruste automatisch seine Bosheit weggeschrubbt? Leidet er an plötzlicher Herzerweichung? Er fühlt sich ungeschützt, verletzlich, entpanzert. Wenn die Welt wirklich untergeht, wenn sein Leben hier zu Ende ist, wie sinnlos und unerfüllt ist es doch gewesen! Matt tastet er sich die dunkle Kellertreppe hinunter, einen Kerzenstumpen in der einen Hand, einen Karton mit eingefrorenem Tofu in der anderen, Muffins in den Taschen seines Flickenmantels, Kukis Blumengirlande um den Hals. Wie ein Scherenschnitt schleicht sein zitternder Schatten neben ihm her. Er stößt mit seinem Korkhut an, der Hut fällt ihm vom Kopf, er fängt ihn im Fall, zerreißt in der Bewegung versehentlich seine Kette aus menschlichen Fingerknochen und klemmt, während die Knöchlein wie eiserner Regen auf der Treppe niedergehen, seinen Korkhut unter den Arm.

Den Karton stellt Ramzi ungewöhnlich folgsam im Kühlraum ab, der, obwohl seit Stunden ohne Strom, seine Eiseskälte bewahrt hat. Einen Moment lang bleibt Ramzi im erfrischenden Kälteschwapp stehen, dann schließt er die schwere Tür und setzt sich auf die legendären Kartoffelsäcke. Die Blumengirlande duftet. Er ist 45 Jahre alt und er fühlt sich, als sei soeben seine Pubertät zu Ende gegangen. Er schlägt die beiden wettergegerbten dunkelbraunen Hände vor das Gesicht und schluchzt. Er weiß plötzlich, tief in seinem Herzen weiß er, dass eine Blume schön ist und ein Kadaver hässlich.

Das Schluchzen weckt Baula, die beim Warten auf ihr nächstes erotisches Opfer in der drückenden Luft des Kellers eingeschlafen ist. Die Sache mit dem Stromausfall hat sie versäumt. Die Geilheit ist verflogen wie ein Furz.

Die Luft ist schwer, Baulas enges kurzes Kleid durchgeschwitzt. Sie ist zu rasch aufgeschreckt aus ihrem üblichen Traum von Prunk, Exzess und Ekstase, nun ist ihr schwindelig und sie braucht einige Sekunden, um sich zu orientieren. Im Kerzenschein sieht sie die Umrisse einer Gestalt, einer männlichen Gestalt, sieht einen starken, windschiefen Rücken, den sie nicht gleich zuordnen kann, und dieser Rücken zuckt, gebeutelt von einem tiefen krächzenden Schluchzen. Die Situation ist unwirklich, das Schluchzen ist die Essenz aller Trauer, der Mann ist die Essenz aller Männer, Baula nähert sich, fast würde sie auf Zehenspitzen gehen, wenn ihre Füße nicht in spitzen hohen Stiefeln gefangen wären.

Der Mann sieht aus wie Ramzi, nur besser, und er riecht auch besser, und er ist so traurig und allein, und es ist so dunkel, und sie ist erstmals im Leben ratlos, denn diese Art von Erfahrung, die Tröstungserfahrung, die fehlt ihr bisher, obwohl sie auf ein Regiment von mehreren tausend Liebhabern zurückblickt, aber hat sie jemals einen von denen weinen sehen? Sie stammt aus Brooklyn, sie weiß sich mit Worten zu wehren, sie weiß sich mit Fäusten zu wehren, sie weiß sich mit feuerroten, gebogenen, künstlichen Fingernägeln zu wehren. Sie weiß, wie man Männer ausnimmt, abhängig macht, um den Finger wickelt, sie hat ein mehr als durchschnittliches Repertoire an Sextricks, aber sie ist vollkommen ratlos bei diesem weinenden Mann. Er macht sie weich. Er macht sie traurig.

Die Frau mit dem schiefen Blick setzt sich neben den Mann mit dem schiefen Rücken, lehnt ihren Kopf an seine Schulter, und fängt die Melodie seines Schluchzens ein, es steckt sie an wie eine Schwingung, eine Welle, es greift auf sie über wie ein gefräßiger Waldbrand, und beide heulen sie wie die Schlosshunde, weiß der Himmel, warum. Er war ein Wegelagerer, ein Dieb, ein Vergewaltiger, ein Mörder. Sie war eine Hure, eine Betrügerin, eine herzensböse Frau. Ihre eher versehentliche Verbindung enthüllt uns ihren tieferen Sinn: Auf eine perfide, fast anrührende Art und Weise haben sie einander verdient.

Benito hatte im Dämmerlicht seines Verschlags gesessen und war seiner abendlichen Routine nachgegangen: Er hatte mit der Akkuratesse eines Metronoms die zerschlissene Stehlampe aus- und angeschaltet. Aus. An. Aus. An. Aus. An. Aus. An. Wenn die Glühbirne kaputtgeht, dachte er wie so oft, bring ich mich um. Die Glühbirne war bisher niemals kaputtgegangen. Sie war auch jetzt nicht kaputtgegangen, aber Benito war gefangen in den Scheuklappen seiner Depression, unfähig, die Außenwelt wahrzunehmen. Es war der Stromausfall, der die Glühbirne verlöschen ließ. Es war der Stromausfall, der ihn zum Tode verurteilte. Für ihn war nur entscheidend, dass das Urteil gesprochen war, nicht, warum.

Als es plötzlich dunkel wurde, erhob er sich von dem von Toga aus rauen Brettern zusammengezimmerten Stuhl, wie jemand, der die Olympiade gewonnen hat und nun das Siegertreppchen besteigt, um die Medaille entgegenzunehmen und die Nationalhymne seines Landes zu hören. Fast war ihm feierlich zumute. Fast hätte er die Hand aufs Herz gelegt. Er verlor eine Stunde, in der er bei Kerzenschein allerhand Abschiedsbriefvarianten erwog und verwarf, holte dann die Wäscheleine hervor, die er seit Jahren mit sich führte, knüpfte sie an das Wasserrohr, das sich nach amerikanischer Art unter der Zimmerdecke entlangzog, rückte den dilettantisch gezimmerten Stuhl heran und traf chronologisch alle Vorkehrungen, die sich im Laufe seines Lebens in seinem Kopf zu einer Art finaler Checkliste verdichtet hatten.

Es war nicht immer das Erhängen gewesen, das an erster Stelle der erwogenen Entleibungsarten gestanden hatte. Er hatte abwechselnd mit dem Aus-dem-Fenster-Springen, dem Erschießen und dem Pulsadern-Aufschneiden kokettiert. Das Erschießen scheiterte an der Waffenbesorgung, das Aus-dem-Fenster-Springen ließ sich schwer realisieren, da sein Zimmer fensterlos war, und das Pulsadern-Aufschneiden erinnerte ihn zu schmerzhaft an die väterliche Fleischerei, den Blutpudding, die schwabbeligen lila Kalbsleberstücke, die grauen halben Schweineleichen.

Im Moment, als wir sein Zimmer erneut betreten, schließt sich der Strick um Benitos Kehle – er ist noch nicht vom Stuhl gesprungen, er prüft in einer Generalprobe die Gleitfähigkeit der Schlinge –, als der Strick sich widerstandslos zuzieht, fühlt sich Benito paradoxerweise zum ersten Mal seit vielen Jahren, als könne er wieder atmen. Es ist, als sei im Angesicht des Todes alles gegenstandslos geworden. Er hat sich den Tod immer klassisch vorgestellt, als Gerippe, als Sensenmann, mit schwarzem Umhang, leer, kalt und Furcht erregend. Aber nun hat er den Tod gesehen. Er hat ein faltiges Shar-Pei-Gesicht, dünne Lippen und trägt eine Strickmütze.

Der Strick liegt fest um Benitos Hals, aber noch kann er atmen, und plötzlich ist es ihm bewusst, was für ein kostbares Gut das Atmenkönnen ist, er möchte atmen, atmen, atmen und nie mehr aufhören, er möchte sich aufblasen wie ein Ochsenfrosch. Er fühlt sich, als ob er nie zuvor geatmet hätte, als sei er sein Leben lang unter Wasser gewesen. Er spürt, dass er lebt.

Es ist alles vorbei, es ist plötzlich alles vorbei, die Angst, der Schmerz, die Einsamkeit. Er ist nicht mehr in Rajana verliebt. Er ist nicht mehr in Venus verliebt. Der Stein ist weg, Benito leidet nicht mehr an der Welt. Er ist frei. Frei zu sterben, frei zu leben. Wenn er jetzt am Leben bleibt, dann aus freien Stücken, weil er es will, weil er es entschieden hat. In diesem Moment, in dem er dem Tod ins Gesicht sieht, hält Benito den Schlüssel in der Hand. Und er sieht auch die Tür. Und mitten in der tiefsten Dunkelheit ist alles plötzlich sonnenklar. Die Strafe des Sisyphus, denkt der Mann mit der Strickmütze, ist nur dann furchtbar, wenn er hofft, dass es irgendwann aufhört. Sein Herz schwillt an und wird groß und heiß und flüssig und nimmt den ganzen Raum in seiner Brust ein, die sich plötzlich nicht mehr eng und enttäuscht anfühlt, sondern leicht und luftig wie der Brustkorb eines Vogels, der sich mit dem Frühlingswind aufschwingt. Sein flüssiges heißes Herz kriecht in seine tauben Arme und Beine, in jeden Winkel seiner traurigen verhärteten Person und bläst ihn auf wie einen Heliumballon, plustert ihn auf, stopft ihn, füllt ihn mit einem hellen glucksenden Lachen.

Es ist alles so leicht! Er wird neu anfangen, sich einen Job suchen, sich eine Wohnung suchen, sich ein Mädchen suchen. Er wird eine Familie gründen, er wird seine Kinder in die Luft werfen und wieder auffangen, er wird sich spiegeln in ihren glücklichen erhitzten Gesichtern, ihr Lachen wird hell sein, und seines eine Oktave darunter oder auch zwei, mehrstimmig werden sie lachen, und seine Frau, die in seinem Traum aussieht wie Venus, wird ein Foto von ihnen machen, um einen glücklichen Moment des Familienlebens einzufangen, einen der vielen, der unzähligen glücklichen Momente, die kommen werden.

Benito, der im Bruchteil einer Sekunde das Wunder des Lebens begriffen hat, hebt schwungvoll beide Hände, um den Strick von seinem Hals zu reißen. Verliert in der Bewegung das Gleichgewicht. Er strauchelt. Der von Toga gezimmerte Stuhl bricht unter ihm ein. Der Strick zieht sich zu, seine Halswirbelsäule knackt wie ein Kartoffelchip. Ein letztes Zucken durchläuft seinen hageren Körper. Dann fällt mit erstauntem Ausdruck sein Shar-Pei-Gesicht zusammen.

»War da ein Geräusch?«, fragt Toga, der im Zimmer seiner Frau steht, irritiert von einer von ihm Besitz ergreifenden seltsamen inneren Ruhe. Tut etwa der Gelassenheits-Prayer, den ich so oft gebetet habe, späte Wirkung?, denkt er.

»Es war nichts«, flüstert sie, aufrecht und gerade steht sie vor ihm wie ein Zinnsoldat und streichelt sein bärtiges Gesicht, fährt mit den kurzen Kinderfingern über jeden silbernen Faden, der sich inzwischen durch sein schwarzes Barthaar zieht. Er ist, bebend unter dieser ungewohnten Zuneigungsbekundung, fest entschlossen, alles zu nehmen, was sie gibt, alles zu glauben, was sie sagt, seine Frau, seine schöne junge Ehefrau, deren Zärtlichkeit er zum ersten Mal sich erlaubt zu erfahren, deren Zimmer er zum ersten Mal sich erlaubt von innen zu sehen. Aber da er viel zu verwirrt ist, sieht er nicht seine Fotos, die wie Heiligenbildchen an allen Wänden hängen, mit Blumengirlanden gekränzt. Da er nie versucht hat, thailändische Schriftzeichen zu lernen, kann er nicht in ihrem aufgeschlagenen Tagebuch lesen, ein rührendes Protokoll ihrer Liebe zu ihm, in Maria Magdalenas spärlichem Wortschatz, handgeschrieben in jeder ihrer spärlichen freien Minuten. Beide stehen unter der niedrigen Decke des Verschlags, in dem Maria Magdalena lebt, sie drängt sich an ihn, sie weiß nicht, woher ihr Mut kommt, der sie alle Barrieren nehmen lässt. Er greift nach ihren Babyfingern. Ihre gelbbraunen Hände liegen wie Küken in seinen behaarten Händen.

Ihr rosenblattförmiger Mund, er ist dunkelrot geschminkt, er wird ihn küssen dürfen, er wird ihn küssen, gleich, nun, wo ohnehin ein Teil der Absprache gebrochen ist.

Madame Butterfly, jetzt fällt ihm der Name dieser verhängnisvollen Oper wieder ein, an den ihn ihr ursprünglicher Name erinnert hatte. Dies ist der Ausnahmezustand, sagt er sich, auch wenn ihm nicht ganz klar ist, wodurch derselbe hervorgerufen wurde. Sie steht ganz nah bei ihm, ihre glatte Wange an seiner haarigen. Togas Magen schweigt zum ersten Mal seit vielen Jahren. Der Tempelpräsident ist ganz still, er spürt ihren warmen geraden Körper, ihre Jugend, ihren neuen und fremdartigen Moschusduft, ihre Liebe, und es ist beiden, als schiene der Mond hell ins Zimmer, obwohl das Zimmer gar kein Fenster hat.

Als Arjuna Kukis Zimmer erreicht, läuft er wie ein schwerer Fall von Morbus Bechterew, so schlimm hat der Hühnerwurf seinem Rücken zugesetzt. Kuki empfängt ihn, auf ihrer Massageliege hingegossen, als sei sie eine Prinzessin und die Liege eine Ottomane. Doch ist, der eintritt, nicht der Mann, den sie erwartet. Und eigentlich hatten wir ihr auch den Scheich zugedacht, so wie wir auch ursprünglich geplant hatten, Arjuna mit seiner eigenen Frau zusammenzubringen, ganz wie es sich gehört, aber unsere Sommergeschichte hat eine gewisse Eigendynamik entwickelt; wir lehnen uns zurück und genießen.

Kuki liegt also auf der Massageliege, reißt kurz die dunklen Augen auf, als statt des großen langhaarigen Derwischs der gebückte Küchenchef mit dem traurigen Löwenkopf vor ihr steht, stellt sich aber schnell auf die neue Situation ein. Das war immer ihre Stärke, sich schnell auf neue Situationen einzustellen. Im Grunde hat sie ihr Leben lang nichts anderes gemacht, als sich auf neue Situationen einzustellen. Sie besitzt die Fähigkeit, etwas von einem Moment zum anderen hinter sich zu lassen. Ihre Eltern hat sie hinter sich gelassen, mehrere Religionen, mehrere Liebhaber, ihr Kind… Und dann: Mann ist Mann.

»Sieht aus, als bräuchtest du eine Massage«, sagt sie und räkelt sich, wobei die Räkelei vergeudet ist, da Arjuna in seiner aktuellen Haltung den Boden anstarrt und nicht sie.

»Komm her«, sagt sie, steht auf, nimmt ihn an den Schultern und zieht in auf die Liege. »Geht aufs Haus.«

Arjuna, der nicht weiß, wie ihm geschieht, der Togas Auftrag, Kuki zu ihm zu bringen, vergessen hat, der sogar Baula und das Huhn und den Schmerz vergessen hat, findet sich auf allen vieren, von starken Salbei- und Weihrauchdüften der Räucherstäbchen umgeben. Erst liegt er wie ein Krummsäbel, aber nach und nach gelingt es ihm, die Schutzhaltung aufzugeben und mit dem Bauch die Liege zu berühren. Er spürt Kukis Hände überall an seinem Hals, seinem Nacken, seinen Schultern, geschult gleiten sie über die Havarieherde seines Körpers, der sich vollständig entkrampft, der in ihre Hände hineinwächst, sich in sie verästelt bis in alle Synapsen.

Wie stark er plötzlich das Defizit seiner Beziehung mit Baula empfindet, glasklar steht ihm vor Augen, was er seit Monaten verdrängt hat: wie wenig sie ihn achtet, wie oft sie ihn hintergeht. Wie sehr er sich in diesem Moment wünscht, dass sich Kukis Hände etwas weniger professionell bewegten. Dass sie seinen traurigen Löwenschopf streicheln. Wie sehr er sich wünscht, nicht ein Kunde zu sein, sondern jemand, der Berührung aus Liebe erfährt, von einem Menschen, der es ebenso genießt, ihm nahe zu sein, von jemandem, der ihn liebt. Bei dem Gedanken an Liebe läuft, von Kuki wohl bemerkt, ein Schauer über Arjunas Leib. Er hebt den Kopf und wendet sein Gesicht dem Kukis zu. Im Augenwinkel sieht er, dass die orange Kerze, die unruhig in einem Glas neben Kuki flackert, Changos Abbild trägt. Das ist ein Zeichen, denkt Arjuna. Wo mein Orisha ist, kann ich nicht falsch sein. Die Kerzenflamme verdoppelt sich in Kukis dunkel umschatteten Augen. Sie ist schwer und üppig wie Baula, aber sie sieht ihn anders an als Baula. Sie sieht ihn an, wie Menschen Menschen ansehen, nicht wie Herren Hunde ansehen oder Sklaven. Ist es das? Ist es die Sklavengeschichte seiner Vatergeneration, die ihn sich Baula unterwerfen ließ? Hat er Masochismus in den Genen? Doch schon im nächsten Moment ist Baula ihm egal. Sie ist verschwunden, gelöscht aus seinem Herzen. Er ist entliebt.

Er hat sein Herz entleert, um es wieder füllen zu können. Er sucht nicht mehr Baulas Bild in Kuki, er vergleicht Kuki nicht mehr mit Baula. Er sieht Kuki mit einem neuen zärtlichen Blick, es ist, als sehe er sie erstmals.

Sie hält inne und erwidert seinen Blick. Sie gibt dem Impuls nach, seine Löwenmähne glatt zu streichen, zu streicheln. »Dreh dich um«, sagt sie leise, und Arjuna hört leise ihre Fußglöckchen läuten, »zieh dein Hemd aus.« Kuki öffnet eine braune bauchige Glasflasche, die den schweren Geruch süßer Kokosmilch verströmt. Dann holt sie den Micky-Maus-Schlüpfer aus der Truhe.

Auf dem Dach, auf dem Sun Baba nie mehr sitzen und in die Sonne starren wird, finden wir unsere beiden Helden, die Bäuche voller Muffins, Eiscreme, Hindupampe, die Herzen voller… ja was eigentlich? Sehnsucht? In den Wirren dieser dunklen Nacht hätten wir sie fast aus den Augen verloren: eine gefallene Prinzessin und ein Bettelmönch, eine Nichtmörderin und ein Nichtheiliger. Der Mond wirkt immer noch bleich und erschöpft. Die Sterne verblassen wie Sommersprossen im Winter. Aber es ist nicht Winter, es ist Mitternacht, Mittsommernacht, und es ist immer noch unerträglich heiß. Die Skyline ist verschwunden, als hätte sie sich zum Schlafen hingelegt.

Von der Avenue B klingen Salsaklänge nach oben, Venus wird von einer großen Beklemmung befallen. Hier steht sie, die sich nicht kennt, mit einem Mann, den sie nicht kennt. Sie hat ihn noch nie nackt gesehen, noch nie intim berührt. Sie legen sich zueinander auf die zerschlissene Decke, auf der Sun Baba seine einsamen Nächte verbracht hat. Sie umarmen sich vorsichtig, als seien sie aus Porzellan. Ihre Körper sind feucht, ihre Hände sind feucht. Sie sind allein. Sie und die Nacht. Die Nacht ist wie eine weiche, viel zu warme, schwarze Wolldecke. Die Nacht schützt sie. In ihrem Schutz ziehen sie sich aus und sind trotzdem nicht nackt. Zwischen ihnen und der Nacktheit ist die Nacht. Auch der Mond ist verschwunden, auch über ihn hat sich die dunkle Wolldecke gebreitet. Der Mond ist taktvoll. Taktvoller als wir.

»Du bist schön«, sagt sie, die ihn nicht sieht.

»Weil ich dich spiegele«, sagt er, der sie nicht sieht.

Er streckt die Hand nach ihr aus und berührt unversehens ihre Brust. Sie spürt sein Zittern, er ist hingerissen. Sie ist auch hingerissen, weil er hingerissen ist, weil sie ihn für sich hat, hier auf dem Dach in der Armen der nachtblauen Nacht. Die Zeit der Mysterien ist vorbei. Sie beide sind getragen vom sicheren Gefühl, dass sie niemals mit anderen gemacht haben, was sie nun miteinander machen, mit einer Scheu und Unschuld, die nur aus Liebe geboren wird. Sie tastet nach ihm, nach seiner glatten runden Stirn, seinem stoppeligen herrischen Kinn, ihre harten, von der Küchenarbeit rauen Fingerkuppen berühren seinen Oberkörper, die warme behaarte Brust, den strammen Bauch. Er streichelt ihren Hals, ihre Schulter, ihren Arm, sie genießt die Sanftheit seiner großen weichen Hand.

Die Wolken sind vorbeigezogen, der Mond wirft sein fahles erschöpftes Licht auf die beiden. Wie träge Schneetiger liegen sie sich gegenüber, hell, gedankenstill, andächtig. Sie berührt sein Gesicht, ihre weiße Hand verschmilzt mit seinem weißen Gesicht, es ist heiß wie das eines Malariakranken. Sie streichelt sein Gesicht, seine heißen Schläfen, seinen dichten Haaransatz, sie legt die

Hände auf seinen knarzigen Schädel. Er schließt die Augen und genießt, denn er war bisher ein rundherum ungestreichelter Mann.

Die Sensation des Streichelns und des Gestreicheltwerdens genügt sich eine Zeit lang selbst. Minuten. Stunden. Wer weiß das schon. Wir jedenfalls sehen nicht auf die Uhr. Es ist so, dass sich das Tempo irgendwann von selbst verändert. Vielleicht weil ein lauer Wind über unser Liebespaar hinwegfegt. Vielleicht weil es unten auf der Straße langsam ruhig wird. Vielleicht weil sich durch den New Yorker Partymüll ein Auto der Stadtreinigung schiebt, als sei nichts geschehen. Er streichelt ihren schwitzenden Körper, er streichelt schneller, begehrlicher. Er nimmt die ganze Frau wie ein filigranes Spielzeug zwischen seine riesigen Hände. King Kong und die weiße Frau. Nun ist er erregt. Aber etwas ist anders. Es ist, als sei es wirklich sie, die er will. Er robbt dichter an sie heran, er umschließt ihre Brüste, sein großes rundes Knie berührt ihren Schoß. Beide zucken unter der Berührung zusammen. Er kann sehen, dass ihr Schamhaar hell ist, fast weiß, wie ihr Kopfhaar, wie ihre dichten Wimpern.

Es ist so viel Raum über ihnen, die unaussprechlich hohe Himmelkuppel. Der Raum über seinem Kopf gibt dem Swami ein Gefühl von Ewigkeit, weitet ihn innerlich, zieht ihn hoch wie einen Magneten. Er hockt sich hin, nackt hockt er vor ihr wie ein gigantischer Ochsenfrosch. Eine neue Wolke hat sich vor den Mond geschoben. Venus ist entzückt vom Schattenriss ihres Geliebten. Er ist einfach nur da. Er verführt sie passiv. Er verführt sie mit der Wucht seines Daseins, mit seiner gewaltigen körperlichen Präsenz, mit dem Koloss seines Körpers.

Er hat Verführung nie gelernt, er hat Verführung nie gebraucht, er weiß auch nicht, was Liebe ist. Erstmals nimmt er die Sensation der allersachtesten menschlichen Berührung wahr, die Feuerdusche einer taktil hervorgerufenen Gänsehaut. Allein eine Strähne ihres Haares auf seiner Haut fühlt sich an wie Sand unter den Füßen, wie Ozeanwellen im Gesicht, wie Weidenkätzchen an seinen Handflächen. Was hier geschieht, liegt außerhalb von Macht, Besitz und Gier. Was er ertastet, weich, hart, rau, zart, trocken, feucht, erweitert seine unterentwickelte Gefühlsskala. Erstmals spürt er das Bedürfnis, sich zurückzuhalten, zu genießen, ohne sich etwas zu verbieten. Er fühlt sich nicht beobachtet, nicht kontrolliert, nicht verpflichtet. Er spürt eine Sanftheit in sich, über die er sonst nur im sexuellen Ruhezustand verfügt, auf die er niemals vorher Zugriff hatte im Moment der Lust.

Sie richtet sich auf, hockt sich vor ihn wie ein Küken vor die Mutterglucke, reckt sich und legt ihre Stirn an seine, ihre Schweißperlen verschmelzen mit seinen, bilden eine neue Legierung. Eine Weile verharren sie so, an den Stirnen zusammengewachsene siamesische Zwillinge, mit seligen erregten Ganzkörperhäuten. Im Vorgeschmack der Liebe lauschen sie in sich hinein. Sie lauschen in den anderen hinein. Sie lauschen den Stimmen der letzten Feiernden, der versprengten Randalierer, der Polizisten unten auf der Straße, sie lauschen den Salsaklängen, den Martinshörnern, den Autohupen. Sie spüren den Atem des anderen wie eine sanfte Brise auf ihren Gesichtern. Zweifelsohne sind sie in jenem Zustand, in welchem Menschen gern behaupten, die Engel singen zu hören.

Sie weiß, dass sie gleich mit ihrer Zunge auf seinen schweren Lippen entlangfahren wird, an seinem herrischen Kinn entlang, den Konturen des Halses folgend, durch sein knisterndes Brusthaar, mit der Zungenspitze eine Schneise in seinen strammen Bauch bohrend, dass sie ihre Nase in seinen wild wuchernden Schamhaarborsten vergraben wird. Sie weiß, dass sie dann mit dem Kinn bereits seine Erektion spüren wird, und anderen Falls, dass sie seinen weichen Penis in kürzester Zeit hart küssen wird. Sie weiß, dass sie jeden Zentimeter seiner haarigen Beine streicheln wird, seine Zehen erkunden, seine Fesseln, seinen Spann, seine Fersen, alles, alles, nichts wird sie auslassen auf Sun Babas zerschlissener Decke, auf dem Kirchendach, den ganzen gewesenen Mönch würde sie liebkosen, ablecken wie eine Mutterkuh das Kälbchen, bis das Tageslicht ihnen die schützende Decke wegreißen würde.

Er weiß, dass er gleich sein Gesicht zwischen ihre Brüste pressen wird, es auf ihren flachen Bauch legen wird, dass sich sein Gesicht, auf ihrem Bauch liegend, heben und senken wird mit jedem ihrer schneller werdenden Atemzüge. Er weiß, dass sie seinen Atem in ihrem Schamhaar spüren wird, er wird diesen milchweißen Leib mit lautlosen Küssen bedecken, und er wird mit der Zungenspitze ihr Geschlecht berühren, er will die ganze Frau anzünden wie ein Streichholz, so lichterloh soll sie brennen, dass die Stadt mit einem Schlag taghell wird.

12 Eisbären

Es wird Licht, aber nicht, weil die Venus brennt. Es wird Licht, weil wir es so wollen, weil wir den Tag unterhaken und herbringen. Der Strom ist immer noch nicht wieder da. Die Tempelkirche liegt im Tiefschlaf. Eine Morgenzeremonie hat nicht stattgefunden. Daniel H. Boone zuckt mit den Füßen und kichert. Es kitzelt. Es kitzelt noch einmal. Er öffnet die Augen. Es ist das Kind, das ihm mit einer von Bringfriedes Stricknadeln an den Fußsohlen kratzt.

Boone löst sich aus Bringfriedes Klammergriff. Das hat er ja ganz vergessen, im Liebestaumel, im Weinrausch. Irgendjemand sucht dieses Kind, das ihn aus seinem dunklen Gesicht anstrahlt, als hätte es ihn zu seinem neuen Dad gekürt. Er muss im Büro anrufen. Sicher liegt eine Vermisstenanzeige vor. Ach, und die Apfelblüte. Er wird sich auch gleich nach dem Stand der Ermittlungen erkundigen. Er wird einen Morgenspaziergang machen, für den Fall, dass die Welt draußen doch noch nicht untergegangen ist. Boone versucht, das Licht einzuschalten. Er dreht den Schalter der Klimaanlage – nichts. Immer noch kein Strom. Er wirft einen zärtlichen Blick auf Bringfriede, die im Schlaf am Daumen lutscht. Seine Muhme Annie hat am Schluss doch Recht behalten. Es ist gut, dass er den Zeichen gefolgt ist. Er hatte ja keine Ahnung! Er hatte ja sein Leben lang keine Ahnung!

Venus erwacht von dem Geschrei zweier balgender Eichhörnchen direkt neben ihr. Noch bevor sie an die zurückliegende Liebesnacht denkt, schießen unangenehme Erinnerungen ein. Der Motelgast, der sie erkannt hat. Ist er schon zur Polizei gegangen?

Sie springt auf, sie ist allein, sie ist nackt. Die Eichhörnchen laufen hakenschlagend davon. Ein Taubenschwarm geht im Sturzflug auf die flächendeckend von Müll überzogene Straße nieder.

Sie spürt die Liebesnacht wohlig in jedem Knochen, doch der helle Tag hat jene nachtblaue Romantik vertrieben. Sie zieht sich an und läuft auf nackten Sohlen die Treppen hinunter, in ihr Zimmer, wo sie die weinende und wehklagende Bringfriede findet, die sich die verwirbelten roten Haare rauft und büschelweise ausrupft. »Mein Mann ist weg«, schluchzt Bringfriede, dramatisch wie eine Kriegswitwe. »Ja, meiner auch«, sagt Venus munter. »So sind sie eben, die Männer.« Aber Bringfriede lässt sich nicht beruhigen. Sie weint und wehklagt, sie tobt und protestiert. Nun ist ihr verzweifeltes kleines Leben endlich zu einiger Bedeutung gelangt, sie hat einen Mann gefunden, der sie nicht für verrückt erklärt, der sie nicht garstig findet. Und dann geht er Zigaretten holen, geht Kaninchen jagen, geht nur mal kurz ins Büro – und kommt nicht wieder.

»Vielleicht ist er aufgehalten worden«, sagt Venus, überzeugt davon, dass es sich um eine von Bringfriedes Wahnvorstellungen handelt. »Er ist Kriminalinspektor«, jammert Bringfriede, »Kriminalinspektoren werden nicht aufgehalten.« Im selben Moment hat Venus ein Bild vor Augen: Bringfriede, die von einem glatzköpfigen Mann getragen wird. Der Mann ist echt. Es gibt ihn wirklich. Es ist derselbe Mann, der sie im Bus erkannt hat. Ein Kriminalinspektor! Sie ist erledigt! Sie kann im Prinzip mit erhobenen Händen vors Haus treten. Panik mischt sich mit Erleichterung. Ein Martinshorn, das von der Straße heraufdringt, lässt sie erstarren.

Dann zupft sie jemand am Ärmel: »Kann ich jetzt zu meinem Papa?«

Das Kind steht vor ihr, Kavi, und Venus sieht es lange an. Dann nimmt sie es an der Hand und führt es über den Flur, die Treppen hinunter, sie klopft an eine Zimmertür.

»Herein«, ruft eine Männerstimme. Venus tritt zögernd ein, das Kind an der Hand hinter sich herziehend. Am Fenster sieht sie Arjuna stehen, leicht verlegen, mit auf dem Rücken verschränkten Armen. Er ist in ein Laken gewickelt, das eine seiner Schultern frei lässt. Kuki liegt noch im Bett, bis zum Hals zugedeckt. Sie ist vollkommen ungeschminkt und ungeschmückt. Ihr dunkles Gesicht, ihre schwarzen Augen, ihre schwarzen Lippen bilden den heftigsten Kontrast zu der rosa Decke, unter der sie sich wie eine Katze zusammengerollt hat, man sieht den schweren Abdruck ihres Körpers. Verschlafen sammelt sie ihre langen schwarzen Haarsträhnen vorm Gesicht und dreht alle Haare über dem Kopf zusammen, um freie Sicht zu haben. Der Micky-Maus-Schlüpfer liegt neben dem Bett. Kuki blinzelt müde in Richtung Tür.

Venus steht nun hinter dem Kind, in durchaus feierlicher Stimmung, und legt beide Hände auf seine Schultern. Sie hat nicht den geringsten Zweifel daran, das Richtige zu tun. »Ich habe hier jemanden für dich.« Kuki richtet sich mit einem Ruck auf und starrt den kleinen Jungen an. Sie sieht seine Nase, die scharf werden will, seine zusammengewachsenen Brauen, seine Hamsterzähne, seine aschig-dunkle Haut. Beide spiegeln sich so exakt ineinander, dass Arjuna vom Fenster einen Ausruf des Erstaunens tut. »Das ist Kavi«, sagt Venus feierlich. Kuki hebt die Hände an die Schläfen. Tränen schießen in ihre Augen. Und in Arjunas. Und in Venus'. Nur das Kind weint nicht. Das Kind gähnt. Venus beugt sich zu ihm hinunter und stupst es leicht nach vorne. »Das ist deine Mummy.«

Sie bleibt noch einen Moment stehen und sieht, wie Kuki das Kind in ihre schlafwarmen Arme schließt. Dann dreht sie sich auf dem Absatz um und geht. Sie hat nicht mehr viel Zeit. Sie muss ... sie weiß nicht, was sie muss. Sie fühlt sich, als ob jedes Gefäß, jeder Muskel in ihrem Körper Startposition beziehe. Sie läuft in Maus Zimmer. Es ist leer. Sie klopft an Togas Zimmertür. Keine Antwort. Sie tritt ein. Auch er nicht da. Aber in der Ecke seines Zimmers ein Stapel Zeitungen. *Millionenerbe-Mord. Neue Entwicklungen. Steakmessermodel im Park gesichtet. Goldstein-Senior: Rache für meinen Sohn!* Er weiß alles. Er wusste von Anfang an alles! Jeder weiß es! Jeder weiß mehr als sie! Sie läuft ins Goldbrokatzimmer und findet niemanden. Sie beginnt, Panik zu entwickeln wie jemand, der sich in einem Labyrinth hoffnungslos verlaufen hat. Maria Magdalena. Sie wird Maria Magdalena fragen. Als auch dort auf ihr Klopfen niemand antwortet, öffnet sie die Tür und sieht ein schlafendes Liebespaar, splitternackt, nicht zugedeckt, ein kleiner komplett behaarter Männerkörper, daneben der gelbbraune, jugendliche, gerade Körper eines Mädchens. Sie knallt die Tür zu, noch verwirrter. Es ist nicht so, dass hier irgendwas nicht stimmt, denkt sie, hier stimmt nichts mehr, hier steht kein Stein mehr auf dem anderen. Was jetzt kommt, liegt für uns auf der Hand: die Vertreibung aus dem Paradies, die Auflösung, das Erwachen, das Ende unserer Sommergeschichte.

Auf einmal weiß sie, wen sie sprechen will. Benito. Der kennt den Weg. Der ist schon vor langer Zeit aus dem Paradies vertrieben worden. Sie sehnt sich regelrecht nach seinem Sarkasmus, als sie sich seinem Zimmer nähert. Auch hier klopft sie vergeblich. Sie wird ihn wecken müssen, am großen Zeh ziehen, wie es ihr Bringfriede beigebracht hat, möglichst weit weg vom Herzen, um ihn nicht zu verwirren. Sie öffnet die Tür und bleibt auf der Schwelle stehen.

Er hängt am Heizungsrohr, an einer Wäscheleine.

Sein Gesicht ist grau.

Sein Mund ist blau.

Seine Augen sind offen.

Auf dem Tisch liegt ein Zettel mit den Worten »Surprise surprise«. Venus hört ein lautes Rauschen und Knacken im Inneren ihres Schädels. Sie kotzt Hindupampe auf die abgetretenen Dielen. Sie hockt. Sie hält sich die Ohren zu. Sie schreit. Mit großem Getöse stürzt die Mauer in ihrem Kopf ein.

Venus

Verena Palmen ist die einzige Tochter eines schwedischen Diplomaten und einer ungarischen Operettensängerin, welche es lebenslang nicht über die Zweitbesetzung hinausgebracht hat. Sie verfügte, da in New York geboren, zwar über drei Pässe, worum sie andere Kinder beneideten, wurde aber von den Eltern selten mit Zärtlichkeiten bedacht, worum wiederum sie andere Kinder beneidete.

Verena wuchs konfessionslos auf der westlichen Seite

des Central Parks auf und besuchte eine Elite-Schule für Diplomatenkinder. Sie bekam Ballett- und Gesangsunterricht, und es gab keinen einzigen Moment in ihrer Kindheit und Jugend, in der sie irgendetwas infrage stellte. Im Alter von 13 Jahren wurde das schlaksige hellblonde Kind auf der Straße von einem Model-Scout angesprochen. Der Mädchentyp »Albinohuhn« war im Kommen. Nachdem der Scout, der für eine der weltgrößten Model-Agenturen arbeitete, bei Verenas Eltern vorstellig geworden war, erklärte sich ihre Mutter bereit, sie unter Vertrag nehmen zu lassen und rund um die Uhr zu begleiten.

Mit 14 lebte Verena ein Leben, das an Leistungsdruck und Oberflächlichkeit nicht zu überbieten war. Internationale Auftritte, Privatlehrer, drakonische Fitness-Programme, hoch dosierte Antibiotika gegen Pubertätsakne, Sonnenschutzfaktor 100, Bleichcreme und Radikalpeeling gegen Sommersprossen, schließlich eine von ihrer Agentur angeregte Nasenkorrektur. Fortwährende Kritik an ihrer Haltung, ihrer Haut, ihrer Kopfform, ihren Augenbrauen, dem Schnitt ihres Mundes, der Länge ihres Halses ließen bei ihr einen Eindruck von körperlicher Minderwertigkeit zurück und machten sie scheu im Umgang mit Fremden. Verena kam weder dazu, sich unglücklich zu verlieben noch eine Boygroup anzuschmachten, sie hatte keine beste Freundin, nicht mal teenagertypische Eigenheiten.

Mit 17 erkrankte Verena an Fresssucht. Da sie zu den mühelos Dünnen gehört, musste sie eine gewaltige Anstrengung unternehmen, um innerhalb dreier Monate zwanzig Kilo zuzunehmen. Sie wog schließlich gesunde sechzig Kilo bei 1,70 Körpergröße und stand kurz davor, ihren Modelvertrag zu verlieren – eine Tatsache, die sie hinnahm, wie sie alles hinnahm. Ihre Mutter, deren Karriereträume in der Tochter wiedergeboren waren, setzte sie auf Radikaldiät. Sie sperrte Verena einige Wochen mit Mineralwasser und Baby-Karotten in ihr Zimmer ein. Der Mensch, der vor ihr stand, als sie die Tür wieder öffnete, war zwar wieder dünn, war aber, wie sie seitdem fortwährend beklagt, nicht mehr ihre Tochter.

Für Verena war die Karotten-Kasernierung ein Schnellkurs in Abnabelung. Sie, die immer die klaglos zu Dressierende gewesen war, die nichts je hinterfragt hatte, die keiner Autoritätsperson je etwas verübelt hatte, war plötzlich kalt und unversöhnlich. Sie schubste die fremde Frau, die protestierende Gefängniswärterin, die vorgab, ihre Mutter zu sein, aus dem Türrahmen und verließ ihr Elternhaus, um es nie wieder zu betreten. Sie rief ihre Bekannte Effi an, Effi Vogelsang, Erbin der Vogelsang-Automobilwerke, und wohnte ein halbes Jahr in deren voll verglastem Penthaus auf der Upper East Side. Sie war nicht ausgestiegen, sondern auf höherem Niveau geflohen. Sie feuerte ihre Mutter und suchte sich ein neues Management. Das Einschneidendste aber war, dass sie begann, eine Femme fatale zu werden. Das farblose, ehemals stille, freundliche Mädchen behandelte plötzlich andere schlecht: ihre Agentin, ihre Maskenbildnerin, ihr Personal, vornehmlich jedoch Männer. Sie benahm sich daneben, auf Shootings, auf Partys, überall, wo auch immer sie ging und stand. Sie begann, auf regelmäßiger Basis zu trinken und zu koksen. Sie stürzte sich in vollkommen bedeutungslose Affären. Sie übertrieb es so stark, dass sie bald wie eine schlechte Karikatur einer verzogenen reichen Göre wirkte. Es war egal. Das drückte sie aus. Das Leben war nicht schön. Es war auch nicht schwer. Es war egal.

Effi war verlobt mit Johnny Goldstein, dem Erben des gleichnamigen Schmuck- und Uhren-Imperiums, einem Playboy und Faulpelz, der sich einen Dreck um Effi scherte, der aber seinen Eltern, denen an einer Verbindung mit den Vogelsangs lag, aus dunklen Gründen den Gefallen schuldig war. Effi, ältlich, hektisch, leicht verklemmt, schien Johnny trotz des Arrangements zu mögen. Er war attraktiv, er war charmant, die Frauen liefen ihm nur so hinterher, aber sie, sie würde er heiraten.

Verena und Johnny – das war Hass auf den ersten Blick. Je näher die Hochzeit rückte, desto öfter wurde Johnny in Effis Wohnung vorstellig. Je öfter er da war, desto heftiger geriet er mit Verena in Streit. Wann immer Effi nicht da war, lästerte Johnny über sie. Eines Tages, Effi war bei ihrer Schneiderin, um das 20 000-Dollar-Brautkleid richten zu lassen, kam es zwischen Verena und Johnny zu Handgreiflichkeiten.

»Effis Schleier kann gar nicht dicht genug sein«, sagte Johnny, dem es Spaß machte, seine zukünftige Frau hässlich zu finden.

»Ich habe deinen Smoking gerade etwas individueller gestaltet«, sagte Verena, die mit einer Geflügelschere ein Loch in den Schrittbereich seiner Hose geschnitten hatte.

Aber Johnny lachte nur und zwang ihr beides aus den Händen, die Hose und die Schere.

»Möchtest du, dass ich sie für dich trage?«, sagte er lässig und entledigte sich seiner Jeans. »Zieh dich wieder an, du Schwein«, rief sie und versuchte, eine Ohrfeige auf seinem dezent gebräunten Gesicht zu landen.

»Möchtest du, dass ich dir deine bösen grünen Äuglein aussteche?«

Er schlang ihr Haar wie ein Lasso um die Hand. Er

stand in Boxershorts vor ihr, die muskulösen Beine leicht gespreizt. Er hielt mit der anderen Hand ihre Handgelenke fest, er benutzte seinen Griff wie eine eiserne Fessel. Er lachte ihr ins Gesicht, mit schlohweiß gebleichten Schneidezähnen.

Sein Nasenrücken hatte einen Höcker und an seinen Nasenhaaren hingen feine weiße Spuren von Kokain. Sie hatte auch einen Nasenhöcker gehabt, doch der war von einem namhaften Schönheitschirurgen abgetragen worden. Knochensplitter für Knochensplitter abgehauen mit einem Meißel. Sie verspürte das Bedürfnis, den Höcker auf Johnnys Nase abzuhauen. Sie hasste diesen Kerl, sie hatte nie zuvor so stark gefühlt, sie holte mit dem Bein aus und trat ihm mit dem Knie in den Schritt, und sie legte in diese gut organisierte Bewegung ihres zierlichen Knochenapparates alle Verachtung, die sich jemals in ihr angesammelt hatte. Er brüllte auf. Er krümmte sich, zog sie aber mit sich und drehte ihr den Arm um. Sie strampelte, schlug, trat, biss.

Er, dessen Widerstand so spielerisch und überheblich begann, versuchte nun, sie loszuwerden, sie abzuschütteln. Sie prügelten sich, und in der Prügelei lösten sich beide von ihren Rollen, sie wurden zu verknäulten, krummen, keuchenden Kreaturen, zu Erdratten, zu Reptilen, die einander die Kleider vom Leib fetzten, die übereinander herfielen, als wollten sie einander an die Gurgel. Dass ihr Kampf in Sex mündete, tat ihrem Hass keinen Abbruch. Mordlust glimmte in ihren Augen, Kratzer, Verrenkungen, Blessuren aller Art trugen sie davon. Kleider wurden zerrissen, Möbel gingen zu Bruch, und keinen Millimeter kamen sie einander näher. Ihr aggressives und seelenloses Verhältnis hielt an, auch als

Johnny bereits mit Effi verheiratet war, auch als Verena längst ihr eigenes Apartment hatte, sogar, als Verena einen festen Freund hatte, einen ihr völlig ergebenen Modedesign-Studenten, von dem sie sich jedoch nach einem halben Jahr wegen Belanglosigkeit trennte.

Für Effi, die jede heterosexuelle Frau unter vierzig des potenziellen Johnny-Diebstahls verdächtigte, war allein Verena über jeden Verdacht erhaben. Wenn die von Johnny sprach, spiegelte sich in ihrem Gesicht alles, Verachtung, Abscheu, Hass. Und wenn Johnny von Verena sprach, war es ebenso. Fast schien es, als erhielte der gegenseitige Hass Nahrung aus der fatalen erotischen Verstrickung. Und auch in der Art, mit der beide Effi betrogen, lag Niedertracht. Es war, als legten sie es darauf an, von ihr auf frischer Tat ertappt zu werden. Oder es war ihnen egal. Oder sie dachten einfach nie nach, sobald sie auf Tuchfühlung waren. Es handelt sich um eine durch und durch ungesunde Beziehung, selbstsüchtig und selbstzerstörerisch zugleich, um eine Beziehung, die in einem Drama enden musste, so oder so.

Und so kam es zu jener Szene, nach der unsere Sommergeschichte beginnt. Verena, die mit Effi in einem Frühstückscafé am Columbus Circle verabredet ist, fühlt sich stattdessen in die andere Himmelsrichtung gezogen. Sie versetzt die Freundin, ruft sie nicht mal an, wie ein Magnet zieht es sie zu dem Mann, den sie verachtet, den sie »Ratte« nennt. So findet sie sich in Effis Apartment wieder, zu dem sie noch einen Schlüssel hat. Sie weiß, dass Johnny noch im Bett liegt. Sie lässt schon an der Tür ihr rotes Kleid aus der neuen Kollektion von Marc Jacobs fallen, ihre rote Unterwäsche von Victoria's Secret, nackt steht sie vor ihm, der er im Bett liegt und gerade mit einem 100-Dollar-Schein eine Linie Kokain schnupft.

»Dir ist wohl kein Klischee zu schade, du Witz von einem Mann!«

»Und du hast wohl nicht das kleinste Fünkchen Schamgefühl, Schlampe! Wenn nun meine anmutige Ehefrau hier gewesen wäre!«

Sie lacht auf. »Effi hat eine Verabredung.«

»Mit wem denn?«

»Mit mir, du Ratte.«

Er wirft die Bettdecke zurück und steht vor ihr, nackt, gebräunt, muskulös, erregt.

»Du bist so abgewichst.«

»Und du so verkommen.«

Es ist bereits an dieser Stelle des Gesprächs, als, von beiden unbemerkt, Effi eintritt, die nicht länger als 15 Minuten in dem Café gewartet und sich dann auf den Heimweg gemacht hat. Sie wird nicht nur Zeugin einer nahezu beängstigenden Sexszene, sie wird zwischendrin auch noch mehrfach beleidigt.

Unsere Venus, die sich erinnert, die sich an jede schreckliche Sekunde erinnert, kniet immer noch auf dem Flur vor Benitos Zimmer. Sie und Johnny, koksend, nackt, in der Küche auf dem Marmorfußboden. Er würgt sie. Sie tritt ihn. Er ohrfeigt sie. Sie beißt ihn. Er fickt sie. Sie fickt ihn. Er wirft sie hin, sie hält ihn mit durchgedrückten Armen weg, keuchend, wütend, erregt. Er wirft sich auf sie, sie knallt mit dem Hinterkopf auf den Boden, sieht sein schwitzendes Gesicht über sich. Und neben seinem Gesicht, im Türrahmen, Effis kalkweißes Gesicht. Leichenblass steht sie da, wendet sich langsam zur Seite, nimmt aus der Edelstahlvorrichtung ein Messer. Venus hört das Geräusch, als zöge jemand einen

Krummsäbel aus der Scheide. Effi holt aus. Venus kann sich eben noch unter Johnny hervorrollen. Effi sticht zu wie eine Besessene. Sie schreit und sticht, schreit und sticht. Blut sprudelt aus Johnny, aus seinem Hals, seinem Bauch, seinem Arm, aus seinem Mund. Effi lässt das Messer fallen und geht.

»Ich war es nicht«, wimmert Venus, die am Boden kniet, die vor ihrer Kotzepfütze am Boden auf dem Flur in God's Motel kniet, mit tränenverschmiertem Gesicht.

»Natürlich nicht. Es war Selbstmord. Gott ist sein Zeuge«, säuselt Toga, der bereits mit Reinigungsutensilien bewaffnet ist. Er nickt dem Gesprochenen hinterher. Oder er nickt seiner Liebesnacht hinterher. Jedenfalls nickt er.

»Wir wissen das«, sagt Boone, der eben aus seinem Büro zurückkommt, wo er seine Dienstwaffe abgegeben und zum Ärger der Yuppie-Kollegen seinen Fall gelöst hat. Boone ist glücklich, seine Apfelblüte entlasten zu können. Er dankt im Geiste seiner Muhme Annie. Er dankt dem Schöpfer. Er dankt Bringfriede. Er fühlt sich verjüngt, inspiriert, verliebt. Er ist nicht länger alt. Er ist ein Liebender und Liebende sind alterslos. Liebende haben keine Gebrechen. Liebende haben keinen Seniorentarif. Liebende haben eine Gegenwart.

»Das Alibi der Täterin beruhte auf der Falschaussage eines Kellners«, sagt er. »Ein gekaufter Zeuge. Es gab einen anonymen Anruf heute Nacht.« Wir waren es, wir haben Mau in den frühen Morgenstunden die Polizei anrufen lassen, die Duschhaube über die Sprechmuschel des öffentlichen Telefons gestülpt. Diesmal hatte er seine Geschwätzigkeit in den Dienst der Wahrheit gestellt.

Weil wir viel von Symbolik halten, geht in diesem Moment mit einem elektrischen Brummen das Licht wieder an, erst flackernd, dann stetig. Da kniet sie, unsere Venus, das Albinohuhn, die Apfelblüte, die kein Steakmessermodel mehr ist. »Die Fahndung ist aufgehoben«, sagt Boone, dessen Glatze nun frei liegt, weil ihm Bringfriede gestern Nacht die geklebten Strähnen abgeschnitten hat. »Die Ehefrau ist geständig.«

Venus, die nun auch Verena ist, starrt in Benitos totes Gesicht. Sie versucht, zu erfassen, was sie gewonnen und wieder verloren hat in den letzten Monaten. Sie steht wackelig auf und läuft davon. Es gibt nur einen Menschen, den sie jetzt sehen möchte.

Sie sieht die Umrisse des Bliss Swami im miefigen ungelüfteten Morgendunst des Regenbogensaals. Er hockt da mit rundem Rücken. Er trägt wieder seine orange Mönchskutte. Er hat seinen knarzigen Schädel frisch mit dem Messer geschoren. Er bereut. Er büßt. Er schaukelt. Und nun, da sie sich wieder erinnert, weiß sie auch wieder, woran sie das Schaukeln erinnert: an die Tiere im Zoo. An gefangene Tiere, an Eisbären im Käfig. Sie erinnert sich an alles, an ihr ganzes Leben. Sie war oft im Zoo gewesen als kleines Mädchen, sie hatte zugesehen, wenn die Eisbären gefüttert wurden. Die Käfigtür stand dann sehr lange offen. Aber die Eisbären rührten sich nicht. Sie schaukelten nur. Sie standen auf ihren schmutzig-weißen Bärenfüßen und schaukelten. Sie waren so verwurzelt in ihrer Gefangenschaft, so zu Hause in ihrem Käfig, dass sie nicht fliehen konnten. Sie wussten gar nicht, was Flucht ist. Sie wussten nicht einmal, dass sie gefangen waren. Es ist die Natur des Glücklichen Sklaven, dass er unbefreibar ist. Venus wirft einen letzten Blick auf ihren schaukelnden Geliebten. Und plötzlich weiß sie, dass sie ihm nicht Goodbye sagen wird.

Eine Eheanbahnung, die zum One-Night-Stand geschrumpft ist – natürlich ist das nicht das Happyend, was wir uns vorgestellt hatten, so wie etwa eine prunkvolle Hochzeit in der Tempelkirche oder wenigstens ein langer tränenreicher Zungenkuss. Aber wir wollen mal realistisch werden. Der Swami ruht bereits wieder in Krishnas Schoß. Und unsere Venus ist schon gar nicht mehr da, sie verblasst in Verena. Die Upper East Side hat ihre Prinzessin wieder, leicht lädiert, doch mopsfidel und frei von jeder Mordschuld. Die Zeit bei den Glücklichen Sklaven Gottes, das Tellerwaschen, die Morgenzeremonien, die Verlobung, sind ein Fiebertraum, ein Intermezzo, eine mit Moos bewachsene Lebensweiche. Sie läuft die Treppe hinunter. Sie verlässt die Tempelkirche mit ein paar Kilo mehr auf den zarten Knochen, mit hunderten von tolldreisten Sommersprossen, mit von scharfer Lauge ruinierten Händen, mit einem Kopf, in dem Millionen von Libellen schwirren, mit einem offenen Herzen, wund, weich geklopft wie ein Schweineschnitzel. Sie ist barfuß. Barfuß ist sie gekommen, barfuß geht sie wieder weg. Sie läuft in ihre Prinzessinnenwelt, in Richtung Espresso und Rucolasalat mit Zitronensaft auf einem Extra-Teller. Sie läuft die Straße hinauf, so wie sie damals die Straße hinuntergelaufen ist, vorbei an Paolo's Car Repair, Hairdresser unisex, Dry Cleaner and Landromat, Theodoro Grocery, King's Pharmacy, Ugly Coyote Thrift Shop, Dolphin Gym, Laptop Repair und Paolo's Deli.

Verena geht nach Hause. Venus geht von zu Hause weg.

Epilog

Toga und Bliss Swami werden in der folgenden Nacht Sun Baba am betoneingefassten Ufer des East River verbrennen, auf dass dessen Seele entweichen und Richtung Varanasi fliegen möge. Es wird eine ziemliche Schweinerei, zumal beide unerfahren sind mit der Prozedur. Unglücklicherweise werden die beiden, als nach drei Stunden die heilige Arbeit fast getan und nur noch ein Lendchen des alten Yogi auf dem Barbecue-Grill schmort, von der Polizei aufgegriffen und in einen Satanskult-Prozess verwickelt, der monatelang die New Yorker Gazetten füllen wird. Eine anonyme Spenderin wird ihnen jedoch den besten New Yorker Anwalt zahlen, sodass beide schließlich, sich auf ihre Glaubensfreiheit berufend, davonkommen, aber den Bundesstaat verlassen müssen.

Sie werden die Tempelkirche zum heiligen Franz aufgeben und ihre Wege werden sich trennen. Der Bliss Swami wird westwärts nach Kalifornien ziehen und dort eine Filiale der Glücklichen Sklaven Gottes eröffnen, die den etwas gesellschaftsfähigeren Namen »One God Community« erhält. In den kommenden zwanzig Jahren wird die Gemeinde im spirituell aufgeschlossenen Kalifornien enorm viel Zuwachs erhalten, vor allem von Hollywoodstars, die heute noch ahnungslos am Sunset Boulevard kellnern.

Der Bliss Swami wird Venus nie wiedersehen. Er wird bis zu seinem Tod im Zölibat leben, er wird viel beten und viel knien. Seine Knie werden ganz kaputt sein, und er wird Gott dafür danken. Er wird sich überhaupt sehr oft bei Gott bedanken und er wird sehr viel lächeln. Die Mala wird eine Million Mal durch seine rechte Hand gleiten, Perle für Perle, im Gebetssack, aus dem der Zeigefinger herausspießt. Der Swami wird seine blauen Augen unter buschigen Brauen tief in die Vedischen Schriften versenken. Seine gigantische Madonna, die er mit 60 in den Küstenfelsen hauen wird, sein letztes großes Werk, wird deutliche Züge unserer Venus tragen. Bliss Swami wird im Alter von 78 Jahren sterben, ganz undramatisch, im Schlaf, im Traum, im Bett. Wir wissen nicht, wem er seinen letzten Gedanken schenken wird, aber wir haben eine romantische Hoffnung. Er wird als schwedischer Dokumentarfilmer wiedergeboren werden, der Mitglied des Freimaurerordens ist.

Maria Magdalena wird am Morgen nach dem Black-out verschwunden sein. Sie wird beschließen, dass sie lange genug gebüßt hat für den Tod ihres Großvaters, dass sie lange genug in der Fremde war. Sie wird sich wieder Cio-Cio-San nennen, wird statt der Brille Kontaktlinsen tragen, ein Zimmer in einer Studenten-WG in Harlem finden, sich an der Columbia University einschreiben und einen Job bei McDonald's auf der Bowery annehmen. Sie wird sich schminken und keinen Büstenhalter mehr tragen. Sie wird sich die Haare färben und sich einen Schmetterling auf den Nacken tätowieren lassen. Sie wird sonntags im Gospel-Chor einer Methodistenkirche singen und nach Buddha und Krishna in Jesus ihren wahren Erlöser finden. Sie wird einen Privatdetektiv bezahlen, der ihre beiden noch lebenden Schwestern auftreibt, eine kinderlos verheiratet mit einem Alkoholiker in Deutschland, die andere in einem Bordell in Bangkok. Sie wird eisern darauf sparen, nach Thailand zurückzugehen.

Fünf Jahre später wird Cio-Cio-San Bangkok wieder betreten, einen Uni-Abschluss und ihre Scheidungsurkunde im Gepäck. Sie wird ein Haus kaufen und dort mit ihren beiden alten Schwestern leben. Sie wird wirtschaftlich unabhängig sein, wird für eine christliche Mission Analphabeten das Lesen und Schreiben beibringen und nach Feierabend in einem Heim für zu resozialisierende Freudenmädchen arbeiten. Sie wird nicht wieder heiraten. Sie wird mit dem Gedanken spielen, Nonne zu werden, diesen jedoch verwerfen, weil sie nie wieder lange Röcke und Kopftücher tragen möchte. Sie wird sich schließlich auch von Jesus wieder trennen und für ein weltliches Leben entscheiden, wird sehr modern sein, Affären haben, Zigaretten mit langen Spitzen rauchen und mit 65 an den Folgen eines Autounfalls sterben, im vollen Bewusstsein eines erfüllten Lebens, im Kreise ihrer Familie: zwei Schwestern, zwei Schwager, sieben Nichten und Neffen und deren große lärmende Kinderschar. Sie wird als Frauenrechtlerin in Deutschland wiedergeboren werden.

Toga wird das Verschwinden seiner Frau und den Satanskult-Prozess nicht nur als Geschenke Gottes, sondern als Fingerzeig nehmen. Es wird ihn nach Indien ziehen, nach Vrindavan, in die heilige, von Krishnas Lotosfüßen geadelte Landschaft. Als Diener des Dieners wird Toga sich in der Pflicht sehen, die Kirche zum heiligen Franz zu verkaufen. Eine presbyterianische Gemeinde aus Philadelphia wird sich als meistbietend erweisen; sie wird die Tempelkirche vom Hindu-Kitsch befreien und wieder ihrem ursprünglich zugedachten christlichen Zwecke zuführen.

Toga, der seinen Vollbart als verheirateter Mann zumindest einmal wöchentlich mit einem Küchenmesser zu stutzen pflegte, wird ihn nun wachsen lassen. Im gleichen Maße, in dem sein Bart wächst und ergraut, wird Toga selbst schrumpfen. Er wird einen prachtvollen Tempel zu Ehren Krishnas bauen, wird aber isoliert bleiben, da er die Zeremonien »modernisieren«, die alten Sanskrittexte auf Englisch singen wird, mit Gitarrenbegleitung, zu Melodien von Johnny Cash.

Jedoch wird es ihm gelingen, im Verlaufe der Jahre Westeuropäer anzuziehen, denen er sich als Guru verkauft, sodass sich endlich sein Lebenstraum erfüllt. Er wird der Führer seiner eigenen Sekte sein und sein Magenrumpeln wird im Ashram als Meditationskassette verkauft. Als Toga im hohen Alter von 95 Jahren stirbt, hat er nur noch die Größe eines achtjährigen Kindes, und sein Bart reicht bis auf den Boden. Er wird sich – was den Glauben der Einheimischen im Übrigen erschüttert – nach westlichem Muster einbalsamieren und in einem Mausoleum zur Ruhe legen lassen. Das Mausoleum wird drei Monate später von unbekannten Tätern dem Erdboden gleichgemacht werden, Togas Leiche wird nie wieder auftauchen. Er wird als Kakerlake wiedergeboren werden.

Daniel H. Boone und Bringfriede werden nach dem großen Blackout – für uns alle überraschend – zusammenbleiben. Sie werden jeden neuen Tag mit einem Glas Eigenurin begrüßen und sich als ausgesprochen harmonisches spätes Liebespaar erweisen. Sie werden die ersten Jahre von Boones Polizistenrente in seinem kleinen Apartment in Brooklyn leben, von Bringfriede ab und an mit Handlese-Sitzungen unterstützt. Boone, der von nun an ausschließlich Bringfriedes Strickpullover tragen wird, wird im Alter eine große Neigung zur Esoterik entwickeln und schließlich zusammen mit Bringfriede einen spirituellen Buchversand im Internet aufmachen, der sich zu einer erstaunlichen Einnahmequelle mausern wird. Bringfriede wird bis zu Boones Tod nie wieder psychiatrisch auffällig werden, wird sich aber, nachdem ihr Lebensgefährte im Alter von 79 Jahren tödlich vom Hirnschlag getroffen wird, mit am Rücken festgeschnürten Pappflügeln vom Empire State Building stürzen, heiter und zuversichtlich, ihrem geliebten Hiob nach, mit dem sie sich im spirituellen Schattenreich des Universums wiederzuvereinigen glaubt. Teile der Aufgabe werden misslingen.

Boone wird als afrikanische Voodoo-Priesterin wiedergeboren werden. Bringfriede wird einige Jahrhunderte als Geist verbringen, ehe sie als Fremdsprachensekretärin in Teheran wiedergeboren wird.

Kuki wird sich rasch von Arjuna, aber niemals wieder von Kavi trennen. Sie wird mit dem Buben, der ihr zwar wie aus dem Gesicht geschnitten, aber charakterlich sehr unähnlich ist, nach Indien zurückgehen. Sie wird Kavis Vater suchen, sie wird ihn in Kalkutta in der Chefredaktion einer revolutionären Studentenzeitung finden und bis zu ihrem Lebensende mit ihm in engem Kontakt bleiben.

Sie wird ihre Eltern in Südindien besuchen und sich mit ihnen versöhnen. Sie wird schließlich des Kindesvaters wegen nach Kalkutta ziehen und dort ihre Arbeitskraft und ihren Elan in den Dienst des großen Kali-Tempels stellen. Sie wird mit 40 Jahren einen Kollegen aus dem Tempel heiraten und mit nur 55 Jahren in Kalkutta an Kehlkopfkrebs sterben. Kuki wird als Sadhu im Punjab wiedergeboren und wird die seltene Fähigkeit haben, sich an ihre vorigen Leben zu erinnern.

Kavi, ihrem Sohn, ist es bestimmt, ein berühmter zeitgenössischer indischer Komponist zu werden, den die Feuilletonisten den »geistigen Urenkel Ravi Shankars« taufen werden und der es zu Weltruhm bringen wird, nachdem der hochbetagte amerikanische Mainstream-Regisseur Quentin Tarantino ihn für den Soundtrack eines blutrünstigen Hollywoodfilms gewinnt.

Arjuna wird, nachdem er mit Kuki die Liebe erfahren hat, auf die Greencard pfeifen, sich von Baula scheiden lassen und zurückgehen nach Santiago de Cuba. Er wird eine Kubanerin kennen lernen, die gelernte Köchin ist und mit der er drei Kinder haben sowie ein westafrikanisches Spezialitätenrestaurant eröffnen wird, das gleichzeitig ein Geheimtipp für Santería-Zusammenkünfte und weiße Magie wird.

Da sein alter Hass gegen den Präsidenten durch das überaus beschwerliche vom Mangel diktierte Leben in Kuba neue Nahrung findet, wird er sich im Alter von 54 Jahren an der Planung eines Bombenattentats auf den greisen Castro beteiligen, das aber scheitern wird. Arjuna wird einer der Hauptangeklagten in einem im Fernsehen übertragenen Schauprozess werden, er wird zum Tode verurteilt, das Todesurteil wird am 31. Dezember 2008 durch Erschießen mit altersschwachen russischen Kalaschnikows vollstreckt werden, auf den Tag genau fünfzig Jahre, nachdem Chango in ihn gefahren sein wird. Seine Frau, seine drei Kinder und sein alter Vater werden in den darauf folgenden Wochen spurlos verschwinden und in den folgenden Jahren in Vergessenheit geraten. Erst nach Castros Tod, der im stolzen Alter von 115 Jahren erfolgen wird, wird die Geschichte der Familie Campos Montes de Oca neue Beachtung erfahren, als ein Student der Religionsgeschichte über die Symbolik der Tauben in der kubanischen Santería-Bewegung promoviert. Arjuna wird als Kardinal des Vatikans wiedergeboren werden.

Mau wird die nächsten fünf Jahre mit dem HIV-infizierten Ely verbringen und diesen liebevoll und aufopfernd pflegen. Er wird in ihrer gemeinsamen Wohnung einen Altar zu Ehren Krishnas errichten und, dem Spott des Partners zum Trotz, in seiner unermüdlichen Tempelanbetung fortfahren. Nach Elys Tod wird er Toga in Indien ausfindig machen, er wird auswandern und zum persönlichen Assistenten und Leibkoch des kleinen haarigen Gurus mit der eingecremten Stimme werden, zu seiner rechten und gleichzeitig seiner linken Hand. Er wird sich einen jungen indischen Geliebten halten, eine Tatsache, über die Toga huldvoll hinwegsehen wird, da er altersmilde ist und auf Mau nicht verzichten will. Er wird im Briefkontakt zu Kuki stehen und von ihr zu ihrer Hochzeit eingeladen werden. Er wird nur zwei Monate nach Kukis Tod an den Folgen seiner Fettleibigkeit sterben, von Toga tief betrauert und kraft dessen selbst ernannter Autorität nach seinem Tode heilig gesprochen. Seine Verbrennung wird legendäre 12 Stunden dauern, da sich sein nasser, fetter Körper als überaus schwer brennbar erweist und stattdessen wie ein saftiges Schweinenackensteak vor sich hin brutzeln wird. Toga wird Mau zu Ehren den Bliss Swami suchen und einfliegen lassen, wird mit diesem ein tränenreiches Wiedersehen feiern und von ihm eine Mau-Statue aus Speckstein errichten lassen, die aussieht wie eine Mischung aus Sumo-Ringer und Seerobbe. Die Statue wird jedoch nach Togas Tod zusammen mit dessen Mausoleum dem Erdboden gleichgemacht werden, vermutlich von indischen Einheimischen, denen die ausländische Sekte von jeher ein Dorn im Auge war. Mau wird als heterosexuelle chinesische Taoistin in Hongkong wiedergeboren werden.

Baula wird nach der Scheidung von Arjuna ihrem Greencard-Ehen-Geschäft weiter nachgehen, wird aber immer eine sehnsuchtsvolle Erinnerung an die Liebesnacht mit Ramzi in ihrem sonst so harten Herzen bewahren. Sie wird ihre Neigung für Designerkleidung und Designerdrogen behalten, sie wird sich nach wie vor in Leder kleiden, sie wird sich nie wieder verlieben, sie wird ihr kurzes Leben lang in New York bleiben und eines angemessenen Todes sterben, es wird sie dahinraffen mitten im Geschlechtsverkehr. Sie wird ihre Augen verdrehen, das eine zum Himmel zeigend und das andere zur Hölle, und ihren letzten Atemzug tun im Alter von nur 43 Jahren, allerdings mit der Lebenserfahrung einer 80-Jährigen. Es wird sie niemand betrauern, niemand wird an ihrem Grab stehen, und sie wird mehrere Dutzend ihrer kommenden Leben in der unteren Liga des Tierreichs verbringen müssen.

Ramzi wird noch im selben Jahr in seine Heimat Pakistan zurückkehren. Fast dreißig Jahre wird seine Wanderschaft gedauert haben. Seine Eltern werden längst gestorben sein, aber zu seiner großen Freude wird er Suleika unverheiratet vorfinden. Sie wird nicht umsonst auf ihn gewartet haben, die immer noch Schöne, Sanfte, Lotosgleiche. Er wird sie erobern, indem er ihr die Haarsträhne zeigt, die über die Jahre sein einziges Besitztum gewesen ist. Ramzi wird endgültig den bunten Flickenrock an den Nagel hängen und sich fortan modern kleiden. Er wird Suleika heiraten, er wird sie glücklich machen und er wird niemals über seine Jahre der Wanderschaft sprechen. Er wird an die Bildung seiner Jugend anknüpfen und seinen Kindheitstraum verwirklichen, ein Dichter zu sein. Seine Liebesgedichte werden Eingang in die Weltliteratur finden. Er wird ein hohes Alter von 99 Jahren erreichen und von seiner auch noch im Alter betörend schönen Frau Suleika nur um wenige Monate überlebt werden. Ramzi wird als Riesenboa in Afrika wiedergeboren.

Alien und Winter werden nach ihren Seitensprüngen wieder zueinander finden, sie werden bis zum letzten Tag ihres Bestehens in der Gemeinschaft der Glücklichen Sklaven Gottes bleiben, sie werden wie bereits befürchtet auf Gedeih und Verderb aneinander gekettet werden, ein Journalist der New York Times wird sie entdecken und ihre Lebensgeschichte notieren, die im Jahr 2014 erscheinen und ein Bestseller werden wird. Alien und Winter werden eine Tanzschule in Queens eröffnen, die ein Jahr später, als ihre Geschichte von Steven Spielberg verfilmt wird, sich vor Bewerbungen kaum noch wird retten können. Die Unzertrennlichen werden Gegenstand weltweiter Sympathie werden. Dennoch wird ihr Zusammenleben konfliktgeladen und schmerzvoll bleiben, sie werden beide lebenslang unter ihrer merkwürdigen Verbundenheit, ihrem gemeinsamen Blutkreislauf, ihrer schicksalhaften Aneinanderkettung leiden, sie werden beide lebenslang insgeheim bereuen, ihre Geschlechter getauscht zu haben, sie werden Berge von Tabletten vertilgen und endlose Schmerzen erleiden und endlosen Kummer erdulden. Aber sie werden einander im Rahmen ihrer Möglichkeiten lieben, sie werden lebenslang zu gegenseitiger Liebe verdammt sein. Für Winter, den zum Mädchen gewordenen Jungen, wird Aliens Liebe nie genug sein, sie wird ihn lebenslang um mehr Liebe anbetteln, wird lebenslang »Sorry!« murmeln, wird lebenslang ein schlechtes Gewissen haben, weil sie ihn in der Nacht des Black-outs, enthemmt vom Muffinrausch, mit dem langhaarigen Supermarkt-Chef betrogen hat. Alien, das zum Jungen gewordene Mädchen, wird lebenslang heimlich schwul sein, nachdem er die Nacht des Black-outs mit dem platinblonden Kellner verbracht hat.

Im Alter von 50 Jahren werden die beiden gemeinsam Selbstmord begehen, eine Überdosis Tabletten wird sie Hand in Hand in ein ihnen unbekanntes Jenseits befördern. Sie werden zu einem gemeinsamen Geist verschmelzen, der einige Jahrzehnte durch die Menschenwelt irrlichtert, ehe er als Discjockey in Moskau wiedergeboren werden wird.

Unsere Venus wird niemals wieder unsere Venus sein. Aber sie wird ihre Venuserfahrungen einbringen in ihre bis dato recht eindimensionale Verenapersönlichkeit. Sie wird die anonyme Wohltäterin sein, die dem Bliss Swami und Toga den Anwalt stellt, als die beiden wegen der Verbrennung Sun Babas in das Satanskult-Verfahren geraten. Sie wird zwei Monate nach dem großen Blackout diskret eine Abtreibung in einer schicken Privatklinik vornehmen lassen. Sie wird astronomische Summen ablehnen, die ihr für die Verfilmung ihrer Steakmesser-model-Geschichte angeboten werden. Sie wird sich mit ihren Eltern versöhnen, aber trotz aller Bemühungen nie einen engen Kontakt zu ihnen aufbauen können.

Sie wird in den folgenden Jahren mit Werbung und kleineren Filmrollen viel Geld verdienen und eine Stiftung gründen, die sich für die Förderung des Weltfriedens und die Versöhnung zwischen Religionen einsetzt. Sie wird unverheiratet bleiben und mit 75 Jahren im Kino an einem Herzinfarkt sterben. Unsere Venus wird als schwedische Dichterin wiedergeboren werden, und sie wird im Jahr 2082 im Standesamt von Trellebourg die Reinkarnation des Bliss Swami heiraten.

Es ist ein klirrend kalter Spätherbsttag, als wir durch Berlin fliegen, auf der Suche nach unserer Wintergeschichte. In Friedrichshain werden wir fündig. Auf einem der RFT-Türme in der Karl-Marx-Allee sehen wir einen jungen Mann stehen, die Arme nach oben gestreckt, den Oberkörper nach vorne geneigt, als wolle er einen Kopfsprung in den tosenden Verkehr der Karl-Marx-Allee machen.

Aber das wäre schon wieder das nächste Buch …

Le Camion

Du même auteur
chez le même éditeur

Meurtre au 31e étage
Arche d'acier

avec Maj Sjöwall :

Roseanna
L'Homme qui partit en fumée
L'Homme au balcon
Le Policier qui rit
La Voiture de pompiers disparue
Meurtre au Savoy
L'Abominable Homme de Säffle
La Chambre close
L'Assassin de l'agent de police
Les Terroristes

Per Wahlöö

Le Camion

Traduit du suédois
par Philippe Bouquet

Collection dirigée par
François Guérif

Rivages/noir

Retrouvez l'ensemble des parutions
des Éditions Payot & Rivages sur

www.payot-rivages.fr

Titre original : *Lastbilen*

106, boulevard Saint-Germain – 75006 Paris

ISBN : 978-2-7436-2355-5

PREMIÈRE PARTIE

1

Willi Mohr fut arrêté le 7 octobre vers 2 heures de l'après-midi, au milieu de la sieste.

Il vivait seul dans une maison de deux étages en mauvais état du Barrio Son Jofre, dans la partie sud de la ville, qui était aussi la plus ancienne et celle située le plus en hauteur.

L'homme qui vint l'interpeller était un garde civil d'âge mûr au visage somnolent, aux traits marqués et à la moustache grise coupée court. Il portait sa carabine en bandoulière et était venu à pied du cantonnement, à une certaine distance de là. À son arrivée dans la petite ruelle pavée qui montait en serpentant vers le Barrio, il observa une pause pour reprendre son souffle. Il n'était pas pressé.

Cinq minutes avant, Willi Mohr savait déjà que quelqu'un était en route vers son domicile. Il était couché sur le dos dans la pénombre, les mains jointes derrière la nuque, et regardait le plafond sans penser à quoi que ce soit en particulier. Il perçut un léger frottement et tourna la tête. Il vit alors le chat pénétrer par la chatière et projeter une petite ombre oblique sur le losange de soleil qui éclairait le sol. Comme il passait directement de l'ombre au soleil, ses pupilles se dilatèrent au point de dévorer presque entièrement ses iris vert clair et de prendre une forme totalement circulaire. L'animal ne s'enfonça pas dans la pièce et s'arrêta près de la porte en jetant des regards prudents en direction de la ruelle. Sa queue rayée de roux était dressée à la verticale, et pourtant l'extrémité oscillait doucement d'avant en arrière. Ce chat était extrêmement timoré, curieux et circonspect.

Willi Mohr ne bougea pas et se contenta de regarder à l'extérieur par la chatière. Il prêta l'oreille mais ne perçut rien d'autre que le bruit d'une poule grattant l'herbe sèche et les gémissements des chiots qui venaient presque de naître, dans l'encoignure de la cuisine.

Il se dit : Demain, je les tuerai tous sauf un. Je conserverai celui qui a le plus beau poil, les autres, je leur tordrai le cou. Mais j'attendrai demain.

Le chat bougea la tête d'un centimètre, pas plus, les yeux toujours fixés droit devant lui.

Bien qu'il fût parfaitement préparé et dressât véritablement l'oreille, Willi n'entendit le bruit de pas que lorsqu'il fut tout proche. Puis il vit, par le trou, la jambe d'un homme mais pas dans sa totalité, seulement un brodequin de couleur brune et une jambière verte pourvue d'attaches.

Le garde civil frappa doucement à la porte, sans doute avec un stylo ou le tuyau d'une pipe, et Willi se dressa à moitié sur son lit, en prenant appui sur les coudes, pour crier :

– J'arrive !

Le chat avait reculé de cinquante centimètres et s'était recroquevillé sur le sol, prêt à s'enfuir.

Willi glissa la main entre le matelas et le dallage, et sortit son pistolet et son carnet. Il passa dans la cuisine et sentit, sous le plan de travail en pierre, la chaude humidité des chiots. Il dissimula le pistolet et le carnet sous la paille, au fond, près du mur. Avant qu'il ait eu le temps de retirer la main, la mère la lui lécha, à grands coups de langue pleins de confiance et bien baveux.

Il se redressa et s'essuya sur son pantalon. Puis il sortit de la cuisine et alla ouvrir.

Le gendarme était en plein soleil, devant le seuil, et se balançait d'avant en arrière sur la semelle de ses chaussures en regardant pensivement la maison, vraiment en piteux état.

Lorsque la porte s'ouvrit, il esquissa un salut militaire qui se mua en un geste assez vague, et dit :

– Veuillez venir avec moi.

Il avait bien un mandat d'arrêt dans sa poche, mais n'avait l'intention de le sortir qu'en cas de nécessité absolue.

Willi Mohr décrocha son chapeau de paille du clou sur le montant de la porte et sortit dans le soleil. Puis il ferma à clé et fourra celle-ci dans sa poche. Pendant ce temps, l'autre ne quittait pas son pantalon des yeux.

Tout en se dirigeant vers la ruelle, Willi observa d'un œil indifférent la ville qui s'étendait à ses pieds. Elle n'avait rien d'impressionnant et n'était guère qu'un amas désordonné et sans relief de toits brun-jaune de taille et inclinaison diverses. Quelque trente mille personnes somnolaient en dessous, à cette heure de la journée. Bon nombre d'entre eux auraient pourtant échangé cette oisiveté contre du travail, s'il y en avait eu. La seule chose qui rompait la monotonie du paysage était le clocher de l'église, mais il ne parvenait pas à se détacher véritablement sur ce fond de surfaces gris-jaune calcinées.

Les montagnes entouraient la ville de tous côtés et limitaient le champ de vision, sauf en direction de l'est où un couloir sinueux se glissait entre les hauteurs proéminentes et s'ouvrait – au bout de treize kilomètres, très exactement, de mauvaise route en terre battue – sur un coin de mer étincelant. La route avait cependant l'avantage de descendre sur tout le parcours et le chauffeur de l'autobus de la poste pouvait rester en roue libre depuis la place centrale de la ville jusqu'au quai du port de pêche, économie non négligeable aux yeux de certains.

Dans ce village au bord de la mer s'attardaient peut-être encore les touristes d'un quelconque voyage organisé. Par exemple des employées de bureau anglaises, allemandes et scandinaves aux longues jambes qui défiaient les lois de la morale en sirotant du Pepsi-Cola en maillot deux pièces sous les parasols d'un bar. Le soir, elles gémissaient de plaisir au fond d'un lit, dans le pire des cas celui du guide et, le matin, elles avaient des suçons sur les épaules et les cuisses. Se disait Willi Mohr.

Cela faisait longtemps qu'il n'était pas allé là-bas.

Ils longèrent l'Avenida Generalísimo Franco, déserte à cette heure, à l'exception des sièges en osier des vieilles femmes et de quelques rares chats assoupis dans la mince bande d'ombre, le long des murs. La voie n'était ni droite ni particulièrement large, mais elle possédait un revêtement de beaux petits pavés réguliers façonnés par la nature, disposés en outre de manière à former un motif décoratif assez subtil. Ce pavage aurait pu avoir trois cents ans d'âge, alors qu'il était en fait assez récent et avait été posé en l'honneur du Caudillo, qui devait venir en visite d'inspection. En réalité, il ne s'était jamais donné cette peine et plusieurs des ouvriers asturiens employés de force à ce projet étaient morts de faim et d'hémorragie pulmonaire avant l'achèvement de cette artère de prestige.

Ils n'avaient pas échangé un mot depuis qu'ils avaient quitté la maison du Barrio Son Jofre. Le garde civil qui avait arrêté Willi Mohr marchait à sa gauche, un demi-pas en arrière, comme pour bien marquer le rapport qui existait entre eux sans aller jusqu'à le souligner exagérément.

Ils traversèrent la place. À l'ombre de la fontaine du lavoir se trouvait une charrette remplie de ce genre de mauvaise herbe que, faute de mieux, on donnait à manger aux cochons. Entre ses deux grandes roues dormait un vieil homme en haillons qui avait rabattu sur son visage un chapeau de paille effrangé dont la couleur avait été mangée par le soleil. Sa mule efflanquée somnolait, la tête branlante. Les plaies de leur dos, à l'un comme à l'autre, étaient couvertes de grosses mouches bleues.

Sous l'auvent fixe du Café Central, les tables et fauteuils de rotin étaient vides, et les portes du bar entrouvertes, pour indiquer que l'endroit était fermé ou presque.

Willi constata qu'il avait soif et qu'il en allait sans doute de même pour le gendarme. Le Central était en outre un des rares endroits où on lui faisait encore crédit. Il désigna les tables de la main et demanda dans son espagnol laborieux :

– Vous ne voulez pas prendre un verre avec moi ?

Le garde leva un doigt de mise en garde mais, voyant que l'autre n'avait pas l'intention de renouveler l'invitation, il parut se résigner, haussa les épaules et alla s'asseoir sous l'auvent. Il appuya sa carabine contre la table et posa son bicorne noir en toile cirée sur le plateau de marbre. Willi frappa des mains et il ne fallut que quelques secondes avant que l'*abuela*, petite bonne femme ridée en châle et longue robe de deuil, n'écarte le rideau bruissant de la porte. Son regard perplexe interrogea le prisonnier et son accompagnateur, mais elle ne dit rien. Elle leur apporta du vermouth et un siphon, et Willi fit le service : le garde civil en premier, lui en second. Ils levèrent leur verre en hochant gravement la tête et se mirent à boire, mais seulement une petite gorgée chacun.

Willi tourna son verre entre ses doigts et réfléchit un instant avant de demander :

– Pourquoi êtes-vous venu me chercher ?

Le gendarme écarta les mains avec un sourire d'excuse et répondit :

– Ordre d'en haut.

Puis il vida son verre d'un trait et attendit patiemment que Willi l'ait fini lui aussi.

Ils se remirent alors en route, dans la même formation que précédemment, et sortirent de la ville par une route en terre battue bien droite et refaite depuis peu. De chaque côté poussaient de petits oliviers au tronc noueux et aux feuilles d'un vert légèrement gris, au reflet soyeux et couvertes de poussière.

Le cantonnement était situé à sept cents mètres environ des dernières maisons. Il ne payait guère de mine et se présentait sous la forme d'un long bâtiment de pierre pourvu de trois ou quatre très petites fenêtres. Près de la porte pendait un drapeau rouge et jaune, sous lequel un garde en uniforme vert plongeait une chambre à air de bicyclette dans une cuvette remplie d'une eau brunâtre. Le vélo, lui, était posé non loin de là, à l'envers, la roue avant en moins.

La brusque pénombre du porche aveuglait presque totalement quiconque venait de l'extérieur. Le gendarme frappa à une porte avant de l'ouvrir sous un angle tel que Willi ne put voir à l'intérieur de la pièce. Il entendit seulement quelqu'un parler, en termes rapides et concis, et avec des zézaiements appuyés qui laissaient penser que celui qui les proférait était originaire d'une partie différente du pays. Le garde referma la porte de l'extérieur et donna une bourrade dans le dos du prisonnier pour lui signifier de continuer tout droit. Au fond du porche, il ouvrit avec sa clé une autre porte derrière laquelle trois marches descendaient vers un long couloir dallé. Une lampe électrique de faible puissance éclairait une série de portes blindées très étroites. Il se dirigea vers celle située au fond, l'ouvrit et poussa Willi à l'intérieur de la cellule. Puis la porte se referma et la clé tourna dans la serrure. La pièce était très petite et mesurait au maximum deux mètres sur un mètre cinquante. Ses murs étaient blanchis à la chaux et elle était meublée en tout et pour tout d'une couchette fixée au mur et d'un seau en métal galvanisé. Il n'y avait pas de fenêtre et seule une pâle lueur tombait d'une petite ouverture de forme carrée percée dans le plafond et revêtue de verre opaque. Il fit les trois pas qui le séparaient du fond de la cellule, puis en sens inverse. Il s'adossa ensuite au mur pour réfléchir.

Au bout de quelques minutes, des pas retentirent dans le couloir et la clé tourna dans la serrure. Le garde qui l'avait arrêté pénétra dans la cellule avec un pot à eau et une couverture grise élimée. Il posa le premier sur le sol, près du seau, et la seconde sur la couchette.

Puis il promena le regard du prisonnier à la couchette et dit :

– Vous feriez mieux de dormir.

Sur ces mots, il sortit.

Willi Mohr eut l'impression que cette eau, cette couverture ainsi que le conseil étaient une sorte de faveur qui lui était consentie, une façon de le remercier pour le verre pris sur la place.

Comme on ne s'était pas donné la peine de le fouiller, il pouvait au moins fumer. On ne lui avait pas ôté sa ceinture non plus, ce qui lui laissait le loisir de se pendre.

– S'il y avait eu quelque chose à quoi l'accrocher, se dit-il avec un vague sourire.

C'était une habitude qu'il avait acquise ces derniers temps, de se parler à lui-même. Il lui arrivait aussi de se prendre sur le fait de s'adresser à son chat ou à son chien. Plus souvent à ce dernier, car il avait l'air plus intelligent et plus enclin à la réflexion.

En plongeant la main dans sa poche, il trouva des cigarettes mais pas d'allumettes. Il alla cogner à la porte, sans résultat. Peut-être n'était-ce pas dû à la mauvaise volonté, seulement au fait qu'on ne l'entendait pas.

Au bout d'un moment, il se résigna et s'allongea sur la couchette, la couverture pliée sous la tête en guise d'oreiller. Le silence régnait dans le bâtiment. Avant de s'endormir, il consulta sa montre. Il était 14 h 55.

Lorsqu'il ouvrit à nouveau les yeux, la cellule était plongée dans l'obscurité. Il sentit un froid humide tomber des murs et comprit que c'était cela qui l'avait réveillé. Les journées étaient certes chaudes, à cette époque de l'année, mais les nuits étonnamment froides.

Il resta couché, les épaules et les reins douloureux. Il leva péniblement le bras et dut placer sa montre tout contre ses yeux pour distinguer les aiguilles phosphorescentes. Il était 22 heures. Cela faisait donc déjà sept heures qu'il était là et nul ne s'était encore soucié de lui, manifestement. Un silence de mort régnait autour de lui et il ne parvenait même pas à voir le carré de lumière du plafond.

Il avait dû dormir la bouche ouverte, car il avait la langue raide et sèche, et la gorge et les gencives qui brûlaient. En se mettant sur son séant pour saisir le pot à eau, il ressentit une crampe aux mollets qui lui arracha un gémissement et lui fit écarter les orteils pour détendre lentement ses muscles contractés.

Il finit par atteindre la cruche et but. Puis il se mit debout avec beaucoup de peine et urina dans le seau. Le bruit le tira quelque peu de son engourdissement et il alla cogner de nouveau à la porte, ne cessant que lorsqu'il commença à avoir mal aux poings et constata que c'était sans effet.

Il étira à contrecœur son corps ankylosé, s'adossa au mur, en chien de fusil et la couverture sur les épaules, ne sachant que penser.

Au cours des heures qui suivirent, il alla cogner à la porte à trois reprises, sans grande énergie ni conviction. De temps en temps il buvait un peu d'eau et, toutes les dix minutes environ, changeait de position pour chasser la douleur qu'il commençait à éprouver dans telle ou telle partie de son corps. Il tenta d'imaginer des ruses susceptibles de le dissuader de regarder sans cesse sa montre, mais rien n'y fit. L'attente était trop forte et le temps s'écoulait avec une lenteur insupportable.

– Ça va être dur, pensa-t-il, tu manques d'habitude.

Il avait dû somnoler dans son coin car, soudain, il s'avisa qu'il était éveillé alors qu'il ne l'était pas l'instant d'avant. La cellule n'était plus plongée dans le noir et baignait dans la faible lueur jaunâtre d'une lampe électrique qui semblait fixée derrière la vitre du puits de lumière. Il entendit des pas et des voix à l'extérieur, puis quelqu'un poussa le petit battant du judas et le regarda. La clé tourna dans la serrure et un garde civil de petite taille qu'il n'avait pas encore vu ouvrit la porte. Un officier de haute taille en uniforme vert à galons dorés sur les manches et large ruban autour de la casquette en toile cirée apparut sur le seuil. Celui-ci observa, perplexe, l'homme allongé sur la couchette et échangea quelques mots avec le geôlier en catalan.

Puis il entra dans la cellule et dit, avec un sourire un peu forcé :

– Vous n'allez plus attendre bien longtemps.

Il parut hésiter un instant et ajouta :

– J'espère que ce n'est pas trop inconfortable.

Il jeta un coup d'œil réprobateur sur le seau en métal et la couverture sale, pivota sur ses talons et sortit. Le garde referma la porte.

La lumière brûlait toujours.

J'ai oublié de lui réclamer des allumettes, pensa Willi. Il regarda sa montre : il était déjà 13 h 45.

Au bout de dix minutes, le petit garde civil fit de nouveau son apparition et dit :

– Venez !

Sur les marches au bout du couloir, Willi lui demanda :

– Qu'est-ce qui va se passer, maintenant ?

L'homme en uniforme lui répondit aussitôt, sans l'ombre d'une hésitation :

– Vous allez être interrogé par le sergent Tornilla.

– C'est lui qui est venu, tout à l'heure ?

– Non, c'est le chef, le lieutenant Pujol.

Il frappa à la porte que son collègue avait entrouverte une dizaine d'heures plus tôt. Puis il l'ouvrit en grand et fit un pas de côté. Willi Mohr haussa les épaules et pénétra dans la pièce. La porte se referma derrière lui, de l'extérieur.

2

La pièce n'était pas aussi petite que la cellule, mais guère plus grande. Elle ne contenait que quatre meubles : un petit bureau, une armoire de rangement teinte en brun, un fauteuil noir et un banc de bois branlant à deux places – et pourtant elle semblait pleine à craquer. Il n'y avait pas de fenêtre, mais un grand portrait du Caudillo était accroché au mur, derrière la table, dans un gros cadre de bois noir. Sous cette photo, un homme était en train d'écrire dans le cercle de lumière de l'abat-jour vert d'une suspension.

Lorsque Willi pénétra dans la pièce, l'homme posa aussitôt sa plume et se leva de son fauteuil. Il le salua de façon réglementaire, puis lui tendit la main en lui disant avec un sourire :

– Enchanté de faire votre connaissance. Je suis désolé de vous avoir fait attendre. Je m'appelle José Tornilla.

Willi le dévisagea de ses yeux bleu clair et lui rendit machinalement sa poignée de main. Cet homme qui allait l'interroger en zézayant après l'avoir fait attendre pendant dix heures était donc le sergent Tornilla. Il était de taille moyenne, légèrement corpulent, avait les yeux bruns et portait la moustache, un calot à pompon élégamment fendu sur le devant, un uniforme vert et une chemise blanche. Un baudrier lui coupait la poitrine en diagonale, ses joues portaient encore la marque du rasage, sa tenue était impeccable, ses dents blanches et ses cheveux bien peignés. On aurait dit qu'il illustrait le manuel du parfait soldat. Sa poignée de main était ferme. Bref, c'était une de ces nullités prétentieuses, un snob.

Se dit Willi Mohr.

Le sergent fit le tour de la table pour en approcher le banc. D'un geste d'une politesse exagérée, il invita le nouveau venu à prendre place, en souriant encore un peu plus.

– Le banc des accusés, jugea-t-il bon de plaisanter en articulant avec soin.

Ils prirent place l'un en face de l'autre. Le militaire affichait un sourire imperturbable, les coudes sur la table et le bout des doigts, puis les paumes entières, l'un contre l'autre. Comme sous le coup d'une inspiration soudaine, il les écarta brusquement, tira un paquet de cigarettes de derrière l'antique téléphone à manivelle et le tendit. C'étaient des Bisonte, des américaines de la régie espagnole des tabacs.

Pas mauvaises, mais affreusement chères. Des cigarettes de snob, pensa Willi.

Il en prit une et, avant même qu'il l'eût portée à ses lèvres, l'autre s'était penché par-dessus la table, un briquet allumé à la main.

Willi inhala la fumée, qui lui brûla légèrement la gorge.

– Objet de contrebande en provenance d'Autriche. Même dans la police… plaisanta le sergent en montrant le fond du briquet.

Il le remit dans sa poche et joignit à nouveau le bout des doigts, sans se départir de son sourire. Willi nota qu'il ne l'avait pas lâché du regard depuis qu'il avait pénétré dans la pièce.

Le sergent Tornilla continua à sourire, en silence, pendant au moins trente secondes. Puis il se lança dans une longue harangue, à voix basse mais convaincue, et en zézayant plus encore qu'auparavant.

– *Verstehe kein Wort*, dit Willi.

C'était la stricte vérité, il n'avait pas saisi un traître mot.

– Pardon, dit le sergent Tornilla. J'oubliais que vous êtes étranger.

Il orienta un cadre photographique en cuir de façon que son visiteur voie trois portraits de forme ovale : une femme grassouillette vêtue d'un châle très artistiquement brodé et tenant un éventail à la main, ainsi que deux jeunes garçons en costume marin.

– Ma famille. Ma femme et mes deux fils. Ils sont tous les deux nés avant la guerre et ont maintenant neuf et onze ans, expliqua-t-il fièrement.

Puis il observa une pause et leva l'index droit, comme en réponse à une question qui ne lui avait pas été posée.

– Non, pas ici. À Huelva. Ma femme et moi, ainsi que nos familles, sommes originaires de Huelva. Ces photos n'ont pas été prises ici, pas plus qu'à Huelva, d'ailleurs, mais à Badajoz. Les nécessités du service, n'est-ce pas ? Mes enfants, Juan et Antonio, ont sept ans sur ces clichés, qui ont été pris lors de leur première communion.

Il les désigna l'un après l'autre en répétant leurs noms comme pour faire la leçon à son visiteur.

– Juan… Antonio… Ils vont à l'école, maintenant. Quand ils seront grands, j'espère être nommé dans une plus grande ville – où il y a de meilleures écoles.

Il offrit une nouvelle cigarette et alluma la sienne en continuant à parler.

Willi savait qu'il était incapable de résister à l'homme qui lui faisait face, à son flot verbal et son regard perçant. Il se sentait las, sale et découragé et avait conscience de ne pas s'être lavé depuis longtemps et que son pantalon était couvert de taches de peinture à l'huile et de térébenthine, que sa chemise d'un brun délavé était imprégnée de sueur séchée, que ses cheveux blonds étaient sales et que leurs mèches pointaient dans toutes les directions. Il se rendait aussi douloureusement compte que, si l'homme assis en face se levait, il se sentirait tout petit, malgré sa haute taille.

En plus, il avait faim.

– … dans cette partie du pays, on a tout notre temps. Comme on dit ici, on « attend le bateau ». Il y a beaucoup de vrai là-dedans, bien plus qu'on ne le croirait au premier abord. On descend au port, à une dizaine de kilomètres d'ici, et on attend. Il finit toujours par arriver un bateau, mais ensuite il repart et on continue à attendre. Si on vous demande ce qu'on attend – eh bien, on attend toujours le bateau, le prochain, à moins que ce ne soit un autre. Certains ne vont même pas jusqu'au port, d'ailleurs, et ils attendent quand même, le bateau ou autre chose. Les étrangers ont du mal, au début, mais finissent par s'y faire. Parfois – dans certaines situations – ce peut être un gros avantage.

Silence. Le sergent Tornilla avait cessé de sourire.

– C'est ainsi. Ici, et dans bien d'autres parties du pays. Les gens sont simples et ont bon cœur. Ils ne demandent rien, mais ils méritent de vivre dans le calme et la sécurité. Bien sûr, ils sont pauvres, la plupart, mais ils sont heureux ou le seront, une fois que les horreurs qu'ils ont connues auront sombré dans l'oubli. Quand ils auront enfin compris où est le bien. Ils sont sur la bonne voie. Ce qu'il leur faut, c'est une foi assurée, une existence bien réglée et assez de travail pour en vivre. Tout ce qu'ils veulent, c'est vivre, comme tout le monde ou presque. Ils ont déjà tout ce qu'il leur faut, ou vont bientôt l'avoir. Les influences, surtout si elles viennent de l'étranger, ne peuvent que leur nuire. Ils ont jadis été menés à la catastrophe par des chefs qui n'étaient pas des chefs, mais de simples criminels. Pas tous, c'est vrai, certains étaient fous, incapables de prendre leurs responsabilités, juste de mourir. Pour assumer ses responsabilités, il faut du courage. Heureusement, il y avait des gens qui possédaient cette sorte de courage, grâce à Dieu.

Silence. Cigarette. Sourire.

Le briquet et sa flamme bleue.

Willi fit alors une découverte. En fait, il avait compris ce que disait cet homme – sauf au début. Et il savait soudain pourquoi : le sergent ne parlait pas une seule langue, mais deux. Sous un revêtement d'espagnol normal, de tous les jours, se cachait un langage à l'allemande. Dès lors, il se faisait parfaitement comprendre.

– Vous parlez allemand.

– Oui, un peu. Où l'ai-je appris ? En Russie. Pendant la guerre. La Division Azul – vous connaissez, n'est-ce pas ? La poche de Vitebsk… l'encerclement… tout ça. Très instructif, à bien des égards.

Il sourit.

– C'est là que j'ai appris l'allemand. Je crois même être capable de mener une conversation dans cette langue. Mais pourquoi le faire, ici, en Espagne ? Pour vous ? Non, vous n'apprendrez jamais notre langue, le castillan, si tout le monde s'adresse à vous dans une autre. Ici, les gens parlent mal, ils utilisent une sorte de dialecte.

Il joignit à nouveau le bout des doigts et donna presque l'impression qu'il allait se mettre à rire.

Qu'est-ce que c'est que ça ? s'interrogea Willi. Un cours de langue ? Par la méthode naturelle ?

– Pourquoi m'avez-vous fait venir ici ? demanda-t-il à voix haute.

– Donnez-moi votre passeport.

Willi le sortit de sa poche-revolver. Il était tout gondolé, à cause de l'humidité. Le sergent se mit à le feuilleter, derrière son bureau. Puis il eut un sourire d'excuse.

– Vous vivez dans cette ville et dans mon secteur. Vous êtes le seul étranger ici, et je désire connaître tous les habitants de mon secteur. Vous logez….

– Barrio Son Jofre.

Le sergent répéta par deux fois ce nom, en distinguant chaque son, puis ajouta :

– Ne vous y trompez pas. Les gens d'ici ne sont même pas capables de prononcer correctement leur propre nom.

Le cours de langue continue, pensa Willi.

Le sergent, lui, souriait toujours.

– Permettez-moi seulement de vous rappeler certains détails. En tant que résident de cette ville, vous êtes tenu de vous déclarer à la police, par exemple. Vous avez beau posséder un permis de séjour renouvelé tous les trois mois auprès des services du gouverneur général, cela ne vous en dispense pas. Or, vous avez négligé cette formalité. En plus, vous avez fait pas mal de dettes et vous êtes sans le sou.

Silence.

– Je sais : ce n'est pas un crime. Mais, avant, vous receviez régulièrement de l'argent de l'extérieur. Jadis, il en allait différemment pour certaines choses. En ce qui concerne l'argent, vous ne l'avez pas apporté avec vous à votre arrivée. Vous ne l'avez pas déclaré, du moins.

Silence.

– Non, vous n'en avez pas reçu de l'extérieur, non plus. Par courrier, illégalement. D'ailleurs, vous ne recevez presque jamais de courrier, aucun contenant de l'argent, en tout cas. Comme vous n'en avez pas changé, cela prouve que vous n'avez pas reçu des devises étrangères.

Silence.

– Vous n'en avez pas changé clandestinement, non plus. Vous avez donc touché de l'argent en monnaie locale. Mais pas par courrier.

Willi sentit ses tempes s'échauffer. Pourtant, à le voir, il restait calme, d'un calme bourru et obstiné. Il s'était réfugié dans le mutisme, selon la bonne vieille méthode.

– On s'interroge, voyez-vous, c'est le service qui veut ça. Le service, toujours le service. On s'interroge et on procède à des rapprochements.

Il tendit à nouveau le paquet de cigarettes et actionna son briquet.

– J'espère que vous allez bientôt en recevoir, reprit-il d'une voix douce. Être dépourvu d'argent, à l'étranger, c'est un handicap. Mais, si votre situation s'avère trop pénible, vous pourrez toujours venir ici. Il existe des solutions.

Willi fit alors une nouvelle découverte. L'homme qui lui faisait face ne fumait pas. Pourtant, il y avait des mégots dans le cendrier, quand il était arrivé, et il ne faisait aucun doute qu'on avait fumé dans cette pièce, précédemment. Mais ce raisonnement était stupide et à mettre au compte de la fatigue. Il n'était sûrement pas le premier à y penser.

Il s'ensuivit un long silence, pendant lequel le sergent Tornilla feuilleta le passeport d'un air distrait.

– Où avez-vous servi, pendant la guerre ? demanda-t-il.

– Je n'y ai pas participé.

– Non, bien sûr, vous étiez trop jeune.

– Pas tant que ça.

– Non, c'est vrai. Pas tant que ça. Vous aviez dix-huit ans, à la fin des hostilités. Beaucoup de jeunes de votre âge avaient déjà donné leur vie.

– Elles ont fini trop tôt pour que j'y prenne part.

– Où étiez-vous, lors de l'armistice ?

– À Flensburg.

– Et avant cela ?

– À Gotenhafen.

– Pour suivre une formation ?

– Oui.

– Laquelle ?

– De sous-marinier.

– À… Gotenhafen ?

– Oui.

– Ça s'appelle Gdynia, maintenant, n'est-ce pas ?

– Oui.

– Et vous n'avez pas eu le temps d'être affecté ?

– Non.

– Qu'avez-vous fait ensuite, la guerre terminée ?

– Je suis rentré chez moi.

– Où cela ?

– À Dornburg.
– Où est-ce ? Dans quelle partie de l'Allemagne ?
– En Thuringe.
– N'est-ce pas du mauvais côté de la frontière ?
La question décontenança Willi et il n'y répondit pas.
– Quand avez-vous vu Ramón Alemany pour la dernière fois ?
– Pourrais-je avoir un peu d'eau ?
– Dans un instant. Quand avez-vous vu Ramón Alemany pour la dernière fois ?
– Il y a quatre mois.
– Savez-vous où il se trouve, en ce moment ?
– Non.
– Où l'avez-vous vu, la dernière fois ?
– Dans un port, en France.
– Quel port ?
– Ajaccio.
– En effet. En Corse. Mais l'avez-vous revu, depuis ?
– Non.
– Vous savez comment s'appelle son frère ?
– Santiago.
– Quand avez-vous parlé à ce Santiago pour la dernière fois ?
– Je ne sais pas. L'été dernier, peut-être.
– Vous ne l'avez pas vu il y a trois jours ?
– Si.
– Vous avez donc fait erreur en me disant que vous ne lui avez pas parlé depuis l'été dernier.
– Non.
– Pourtant, vous l'avez vu il y a trois jours.
– Oui.
– Expliquez-vous.
– Nous nous sommes vus mais nous ne nous sommes pas parlé.
– Où l'avez-vous vu ?
– Ici.
– Ici ? Au poste de police ?

– Non. Chez moi.
– Dans votre maison du Barrio Son Jofre ?
– Oui.
– Répétez : dans la maison du B-a-r-r-i-o S-o-n J-o-f-r-e.
– Dans la maison du Barrio Son Jofre.
– Bien. Votre espagnol ne cesse de s'améliorer. Aviez-vous demandé à Santiago Alemany de venir chez vous ?
– Non.
– Pourquoi y est-il venu, alors ?
– Je ne sais pas.
– Est-il venu spécialement pour vous voir ?
– Il allait en ville livrer du poisson.
– Exact. Il livrait du poisson dans la capitale provinciale. De quoi avez-vous parlé ?
– De rien.
– Pendant une heure ?
– Je ne me souviens pas du temps que cela a duré.
– De quoi avez-vous parlé ?
– De rien.
– Vous ne vous êtes pas dit un seul mot en l'espace d'une heure ?
– Je ne me souviens pas du temps que cela a duré.
– Vous ne vous êtes pas dit un seul mot ?
– Peut-être un ou deux.
– Vous a-t-il donné de l'argent ?
Willi ne répondit pas à cette question.
– Dornburg, en Thuringe. C'est la zone russe, hein ?
– Oui.
– Combien de temps y avez-vous vécu ?
– Jusqu'en 1951.
– Combien de temps ?
– Six ans.
– Pourquoi en êtes-vous parti ?
– Je ne m'y plaisais pas.

– Combien de temps êtes-vous resté en Allemagne de l'Ouest ?

– Un an et demi.

– Et vous en êtes parti également ?

– Oui.

– Pourquoi ?

– Je ne m'y plaisais pas.

– Et, après cela, vous êtes venu ici ?

– Oui.

– Et vous vous y plaisez ?

Willi ouvrit la bouche mais ne répondit pas. Il savait qu'il pouvait dire aussi bien oui que non, mais ne parvenait pas à choisir. Comme chaque fois qu'il marquait un point, le sergent Tornilla changea de sujet.

– Vous habitiez déjà le Barrio Son Jofre, avec vos amis danois ?

– Norvégiens.

– En effet. Je disais donc : vous habitiez déjà le Barrio Son Jofre, avec vos amis norvégiens ?

– Oui.

– Pendant combien de temps ?

– Trois mois.

– Peut-être quatre ?

– C'est possible.

– Voyons, ne fréquentiez-vous pas aussi les frères Alemany, avec vos amis norvégiens ?

– Si.

– Tous les cinq, donc, en famille ?

– Parfois.

– Vous connaissez donc Santiago Alemany depuis longtemps ?

– Oui.

– Ainsi qu'Antonio Millan, alias Antonio Rojo – le Rouge ?

– Non.

– Seulement de nom ?

– Non.

– Pourtant, vous connaissez Santiago Alemany ?
– Oui.
– Vous aimez bien Santiago Alemany ?

Comme il venait de marquer un nouveau point, le sergent changea de nouveau de sujet.

– Vos parents sont-ils toujours vivants ?
– Seulement ma mère.
– Elle vit à…
– Dornburg.
– En effet, elle vit à Dornburg. Dans la zone russe.
– Oui.
– Étiez-vous membre du parti communiste, quand vous viviez dans la zone russe ?
– Non.
– Seulement ces dernières années ?
– Non.
– La vie était difficile, là-bas ?
– Non.
– Et pourtant, vous en êtes parti ?
– Je ne m'y plaisais pas.
– Vous êtes peintre, vous faites des tableaux. J'ai entendu dire qu'ils étaient beaux.
– Merci.
– Gagniez-vous votre vie comme artiste, en Allemagne ?
– Non.
– Peigniez-vous, quand vous viviez là-bas ?
– Non.
– Vous avez donc commencé à peindre à votre arrivée ici ?
– Oui.
– Pensez-vous que vos amis norvégiens sont encore en vie ?
– Non.
– Ramón Alemany est-il en Espagne, en ce moment ?
– Non.
– Comment savez-vous qu'il n'y est pas ?

Willi ne répondit pas. Sa vue se brouillait. Tornilla lui posa deux dernières questions.

– La chemise que vous portez vous appartient-elle ?

– Oui.

– Vous êtes fatigué ?

– Oui.

Pendant tout cet interrogatoire, le sergent était resté absolument immobile, le regard figé et le bout des doigts joint. Il glissa alors la main derrière son siège et prit une cruche. Puis il se leva et fit le tour de la table, l'air toujours aussi impeccable et totalement impassible, et afficha un sourire amical et compatissant.

– Vous commencez à être fatigué, dit-il, mais vous n'êtes pas au bout de vos peines. Buvez, je vous en prie.

Willi s'exécuta et but à grands traits. Le sergent lui donna une nouvelle cigarette et l'alluma avant de retourner prendre place sous le portrait, en faisant le tour de la table.

– Vous n'avez pas l'air heureux. Mais c'est peut-être un bien pour vous. J'ai lu dans un journal, je crois que c'est la Vanguardia, que les artistes ne peuvent vraiment créer que dans des circonstances difficiles, voire extrêmement pénibles. Sinon, il est facile d'être heureux, ici, vous n'avez qu'à regarder les gens autour de vous. Ils sont pauvres, mais la plupart d'entre eux sont heureux. Voyez la tête qu'ils ont : ce sont de simples ouvriers et paysans, mais ils sont heureux de leur vie de famille et de leur foi, et ils s'étonnent de pouvoir vivre et donner naissance à de nouvelles générations. Pourtant, il est également facile d'être malheureux et de s'attirer des ennuis. Si on y tient. Le malheur vient aisément à qui le désire. Mais notre petite ville est très agréable, quand on a appris à la connaître et, à de rares exceptions près, les gens ont bon cœur. Une fois les exceptions éliminées, tout ira bien. C'est une noble tâche que de les supprimer.

Willi fit alors une nouvelle découverte. En levant les yeux pour empêcher sa tête de retomber, il s'avisa de la ressemblance entre le personnage assis en face de lui et le portrait du général. Celui-ci n'était pas récent, le Caudillo devait avoir la quarantaine quand il avait été pris et donc à peu près le même âge que le sergent. La ressemblance n'en était que plus frappante. Même uniforme, galons exceptés, même moustache, même calot. Ne serait-ce pas pour cela qu'il le portait également à l'intérieur ? Willi fixa le portrait si longtemps que son regard finit par se brouiller, tandis que le flot verbal de son interrogateur se frayait, non sans peine, un chemin jusqu'à sa conscience. Soudain, il se surprit en train de voir la bouche du portrait bouger et d'écouter sa voix. Il secoua légèrement la tête et tenta de fixer l'autre visage, bien vivant celui-là, en dessous.

– … neuf ans, en d'autres termes j'ai été soldat de 1936 à 1945, et donc perpétuellement en guerre, pour ainsi dire. Comme je l'ai déjà mentionné, c'était très instructif. On apprenait à avoir peur mais aussi à dominer sa peur. En dépit de ce qu'on a pu dire, ces années n'ont pas été malheureuses, du moins pour ceux qui ne perdaient pas des yeux l'objectif. On s'habituait à éliminer l'ennemi, les siens et ceux du pays, pour ne pas être obligé de vivre au milieu d'eux jusqu'à la fin de ses jours. Or, les façons d'y parvenir sont nombreuses et variées. J'étais dans le corps d'armée de la Navarre pendant l'offensive sur la Noguera Pallaresa, en avril 38. En avez-vous entendu parler ? Non, bien entendu. Fumez, mon ami !

La main de Willi tremblait, quand il prit la cigarette. Celle qui tenait le briquet était ferme, elle.

– La Noguera Pallaresa est un affluent de la Segre qui, comme vous le savez peut-être, marque la limite entre l'Aragon et la Catalogne. C'est sur cette rivière, à l'ouest de Barcelone, que se trouve la ville de Lérida, chef-lieu de la Catalogne orientale. Au nord se trouve Balaguer, et, un peu plus au nord encore, sur la Noguera Pallaresa, une troisième ville, qui porte le nom de Tremp. C'est elle qui approvisionne Barcelone et presque tout le nord de la Catalogne en eau potable et en électricité. À cette époque, c'étaient les Catalans qui avaient le plus de mal à adopter notre point de vue. Certains n'en sont toujours pas capables, d'ailleurs. Bon nombre de nos soldats étaient marocains. Ce sont eux qui ont pris Lérida le 2 et tout le monde, y compris les Catalans, pensait nous voir poursuivre notre marche vers le centre de la province. Mais le général Solchaga a opéré une manœuvre de diversion en direction du nord, nous avons pris Balaguer et continué à avancer le long de la Noguera Pallaresa, où les Rouges n'avaient pas massé beaucoup de troupes. Quatre jours plus tard, nous avons pris d'assaut Tremp, dont les défenseurs, en petit nombre comme je l'ai déjà dit, ont été pris de panique et abattus presque jusqu'au dernier. C'était l'hiver et en montagne – et donc une bonne préparation pour la Russie. Quand nous avons découvert la centrale électrique et les réservoirs, nous avons compris que nous avions la possibilité de priver un million et demi de foyers d'eau et de courant, et de réduire un million d'ouvriers au chômage. Barcelone est une grande ville, mais nous lui avons brisé l'échine, ainsi qu'aux Catalans. Et pourtant…

Le sergent observa un silence et regarda pensivement l'homme assis sur le banc en face de lui, comme un maître qui désire s'assurer que son élève le suit toujours bien.

– Et pourtant, reprit-il, la Catalogne n'a capitulé qu'un an plus tard. Parfois, le mal est si profond qu'il ne peut être guéri. Parfois, l'ignorance est telle que le maître est obligé de mettre l'élève à mort. Pour leur bien à tous les deux. Mais oublions cela, si vous voulez bien. Quand avez-vous rencontré Ramón Alemany pour la dernière fois ?

– Il y a quatre mois.

– Quatre mois et seize jours, pour être précis. C'est ce que vous avez déclaré précédemment, j'ai le procès-verbal devant les yeux.

En disant cela, il effleura du doigt un dossier à la couverture en carton posé devant lui.

– Ce n'est pas un quartier très agréable que le vôtre, celui de Barrio Son Jofre. Le mien, près de l'église, le long de l'avenue, est bien mieux. J'habite une belle maison, ancienne mais bien construite, très vaste et avec jardin à l'arrière. C'est parfait pour les enfants.

Il va se remettre à me poser des questions, se dit Willi, à la fois las et désespéré.

Le sergent se leva, le sourire aux lèvres, et lui tendit la main.

– Je vous remercie de cette agréable conversation. Je viendrai peut-être voir vos tableaux, un jour. Au revoir, donc.

Willi se mit debout en chancelant. Il était en nage et ses yeux se brouillaient. L'homme qui était en face de lui avait exactement le même air que lorsqu'il s'était levé de son siège pour la première fois, une éternité auparavant.

– Une dernière chose. Je conserve votre passeport, pour l'instant. Si vous désirez partir en voyage, vous n'aurez qu'à venir le chercher. Quand vous voudrez. Tout ça, ce n'est que des bagatelles, mais…

En disant cela, il eut un geste de regret de la main et un sourire. Puis il alla aimablement ouvrir la porte.

Willi s'immobilisa sous le porche, qui lui parut très clair, en comparaison de la pièce qu'il venait de quitter.

À l'extérieur, le soleil brillait.

L'officier de haute taille vint vers lui. Il était rasé de près et semblait s'être levé depuis peu, et pourtant il avait déjà de la sueur sur le front. En voyant Willi, il eut un sursaut et dit :

– Une erreur regrettable, n'est-ce pas ?

Là-dessus, il ouvrit la porte de la salle d'interrogatoire et entra. Avant qu'elle ne se referme, Willi eut le temps de voir une fois de plus le sergent Tornilla.

Celui-ci était en train d'écrire. Entre l'index et le médius de la main gauche, il tenait une cigarette allumée, et son visage était dur et concentré.

Willi sortit d'un pas chancelant, dans la lumière du soleil.

3

Le sergent Tornilla parlait à son chef. Ils n'avaient plus que trois répliques à échanger.

– Alors ? demanda le lieutenant Pujol.

– Quelqu'un lui avait donné de l'eau.

– Qu'est-ce que vous en pensez ?

– S'il ne l'a pas fait, il le fera.

– Vous vous trompez peut-être.

– Je ne crois pas.

4

Willi Mohr, longue silhouette dégingandée en chemise délavée, pantalon kaki taché et sandales à lanières, traversa la ville. Son chapeau de paille projetait une ombre sur son visage bronzé. Il avait beau être las, sa bonne forme physique ne l'avait pas quitté. Il avançait lentement, mais d'un pas décidé et souple.

Sur l'Avenida Generalísimo Franco, il croisa des ouvriers qui se rendaient sur un chantier dans la montagne. Destiné à remédier au chômage, celui-ci était très mal payé, effectué presque sans moyens mécaniques et progressait donc lentement. Ces hommes avançaient le regard vide et fixé devant eux, tenant dans leurs mains des paniers remplis de gourdes et de miches de pain, à consommer une fois parvenus sur leur lieu de travail.

Regardez leur visage, ce sont de simples travailleurs mais ils sont heureux de leur foi et de pouvoir exister, se souvint Willi. Pur mensonge, se dit-il aussi. Et, l'instant d'après, une autre réplique, celle sur sa chemise, lui revint à l'esprit. Il faut un regard d'une sûreté presque anormale pour identifier immédiatement une chemise des Jeunesses hitlériennes vieille de quinze ans, délavée au point d'avoir perdu toutes ses couleurs et ses marques distinctives.

Il fut frappé du fait qu'il avait répondu à toutes les questions d'une façon totalement conforme à la vérité, y compris celles portant sur les événements survenus trois jours auparavant. Santiago Alemany était arrivé vers 17 heures et était resté un moment, mais ils n'avaient pas échangé une parole. Il avait garé sa camionnette devant la porte, était entré dans la maison et avait regardé partout autour de lui, surtout dans la cuisine. Puis il s'était assis sur la première marche de l'escalier et avait joué avec le chat. Il avait ouvert la bouche à plusieurs reprises comme pour dire quelque chose mais s'était ravisé chaque fois. Après son départ, Willi, qui n'avait pas quitté son chevalet ni cessé de travailler à un tableau représentant une maison et trois cactus, avait trouvé trois billets sales de cent pesetas sur la marche. Santiago avait dit bonjour et au revoir, et peut-être un ou deux autres mots, mais Willi, lui, s'était contenté de hocher la tête à deux reprises. Il avait laissé les billets là où ils étaient pendant trois jours, puis les avait pris pour aller régler sa facture à la *tienda*.

5

Quarante minutes après avoir quitté le poste de police, Willi se trouvait devant la porte de la maison du Barrio Son Jofre. Sitôt qu'il l'eut ouverte, le chat sortit et vint se frotter contre sa jambe, et la chienne se précipita à l'intérieur en geignant, se tortillant et frétillant de la queue. Elle devait avoir affreusement faim et soif, comme lui-même.

La maison était bâtie sur deux niveaux et comportait trois pièces et une cuisine. Un escalier de pierre partait de la plus grande des trois, au rez-de-chaussée, et menait à l'étage. En haut, la plus grande des deux était la moins utilisable, quoique en bon état. Le plancher s'était en effet effondré et une partie était tombée dans la cuisine. La maison ne contenait que deux meubles, en tout et pour tout : un grand lit aux montants teints en brun, à l'étage, et une chaise cannée en rotin, au rez-de-chaussée. Dans cette même pièce, il y avait aussi un matelas, une couverture et une vingtaine de peintures à l'huile. La plupart étaient posées sur le sol, mais quelques-unes avaient été accrochées au mur à l'aide de punaises. À côté de la chaise était posée une lampe à pétrole en métal et, sur une toile de jute, dans un coin, des vêtements et autres objets personnels. Au rez-de-chaussée, le sol était bien balayé mais, à l'étage, où nul n'avait mis les pieds depuis longtemps, le plancher était recouvert d'une épaisse couche de poussière grisâtre.

Willi mit un peu d'eau dans une coupe à l'intention de la chienne et y ajouta quelques morceaux de pain sec. Puis il plongea la main parmi les chiots et sortit le pistolet et le carnet de notes. L'arme était lourde et humide, dans sa main, et il la soupesa longuement en faisant les cent pas dans la pièce. Puis il s'immobilisa, au centre de celle-ci, et se dit à lui-même :

– Qu'est-ce qu'il voulait au juste, bon sang ?

Puis, après un silence :

– Il va me mettre à nouveau la main dessus, il faut donc que j'aie tué l'autre avant ça.

Il feuilleta le carnet. La première page était datée du 30 juillet de l'année précédente, lendemain du départ de Hugo. Les premiers jours, il avait rédigé plusieurs pages, mais ensuite ses notes s'étaient faites de plus en plus concises et, après le 4 septembre, elles s'interrompaient définitivement. Sur les pages suivantes, il avait griffonné des chiffres et des esquisses. Puis venait une nouvelle annotation, rédigée d'une main ferme et facile à lire :

16 décembre, 8 heures du matin. Hier, j'ai attendu toute l'après-midi et la soirée dans le port, mais ils ne sont pas revenus. Il était plus de 2 heures du matin quand je suis reparti chez moi.

Après cette date, il y avait beaucoup d'autres notes, qui remplissaient presque entièrement le carnet.

Il se mordit la lèvre inférieure et secoua lentement la tête. Puis il remit ces objets à leur place habituelle, sous le matelas, se déshabilla et s'allongea sur le dos, entièrement nu et les mains jointes sous la nuque.

Il faisait chaud et il était très fatigué.

Il se dit : Demain, je tuerai les chiots. Je n'épargnerai que le plus beau. Les autres, je les mettrai à mort.

Avant de s'endormir, il pensa au camion et à ce jour où les Scandinaves avaient bu, au bar de Jacinto. Depuis cela, il s'était écoulé quatorze mois.

DEUXIÈME PARTIE

1

Le camion était un Fiat-camioneta modèle 1931 modifié. Il n'avait ni garde-boue ni capot et la cabine, ainsi que le plateau avaient été démontés et remplacés par deux bancs de bois d'un type assez analogue à ceux qu'on trouve dans les jardins publics. Toutes ces modifications étaient fonctionnelles et destinées à alléger le véhicule en vue du transport de personnels sur des routes difficilement carrossables.

Il avait toute une histoire car il était arrivé en Espagne, au cours de la guerre civile, avec la première division de chemises noires du général Bergonzoli, et tombé entre les mains de la milice ouvrière après la bataille de Brihuega en mars 1937. Mais nul ne s'en souvenait plus et ne lui attribuait donc de valeur historique.

Dan Pedersen l'avait acheté à une connaissance, entrepreneur en maçonnerie à Santa Margarita, et, malgré ses vingt-cinq ans d'âge, il fonctionnait encore très bien.

La route montait en lacet sur le flanc de la montagne et, en dessous, de l'autre côté de la baie, les maisons du village de pêcheurs s'entassaient le long du quai. La surface de l'eau était d'un bleu paisible, sous le soleil. Quelques personnes se baignaient près de la jetée. Des yachts blancs étaient amarrés derrière le parapet et, un peu plus loin à l'intérieur, le long du quai, une demi-douzaine de chalutiers jaune sale spécialisés dans la pêche aux gambas, dont les filets dessinaient des sortes de crêpes de deuil sur les mâts. Malgré la distance, on pouvait voir des groupes de touristes en tenue légère qui regardaient les bateaux depuis le bord du quai.

C'était le début du mois d'août et il faisait très chaud. Le camion descendait rapidement la pente, moteur coupé, et tout ce qu'on entendait, c'étaient le grincement des freins et le bruit des cailloux heurtant le châssis par-dessous. La route était étroite et dessinée de façon assez grossière, mais ne menait guère qu'aux maisons les plus éloignées et isolées de la localité.

Il y avait trois personnes à bord. Dan Pedersen, le conducteur, et, à côté de lui, Siglinde, sa femme. Sur le banc, derrière eux, était assis Willi Mohr, le chapeau de paille rabattu sur le front pour se protéger du nuage de poussière. Dans les virages les plus accentués, il était sans cesse obligé de se retenir avec les bras et les jambes pour ne pas être éjecté du véhicule.

Il observait la nuque frêle et bronzée de la jeune femme et, quand le courant d'air soulevait sa chevelure, il voyait un collier de gouttes de sueur à la lisière de ses cheveux. Il remarqua que leur racine était brune, en conclut qu'elle les teignait en blond et se demanda pourquoi.

– Ne conduis pas aussi vite, bon sang, dit Siglinde. On va étouffer, avec cette poussière.

Dan ne répondit pas et pensa :

Les Scandinaves ont touché de l'argent et, en ce moment, ils sont en train de boire chez Jacinto. Ils oublient simplement qu'ils me doivent deux mille pesetas, que je n'ai pas payé mon loyer depuis deux mois et que j'ai à peine de quoi manger. Non seulement cela, mais ils négligent aussi le fait que c'est un trou, ici, et que chacun est au courant de tout presque immédiatement. Alors, il va falloir qu'ils me payent, bon sang. J'espère que je vais trouver Santiago ou Ramón, car ça va faire des histoires et je ne peux guère compter sur l'Allemand, derrière. Il n'est bon qu'à reluquer Siglinde pendant qu'elle prend ses bains de soleil. Pourquoi pas, d'ailleurs, c'est sûrement ce que je ferais, à sa place, si je ne connaissais pas déjà chaque centimètre carré de son corps.

Dan Pedersen utilisait en fait le terme de Scandinaves non sans une légère dose de mépris, oubliant qu'il faisait lui-même partie de ce groupe humain.

À cette époque de l'année, il y avait peut-être deux cents étrangers, dans le port, dont une douzaine de résidents permanents représentant diverses nationalités. C'était surtout de ces gens qui peignaient ou écrivaient – ou qui faisaient semblant, du moins – et la plupart étaient suédois ou finlandais. Parmi eux se distinguait un petit groupe de perpétuels désargentés qui avaient un penchant marqué pour l'alcool. C'étaient eux que Dan Pedersen désignait par le terme de Scandinaves.

Siglinde, elle, se disait :

Ça va faire des histoires, je sais, parce que je connais Dan, et j'espère qu'on va croiser Santiago ou Ramón sur la route, parce qu'il ne faut pas espérer grand-chose de l'Allemand, même s'il a l'air gentil et ne sait pas peindre non plus, le pauvre. Et puis ce n'est pas marrant que Dan l'héberge, parce que je ne peux pas bronzer toute nue.

C'était une jeune femme de type nordique assez banal, robuste, en bonne santé et assez belle. Elle portait une culotte, un soutien-gorge, des sandales de corde poussiéreuses et une robe bleu clair à bretelles. Elle était blonde, avait les yeux gris et était nettement plus bronzée que les blondes ne le sont en général.

L'homme assis à l'arrière observait ses épaules nues d'un œil assez froid et se disait en lui-même :

Qu'est-ce que j'ai à voir avec ces gens-là ? Ils me sont aussi indifférents que je leur suis. Mais je ne pouvais rien faire d'autre, maintenant que Hugo est parti en me laissant sans abri et sans connaître un traître mot de la langue. Aller loger dans la pension de famille ? Je n'aurais pas assez d'argent pour ça alors que, chez eux, je peux rester peindre pendant un an. C'est ce que je leur ai dit et ce que j'ai l'intention de faire. Même si c'est parfaitement absurde. Je n'arrive d'ailleurs pas à comprendre ce que des types comme Hugo peuvent trouver à ce pays et ce milieu. Il y fait chaud, mais à part ça… Or, mes hôtes veulent que je leur rende je ne sais quel service personnel, ce qui serait normal, puisque je vis chez eux depuis une semaine. Quant à savoir de quoi il retourne, je n'en ai aucune idée, mais peu importe.

Ils étaient maintenant sur la route plate qui longeait la mer et dessinait un arc de cercle autour du fond de la baie, reliant la localité au petit groupe de maisons situées à côté du phare et de la jetée. Dan mit en marche le moteur, qui fit un vacarme inquiétant, et effectua le tour de la baie à toute allure sans prendre beaucoup de précautions.

Deux nuits auparavant, des bateaux de pêche avaient capturé par hasard un banc de tortues dans leurs filets et, à mi-chemin du village, les restes en étaient étalés sur une longueur d'environ cent mètres. Ils occupaient la moitié de la largeur de la route et, tous les dix mètres environ, des hommes et des femmes étaient occupés à réparer les mailles endommagées.

À la hauteur du troisième d'entre eux, Dan Pedersen freina et arrêta le camion.

– Salut, dit-il.

Sentant l'ombre du camion s'abattre sur lui, Santiago Alemany leva la tête et repoussa son chapeau de paille en arrière avec deux de ses doigts. Il était assis sur la terre battue et desséchée de la route, jambes écartées, et avait tendu le filet en passant l'une des mailles autour de son gros orteil droit.

– Qu'est-ce qui se passe ? demanda-t-il.

– Les Scandinaves ont reçu de l'argent et sont en train de boire chez Jacinto.

– Je sais. Même quand on est assis ici, on est au courant de tout.

– Tu viens avec nous ?

Santiago Alemany dégagea prudemment son orteil du filet et se leva. Ses mouvements étaient empreints d'une lenteur étudiée qui lui conférait une sorte de grandeur, bien qu'il fût pieds nus et assez sale du fait de son travail, et que ses vêtements délavés fussent d'une couleur très délicate à déterminer.

Il avait vingt-sept ans, c'est-à-dire à peu près l'âge des occupants du camion, les yeux brun clair, le front haut et les cheveux d'un brun pas très foncé.

Il est bien bâti, se dit Siglinde, qui pensait souvent à ce genre de chose sans raison particulière.

– Quelle misère, dit-il avec un geste en direction des filets étendus sur le sol. Il faudrait qu'ils soient réparés dès aujourd'hui. Ou alors demain.

Il éclata de rire et sortit un paquet froissé d'Ideales qu'il offrit à la ronde. Tous en prirent une, sauf Willi, qui n'avait pas encore l'habitude du goût très âcre du tabac de fabrication locale. En outre, le fait qu'il ne comprenait pas ce dont parlaient les autres le plongeait dans un état de passivité et d'apathie.

Santiago monta dans le camion et alla s'asseoir près de Willi.

– On prend mon petit frère au passage, dit-il. Il est très bon pour… ce genre d'affaire.

En entendant démarrer le moteur, l'homme le plus proche tourna la tête et lança vers l'arrière, sans cesser de travailler :

– Voilà Santiago qui file avec les étrangers… comme d'habitude.

Penché sur son travail, Ramón Alemany était le dernier de la rangée. Par certains traits, il ressemblait à son frère, mais était sinon assez différent. En voyant le camion approcher, il se dégagea du filet, le rejeta loin de lui et se mit debout d'un bond. Il était petit, musclé et avait les jambes torses. Ses cheveux noirs étaient en désordre et ses yeux, bruns et éveillés. Sous sa chemise boutonnée négligemment apparaissait son torse poilu couvert de sueur, ainsi que ses gros tétons brun foncé.

Il grimpa sur le siège arrière et serra vigoureusement la main aux autres.

Les deux frères se parlèrent en catalan et éclatèrent de rire. Dan Pedersen conduisait comme si de rien n'était. Siglinde se retourna et sourit aux trois hommes assis derrière elle.

Willy, lui, ne comprenait rien à la situation, qui lui était d'ailleurs parfaitement indifférente.

2

Ce jour-là, comme les autres, l'amas de maisons autour du port baignait dans le soleil. Depuis le quai large et bien revêtu, des ruelles ombreuses montaient entre des murs blancs et pas très droits. Certains des cafés donnant sur la mer tentaient de se mettre au goût du jour en installant des parasols rayés au-dessus des tables. Le propriétaire de l'un de ces bars arborait même une veste blanche. Les touristes abondaient, certains aux terrasses des cafés, d'autres errant à l'aventure en regardant les bateaux et les tortues capturées de frais qui avaient été accrochées aux anneaux d'amarrage avec des câbles. Dans les ruelles, des touristes à la peau brûlée par le soleil, en short et chemise de couleur, se mêlaient à des enfants à moitié nus et des cochons noirs et maigres. Deux gardes civils se tenaient à l'abri du hangar à poisson, surveillant d'un œil morne la foule des passants. Un petit curé au grand chapeau plat trottinait le long des façades, sa soutane noire volant autour de ses jambes. Il avait les yeux fixés sur le sol, comme pour éviter de voir toute cette misère.

Le tourisme était arrivé jusque dans ce port, le besoin criant de devises ayant incité les autorités à assouplir quelque peu les conditions d'entrée dans le pays. Ici, comme dans des centaines d'autres agglomérations le long de la côte, les anciennes mœurs étaient en train de céder le pas aux nouvelles. On ne remettait plus aux étrangers des papiers les informant qu'il était interdit de sortir torse nu, de porter des shorts, des maillots de bain deux pièces et des robes à bretelles, de s'embrasser dans la rue ainsi que d'offenser le Caudillo et son régime de droit divin. Il fallait bien les traiter, ces étrangers, car ils alimentaient les caisses de l'État. Leur argent serait utile aux pauvres et aux ignorants. Et la garde civile allait bientôt être équipée d'armes automatiques au lieu de carabines remontant à Mathusalem.

Les étrangers faisaient aussi gagner de l'argent à certaines personnes privées, qui étaient à leur compte et donc déjà bien pourvues. Le commun des mortels, lui, était aussi pauvre qu'avant. Peut-être était-il simplement un peu plus conscient de sa situation.

C'était là qu'était le risque.

La police avait vu ses effectifs renforcés mais, en même temps, son rôle était plutôt de veiller au grain. Ainsi que le clergé, la garde civile préférait œuvrer en silence et au cours de l'hiver. Pendant les mois d'été, les patrouilles de la police secrète ne se montraient que fort peu et seulement très tard dans la nuit.

Certaines personnes, surtout des jeunes nés trop tard pour avoir connu la grande et juste tuerie, semblaient prêts à sacrifier leur foi et leur loyauté, ainsi que la vérité et la pureté, à d'autres formes de vie et d'idéal.

Leurs noms étaient soigneusement enregistrés par les représentants du pouvoir aussi bien spirituel que temporel. C'était un processus naturel qui ne les empêchait pas de vivre, en général. Plus délicat était le fait d'être coincés entre l'existence en vue de laquelle ils avaient été éduqués et la vision diffuse d'un autre univers, propagée par des Scandinaves hébétés de soleil et des employées de bureau allemandes à moitié nues.

Au mois de septembre, une fois les touristes partis, la chasse aux communistes pouvait reprendre.

Ainsi que la bataille pour les âmes.

Au sein de la garde civile, on changeait souvent le petit personnel, en vertu d'un système compliqué de rotation qui était arrêté au quartier général régional, dans la montagne, à une distance de treize kilomètres. Depuis le quai, on apercevait la ville sous la forme d'une ombre confuse sur le fond jaune gris uniforme des montagnes.

Dans cette ville, il y avait des gens qui savaient ce qui se passait dans le village au bord de la mer sans jamais y mettre les pieds. Ils le verrouillaient comme une tête de pont ennemie pendant une guerre, l'entourant d'un cercle de fer que très peu d'étrangers remarquaient.

Depuis le port, une seule route montait dans la montagne.

3

Dan Pedersen s'engagea dans une des ruelles latérales et accéléra très fort pour que le camion parvienne à grimper la côte, en appuyant frénétiquement sur le klaxon. Enfants, cochons et chats allèrent très vite chercher refuge là où ils pouvaient. Des touristes en train de flâner se tapirent contre les murs en faisant les yeux ronds. Puis le camion s'arrêta devant le bar de Jacinto.

Il était situé en haut du village, près de l'église, mais, de l'extérieur, on ne le remarquait guère. Il n'y avait pas de table dans la rue, seulement deux fauteuils en osier pour l'*abuelo* et l'*abuela*, et le bleu pâle effrité des lettres de l'enseigne se distinguait à peine sur le mur blanchi à la chaux, au-dessus de la porte. Devant l'entrée était accrochée une jalousie rudimentaire faite de capsules de boissons rafraîchissantes reliées par des ficelles.

Jadis, ce bar était fréquenté par les gens du village, mais il avait été annexé par la petite colonie d'étrangers sédentarisés en ce lieu.

Siglinde resta dans la voiture, les jambes croisées, les coudes sur les genoux et le menton dans la paume de la main. Elle ne voulait pas entrer, non parce qu'elle avait peur mais parce qu'elle n'en avait pas envie, tout simplement. Le vacarme en provenance de l'intérieur laissait présager que les Scandinaves étaient déjà bien partis. En effet, ils chantaient.

Une fois la jalousie retombée derrière Willi, le dernier à entrer, le niveau sonore baissa notablement. Siglinde s'efforça d'interpréter ce qu'elle entendait, mais finit par se résigner, secouer la tête et hausser les épaules.

À l'intérieur, ce fut presque aussitôt la bagarre.

Celui qui devait le plus d'argent à Dan Pedersen était un peintre suédois. Il était grand, brun et beau comme le jour, mais avait aussi très peur des coups. Il se prenait pour un séducteur de première classe et redoutait surtout que quelqu'un s'en prenne à son capital le plus précieux : son visage. Mais, comme il était aussi assez naïf, il tentait de masquer sa lâcheté physique par un surcroît d'arrogance.

Le Suédois était assis à une table, près de la porte, en compagnie d'un petit homme barbu qu'on disait peintre, lui aussi, et qui était sans aucun doute finlandais. Un autre peintre finlandais, célèbre dans son pays, était debout au bar, ivre et prêt à entendre raison. Il était pieds nus et vêtu d'un survêtement aux couleurs nationales : bleu et blanc. Quatre autres Scandinaves, dont deux filles, se trouvaient dans le local. Jacinto, lui, se tenait derrière le comptoir. Il avait l'air content et était précisément en train de trinquer avec le Finlandais célèbre. L'abuela, petite, grassouillette et vêtue d'un châle noir assez sale, déposa une nouvelle bouteille de champagne sur la table près de la porte.

C'est ce spectacle qui mit Dan Pedersen hors de lui. Le champagne avait beau être de la variété la plus commune, ne coûtant que douze pesetas la bouteille, il conférait à cette scène un caractère de luxe inconvenant et immérité. Dan ne put s'empêcher de commenter cela et, lorsque le Suédois lui ricana au nez, il le prit par l'épaule. Le petit Finlandais se leva alors d'un bond et lui asséna un violent coup de poing sur la nuque qui le fit basculer par-dessus la jambe tendue du Suédois. En tombant, il eut le temps de voir Jacinto s'éclipser discrètement et d'entendre l'abuela appeler à l'aide. Puis il se cogna la tête contre le pied en fonte de la table et perdit conscience.

Constatant l'effet de son croc-en-jambe, le Suédois se leva et se dirigea vers la sortie. Willi lui barrait la route, se disant qu'il devait lui taper dessus. Mais, en voyant la peur s'inscrire sur le visage de l'autre, il hésita. Ramón, jusque-là immobile, écarta Willi du bras et abattit le grand Suédois de deux rapides coups de poing dans le ventre. Une fois celui-ci à terre, il lui asséna des coups de pied dans le côté. En même temps, Santiago avait réussi à se glisser derrière le Finlandais et le ceinturer. Ramón s'approcha alors, recroquevillé, les poings serrés. Mais, bien qu'il eût les bras immobilisés, le Finlandais parvint à frapper son adversaire à la poitrine avec le pied. Ramón recula de quelques pas et deux des autres Scandinaves attrapèrent Santiago par-derrière, quoi que sans grand professionnalisme, et le forcèrent à lâcher le Finlandais.

Le silence se fit soudain et Willi constata que ce qui, quelques secondes plus tôt, n'était encore qu'une sorte de jeu assez irréel, était soudain devenu très sérieux.

Ramón et le Finlandais tournaient l'un autour de l'autre en cercles étroits, pliés en deux, les bras levés et courbés en forme de griffes. La peau de leur visage était tendue.

Ils seraient capables de s'entretuer sans la moindre raison, se dit Willi.

La jalousie se mit alors à tinter et deux gardes en uniforme entrèrent dans le bar. L'un asséna un coup sur la tête de Ramón, par-derrière, avec le canon en bois de sa carabine. Ramón tomba sur le sol, roula sur lui-même en se tenant la tête à deux mains, et resta ensuite immobile, sur le flanc, en position de fœtus. Ses bras et ses jambes étaient agités de soubresauts, comme le corps d'un animal mortellement blessé.

L'autre garde civil avait pointé sa carabine en direction du Finlandais mais, voyant qu'il s'agissait d'un étranger, il s'interrompit dans son geste. Il baissa alors son arme et se contenta de repousser le combattant en appuyant le canon contre sa poitrine. Le Finlandais observa l'arme avec un air de mépris, se redressa et se détendit.

– Je ne dirai qu'une chose : le Nord sera toujours le Nord.

Ces propos furent prononcés par l'homme prêt à la conciliation qui se tenait au bar. Il leva son verre comme pour saluer un exploit sportif.

Le calme était revenu chez Jacinto.

Dan Pedersen se releva, la joue en sang.

Le grand Suédois était toujours assis par terre à gémir et se tenir le ventre.

Ramón, lui, gisait sur le sol, inconscient. Son frère était à genoux et relevait péniblement la tête.

La bagarre était terminée. Elle n'avait pas duré plus de deux ou trois minutes et Dan Pedersen n'avait toujours pas récupéré son argent.

4

Deux heures plus tard, Dan, Willi et Santiago étaient appuyés contre un mur blanchi à la chaux dans le cuartel de la garde civile, juste derrière l'église. Ils fumaient des cigarettes et observaient sans se gêner le caporal qui était pour l'instant l'instance de police suprême du port. Dans la pièce, il y avait aussi un comptoir en bois et une chaise en rotin sur laquelle, en général, le garde de service prenait place pour dormir, le col ouvert et la carabine posée sur les genoux. Pour l'instant, c'était Siglinde qui occupait ce siège, la jupe pudiquement rabattue sur ses jambes bronzées et croisées. Elle avait ôté ses sandales et agitait l'un de ses pieds, l'air de trouver le temps long.

Le caporal était un jeune homme élégamment vêtu d'un uniforme et de bottes de cuir. Son front était couvert de sueur et il faisait les cent pas, furieux, devant les hommes alignés le long du mur. De temps en temps, il lançait un regard timide vers les pieds hâlés de Siglinde.

– Il faut que ça cesse, dit-il. Nous sommes un peuple amical, mais nous ne pouvons tolérer n'importe quoi. Or, nous avons déjà fermé les yeux, en ce qui vous concerne, sur des cas d'ivresse, de blasphème, d'indécence…

– Indécence ? demanda Dan en se figeant.

– Oui, c'est ainsi que nous qualifions cela, répliqua le caporal. Je sais bien qu'on dit que vous avez un autre avis sur la question, dans votre pays. Mais là, il s'agit d'autre chose. Une provocation sans pareille, à la limite de l'agression…

– Ce n'était pas notre faute, en réalité, objecta Dan.

– Pas de ça, dit le caporal en brandissant un doigt de menace. Ne venez pas prétendre que c'est nous qui avons mal agi, en l'occurrence. Nous connaissons notre boulot. J'ai recueilli le témoignage de Jacinto, de l'abuela et même des ivrognes. Il n'y a aucun doute, c'est vous qui avez commencé. Et n'essayez pas d'affirmer que nous n'avons pas procédé à une enquête en règle. Je sais que vous alliez dire ça mais, cette fois, ça ne marche pas. J'ai affecté six hommes à l'affaire.

– Dans mon pays, lança Dan, on se contente en général d'un agent de police, voire de la moitié d'un, dans une localité de cette importance. Or, vous êtes au nombre de quinze.

– Dix-sept, rectifia le caporal. Et je ne sais pas ce que c'est que la moitié d'un agent de police. Mais nous ne sommes pas là pour bavarder. Vous allez quitter les lieux sans tarder.

– Et ma femme ?

– Elle aussi, répondit le caporal sans regarder Siglinde.

– Regardez-la, fit Dan. Elle est bien vivante et ne mord pas. Regardez-la, vous n'en avez pas souvent l'occasion, pauvres diables que vous êtes.

Le caporal s'immobilisa devant lui.

– Faites attention, dit-il lentement, faites très attention, si vous ne voulez pas passer le reste de votre séjour dans ce pays dans une toute petite cellule. Je pourrais…

– *All right*. Quand devons-nous déménager ?

– Immédiatement.

– Pour aller où ?

– N'importe où. Pourvu que ce ne soit pas ici.

– En ville, par exemple ?

Le caporal haussa les épaules.

– Mais on pourra revenir tous les jours, éventuellement.

Le caporal haussa de nouveau les épaules.

– C'est stupide, lâcha Dan.

– Dans les vingt-quatre heures. Et même plus tôt si possible. Autrement, je serai obligé de dresser un procès-verbal et cela finira devant les tribunaux. Je préfère que ce ne soit pas le cas, non pas pour vous, mais pour moi.

Au moins, c'est franc, pensa Dan. À voix haute, il dit :

– Et l'Allemand ?

– Il peut rester.

– Mais où va-t-il loger, alors ?

– Ça ne me regarde pas.

Le caporal observa Willi d'un œil indifférent. Puis il braqua le regard vers Santiago Alemany, qui contemplait le plafond, adossé au mur.

– Et toi, qu'est-ce que tu en dis ? lui demanda-t-il pour provoquer une réaction de sa part.

– Ce n'est pas notre faute et tout ce que j'ai fait, c'est de tenter de les séparer.

– C'est vrai, tu ne fais jamais rien, toi, répliqua le caporal en lui lançant un coup d'œil haineux. Tu ne fais jamais rien, mais tu es toujours dans le coup. Tu n'as même pas de travail régulier, comme ton père et ton frère. Ils sortent en mer chaque nuit ou presque – alors que toi, tu te contentes de passer ton temps dans les bars avec les étrangers et de livrer le poisson en ville une fois la semaine, deux au maximum.

Santiago Alemany ouvrit la bouche et s'humecta les lèvres avec la langue.

– C'est déjà pas mal de boulot, parfois, dit-il.

Il avait pensé dire autre chose, en fait.

– Où est passé ton frère, d'ailleurs ?

Santiago s'humecta de nouveau les lèvres.

– Je l'ai ramené à la maison. Il avait besoin de repos.

Depuis sa place, Siglinde vit que ses yeux s'étaient faits froids et durs. Mais peut-être était-elle la seule à l'avoir remarqué.

– Ton frère va aller en prison une semaine ou deux. Mais il tiendra le coup.

– Sûrement, lâcha Santiago.

– Et n'oubliez pas ce que je vous ai dit, reprit le caporal en se tournant à nouveau vers Dan. Demain au plus tard et de préférence ce soir. Au revoir.

En regagnant le camion, ils virent que le caporal était resté posté derrière la jalousie et observait Siglinde. La robe bleue de celle-ci lui bridait légèrement les hanches et les fesses, tandis qu'elle marchait, et la poussière grisâtre volait autour de ses pieds nus.

– Bandes de crétins, marmonna le caporal en revenant dans la pièce, prenant le téléphone sous le comptoir et appuyant impatiemment sur la fourche.

Cet homme n'avait guère d'avenir dans la police. On l'avait envoyé là parce qu'on estimait que c'était un type moderne, qui savait y faire avec les étrangers. Il souffrait d'un complexe d'infériorité à propos de son pays et étudiait les méthodes venues d'ailleurs. Ses supérieurs, au quartier général régional, observaient son comportement avec une méfiance croissante.

Une fois à l'extérieur, Dan dit à Willi :

– Il faut qu'on déménage. C'est notre faute si tu as été mêlé à cette histoire. Tu peux nous accompagner, si tu veux. Je connais une maison, là-haut, qu'on peut louer pour pas cher. Elle est située à l'extrémité sud de la ville, et il n'y a pas l'électricité mais, à part ça, elle est très convenable. Tu as de l'argent ? demanda-t-il ensuite à Santiago. Parce que, moi, je n'ai pas un sou.

Ce dernier sortit de sa poche un rouleau de billets sales et froissés.

– De combien as-tu besoin ?

– Cinquante, pas plus.

Santiago tira un billet de cent pesetas, que Dan fourra dans sa poche avec un sourire.

– Et toi, qu'est-ce que tu en penses ? demanda-t-il à Siglinde.

– Tu es fou, mais ça ne fait rien. Ça ira bien, là-haut.

– Tu es une chouette fille. Tu sais ce que j'ai pensé, la première fois que je t'ai vue ? Tu es une réalité offensante, dans ce foutu pays.

Il observa une pause et l'examina de haut en bas avant d'ajouter.

– Je veux coucher avec toi, tout à l'heure.

– On verra ça, répondit-elle avec un sourire.

Elle adressa un regard optimiste aux taches lointaines et confuses qu'on discernait au milieu des montagnes, comme si elle fondait des espoirs sur l'avenir.

Dan avait parlé allemand avec Willi, espagnol avec Santiago et norvégien avec sa femme. Il était en forme, malgré les revers relatifs qu'il venait de subir, et donna des tapes dans le dos aux autres. Puis ils remontèrent dans le camion.

Pour la première fois depuis longtemps, Willi eut l'impression que quelque chose se déliait en lui et il sentit germer une certaine curiosité pour ce qui allait se passer.

– J'ai de l'argent, dit-il.

– Bon, répondit Siglinde. On pourra vivre à tes crochets jusqu'à ce que ça s'arrange.

Ils déposèrent Santiago près des filets, dans la baie.

– On déménagera ce soir, à la fraîche, dit Dan. Tu viendras avec ta camionnette ?

– Bien sûr, répondit Santiago en leur disant au revoir de la main.

Une fois le camion parti, il s'assit sur le sol, glissa l'orteil dans une maille du filet et reprit son travail là où il l'avait interrompu.

Il ne dit pas un mot à ceux qui se trouvaient près de lui et aucun d'eux ne lui adressa la parole non plus.

5

Il était 15 heures lorsqu'un garde civil du nom de Pablo Canaves avait assommé Ramón Alemany d'un coup porté avec le canon de sa carabine, dans le bar de Jacinto.

Ramón reprit ses esprits au bout d'une quinzaine de minutes. Il était capable de parler et de rire, mais marchait d'un pas mal assuré et donnait l'impression de ne pas vraiment reconnaître ceux qui l'entouraient. Son frère l'aida à rentrer chez lui et le mit au lit. Puis il lava le sang de sa blessure et apposa des compresses d'eau froide sur la bosse qu'il avait sur la nuque. Ramón s'était déjà endormi.

Il dormit lourdement pendant quatre heures. Son père vint alors le réveiller. Il se leva avec un violent mal de tête et des difficultés à voir clair. Il dut secouer le crâne à plusieurs reprises pour que tout se remette en place et reprenne son aspect habituel. Pourtant, ce ne fut pas indolore. Il tenta de manger un morceau de pain trempé dans l'huile d'olive, mais il eut aussitôt la nausée et vomit.

Aussitôt après, il descendit deux gros bidons d'essence jusqu'à leur bateau de pêche, à huit cents mètres de là. Ils étaient pleins à ras bord et pesaient plus de quatre-vingts kilos à eux deux. Il ne les posa cependant pas à terre une seule fois et, quand il enjamba la lisse, des points noirs et rouges se mirent à danser devant ses yeux. Il y voyait très mal et parlait de façon confuse et décousue. Son père crut qu'il avait bu et il lui donna quelques coups sur la nuque avec un morceau de corde, pas très fort, pour le dégriser.

Pablo Canaves avait alors terminé son service pour la journée. Il était marié, vivait dans la localité et était assis dans sa cuisine aux murs nus, en chaussettes et la tunique déboutonnée. Il parlait à sa femme en mangeant une portion de riz et deux sardines salées.

– J'ai assommé un type, aujourd'hui, lui dit-il.

– Qui ça ?

– Ramón Alemany,

– Alors, ça n'a pas d'importance.

6

La ville était assez petite, mais ce n'en était pas moins la plus grande et la plus importante du district. Elle était située en hauteur et totalement cernée par les montagnes sauf en direction de l'est, où une étroite vallée sinueuse s'ouvrait en direction de la mer. Les sommets étaient abrupts mais passablement érodés et leurs flancs caillouteux d'un jaune tirant sur le gris étaient couverts, çà et là, de pins et de buissons d'épineux. Vers l'est et la mer, s'étendaient des terrasses plantées d'oliviers et d'amandiers et abritant aussi un certain nombre de fermes, la plupart en ruine et abandonnées. Deux routes partaient de la cité, l'une conduisant au port, le long de la vallée, l'autre parallèle à la côte, en direction du sud, et menant à la capitale de la province, à soixante-dix kilomètres de là. La voie principale était asphaltée et grimpait en lacet vers un col dans la chaîne de montagnes. Depuis dix ans, on s'affairait à la prolonger vers le nord, afin d'établir une liaison carrossable avec des villages isolés, mais il fallait surmonter de grosses difficultés et le travail ne progressait guère.

Ceux qui allaient directement de la capitale provinciale au port n'avaient pas besoin de faire le détour par la ville dans la montagne, car il existait un raccourci qui rejoignait la route principale à douze kilomètres au sud de la cité. Cette voie était ancienne et en très mauvais état, mais elle économisait du temps et offrait une belle vue sur la mer. Beaucoup de monde l'empruntait donc.

La ville comptait trois mille habitants, dont environ cinq cents hommes en état de travailler. La plupart étaient des paysans ou des ouvriers agricoles mais, comme la terre ne suffisait pas à les nourrir, la majorité travaillait au chantier de la route, qui avait surtout été ouvert afin de remédier au chômage. Mais les quotas à respecter ne permettaient de venir que partiellement en aide aux nécessiteux. Le revenu quotidien était en effet plafonné à un niveau très bas.

Sur le versant occidental de la montagne était établi un camp militaire occupé par trois cents hommes d'infanterie de marine engagés. C'étaient de jeunes paysans assez renfrognés qui maniaient leur carabine avec beaucoup de gaucherie. On les entendait souvent procéder à des exercices de tir, dans la montagne, mais, en ville, on ne les voyait que les samedis et dimanches soir.

Il y avait également une dizaine de bars, un poste de la garde civile avec trente-cinq hommes, douze curés et un médecin. L'essentiel des soins était confié à des bonnes sœurs, qui entraient et sortaient des maisons tels des anges de la mort, avec leur seringue dissimulée sous des chiffons nauséabonds.

Ainsi était la ville dans la montagne. Elle était fort paisible et, aux yeux de l'observateur extérieur, donnait une impression de calme profond et de sérénité.

7

Dan Pedersen avait loué une maison dans le Barrio Son Jofre, à la sortie sud de la ville. C'est là qu'il emménagea avec Siglinde et Willi Mohr. Leur mobilier était très varié et comportait des souvenirs bizarres, un chien, un chat, des ustensiles ménagers, machines à écrire, vêtements, livres, paniers, carnets à dessin, et même quelques meubles, car Dan et sa femme vivaient dans ce pays depuis près de deux ans et avaient eu le temps d'amasser diverses choses. Willi, lui, ne possédait guère que ce qu'il était en mesure de transporter, à savoir son sac à dos, sa boîte de couleurs et un rouleau de toile.

On chargea le tout sur le camion et la camionnette de Santiago Alemany, et on partit pour la montée de treize kilomètres. C'était Dan qui conduisait le camion, avec Willi et Siglinde à l'arrière pour empêcher ce chargement si précaire de glisser à bas du véhicule. Santiago suivait au volant de la camionnette, une Ford du plus petit modèle et très ancienne. Ils étaient tous en forme et chantaient à tue-tête pour couvrir le bruit du moteur.

À mi-chemin, ils durent s'arrêter pour prendre de l'eau, car le radiateur de la Ford était en ébullition. Peu après, ils croisèrent deux gardes civils, qui virent aussitôt que c'étaient des étrangers et leur firent signe de passer. Juste avant l'entrée de la ville, ils tombèrent sur une autre patrouille, deux hommes en uniforme vert postés sur le bord de la route, près de leur bicyclette.

L'hospice bien gardé [1], se dit Dan, qui oublia aussitôt cette idée.

La maison du Barrio Son Jofre était longtemps restée inoccupée, mais le propriétaire l'avait fait balayer et y avait apporté de l'eau. Elle n'avait donc pas trop vilaine allure, dans le noir.

– Il y a une pièce habitable en haut et une ici, au rez-de-chaussée, dit Dan à sa femme. Laquelle veux-tu ?

– Celle d'en haut, avec les fenêtres.

– Qu'est-ce que tu en penses, globalement ? reprit-il, pas très sûr de lui, malgré tout.

– Ça ira, répondit-elle.

À condition que ça ne dure pas trop longtemps, ajouta-t-elle pour elle-même.

À l'extérieur, Santiago avait allumé une lampe à pétrole et était en train de décharger, avec l'aide de Willi.

– Débarrassez le camion en premier, leur dit Dan. Et laissez ça sur place, qu'on aille chercher le reste dès que possible.

Le propriétaire, qui tenait le Café Central sur la place, était en effet une vieille connaissance de Dan et il avait promis de leur prêter un lit et un matelas à titre temporaire. Seulement, le lit était trop grand pour tenir sur le plateau très exigu de la camionnette.

Dix minutes plus tard, le chargement était entassé devant la porte.

– Que le plus costaud de vous deux vienne m'aider, dit Dan, car le lit est grand comme une cathédrale.

Habitué aux travaux de force, Willi grimpa sur le camion.

– Parfait, dit Dan à l'adresse des deux autres, emportez les affaires à l'intérieur, en attendant.

---

1. Titre d'un célèbre pamphlet antimilitariste suédois de 1913, qui arguait que l'armée était l'un des meilleurs garants de la pauvreté des classes populaires. *(N.d.T.)*

Connaissant Santiago depuis longtemps et ayant confiance en lui, il était satisfait de la répartition des tâches. Il lança le moteur à la manivelle et partit, laissant Santiago et Siglinde devant la maison. Il faisait nuit, un calme profond régnait et ceux-ci purent suivre le bruit du camion jusqu'à sa destination, sur la place. Santiago entreprit de rentrer les affaires. Dans la pièce du rez-de-chaussée, une lampe à pétrole répandait une lueur vacillante. Méfiant, le chat roux fouinait le long des murs.

Santiago mit une demi-heure à tout rentrer. Il prit son temps et y mit beaucoup de soin, faisant attention à placer chaque chose à l'endroit que lui indiquait Siglinde et terminant par la machine à écrire de Dan, qu'il monta à l'étage et posa sur le sol avec précaution.

Puis il se redressa et alluma une cigarette. Siglinde avait ouvert les volets et regardait à l'extérieur. La lampe à pétrole du rez-de-chaussée projetait des reflets vacillants jusque dans l'escalier et, par la fenêtre leur parvenaient les doux effluves des montagnes chauffées par le soleil.

Après avoir fumé sa cigarette, Santiago fut sur le point d'écraser son mégot sur le sol mais se ravisa et fit les deux pas nécessaires pour le jeter par la fenêtre. Il tomba sur le pavé dans une pluie d'étincelles.

Santiago se trouva ainsi juste derrière Siglinde, immobile, pieds nus, dans sa robe bleue à bretelles. Ils n'échangèrent pas un mot. Il ouvrit la bouche et humecta ses lèvres avec la langue. Dehors, tout était silencieux. Il fit un pas en avant et posa les mains sur ses épaules nues.

Siglinde ne bougea pas et il resta tout contre elle. Il ne portait rien d'autre qu'une chemise propre et un pantalon de coton. Elle le sentait donc tout près d'elle, sentait son haleine et même son cœur qui battait à tout rompre. Pourtant, elle n'écarta pas ses mains, l'espace d'un instant, pour avoir le temps d'éprouver cette sensation.

D'un geste rapide et précis, il baissa les bretelles de sa robe et de son soutien-gorge, pressa ses lèvres contre son cou, près de l'oreille, et saisit ses seins nus à pleines mains. Sans brutalité, et au contraire avec beaucoup de douceur et d'hésitation, comme s'il avait peur de la toucher.

Ses seins étaient doux, ronds et fermes, et il les tint dans ses mains, sentant ses tétons durcir contre la partie sensible de ses paumes. Puis il modifia sa prise et les saisit par-dessous, comme pour les soupeser, en appuyant légèrement l'extrémité des doigts contre leur pointe, tout en mordillant prudemment la peau de Siglinde dans l'angle très doux que formaient son épaule et son cou.

À travers la mince étoffe, elle sentit le contact de son membre viril, dur et érigé, contre un point situé près de ses reins. Après s'être accordé le temps de sentir l'effet que cela produisait, elle se dégagea, se retourna et le frappa violemment au visage avec le revers de la main. Puis elle recula d'un pas dans le noir.

Elle releva rapidement les bretelles de sa robe et de son soutien-gorge, mais il eut le temps de voir sa poitrine nue et ses deux gros tétons brun foncé, qui paraissaient noirs sur le fond de sa peau pourtant bronzée.

– Ne refaites jamais ça, lui cracha-t-elle au visage.

Elle n'était pas vraiment indignée, en fait. Mais elle s'était déjà trouvée tellement de fois dans des situations analogues, au cours de sa vie, qu'elle savait exactement quel ton adopter.

Elle passa devant lui sans le regarder, pour se diriger vers l'escalier. Elle n'aurait d'ailleurs pas pu distinguer ses traits, vu le peu de lumière qui régnait dans la pièce.

Une fois descendue, elle s'affaira à diverses choses et ce n'est qu'au bout d'un moment que Santiago descendit à son tour. Son visage était fermé et maîtrisé, et il avait les yeux fixés sur un point situé quelque part derrière elle.

Elle le regarda et haussa les épaules de façon presque imperceptible.

Peu auparavant, elle s'était interrogée sur elle-même, un peu trop d'ailleurs. Non en ce qui la concernait, car, malgré le contact physique, elle n'avait pratiquement rien senti. Elle aimait bien coucher avec les hommes, mais un seul à la fois, de préférence le même, et pendant une période aussi longue que possible. En outre, elle pouvait se dire satisfaite et s'estimait donc heureuse.

Elle aurait aimé lui dire : « Ne faites pas cette tête », mais elle était trop intelligente pour cela et se contenta donc de lui demander :

– Soyez gentil, donnez-moi une cigarette.

Les yeux de Santiago trahirent une réelle surprise et son masque se fissura un instant.

Siglinde se dit : Pauvre diable, c'est moche que tu ne puisses trouver quelqu'un qui accepte. Mon Dieu, il faudrait créer un corps de femmes de bonne volonté qui seraient des secouristes du sexe qu'on pourrait envoyer ici à titre d'instructrices et qui balaieraient toutes ces bêtises, complexes et hypocrisies, avant que les gros curés onanistes vêtus de noir et les bonnes sœurs aient eu le temps de pourrir cette génération-ci, après toutes les précédentes.

Quand elle leva à nouveau les yeux vers Santiago, son visage avait encore changé. Son regard était paisible et méditatif, et il humectait ses lèvres avec la langue tout en triant les divers objets, sur le sol.

Un peu plus tard, ils entendirent le camion démarrer et approcher.

Dan et Willi avaient été obligés de démonter le lit pour l'emporter. Ils devaient maintenant en monter les diverses parties à l'étage, les unes après les autres, pour les assembler. Quand ils eurent fini, Siglinde les rejoignit et éclata de rire en voyant le résultat. C'était un immense meuble en chêne teinté en brun, avec de grands montants et des décorations sur le côté. Il aurait pu accueillir quatre personnes et c'était un miracle qu'il n'ait pas été coupé en deux des années auparavant, dans ce pays pauvre en bois. Sans doute nul n'avait-il eu l'énergie nécessaire pour le mettre en morceaux. Siglinde l'essaya et trouva qu'il grinçait de façon à la fois distinguée et prétentieuse.

Willi dut se contenter d'un matelas de coton qu'il posa sur le sol et fit consciencieusement son lit, au rez-de-chaussée.

Puis ils allèrent prendre une bouteille de vin blanc au Café Central. Le local était vaste et peu accueillant, et presque désert. Près de la porte, des gardes civils étaient en train de jouer aux cartes et, dans le fond, était installée une table de ping-pong branlante.

Dan et Santiago y jouèrent un moment. Dan l'emporta par trois sets à zéro, avec une marge substantielle à chaque fois. Au cours de l'ultime changement de côté, il demanda à son partenaire :

– Comment va Ramón ?

– Pas très bien. Je crois qu'il a une commotion cérébrale. Mais il s'est levé et est sorti en mer.

– Avec une commotion cérébrale ? Ce n'est pas très prudent.

– Il est costaud.

– Il y a des limites.

Une demi-heure plus tard, ils se séparèrent au carrefour et Santiago leur serra la main, l'un après l'autre.

– Les patrouilles vont t'arrêter, l'avertit Dan.

– Ils m'ont arrêté tellement de fois qu'ils doivent en avoir marre, maintenant.

En fait, il regagna le port sans encombre.

Les autres s'attardèrent devant la maison du Barrio Son Jofre. Les pavés étaient encore agréablement chauds sous leurs pieds et le ciel étoilé dressait sa voûte entre les montagnes.

– À propos de ce qu'a dit ce caporal, dit Siglinde. Pourquoi Santiago ne travaille-t-il pas comme les autres ?

– Il ne s'agit pas seulement de pêcher tout un tas de poissons, répondit Dan. Il faut encore les vendre avec un bénéfice suffisant. S'il y avait plus de gens comme Santiago, ce pays ne serait pas ce qu'il est.

– Vous êtes bons amis, toi et lui, n'est-ce pas ? demanda Willi.

– On se connaît depuis longtemps et on peut dire qu'on est amis, en effet. Mais l'amitié est quelque chose de spécial, ici, elle fait partie des principes sacrés, c'est quelque chose d'important et qui prête à conséquence. Tu finiras par comprendre ça.

– L'amitié véritable, ça ne se trouve pas sous le sabot d'un cheval, ajouta-t-il au bout d'un moment. C'est aussi rare que l'amour.

Il poussa la porte grinçante et ils pénétrèrent dans leur nouveau foyer.

Pendant qu'il se déshabillait, Willi entendit Dan et Siglinde remuer et bavarder, à l'étage. Au bout d'un moment, le lit se mit à grincer et la lueur vacillante de la lampe s'éteignit, dans l'escalier.

Il souffla sa propre bougie et pensa aux mots amour et amitié, et, comme toujours, ses pensées dévièrent dans une direction qui avait pour nom Barbara Heinemann.

– Bonne nuit, Willi, dors bien, lui lancèrent Dan et Siglinde, depuis l'étage.

– Bonne nuit, dormez bien, répondit Willi.

Il eut un sourire dans le noir et s'efforça de penser : Peut-être, malgré tout…

Le lendemain, il se mettrait à peindre.

8

Extérieurement, Dan Pedersen était un homme dépourvu d'inhibitions, physiques ou mentales. Il se faisait facilement des amis et n'avait de mal ni à travailler ni à aimer. Il était extraverti et ouvert à toutes les impressions et influences, avait l'esprit vif, ainsi que le tempérament, et était souvent victime de faiblesses et dépressions passagères. De même que sa femme, il était le fruit d'une vie douillette et d'une éducation marquée par la tolérance. Il était venu en Espagne parce qu'on y vivait pour pas cher et pour mettre un point final à un mauvais feuilleton qu'il rédigeait sous pseudonyme et pour lequel il avait perçu une certaine avance. Puis il en avait touché une autre et avait attendu le dernier moment pour se mettre à écrire. Dans le cadre de sa profession, il avait ce qu'on appelle la plume facile et était capable d'écrire de façon que ce qu'il rédigeait paraisse bien sans l'être vraiment. D'une façon générale, il savait comment faire les choses, mais était rarement en mesure de les effectuer personnellement. Il se plaisait en Espagne, mais cela avait aussi été le cas en Norvège, même pendant la guerre. Il buvait volontiers, et pourtant ce n'était que rarement qu'il dépassait la mesure. Il se sentait souvent peu sûr de lui, mais le laissait rarement voir.

Siglinde lui ressemblait sur la plupart des points et lui était même parfois supérieure. Elle avait l'esprit plus pratique et était plus prévoyante, mais elle était aussi plus consciente des menaces. Pendant toute son existence, elle avait nourri une peur latente d'un tas de choses, qui changeait souvent de cause et de caractère, et qu'elle s'efforçait de réprimer car elle la trouvait ridicule. Elle possédait un pouvoir de séduction immédiat qui paraissait ingénu et incitait les gens autour d'elle à penser à la sexualité. Au total, c'était une jeune femme normale, y compris sur le plan physique. Ici, dans l'univers fantomatique des sentiments réprimés, elle jouait pourtant un rôle étrange dont elle était consciente mais dont elle ne se souciait guère, car il lui paraissait absurde. Sur le port, ils avaient souvent eu à souffrir de gens qui venaient les regarder par les carreaux, car elle était l'incarnation parfaite de ce qu'ils recherchaient. Pourtant, elle était timide et incapable, par exemple, de prononcer certains mots sans transpirer par tous les pores de sa peau.

Willi, lui, était un mauvais peintre, bien que fort habile sur le plan technique. Il lui manquait l'étincelle et la volonté artistique, et il tentait parfois de compenser ces manques par l'application et l'entêtement, sans croire un seul instant à la réussite ni même la désirer. Il était incapable du moindre engagement, pensait-il, même pas pour régler ses propres problèmes, qu'il estimait dépourvus d'importance. Il était captif d'un cercle vicieux et ne pensait pas pouvoir se souvenir avec certitude d'un seul instant de véritable bonheur ou tristesse. Il était prisonnier d'une attitude de perfection physique et intellectuelle, et pouvait tout au plus espérer un miracle.

Tels étaient les trois êtres qui vécurent sous un même toit du Barrio Son Jofre durant quatre mois et six jours, du 9 août au 15 décembre.

Pendant ce laps de temps, il se passa un certain nombre de choses. L'été prit fin sur une dernière période de canicule, avec des journées de soleil incandescent et des nuits étouffantes, passées à transpirer. Puis survint un bref automne, avec des pluies chaudes et persistantes pendant lesquelles les ruisseaux souterrains descendant des montagnes bruissaient sous les pieds. Les puits asséchés se remplirent et la végétation, qui ne se résigne jamais, explosa, dans l'attente d'un soleil qui n'allait pas tarder à revenir et tout calciner. Après la pluie vint l'hiver, qui est la saison la plus passionnante ainsi que la plus agréable. On pouvait considérer qu'elle commençait en novembre. De belles journées de soleil étaient suivies par des tempêtes surprenantes et des orages apocalyptiques. On ne pouvait jamais savoir ce qui allait se passer d'un jour à l'autre.

Les habitants de la maison du Barrio Son Jofre se familiarisèrent avec le comportement les uns des autres et s'y adaptèrent. Ils ne tardèrent pas à adopter une routine qui s'imposa d'elle-même et ne prêta donc pas à discussion. Dan Pedersen finit par se lancer à la poursuite de ses à-valoir. Pour écrire, il allait s'installer sur l'avant-dernière marche de l'escalier, sa machine à écrire posée sur la chaise, devant lui. La lumière du dehors passait par la porte ouverte et tombait sur la feuille de papier. Il se plaisait bien là, quoique le chat s'obstinât à s'allonger sur le tas de feuilles déjà rédigées et qu'il dût se déplacer chaque fois que Siglinde voulait prendre l'escalier. Sur son passage, il caressait ses jambes nues couvertes d'un léger duvet.

Willi avait emprunté quelques outils pour se fabriquer un chevalet de fortune. Puis il s'était installé près de la porte, à deux mètres de l'escalier, pour peindre. Il lui fallait environ une semaine pour produire un tableau. Ensuite, il enlevait les punaises du panneau d'isorel, accrochait le tableau au mur et ne le regardait plus jamais.

Dan le faisait parfois, lui, et disait alors, sur le ton de la critique :

– Il faut que tu le libères, Willi. C'est très bien sur le plan technique, mais c'est vide. Vide de sentiment et surtout de contenu.

Et il ajoutait, en cognant sa pipe sur son tapuscrit :

– Ceci, au moins, c'est faux et écœurant, dit-il, et, en plus, je sais pourquoi je le fais.

Puis il poussait un soupir et rédigeait une nouvelle phrase.

Willi affichait un sourire sardonique et continuait à manier le pinceau du bout des doigts.

De temps en temps, Siglinde prenait son carnet à dessin et allait s'asseoir sur le perron pour croquer le chat. Elle opérait à traits rapides et élégants, et en simplifiant à outrance. Quand Dan la complimentait, elle refusait de le croire, bien qu'il eût raison. Elle était douée mais ne parvenait pas à comprendre que des dessins représentant un chat puissent avoir un sens.

– Les choses qui n'ont pas de sens ne peuvent pas être belles, hein ? disait-elle.

Par ailleurs, elle tenait le foyer et c'était donc elle qui effectuait les plus grosses corvées. Elle faisait toujours la cuisine sur un feu de bois, avec beaucoup de talent. Sans doute était-ce grâce à elle si la maison du Barrio Son Jofre était assez florissante, au milieu du grotesque de sa ruine.

Les locataires précédents, un groupe d'ouvriers asturiens amenés de force pour travailler sur le chantier de la route, n'avaient pas eu autant de chance et les graffitis des murs témoignaient de leur désespoir et de leur haine.

C'était Siglinde qui faisait les courses, Willi qui allait chercher l'eau et Dan le bois.

Personne n'avait conçu une telle répartition des tâches, elle s'était imposée d'elle-même.

Comme l'argent des honoraires qu'attendait Dan n'arrivait pas, c'était Willi qui payait. Il avait de l'argent dans un portefeuille, au fond de son sac à dos. Sur ce portefeuille était posé un pistolet militaire Walther neuf millimètres, soigneusement enveloppé dans une serviette.

Ils ne disposaient pas d'autres sources de lumière que des bougies et la vieille lampe à pétrole, et devaient donc adapter leurs activités à la durée du jour. À la tombée de la nuit, ils allaient au bar de la place pour boire quelque chose. Parfois, ils jouaient au ping-pong, mais c'était toujours Dan qui gagnait. Willi se faisait battre même par Siglinde, ce qui le contrariait légèrement.

Un jour, juste avant de s'endormir, il comprit que c'était signe de bonne santé.

Les occupants de la maison du Barrio Son Jofre avaient beau avoir adopté une certaine routine, ils ne s'en rendaient pas esclaves. Deux fois par semaine, environ, ils mettaient le vieux camion en marche et descendaient jusqu'au port. Quand il faisait chaud, ils plongeaient depuis les rochers ou le brise-lames près de la jetée et nageaient dans l'eau verte et salée. Il leur arrivait parfois de s'attarder jusque tard dans la nuit et d'aller traîner au bar de Jacinto ou ailleurs. En pareille circonstance, ils étaient en compagnie de Santiago ou de Ramón, le plus souvent des deux.

Les frères Alemany venaient souvent en ville, eux aussi. Ils apportaient du poisson que Siglinde faisait cuire dans la cheminée de la cuisine et qu'ils mangeaient tous ensemble.

À trois reprises, Willi accompagna les autres en mer. Santiago et Ramón possédaient un canot à moteur qu'ils utilisaient pour la pêche au calamar, la nuit. Il était grand et bien construit, et se prêtait à la navigation de plaisance.

Lors de ces trois sorties, ils allèrent assez loin, jusqu'à un petit archipel d'écueils, et pêchèrent à l'hameçon, à l'aplomb des grandes falaises. L'archipel était dépourvu de végétation et inhabité, mais plein de petites baies discrètes.

Ils s'y baignèrent, aussi, et, une fois, Ramón Alemany regarda Dan en riant et lui dit :

– Ta femme est très belle, tu sais.

Siglinde se trouvait à deux pas de là et son maillot de bain bleu ruisselait encore. Elle avait l'air heureuse, forte et en bonne santé.

Dan lui donna une tape sur les fesses, en manière de plaisanterie, et dit :

– Siglinde ? Bah, elle a un trop gros derrière.

Santiago les observait sans rire, depuis le bateau.

Willi prit note de la scène, mentalement.

Ce jour-là, il remonta plusieurs petits poissons de couleur rouge et un autre, gros, bleu et plat, mais cela ne le dérida pas vraiment.

Il se dit : la prochaine fois, je ne viendrai pas.

9

À la fin d'octobre un dignitaire fasciste de haut rang fit son arrivée dans le port. C'était un militaire et membre du gouvernement, et c'était sa femme qui l'avait incité à faire le déplacement, car elle aimait visiter les régions vierges et idylliques du pays. Ils restèrent trois jours et logèrent chez un directeur de banque de la capitale, immensément riche, qui avait fait construire longtemps auparavant, à proximité du phare, une vaste résidence estivale pourvue d'une équipe de domestiques à demeure, mais qui n'y venait presque jamais. Le couple amenait sa fille âgée de vingt ans et le fiancé de celle-ci, fils d'un haut fonctionnaire de l'ambassade du Portugal. Ils arrivèrent de la capitale provinciale à bord d'une grande voiture américaine couleur crème traînant en remorque un petit hors-bord en acajou pourvu d'un moteur de fabrication étrangère flambant neuf d'un modèle impossible à acquérir sur le marché libre.

La fille étudiait les sciences économiques à l'université de Madrid et faisait partie du petit nombre des Espagnoles émancipées. Elle portait un pantalon blanc, un pull rouge et des chaussures à semelle de liège fabriquées en France qui donnaient l'impression qu'elle avait des jambes plus longues que la moyenne.

Le Portugais et elle firent mettre le hors-bord à l'eau par le personnel, lancèrent le moteur et contournèrent la jetée. Derrière les montagnes, le vent soufflait mais, au fond de la baie, la mer était calme et verte. Quand ils eurent dépassé le phare d'une centaine de mètres, ils réduisirent la vitesse du moteur et se rapprochèrent l'un de l'autre dans le cockpit. Elle dégrafa son soutien-gorge et baissa la fermeture Éclair de son pantalon, ce qui leur permit de se livrer à des activités qui auraient sidéré le membre du gouvernement, s'il avait été équipé d'une paire de jumelles.

Trois minutes plus tard, ils perdirent le moteur du bateau, qui avait été mal fixé et s'était détaché sous l'effet des secousses. Il émit un violent grésillement en tombant dans l'eau, et coula aussitôt au fond de la mer, où il alla se poser treize mètres plus bas entre deux rochers, d'où il chassa deux seiches qui s'enfuirent chacune de leur côté.

La jeune fille perdit aussitôt toute envie de continuer ce qu'elle faisait, écarta la main de son partenaire et remonta la fermeture Éclair. Il fallut moins d'une demi-heure avant qu'une barcasse de la garde civile vienne prendre le hors-bord en remorque et le ramène à la jetée, mais la perte du moteur était pour eux un immense malheur. La barcasse reprit donc aussitôt la mer.

Après avoir repéré le moteur au fond de l'eau, le jeune caporal en bottes de cuir ordonna à l'un de ses hommes de le repêcher au moyen d'un grappin, mais comprit vite que c'était peine perdue. Il sonda le fond et secoua la tête. Au retour de la barcasse, la fille du ministre, depuis le ponton, lui lança un regard glacial qui n'était rien d'autre qu'un ordre.

Sachant très exactement le temps qu'il fallait pour faire venir un plongeur ou un homme-grenouille de la capitale provinciale, le caporal ne put sourire de façon bien convaincante. Mais, une minute plus tard, le nom de Ramón lui vint à l'esprit.

C'était l'heure de la sieste et les frères Alemany dormaient dans la chambre derrière la cuisine, lorsque le caporal entra chez eux. Il secoua Ramón et lui dit :

– La fille du général Moscardo a perdu un moteur de hors-bord à l'entrée du port. Peux-tu le repêcher ?

– Bien sûr, répondit Ramón, quoique mal réveillé. Si tu me trouves une grosse pierre.

Santiago s'était réveillé, lui aussi, et mis sur son séant.

– À quelle profondeur ? demanda-t-il.

– Sept ou huit mètres, et ils veulent qu'on le remonte sans délai.

– Pas gratuitement, j'espère.

– Non, le général paiera sûrement.

– Et cette bagarre, dans le bar ?

– On pourra l'oublier, répondit le caporal, les yeux au plafond. À condition que le moteur soit récupéré, bien sûr.

– C'est sûr ?

– Sûr et certain.

Santiago se dirigea vers la porte et appela :

– Francisca, viens.

Sa sœur fit son apparition. C'était une timide jeune fille de vingt-quatre ans, déjà grassouillette et qui avait perdu une bonne partie de sa fraîcheur juvénile. Chaque fois que Santiago la voyait, elle lui inspirait du dégoût, car il était persuadé qu'elle ne se marierait jamais.

– Je veux que tu sois témoin de ce que dit le caporal. Il déclare que Ramón ne sera pas traîné en justice pour la bagarre dans le bar, étant donné qu'il n'est pas coupable, s'il récupère un moteur au fond de la mer. C'est bien cela, caporal ?

– Oui, maugréa le caporal.

Puis il se tourna vers Ramón et ajouta, sur le ton de la colère :

– Dépêche-toi, c'est pressé.

Ramón regardait son frère depuis son lit, d'où il n'avait pas bougé.

– J'y vais ? demanda-t-il.

– Oui, viens.

– Tu n'as pas besoin d'être de la partie, dit le caporal à Santiago.

– N'essaie pas de m'en empêcher.

La jeune Madrilène et le Portugais, eux, voulurent absolument en être et monter dans la barcasse. Ils se disaient que ce serait passionnant et que, en définitive, ils avaient peut-être bien fait de perdre ce moteur.

– Regarde comme il est petit, trapu, musclé et poilu, dit la fille du ministre en voyant Ramón ôter ses vêtements.

Santiago entendit, mais ne broncha pas. Il était trop occupé à examiner le fond de la mer à travers un aquascope de fortune.

– Huit mètres, pouffa-t-il. Non, laisse tomber, Ramón.

– Il est à treize mètres de profondeur, précisa la jeune fille, ils ont sondé.

Santiago lança un regard de mépris au caporal.

– Ramenez-nous au port, dit-il.

– Je vais tenter le coup, coupa Ramón en scrutant le fond de l'eau.

– N'oublie pas le bar de Jacinto, souffla le caporal en tambourinant sur la lisse avec sa main gantée.

– Ça ira, assura Ramón.

– Tu crois ? s'enquit Santiago en examinant à nouveau le fond de l'eau.

– Oui, je crois bien.

Santiago se pencha vers son frère et lui dit à l'oreille :

– Bon, vas-y, mais ne prends pas de risque. Si tu sens que ce n'est pas possible, cesse de descendre et fais-toi remonter aussitôt. Tu entends ce que je dis : aussitôt…

Ramón hocha la tête, souleva la grosse pierre et enjamba le pavois en la tenant dans ses bras.

– C'est fascinant, murmura la jeune Madrilène.

Puis, à voix haute :

– J'espère qu'il va y arriver, ce moteur m'appartient et il vaut très cher.

– C'est mon frère, lui dit Santiago en lui lançant un regard dépourvu d'aménité.

– Laissez-moi voir, passez-moi l'appareil, ajouta-t-elle brusquement en s'agenouillant sur le pont.

Santiago lui donna la caisse vitrée. L'eau était calme et pure et il voyait encore Ramón sans l'aide de l'instrument. Sa silhouette blanche rapetissait à vue d'œil, le temps semblait s'arrêter et les secondes duraient une éternité.

– Je crois qu'il le tient, ah non, je ne sais pas, s'exclama la jeune fille, très excitée.

Santiago, lui, pensait : Espèce d'idiot, il descendrait jusqu'à quarante mètres, avec cette pierre, si le fond était à cette profondeur. Et, si le moteur est coincé, il va tenter de le décrocher au risque de se noyer.

Il était maintenant en nage.

– C'est impossible, lâcha le Portugais.

– Si, si, le voilà, formidable ! s'exclama sa fiancée.

À travers l'eau, Santiago vit la silhouette confuse de son frère grandir avec une lenteur intolérable.

C'est impossible, pensa-t-il. S'il lui arrive quelque chose, je vais les jeter à la mer, tous autant qu'ils sont.

– Lâche-le, leur bon sang de jouet de luxe, laisse-le là où il est, murmura-t-il.

– Allez, vas-y, vas-y, criait la Madrilène.

La tête brune de Ramón perça la surface de l'eau et Santiago le prit par les aisselles.

Le garde civil se chargea du moteur, tandis que le caporal apportait sa contribution en mouillant sa veste d'uniforme jusqu'à l'épaule.

– Magnifique, s'écria la jeune fille en battant des mains.

Ramón agitait désespérément les bras et râlait de façon affreuse. Le Portugais aida à le basculer par-dessus la lisse et à l'allonger sur le pont. Santiago s'agenouilla près de son frère et resta dans cette position jusqu'à ce qu'ils soient revenus à hauteur du phare.

– C’est fascinant, dit la fille du ministre à son fiancé, à voix basse. Tu as vu, on aurait dit un animal, il n’avait qu’un seul but…

À leur retour à quai, Ramón était capable de se tenir debout mais avait toujours le visage blême et la respiration lourde et haletante. Santiago avait dû l’aider à se relever.

Fin des réjouissances, les yeux de la jeune fille ne brillaient plus d’excitation.

– Est-ce que tu as un peu d’argent ? dit-elle à son fiancé.

Il plongea la main dans sa poche et en sortit quelques pièces et petits billets. Il les tendit d’un air presque piteux et Santiago hésita un instant avant de les prendre.

– Eh bien, au revoir, dit la fille du général.

Elle alla se planter un instant devant Ramón, le toisa et lui adressa un sourire ambigu.

– On s’en va, dit Santiago à son frère en passant le bras autour de ses épaules et l’entraînant vers la camionnette.

– Comment te sens-tu ?

– J’ai mal à la tête, à nouveau. Combien a-t-on gagné ?

– Je ne sais pas. Cent ou deux cents, peut-être.

– Pas si mal. C’est plus que tu ne t’en fais avec tes affaires un peu louches.

– Chut… et puis, on ne l’a pas fait que pour l’argent.

– Non, c’est vrai. T’as vu ça, quelle fille. Je la baiserais bien, moi. T’imagine un peu : lui baisser son pantalon et puis… Elle est plus chouette que la Norvégienne !

– Arrête de dire des bêtises, petit frère, fit Santiago en scrutant les alentours.

Puis il saisit la manivelle et lança le moteur de la vieille Ford.

10

Au début du mois de décembre, le temps changea. La température remonta brusquement et le vent tomba. Il faisait aussi chaud qu'en plein été et les rares étrangers vivant à demeure dans le port se baignèrent à nouveau. Les bateaux de pêche, restés à quai une semaine ou deux à cause du mauvais temps, reprirent la mer et firent de bonnes prises. Dans la ville de la montagne, la chaleur pesait sur les murs telle une chape de plomb. Il était difficile de travailler pendant la journée et, la nuit, la canicule n'était pas très propice au sommeil.

Ce beau temps dura deux semaines.

TROISIÈME PARTIE

1

Au coucher du soleil, la chaleur était encore plus sensible, comme si elle se matérialisait en quelque chose de sec, noir et poussiéreux, qui collait un peu plus aux maisons et aux êtres humains.

Les occupants de la maison du Barrio Son Jofre avaient mangé et étaient maintenant assis sur l'escalier, en train de fumer et de regarder dans le noir sans rien dire.

Ils n'avaient pas travaillé, ce jour-là, mais passé tout leur temps dans le port, allongés sur la plage, à l'abri d'un rocher, à deux pas de l'eau. Rentrés frais et dispos, ils avaient éprouvé un certain désir d'activité. Mais c'était déjà terminé et ils savaient que la nuit ne leur apporterait aucun soulagement avant longtemps.

Siglinde ne tenait pas en place et écrasait sa cigarette entre ses doigts.

– Je ne supporte pas cette chaleur et ce silence, même le soir. On retourne au port. On a un peu d'air, là-bas, au moins. Il est plus facile de respirer, au bord de la mer.

– Ça s'arrangera dans quelques heures, objecta Dan.

– C'est justement ces heures-là que je ne veux pas passer ici. Si vous ne voulez pas venir, j'irai seule.

– Tu n'oseras pas.

– Ah non, pourquoi pas ? s'étonna-t-elle sincèrement.

– Tu n'es même pas capable d'actionner la manivelle.

– Tu ne sais pas de quoi je suis capable !

Ils partirent tous les trois, Dan et Siglinde à l'avant et Willi à l'arrière, comme d'habitude.

À mi-chemin, Dan écrasa un mouton. Le troupeau entier s'était immobilisé sur la route, à la sortie d'un virage assez raide, et, comme le moteur était coupé, la rencontre fut aussi surprenante pour les deux parties impliquées dans l'accident. Dan freina naturellement aussi fort qu'il le put, mais rien n'y fit. L'animal le plus proche fut renversé par le pare-chocs et se retrouva en partie sous la roue avant droite. Quelques jours plus tôt, le car de la poste en avait écrasé quinze d'un seul coup, de façon identique. Le berger était un vieux débile mental qui avait vendu la plupart des clochettes de ses animaux et n'était pas assez malin pour les obliger à se ranger sur le côté de la route, quand ils se déplaçaient. Ce n'était donc pas une bien grande catastrophe mais l'animal en question, une brebis, était manifestement morte, elle gisait sur le dos en travers de la route en terre battue, pattes écartées, et faisait pitié. Le berger s'approcha du camion en tenant des propos enflammés et agitant son bâton noueux. Son chien tenta de mordre Dan au mollet, par-derrière. Celui-ci poussa un juron et l'écarta d'un coup de pied.

– Bon, on vous dédommagera dès demain, dit-il. On ira trouver le propriétaire et on lui paiera ce qu'il faut. Mais on garde la viande.

Le berger continuait à vociférer dans son dialecte à peu près incompréhensible.

Deux gardes civils surgirent de l'obscurité et éclairèrent le spectacle avec leurs lampes de poche. En les voyant, le berger se tut instantanément, eut l'air de vouloir disparaître sous terre et baissa la tête comme s'il s'attendait à recevoir des coups. Il tremblait de tous ses membres, aussi, mais peut-être était-ce dû à l'âge.

– C'est regrettable, dit l'un des gardes, mais les moutons ne doivent pas circuler sur la route et il faut qu'ils portent tous une clochette.

L'autre s'avança vers le berger, lui releva la tête en plaçant l'index sous son menton et lui cria quelques phrases dans un catalan assez guttural. Puis il lui asséna une gifle très sonore. Le berger se mit à pleurer.

Dan et Willi remontèrent dans le camion et repartirent, salués réglementairement par le garde.

Cinq minutes plus tard, la baie s'ouvrit devant eux et ils purent distinguer les lumières du port. En mer, on voyait les lampes à pétrole des bateaux de pêche au calamar, qui traçaient un collier de points lumineux très vifs sur le fond noir de l'eau.

Dan laissa le camion descendre jusqu'au quai en roue libre, puis ils allèrent s'asseoir devant l'un des bars du port, où ils commandèrent des vermouths et de l'eau glacée. Il faisait un peu moins chaud, à cet endroit. En plus, cela sentait bon le large.

Ils étaient là depuis cinq minutes lorsque Santiago et Ramón Alemany arrivèrent le long du quai d'un pas traînant. Ils vinrent leur serrer la main et tirèrent deux chaises en rotin pour prendre place à leur table.

Dan alla chercher un échiquier dans le bar, le plaça entre Santiago et lui et se mit à disposer les pièces.

Willi sirotait son vermouth en observant les autres.

Ramón avait l'air déprimé et apathique, bien qu'il se hâtât de sourire dès qu'il se sentait observé. À plusieurs reprises, il se prit le front et la nuque entre les mains, comme s'il tentait de se débarrasser d'un nœud coulant invisible. De temps en temps, aussi, il lançait des regards concupiscents vers les pieds nus et les longues et belles jambes de Siglinde.

Celle-ci bougeait souvent sur son siège, comme si elle était mal assise, et changeait les jambes de position. Son regard, lui, allait de l'un à l'autre des quatre hommes. De temps en temps, il s'attardait sur Dan, explorant son corps de bas en haut, se fixant le plus souvent sur son visage et sur ses mains. Elle paraissait nerveuse. C'est peut-être le fait de la chaleur, se dit Willi, qui n'avait pas une grande expérience des femmes.

Au début, la partie d'échecs fut assez équilibrée. Dan combina bien son jeu, au centre de l'échiquier, et put ainsi prendre quelques pions et pièces plus importantes. Mais un moment d'inattention lui en coûta une. Il se reprit alors et utilisa froidement et systématiquement l'avantage matériel qu'il s'était procuré.

Willi finit par n'observer que son adversaire. Santiago voyait bien qu'il était en train de perdre, que sa situation ne cessait de se détériorer, lentement mais inexorablement, et pourtant il ne s'avouait pas vaincu. Son regard se faisait de plus en plus lourd et mécontent. Il eut beau ne plus commettre d'erreur, il était déjà trop tard pour lui. Chaque coup le rapprochait de cette impuissance définitive qui est la conclusion logique de cette énervante guerre de position.

Ce n'est que lorsque Dan poussa le seul pion qui lui restait jusqu'à dame que Santiago abandonna la partie.

Willi eut alors l'impression qu'il aurait été capable de n'importe quoi pour éviter la défaite.

– Tu as gagné ? lui demanda Ramón.

Santiago secoua la tête et le visage de son frère se renfrogna. Mais il remarqua que Willi l'observait et se remit à rire.

– Tu as bien joué, aujourd'hui, dit Dan, magnanime. C'est vrai que j'ai fait une bêtise, à un moment, mais ça n'empêche pas que tu as bien joué. Tu t'y es pris un peu tard, c'est tout.

Ils se serrèrent la main et Santiago eut un sourire peu convaincant.

Dan ôta les pièces de l'échiquier et alla le rapporter.

Siglinde changea ses jambes de position, en signe de contrariété, et le suivit du regard.

Tout était calme dans le port, chacun attendait la petite brise de mer. Seules quelques rares personnes étaient encore assises devant les cafés donnant sur le port. Il était près d'une heure du matin et les patrons qui n'avaient plus de clients avaient commencé à fermer boutique.

– Je sais ce qu'on devrait faire, maintenant, dit Dan. Aller se baigner une dernière fois, et ensuite au lit.

– Près du phare, dans ce cas, dit Santiago.

– Est-ce qu'il n'y a pas des gardes civils qui traînent, par là-bas ?

– Quelques-uns seulement. Ils patrouillent le long du môle et du front de mer. Il est facile de les repérer.

– On n'a pas de maillot, déclara Siglinde, comme pour constater un simple fait et non en manière d'objection.

– Aucune importance, répondit Dan. On se connaît tous, et puis il fait nuit.

Siglinde haussa les épaules. Cela n'avait vraiment pas d'importance, en effet.

2

C'est Siglinde qui sortit de l'eau en dernier. Elle décrivit un grand arc de cercle à longues et lentes brasses, avec de belles bandes phosphorescentes le long du corps.

Dan, Willi et elle se baignaient à l'extrémité de la jetée, près du phare, là où le brise-lames se terminait par une plate-forme circulaire en béton et de gros blocs de pierre grossièrement taillés. Santiago et Ramón, qui avaient des maillots de bain, eux, étaient à une dizaine de mètres de là. Se baigner nu était un plaisir défendu et le risque n'en valait pas la chandelle.

La nuit était d'un noir impénétrable mais, toutes les soixante secondes, le cône de lumière du phare passait au-dessus de leurs têtes. Chaque fois, il était suivi d'une lueur blanchâtre, assez puissante pourtant pour permettre de distinguer ce qui se trouvait à proximité immédiate.

Leurs vêtements étaient posés près du parapet et Dan avait grimpé sur le muret. Tout ce qu'on voyait de lui, c'était la braise de sa cigarette. Willi se tenait à l'extrémité de la jetée et observait les lumières du port, au loin.

Ils jouirent de l'agréable fraîcheur persistante, tandis que l'air séchait lentement leur peau.

On ne voyait pas Siglinde mais les légères traces vert clair qu'elle laissait sur la mer prouvaient qu'elle approchait de la terre.

Peu après, on entendit l'eau ruisseler de son corps.

– Aide-la à remonter, si tu veux bien, demanda Dan à Willi, les rochers sont glissants, là-bas.

Quand il entendit Siglinde chercher à prendre pied parmi les blocs de pierre, Willi descendit une des marches de l'escalier de débarquement et lui tendit la main dans le noir. Elle la saisit presque aussitôt d'une poigne ferme, froide et humide. Il l'aida à reprendre son équilibre et reconnut aussitôt la souplesse bien entretenue de son corps, lorsqu'elle se hissa sur le dessus du rocher.

Il ne la voyait pas mais savait qu'elle était tout près de lui, dans le noir.

À ce moment précis, la lumière du phare déchira les ténèbres au-dessus de leurs têtes et il la vit une seconde ou deux, dans la lueur qui suivait cet éclair.

Elle avait les pieds écartés, les orteils légèrement en dedans, les bras ballants et la tête de côté pour secouer l'eau de ses oreilles et décoller les mèches blondes de son front. Ses épaules, ses seins et le haut de ses bras étaient couverts de gouttes d'eau rondes et immobiles qui semblaient si fermement constituées qu'on aurait pu les ôter l'une après l'autre sans qu'elles se brisent et les recueillir dans la paume de la main comme de petites demi-perles de verre. Ses tétons étaient gros et durs et la peau de leurs aréoles était finement contractée en petites rides. Plus bas, l'eau s'écoulait le long de ses hanches et en deux rigoles claires partant de la petite cavité au-dessus de son nombril pour couvrir la légère bosse de son ventre et aller se perdre dans la toison bouclée qui se hérissait à la jonction de ses cuisses. Ces poils étaient bruns et fournis, et les fines particules d'eau y allumaient un millier d'étoiles.

Il était si proche d'elle qu'il vit tout cela très clairement mais n'eut pas le temps de prêter attention à son visage.

Il ne put éviter d'être impressionné par la beauté très fonctionnelle de son corps. Pour la première fois depuis leur rencontre, il eut le sentiment qu'elle était belle.

Et c'était une observation parfaitement objective. Se dit-il.

Puis la lumière disparut et il entendit quelqu'un respirer bruyamment derrière lui.

Dan était toujours sur le muret de béton et on voyait sa cigarette brûler dans le noir.

Willi entendit Siglinde bouger vivement, à contrecœur. Elle passa rapidement devant lui et gagna le parapet.

Lorsque le cône de lumière réapparut, elle avait déjà enfilé sa robe et était en train de l'ajuster sur son corps humide. De toute évidence, elle ne s'était pas souciée de mettre ses sous-vêtements.

Willi crut alors distinguer une présence, à quelques mètres de lui.

– La patrouille arrive, dit Santiago dans le noir, d'une voix parfaitement calme.

– Oui, répondit Siglinde, habillez-vous, on s'en va.

– On a le droit d'être où on veut, non ? lança Dan, hargneux, du haut du parapet.

– Il est tard, fit Siglinde. Soyez gentils de vous habiller.

– Ce que tu peux être embêtante, protesta Dan.

Il sauta à bas du muret et enfila son pantalon.

– Je pourrais rester des heures, confia-t-il à Willi, qui se tenait près de lui. C'était une bonne idée, cette baignade.

– Très bonne, approuva Willi.

Ils avaient avancé le camion aussi loin qu'ils pouvaient et celui-ci était sur la pente recouverte de macadam, tout près de l'amas irrégulier de blocs de pierre qui constituait la culée du brise-lames. Au moment où ils escaladaient ceux-ci, deux gardes civils surgirent de derrière le camion et braquèrent leur lampe de poche vers eux. Ils firent un salut réglementaire à Siglinde et se contentèrent d'un signe de tête à l'adresse de Dan et de Willi. Puis ils entraînèrent Santiago et Ramón légèrement à l'écart, leur firent lever les mains au-dessus de la tête et les fouillèrent à corps avec une minutie et une lenteur ridicules.

Finalement, ils éteignirent leurs lampes et disparurent dans le noir.

– Qu'est-ce qu'ils cherchent ? demanda Dan.

– Je ne sais pas, répondit Santiago avec une grimace et en haussant les épaules.

– Je n'accepterais jamais ça, moi, dit Dan.

3

Sur le chemin du retour, Dan conduisit avec prudence, peut-être en pensant aux moutons et au berger débile. Le moteur ronflait dans un grand bruit de mécanique et, à la périphérie de la lumière des phares, on voyait de temps en temps briller le reflet de celle-ci dans les yeux des chats à l'affût le long de la route. La nuit était encore chaude, mais une douce brise soufflait sur le camion découvert. Willi avait pris place derrière Siglinde, comme d'habitude.

Il nota qu'elle avait toujours du mal à tenir en place. À quatre ou cinq reprises, elle passa le bras autour des épaules de Dan, avant de le retirer rapidement. Une fois, elle pencha même la tête contre son cou.

Willi ne put s'empêcher de penser que, peu avant, il l'avait vue nue.

4

Une fois de retour dans la maison du Barrio Son Jofre, Willi sortit la grosse clé de la fente dans le mur et entreprit d'ouvrir la serrure.

Siglinde se fit soudain petite, se faufila contre Dan et passa le bras autour de sa taille, qui était nue sous le bord de sa chemise nouée négligemment.

Quand ils eurent monté deux marches de l'escalier, elle se mit sur la pointe des pieds et lui glissa quelque chose à l'oreille.

– Qu'est-ce qui te prend, ma petite ? demanda Dan, comme s'il venait seulement de s'aviser de sa présence.

Elle se haussa de nouveau sur la pointe des pieds, lui mordilla le lobe de l'oreille et murmura :

– Je veux coucher avec toi. J'en ai eu envie toute la journée. Je me sens toute drôle.

Il passa le bras autour de son épaule et sentit que sa peau était chaude et humide. Il ne pouvait le voir, mais savait qu'elle rougissait.

– Ce n'est pas bien, n'est-ce pas ? dit-elle.

Ils montèrent lentement l'escalier. Puis il se tourna vers elle et la prit dans ses bras. Ils s'embrassèrent et, à travers la mince étoffe de sa robe, il sentit que son corps était doux, chaud et bien vivant. Il la lâcha alors et pénétra dans la chambre.

Siglinde laissa tomber sur le sol le sac contenant ses sandales, ses sous-vêtements et ses cigarettes, et resta immobile, dos au mur, comme si on l'avait posée là et oubliée.

Dan alluma une bougie et la posa sur un des montants du lit. Puis il ferma les volets, ôta les couvertures et les posa sur le sol. De temps en temps, il regardait Siglinde, qui le suivait des yeux, toujours adossée au mur. Elle souriait, mais de façon figée et mal assurée.

D'une main, il prit appui contre le mur et ôta ses sandales à lanières. Puis il déboutonna sa chemise, l'accrocha à l'un des montants du lit et ôta son pantalon sans se presser. Pour finir, il détacha son bracelet-montre et le posa sur le tabouret, au chevet du lit.

Siglinde était toujours adossée au mur, en haut de l'escalier et, bien qu'il fût de l'autre côté de la chambre, elle le voyait clairement à la lumière douce et vacillante de la bougie. Il était assez maigre, mais bien bronzé, et le triangle blanc laissé par son maillot de bain délimitait un champ contrastant violemment avec le reste de son corps. Elle aimait le regarder, surtout à hauteur de la taille, du ventre et du sexe. Ainsi que des jambes, qui étaient longues, noueuses et couvertes de poils presque blancs.

Il traversa la pièce pour la rejoindre. Elle se mordit la langue sans le quitter des yeux et resta immobile.

Dan lui caressa légèrement la joue avec le dos des doigts. Puis il se baissa, saisit à deux mains l'ourlet de sa robe et la lui ôta délicatement. Elle lui vint en aide en s'écartant un peu du mur et levant les bras.

Elle était maintenant nue, mais toujours immobile et adossée au mur.

Il posa la main sur sa hanche, sèche, chaude et accueillante. Ensuite il se pencha en avant, descendit avec la pointe de sa langue depuis sa clavicule jusqu'à son sein droit et prit son téton entre ses lèvres. Celui-ci était gros et dur, et avait goût de sel marin. Au bout de quelques secondes, il l'aspira un peu plus et le mordit à peine, avec beaucoup de précaution.

Siglinde ne bougeait pas, mais le rythme de sa respiration avait commencé à s'accélérer.

Il se redressa, la regarda et passa la main sur l'arrondi de son ventre. Puis il enfonça les doigts dans le fourré de ses poils hérissés et drus. Elle écarta les jambes pour lui faciliter le passage et mieux sentir sa main.

De l'autre, il caressa le sommet puis l'arrière de sa tête, non sans rudesse, et la saisit par la nuque.

Elle aimait ses mains.

Pour la cinq centième fois, peut-être, il s'étonna vaguement et stupidement que son sexe soit si grand et si large, en comparaison du reste de son corps.

Il la caressa entre les jambes, d'abord avec rapidité, puis plus lentement, de façon plus décidée et avec de plus en plus d'assurance.

Elle frissonna et écarta de nouveau les jambes pour s'ouvrir totalement et lui permettre de sentir l'ardeur mais aussi la douceur de son attente, et toute la force de sa passivité dissimulée.

Elle leva la main droite pour passer ses doigts tendus sur le visage de Dan, accentua sa pression sur le menton et la gorge, et finit par le griffer le long de la poitrine. Ensuite, cette main se fit plus douce et s'évasa pour descendre le long du thorax et du ventre, et se durcit à nouveau en arrivant à l'entrejambe, où elle s'immobilisa. Là, ses caresses se firent plus vives et plus appuyées, changeant souvent de prise. Ils se parlèrent.

– J'y vais trop fort ?

– Non, pas du tout.

– Prends-moi, maintenant.

– Tu ne t'es pas protégée.

– Ça ne fait rien.

Dan se baissa, passa le bras droit autour de sa cuisse, juste au-dessus du genou, et la hissa sur son épaule d'un geste souple, presque avec camaraderie. Après avoir traversé la pièce, il la déposa avec précaution sur les couvertures étalées par terre.

Il voulut embrasser son corps, mais elle écarta les jambes et l'attira vers elle avec sauvagerie. Elle bougea le bas-ventre vers le haut et introduisit en elle son membre long et dur, et tellement libérateur.

Elle haleta et se tortilla furieusement sous lui, comme si elle cherchait à se dégager mais n'y parvenait pas. Quand l'orgasme vint, elle appuya la plante des pieds sur le carrelage encore chaud, en dehors des couvertures, et souleva Dan comme sur un dos-d'âne en s'efforçant de l'enfoncer plus profondément encore dans son corps de femme, prenant ses hanches en étau.

Puis vinrent les soubresauts, qui la libérèrent de son impuissance et de sa lassitude. Ils prirent naissance dans le tréfonds d'elle-même et se propagèrent le long de son vagin, d'où ils rayonnèrent en ondes concentriques à travers l'ensemble de son corps. Les contractions se propagèrent ensuite le long de ses cuisses et de ses mollets, jusqu'à la plante des pieds, où elles se réduisirent à une légère vibration. Puis elle resta allongée sur le dos, bras au corps et jambes écartées, à sentir son partenaire se vider en elle de son désir.

Peu après, elle l'enlaça tendrement et attendit. Elle savait que ce n'était pas terminé.

Ils restèrent dans cette position vingt ou trente minutes tandis que la bougie projetait sa paisible lueur jaune sur le montant du lit. Elle sentit Dan grandir à nouveau en elle et le contact s'accentuer entre des myriades de petits centres nerveux, sachant que c'était maintenant son tour.

Elle releva lentement les jambes en glissant ses orteils le long de celles de Dan, puis de ses hanches, avant de les abaisser à nouveau de la même façon, tout aussi lentement, et ainsi de suite.

Elle se changea ainsi en une sorte de doux berceau, profond et accueillant. Il la prit longuement, tandis qu'elle plantait l'arrondi de ses talons dans ses flancs et restait dans cette position, les genoux levés très haut et les bras autour de son dos. Il lui appartenait et elle le retenait entre ses bras et ses jambes, se disant qu'elle ne voulait pas le lâcher, jamais au grand jamais. Pourtant, elle finit par desserrer son étreinte, passer ses jambes par-dessus les bras de Dan et rester dans cette position, pliée en deux, sans défense et totalement exposée, sous lui. Quand ce fut nécessaire, elle se mordit la main pour ne pas crier. Puis elle demeura immobile.

Dan savait qu'il pourrait la prendre à nouveau dans une heure ou deux, s'il voulait, mais que c'était superflu.

Il s'irrita aussi de penser qu'il n'avait pas été vraiment concentré sur elle, pendant tout ce temps. Il la porta sur le lit, arrangea les draps, souffla la bougie et alla se coucher.

Siglinde était heureuse. Elle avait passé la jambe gauche par-dessus Dan et dormait, la tête sur son épaule et son sexe grand ouvert et bien chaud contre sa cuisse.

Juste avant de s'endormir, elle s'était dit :

On va bientôt rentrer chez nous, et vivre dans un logement digne de ce nom et dans nos propres meubles. On travaillera, on gagnera de l'argent, on s'achètera de beaux vêtements et, si l'envie nous en prend, on viendra ici se baigner de temps en temps. On va bientôt rentrer chez nous. J'en suis sûre, maintenant.

5

Willi dormait lui aussi. Il avait deviné, plutôt que compris véritablement, pourquoi personne ne lui avait souhaité une bonne nuit, de là-haut.

Il s'était forcé à dormir. C'était un de ses grands tours de force. Mais, au bout d'un moment, il se réveilla et fit ce qu'il s'efforçait le plus possible d'éviter. Cela n'avait rien que de naturel, en soi, et pourtant cela l'irrita un peu car il n'y avait recours que rarement.

Quand il se réveilla de nouveau, il faisait jour et le chat était en train de dormir sur ses jambes, poids léger, rond et chaud. Il se mit sur son séant, avec précaution, pour ne pas le réveiller.

La porte s'ouvrit et Siglinde entra. Elle était lavée de frais, avait les yeux clairs et les pieds nus, et portait une robe de coton verte toute propre. Elle était sortie si discrètement qu'il ne s'était aperçu de rien.

– Bonjour, Willi, lança-t-elle gaiement en gagnant la cuisine.

Il contempla ses tableaux d'un œil morne, bâilla et se gratta le corps, sous sa veste de pyjama.

Une demi-heure plus tard, Dan descendit à son tour, mal peigné et assez affreux à voir. Il tira vers lui la chaise sur laquelle était posée la machine à écrire, en soupirant, relut la dernière page qu'il avait écrite et laissa tomber :

– Bon, tentons le coup, avant qu'il ne fasse trop chaud.

Les touches crépitèrent un instant, mais il s'interrompit au bout d'une demi-ligne, alla boire un peu d'eau et alluma une *Ideales*.

– Cet après-midi, on va descendre au port, dit-il. Je sens que j'ai envie de boire un peu, aujourd'hui.

Willi, déjà en train de peindre, ne répondit pas. Peu après, Siglinde sortit pour aller faire des courses en ville. En passant devant Dan, assis sur l'escalier, elle lui ébouriffa les cheveux, puis descendit vers la ruelle, à pas vifs et souples, en balançant avec entrain son panier vide.

6

Avant même d'arriver sur la place, Siglinde remarqua quelque chose d'inhabituel.

Sur la route, elle croisa deux camions pleins à craquer de soldats d'infanterie de marine. Elle avait déjà rencontré des véhicules militaires et avait donc l'habitude que des hommes se mettent à siffler, pousser des cris à son intention, et à lui envoyer des baisers, mais, cette fois, ils étaient silencieux et recroquevillés sur les bancs de bois, paquetage au dos et fusil sur les genoux. Les camions étaient vieux, en mauvais état, et ils peinaient à monter les lacets de la côte, en première.

Dans l'Avenida Generalísimo Franco, elle fut dépassée par une ambulance militaire bringuebalante portant une croix rouge sur les portes arrière. Elle allait vite et cahotait sur les pavés ronds de l'avenue, avant de s'engager dans la petite rue menant aux casernes.

La place était noire d'hommes et de femmes soit assis devant l'un des cafés, soit massés en groupe autour de la pompe. Certains parlaient en faisant de grands gestes, mais la plupart se taisaient.

Siglinde acheta du poisson, après mûre réflexion, pour avoir ce qu'il y avait de meilleur et de moins cher. Puis elle alla à la boulangerie et ensuite à la *tienda* pour se procurer du vin et des légumes.

Cela lui prit pas mal de temps, car il y avait beaucoup de monde dans les boutiques, même si nul ne semblait être venu pour acheter, en fait.

Une fois ses emplettes terminées, elle eut soif et entra au Central boire un *café con leche*. Là aussi, il y avait foule et elle décida de le prendre au comptoir, faute de place à table. Un garde civil arrêta sa moto devant le café, le visage en sueur et les bottes blanches de poussière. Il se plaça près de Siglinde, cogna sur le bar avec une pièce de monnaie et commanda un verre de vin blanc.

Il y a sûrement une fête civile ou religieuse quelconque, aujourd'hui, pensa Siglinde.

Puis elle se rappela l'ambulance dans l'avenue.

– Pourquoi y a-t-il tant de monde partout ? demanda-t-elle au patron en train d'injecter l'air chaud du percolateur dans son lait.

Il posa le verre devant elle, fronça les sourcils et lui répondit :

– Il paraît qu'il est arrivé un accident à la mine.

– Il y a des victimes ?

– Oui, c'est à craindre…

– Beaucoup ?

– Pas mal, à ce qu'on dit.

– Uniquement des Asturiens, coupa le garde civil en se tournant vers elle avec un sourire. Uniquement des travailleurs asturiens, personne qui soit originaire d'ici.

– Pourquoi y a-t-il tant de monde, alors ?

– Ils sont inquiets parce que le chantier de la route a été interrompu, répondit le garde civil qui ajouta, après un bref silence : à titre temporaire, seulement… une simple mesure de précaution, donc… au cas où il faudrait faire venir des secours d'urgence…

– Ils vont perdre une journée de salaire, dit le patron.

Le garde civil haussa les épaules.

– Vous êtes allé là-haut, à la mine ? demanda le patron.

– Non, se contenta de répondre le garde, avant de vider son verre et de sortir.

– On dit qu'on va célébrer une messe exceptionnelle, précisa le patron à Siglinde.

– Comment s'est passé l'accident ? voulut-elle savoir.

– Je ne sais pas, répondit le patron avec un geste évasif.

Puis il regarda dans une autre direction, l'air distrait, comme s'il préférait mettre fin à la conversation.

Lorsque Siglinde traversa de nouveau la place, les gens avaient commencé à faire mouvement vers les rues latérales. Au loin, on entendait les cloches de l'église.

Uniquement des Asturiens, pensa-t-elle.

Ce n'était pas la première fois qu'elle entendait parler de la mine. Elle était située à une vingtaine de kilomètres de la ville, à l'ouest de la route principale dans la direction de Santa Margarita. Un jour où ils passaient par là, ils avaient vu dans le lointain une série de bâtiments en pierre grise, des échafaudages et une cheminée. Elle avait aussi aperçu certains de ces Asturiens, hommes de petite taille couverts de suie qui tiraient une charrette d'eau. Un sentier caillouteux jaunâtre montait vers la mine en zigzaguant.

Il était donc arrivé un accident, là-haut.

– Uniquement des Asturiens ! se répéta-t-elle. Quel pays !

Voici ce qui s'était passé, en réalité.

Vers 7 heures, la veille, les mineurs avaient entamé une grève qui, au cours de la soirée, avait pris le caractère d'une insurrection. Cette grève était un acte de désespoir motivé par une détresse extrême, mais elle n'en avait pas moins été soigneusement préparée. Hélas, quelque chose avait mal tourné. L'entreprise, une mine de zinc et un four antédiluvien, employait deux cents ouvriers. Ils avaient presque tous été amenés de force des Asturies, la plupart avec un casier judiciaire chargé, c'est-à-dire qu'ils avaient été membres de syndicats clandestins ou suspects de communisme. Seul un petit nombre avait combattu dans la milice ouvrière, au cours de la guerre civile, les autres étant trop jeunes pour cela. Bon nombre avaient déjà été condamnés pour des délits à caractère politique et purgé de longues peines dans des camps de concentration ou dans les mines de sel de Formentera. À leur libération, on les avait affectés ici pour les rééduquer. Les installations sanitaires n'étaient pas au-dessus de tout reproche. Les travailleurs étaient logés dans deux baraques en pierre d'un seul étage dépourvues de cloison, d'eau courante, d'égout et de cheminée, hébergeant chacune une centaine d'hommes. Ceux qui avaient eu le privilège d'amener leurs femme et enfants avaient tenté d'améliorer la situation en se fabriquant des sortes de box en bois, à l'intérieur.

Les salaires étaient très bas. Pour les chargés de famille, ils couvraient à peine le besoin quotidien minimum en matière de pain et de poisson séché. Officiellement, la liberté de mouvement de ces ouvriers était limitée au district, mais la pauvreté et le manque de moyens de transport la réduisaient en fait à la mine et à son voisinage immédiat. L'approvisionnement en eau était problématique, car il n'y en avait pas qui fût potable, sur place. Celle qui était apportée par des charrettes à âne était polluée et à très forte teneur en fer, il fallait donc la faire bouillir avant de l'utiliser. La mine n'avait pas de médecin, mais un poste de gendarmerie de vingt-cinq hommes y était installé.

La révolte avait commencé modestement : trois délégués élus avaient exposé à la direction des doléances de nature à la fois économique et sanitaire. Les meneurs n'espéraient pourtant aucun succès de ces démarches. Ils savaient que la grève était illégale en Espagne, et avaient commencé depuis longtemps à introduire clandestinement des armes dans la mine. En cas de besoin, près d'un tiers des ouvriers pourrait se munir de pistolets ou carabines. Malheureusement, on manquait de munitions et l'issue de l'affaire dépendait d'un arrivage prévu pour le soir même. Au lieu-dit, à proximité de la route principale, un camion du service des transports de la mine devait recevoir un lot de caisses de munitions apportées par un contrebandier et le livrer aux grévistes. Il y avait certes un garde, dans le camion, mais on avait acheté sa complicité et l'opération semblait assurée, d'autant qu'elle était prévue en plein jour. Les phases principales en étaient les suivantes : si la délégation était éconduite, les ouvriers refuseraient de se rendre au travail, prendraient les armes et se scinderaient en divers groupes d'intervention. Après cela, on neutraliserait le poste de gendarmerie pour s'emparer de son stock de dynamite. Parmi ceux qui avaient participé à la guerre civile, il y avait des *dinamiteros* qui possédaient à la perfection le maniement des explosifs. Le comité de grève comptait sur eux et sur les détonateurs pour rendre plus persuasives leurs revendications pourtant bien anodines. La menace de faire sauter les installations était susceptible, elle, d'être prise plus au sérieux.

Mais tout avait déraillé dès le début. La direction avait aussitôt fait arrêter les délégués, qui avaient été enfermés dans le poste de gendarmerie, placé de telle façon qu'il commandait l'unique voie d'accès au dépôt d'explosifs, et les munitions n'étaient pas encore arrivées. Les meneurs n'avaient pu empêcher une manifestation spontanée en faveur de la libération des prisonniers. Un ingénieur qui tentait de s'interposer avait été victime de jets de pierres et, pour faire un exemple, le chef des gendarmes avait fait fusiller les prisonniers et jeter les cadavres sur la route. Tous trois étant mariés et pères de famille, le ressentiment avait été grand. Les armes furent alors distribuées aux ouvriers et trois employés de bureau qui n'avaient pas eu le temps de se réfugier auprès des gendarmes furent abattus.

Au début de la nuit, les ouvriers donnèrent à trois reprises l'assaut au poste de gendarmerie, dans le but d'accéder au dépôt d'explosifs, mais le manque de munitions les rendait inefficaces. C'est en vain qu'ils attendirent, heure après heure, le camion censé leur apporter des caisses de cartouches et des grenades à main, et, à l'aube, ils durent se replier vers les baraques et le four, où ils se barricadèrent, bien décidés à résister le plus longtemps possible.

Ils avaient eu de la chance, pourtant. Juste avant que les fils téléphoniques ne soient arrachés, le chef des gendarmes avait pu entrer en liaison avec un autre poste et expliquer brièvement la situation. Ce rapport fut transmis au quartier général régional de la garde civile, mais interprété de travers et orienté vers Santa Margarita.

Le caporal en charge du poste de garde à cet endroit tenta d'appeler la mine, sans obtenir la communication. Le fait étant habituel, il n'y attacha pas trop d'importance. Ce n'est que peu après minuit qu'une patrouille routière arriva au poste qui aurait dû recevoir le premier message et déclara avoir entendu un échange sporadique de coups de feu en provenance de la mine. Le chef de ce poste s'adressa de nouveau au quartier général régional, qui renvoya une nouvelle fois l'affaire à Santa Margarita. Ce n'est donc qu'à 3 heures du matin que cinq gardes civils reçurent l'ordre de monter à la mine à vélo.

Cette patrouille ne se pressa pas trop et n'arriva sur place qu'à 4 h 30, alors qu'il commençait à faire jour. Vingt minutes plus tard, le quartier général régional et la section locale de Santa Margarita furent avisés que les mineurs asturiens s'étaient révoltés. Le rapport laissait entendre que les membres de la garde avaient été tués, l'accès barricadé et des drapeaux rouges hissés sur les baraques et sur le four.

L'état d'exception fut aussitôt proclamé dans le district. De crainte que la rébellion ne se propage, on fit mettre en congé tous les ouvriers sur les lieux de travail employant plus de dix personnes. On donna aussi ordre de faire le silence total sur cette affaire et les liaisons téléphoniques et télégraphiques furent réservées aux communications ayant trait au service. Un certain nombre de personnes suspectes furent arrêtées au saut du lit.

C'est un colonel du nom de Ruiz, commandant militaire du district, qui fut chargé des opérations de rétablissement de l'ordre.

Le quartier général régional dirigea vers la mine toutes ses forces de sécurité disponibles ainsi que cent cinquante soldats d'infanterie de marine, équipés de mitrailleuses et de lance-grenades. On fit aussi appel à deux chars d'un régiment de blindés stationné à une vingtaine de kilomètres à l'intérieur des terres.

Il n'était que 5 h 45 lorsque le premier détachement des forces de sécurité parvint à la barricade de barres de fer, de pierres et de charrettes renversées qui barrait l'accès à la mine. Après un bref échange de coups de feu, le petit groupe de grévistes posté derrière la barricade se retira. En attendant des renforts et l'arrivée définitive du jour, les gardes civils entreprirent de démolir le barrage.

Au cours de la nuit, les grévistes s'étaient livrés à une nouvelle tentative désespérée en vue de parvenir jusqu'au dépôt d'explosifs, mais avaient dû y renoncer faute de munitions et une dizaine d'hommes avaient été tués ou blessés par le feu des gendarmes. Quand on eut la certitude que les munitions n'arriveraient pas, ou trop tard, les ouvriers se répartirent en trois groupes. Les enfants et la plupart des femmes furent mis à l'écart dans l'un des entrepôts et les autres s'enfermèrent dans le four et les deux baraques. Portes et fenêtres furent condamnées à l'aide de blocs de pierre. Les armes ne faisaient pas défaut mais on ne disposait que d'une centaine de cartouches.

À 6 h 30, il y avait déjà assez de forces de police et de troupes régulières sur place pour que le colonel Ruiz puisse estimer le moment venu de passer à l'attaque. Pour la forme, il somma les insurgés de reprendre le travail en leur lançant un ultimatum par mégaphone. Pour toute réponse, il reçut quelques coups de feu.

Les retranchements des insurgés furent pris d'assaut l'un après l'autre. Pendant un quart d'heure, le mur de la première des baraques fut soumis à des tirs de grenades et d'armes automatiques, qui y ouvrirent une brèche. Ayant épuisé leurs cartouches, les ouvriers retranchés là se défendirent désespérément à coups de pioches et de barres de fer, et nombre d'entre eux furent abattus.

Les cris des femmes et des enfants, et la certitude qu'ils étaient aux mains des assaillants, démoralisèrent les occupants de la seconde baraque, qui se rendirent sans opposer de résistance notable.

Le bâtiment où se trouvait le four était occupé par une quarantaine d'hommes et une vingtaine de femmes, très jeunes pour la plupart. Ce groupe était le plus décidé à se battre et aussi celui qui disposait du plus de munitions. Il était commandé par les meneurs de la grève, qui avaient hissé un drapeau rouge sur le toit.

Il fallut près de deux heures pour emporter le bâtiment, après un feu continu de grenades et armes automatiques. Pour finir, un blindé enfonça les grandes portes de fer, abattant une partie du mur par la même occasion. L'assaut fut confié à une compagnie de la garde civile, car les troupes régulières commençaient à déployer moins d'ardeur. Nombre de ces soldats étaient des Basques et des Catalans, et ils n'avaient pas toujours été très précis dans leurs tirs. Les gardes civils, eux, faisaient preuve de discernement et utilisaient surtout des grenades à main et des gaz lacrymogènes. Il ne leur fallut qu'une dizaine de minutes pour rendre la situation insupportable aux assiégés, qui capitulèrent aussitôt. Trente-trois hommes et quinze jeunes femmes sortirent, les mains derrière la nuque. Certains étaient blessés et tous sales, en sueur et épuisés. Cela faisait une douzaine d'heures qu'ils n'avaient pas eu à boire. Les femmes portaient des survêtements tachés de suie et la plupart des morceaux d'étoffe rouge autour du bras ou de la taille. La révolte était matée.

Parmi les grévistes, trente-quatre hommes et sept femmes avaient été abattus ou déchiquetés par des grenades. Six autres hommes, accusés de meurtre et d'incitation à l'émeute, furent fusillés sur-le-champ. Bon nombre d'autres encore étaient blessés, trois si grièvement qu'ils moururent en quelques heures.

Un garde civil et cinq soldats avaient aussi été tués, ces derniers au cours de l'assaut de la première baraque. Deux autres étaient blessés. En outre, un gendarme avait été tué par balle et un autre blessé au cours du siège du poste. Les troupes régulières furent chargées d'enterrer les Asturiens morts dans une fosse commune, après quoi elles purent se retirer.

Les représailles furent confiées aux gendarmes, qui avaient l'expérience de la situation locale et convoitaient les plus jeunes des Asturiennes, car certaines d'entre elles possédaient une sorte de beauté sauvage et indomptable. Sur les quatorze qui avaient pris part aux combats, une fut violée et enlevée de force, et une seule put s'échapper. Les autres furent emmenées dans la salle des machines, où les gendarmes les déshabillèrent et leur brûlèrent l'entrejambe à la lampe à souder. Leurs cris furent si déchirants et persistants qu'il fallut fermer les fenêtres du bureau où le colonel Ruiz et son état-major avaient installé leur quartier général.

Au cours de la journée, les grévistes furent transférés par petits groupes dans divers camps et établissements pénitentiaires. Ceux qui devaient rapporter les munitions attendirent en vain pendant toute la nuit et la plus grande partie de la journée. Ce n'est qu'au cours de l'après-midi qu'ils furent repérés par une patrouille et arrêtés.

Cette révolte eut d'importantes conséquences.

Dix ouvriers furent condamnés à mort pour meurtre et incitation à l'émeute. Cinq d'entre eux subirent le supplice du garrot, six mois plus tard, les cinq autres furent graciés et leur peine commuée en prison à perpétuité. Tous les autres se virent infliger des peines de privation de liberté allant de cinq à vingt-cinq ans.

Le commandant du poste de gendarmerie obtint de l'avancement et tous ses subordonnés furent décorés.

Le colonel Ruiz fut promu général.

En l'espace de trois semaines, tous les officiers du quartier général régional de la garde civile et de la section locale de Santa Margarita furent mutés et remplacés par des hommes bien notés originaires d'autres parties du pays. En dépit d'interrogatoires très poussés, il ne fut pas possible de déterminer la provenance des armes de fabrication espagnole et tchèque. Par excès de zèle, on avait en effet fusillé aussitôt après la rébellion les grévistes qui détenaient peut-être des informations à ce sujet.

Aucun détail concernant cette affaire ne fut divulgué avant longtemps, et seulement en termes très vagues.

Dans les localités avoisinantes, on n'eut pas connaissance de ces événements. Seuls l'état d'exception et l'intense activité militaire, le matin où la révolte fut écrasée, y causèrent un certain émoi.

7

Ils descendirent au port vers 16 heures et, bien que ce fût au milieu de la sieste, ils durent franchir trois barrages routiers. Les deux premiers étaient tenus par des gardes civils qui se contentèrent de leur faire signe de passer avec un sourire prouvant qu'ils les reconnaissaient, le troisième l'était par une patrouille de la police militaire. Les deux hommes étaient assis dans une jeep garée à l'ombre des caroubiers, au bord de la route. Quand ils virent que le camion portait des plaques espagnoles, ils lui coupèrent la route et lui firent signe de s'arrêter. Puis ils tournèrent autour pour l'examiner sous toutes les coutures, le visage grave. Après s'être assurés que ses passagers étaient des étrangers, ils le laissèrent passer.

– Je crois que les gens sont devenus fous aujourd'hui, dit Dan. Si je vois encore un flic, je hurle.

– Il a dû arriver un accident, fit Siglinde.

Le port semblait presque désert. Seuls deux chalutiers à gambas étaient à quai et les volets étaient fermés. On faisait son possible pour empêcher la chaleur de rentrer.

Ils allèrent s'asseoir sous l'auvent de l'un des bars et Dan frappa dans ses mains. Le patron sortit. Ils lui commandèrent des vermouths et des siphons d'eau de Seltz. Il y avait un autre client, dans ce bar, un étranger d'âge moyen en pantalon gris et chemise par-dessus, qui portait des lunettes de soleil et une casquette blanche. Il était assis à quelques tables de là et buvait du cognac. À côté de son verre était posée une caméra amateur dans un élégant étui en cuir.

Siglinde et Dan se chamaillèrent à propos de diverses choses, adressant quelques mots en allemand à Willi de temps en temps, afin qu'il ne se sente pas trop tenu à l'écart.

Au bout d'un moment, l'homme qui portait une chemise par-dessus son pantalon se leva et vint vers eux. Il s'arrêta à deux pas et leur dit :

– J'ai entendu que vous parliez une langue scandinave. Serait-il importun de vous demander si je peux prendre place à votre table un instant ? On se sent bien seul, au milieu de tous ces…

Il ne trouva hélas pas un seul Espagnol à désigner du geste, autour de lui.

– Je vous en prie, répondit Dan.

L'homme alla chercher sa caméra et son verre de cognac. Puis il leur serra la main à tous les trois, à tour de rôle, en déclinant son identité, Berg, à chaque fois, et ajoutant qu'il était suédois et venait de Malmö.

Siglinde et Dan avaient oublié de dire leur nom et Willi n'avait rien compris. Au bout d'un moment, l'homme reprit donc :

– Excusez-moi, mais je n'ai pas bien saisi…

Chacun se présenta alors et il s'ensuivit un nouveau silence, à l'issue duquel le nouveau venu se racla la gorge pour dire :

– Est-ce que je peux vous offrir quelque chose ?

Il chercha du regard un serveur potentiel. Dan, lui, tapa dans ses mains et le patron sortit aussitôt du bar.

– Voilà ce qu'il faudrait pouvoir faire chez nous, déclara Berg : applaudir le serveur pour le faire venir, je veux dire.

– Pourquoi pas, en effet ? demanda Siglinde.

Elle sentait qu'elle n'allait pas apprécier cet homme.

Le patron déboucha la bouteille qu'il avait apportée.

– Laissez-la sur la table, lui dit l'homme.

Le patron haussa les épaules et posa la bouteille, qui était encore presque pleine.

Berg leva alors son verre et dit :

– Pas besoin de cérémonies, entre Scandinaves, quand on est aussi loin du pays, n'est-ce pas ? Je m'appelle Ivar.

Ils trinquèrent.

– Vous habitez ici ? demanda-t-il au bout d'un moment.

– Là-haut, répondit Dan avec un geste en direction de la tache grisâtre dans la montagne.

– C'est un pays magnifique, la vue est splendide, dit l'homme.

Ils méditèrent un instant cette vérité, tandis qu'il remplissait à nouveau les verres.

– Vraiment magnifique, ce n'est pas le coup de fusil et les gens sont gentils et serviables.

– C'est vrai que c'est un peuple agréable, lança Dan pour dire quelque chose.

Après le troisième verre, Berg s'enhardit :

– Je suis venu ici il y a quatre ans lors d'un bref voyage d'affaires – comme cette fois-ci d'ailleurs. J'ai simplement pris quelques jours de détente avant de rentrer.

– Ah bon, lâcha Dan, qui devenait facilement impoli, sans raison particulière, quand il buvait de l'alcool.

– Les choses se sont bien améliorées depuis. C'est beaucoup plus démocratique et on ne vous embête plus autant à la frontière.

– Ce n'est pas une démocratie, répliqua Dan, c'est une dictature militaire corrompue que les fascistes affublent du nom de démocratie pour berner les étrangers naïfs. On ne devrait pas venir ici, en fait.

– Pourquoi y vivez-vous, alors ?

– Parce qu'on se fout pas mal du régime politiques du moment que la vie n'est pas chère, qu'il fait chaud et qu'on vous laisse en paix. On vit bien, ici, surtout les étrangers, mais les Espagnols aussi, souvent. La plupart des gens font exactement les mêmes choses, qu'ils vivent dans une démocratie idéale ou une tyrannie. La différence est très mince, au quotidien. Les gens travaillent, mangent, baisent, vont se coucher fatigués le soir et se lèvent encore plus fatigués le matin. Le samedi ils vont se saouler ou restent à la maison écouter la radio, ou encore sortent faire une promenade. On ne s'occupe pas de politique et c'est pour ça qu'on peut vivre ici. Mais ça n'empêche qu'on sait très bien ce qui ne va pas.

Siglinde regarda son mari, l'air amusé. Elle aimait sa façon de dire « on ». Elle l'aimait et pensait à la veille au soir.

– Et ça ne va pas du tout, donc, selon vous, ici ?

– Absolument pas.

L'homme remplit à nouveau les verres, bien qu'il n'y eût que Dan et lui qui aient bu. Puis il reprit :

– Vous vous trompez. Franco a fait beaucoup pour ce pays. Avant lui, c'était le chaos le plus complet, l'économie marchait encore plus mal et les gens s'entretuaient dans les rues. Il a tranché le nœud gordien, et libéré le pays et les gens de leurs problèmes les plus graves. Il a rétabli l'ordre. Est-ce que je n'ai pas raison ?

– Si, à supposer que la bonne façon de résoudre les problèmes de quelqu'un soit de le tuer.

– À votre santé, dit l'homme.

– À la vôtre, répondit Dan.

La bouteille était maintenant vide.

Santiago approcha alors de la table, encore mal réveillé de sa sieste.

Siglinde saisit l'occasion au vol.

– Voilà le type qu'on attendait, dit-elle.

Ils se levèrent et prirent congé de l'homme de Malmö.

– Merde alors, dit ensuite Dan à sa femme, j'ai failli me mettre en boule. Pas mal de gens raisonnent comme lui.

Il donna une tape dans le dos de Santiago.

– On monte chez Jacinto vider une bouteille de champagne, suggéra-t-il.

Willi suivait les autres à quelques pas, dans la montée vers l'église. Bien qu'il eût nettement moins bu que Dan, il se sentait d'une légèreté anormale et avait la tête qui tournait un peu. Par cette chaleur, le cognac faisait un effet redoutable. Ayant horreur d'être ivre, il se dit qu'il devait faire preuve de prudence, dans les heures à venir. Pourtant, il était d'humeur agréable et fondait des espoirs sur la soirée. Il commençait à sentir qu'il avait pas mal de choses en commun avec Dan et Siglinde. Il n'aurait certes pu expliquer quoi, mais cela conférait un peu de substance à ses journées. Il se surprenait souvent à être curieux de savoir ce qui se passerait ensuite.

Dan marchait au centre, le bras passé autour des épaules des deux autres. Santiago portait sa chemise de coton délavée et un pantalon de toile dont les jambes étaient remontées jusqu'à mi-mollet. Il se tenait droit et gardait les mains dans les poches. Siglinde, elle, était collée à Dan et passait le bras autour de sa taille.

Au sommet de la côte, elle le lâcha et se tourna vers Willi en lui tendant la main pour lui dire :

– Viens, ne reste pas seul !

Elle éclata de rire et une lueur passa dans ses yeux gris-brun, qui paraissaient clairs bien qu'ils fussent d'une teinte assez trouble.

Le bar était désert et plongé dans l'obscurité. Le long du mur du fond se trouvait un comptoir sur lequel était posé un vieux percolateur fonctionnant à la tourbe. Les étagères, derrière, étaient chargées de bouteilles ainsi que d'un poste de radio. Au milieu de la pièce se dressait un grand poêle dont le tuyau courbe se raccordait à un trou dans le conduit de fumée et, dans un coin, s'ouvrait un puits muni d'une simple roue pour actionner le seau. Le plafond était noir de suie et de graisse, mais les murs étaient couverts d'affiches de films et de corridas très hautes en couleur. L'abuela était assise dans un vieux fauteuil en rotin, en train de tricoter, tandis que le chat dormait dans son giron et, derrière le comptoir,

Jacinto sommeillait sur sa chaise de cuisine, un journal sportif étalé sur les genoux. C'était un ancien garde civil de Santa Margarita qui avait repris sa liberté après avoir acquis ce bar par mariage. Il le tenait avec soin, sans sacrifier aux apparences ni au modernisme, et gagnait bien sa vie, surtout grâce aux résidents étrangers, auxquels il faisait crédit de façon relativement généreuse. S'il lui arrivait de se faire escroquer, il compensait largement cette perte par les factures qu'il présentait avec talent après certaines fêtes particulièrement arrosées. Il avait besoin d'argent, car il devait faire vivre tant ses propres parents que ceux de sa femme, qui ne risquait pas d'oublier qu'en fait, le local lui appartenait.

En voyant entrer le petit groupe, il se leva de sa chaise, l'air à peine réveillé, et se mit à essuyer machinalement le comptoir avec un chiffon sale.

– Champagne, commanda Dan, et viens t'asseoir avec ton verre.

Jacinto monta sur la chaise, prit deux bouteilles du champagne le moins cher, alignées au-dessus des étagères, et alla s'asseoir à la table des nouveaux venus.

– Cinq verres, dit-il à l'abuela, au passage.

La vieille lâcha son tricot et chassa le chat.

Jacinto ouvrit les bouteilles en faisant artistiquement claquer le bouchon. Puis ils levèrent leurs verres et burent.

Il était 18 heures lorsque la beuverie commença, au bar de Jacinto. Elle devait durer environ neuf heures.

On but, bavarda et fit du tapage. Peu à peu, d'autres vinrent se joindre à cette joyeuse compagnie. Certains ne restèrent qu'un moment, avant de disparaître. L'un d'eux avait une guitare dont il se mit à jouer. Le guitariste fut de ceux qui tinrent le coup jusqu'à la fin, ainsi qu'un jeune Anglais et sa femme rousse. De temps en temps, deux gardes civils en patrouille entraient et appuyaient leur carabine contre le comptoir. Ils se laissaient offrir un cognac, souriaient de toutes leurs dents et ressortaient dans la nuit. On parlait de tout, un peu dans toutes les langues. À intervalles réguliers, Jacinto passait derrière le comptoir pour tenir les comptes. Le petit peintre finlandais qui s'était distingué lors de la bagarre, quelques mois plus tôt, vint vider quelques verres de réconciliation, mais il but un peu trop, ne tarda pas à être ivre et sortit d'un pas chancelant.

Vers 22 heures, Santiago tenta de persuader Siglinde de venir se baigner avec lui. Elle secoua la tête en tapotant gentiment sur son bras.

Assis entre eux, Willi fut sans doute le seul à remarquer la chose. Dan, lui, était embarqué dans une conversation interminable avec l'Anglais au sujet des femmes, et ne s'aperçut de rien.

On continua à boire et chacun avait l'air très content.

Peu avant minuit, Santiago se leva et dit à Siglinde, au passage :

– Les bateaux vont rentrer. Tu viens avec moi voir Ramón ?

– On y va ? demanda-t-elle à Willi.

Dan était toujours en grande discussion avec l'Anglais.

Willi décida de les accompagner.

Une fois sortis de ce bar enfumé et bruyant, ils eurent l'impression que la nuit s'abattait sur eux, avec son noir d'une pureté et d'une douceur indescriptibles. Il faisait nettement plus frais et le ciel étoilé dressait sa puissante voûte entre les montagnes. Un peu plus bas, l'écho du bar s'atténua et laissa la place au léger teuf-teuf des moteurs à boule chaude des bateaux de pêche, à l'entrée du port.

Sur le quai, toutes les lumières étaient éteintes, à part quelques réverbères à la lueur mélancolique. Ils s'assirent sur le bord, pour attendre. La surface de l'eau était lisse et noire. Au loin, on voyait les lanternes du premier chalutier.

Siglinde, assise au milieu, ôta ses chaussures et s'étendit de tout son long sur le béton encore chaud. Elle leva une jambe et posa le talon sur le sol, tandis que l'autre pendait dans le vide.

– Mon Dieu, comme c'est bon de vivre, dit-elle. N'est-ce pas ? ajouta-t-elle, voyant que nul ne répondait.

– Si, finit par lâcher Willi.

Santiago, lui, ne souffla mot. Il fumait et observait les jambes de Siglinde d'un œil distrait.

Willi était légèrement ivre, mais il s'étonna de ne pas trouver cela désagréable du tout.

Le premier bateau doubla la jetée, laissant derrière lui le reflet de ses lanternes, sous la forme d'un long sillage tremblant à la surface de l'eau.

– Les voilà, dit Santiago.

On était allé pêcher la sardine et le chalutier remorquait deux barques surmontées de grosses lampes. À une cinquantaine de mètres du quai, quelqu'un alluma une lampe à pétrole et l'accrocha au mât du chalutier. Une lumière blanche et glaciale tomba sur le tas de poissons argentés qui recouvrait le pont.

– Bonne pêche, cette nuit, commenta Santiago.

Quelques minutes plus tard, la proue du chalutier vint heurter le revêtement du quai. Santiago attrapa l'amarre au vol et la fixa à la bitte. Le bateau semblait plein à ras bord de sardines nickelées. Ramón bondit lestement sur la lisse et y resta accroupi. Il était pieds nus et portait un vieux pull de laine noir et un pantalon de toile déchiré. Sa tignasse était ébouriffée et son visage ainsi que son pull, couverts de petites écailles étincelantes. Il éclata de rire, sauta sur le quai, vint prendre son frère dans ses bras et serrer vigoureusement la main de Siglinde et de Willi.

– Voilà père, il vaut mieux que j'aille chercher la charrette, dit-il.

Pedro Alemany enjamba le pavois. C'était un homme de petite taille, mais large d'épaules, à la bouche mince et aux yeux froids. Il portait un béret basque, une chemise et un pantalon noirs. Il vint se planter devant Santiago et dit :

– Pourquoi n'as-tu pas livré le poisson en ville, hier ?

– J'avais l'intention de le faire ce matin.

– Tu dois le faire quand je te le dis et pas à un autre moment.

– La camionnette n'a pas voulu démarrer, hier soir.

– Tu mens, comme d'habitude, lança Pedro Alemany d'une voix glaciale. Emporte ce lot-là, maintenant.

Il désigna de la main le tas de sardines, sur le pont. Puis il lança un regard méprisant à Siglinde, tourna les talons et monta vers le village.

Santiago se mordit la lèvre mais ne dit rien et évita de regarder les autres.

Ramón revint alors avec une charrette à bras pleine de caisses vides. Santiago donna des instructions aux trois hommes d'équipage encore à bord, puis ils remontèrent chez Jacinto. Ramón ne cessait de jacasser en catalan en tenant son frère par le bras. Santiago lui coupa la parole.

– Comment va ta tête ?

– Très bien, répondit Ramón.

– Pauvre Santiago, murmura Siglinde à Willi. Sa fierté en a pris un coup.

Dans le bar, la fumée était si épaisse que la petite lampe électrique faisait l'effet d'un soleil hivernal luisant à travers la brume. Ils reprirent place à table et rien ne laissa penser que quelqu'un s'était avisé de leur absence.

Jacinto, qui commençait à ne plus tenir debout lui-même, écarta la jalousie et ferma la porte pour indiquer que désormais, la fête était terminée. L'*abuela* était déjà partie se coucher.

Pourtant, la beuverie continua. Le champagne étant terminé, on passa au vin blanc. Manifestement fatigué et soucieux de retrouver la forme, Ramón buvait sans modération. Après un verre supplémentaire, Willi avait vraiment la tête qui tournait. Il faut que j'arrête de boire, pensa-t-il.

Au bout d'un moment, les filles commencèrent à s'amuser. L'Anglaise se mit à danser, d'abord avec le joueur de guitare, puis toute seule. Siglinde s'obstinant à vouloir danser elle aussi, le sort finit par tomber sur Santiago. Ils évoluèrent avec grâce et bien en rythme. Dan, Jacinto et l'Anglais, eux, discutaient fiévreusement.

L'ambiance était de plus en plus débridée. Chacun était ivre, maintenant, et semblait éprouver le besoin de bouger, d'une façon ou d'une autre. Siglinde et l'Anglaise rousse avaient du mal à tenir en place et allèrent effectuer un cancan, toutes deux, sur le comptoir. Le guitariste jouait comme un possédé.

Soudain, au prix d'un gros effort de volonté, Willi retrouva sa lucidité et considéra ceux qui étaient autour de lui d'un œil sobre et parfaitement objectif.

Le guitariste en sueur, à la chemise ouverte, qui jouait comme un fou et marquait le rythme avec les pieds.

L'Anglais, dont le visage était en train de se figer tandis que sa voix se faisait de plus en plus lente et confuse.

Dan, qui venait de renverser un verre mais parlait toujours avec autant d'emportement.

Jacinto, qui avait eu une longue journée de travail et bu bien plus que de coutume, avait l'air fatigué et pourtant fort satisfait.

Les filles, qui riaient et poussaient des cris, en tentant de garder le rythme sur le comptoir. L'Anglaise était en transe, sous l'effet de la musique et du champagne, et ses cheveux roux en désordre lui collaient au front. Elles n'étaient plus sobres, mais leur comportement n'avait rien de vulgaire. Elles étaient gaies, simplement.

Santiago, droit sur sa chaise, qui observait le comptoir avec de grands yeux.

Ramón, penché en avant, la bouche ouverte, qui regardait les filles avec tant de concupiscence naïve que c'en était émouvant.

Bien que ce fût l'Anglaise qui eût les plus belles jambes et parût la plus accessible, Willi eut l'impression que les deux frères regardaient surtout Siglinde. Mais il pouvait se tromper, bien entendu.

Soudain, le spectacle s'interrompit. Fatiguée, Siglinde, sauta à bas du comptoir. Elle fit le tour de la table et regagna sa place en s'épongeant le front. Peu après, l'Anglais se mit debout avec peine, fit descendre sa femme de force et l'entraîna au-dehors.

– Où est mon ami Santiago ? demanda soudain Dan, comme s'il était de retour d'un long voyage.

Puis il se leva pour aller trinquer avec lui.

– Vous vous connaissez depuis longtemps, maintenant, dit Jacinto en bâillant.

– Santiago, déclara Dan avec emphase, est l'un des meilleurs amis que j'aie jamais eus. On a partagé pas mal d'expériences. Et il n'y a rien que je n'oserais lui confier. À la tienne.

Ils levèrent leur verre, l'un en face de l'autre, en une sorte de parodie de prestation de serment de fidélité.

– Vive l'amitié, s'exclama Ramón.

Dan fit un pas en avant et étreignit Santiago, qui resta immobile, les bras le long du corps.

L'espace d'une seconde, peut-être, Willi croisa son regard, par-dessus l'épaule de Dan. Il avait l'air tourmenté et mal à l'aise. L'instant d'après, il s'était libéré doucement mais fermement de cette étreinte.

– Mercredi, c'est la fin de la pêche au calamar, dit-il pour changer de sujet. On ira en mer, ce jour-là.

– Ah ça oui, bon sang, déclara Dan.

Vingt minutes plus tard, tout le monde partit. Dan était passablement ivre et dut s'appuyer sur Siglinde pour descendre la côte.

– Toi et tes amis, dit-elle en lui serrant un peu plus le bras. Tu es plus espagnol que les Espagnols eux-mêmes.

Dès que Dan fut dans le camion, il s'endormit. Siglinde, pour sa part, chancela au moment de se hisser à bord et Willi dut l'aider à monter.

– Quelle nuit, dit-elle. Est-ce que je me suis mal conduite, Willi ?

– Pas du tout.

– Ça m'arrive de temps en temps, fit-elle en bâillant.

C'est Willi qui prit le volant pour rentrer. Il sentait qu'il était ivre et dut secouer la tête à plusieurs reprises pour distinguer clairement la chaussée à la lueur des phares. Il ne vit pas le moindre garde civil mais il était assez familier du pays pour savoir qu'ils étaient là.

8

Lorsque Siglinde Pedersen se réveilla, la lumière du jour pénétrait à flots par les fenêtres ouvertes. Bien qu'il fît déjà très chaud, le soleil semblait pâle et voilé.

Elle était couchée derrière le dos de son mari, sur le côté, la main sous la joue et l'autre entre les cuisses, juste au-dessus des genoux. C'était sa position favorite pour dormir. Elle était pourtant réveillée et avait les yeux ouverts, et elle écouta un moment la respiration régulière de Dan et les petits bruits en provenance du dehors. Les poules grattaient la terre sèche entre les pavés, une motocyclette pétaradait dans les virages et on entendait braire un âne au loin. Elle était encore paisible, confiante et heureuse de s'éveiller à une nouvelle journée.

Elle se mit sur le dos et étira son corps nu et chaud. Elle tâta délicatement ses hanches, sa taille et ses seins, puis enfonça la tête dans l'oreille pour bâiller longuement et très fort. Puis elle se mit sur le coude et se pencha pardessus son mari pour prendre la montre-bracelet posée sur le tabouret, près du lit.

Il était 7 heures du matin, en ce 15 décembre.

Elle se libéra du drap et enjamba prudemment le corps de Dan qui dormait si régulièrement et paisiblement qu'elle prit le risque de lui donner un léger baiser sur l'oreille et d'osciller du buste une ou deux fois au-dessus de lui, de sorte que ses seins nus lui effleurèrent l'épaule. Elle peinait à s'en détacher, mais voulait se lever la première, ayant besoin de plus de temps que lui pour s'habiller.

Elle en vint à penser à quelque chose et s'immobilisa un instant à côté du lit en tâtant pensivement ses seins pour sentir s'ils étaient douloureux. Constatant qu'il n'en était rien, elle fouilla dans son panier éclairé par le soleil. Elle trouva son agenda de poche et le feuilleta en mouillant le pouce. Elle observa un moment les différentes dates en faisant la moue et comptant mentalement. Sauf erreur, ses règles devaient intervenir le 16, mais elle n'en percevait encore aucun signe. Ce n'était pas forcément inquiétant, mais il était clair que tout n'était pas normal.

Elle regarda son mari avec un sourire.

Puis elle décrocha son peignoir du montant du lit et se drapa dedans pour approcher de la fenêtre. Un voile de brume grisâtre masquait le ciel et le soleil ne possédait pas son éclat habituel. La ville s'étendait au-dessous d'elle, plate et inanimée, avec ses toits d'un brun jaunâtre, et la vue en direction de l'est était tellement bouchée qu'elle ne voyait pas la mer.

Elle descendit l'escalier pieds nus, sans faire de bruit, et se glissa hors de la maison. Willi était couché sur le dos et dormait bouche ouverte, les mains derrière la nuque.

Quand elle revint des toilettes, il s'était mis sur le côté mais semblait toujours endormi.

Elle passa dans la cuisine et ferma la porte pour se laver le corps à l'eau froide. Pendant ce temps, le reste de la maison s'éveilla. La chienne courut se frotter contre ses jambes et elle entendit Dan et Willi s'appeler.

Quand elle sortit de la pièce, Willi était recroquevillé sur le matelas, en train de fumer. Il eut un petit sourire amusé, en la voyant, car elle avait enfilé le peignoir de Dan et offrait un spectacle assez drôle.

– C'est aujourd'hui qu'on va pêcher, dit-elle. À moins que tu n'aies changé d'avis ?

– Non, mais je ne vous accompagnerai que jusqu'au port. J'ai l'intention de me balader un peu et de croquer quelques paysages, pendant que vous serez en mer.

– Tu as peut-être raison. Je ne crois pas que la journée sera excellente.

À l'étage, Dan était toujours couché. Il suivit Siglinde du regard, quand elle ôta son peignoir et se mit à bouger dans la chambre.

– Pourquoi me regardes-tu comme ça ? Tu ne m'as encore jamais vue ?

– On doit se sentir ridicule, avec autant de poils que ça entre les jambes. Et ils sont tout noirs, en plus !

– Je connais quelque chose qui est dix fois plus ridicule.

Siglinde enfila sa culotte et son soutien-gorge, et resta un moment immobile à se demander quoi mettre dessus.

– Couvre-toi bien, dit Dan, il doit faire frisquet au large.

– Il a l'air de faire chaud, mais le temps est bizarre.

Elle réfléchit un moment encore puis sortit son short et un corsage blanc propre qui devait faire très bel effet, sur sa peau bronzée. Une fois qu'elle eut fini de s'habiller et de lacer ses espadrilles, elle fut contrariée de ne pas avoir de miroir dans lequel juger du résultat.

– Je prends mon jean et mon polo, pour me changer éventuellement. Tu crois que ça ira ? demanda-t-elle.

– Sûrement, lâcha Dan négligemment.

Elle mit son chapeau de paille à ruban vert et alla chercher un sac dans la cuisine. Avant de descendre à la *tienda*, elle demanda un nouveau billet de cent pesetas à Willi et porta ce montant sur le mur, à côté de la porte de la cuisine, à l'endroit où elle tenait le compte précis des dépenses quotidiennes communes.

La *tienda* était sombre, fraîche et très sale. Le long de l'un des murs étaient posés des sacs de haricots, de sucre et de grains de poivre séchés, le long de l'autre des tonneaux en perce et des mesures en métal galvanisé. Au plafond étaient accrochés des saucisses, des pots à eau, des gigots et des harnais. La propriétaire chassa un chien qui, perché sur ses pattes arrière, était en train de manger gloutonnement du sucre dans un des sacs. Puis elle tira dix petits pains oblongs d'un sac en papier gris-brun.

– Vous partez en promenade ?

– On va pêcher en mer.

– Ce n'est pas une bonne journée pour sortir, dit la femme d'un air sombre. Il vaut mieux rester chez soi.

Outre les dix pains, Siglinde acheta deux litres du vin le moins cher, un morceau de fromage et des tranches de saucisse fumée. Il lui suffisait de prendre de quoi emporter en mer. Le soir, ils auraient du poisson et, l'huile d'olive pour la friture, elle en avait à la maison.

En remontant la côte vers le Barrio Son Jofre, elle regarda à plusieurs reprises le ciel en plissant les yeux. Elle était vaguement inquiète, sans raison plausible.

Dan et Willi étaient levés et avaient eu le temps de s'habiller et de balayer la maison. Siglinde alla s'asseoir sur l'escalier pour couper des tranches de pain et glisser de la saucisse et du fromage entre elles. Puis elle fourra le tout dans le sac à provisions, et mit son jean et son polo par-dessus.

Willi avait préparé son carnet à dessin, son étui à pinceaux et sa boîte de couleurs et attaché le tout à l'aide d'une courroie, pour pouvoir jeter le ballot sur son épaule.

Au moment de partir, Siglinde s'aperçut qu'il n'y avait presque plus de pétrole. Elle posa le bidon devant la porte et dit :

– N'oubliez pas de me le rappeler, au cas où je n'y penserais pas.

Willi ferma la porte et glissa la clé dans la fente du mur.

En prenant place sur le camion, Siglinde s'avisa que la chienne était restée dehors et fouinait autour de la maison.

– On emmène Perrita ? demanda-t-elle.

– En mer ? pouffa Dan,

– Elle peut rester avec Willi pendant qu'il ira dessiner, comme ça il ne sera pas seul.

Willi eut un petit sourire. Il lui arrivait rarement de se sentir seul, désormais. Il descendit d'un bond et hissa l'animal à bord du camion. Puis il remonta s'asseoir derrière Siglinde.

Ils quittèrent la maison du Barrio Son Jofre et se laissèrent descendre à vitesse régulière et contrôlée. Siglinde rejeta son chapeau en arrière et leva les yeux vers le ciel et la couche de brume aux reflets blancs. La lumière faisait mal aux yeux et était difficile à supporter, et les lambeaux de nuages lui faisaient peur, en dépit du fait qu'ils paraissaient bien peu menaçants. Elle crut soudain voir le ciel s'ouvrir et déverser, sans le moindre signe avant-coureur, une catastrophe dévastatrice. Elle baissa alors les yeux vers la chaussée et vit un petit lézard vert se réfugier sous une pierre, effrayé, lorsque l'ombre du camion s'abattit sur lui.

Elle se dit : Pourquoi avoir peur, précisément aujourd'hui ? Et personne ne le voit sur moi, à part Dan et encore. Il sait que je me fais souvent des idées et que j'imagine tout un tas de choses stupides et puis, d'ailleurs, je n'ai pas plus peur aujourd'hui que des centaines de fois auparavant où il ne s'est rien passé.

Elle passa la main autour du dos de Dan pour tenter de puiser en lui un certain sentiment de sécurité et se dit à voix basse :

– En fait, c'est une grande tragédie personnelle que d'être aussi stupide que je le suis.

À peu près au même endroit que la dernière fois, ils tombèrent sur le troupeau de moutons. Mais ce fut dans une ligne droite et Dan le vit assez tôt pour freiner à temps.

Ils restèrent assis à observer le vieux berger courir en tous sens pour tenter d'écarter les bêtes de la route. Ses haillons volaient autour de son corps comme les habits d'un acteur de farces du temps jadis, où on se lançait des tartes à la crème à la figure, et il n'osa pas jeter un seul regard en direction des occupants du camion.

– Les enfants d'Israël fuyant l'Égypte, version Mack Sennett, commenta Dan en crachant dans la poussière.

Le chien finit par ranger les moutons le long de la berme et le vieillard laissa passer le camion, tête basse, le chapeau à la main et tremblant de tous ses membres.

Siglinde était navrée. Elle aurait aimé descendre, aller lui donner une petite tape amicale et lui glisser un billet ou n'importe quoi dans la main.

Quand ils arrivèrent sur le quai, Santiago et Ramón étaient déjà à bord du canot. Ils avaient sorti les lignes et appâts et étaient en train de remplir le réservoir d'essence. Tous deux étaient pieds nus, en pantalon de toile et pull noir. Ramón leva la tête en riant de toutes ses dents. Il n'était pas rasé et ses cheveux bruns formaient une sorte de halo autour de sa tête. Santiago ne dit rien mais jeta un regard à sa montre avant de lever la main pour les saluer.

Dan sauta à bord et Siglinde lui passa les paniers contenant les vêtements, le vin et la nourriture. Santiago et lui allèrent les ranger à la proue, puis Siglinde sauta à son tour, avant que quiconque ait eu l'idée de venir l'aider.

Santiago largua l'amarre, à l'arrière, et retint le bateau en se tenant à l'arceau, pour permettre à Willi de monter.

– Il ne vient pas, dit Dan.

Willi avait compris et il secoua la tête.

Santiago lui lança un regard difficile à interpréter.

– Ah bon, dit-il en lâchant tout.

Ramón tourna le volant d'inertie et le moteur se mit à tousser.

– Qu'est-ce que tu penses du temps ? s'enquit Siglinde.

– Aucun danger, répondit Santiago sans la regarder.

Le moteur se mit en marche et Dan saisit la barre.

Willi était toujours sur le quai, son matériel sur l'épaule, au bout de la courroie. Il leva l'index droit en guise d'au revoir et les occupants du bateau lui répondirent d'un geste de la main.

Le canot décrivit un arc de cercle en direction de la sortie du port, laissant un grand sillage d'écume derrière lui. Siglinde était à genoux sur le banc arrière et regardait les maisons du port rapetisser et se fondre en une masse confuse, dans cette étrange lumière. La brume solaire semblait gagner du terrain et descendre sur la vallée. Plus loin à l'intérieur, les premiers nuages franchissaient déjà majestueusement les cols de la chaîne de montagnes. Il faisait encore une chaleur lourde et elle espérait qu'en mer il y aurait au moins un peu de vent.

Le moteur ronflait d'une façon régulière qui inspirait confiance et l'annexe, en remorque, ne cessait de monter et descendre sur les tourbillons du sillage. Elle servait en fait à la pêche au calamar et il était inutile de la traîner, mais il leur était déjà arrivé de s'amuser à bord, près des îlots. Ils doublèrent le phare et passèrent au large de l'endroit où ils s'étaient baignés, cette nuit-là, quelques semaines plus tôt. Siglinde se rappela le brasillement et les ténèbres de la nuit, ainsi que le moment où elle s'était retrouvée nue et ruisselante, totalement impuissante, dans le cône de lumière. Elle frissonna sans savoir pourquoi.

Dan actionna la barre et le bateau mit le cap sur la sortie de la baie. De chaque côté se dressaient des pentes escarpées parsemées de pins et de buissons d'épineux.

Recroquevillé à l'avant, Ramón braquait les yeux vers le soleil. Elle voyait ses mollets musclés et poilus, et la plante de ses pieds, qui avait l'aspect du cuir et était grise de poussière. Sous le talon droit, il avait une grosse tache d'huile brun foncé. De temps en temps, il se retournait pour plaisanter avec les autres et elle voyait sa langue vibrer entre ses dents blanches.

Santiago était assis sur le plancher, jambes croisées, occupé à découper, soigneusement et systématiquement, des petits carrés de chair de calamar blanche et presque transparente. Chaque ligne était munie de huit hameçons et il fallait du temps pour les amorcer tous. Il ne quittait pas son travail des yeux. Le couteau qu'il tenait à la main était long et affûté, et sa lame brillait au soleil.

Après avoir doublé la pointe, ils rencontrèrent la houle, qui venait de l'est en longs rouleaux, doux et réguliers, et chaque fois que la proue se dressait pour affronter une nouvelle vague, une pluie de gouttelettes étincelantes et salées s'abattait sur le bateau. Bien qu'il fît encore chaud, Siglinde sentit qu'elle commençait à avoir la chair de poule sur les avant-bras et les cuisses. Elle avait envie de s'allonger sur le fond du bateau mais, pour une raison ou pour une autre, elle désirait rester aussi près de ses hommes que possible et ne bougeait donc pas. Quand elle se retourna pour regarder en direction de la terre, elle aperçut un garde civil, en haut de la dernière falaise. Il avait mis sa carabine en bandoulière et s'appuyait sur sa bicyclette. Elle l'observa longuement, jusqu'à ce qu'il ne fût plus qu'une petite silhouette sombre et elle se demanda s'il avait vraiment pu arriver jusque-là sur son vélo.

Au large, la houle s'accentua encore, sans pour autant se faire désagréable ni menaçante. La mer venait vers eux en longues et douces ondulations et on pouvait maintenant distinguer les îlots sous la forme de petites silhouettes se profilant sur les vibrations de l'horizon. Il faudrait encore une heure de navigation pour les atteindre.

Santiago était toujours assis en tailleur, sur le fond du canot, occupé à appâter sans lever les yeux. Il se mit à fredonner à voix basse, sans rien dire.

Ramón avait quitté sa place à l'avant et était accroupi près du moteur, à régler l'arrivée des gaz. Il tourna la tête vers Siglinde et scruta ses genoux et ses cuisses.

Elle se sentit nue sous son regard et regretta de ne pas avoir mis son pantalon et son pull. Elle envisagea un instant de se changer mais se dit que ce serait ridicule. En outre, son jean était si étroit qu'elle pouvait difficilement le glisser par-dessus son short. Et, quant à se déshabiller puis rhabiller à la vue de tous sur ce canot où il n'y avait nulle part où se mettre à l'abri, elle ne voulait pas y songer.

Au bout d'un petit moment, Ramón leva les yeux et la regarda en face avec un sourire. Il cria quelque chose à Dan, qui lui répondit aussi fort, mais elle ne comprit pas ce qu'ils se disaient.

Une bande de marsouins défila de chaque côté du bateau en jouant paresseusement dans l'eau vert-bleu et l'un d'eux passa si près d'elle qu'elle aurait pu lui caresser le dos, d'un gris de plomb luisant. Elle regarda de nouveau en direction des îlots, qui s'étaient rapprochés et lui semblaient plus menaçants, avec leurs aspérités noires et ruisselantes. Elle les avait déjà vus à plusieurs reprises, mais jamais sous cet aspect.

Elle se pencha par-dessus la lisse et laissa ses doigts traîner dans cette eau tiède et écumante.

Il faut que tu te reprennes, ma petite, se dit-elle. Ça ne va pas du tout.

Et, peu après : on va pêcher pendant deux heures et, dans trois ou quatre heures au plus, je serai de retour à la maison. Chaque minute qui passe m'en rapproche un peu.

Puis : Si tu regardes autour de toi, tu verras que tout est absolument comme d'ordinaire, qu'il fait beau et que tu es sur ce bon vieux bateau, avec ce bon vieux Dan… et ce bon vieux Santiago… et ce bon vieux Ramón.

Elle s'était redressée rapidement. L'îlot le plus proche était maintenant tout près et se présentait sous la forme d'un bouchon de pierre noir se dressant hors de la mer, entouré d'une frange d'écume. Ramón était retourné s'asseoir à l'avant. Il chantait en regardant le soleil, les yeux mi-clos.

Santiago en avait terminé avec les lignes. Il avait tourné la tête et regardait ses jambes en s'humectant les lèvres avec la langue.

Ils passèrent à quelques mètres au large du premier îlot et s'enfoncèrent dans l'archipel. La houle était à peine sensible, maintenant, et Ramón régla les gaz de façon que le moteur tourne plus lentement. La fumée gris-bleu s'envolait vers l'arrière en légers nuages qui se dissipaient au-dessus de la mer. Les îlots étaient de nature volcanique et fortement érodés. Nombre d'entre eux étaient tout petits et affleuraient à peine la surface de l'eau, d'autres étaient hauts et larges et abrupts. Quand on était au milieu, ils vous faisaient penser à une cité du désert en ruine depuis longtemps. Çà et là s'étendaient des lagunes et de petites baies bien protégées, avec des plages de galets fins et de coquillages réduits en poudre.

– On va à l'endroit habituel, dit Dan.

Santiago hocha la tête, après avoir regardé autour de lui.

– Le vent va se lever dans l'après-midi, il ne faut pas rester très longtemps, répondit-il.

Pas très longtemps. Siglinde fut soulagée d'entendre cela, mais prit vite peur à nouveau. Peut-être à cause de la tempête à venir.

Elle avait du mal à rester immobile et ne cessait de frotter ses doigts l'un contre l'autre. À un moment, elle s'aperçut que Santiago observait ses mains. Elle écarta les doigts et pressa les paumes contre le banc. Elle put ainsi sentir le contact du bois desséché par le soleil, mais cela ne lui procura aucun sentiment de sécurité.

Dan était venu là de nombreuses fois et connaissait l'archipel aussi bien que les frères Alemany. Il manœuvra habilement à travers les chenaux, sachant pertinemment où il allait, et mit le cap sur le plus gros des îlots, grand rocher allongé qui était parmi les plus éloignés, face à la mer. Quelques minutes plus tard, ils doublèrent sa pointe nord et vinrent se ranger contre la paroi rocheuse. Ramón coupa les gaz et Dan immobilisa la barre. Quand le bruit du moteur eut cessé, Siglinde entendit les oiseaux crier et la houle se briser sur le haut-fond, un peu au large.

Le canot avait cessé d'avancer et oscillait lentement avec de l'eau presque jusqu'au plat-bord, à cinq mètres seulement du rocher. Les autres saisirent les lignes, mais Siglinde ne bougea pas.

L'îlot était long d'environ deux cent cinquante mètres et haut d'une quarantaine. Du côté du large, il se dressait presque à pic et n'offrait aucune prise. À son sommet s'élevait un phare de pierre en ruine qui avait été édifié à grand-peine très longtemps auparavant. Puis on s'était aperçu qu'il ne servait à rien par mauvais temps, car les nuages le recouvraient entièrement, et divers gardiens étaient lentement devenus fous à cet endroit. L'édifice de pierre avait alors été remplacé par deux phares en métal automatiques, un à chaque extrémité. Désormais, l'îlot ne recevait plus la visite que de pêcheurs et de vedettes de police pourchassant les ennemis de l'État.

En levant les yeux, Siglinde vit que la paroi penchait du mauvais côté et que la crête du rocher se trouvait presque à l'aplomb de sa tête. Tout en haut, de gros oiseaux de mer blancs basculaient par-dessus le bord de la falaise comme s'ils avaient été propulsés par une catapulte. Ils décrivaient de grands cercles, avant de disparaître à nouveau, sans cesser de crier, à l'endroit où le rocher limitait son champ visuel. Plus haut encore, le ciel était voilé par une brume argentée.

Dan lui tapa sur l'épaule, comme pour la réveiller, et lui tendit un bas de ligne lesté de plombs et de huit hameçons appâtés. Elle le prit machinalement dans sa main gauche. Puis Dan souleva le cadre de bois sur lequel était posée la ligne et le lui donna.

– Ce que tu peux être empotée, lui dit-il. Ça ne va pas ?

Siglinde se força à sourire pour lui répondre :

– Si, chéri, je vais très bien.

Il s'éloigna vers l'avant, faisant osciller légèrement le canot sous ses pas.

Siglinde resta assise, immobile, à regarder les autres. Ramón et Santiago s'étaient placés à peu près au centre du bateau, de chaque côté, et avaient déjà plongé leurs lignes dans l'eau. Ramón était accroupi, le coude appuyé sur le plat-bord et la ligne passée autour de son gros index recourbé. Il la dévisageait de ses grands yeux luisants, la bouche ouverte, et elle voyait la pointe de sa langue bouger entre ses lèvres rouges. Santiago, lui, était à moitié couché contre le bordé et semblait fixer du regard la paroi rocheuse. Siglinde se secoua et laissa le bas de ligne tomber dans l'eau avec un léger plouf.

Elle entreprit ensuite de relever la ligne, mais Santiago tourna la tête vers elle et la regarda pour la première fois depuis qu'ils avaient quitté le port.

– Laisse-la filer tout entière, lui dit-il.

Ses yeux brun clair étaient froids et concentrés. Il la regardait en face, sans sourire.

La ligne était très longue et elle sentait ses vibrations, sur son index, quand le flot l'emportait dans telle ou telle direction. Elle observa la paroi, noire et luisante d'humidité, et les petites vagues appliquées qui ne cessaient de la ronger. Elle se souvint alors que, les fois précédentes, elle s'était toujours bien amusée à cet endroit. Aujourd'hui, tout était différent, et elle ne put s'empêcher de penser : Dans trois heures, je serai de retour à la maison.

Et un peu plus tard : Il a déjà dû s'écouler un quart d'heure. Dans deux heures trois quarts, je serai de retour à la maison.

Elle n'avait pas de montre et devait donc évaluer le cours du temps. Elle resta alors un moment à compter les secondes les unes après les autres. Une, deux, trois, quatre, cinq, six, sept, huit, neuf, dix, onze, douze, treize, quatorze, quinze, seize, dix-sept, dix-huit, dix-neuf, vingt, vingt et un, vingt-deux, vingt-trois, vingt-quatre, vingt-cinq, vingt-six, vingt-sept, vingt-huit, vingt-neuf, trente, trente et un, trente-deux, trente-trois, trente-quatre, trente-cinq, trente-six, trente-sept, trente-huit, trente-neuf, quarante, quarante et un, quarante-deux, quarante-trois, quarante-quatre, quarante-cinq, quarante-six, quarante-sept, quarante-huit, quarante-neuf, cinquante, cinquante et un, cinquante-deux, cinquante-trois, cinquante-quatre, cinquante-cinq, cinquante-six, cinquante-sept, cinquante-huit, cinquante-neuf, soixante.

Rien n'est plus long qu'une minute, pensa Siglinde Pedersen.

Nul ne disait rien, dans le bateau, mais ils ne parlaient pas, en général, quand ils pêchaient.

De temps en temps, l'un d'eux remontait sa ligne et alors il y avait toujours deux ou trois petits poissons rouge pâle suspendus aux hameçons. On les décrochait et les jetait sur le fond, où ils frétillaient un moment avant de mourir. Puis on appâtait de nouveau les hameçons vides.

Siglinde attendit un moment, après avoir senti les petits signaux d'alarme, pour commencer à remonter sa ligne. Il lui fallut du temps pour cela, car elle n'avait aucune force dans les bras. Elle avait pris quatre de ces poissons rouges aux nageoires hérissées. En les détachant, elle vit à quel point les hameçons avaient déchiqueté leurs petites gueules. En laissant la ligne retomber, elle se dit que, si elle attendait chaque fois assez longtemps, elle n'aurait peut-être à la relever qu'à trois ou quatre autres reprises.

Peu après, elle sentit que cela mordait à nouveau. Mais elle resta sans bouger, à plonger le regard dans l'eau vert sombre. Au-dessus de sa tête retentissait toujours le cri des oiseaux. Cela devait maintenant faire une demi-heure, voire trois quarts d'heure qu'ils étaient là.

Elle était en proie à la terreur, sans savoir pourquoi, et eut recours à toutes sortes de ruses pour tenter d'atténuer son inquiétude en pensant à diverses choses.

À intervalles réguliers, les autres relevaient leur ligne et décrochaient de petits poissons rouges. Il y en avait déjà quelques douzaines sur le fond du bateau.

Siglinde se dit : aujourd'hui, je les ferai frire. Ce sont des rougets et ils sont beaux. Ils valent cher, quand on est obligé de les acheter. Mais je vais en mettre quelques-uns de côté et, demain, je ferai de la soupe de poisson. Je les viderai, d'abord, et ferai bouillir les têtes et les déchets, et peut-être quelques-uns des moins bons, si on en prend. Ils cuiront à feu doux dans la grande marmite, avec deux litres d'eau, puis je filtrerai le tout au moyen d'un linge pour ne garder que le bouillon. Les têtes et les déchets, je les donnerai au chat, après la cuisson, mais il n'aura pas de poisson cru, parce que cela lui donne des vers. Puis j'achèterai du safran, du persil, du piment séché et de l'oignon ordinaire à la *tienda*, je hacherai tout cela menu et le mettrai dans le bouillon avec de l'ail et un peu de riz que j'ai à la maison. Il faudrait des feuilles de laurier, aussi, mais je ne sais pas si je pourrai m'en procurer. Je peux bien sûr poser la question, à condition de ne pas oublier. Il me faudra encore des tomates séchées et du poivre rouge, et puis un peu d'huile, parce que Willi aime bien qu'il y ait des yeux dans sa soupe. Je laisserai ensuite mijoter à l'étouffée pendant une demi-heure au moins. Et j'ajouterai des rougets vidés, deux par personne au minimum. Ensuite, on s'assiéra dans la cuisine pour manger cette soupe et je suis bien décidée à ce qu'elle soit réussie, cette fois, parce que j'ai maintenant appris comment la faire. Il faut qu'elle soit forte et…

Elle fut interrompue dans ses pensées en sentant les petites secousses, au bout de sa ligne, se multiplier et se faire de plus en plus insistantes, mais il ne lui vint pas à l'idée de la relever.

Elle se força à regarder ailleurs, à la place. Elle tourna brusquement la tête vers le large, qui s'ouvrait derrière les îlots. Les superstructures blanches d'un grand paquebot se dirigeant vers le sud se détachaient au-dessus de l'horizon. Au bout d'une minute environ, elle revint aux autres occupants du canot. Dan était en train de remonter sa ligne. Ramón la dévisageait et les yeux de Santiago étaient braqués dans sa direction, eux aussi, mais comme s'il observait quelque chose qui se trouvait derrière elle.

Elle eut un frisson et préféra fixer la paroi rocheuse, noire et rugueuse, devant elle, cherchant désespérément quelque chose qui puisse détourner son attention. Faute de mieux, elle se rabattit sur une solution à laquelle elle n'avait recours que très rarement et seulement en cas d'absolue nécessité. Elle se mit à penser à l'homme avec lequel elle avait vécu avant de rencontrer Dan.

À l'époque, elle travaillait dans un bureau d'architecte. Elle vivait bien, mais s'ennuyait. Il était employé dans une agence de publicité. C'était un jeune homme bien peigné, bien habillé et bien élevé, et chacun le trouvait charmant. Elle avait fait sa connaissance sur les bancs de l'école professionnelle et il était déjà comme cela à l'époque. Ils avaient pas mal de choses en commun et elle l'aimait bien, au moins à certaines périodes. Il vivait dans un deux-pièces très pratique et bien tenu, meublé dans un style imitation artiste, avec des motifs géométriques sur les murs et des motifs froids et impersonnels au plafond. Une ou deux fois par semaine, il mettait bas le masque et lui arrachait ses vêtements pour la culbuter n'importe où, sur le lit ou sur le tapis, voire sur le sol de la cuisine. Cela se passait le plus souvent le samedi soir, mais aussi le mercredi, parfois. Une fois qu'elle était nue, il écartait ses cuisses et elle se souvenait qu'il était très large au niveau des hanches et qu'il avait des poils bruns sur la poitrine et sur le ventre. Il lui mordait les seins, les épaules et le dessous du menton. Et, le lundi, elle avait sur le corps des marques rouges qui viraient au bleu au milieu de la semaine et avaient tout juste le temps de disparaître avant le samedi suivant. Il procédait toujours très vite et avec beaucoup de rudesse. Il lui arrivait d'être impuissant, aussi, et alors il lui mordait le cou de désespoir. Elle n'avait pas peur, mais cela la gênait beaucoup car elle n'avait encore aucune expérience, et n'avait pas appris comment se comporter dans ces cas-là. Au début, elle avait trouvé tout cela très bien, puis s'en était lassée. Longtemps après, elle s'était aperçue que cela lui avait appris à mépriser les gens à la double personnalité et à s'en méfier. Mais il y avait toujours des situations, sur le tapis ou sur le sol de la cuisine, dont elle ne se souvenait pas sans ressentir une certaine excitation.

De nouveau, elle fixa la paroi rocheuse, noire et ruisselante, devant elle, en proie à une frayeur totalement déraisonnable et déchaînée qui lui donnait la chair de poule. Elle sentait vaguement ses pensées prendre une direction qui n'était pas la bonne.

À ce moment précis, un gros poisson mordit à l'hameçon. Les secousses qu'il communiqua à la ligne firent glisser celle-ci entre ses doigts, mais elle se contenta de l'enrouler une fois autour de sa main pour la retenir. Elle resta un moment dans cette position, jusqu'à ce que Dan finisse par lui dire :

– Ça mord, Siglinde.

Elle se mit alors à relever la ligne sans la quitter des yeux. Elle perçut bientôt une série d'éclairs, au fond de l'eau, chaque fois que le gros poisson se débattait pour se libérer. Il se rapprocha de la surface et elle put constater qu'il n'était pas très gros mais quand même de taille respectable : quarante centimètres de long, peut-être. Elle avait aussi pris trois petits poissons rouges, mais les quatre autres hameçons étaient vides. Au moment où elle amenait sa prise à bord, le gros se détacha et fila entre ses jambes. Il avait des reflets verts et mauves, un gros ventre et un œil rond et froid. Elle le saisit à deux mains et tenta de lui cogner la tête contre l'une des pierres qu'il y avait sur le fond du bateau. Elle eut beau s'y prendre à plusieurs reprises, elle ne parvint qu'à le déchiqueter un peu plus. Il finit par lui échapper et glisser un peu plus loin.

Sans la regarder, Santiago posa son pied nu sur le poisson, tira son couteau de son étui et lui trancha la tête, le tuant instantanément. Siglinde fixa la lame des yeux, sans bouger. Ses mains étaient poisseuses et glaciales, et elle avait un mince filet de sang sur les doigts.

– On peut dire que tu as de la veine, toi qui es à peine capable de tenir une ligne, aujourd'hui, fit remarquer Dan.

Siglinde frissonna. Elle était en nage et son cœur battait à tout rompre.

Ramón la dévorait ouvertement des yeux.

Elle avait en tête une seule pensée, qui ne cessait de revenir : pourvu que je rentre à la maison, pourvu que je rentre à la maison, je ferai n'importe quoi si seulement je rentre à la maison. Pourvu que…

Santiago avait remonté sa ligne et l'avait fixée autour du cadre de bois. Il se redressa presque entièrement pour scruter le large.

– Le vent se lève, dit-il. Il vaut peut-être mieux rentrer.

À l'horizon, la brume s'était faite plus grise et plus compacte, et les vagues venaient battre contre la paroi rocheuse avec un peu plus d'énergie. Au-dessus de leurs têtes, les oiseaux de mer poussaient leurs cris.

Siglinde revint à la réalité. Elle cligna des yeux et regarda autour d'elle comme si elle venait de se réveiller d'un cauchemar. Son cœur battait et elle sentait toujours la peur lui nouer le ventre. Pourtant, tout avait changé, en l'espace d'un instant. Ils allaient rentrer au port, il ne leur arriverait rien et, dans une heure, ils seraient chez eux. Elle essuya la sueur de son front avec le revers de sa main et s'installa confortablement sur le banc, à l'arrière, un sourire désorienté sur les lèvres.

Santiago rassembla les poissons et les jeta dans un grand panier plat. Puis Dan et Ramón remontèrent leur ligne.

L'horizon s'obscurcissait lentement et une brise frisquette venait lécher la falaise.

Dan se leva, enjamba Ramón et s'assit sur le banc, à l'arrière, pour insérer le safran et débloquer le gouvernail.

– Comment vas-tu, chérie ? demanda-t-il en caressant Siglinde sur la joue.

– Très bien, je t'assure.

Il la regarda, surpris.

– Tu as peur ?

– Oh, un peu.

– Tu n'as pas à avoir peur, ma petite, lui dit-il en riant.

Santiago s'était assis en tailleur pour mettre de l'ordre dans les lignes. Ramón, lui, était agenouillé, et lançait le volant du moteur. Celui-ci démarra à la seconde tentative et le bateau prit de la vitesse le long de la paroi rocheuse. Dan s'écarta de l'îlot et mit cap au sud pour le contourner. Quand ils sortirent de son ombre, Dan posa la main sur la cuisse de Siglinde, si haut que deux de ses doigts se glissèrent sous la courte et ample jambe de son short et effleurèrent quelques poils coincés entre sa peau et l'élastique de sa culotte. La barre les séparait, ils la tenaient chacun de son côté.

Siglinde sentit la confiance lui revenir. Elle regarda les frères Alemany, qui avaient leur air habituel. Penché sur les hameçons, Santiago fredonnait doucement tout en travaillant. Ramón était accroupi près du moteur et réglait l'arrivée des gaz.

Dan actionna le gouvernail pour contourner la pointe sud de l'île. La houle faisait sentir sa puissance et l'annexe dansait fortement, au bout de la remorque.

Siglinde chercha ses cigarettes, sous le banc. Dans une heure, ils seraient à la maison.

Le moteur se mit alors à hoqueter. Il ne s'arrêta pas vraiment, mais fonctionna de façon irrégulière et inquiétante.

– Qu'est-ce qui se passe ? demanda Dan.

Ramón baissa les yeux sur le moteur, tâta la manette des gaz et secoua la tête.

– Il vaut mieux arranger ça avant de continuer, fit Dan. On va se mettre à l'abri dans cette petite baie pour éviter de dériver. Il tira la barre vers lui et le canot vira de bord pour revenir vers l'îlot en décrivant lentement un arc de cercle assez serré. Le moteur crachotait de plus en plus.

La face ouest était bien différente de celle qui donnait vers le large. La pente était plus douce et le rivage entaillé d'une série d'anses rocheuses dont les berges étaient couvertes de débris de coquillages et où l'eau était calme. À cet endroit, près de la pointe sud, se trouvait une petite baie abritée dans laquelle ils s'étaient déjà baignés à plusieurs reprises.

Quand ils y pénétrèrent, le moteur s'arrêta totalement. Le bateau poursuivit sa course sur son erre et vint s'échouer doucement sur la bordure de sable jaune vif de la plage.

– Ne vous inquiétez pas, je vais réparer ça très vite, dit Dan.

– Je sais ce que c'est, fit Santiago en commençant à se lever. Il y a de l'huile sur la bougie.

– Laisse Dan s'en occuper, lui lança Ramón en riant, il en a tellement envie.

Dan s'agenouilla près du moteur. Ramón se tenait derrière lui, les mains sur les genoux. Santiago était maintenant debout et Siglinde, toujours assise sur le banc.

– Passez-moi la clé, demanda Dan.

Le temps s'arrêta. Siglinde enregistrait chaque détail avec une netteté particulière, comme s'il était figé par l'éclair d'un flash.

Elle sut alors pourquoi elle avait eu peur et qu'elle avait eu raison, mais aussi qu'il était trop tard.

Dan gisait en travers du moteur, mort.

Ramón Alemany s'était penché, avait saisi l'une des grosses pierres sur le fond du bateau et lui avait fracassé le crâne.

Il ne restait plus qu'une horreur luisante comme l'acier et le reflet de la peur dans leurs yeux.

Siglinde était maintenant allongée sur le dos, sur la plage, tandis que Santiago lui tenait les bras et que Ramón arrachait son short et sa culotte. Elle sentait l'odeur de sueur et de poisson que dégageait leur maillot de corps. Très haut au-dessus d'elle, elle voyait les oiseaux blancs passer par-dessus le haut de la falaise, comme projetés par une catapulte.

Elle voulait vivre, c'est pourquoi elle n'opposa pas de résistance.

Une demi-heure plus tard, ils la tuèrent elle aussi.

QUATRIÈME PARTIE

1

Willi Mohr avait un bon ami qui s'appelait Hugo Spohler. Ils s'étaient rencontrés à la fin de l'hiver 1951 dans un camp de rapatriement, près de Cologne, où ils vivaient dans une baraque en planches et occupaient une couchette supérieure dans la même section. Pendant la journée, ils effectuaient des travaux de déblaiement et passaient leurs soirées à bavarder. L'hiver était froid, gris et boueux, et il pleuvait presque tous les jours.

Willi avait franchi la frontière entre les zones à Berlin, quelques semaines auparavant. Les autorités du secteur britannique lui avaient fourni de nouveaux papiers avant de l'envoyer vers l'ouest. Mais il pensait beaucoup à sa mère, restée à Dornburg, et regrettait déjà d'être passé de l'autre côté.

Hugo Spohler était originaire de Dresde, où tous ses parents avaient péri au cours des grands bombardements de la fin de la guerre ou dans la panique qui en avait résulté. Il avait quatre ans de plus que Willi et avait été enrôlé dans les Jeunesses hitlériennes dès l'école. Il était large d'épaules, avait les yeux bleus et mesurait un mètre quatre-vingts. Il remplissait donc tous les critères, bien qu'il ne fût pas particulièrement robuste. Il souffrait maintenant d'ulcère à l'estomac et parfois d'une vieille blessure, mais il était parvenu à persuader un médecin de lui ôter le tatouage SS qu'il portait sur l'avant-bras.

Pour lui, la guerre avait pris fin au cours de l'été 1944, en Normandie, lorsqu'il s'était rendu à titre individuel aux Américains, une fois sa compagnie encerclée et dispersée en petits groupes. C'était par une belle matinée, et il avait couru, plié en deux, sur un petit chemin entouré de haies. Il tenait son pistolet dans la main droite afin de pouvoir soit l'utiliser soit le jeter à terre, instantanément, en fonction de la situation. Au détour du chemin, il était brusquement tombé sur un soldat américain et lui avait tendu l'arme, la main ouverte, en disant :

– Souvenir.

Surpris, l'Américain l'avait prise et Hugo Spohler avait ainsi réussi à atteindre son seul et unique but, pour l'instant : être prisonnier de guerre.

En sa qualité de SS, il avait été emmené aux États-Unis et n'avait été libéré qu'une fois établi qu'il n'avait joué qu'un rôle subalterne.

Avant ce beau matin, il avait pourtant eu le temps de connaître à peu près tous les aspects de la guerre. Il était arrivé en France après la grande offensive de 1940 et avait été affecté à Bayonne. Il s'était bien plu dans cet endroit agréable mais, un an plus tard, il était arrivé trop tard à l'appel, après une nuit passée avec une employée de commerce française et, la semaine suivante, il était envoyé sur le front de l'Est. Il avait passé quatorze mois dans la région sud de celui-ci, où il faisait moins trente en hiver et trente en été. À l'automne 1942, il avait reçu un éclat de grenade à l'avant-bras droit et avait été évacué vers un hôpital de campagne italien. Sa blessure était grave et elle avait été mal soignée par un médecin qui, après dix heures d'opération, avait les yeux rouges et suppurants, ainsi que les manches couvertes de sang.

Celui-ci, tâtant le bras de Hugo Spohler, avait secoué la tête, puis sorti un morceau de craie bleue de la poche de sa blouse et tracé un trait sur son bras, juste en dessous de l'épaule. Hugo avait tenté de discuter avec lui, mais ils ne parlaient pas la même langue, et l'Italien était vraiment très fatigué.

Une fois le médecin parti, Hugo avait réussi à se lever de la civière et à sortir de la tente. Sur la route, il avait arrêté un véhicule du train qui l'avait conduit à un poste de soins allemand, un peu plus loin du front. Deux semaines plus tard, un convoi sanitaire l'emmenait vers l'ouest. Il avait encore son bras, mais celui-ci lui faisait si mal qu'il criait de douleur lorsque la morphine cessait de faire effet.

Au bout de trois mois, il était à peu près rétabli, mais pas en état de porter les armes. Il avait alors été affecté aux services auxiliaires et de nouveau envoyé en France, mais cette fois sur la côte Nord, où le soleil n'était pas aussi magnifique qu'à Bayonne. Le climat général était d'ailleurs bien plus mauvais, lui aussi, mais il ne s'en souciait guère, car il possédait l'art d'oublier ce dont il estimait inutile de se souvenir.

Au cours de la guerre, il n'avait pu éviter de tuer une demi-douzaine de personnes, mais il n'en parlait jamais et n'y pensait pas non plus.

Il se rappelait fort bien le nombril et les cils de la jeune Française, mais beaucoup moins bien que, un matin, alors que son corps était encore imprégné de la chaleur de leur lit, il avait fait partie du peloton chargé de fusiller trois ouvriers soupçonnés, sans doute à tort, de sabotage.

Il était aussi capable de décrire en détail une jeune partisane ukrainienne que, avec l'aide de deux autres, il avait violée dans une écurie (elle avait des tétons d'une grosseur extraordinaire et des poils bruns sur les jambes, et, fort curieusement, elle était vierge), mais il n'avait nul souvenir des scènes d'horreur du centre de soins ni du chirurgien italien au morceau de craie.

De ses années de bonheur, il se rappelait les airs de musique, les parades et le Führer, qu'il avait vu de près à plusieurs reprises, mais il avait oublié un adjudant roux qui l'avait forcé, quarante fois de suite, à se mettre à plat ventre dans une mare de boue de la cour de la caserne.

Quand il parlait de la guerre, on pouvait croire qu'elle n'avait été qu'une escapade fantastique pleine de scènes absurdes.

Il s'efforçait de vaincre le passé par l'oubli, le présent par l'optimisme, la tristesse et les ennuis par l'imagination. Les gens l'aimaient bien, il était chaleureux, accueillait la vie à bras ouverts et avait toujours le regard braqué vers l'avant.

Ses rapports avec Willi n'étaient pas très compliqués. En effet, il refusait de croire que quelqu'un n'ayant jamais rien vécu puisse être marqué par ses expériences et, comme il était totalement étranger à toute forme de dépression et de découragement, il confondait la froideur maussade de Willi avec l'intégrité et le perfectionnisme qu'il avait toujours admirés.

Hugo Spohler comblait le vide autour de Willi par du bavardage. Il n'avait toujours pas oublié Bayonne et, au milieu de la grisaille, la boue et la désolation hivernale du camp, se laissait aller à des visions diffuses mais baignées de soleil du Sud. Car le Sud était son Shangri-La, la terre promise de l'escapisme naïf.

Heure après heure, Willi lui prêtait l'oreille, allongé sur le ventre, le menton dans la main. Peu à peu, il comprit que sa résistance passive elle-même manquait d'énergie vitale et qu'il était sur le point d'être écrasé.

Hugo Spohler fut le premier de tous à quitter le camp. Une semaine plus tard, il rencontra une jeune Berlinoise qu'il engrossa. Puis il lui emprunta deux cents marks, se procura un passeport et partit vers le sud en auto-stop. C'est purement par hasard qu'il arriva dans ce port espagnol et parvint à y rester un certain temps.

Au bout de quatre semaines, il rentra au pays, sans un sou en poche mais heureux. Il était ivre de ce qu'il avait vécu là-bas et il avait peint quatre vilains tableaux avec du matériel emprunté. Par la suite, il trouva un appartement et se maria avec la Berlinoise, seule survivante d'une famille d'employés bien pourvus, qui n'avait d'autre richesse que son physique agréable, une bonne éducation et un emploi de bureau dans une société de paris.

Après avoir organisé de la sorte sa propre existence, Hugo put se consacrer à celle de Willi. Il alla le chercher dans le camp un peu comme un objet perdu et l'installa dans la mansarde d'un immeuble locatif presque en ruine, après les bombardements, de la Zugasse, sur la rive gauche du Rhin. Juste à côté de la chambre de Willi, il y avait un grand grenier où étendre le linge, dont le toit était percé et le sol couvert de morceaux de tuiles et de planches calcinées. Ils déblayèrent ces rebuts et bouchèrent les trous du toit avec de la tôle galvanisée et de l'isorel, pour en faire un atelier où Hugo réalisa plusieurs tableaux. Il n'avait aucun talent mais n'avait pas peur des couleurs criardes et estimait que ses œuvres étaient belles. Il parvint même à en vendre certaines quinze marks pièce, ce qui l'encouragea énormément.

De sa fenêtre, Willi avait vue sur le fleuve. C'était l'automne, le temps était humide, il y avait de la brume, et les remorqueurs passaient tels des fantômes, avec leur haute cheminée inclinée vers l'arrière, traînant de grandes péniches. Un jour, il emprunta les tubes de couleurs de Hugo et se mit à manier prudemment le pinceau. De temps en temps, il regardait la grisaille et la pluie, à l'extérieur, pour juger de l'effet, et faisait la moue.

Le résultat déclencha l'étonnement et l'enthousiasme de Hugo. Willi, lui, resta beaucoup plus réservé. Il savait depuis longtemps qu'il fallait que la brume ressemble à de la brume et les remorqueurs, à des remorqueurs.

Hugo vendit le tableau soixante-quinze marks mais ne parvint pas à convaincre Willi d'en peindre d'autres du même genre. Aucun des deux n'avait d'emploi fixe mais, de temps en temps, ils allaient jouer les manœuvres sur le port ou sur un chantier. La plupart du temps, Willi restait couché sur son vieux lit de camp branlant et fumait des mégots dans sa pipe en regardant le plafond. De temps en temps, il se demandait ce qu'il faisait là.

Lorsque la femme de Hugo en fut à son huitième mois de grossesse, elle dut cesser de travailler et il se trouva confronté à une nouvelle difficulté. Pour la première fois, au cours des trente-huit ans de son existence, il était obligé de prendre la responsabilité financière non seulement de lui-même, mais aussi de quelqu'un d'autre. Pour lui, la guerre était vraiment terminée et il n'était plus soldat. Il avait le sentiment qu'elle avait duré très longtemps, ayant commencé aux débuts des années 1930, alors qu'il n'était encore qu'un gamin, et n'ayant pas cessé depuis, même après ce matin-là sur un chemin de Normandie.

Peu après le nouvel an, Willi et Hugo cherchèrent du travail comme décorateurs dans un grand magasin anglais destiné principalement aux forces d'occupation. Bien que ce fût sans aucun doute Willi le plus qualifié, c'est Hugo qui obtint le poste. On lui donna une semaine d'avance sur salaire et ils fêtèrent l'événement en buvant de la bière et de l'eau-de-vie dans une brasserie près de la cathédrale. Puis ils allèrent au bordel. Willi trouva celui-ci à son goût, parce qu'il était propre et bien tenu, mais aussi fonctionnel et totalement impersonnel. Il était situé dans un bâtiment de deux étages tout neuf et les prostituées étaient logées dans des chambres semblables portant des numéros sur la porte, le long d'un grand couloir, exactement comme dans un hôpital digne de ce nom. Les chambres étaient pratiques et bien nettoyées, avec des dessus-de-lit et des rideaux pastel aux fenêtres, et les employées portaient des jumpers assortis à l'ameublement. Les femmes qui travaillaient là avaient été sélectionnées avec soin pour satisfaire tous les goûts en matière de corpulence, silhouette et couleur de cheveux. Willi Mohr n'avait pas de préférence mais, sans savoir pourquoi, il évitait toujours celles aux yeux bleus.

Hugo déclara que ce bordel était trop standardisé en matière de couleurs et fronça le nez, mais Willi estima que c'était un gros progrès par rapport à ceux qu'il avait connus à Gotenhafen au cours de la guerre.

Après cette visite au bordel, ils achetèrent un litre de vin qu'ils burent, assis sur le lit, dans la chambre de Willi. Dehors, il pleuvait, il faisait gris et triste, et les sirènes des remorqueurs hurlaient dans la brume. Le bruyant miracle allemand battait son plein dans les rues.

De même que dans le camp, un an auparavant, Hugo luttait de son mieux contre le froid et l'humidité de l'air par la parole. Après son expédition dans le Sud, il n'en était plus réduit aux ressources de son imagination et disposait d'un certain nombre de faits. Ses arguments n'en étaient que plus convaincants.

Willi l'écoutait, appuyé contre le mur. Il avait posé un pied sur le bord du lit et son verre de vin en équilibre sur son genou.

– Il faut s'exprimer, c'est la seule chose qui importe, dit Hugo. S'exprimer par les mots ou les couleurs. Pourquoi est-ce difficile, ici ? Eh bien, parce qu'il n'existe rien que nous voulions exprimer. Non seulement ça, mais il existe aussi quantité de choses qui nous lient et nous entravent. Tu pourrais être un grand peintre, si seulement tu avais la chance de travailler dans le milieu et l'atmosphère qu'il faut. Et moi aussi, peut-être. Willi, tu m'écoutes, pour une fois…

– Je t'écoute toujours, répondit Willi d'une voix grave.

– Tu ne veux pas tenter le coup ?

Willi sirota son vin bon marché et acide. Puis il regarda vers la fenêtre et hocha la tête.

– Bon, dit-il, on essaie.

Ils prirent leur décision ce soir-là. Elle devait revêtir une importance décisive pour Willi, mais ne changea absolument rien pour Hugo.

Ils devaient travailler d'arrache-pied durant un an et demi et épargner chaque pfennig. Puis ils iraient vivre une année en Espagne, pour peindre. S'ils avaient assez d'argent pour cela, Hugo emmènerait sa petite famille.

– Mais, dit-il, d'un autre côté, je ne crois pas que ça ferait très plaisir à Maria. L'an prochain, elle travaillera de nouveau et il vaut peut-être mieux qu'elle gagne de quoi les faire vivre, elle et le petit.

Une fois Hugo parti, Willi se déshabilla et se mit au lit. Il était légèrement ivre et les draps, froids et humides. Mais, au fond de sa conscience, un espoir avait pris naissance et il se demandait s'il ne lui serait pas permis, un jour, de connaître une petite partie de l'ivresse que Hugo semblait en état de susciter par le seul moyen de son imagination.

Trois jours plus tard, il trouva un travail et quitta pour toujours la mansarde de la Zugasse.

Au cours de l'année qui suivit, ils ne se virent pas une seule fois. Willi envoya une ou deux cartes postales au contenu fort lapidaire mais ne reçut rien en retour, ce qui s'expliquait peut-être par le fait qu'il n'avait pas d'adresse.

À l'été, Hugo Spohler avait économisé trois cents marks. Il partit en auto-stop en Espagne, où il passa trois mois à se baigner. Quand il revint, il avait fait de nombreuses connaissances et acheté le portrait du Caudillo pour un *douro* que nul n'avait voulu lui changer.

L'été suivant, Willi revint à Cologne. Il était semblable à lui-même, simplement un peu plus maigre, plus bourru et plus candide, si possible. Il avait épargné trois mille cinq cents marks et était prêt à aller peindre en Espagne.

Hugo Spohler, lui, avait passablement changé. Bien que sans le sou, il paraissait plus gros et plus prospère. Il avait emménagé dans un nouvel appartement, avait un fils de quatre mois et sa femme était de nouveau enceinte. Il fréquentait des cercles faisant profession de bouddhisme et adeptes de la culture zen, et était convaincu qu'il pouvait guérir les ulcères par sa simple volonté. Il passait ses soirées à élaborer des combinaisons en matière de paris qui devaient le rendre riche.

Il avait cessé de peindre mais demeurait persuadé qu'un jour, il irait vivre dans des pays au climat plus agréable.

Willi eut l'impression d'avoir été quelque peu abusé, mais il prit la chose avec le sourire et se dit qu'en fait, il ne s'était attendu à rien d'autre.

Comme d'habitude, Hugo s'avéra à la hauteur de la situation. Il prit deux semaines de vacances et emprunta deux cents marks à Willi.

– On descend en auto-stop et je te montrerai le meilleur endroit sur terre, dit-il. Je te présenterai à des gens qui ont bon cœur et viendrai te chercher dans un an environ.

Puis il tapa sur l'épaule de Willi en riant, et ajouta :

– Cette année-là, tu la vivras pour nous deux.

Ils eurent de la chance pour le voyage, mais durent franchir la frontière pyrénéenne à pied.

À deux cents mètres au-dessus du dernier tunnel, du côté français, une chaîne était tendue en travers du chemin et un garde civil en uniforme vert et bonnet en toile cirée sortit d'une petite guérite métallique, sur le flanc de la montagne, la carabine à l'épaule. Il regarda un moment leurs visas, avant de les laisser passer.

– Le véritable contrôle est situé deux kilomètres plus loin, dit-il en soulevant la chaîne.

Ils arrivèrent dans le port au milieu de l'été, mais Hugo ne put y rester qu'une semaine. Le jour de son départ, il acheta un gros carnet de notes à couverture bleue et le donna à Willi.

– Je t'ai dit de vivre cette année pour nous deux, rappela-t-il. Je te demande donc de noter tes impressions, jour après jour, dans ce carnet, comme si tu m'écrivais des lettres. Quand on se reverra, on lira ce que tu auras marqué. N'oublie pas qu'il faut que tu t'exprimes, de toutes les façons possibles.

Une demi-heure plus tard, il quitta le port et effectua la première partie du trajet dans la camionnette de Santiago Alemany. Il avait eu le temps de présenter Willi à

Dan Pedersen et à sa femme. Tous trois regardèrent donc le véhicule s'éloigner, devant le bar de Jacinto.

Hugo n'entendit pas parler de Willi au cours de l'année qui suivit et pensa rarement à lui. Peu après Noël, il trouva un meilleur travail et, l'été suivant, il n'eut pas l'occasion de repartir vers le sud.

2

À son réveil, le matin du 16 décembre, Willi était seul dans la maison du Barrio Son Jofre. Bien qu'il n'eût dormi que quatre heures, il retrouva tous ses esprits dès l'instant où il ouvrit les yeux. Le chat devait avoir froid, car il était venu se glisser sous la couverture, où il s'était recroquevillé, la tête sous son aisselle. Le calme régnait dans la maison et il n'entendait aucun bruit particulier en provenance de l'extérieur, rien que le vent qui sifflait là-haut, par-dessus la crête des montagnes. Celui-ci s'était levé après la sieste, la veille, et aucun bateau n'avait pris la mer ensuite, pas même les gros chalutiers à gambas.

Il écarta le chat et regarda sa montre-bracelet, posée à l'endroit habituel, avant de passer dans la cuisine. Il se lava les dents et se rinça le visage à l'eau froide. Puis il alla s'habiller dans la chambre. Il repoussa une nouvelle fois le chat, qui s'était remis au chaud sur le lit, ouvrit la porte et secoua soigneusement les draps et la couverture. L'animal l'observa d'un œil somnolent, sur le sol, attendant que le lit soit refait pour s'y installer de nouveau.

Willi alluma la première cigarette de la journée et sortit sur le perron. Le ciel était couvert d'une couche uniforme de gris et, bien qu'il ne plût pas, l'air était lourd et saturé. Malgré la brume et les nuages bas, il voyait le vent secouer violemment les pins, dans la montagne.

Il alla chercher le bidon d'essence et l'entonnoir dans la cuisine, et en versa le reste dans le réservoir du camion. Après avoir tout remis en place, il prit son chapeau de paille au clou fixé dans le chambranle de la porte. Au moment de partir, il se figea sur le pas de la porte et sortit son carnet de notes de son sac à dos. Puis il alla s'asseoir sur la dernière marche de l'escalier montant à l'étage et se mit à le feuilleter. La dernière note datait de plus de trois mois et était très lapidaire.

4 septembre, 22 h 30. Aujourd'hui, je suis allé chercher du bois, me suis baigné et j'ai joué au ping-pong avec S et D. Je crois que je commence à apprécier

Il n'avait pas achevé sa phrase.

Sur les pages suivantes figuraient trois ou quatre esquisses de maisons et de rues, ainsi qu'une autre représentant un âne actionnant une pompe. Il y avait aussi des comptes avec beaucoup de chiffres, mais il avait oublié ce qu'ils signifiaient.

Il feuilleta le carnet jusqu'à une page blanche, dévissa le capuchon de son stylo, regarda sa montre et écrivit :

16 décembre, 8 h 00. Hier, j'ai attendu tout l'après-midi et toute la soirée sur le port, mais ils ne sont pas revenus. Il était plus de 2 heures du matin quand je suis rentré.

Il glissa le carnet dans sa poche-revolver, sortit et mit le camion en marche à la manivelle. Il lui fallut un moment pour parvenir à lancer le moteur. Il avait de nouveau fait sortir la chienne et n'avait pas l'intention de l'emmener, mais elle courut si longtemps derrière le véhicule qu'il prit pitié d'elle et s'arrêta. En la hissant sur le banc, il sentit qu'elle était pantelante de l'effort fourni et que son cœur battait à tout rompre.

Le port était plongé dans un calme profond, comme si ses habitants n'étaient pas encore réveillés. Le quai luisait d'eau de pluie et la mer, pâle et paisible, reflétait toutes les teintes gris clair du ciel. Il y avait de nombreux bateaux à quai, mais il vit aussitôt que celui qu'il cherchait n'était toujours pas rentré.

Il gara le camion sur le quai, fit descendre la chienne, écouta d'une oreille distraite la mer se déchaîner derrière les montagnes, et traversa lentement la vaste aire de béton découverte. Il avait déjà attendu douze heures à cet

endroit, entre 14 heures et 2 heures du matin, la veille. Il n'était certes pas resté tout le temps dans le camion. Il était allé d'un café à l'autre, mais nul ne lui avait adressé la parole ni n'avait même remarqué sa présence.

Il acheta une brioche et de la marmelade rouge à la *tienda*, prit place à la terrasse du bar le plus proche et commanda un *café con leche*. Le fauteuil avait beau être abrité par la marquise, ses bras étaient poisseux d'humidité.

Il donna la moitié de la brioche et de la marmelade à la chienne et se força à manger le reste, bien qu'il n'eût pas faim.

Une heure passa. Il était toujours assis au même endroit et scrutait la baie de ses yeux bleus dépourvus d'expression. Le port ne donnait aucun signe de vie.

Pedro Alemany descendit alors l'une des ruelles pentues et déboucha sur le quai. Il avait un mégot brun-jaune au coin de la bouche et portait des espadrilles, une chemise et un pantalon noirs, et un béret basque. Sa petite silhouette trapue resta longtemps à observer l'entrée du port, les mains dans les poches, les jambes écartées. Puis il regarda autour de lui et aperçut Willi, devant le café. Il traversa alors l'aire de béton à pas tranquilles, porta lentement un doigt à sa tempe et dit quelque chose que Willi ne comprit pas. Il n'avait aucun don pour les langues et ne connaissait que quelques-uns des mots les plus usuels.

Voyant qu'il ne parvenait pas à se faire comprendre, le pêcheur désigna Willi du doigt, puis la mer, et dessina ensuite un point d'interrogation. Willi secoua la tête. Pedro Alemany garda un moment le silence puis écarta les bras et dit en articulant de façon exagérée :

– *Probablemente Villanueva.*

C'était un petit port de pêche situé à une dizaine de kilomètres au sud, mais nettement plus proche que cela pour qui venait des îles. Les pêcheurs surpris par la tempête allaient souvent y chercher refuge.

– *Telefonera*, dit Willi.

– *Teléfono cascado*, répondit Pedro.

Il se rendit compte que Willi ne saisissait pas le sens de ce dernier mot et fit, avec la main, le geste d'arracher quelque chose. Puis il indiqua la mer et porta le doigt à l'oreille, comme pour écouter. Willi crut d'abord qu'il entendait vraiment quelque chose, mais comprit ensuite que l'homme voulait simplement signifier que le temps était très mauvais, au large.

– *Malo, malo*, dit Pedro en secouant la tête.

Ce mot-là n'avait pas besoin d'explication.

Le pêcheur plongea la main dans sa poche et sortit son oignon, ouvrit le boîtier, en tira la montre et plaça l'ongle de son pouce sur le deux en chiffres romains. De l'autre main, il désigna d'abord les bateaux à quai, puis la mer, en faisant fortement onduler son bras.

– *A las dos*, dit-il.

Willi hocha la tête. Ils avaient manifestement l'intention de sortir à 14 heures pour entreprendre des recherches, si rien ne se passait d'ici là.

Le père des frères Alemany pivota sur ses talons et s'éloigna. Willi le suivit du regard jusqu'à ce qu'il disparaisse dans l'une des ruelles. Puis il croisa les jambes et alluma une nouvelle cigarette.

Une petite fille en haillons était venue se placer non loin de la table et regardait le pain et la confiture que la chienne n'avait pas fini de manger.

Un garde civil traversa le quai en biais, sur sa bicyclette. Il portait une cape en caoutchouc vert sombre, sur son uniforme, et sa carabine était accrochée à son porte-bagages à l'aide de courroies. Sur son passage, l'espace d'un instant, le canon de l'arme pointa droit vers l'homme assis à la table.

Willi resta sur son fauteuil humide pendant plus de cinq heures, observant l'animation réduite du port. Après avoir avalé deux ou trois tasses de café, il quitta son poste une seule fois, pour acheter un nouveau paquet de

cigarettes. La chienne était couchée à ses pieds et, de temps à autre, il se penchait pour la caresser. Elle se mettait alors sur le flanc pour réclamer d'autres marques d'affection, mais alors il retirait sa main.

Il n'était pas inquiet, ni même nerveux, simplement hors d'état d'entreprendre quoi que ce soit d'autre que d'attendre, tranquillement assis à cette terrasse. À 11 h 30, le car de la poste vint se ranger sur le quai, à l'endroit où attendait déjà un petit groupe de femmes âgées vêtues de noir. Elles rassemblèrent leurs ballots et leurs paniers, montèrent à bord et patientèrent jusqu'à ce que le chauffeur revienne démarrer le véhicule à la manivelle. Avant de partir, il corna à trois reprises et la poire émit un son à la fois aigu et plaintif. Des petites filles en haillons passèrent par là, portant de gros fagots sur le dos. Après cela, le quai resta désert et silencieux.

Une heure et demie plus tard, le car reparut, avec les mêmes femmes et les mêmes paquets à son bord.

Peu avant 15 heures, Pedro Alemany arriva en compagnie de trois gardes civils en cirés vert foncé. Ces derniers gagnèrent la barcasse grise de la police, y descendirent d'un bond et se mirent à défaire le taud du cockpit. Au bout d'un moment, le caporal fit son apparition, sur sa bicyclette.

Un nouveau commissaire de police avait été nommé dans le port, depuis que Dan et Siglinde avaient été priés d'en partir, quatre mois plus tôt. Le nouveau était petit et trapu, et plus âgé que son prédécesseur. Il bavardait avec Pedro Alemany, le pied sur une bitte, s'interrompant par moments pour marmonner des instructions à l'intention des hommes de la barcasse.

Willi se leva et alla se joindre au groupe qui se trouvait sur le quai. Il était resté assis si longtemps qu'il avait mal au dos et ses membres étaient engourdis. Les autres ne se soucièrent pas de lui, tout d'abord, puis le père des frères Alemany regarda dans sa direction en secouant la tête.

– *Villanueva... no*, dit-il.

Il se retourna aussitôt vers le caporal, pour reprendre leur conversation, tandis que les occupants de la barcasse se préparaient à partir.

Les gardes civils tentèrent de faire démarrer le moteur mais finirent par s'aviser qu'il n'y avait plus d'essence. L'un d'eux sortit un bidon de métal de l'avant du bateau, monta sur le quai d'un bond et se dirigea vers les maisons, sans vraiment se presser, ne revenant que vingt minutes après.

Spectaculaire opération de sauvetage, pouffa Willi.

Les gardes remplirent le réservoir et manipulèrent un moment le moteur. Puis ils sortirent de la barcasse et se dirigèrent vers le bar, où ils prirent chacun une petite tasse de café, tandis que Pedro Alemany parlait toujours avec le caporal. Willi nota que le pêcheur avait légèrement haussé le ton et que le caporal, lui, haussait les sourcils et faisait de grands gestes, tantôt vers le bateau, tantôt vers ses subordonnés, tantôt vers la mer.

Les trois gardes civils revinrent, reçurent de nouvelles instructions de leur chef et montèrent à bord. Puis ils mirent le moteur en marche et larguèrent les amarres.

La barcasse était large, bien posée sur l'eau, et faite de plaques de métal rivées les unes aux autres. Elle était équipée de défenses en corde sur les flancs et, à l'avant, était installée une mitrailleuse recouverte d'une bâche. Elle décrivit un vaste arc de cercle dans le bassin du port et, sous ce curieux éclairage, on aurait dit qu'elle planait dans la brume. Sur le quai, ceux qui étaient restés à terre la suivirent du regard jusqu'à ce qu'elle disparaisse derrière le brise-lames.

Willi se tenait à une légère distance des deux autres, immobile, les mains dans les poches.

C'est alors que le caporal s'aperçut de son existence. Il le dévisagea un moment, puis posa une question à Pedro Alemany.

Le pêcheur répondit en articulant si bien que Willi comprit ce qu'il disait :

– Un ami des Scandinaves.
– Aha, dit le caporal. Je le plains. Ses amis…
– Ce sont mes fils, coupa Pedro.

Willi regagna le bar, où il reprit sa place. Il but une nouvelle tasse de café et regarda d'un œil indifférent la fille du patron le servir. Elle pouvait avoir seize ans et était assez jolie. Elle avait de petits seins ronds, le teint clair et les yeux vifs. Elle avait encore quelques années devant elle avant que ne vienne le temps des grossesses, de l'embonpoint, de la saleté et de l'insatisfaction.

Une bonne sœur passa par là et disparut derrière la jalousie. Quand Willi entra, quelques minutes plus tard, elle était debout près du bar et essayait l'aiguille d'une seringue sur le bout de son index. Un petit enfant était assis, les fesses à l'air, sur le comptoir et regardait la seringue de ses grands yeux bruns. La sœur alla se placer à la lumière de la lampe à pétrole et rejeta son voile en arrière pour mieux voir ce qu'elle faisait. Willi constata alors qu'elle était jeune et avait de beaux traits. En revanche, son cou était mal lavé et elle avait un gros bouton rouge sur le front, juste au-dessus de la racine du nez. Elle lui lança un bref regard un peu effarouché.

En reprenant sa place à la terrasse, il entendit l'enfant se mettre à crier, dans le bar.

Une demi-heure plus tard, on perçut le teuf-teuf d'un moteur, dans la brume, et la barcasse doubla le phare. De loin, on distinguait la silhouette des trois gardes civils. L'un d'entre eux se baissait sur quelque chose et Willi fut étonné d'éprouver une curieuse sensation au diaphragme, en se levant et se dirigeant vers le bord de l'eau. Le bateau approchait rapidement.

Les gendarmes étaient seuls à bord. Leurs cirés étaient luisants, l'un d'entre eux avait relevé les planches du pont et s'affairait à écoper. Le bruit du moteur décrut et la proue vint heurter doucement le quai. Les gardes civils eurent des gestes de désespoir en désignant le large de la main. Ils avaient ôté leurs capuches, et celui qui était assis à l'arrière était pâle et en sueur. Ils parlaient tous en même temps et Pedro Alemany les écoutait. Puis il cracha son mégot jaunâtre, pivota sur les talons et s'éloigna à pas pressés. Les gardes civils haussèrent les épaules et montèrent sur le quai. L'un d'entre eux regarda Willi en secouant la tête.

– *Terrible*, dit-il en imitant les vagues du bras.

Willi regagna le bar. De là, il observa Pedro Alemany et ses gens préparer le chalutier à gambas au départ. Ils firent descendre les filets et débarquèrent diverses caisses. On alluma le moteur à boule chaude. Le caporal assistait à la manœuvre en compagnie d'un autre représentant de l'autorité en uniforme bleu et casquette blanche, sans doute le capitaine du port. Deux nouveaux gardes civils montèrent à bord.

Ces préparatifs ne trahissaient pas la moindre hâte, et encore moins la panique, ils étaient au contraire marqués par un calme très professionnel qui inspirait confiance. Pedro Alemany surveillait l'opération, depuis la proue. À un moment, il perdit patience. Ce fut lorsqu'une femme d'âge mûr aux cheveux gris et portant un châle sur les épaules s'approcha prudemment du bateau. Pedro lui cria quelque chose d'une voix forte et la femme se hâta de revenir vers les maisons. Willi se dit que c'était sans doute sa femme.

Il fallut un peu plus d'une heure pour que le chalutier soit prêt à partir et il était alors 16 h 45. À deux reprises, Willi faillit les aider mais eut le sentiment qu'il ne servirait à rien et que nul ne se souciait de lui. En outre, il ne comprenait pas un mot de ce qu'ils disaient.

Il resta donc assis et le chalutier s'écarta du quai en marche arrière, sous l'œil du caporal, du capitaine du port et de quelques curieux. Il le suivit des yeux, le menton sur la main, avant qu'il ne double le phare. Il avait commencé à pleuvoir et les gouttes venaient cribler la surface blême de l'eau comme des piqûres d'épingle.

Willi suivit d'abord le bateau à l'oreille, jusqu'à ce qu'il s'aperçoive qu'il n'entendait plus rien et ne percevait plus que le léger bruissement de la pluie et le pouls de son propre corps. Il se leva et mit le camion en marche. Une fois sur le siège, il constata que la chienne n'était plus là. Mais il n'avait pas fait cent mètres qu'il la vit poursuivre le camion. Il ne se donna pas la peine de s'arrêter.

De l'extrémité du quai, une route sinueuse se lançait à l'assaut des rochers de la côte. Elle était d'abord plate et relativement large mais ne tardait pas à rétrécir et se faire beaucoup moins carrossable. Il passa devant de grandes bâtisses édifiées par de riches estivants, désertes et barricadées à cette époque de l'année. Puis, là où il n'y avait plus de maisons, la route commença à monter assez fort. Sur la droite, entre les pins, on apercevait l'eau grise de la baie. Plus il montait, plus la route était caillouteuse et en mauvais état. Le camion branlait en tous sens, mais il était conçu pour ce genre de terrain et ses roues étaient si grandes qu'elles n'avaient aucun mal à passer par-dessus les grosses pierres. La pluie lui fouettait le visage, si bien qu'il faillit écraser deux gardes civils en cape vert foncé qui arrivaient en sens inverse, à bicyclette.

Deux ou trois minutes plus tard, il doubla une femme portant un châle qui s'était rangée, immobile sur le bord de la route, détournant la tête. Il reconnut la femme de Pedro Alemany et s'arrêta. Il descendit, lui montra le véhicule et lui dit :

– Je vous en prie.

Mais elle s'obstinait à regarder de l'autre côté et, quand il approcha, elle recula de quelques pas dans les pierres. Willi resta sur place un instant, la main tendue, perplexe. Puis il haussa les épaules et regagna le camion. Pendant ce temps, la chienne était parvenue à le rattraper, frétillant de la queue et haletant désespérément. Il la fit monter à bord et repartit.

Une fois dans la montagne, il sentit le vent souffler de face, déchaîné et capricieux. Il enfonça son chapeau sur sa tête et scruta la route par-dessous le rebord, mais il eut beau réduire sa vitesse, il eut du mal à maintenir le camion sur la route. En haut, elle n'était plus indiquée que par des marques à la peinture blanche écaillée sur des rochers plats et, çà et là, des piquets rouillés. Dans les creux, on avait déposé, au cours de l'été, des amas rudimentaires de macadam et de ciment mais, à certains endroits, ceux-ci s'étaient déjà changés en chaos informes de pierres et de gravier. La route prenait fin au bord d'un ravin très érodé. De simples planches étaient posées en travers de celui-ci et, en face, se dressait le flanc doux et régulier de la montagne.

Willi s'arrêta et descendit. Il cala les roues du camion avec des pierres, pour ne pas que le vent le pousse dans le ravin, et franchit ce pont de fortune qui vibrait et grinçait sous ses pieds. Puis il se mit à gravir la pente et, malgré l'abri relatif que celle-ci lui offrait, la pluie vint lui fouetter le visage. Au début, la chienne le suivit, mais elle ne tarda pas à faire demi-tour et se réfugier sous le camion.

Il parvint tout en haut de la pointe, face au déchaînement de la tempête. Il était impossible de se tenir droit et il dut se plier en deux et s'appuyer contre un bloc de pierre. En dessous de lui, la falaise plongeait presque à pic et, au large, il voyait la mer rouler ses longues lames vert foncé. Mais la distance réduisait étonnamment leur taille et donnait l'impression qu'elles ne bougeaient pas. Le chalutier, déjà éloigné de la terre, avait mis le cap au sud-est. Il tanguait et roulait violemment, et, à intervalles réguliers, on voyait le vert de sa coque, sous le bordé jaune sale. Au bout d'un petit moment, ses contours s'effacèrent derrière la pluie et les embruns.

Willi n'aurait su dire combien de temps il était resté là, car il n'avait pas regardé sa montre. Il cessa de pleuvoir mais le vent semblait toujours porteur de petites particules tourbillonnantes d'eau salée. Ses vêtements étaient trempés et il avait du mal à voir. Il tenta d'allumer une cigarette, mais ses allumettes en carton refusèrent de prendre feu. Quand la boîte fut vide, il la jeta et resta avec cette cigarette non allumée à la bouche jusqu'à ce qu'elle soit trempée, elle aussi, et que le papier se décolle.

Il regarda autour de lui et vit la femme, à une cinquantaine de mètres de là, courbée sous le vent et serrant son châle sur son corps.

Il s'était peut-être écoulé une heure et demie, lorsque le chalutier émergea de nouveau, d'abord sous la forme d'une vague silhouette dans la brume, mais bientôt de plus en plus distinct. Il faisait vent arrière, maintenant, et ne roulait plus autant que précédemment. Willi affûta le regard et, bien qu'il eût mal aux yeux, vit qu'il tirait quelque chose en remorque. Peu après, il distingua clairement le canot. Instinctivement, il s'était dressé et avait tendu le cou.

Le chalutier approcha et doubla la pointe, presque à la verticale de Willi. Celui-ci vit qu'il y avait des hommes sur le pont, mais la distance l'empêchait de distinguer de qui il s'agissait. Le bateau disparut ensuite à sa vue, caché par le promontoire, et il n'entendit plus que le bruit faible et irrégulier du moteur, à travers la tempête.

Quand il se retourna, la femme avait disparu et il eut le temps de parcourir la moitié du chemin de retour avant de la rattraper. Elle marchait à grands pas pressés, tête baissée. Cette fois, il ne prit pas la peine de s'arrêter.

Il arriva sur le quai avant le chalutier et se gara à une quinzaine de mètres de son lieu d'amarrage. Il resta à bord du camion, l'avant-bras posé sur le volant et le chapeau rejeté sur la nuque. Ses vêtements étaient trempés et il avait les yeux qui brûlaient, après sa longue veille au sommet de la falaise. Quelques minutes plus tard, il entendit le bruit faible et hoquetant du moteur, à travers le vacarme étouffé de la mer, et le haut du mât apparut au-dessus du parapet sous la forme d'un mince trait vertical.

Le caporal et le capitaine sortirent de l'un des bars et traversèrent l'aire de béton pour se poster au bord du quai. Le caporal chercha quelque chose dans sa tunique et on aperçut alors la crosse du pistolet-mitrailleur qu'il portait sous son imperméable.

Le chalutier approchait rapidement, après avoir doublé le phare. Il remorquait le canot et on voyait déjà Pedro Alemany à sa proue. À côté de lui se tenait Santiago, le pied sur la lisse et une main sur l'échelle du beaupré.

Je me suis couvert de ridicule, pensa Willi.

Le moteur fut coupé et le chalutier continua à avancer sur son erre. Avant que la proue ne touche le quai, Santiago Alemany monta sur le beaupré et, de là, sauta à terre. Il repoussa le bateau du quai en s'arc-boutant, et capela l'amarre sur la bitte. Il avait sûrement aperçu Willi, à bord du camion, mais il ne regarda pas une seule fois dans cette direction.

Sur le chalutier, on voyait Pedro Alemany et les deux gardes civils, ainsi que quelques hommes d'équipage, les autres devant se trouver dans la cale. L'un des gardes sauta à terre, lourdement et sans beaucoup de souplesse, dans ses grosses chaussures de marche, et entreprit de faire son rapport au caporal. À l'arrière, l'un des membres de l'équipage jeta l'ancre. Le caporal écoutait en lissant ses fines moustaches du bout de l'index. Santiago, lui, s'entretenait à voix basse avec le capitaine.

Les portes de l'échelle de cabine s'ouvrirent, et la tête et les épaules de Ramón apparurent. Il monta sur le pont, petit, les jambes arquées, et son regard effleura Willi. Son visage était dépourvu d'expression mais, en travers de la joue gauche, il portait une large éraflure qui allait du coin de l'œil jusqu'au cou.

D'autres personnes étaient maintenant arrivées sur le quai, parmi lesquelles le petit Finlandais qui s'était battu dans le bar.

La porte donnant accès à la cabine ne s'ouvrit plus.

On hala le canot le long du chalutier, ce qui provoqua un léger clapot sur le fond.

Le garde civil s'entretenait toujours avec son chef. Willi entendit plusieurs fois de suite le mot *desastre*. Il n'en ignorait pas la signification. Le caporal regarda le camion sans grand enthousiasme, parut se résigner et se dirigea vers Willi. Il triturait sa moustache, comme s'il était à la recherche des mots qu'il fallait.

– *Catástrofe*, dit-il, *vuestros amigos*…

Il s'interrompit et pointa un doigt jauni par le tabac vers la surface de l'eau, avant de se signer rapidement. Voyant qu'il se faisait comprendre, il continua à parler, mais Willi ne saisissait plus ce qu'il disait et ne lui prêtait même pas attention. Par-dessus l'épaule du caporal, il vit Ramón Alemany sauter sur le quai. Quelqu'un lui tendit un panier plat. Il le posa et Willi distingua alors une grande quantité de petits poissons rouges ainsi qu'un autre, plus gros, aux reflets verts. Ramón alluma une cigarette et prit à nouveau le panier. Les frères Alemany traversèrent ensuite le quai, suivis par leur père, deux pas derrière eux. Un peu plus haut, près des maisons, se tenait la femme au châle qui ne cessait de se signer. Quand les hommes arrivèrent à sa hauteur, elle les prit dans ses bras à tour de rôle. Puis ils disparurent tous dans la ruelle. Ni Santiago ni Ramón n'avait jeté un seul regard à l'homme à bord du camion.

Willi observa encore une fois le caporal, qui s'était tu et semblait à la fois perplexe et mal à l'aise. Il chercha quelqu'un qui puisse lui venir en aide et fit signe au Finlandais, qui approcha du camion comme à regret. En effet, ce dernier parlait un peu allemand.

– Tes copains se sont noyés, dit-il.

Willi se contenta d'acquiescer.

– Je ne saisis pas très bien, moi non plus, mais je crois qu'il dit que lui et une famille qui s'appelle quelque chose comme Ale…

– Alemany, précisa le caporal.
– C'est ça. Oui, eh bien, qu'ils regrettent l'accident.
Willi acquiesça de nouveau.
Il était toujours penché en avant sur le volant, le chapeau rabattu sur la nuque.
– Comment est-ce arrivé ? demanda-t-il.
Le caporal tenta une nouvelle fois d'expliquer quelque chose, avec de grands gestes, pendant un moment.
– Il dit que l'annexe – c'est bien comme ça qu'on dit, n'est-ce pas ? – a chaviré dans la tempête, quelque part près des îles, là-bas.
Le caporal effectua un salut militaire et alla rejoindre le groupe massé près du chalutier. Le Finlandais, lui, resta sur place, ne sachant trop que faire.
– C'est drôlement moche, dit-il. Tu peux venir chez moi un moment, si tu veux, J'ai du cognac. Je veux dire…
– Non, merci, répondit Willi.
Il se redressa et sauta à bas du véhicule. Avant de se mettre à actionner la manivelle, il demanda :
– À quelle heure le vent s'est-il levé, hier ?
– Vers 18 heures, je crois…
Le moteur se mit aussitôt en marche. Willi remonta à bord et écarta la chienne des pédales. Puis il partit, sur un signe de tête à l'adresse du Finlandais.
Le crépuscule tombait rapidement et, lorsqu'il arriva à la maison du Barrio Son Jofre, il faisait déjà nuit. Il ouvrit la porte avec sa clé et chercha la lampe mais, quand il voulut l'allumer, il constata qu'il n'y avait plus de pétrole dedans. Il prit donc le morceau de bougie dans la cuisine et mit le feu à la mèche, avant de monter lentement à l'étage. Il y en avait en effet un paquet entier, là-haut. Avant de redescendre, il leva la bouteille dans le goulot de laquelle la bougie était fixée, pour examiner la pièce. Sur la chaise, près du lit, étaient posés le manuscrit de Dan et le livre qu'il lisait deux soirs auparavant, vraisemblablement. À un clou fiché dans le mur étaient

suspendus la robe verte de Siglinde et un soutien-gorge, et, dessous, était posée une paire de chaussures qu'elle semblait venir d'ôter. À l'une des fenêtres étaient accrochées, sur une ficelle, deux des chemises de Dan et de Willi, qu'elle avait lavées la veille. Elles devaient être sèches, maintenant. Sur le rebord de la fenêtre, il vit un paquet de coton, le maillot de bain bleu de Siglinde, celui de Dan, un peigne et une brosse.

Il revint au rez-de-chaussée. Là, il alluma deux bougies et posa l'une d'elles dans l'escalier et l'autre sur le sol de la cuisine, près de son matelas. Puis il passa dans la cuisine, versa de l'eau dans le bol de la chienne et sortit un paquet de restes de charcuterie que Siglinde avait acheté la veille. Il sélectionna divers morceaux à l'intention de l'animal et lui caressa distraitement le dos pendant qu'elle mangeait. Puis il souffla le morceau de bougie et le posa sur le plan de travail avant de regagner la pièce principale.

Il y resta immobile, à regarder autour de lui.

Son dernier tableau était posé sur le sol, près de la chaise sur laquelle il prenait place pour peindre. À côté, une bouteille d'essence de térébenthine et son bocal de pinceaux. Derrière la porte se trouvait le bidon d'essence que Siglinde avait laissé là juste avant de partir.

Le chat entra par la chatière et vint se frotter contre ses jambes avant de disparaître à nouveau dans le noir.

Il gagna la porte et donna un coup de pied, aussi fort qu'il le pouvait, dans le bidon d'essence, qui s'envola dans l'escalier, où il renversa la bougie avant de retomber dans la pièce, dans un grand tintamarre. Willi saisit ensuite la bouteille de térébenthine et la fracassa contre le mur. Elle vola en éclats et les morceaux de verre se dispersèrent partout alentour. Puis ce fut au tour de l'une de ses toiles, qu'il alla arracher sur le mur d'en face. Au prix d'un gros effort, il parvint à la déchirer par le milieu et en chiffonner les morceaux. Après avoir trébuché sur le bidon, il brandit celui-ci au-dessus de sa tête, à deux mains, et le cogna à plusieurs reprises sur le carrelage. Une fois qu'il fut assez cabossé, il le jeta loin de lui et se dirigea vers le miroir apposé sur le petit mur, près de la porte. Il y aperçut son propre visage, hermétiquement clos, et ses yeux enflés et injectés de sang. Il leva le poing et l'abattit sur le miroir, qui vola à son tour en éclats. La bougie renversée brûlant encore, il l'écrasa du pied avant de se jeter sur le matelas.

Il resta allongé sur le ventre, dans le noir, la respiration lourde et difficile, et le corps agité de soubresauts.

3

Le canot avait été remonté sur le plan incliné de la cale, au fond du port, et les gens se pressaient pour le voir. Le forgeron et l'un de ses aides avaient démonté le moteur et l'emportaient sur une charrette. Ramón Alemany était accroupi à bâbord, en train de renforcer le calfatage. Il ne s'aperçut pas de l'arrivée de Willi avant que ce dernier ne se penche en face de lui et que leurs yeux ne se croisent. Le regard de Ramón se déroba et il n'en frappa qu'avec plus de force sur son marteau pour enfoncer un coin entre les virures.

– *Guten Tag*, dit Willi en lui tendant la main par-dessous la quille.

Ramón lui rendit sa poignée de main assez mollement et non sans hésitation, en détournant à moitié le visage, sans parvenir à dissimuler l'éraflure qu'il portait à la joue gauche. L'inflammation l'avait colorée en rouge clair et un désinfectant quelconque conférait au reste de sa joue une teinte mi-vert, mi-jaune.

Ils n'échangèrent plus un mot et Ramón poursuivit son travail sans grand enthousiasme. Soudain, il se leva et disparut du champ visuel de Willi.

Ce dernier resta accroupi, à examiner le bordé, qui ne présentait pas de dégâts notables. Puis il se hissa sur le plat-bord et poursuivit son inspection à l'intérieur. Là non plus, il n'y avait rien à relever. De ce côté-là également, le canot paraissait dans le même état que lorsqu'il était à quai, le matin, deux jours plus tôt.

Willi redescendit et s'éloigna lentement. Les gens s'écartèrent sur son passage, presque avec respect, et il ne leur accorda pas un regard.

La forge servait d'atelier de réparation pour l'ensemble du village. Elle était située à la sortie ouest, en direction de la ville, et logée dans une grande bâtisse en tôle ondulée construite par les militaires, à l'origine, mais ensuite passée aux mains de civils.

Le forgeron, grand rouquin aux bras courts et puissants et à la nuque de taureau, était catalan. Il avait hissé le moteur sur un établi et se dirigeait vers la porte pour aller ferrer un âne décharné qui attendait, tête baissée. Sur la charrette, près de l'établi, étaient posées les parties du capot que le forgeron avait dévissées.

Willi alla inspecter le moteur. Il s'y connaissait en mécanique et avait eu le temps d'en apprendre assez long sur les petits bateaux au cours des années passées à Gotenhafen. Ce moteur-là était de fabrication espagnole et très ancien, mais il ne différait pas de façon notable de ceux qu'on rencontrait communément dans les autres pays. Il était d'ailleurs très facile de voir pourquoi il avait cessé de fonctionner.

L'arrivée d'essence était sectionnée, juste à côté de l'écrou de fixation, dont le filetage était déformé, et l'arbre à cames faussé et presque cassé. Il ne faisait aucun doute que ces dégâts étaient irréparables pour qui se trouvait en mer et n'avait pas accès à de vrais outils et des pièces de rechange.

Il prit les morceaux du capot et les assembla autour du moteur. Le bois était dans l'ensemble intact et ne portait aucune marque ni éraflure digne de ce nom. Il n'était donc pas en place quand le moteur avait été endommagé.

Willi fit la moue et ôta de nouveau le capot. Il passa légèrement le bout du doigt sur l'arbre à cames et sentit que le métal était rugueux et rayé près de l'endroit de la cassure. L'arrivée d'essence, elle, était sectionnée net et les marques, très récentes.

Il prit une clé sur l'établi et dévissa les bougies. Elles étaient un peu huileuses, sans doute assez pour que l'allumage ait des ratés. Il les revissa et se redressa.

Le forgeron en avait fini avec l'âne et revenait vers l'établi en secouant la tête.

– *Terrible*, dit-il.

Willi hocha la tête.

– *Mucho agua*, ajouta le forgeron avec un geste en direction du moteur, *muy malo*.

C'était exact, aussi. Le moteur avait été au contact de l'eau, très récemment, et il était d'une propreté qui n'avait rien de naturel. Mais sans doute cet homme voulait-il dire autre chose.

Ça ne colle pas, se dit Willi en quittant la forge, pas du tout. L'horaire ne colle pas non plus. Rien ne colle.

En regagnant le camion, il aperçut Santiago et pressa le pas. Mais l'autre l'avait vu de loin, lui aussi, et, avant qu'il ait eu le temps de le rattraper, l'Espagnol avait bifurqué dans une ruelle et disparu.

Une heure plus tard, Willi était assis sur le perron de la maison du Barrio San Jofre et regardait son carnet de notes. En haut de la page, il avait écrit :

17 décembre, 8 h 30. Ils se sont noyés. J'en ai eu la nouvelle vers 19 heures, hier. Je me suis comporté bizarrement et j'ai mis un tableau, le miroir et le bidon d'essence en pièces. L'horaire ne colle pas.

Il dévissa le capuchon de son stylo pour ajouter :

Ils auraient dû être de retour à 14 heures. Le vent s'est levé à 18 heures. L'arrivée d'essence est sectionnée. Le capot du moteur intact. Ramón porte une plaie à la joue. Ils ont l'air d'avoir peur.

Puis il réfléchit une ou deux minutes et ajouta : Ils ont peut-être honte.

Il resta assis un moment à regarder ce qu'il avait écrit, puis referma le carnet et le glissa dans sa poche-revolver.

– Ça ne colle absolument pas, se dit-il.

Le lendemain, il se rendit à Santa Margarita avec le camion pour voir l'entrepreneur de maçonnerie qui était en fait le propriétaire de celui-ci, qu'il avait loué à Dan pour une somme forfaitaire, comptant sans doute ne jamais le revoir. Il secoua dubitativement la tête mais n'en empocha pas moins les billets que Willi lui offrit, non sans avoir émis les habituelles objections. Puis il lui offrit un cognac, sur la place, et lui dit en riant :

– *¿ Y los amigos ? ¿ Otra vez en Noruega ?*

Il pensait apparemment que Dan et Siglinde étaient repartis et nul ne l'avait détrompé.

Il n'arrêta pas de pleuvoir sur le chemin du retour, et Willi ne tarda pas à être trempé. Il avait dû payer cinq fois plus pour devenir propriétaire de ce vieux camion que Dan pour le louer, mais il avait pris l'habitude de l'avoir toujours à portée de la main et ne pouvait plus s'en passer.

De plus, il était convaincu qu'il ne manquerait pas d'en avoir besoin.

Au cours de la période qui suivit, il l'utilisa tous les jours. Tant que les bars étaient ouverts, on le voyait sur le port, et, la nuit, il était sur son matelas, dans la maison du Barrio Son Jofre, la tête posée sur la main et le carnet de notes ouvert devant lui. De temps en temps, il y écrivait quelque chose. La porte était toujours fermée à clé et la lampe à pétrole répandait sa lumière jaune et vacillante dans cette pièce aux murs nus.

À l'aide de fragments de souvenirs des mois passés, il reconstitua, morceau par morceau, un puzzle effrayant.

4

Tôt le matin, entre Noël et le jour de l'an, deux employés du consulat vinrent de la capitale provinciale prendre en charge les effets personnels de Dan et de Siglinde. Ils étaient à bord d'une grosse jeep immatriculée à l'étranger et, pour leur servir de guide, ils disposaient d'un garde civil local.

Willi venait de se lever et était en train de se laver dans la cuisine. Il enfila sa chemise brune délavée qui le suivait depuis l'époque des Jeunesses hitlériennes et accueillit ses visiteurs, qui avaient eu la discrétion de s'arrêter sur le perron, bien que la porte fût ouverte.

Les hommes du consulat lui serrèrent la main et lui offrirent des cigarettes américaines. Puis ils montèrent à l'étage et Willi les aida à attacher de petits morceaux de carton numérotés aux différents objets et à les mettre dans des sacs. Une fois qu'ils eurent descendu ces sacs, ainsi que les malles, et les eurent chargées sur la jeep, il ne resta plus que le lit, dans la chambre à l'étage.

L'un des employés fit le tour du rez-de-chaussée des yeux et demanda, dans un allemand impeccable :

– Est-ce qu'on a tout le barda ?

– Vous avez oublié la lampe, dit Willi.

– Elle est peut-être plus utile ici qu'ailleurs, non ? Rien d'autre ?

– Le chat et la chienne.

– Leurs parents, en Norvège, seraient sûrement très heureux qu'on leur expédie la ménagerie. Si vous ne voulez pas conserver ces animaux, on peut faire en sorte qu'ils soient piqués.

– Je les garde.

L'employé sortit un carnet de notes à couverture en toile cirée noire, humecta son doigt et le feuilleta.

– Possédez-vous des créances sur leur succession ?

– Pardon ?

– Est-ce qu'ils vous devaient de l'argent ?

Willi jeta un coup d'œil sur le mur, à côté de la porte de la cuisine, à l'endroit où Siglinde tenait ses comptes. Au-dessus de longues colonnes de chiffres et de divisions très complexes, elle avait écrit, d'une belle écriture penchée : Dû à Willi : 1 125 marks.

Il secoua la tête.

– Tant mieux, car ils n'étaient pas très regardants, on dirait, et ont fait pas mal de dettes, dit l'homme en portant une croix dans son carnet. Ces affaires vont être mises en gage, ajouta-t-il en désignant le chargement, à l'extérieur, avec son stylo. Il n'y en a pas pour bien cher, mais…

Il fourra le carnet dans sa poche et tendit la main à Willi pour prendre congé.

– L'enquête est en cours ? demanda Willi.

– L'enquête ? Elle est close depuis longtemps. L'affaire est évidente, non ?

Willi hocha distraitement la tête.

– Un banal accident, pas de quoi se mettre martel en tête, dit l'employé du consulat. La police a dressé un procès-verbal, en bas. Vous ne l'avez pas lu ?

– Je ne comprends pas bien la langue locale.

– Nous en avons fait faire une copie en anglais, pour plus de facilité. Je crois que j'en ai un exemplaire, dehors, si vous voulez en prendre connaissance.

– Merci.

L'homme alla chercher un porte-documents noir, dans la jeep, et en sortit deux copies sur papier pelure.

– C'est l'enquête officielle, dit-il. Vous pouvez garder cet exemplaire, j'en ai d'autres.

Puis il serra la main de Willi et alla retrouver ses assistants, qui venaient de terminer le chargement.

Quelques minutes plus tard, ils partirent et Willi suivit pendant un bon moment le bruit du moteur, tandis que la jeep montait les lacets de la route.

Une fois le silence revenu, il posa les papiers sur la toile de jute, dans le coin de la pièce, avec ses vêtements, son sac à dos et d'autres choses. Puis il passa dans la cuisine, ôta sa chemise et termina sa toilette matinale, à l'eau froide et au savon, avant de se laver les dents au gros sel. Il avait conservé les plus grands fragments du miroir et les avait appuyés contre le mur de la cuisine. En se rasant, il croisa à plusieurs reprises son propre regard, indifférent, et eut le sentiment d'avoir son aspect habituel.

Avant de quitter la maison, il sortit son portefeuille et compta l'argent. Il n'avait plus de quoi tenir que pendant quatre mois, et encore en faisant bien attention.

Il plia le rapport dactylographié en quatre et le glissa dans son portefeuille avec une moue de scepticisme.

Une fois au port, il gara le camion sur le quai et alla de bar en bar, en quête de Santiago et de Ramón. Ils étaient chez Jacinto, en train de jouer aux cartes avec deux autres pêcheurs. Quand Willi entra, Santiago leva les yeux et le salua d'un signe de tête, mais reprit aussitôt sa partie de cartes. Son frère, lui, regarda Willi par-dessous mais n'alla pas jusqu'à le saluer. L'air du local était frais et humide, et Jacinto avait placé un grand brasero au centre de la pièce.

Willi prit place près de la porte pour observer le visage des deux frères et s'assurer qu'ils ne quittent pas le bar sans passer devant lui. Il commanda un *café con leche* pour accompagner le petit pain de son petit déjeuner mais ne se hâta pas de le consommer et surveilla les joueurs de cartes, jambes croisées. À deux reprises, Santiago leva la tête et le regarda brièvement, en une occasion avec un vague sourire triste. Ramón, lui, baissait obstinément les yeux sur ses cartes.

Willi mangea son petit pain, puis il écarta sa tasse, sortit le double du rapport de son portefeuille et l'étala sur la table, devant lui. Il appuya la tête sur sa main et se mit à lire. Comme il n'était pas très au fait de la langue anglaise, il lui fallut un moment pour prendre connaissance du document.

Rapport d'accident en mer. Deux ressortissants étrangers, Daniel Olaf Pedersen né en 1925 à Arendal (?) et sa femme Birgit Siglinde Wolf (?)-Pedersen née en 1929 à (lieu inconnu), ont trouvé la mort lors d'un accident de bain survenu le 15 de ce mois. Tous deux étaient citoyens norvégiens et de confession protestante et sont entrés en Espagne le 12 août 1952 au poste frontière d'Irún, sur visas n° 63428 & 63429 émis par le consulat général d'Espagne à Paris, France. Par la suite, une prolongation de permis de séjour leur a été accordée par le commissariat général du service de sécurité, références 738/52, 739/52, 926/52, 927/52, 181/53, 182/53, 539/53, 540/53, 897/53, 898/53, 1012/53 et 1013/53. Depuis le 4 septembre de cette année, Daniel Olaf Pedersen et Birgit Siglinde Wolf (?)-Pedersen ne résident plus de façon permanente dans ce district.

Circonstances précises : le 16 décembre de cette année, à 14 heures, une barque de pêche avec quatre personnes à bord, partie la veille pour une excursion en mer, a été portée disparue auprès de l'officier de garde du poste de la garde civile de la localité. La veille, entre 8 h 30 et 9 heures du matin, elle avait été vue par la patrouille de la garde civile de service en train de mettre le cap sur l'archipel des Islotes Redondos, ce qui laissait supposer qu'elle s'y rendait. Une barcasse à moteur de la capitainerie ayant à son bord du personnel de la garde civile fut envoyée explorer le secteur mais, du fait de conditions de mer très défavorables, dut rentrer au port, où elle arriva à 15 heures. À 17 heures, le chalutier *La Virgen de los Dolores*, immatriculé 13-1698, fut dépêché à son tour en direction des Islotes Redondos avec à son bord des volontaires et des membres de la garde civile. À 18 h 30, il y secourut deux survivants qu'il prit à son bord. Il apparut alors que Daniel Olaf Pedersen et Birgit Siglinde Wolf (?)-Pedersen avaient trouvé la mort par noyade au cours de l'après-midi de la veille. Les corps des victimes n'ont pas été retrouvés.

Témoignage oculaire du chauffeur Santiago Alemany Ventosa :

En compagnie de son frère, de Daniel Olaf Pedersen et de Birgit Siglinde Wolf (?)-Pedersen, il était parti dans la matinée pêcher près des Islotes Redondos. Voyant le temps empirer au cours de la journée, il avait proposé à plusieurs reprises de rentrer au port mais, pour plusieurs raisons, ce retour fut reporté à l'après-midi. Les deux étrangers avaient insisté pour se baigner près de l'un des îlots, en dépit de ses mises en garde. Au cours de cette baignade, Daniel Olaf Pedersen et sa femme avaient détaché l'annexe de la barque et, malgré des mises en garde renouvelées, étaient sortis de la baie à la rame et parvenus à un point très exposé aux lames. Une vague plus puissante que les autres avait alors fait chavirer l'embarcation, projetant le señor et la señora Pedersen à la mer. Le témoin, qui se trouvait à bord de la barque en compagnie de son frère, avait aussitôt tenté de mettre le moteur en marche mais celui-ci, qui avait déjà donné des signes inquiétants au cours de la matinée, avait peiné à démarrer et, lorsqu'ils étaient arrivés sur place, les deux naufragés avaient coulé et n'ont pu être retrouvés par la suite. Le témoin et son frère étaient restés sur place plus d'une heure, au cours de laquelle le temps avait encore empiré. Une vague avait alors déferlé sur la barque et stoppé de nouveau le moteur, et ils avaient dû chercher refuge sur l'îlot où ils furent recueillis par la suite. Le témoin suppose que l'annexe a ensuite été fracassée par les vagues et qu'elle a coulé ou été entraînée au large. L'îlot sur lequel les deux frères s'étaient réfugiés leur offrant un abri suffisant, ainsi que des ressources en eau et en nourriture, ils ont pu consacrer le reste de la journée à tenter de réparer le moteur, hélas sans succès. Le témoin fait d'ailleurs valoir qu'au moment de l'accident, les conditions de mer étaient si mauvaises qu'il n'y aurait eu pratiquement aucun espoir de sauver les naufragés, même si le moteur avait fonctionné convenablement.

Le témoin n'est pas en mesure de préciser le moment exact de l'accident, du fait que ni lui ni son frère ne possèdent de montre. Mais il estime qu'il se situe entre 15 heures et 17 heures.

Ce témoignage est confirmé pour l'essentiel par le pêcheur Ramón Alemany Ventosa, qui se trouvait pendant tout ce temps aux côtés du témoin et a assisté comme lui à l'accident.

Certifié conforme et véridique
Le 17 décembre 1954
Poste de police n° 413
Zone Orientale S.F.P.D.
(signature)

– Il n'y a pas un seul mot de vrai dans tout ça, se dit doucement Willi.

Il n'était pas vraiment surpris ni scandalisé et avait plutôt l'impression d'être face à quelque chose qu'il savait depuis longtemps. Il s'étonnait seulement un peu que cette histoire ait été concoctée de façon aussi grossière et manifestement fausse.

Il leva rapidement la tête et, en observant les hommes à l'autre table, eut le temps de croiser, l'espace d'un dixième de seconde, le regard de Ramón Alemany avant qu'il ne se détourne. Il était à la fois éperdu, apeuré et interrogateur, mais s'était à nouveau porté vers les cartes du joueur, aussitôt après. En dépit de l'éclairage et du fait qu'il était penché vers l'avant, Willi put distinguer la mince cicatrice blanche de l'éraflure de sa joue.

Santiago lança une bourrade à son frère en manière de plaisanterie, en lui disant quelque chose. Puis il rassembla ses cartes et les posa sur la table. Les deux autres joueurs protestèrent vivement, mais Santiago jeta quelques pièces sur la table et se leva. Ramón et lui se dirigèrent vers la porte et, en passant devant la table de l'Allemand, il regarda celui-ci dans les yeux, froidement et calmement.

Willi resta trois ou quatre minutes à sa table, pour finir son café maintenant froid. Puis il se leva et entreprit sa ronde. Il retrouva les deux frères dans un petit bar assez misérable, situé à l'extrémité du quai et presque dépourvu de clients, tenu par un vieil homme qui mouillait le vin et le vendait très bon marché aux pêcheurs étrangers.

Santiago et Ramón étaient au comptoir, lequel n'était pas très long mais assez sale, et buvaient du vin rouge. Ils se parlaient à voix basse mais se turent en voyant Willi.

Ils n'osent même pas se fier au fait que je ne comprends pas leur langue, se dit celui-ci.

Il alla prendre place à côté d'eux en les saluant de la tête. Santiago commanda un verre de vin de plus et Willi laissa le patron aller le chercher et le servir, mais n'y toucha pas. Au bout de quelques minutes, Santiago lui dit quelque chose et il haussa les épaules pour signifier qu'il ne comprenait pas. Ramón, lui, baissait obstinément les yeux sur son verre. Soudain, il le vida d'un seul trait, se tourna vers la porte et sortit. Santiago resta sur place un instant avant de l'imiter, sans un mot et sans regarder l'homme à côté de lui.

Willi prit son verre et alla se poster sur le seuil pour suivre du regard les frères Alemany, qui s'étaient retrouvés un peu plus loin sur le quai. Il savait maintenant qu'il les avait contraints à rentrer chez eux et qu'il était inutile de les suivre davantage.

Chacun allait enfin rentrer chez lui.

– On commence à avoir l'habitude, hein, dit-il à la chienne.

Il passa le reste de l'après-midi dans le port, mais Santiago et Ramón ne se montrèrent plus ce jour-là.

Il relut encore le rapport de police et fut frappé à nouveau par le fait qu'il était si ouvertement mensonger et facile à contredire. Cela le perturba et il se sentit à la fois déçu et épuisé, comme s'il avait utilisé toute son énergie à enfoncer une porte ouverte.

Il n'avait pas été compliqué de suivre les frères Alemany de bar en bar, c'était une occupation presque machinale et elle lui manquait. En même temps, il s'irritait de constater qu'il n'était pas capable de dire au juste pourquoi il s'y consacrait.

Il avait le sentiment que de nombreuses petites réflexions étaient en train de se fondre en quelque chose d'une simplicité libératrice, mais il doutait que cette idée claire et dépourvue d'ambiguïté ait la force de se dégager de la gangue de sa conscience.

Sans doute resterait-elle là jusqu'à étiolement complet. Peut-être même le rendrait-elle fou.

Il rentra chez lui vers 22 heures. Le moteur du camion eut des ratés et il décida donc de s'en occuper le lendemain, pendant qu'il avait encore de l'argent pour acheter des pièces de rechange.

Quand il pénétra dans la maison du Barrio Son Jofre, le silence et la solitude s'abattirent sur lui. Il s'avisa alors qu'il était le seul à pouvoir contredire la version de Santiago Alemany. S'il n'avait pas existé une traduction du rapport, il n'aurait pu en prendre connaissance et, pour tout autre que lui, il devait paraître plausible.

Nul n'avait compté avec lui. Sur sa mémoire et son sens presque anormal des détails. Des détails qu'il était le seul à connaître, en gros.

Il se parla à lui-même dans le noir et se demanda :

– Comment est-ce arrivé ? Qu'ont-ils fait ? Pourquoi ?

Il retint sa respiration pendant une dizaine de secondes comme s'il attendait une réponse, mais il ne se passa rien.

Il se déshabilla et se glissa entre les draps humides. Il mit longtemps à s'endormir, car cela cognait très fort dans sa tête.

5

Il se réveilla en sursaut et se mit brusquement sur son séant, comme si un cri ou un coup de feu venait de retentir dans la pièce et de déchirer le silence.

C'était évident.

Les frères Alemany avaient tué Dan et Siglinde.

Naturellement, il savait pourquoi ils avaient fait cela. Qui était mieux placé que lui pour le savoir ?

Et maintenant ils avaient peur, non sans raison.

Mais il les forcerait à avouer, peu importait quand ni comment.

Puis il les tuerait à leur tour.

Tout cela était d'une simplicité émouvante.

Jamais auparavant il n'avait été aussi lucide.

Il se recoucha, parfaitement calme, et se rendormit presque aussitôt. Comme s'il venait d'être soulagé d'un gros poids ou de guérir d'une longue maladie.

Ceci se passait au milieu de la nuit et la pièce était plongée dans les ténèbres.

6

Willi changea très brusquement, mais nul ne le connaissait assez bien pour s'en apercevoir. On le voyait quotidiennement sur le port, où il allait de bar en bar ou errait dans les ruelles, en étranger maigre et solitaire qui ne vaquait jamais à quoi que ce soit de sensationnel.

Il ne recherchait pas la compagnie des frères Alemany et on ne le voyait jamais avec eux, mais il était souvent sur leurs talons. Quand ils venaient dans l'un des bars, il y était lui aussi, la plupart du temps, et le quittait rarement avant eux. S'ils allaient dans un autre bar, il ne fallait pas longtemps avant qu'il y arrive à son tour. Il ne buvait jamais d'alcool, mais il était capable de rester assis pendant des heures devant une tasse de café ou une eau minérale. Parfois, il observait de près l'endroit où il se trouvait, mais le plus souvent il regardait droit devant lui avec ses yeux bleus et dépourvus d'expression.

Il était toujours accompagné d'une chienne noir et blanc et conduisait un vieux camion Fiat transformé qu'il garait sur le quai, à la vue de tous. Dans les boutiques où il faisait ses courses, on constatait qu'il comprenait de mieux en mieux la langue.

Début avril, il quitta le pays comme homme d'équipage intérimaire sur un yacht privé. Moins de deux mois plus tard, fin mai, il revint et s'installa de nouveau dans la maison du Barrio Son Jofre.

Après cela, il ne descendit plus jamais au port.

CINQUIÈME PARTIE

1

Willi Mohr était las, après l'interrogatoire, et passa presque toute la journée à dormir. Il se réveilla vers 20 heures avec la fringale et, sitôt lavé et habillé, monta manger en ville. Le restaurant qu'il choisit était petit et peu attrayant, et situé dans une étroite rue latérale à l'*avenida*, tout en haut, près de l'église. Il était tenu par deux vieilles dames et surtout fréquenté par des militaires de grade très subalterne qui avaient de temps en temps envie d'autre chose que de la cuisine de la caserne. La nourriture était peu appétissante, elle aussi, mais bon marché. On n'y servait d'ailleurs que deux plats : d'une part une sorte de soupe dans laquelle nageaient des feuilles vertes, d'autre part du boudin au riz. La soupe était claire et pas très nourrissante, mais le riz dégoulinait de graisse de mouton et d'huile d'olive mal raffinée, et celui qui mangeait les deux quittait la table le ventre bien rempli. Pendant trois mois, en juin, juillet et août, Willi y était allé tous les soirs. Quand il n'eut plus un sou, il dut se contenter de pain et de sardines salées qu'il achetait à crédit à la *tienda*. Il ne s'en souciait guère, n'ayant pas le palais très fin, mais il n'avait pas le sens de l'économie domestique et n'aimait pas faire la cuisine.

Bien qu'il eût réglé sa note à la *tienda*, il lui restait un peu d'argent, après la visite de Santiago Alemany, quatre jours plus tôt, et il s'offrit les deux plats. Il n'y avait pas d'autre client, dans ce local pas très propre, et il avait donc les deux propriétaires pour le servir. Il n'était pas venu depuis longtemps et les petits soins qu'elles avaient pour lui étaient à la fois émouvants et ridicules.

Il prit son temps et essuya soigneusement la graisse et l'huile de son assiette à l'aide de petits morceaux de pain, puis se cura méticuleusement les dents avant de se lever et dire bonsoir. Ayant déjà été payées, les deux femmes s'étaient retirées dans un coin de la salle, où elles attendaient sans rien dire, telles des ombres. Dès qu'il fut sorti, elles allèrent fermer la porte à clé.

Il était déjà 23 heures. Willi alla ensuite boire un café sur la place, à la terrasse du Central. Il y resta jusqu'à ce que tous les autres soient partis et que le patron se mette à bâiller. Puis il rentra se coucher.

Telle était, en gros, sa routine quotidienne. Il peignait certes un peu, de temps en temps, pour compléter le tableau de la maison et des cactus, mais il doutait qu'il soit jamais plus achevé qu'il ne l'était déjà et n'avait aucune envie d'en commencer un nouveau.

Depuis quatre mois il ne faisait donc à peu près rien d'autre que d'attendre.

Jadis, il attendait que Santiago Alemany vienne à la maison du Barrio Son Jofre.

Or, Santiago était venu et Willi attendait toujours.

Qu'il renouvelle sa visite.

2

Aujourd'hui, se dit Willi, il faut que je le fasse.

Il referma le carnet de notes, le fourra dans sa poche-revolver et passa dans la cuisine.

Il glissa la main sous le plan de travail, sortit les chiots l'un après l'autre, les porta dans la pièce principale et les posa sur le carrelage, dans le carré de soleil devant l'escalier. Puis il s'assit sur la marche du bas pour les regarder. Ils étaient au nombre de trois. Ils avaient d'abord été quatre, mais l'un était mort presque aussitôt après sa naissance et la chienne avait jeté son cadavre sur le sol de la cuisine. Cette fois, elle avait suivi Willi et frétillait de la queue, près de lui. Elle avait confiance en lui et le prouvait en lui léchant la main chaque fois qu'il la plongeait dans le renfoncement pour saisir l'un des chiots.

Le chat était assis un peu plus haut dans l'escalier et les suivait du regard, stupéfait et désapprobateur.

Les chiots geignaient et se traînaient lentement dans toutes les directions. Ils étaient assez vieux pour avoir une certaine personnalité. La membrane était déjà tombée de leurs yeux et l'un d'entre eux gémissait plus souvent que les autres et sur un tout autre ton. Deux étaient blanc et noir, le troisième taché de brun.

Le brun promettait d'être assez laid. Il était brun sale d'un côté et blanc de l'autre, et, dans le blanc, il y avait une série de petites taches brunes et irrégulières.

L'un des deux blanc et noir avait l'air très drôle. Il portait une tache circulaire autour de l'œil droit et ses pattes étaient noires alors que ses pieds étaient blancs. C'était lui qui geignait souvent. L'autre avait la tête et tout le dos noirs et c'était sans aucun doute le plus joli à voir.

Il n'avait pas fallu plus d'une demi-minute à Willi pour décider lequel était le plus beau, et pourtant il était toujours assis à les regarder, car il n'était plus tout à fait sûr de retenir la beauté comme critère.

Au bout d'un moment, il se leva et alla chercher un panier dans la cuisine. Puis il s'assit à nouveau et regarda les chiots, qui rampaient en demi-cercle, éperdus, sur la tache de soleil.

Il saisit le brun et le tint un instant dans la main avant de le poser dans le panier. Il était petit, doux, chaud et bien vivant.

La chienne était toujours là, tout à fait indifférente.

Après avoir réfléchi quelques minutes de plus, il saisit les deux autres et resta assis, un dans chaque main. Il finit par poser celui qui était tout noir dans le panier et l'autre à ses pieds. Celui-ci tomba aussitôt à la renverse et se mit à piailler avec insistance, en se traînant sur le sol. C'était celui à la tache autour de l'œil.

Willi contempla celui qu'il avait choisi, sans cesser de plonger de temps en temps un œil hésitant dans le panier, où les deux autres s'étaient endormis, l'un contre l'autre.

Soudain, il revint sur son choix, posa le chiot à la tache autour de l'œil et prit le brun à la place. Celui-ci s'éveilla aussitôt et se mit à ramper en cercle en poussant de petits cris plaintifs.

La chienne vint alors le lécher.

– Non, on ne peut pas se comporter de cette façon-là, marmonna Willi.

Il changea à nouveau de chien, plaça le brun dans le panier et celui à la tache noire sur le sol, mais la manœuvre le perturba encore un peu plus et il mit le troisième dans le panier, lui aussi, en se grattant la tête. La chienne frétillait de la queue et le regardait avec ses grands yeux bruns pas très intelligents.

– Merde, lâcha-t-il.

Puis il tira le panier vers lui, le plaça entre ses jambes, ferma les yeux et plongea la main pour choisir l'un des chiots au hasard. Ce fut le brun.

Il passa dans la cuisine et le déposa sous le plan de travail. La chienne le suivit et fureta dans le renfoncement. Avant de quitter la cuisine, il chercha les morceaux de corde qu'il utilisait pour faire des fagots. Il les mit sur les chiots, jeta le panier par-dessus son épaule et sortit.

Derrière la maison se trouvait un tas d'ordures et des petits buissons de cactus couverts de poussière, et, un peu plus loin, un mur de pierre délimitant une terrasse sur laquelle dépérissait une dizaine d'amandiers. De l'autre côté de ce champ, la montagne dressait son flanc escarpé et pierreux, couvert çà et là de pins rabougris.

Willi traversa la terrasse, des écorces d'amande et des mottes de terre sèche et jaune craquant sous ses pieds. Puis il se mit à grimper parmi les pierres. De temps en temps, les chiots gémissaient dans le panier.

Il dut monter assez haut pour trouver des branches dont il valait la peine de faire des fagots pour les rapporter chez lui. Plus il s'élevait, plus le panorama s'élargissait. En se retournant, il vit la ville s'étendre à ses pieds, plate, triste et grisâtre, dans le creux des montagnes, ainsi que la route menant à la mer, sous la forme d'une bande blanche sinuant entre les collines, puis le scintillement de l'eau, au loin, et même le port, où il n'était pas allé depuis très longtemps.

Il continua à grimper jusqu'à ce qu'il parvienne à un bosquet de pins broussailleux qui poussaient au milieu des cailloux, en dessous d'une falaise rugueuse. Il posa alors le panier et souffla un peu. Le chiot à la tache sur l'œil ne cessait de geindre désespérément, d'une voix étouffée.

Là, ce n'était pas le bois mort qui manquait. Il prit les ficelles et les posa sur une pierre plate. Puis il saisit le chiot presque entièrement noir, le regarda distraitement et le cogna très fort et très rapidement contre la paroi rocheuse. On aurait dit qu'il avait lancé une vieille balle en caoutchouc. L'animal tomba sur le sol, raide mort.

L'autre chiot gémissait toujours, mais il se tut au moment où il le prit. Il évita de le regarder mais le soupesa. Il était comme le précédent, petit, doux et bien vivant. Sur le dos, il tenait juste dans la paume de sa main. Willi leva le bras à la hauteur de l'épaule et tendit la main en arrière mais ou bien il se retint au dernier moment, ou bien le chiot lui échappa. Toujours est-il que son geste ne fut pas assez fort et fut mal dirigé, le chiot pivota sur lui-même, en l'air, et rebondit légèrement sur la paroi.

Willi resta un bon moment immobile avant de trouver la force d'aller voir où il était tombé.

Il avait atterri dans une profonde faille en forme de coin entre deux blocs de pierre relativement gros et, quand Willi se pencha pour regarder, il vit que le chiot vivait encore. Mais il gisait tout au fond de la faille, les pattes en l'air. Il remuait légèrement celles-ci et Willi put voir de petits filets de sang rouge pâle couler de sa gueule et de son museau, qui était beau, rose et légèrement ridé.

Il plongea le bras dans la faille mais il eut beau s'étirer au maximum, il ne put atteindre le chiot ni même l'effleurer. Il bougeait un peu plus, maintenant, et on entendait monter de petits cris plaintifs.

Willi chercha une branche cassée et la plongea dans la faille. Il parvint à toucher l'animal, mais apparemment il était coincé entre les pierres et il était impossible de le dégager. Il jeta alors la branche et se hissa sur la pierre la plus proche de lui pour tenter de l'écarter de l'autre, mais elle ne bougea pas d'un pouce dans ce sens-là. En revanche, il était possible de la déplacer dans l'autre sens et donc de rétrécir la faille.

Il fit un pas en arrière, posa le pied sur le bord de la pierre et poussa de toutes ses forces. Elle bascula légèrement et il crut entendre le chiot pousser un petit cri, un seul, avant d'être écrasé. Arc-bouté sur son pied, il maintint la pierre dans cette position aussi longtemps qu'il le put, avant de lâcher prise et la laisser revenir en arrière.

Il lui fallut un certain temps avant de se remettre suffisamment pour retourner près du rocher plat sur lequel il avait posé les ficelles.

Ensuite, il rassembla lentement et systématiquement un grand tas de branches mortes, les attacha ensemble, jeta le fagot sur son dos et entreprit la descente.

Il prit tout son temps et, à mi-chemin environ, s'arrêta pour fumer une cigarette. Pendant qu'il était assis là, il vit un garde civil monter la ruelle conduisant au Barrio Son Jofre en tenant sa bicyclette à la main. Malgré la distance, il nota que l'homme portait sa carabine en bandoulière et qu'il s'arrêtait au milieu de la côte pour s'éventer le visage avec son bonnet en toile cirée. Une fois parvenu à destination, le gendarme appuya son vélo contre l'appentis et disparut de son champ de vision. Sans doute était-il allé cogner à la porte.

Il finit de fumer sa cigarette avant de hisser le fagot sur son dos et de continuer la descente, sans quitter des yeux l'endroit où le garde civil devait réapparaître, mais celui-ci ne se montra pas. La bicyclette était encore là mais, quelques minutes plus tard, Willi était descendu si bas que l'appentis était caché par les amandiers et le buisson de cactus.

Il traversa le champ, qui crissa sous ses pas, et contourna la maison. Il n'y avait personne dans la cour et le vélo avait disparu. Il haussa les épaules et entra.

Sur le sol, derrière la porte, il trouva une lettre que le garde civil avait apparemment glissée par la chatière. L'enveloppe portait juste un cachet dans le coin supérieur droit. Willi la déchira et en sortit son passeport.

Il le feuilleta mais ne trouva pas de nouvelle mention ni de cachet qui n'y était pas auparavant. Il haussa donc les épaules à nouveau et fourra le passeport dans sa poche-revolver, avec le carnet de notes.

3

C'était le 1er novembre, il s'était écoulé vingt-quatre jours depuis l'interrogatoire et il n'était encore rien arrivé à Willi.

Les journées s'étaient faites plus courtes et les nuits plus fraîches, et il avait plu à deux reprises au cours des semaines précédentes mais, par ailleurs, rien n'avait changé.

Il n'avait plus d'argent depuis longtemps et n'avait fait aucun effort pour s'en procurer, alors qu'il aurait pu écrire à Hugo Spohler, qui lui en devait encore. La *tienda* lui faisait toujours crédit, ainsi que le Café Central. Sa note n'y croissait que lentement, car il avait réduit ses achats au minimum absolu et vivait exclusivement de pain, sardines salées et figues. Ces dernières ne lui coûtaient d'ailleurs rien, car il les cueillait sur des arbres poussant librement dans un ravin, en dessous de la montagne. De temps en temps, il s'offrait bien un paquet d'*Ideales* mais, en fumant très rarement et conservant les mégots pour la pipe, il faisait durer le même paquet plusieurs jours. Et il n'alourdissait sa facture au bar que d'une petite tasse de café chaque soir.

À l'exception du garde civil qui avait glissé l'enveloppe contenant son passeport par la chatière, nul n'était venu chez lui ces derniers temps. Le chiot brun était mort trois jours seulement après qu'il eut tué les deux autres et il avait jeté son cadavre sur le tas d'ordures, derrière la maison. La chienne le suivait de nouveau pendant ses promenades quotidiennes en ville et, bien qu'il se procurât parfois des os et restes de viande à moitié pourris à son intention, elle avait maigri de façon notable, comme lui.

Seul le chat était resté semblable à lui-même. Il se nourrissait tout seul, et allait et venait avec une aisance qui le faisait passer pour l'unique occupant légitime de la maison.

Willi ne peignait plus et commençait à négliger beaucoup de choses. Il ne se lavait et ne se rasait plus aussi régulièrement, et ne se donnait pas souvent la peine de faire son lit. Pourtant, il parvenait à meubler ses journées par des occupations aussi triviales qu'aller chercher de l'eau, allumer le feu ou faire des fagots. Sans s'en rendre compte, il effectuait tout cela sur un rythme plus lent qu'auparavant et n'avait pas vraiment l'impression d'être oisif ou d'avoir beaucoup de loisirs.

Il attendait Santiago Alemany mais sans impatience et sans nervosité.

Il était persuadé que Santiago reviendrait à un moment ou à un autre et savait déjà comment il se comporterait alors. Il l'abattrait immédiatement. Ainsi, l'affaire serait réglée et certains de ses problèmes aussi. À part cela, il n'avait aucun projet d'avenir et rien qui le retînt à cet endroit. Retarder l'exécution n'aurait donc aucun sens.

Le 1er novembre, Willi se leva à 9 heures. Il fit du feu et mit de l'eau à chauffer. Il la but ensuite additionnée de deux cuillers de sucre et mangea la moitié d'un petit pain qui lui restait de la veille. Puis il alla uriner derrière le camion, garé près de l'appentis et maintenant inutilisable tant il était sale et délabré. Les pneus étaient à plat et le moteur ne démarrait plus. Quand il était revenu de son voyage, au mois de mai, et était remonté en ville à son bord, depuis le port, il avait oublié de remettre de l'eau dans le radiateur. Le moteur avait chauffé sans qu'il s'en aperçoive et la vapeur avait fait sauter le bouchon. Il avait juste pu parvenir à destination et, depuis cela, le camion n'avait plus bougé, non qu'il eût les moyens de le faire réparer, mais parce qu'il estimait ne plus en avoir besoin. Il servait maintenant de poulailler et le moteur comme les bancs étaient couverts d'excréments de volaille.

Il boutonna sa braguette et rentra vaquer à ce qu'il avait décidé de faire ce jour-là, à savoir nettoyer son pistolet. Il en avait l'intention depuis longtemps.

Il ferma la porte à clé et sortit l'arme de sa cachette, sous le matelas. La pièce était maintenant plongée dans l'obscurité, mais la lumière qui pénétrait par la chatière et les interstices de la porte lui suffisait largement.

Il étala un morceau de toile sur le sol et s'assit sur la première marche de l'escalier pour soupeser le pistolet. Il était lourd et froid, et inspirait confiance.

Il commença par mettre le cran de sûreté et extraire le chargeur. Il restait sept balles à l'intérieur. Il les sortit et les aligna devant lui. Une autre cartouche était enfoncée dans le canon. Il actionna donc la culasse et recueillit la balle dans sa main avant de la mettre à côté des autres. Puis il ôta le ressort du chargeur pour vérifier son élasticité avant de le poser lui aussi. Ensuite, il prit les cartouches les unes après les autres pour les examiner de près.

Il possédait aussi un chargeur de rechange qu'il avait fourré tout au fond de son sac à dos mais, comme il n'avait pas l'intention de s'en servir, il ne s'en soucia pas.

Après avoir examiné toutes les douilles sans y déceler de rayure ni d'autre défaut, il se consacra à l'arme elle-même. Il dévissa le canon et le pointa contre le carré de lumière de la porte. L'âme était bien graissée. Il détacha la culasse, vérifia du pouce le fonctionnement du percuteur, pressa le ressort, dur et souple à souhait, et posa le tout sur la toile avec la vis, les goupilles, les cartouches et le chargeur démonté.

Le chat, qui dormait sur le lit, se réveilla en entendant cliqueter certaines de ces parties métalliques. Sa curiosité fut aussitôt éveillée et, après s'être étiré à deux reprises, il se dirigea vers l'escalier et s'assit sur un coin de la toile, la tête de côté, pour observer les pièces de l'arme. Puis il leva la patte avant droite, tâta prudemment le ressort du percuteur et examina tranquillement, d'un œil intéressé, la petite spirale qui oscillait. Soudain, il lança à nouveau la patte sur le ressort qui, cette fois, roula sur le sol avec un petit bruit métallique. Le chat se ramassa alors et, en deux bonds, se retrouva à côté de lui, toutes griffes dehors. Il se dressa sur ses pattes arrière en tenant le ressort avec les antérieures et le jeta derrière lui, par-dessus sa tête.

Willi était assis, les bras entre les genoux, et observait l'animal en train de jouer. Mais le chat s'était désintéressé de la chose. Il bâilla et regagna le matelas. Le ressort, lui, roula jusque dans un coin de la pièce, où il s'arrêta. Willi se leva pour aller le chercher et en profita pour prendre le graisseur ainsi que deux chiffons doux qu'il sortit de son sac à dos et avec lesquels il essuya méticuleusement toutes les pièces. Il passa ensuite l'un de ces chiffons dans le canon, qu'il scruta une nouvelle fois à la lumière.

Il resta si longtemps dans cette position qu'il en perdit le sens des proportions. Il ne voyait plus qu'un tunnel de métal luisant et glacial, sorte de palais des glaces de la mort, étiré à l'infini par la spirale de la rainure.

Quand il ôta enfin le canon de son œil, il fut presque surpris de constater qu'il était si court, léger et inoffensif. C'était un petit objet sans importance qu'on pouvait transporter dans la pochette de sa chemise si l'on voulait.

Il referma le couvercle du graisseur et entreprit de remonter le pistolet. Il termina l'opération en enfonçant les cartouches dans le chargeur, insérant celui-ci dans la crosse et actionnant la culasse. Après avoir entendu la première balle glisser dans la chambre avec un petit clic, il se leva, mit le cran de sûreté et replaça l'arme là où elle était, sous le matelas, tout au fond, à droite.

C'était un Walther neuf millimètres modèle 1936 qu'il avait échangé contre deux boîtes de conserve de viande, à Flensburg, au cours de l'été 1945, et qu'il avait réussi à passer en fraude d'un pays à l'autre depuis. Il ne s'en était jamais servi mais savait fort bien comment il était fait et fonctionnait.

4

Le 26 novembre, cinquante jours après l'interrogatoire, Willi resta couché sur le matelas presque toute la journée, à attendre. Il mourait de faim mais se refusait à aller à la *tienda*, car la vieille femme avait commencé à le regarder avec étonnement et pitié à la fois. La nuit tombée, il se rendit au Café Central, où il avait mis sa montre en gage. Le patron eut la gentillesse de lui donner un verre de vin blanc et deux grosses tartines trempées dans l'huile d'olive. Il les avala goulûment et se hâta de regagner la maison du Barrio Son Jofre. Il avait peur que Santiago ne vienne pendant son absence et n'osait pas s'éloigner très longtemps de chez lui.

5

L'un des premiers jours de décembre, il se mit à faire très chaud, exactement comme l'année précédente à la même époque. L'occupant de la maison du Barrio Son Jofre n'avait pas d'almanach et ignorait la date. Il avait perdu le compte des jours une semaine auparavant environ et ne s'était pas soucié de se renseigner depuis. Il pouvait être midi ou 13 heures, à en juger par la position du soleil.

Willi écoutait le bruit d'un véhicule qui avait pénétré dans la ruelle, sachant parfaitement que c'était Santiago Alemany qui arrivait. Il avait déjà sorti son pistolet et ôté le cran de sûreté.

Il se sentait calme et détendu, et attendait, accroupi, près du matelas, le pistolet braqué vers la porte et le doigt sur la détente, mais il avait abaissé son arme de façon à ce que le canon et le bord supérieur de la crosse reposent sur le matelas. Il avait aussi jeté un coin de la couverture sur l'arme, afin qu'on ne puisse la voir de l'extérieur, ce qui aurait offert au visiteur une chance de s'enfuir ou de se tapir derrière la voiture.

Il était décidé à tirer immédiatement, mais pas avant d'être sûr de faire mouche.

Le bruit croissait lentement, car la ruelle était en pente et il fallait avancer prudemment dans ses courbes très serrées. Le chat s'était déjà glissé dans la pièce et avait pris son poste d'observation, près de la porte. Willi voyait le bout de sa queue, qui se balançait doucement derrière le chambranle de la porte.

La camionnette pénétra dans la cour et s'arrêta juste devant le perron. Santiago Alemany était assis à la place du conducteur, en pantalon de toile et chemise de coton délavée à carreaux. Il éteignit le moteur, mais il y eut deux retours de flamme et il prêta une oreille soucieuse au bruit de l'eau bouillante dans le radiateur. Le plateau était chargé de caisses de poisson soigneusement arrimées, mais elles étaient sèches et Willi comprit que Santiago était venu à vide et donc sur le chemin de retour de la capitale provinciale au port.

La chienne s'était réveillée. Elle traversa la pièce en aboyant et fit le tour de la camionnette en frétillant de la queue.

Le chat s'était détendu, en reconnaissant le visiteur, et il sortit paisiblement dans le soleil. Une fois sur le perron, il s'arrêta et se mit à mordre sa patte avant droite avec une énergie soudaine.

Santiago Alemany jeta le mégot à demi consumé de sa cigarette et descendit du véhicule. Il se pencha en avant pour caresser la chienne et, quand elle se mit sur le dos, les pattes en l'air, il lui gratta le ventre comme il se devait. Puis il gravit les deux petites marches du perron et pénétra dans la pièce.

Il s'arrêta juste après le seuil et salua Willi de la tête. Son regard s'arrêta un instant sur l'étrange disposition de la literie, avant de faire lentement le tour des murs de la vaste pièce mal rangée.

Il s'attarda surtout sur le tableau représentant la maison et les cactus, toujours posé sur le chevalet, qui n'avait pas été modifié le moins du monde depuis sa précédente visite. Puis il se dirigea vers la cuisine et Willi constata qu'il avait des écailles de poisson séchées sur le pantalon. Et qu'il portait un grand couteau à la ceinture, sur la fesse.

Santiago pivota ensuite sur ses talons et sortit de la maison. Il tâta prudemment le bouchon du radiateur et le dévissa de la main gauche, puis se baissa pour actionner la manivelle. À la troisième tentative, le moteur se mit en marche. Il adressa un signe de tête à Willi, monta dans la cabine, actionna les pédales et sortit à reculons du champ visuel de ce dernier. À mi-pente, il coupa le moteur et laissa la camionnette descendre en roue libre. Au moment où il rejoignit la route principale, les freins se mirent à grincer et le bruit s'entendit de loin, dans le grand vide silencieux.

Santiago Alemany avait quitté le Barrio Son Jofre.

Willi n'avait pas bougé, pendant tout ce temps. Il était toujours accroupi près du matelas, l'index de la main droite sur la détente, la main sur la crosse du pistolet recouvert d'un coin de la couverture. Il n'aurait su dire combien de temps avait duré la visite et si Santiago était resté une demi-heure ou simplement une ou deux minutes.

Il commençait à avoir des crampes aux mollets et à souffrir des genoux, et de petits points blancs dansaient devant ses yeux. Il lâcha l'arme, la posa sous la couverture mais sans mettre le cran de sûreté. La paume de sa main était en sueur et il l'essuya sur la jambe de son pantalon.

Puis il se leva, non sans mal du fait de sa raideur, et alla s'asseoir sur le seuil, les bras sur les cuisses et la tête dans les mains.

Devant le perron, une grosse tache d'huile de couleur sombre s'étalait sur les pavés.

Il pensa : Ça ne s'est pas fait.

C'était sa première réflexion consciente depuis qu'il avait entendu la camionnette pénétrer dans la ruelle. Ce qui s'était passé entre-temps n'existait pas. Pourtant, il avait conservé toutes ses impressions sensorielles, bien rangées dans sa tête. Ce dont il se souvenait le mieux, maintenant, c'était de la chienne couchée sur le dos et s'offrant aux caresses de l'homme qui se penchait vers elle et la grattait entre les tétons.

Il ramassa le mégot que Santiago avait jeté et sortit sa pipe de la poche de son pantalon. Puis il déchira avec soin le papier à cigarette et versa prudemment le tabac dans le fourneau sans en perdre un seul brin. Il gratta ensuite une allumette en carton si molle qu'il dut la saisir avec les ongles, tout près de la tête soufrée. Ce faisant, il se brûla légèrement, et plus encore en égalisant la bourre avec le pouce. Quand il eut fini de fumer, il vida la pipe en la cognant contre le bord de la marche et rentra.

Il alla chercher le balai d'attalea dans la cuisine et le passa sur le sol. Puis il mit le cran de sûreté du pistolet, le posa sur la chaise en rotin et secoua la literie dans la cour avant de refaire le lit avec soin. Il alla remplir le pot à eau à la fontaine, un peu plus bas sur la route et, après s'être lavé et rasé, et avoir changé de chemise, il ôta de nouveau le cran de sûreté de l'arme et la fourra sous son oreiller. Il vérifia qu'elle était facile à saisir, alla s'asseoir sur le perron et attendit le retour de Santiago Alemany.

La chaleur était sèche et étouffante, mais le soleil n'était plus au zénith et l'ombre de la maison tombait sur les marches.

Il resta sans bouger, l'oreille aux aguets, à observer un petit gecko vert sur le mur de l'appentis. Il était si immobile qu'il paraissait à peine réel. Si l'on n'était pas familier du comportement de cet animal, on aurait pu croire qu'il était paralysé par la peur, voire empaillé. Mais il attendait en fait avec une patience aussi exemplaire que sa rapidité d'action quand une proie passait à sa portée.

Se dit Willi Mohr.

Sa propre vigilance l'était tout autant. À deux reprises, des motos passèrent sur la route du port et, à un autre moment, ce fut le car de la poste. Au bout de trois heures, voire quatre, il perçut le bruit de la camionnette. Il fut sûr de son fait dès qu'elle approcha du carrefour et avant même qu'elle ne s'engage dans la ruelle menant au Barrio Son Jofre.

Il observait le lézard, toujours aussi immobile.

Santiago Alemany n'avait ni changé de vêtements ni déchargé ses caisses vides, mais sur le sol de la cabine étaient posés deux paniers qui n'y étaient pas lors de sa précédente visite.

Il coupa le moteur et écouta le bouillonnement qu'il émettait. Puis il descendit, renouvela ses caresses à la chienne et chassa quelques enfants maigres et demi-nus qui étaient sortis de chez eux dans la côte et avaient suivi le véhicule en courant.

– Bonjour, dit-il à l'homme assis sur le perron.

Willi se contenta d'un signe de tête.

Santiago s'agenouilla pour examiner le dessous de la camionnette. La fuite d'huile avait déjà formé une petite tache, un mètre plus loin que la précédente environ.

– Elle n'en a plus pour longtemps, dit-il.

Willi ouvrit la bouche mais ne dit rien.

– L'huile n'arrête pas de couler, ajouta Santiago.

– Changez le moteur, conseilla Willi.

– Ça ne suffit pas. C'est l'ensemble qui est fichu. Je n'ose même plus appuyer sur le frein. Il n'est plus possible, d'ailleurs, de trouver des moteurs en état de marche pour ce genre de véhicules. Tous sont aussi mauvais.

– On peut réparer l'ancien, suggéra lentement Willi en cherchant ses mots.

– Vous avez appris l'espagnol, depuis la dernière fois, fit remarquer Santiago.

– Un peu.

– Beaucoup, à mon avis.

Santiago se retourna et prit les paniers dans la voiture.

– Du poisson, dit-il. Des rougets, un calamar et des langoustines. Vous en voulez ?

Il humectait ses lèvres avec sa langue et ne semblait pas très sûr de lui.

Willi regarda le poisson d'un œil indifférent en se disant : Il pense que je vais dire non, et alors il saura quelle conduite adopter. Il n'est pas venu ici de son plein gré, mais parce qu'il ne pouvait faire autrement, car il faut qu'il sache. Si je dis non ou sécoue seulement la tête, il posera les paniers sur le sol et repartira au bout d'un moment, mais il en saura un peu plus long. À moins que je ne le tue avant, bien entendu. Mais je vais le laisser entrer dans la cuisine, et ensuite j'irai prendre le pistolet et je le tuerai.

Tout cela était très clair dans son esprit.

– Pourquoi pas ? répondit-il.

Santiago prit les paniers et entra. Willi attendit un instant avant de le suivre. L'autre s'agenouilla devant l'âtre, entassa des branches cassées sur la cendre. Il avait vidé ses paniers et posé leur contenu sur le plan de travail. Deux miches, de l'huile, une feuille de papier pliée contenant du sel, et du vin : une bouteille de rouge et une de blanc. Cinq paquets d'*Ideales*. Des allumettes. Des os pour la chienne. Du pétrole. Un gros melon de couleur verte.

Bien qu'il n'eût presque rien mangé depuis plusieurs jours, Willi n'avait pas faim.

Santiago se releva et donna deux os à la chienne, qui se mit aussitôt à les ronger. Puis il versa de l'eau dans la grande jatte en terre et s'assit en la plaçant entre ses jambes écartées. Il tira ensuite son couteau et entreprit de vider les poissons en posant les restes sur un morceau de papier d'emballage, près de lui, au fur et à mesure. Le chat était déjà là. Il ronronnait tout en mangeant, la tête de côté afin de pouvoir croquer avec ses molaires.

Willi regardait, appuyé au chambranle de la porte. Le visage de Santiago était paisible et concentré, il semblait totalement absorbé par sa tâche mais, de temps en temps, le bout de sa langue pointait entre ses lèvres. Au bout d'un moment, Willi fixa du regard ses mains, qui maniaient habilement le couteau à large lame et les petits poissons rouges. Ce n'était pas des mains de travailleur, bien qu'elles fussent bronzées et assez grandes. Ses doigts étaient longs et soignés, ses ongles larges et coupés court. Des poils bruns poussaient sur ses poignets, çà et là, ainsi que sur le revers de ses mains. Ses doigts se mouvaient avec agilité et de petits filets de sang pâle et aqueux coulaient entre eux.

Ce furent sans doute ces mains qui emportèrent sa décision.

Willi retourna dans la pièce, se pencha et glissa la main sous l'oreiller. La crosse de l'arme était striée et biseautée, pour faciliter la prise, et, en la saisissant, il se prit à penser à ce tunnel métallique froid et luisant et à la balle qui allait le parcourir en pivotant sur elle-même, propulsée par une formidable énergie.

Il s'arrêta dans son geste et écouta les bruits venant de la cuisine. Puis il retira la main et la regarda. Ce n'était plus une main de travailleur, bien qu'elle fût bronzée et assez grande. Ses doigts étaient longs et ses ongles larges et coupés ras. Des poils blonds poussaient sur ses poignets, çà et là.

Il haussa les épaules et retourna dans la cuisine.

Santiago avait fini de vider les poissons et nettoyait la grande poêle qui n'avait pas servi depuis près d'un an et s'était couverte de poussière entre-temps. Il la frottait avec du papier d'emballage brun en marmonnant dans sa barbe et examinait de temps en temps le résultat. Il finit par y verser de l'huile et étaler les poissons, après les avoir roulés dans le sel. Puis il arrosa les branches de pétrole, dans l'âtre, et craqua une allumette. Le feu prit aussitôt et une belle flamme jaune-rouge s'éleva. Au fur et à mesure que les poissons étaient cuits, il les transférait dans la jatte, qu'il avait également nettoyée et rincée avec soin.

Pendant ce temps, Willi, qui n'avait toujours pas faim, était resté dans l'encadrement de la porte, à l'observer.

Santiago en avait maintenant terminé. Il posa la jatte sur la terre battue du sol, entre les pierres plates servant de sièges, et essuya la lame de son couteau sur la jambe de son pantalon. Puis il serra l'une des miches contre sa poitrine et en coupa de grosses tranches. Il avait aussi sorti les vieux gobelets en métal et servi du vin dedans.

– Je vous en prie, dit-il.

Ils étaient assis l'un en face de l'autre, de chaque côté de la jatte.

Santiago regarda une ou deux fois Willi, la mine dubitative. Puis il leva son gobelet avec un signe de tête. Voyant que l'autre ne réagissait pas, il but une gorgée et reposa le récipient sans rien dire. Au bout de deux minutes, il prit un poisson et se mit à le manger avec les doigts en jetant de temps en temps un coup d'œil à l'homme assis en face de lui.

Ses yeux ne sont plus comme avant, pensa Willi. Pas aussi froids et effrontés.

Quand Santiago eut terminé son troisième poisson, Willi tendit la main et prit un rouget. Il l'examina longuement, comme s'il hésitait toujours.

– Beau poisson, dit-il.

– Oui, très beau. C'est le meilleur moment de l'année pour le manger, mais il est difficile à prendre. Le temps est trop mauvais, en général. Heureusement, il a fait beau pendant quelques jours et les bateaux ont réalisé de bonnes pêches. La nuit dernière a été la meilleure de l'année. C'est bon pour le commerce.

Willi entama le rouget par le dos. Sitôt qu'il eut pris la première bouchée, il se sentit en proie à la fringale et dut faire un effort pour ne pas avaler tout le poisson d'un seul coup et se remplir à nouveau la bouche.

– Beaucoup d'argent, reprit Santiago en frottant son pouce contre son index. Vraiment beaucoup d'argent.

Willi prit un morceau de pain et le fit descendre avec une gorgée de vin.

– Beaucoup d'argent, répéta Santiago. Ce n'est pas du luxe, d'ailleurs, ajouta-t-il.

Un autre poisson. Manger, lentement et prudemment.

– S'ils étaient sortis ce soir, on aurait pu en gagner beaucoup plus, reprit Santiago.

– Ah bon, ils ne sortent pas ? s'étonna Willi.

Il faillit s'étouffer, en prononçant ces mots.

Santiago haussa les épaules.

– Je ne crois pas. Quand ils ont fait une bonne pêche, ils ne se donnent pas la peine de ressortir le lendemain. Même s'ils pouvaient gagner l'équivalent d'un mois entier, cette nuit-là. Ils oublient qu'ils n'ont pas pu pêcher pendant plusieurs semaines, et que le beau temps ne durera peut-être pas. Que la tempête risque de souffler à nouveau pendant un mois. Ou deux.

– Curieux, dit Willi.

– Ils sont comme ça, tous autant qu'ils sont. Mon père aussi. C'est désespérant. Mais, si ça va mal, vraiment mal, ils sont capables de sortir jour après jour, nuit après nuit, rien que pour prendre une misère, même pas toujours de quoi payer le carburant. C'est ce que le curé appelle être humble devant l'inévitable. C'est ça, le travail.

Willi mangeait.

Le sens des propos que Santiago tint ensuite lui échappa et il leva les yeux en secouant la tête. Santiago s'efforça de les expliquer, en levant l'index.

– Avant que j'achète la camionnette, ils restaient assis là-bas à attendre qu'un client vienne de la ville. Il arrivait quand ça lui faisait plaisir et payait le prix qu'il voulait bien. Parfois, il ne venait pas du tout et ils étaient obligés de faire cadeau du poisson ou de le jeter à la mer, s'il n'était pas du genre qu'on pouvait saler. C'est ce qu'ils appellent travailler. Mais ce que je fais, moi, ce n'est pas la même chose. Vous comprenez ce que je veux dire ?

Willi hocha la tête, se sentant drôle. Il supportait peut-être mal toute cette nourriture après un jeûne aussi long. Il continua à manger, contrarié de ne pouvoir s'en empêcher.

Santiago avait terminé, lui. Il finit son vin et s'essuya la bouche avec le revers de la main. Puis il prit un morceau de bois mort, sur le sol, et y tailla avec son couteau une bûchette qu'il utilisa pour se curer les dents longuement et avec soin.

Quand Willi eut fini son dernier morceau de poisson, Santiago jeta son cure-dents et dit :

– De quel pays venez-vous ?

– D'Allemagne.

– De Hambourg ?

– Non, du sud-est du pays, en fait. De la République Démocratique d'Allemagne. Mais je m'en suis enfui il y a quelques années.

– C'était un mauvais pays ?

Willi hésita un instant à répondre, trouvant la question ardue.

– Oui, c'est qu'il m'a semblé… à l'époque. À certains points de vue, en tout cas.

– Est-ce que les gens meurent de faim, là-bas aussi ? Ils fusillent ceux qui veulent une augmentation de salaire ?

– Non, pas ça. Et personne ne meurt de faim.

– Qu'est-ce qui était mal, alors ?

– On manquait de presque tout, par exemple.

– De quoi ?

– De toutes sortes de choses. Café, tabac, certaines sortes de vêtements, voitures, motos, il n'y avait rien qui provienne de l'étranger.

– Et il n'y avait pas de travail ?

– Si, presque trop.

– Pas d'industrie ?

– On était en train de la reconstruire. Le pays a été entièrement détruit pendant la guerre.

– Les usines fabriquaient pourtant bien des choses ?

– Naturellement.

– Et on pouvait les acheter contre de l'argent ?

– Seulement les objets de première nécessité, les choses simples. Le reste était du luxe et réservé à l'exportation.

– Pourquoi ?

– Pour améliorer les finances du pays. Notre argent ne valait rien à l'étranger.

– Mais vous aviez de la nourriture ?

– Oui, tout le monde avait de quoi manger, se vêtir et se loger. Et du travail.

– Pourquoi êtes-vous parti, alors ?

La question était surprenante, dans sa franchise. Willi chercha un instant ses mots. Il désirait répondre de façon aussi circonstanciée que possible.

– On nous demandait de tels sacrifices et on nous donnait si peu en échange. L'existence tout entière était basée sur une idée, un système. Pour vivre là-bas, il fallait être convaincu qu'il valait vraiment les sacrifices exigés et croire que cette idée était justifiée, pour ainsi dire. Sinon, c'était peine perdue, et il n'était pas possible de rester en marge.

– C'était le communisme, n'est-ce pas ?

– Oui.

– Il fallait être communiste ?

– Oui.

– Sinon ? La prison ? Ou bien…

Il fit le geste, compris dans tous les pays, de lever le menton et de se passer le doigt en travers de la gorge.

– Non, pas ça. On n'était pas obligé d'être communiste de cette façon-là. Personne ne l'exigeait de vous et il n'était pas facile de devenir membre du parti, même si on le voulait. Mais il fallait l'être par conviction. Pour pouvoir vraiment travailler de cette façon et dans ces conditions.

Santiago resta un moment sans rien dire en regardant la porte d'un air absent.

– Quand j'étais petit, pendant la guerre, il y avait des communistes, ici aussi. Je me rappelle qu'ils organisaient des meetings. Andrès Nin est venu prendre la parole, sur le quai. J'avais dix ou onze ans, je crois. Puis la guerre est arrivée. J'avais deux frères qui étaient plus vieux que moi, mais ils ont été tués tous les deux.

Willi hocha la tête.

– Maintenant, le communisme est interdit, ici, reprit Santiago au bout d'une minute.

– Comme tous les autres mouvements socialistes, n'est-ce pas ?

– Oui.

Santiago regardait toujours Willi. Il reprit :

– Je ne me suis jamais occupé de politique. Mais, l'hiver dernier, il s'est passé quelque chose qui…

Willi sursauta et écarquilla les yeux.

Or, Santiago s'interrompit brusquement et se leva.

Il écarta la vaisselle avec le pied, prit un paquet de cigarettes sur le plan de travail et sortit de la cuisine.

Willi mit tous les ustensiles en tas et les déposa dans le coin, près du pot à eau. Puis il ouvrit un paquet d'*Ideales* et se mit à fumer à longues bouffées. Cela faisait une semaine qu'il ne s'était pas offert une cigarette.

En sortant sur le perron, il vit que le soir commençait à tomber. Le soleil était bas sur l'horizon et projetait de longues ombres violettes sur le sol. L'air était sec et brûlant, et, à l'est, le ciel s'embrasait de couleurs vives allant de l'indigo au pourpre, au-dessus d'une large bande bleu-noir de crépuscule en train de se lever.

Santiago était debout près du camion et donnait distraitement des coups de pied dans les pneus dégonflés.

– Fichu ? demanda-t-il.

– Oui.

– Il ne faut pas qu'il reste ici. Les pneus vont s'abîmer.

Willi haussa les épaules.

– Qu'est-ce qui s'est passé ?

– Le joint de culasse.

– Un joint, ce n'est pas le bout du monde.

– Peut-être le bloc-moteur, aussi.

Santiago se pencha sur le moteur et passa les doigts dessus.

– Je ne crois pas, dit-il.

Willi ne répondit pas.

– Il va être difficile de le remettre en marche.

– Oui.

Santiago fit le tour du camion et enleva la roue de secours, fixée dans un petit évidement au-dessus de l'essieu arrière. Il lui fit faire un ou deux tours sur elle-même et passa les doigts dessus pour tâter sa surface.

– Ce pneu-là est parfait, dit-il.

La remarque était exacte. Lorsque le camion avait été repris par Dan Pedersen, il n'avait pas de roue de secours. Comme c'était à l'époque où Siglinde et lui avaient encore de l'argent, ils en avaient acheté une pour être à l'abri d'une mauvaise surprise. Mais ils n'avaient jamais crevé et le pneu n'avait donc pas été utilisé.

– J'en aurais l'usage, moi, dit Santiago. Ça fait longtemps que j'ai l'intention d'en acheter.

– Il ne m'appartient pas.

– Non, c'est vrai.

Santiago eut un petit rire sec et sortit un rouleau de billets de sa poche pour en extraire trois cents pesetas. Willi ne fit pas mine de prendre l'argent et se contenta d'un regard de méfiance en direction de la camionnette.

– C'est la même dimension, vous savez.

Il posa les billets sur le marchepied du camion, chercha des yeux une grosse pierre et la plaça dessus.

– Ils ne risquent pas de s'envoler, par un temps pareil, mais enfin…

– C'est trop, fit Willi.

– Au contraire, un pneu comme ça coûte au moins cent *douros*.

Santiago le roula jusqu'à la Ford.

– Votre espagnol est vraiment bon, maintenant, dit-il.

Il tourna le dos au perron, se pencha et actionna sèchement la manivelle. Le moteur démarra aussitôt. Le crépuscule tombait très vite et il faisait presque nuit. Il monta sur le siège du conducteur et alluma les phares en disant quelque chose qui fut couvert par le bruit de l'engin.

Pendant qu'il faisait marche arrière, le rayon de lumière des phares passa sur l'homme qui se tenait sur le perron, immobile, les mains dans les poches.

Une fois que le bruit du moteur eut disparu, Willi rentra et prit le pistolet sous l'oreiller, à tâtons. Puis il resta debout, l'arme à la main, à se parler à lui-même.

– Ça ne se fera pas, dit-il.

Il éprouvait un découragement sans fond, hors de toute raison, comme si la base de son existence avait soudain été sapée. Il remit le cran de sûreté et replaça le pistolet sous le matelas. Puis il passa dans la cuisine et gratta une allumette pour voir ce qui était étalé sur le plan de travail.

– Malédiction, dit-il.

Il sortit de la maison, alla chercher les billets sur le marchepied du camion et les fourra dans sa poche.

Quand il ferma la porte de l'extérieur et tourna la clé dans la serrure, il s'était un peu repris et pensa : Je ne pourrai pas de cette façon-là. Il faut que j'attende l'occasion, comme j'ai fait pour l'autre. J'ai tout mon temps.

Puis il alla boire son café du soir au Central.

6

Bien qu'on ne fût plus qu'à quinze jours de Noël, la chaleur persistait et le carrelage était chaud, sous ses pieds nus. Il était 8 h 30 et Willi venait de s'éveiller. Il portait un pantalon de pyjama fripé et était très mal peigné. Il ne put s'empêcher de bâiller, en ouvrant la porte. Au-dehors, la chaleur se dressait tel un mur blanc étincelant.

Santiago Alemany était assis sur le marchepied du camion, les coudes sur les genoux et le chapeau rabattu sur les yeux, en train de tailler négligemment un morceau de bois. À ses pieds était posée une boîte à outils en métal et, juste à côté, un joint en cuivre tout neuf.

– Bonjour, dit-il en rejetant son chapeau en arrière.

Willi répondit d'un signe de tête, se racla la gorge et cracha par terre.

Il était stupéfait et mal à l'aise, ne s'attendant pas à être pris littéralement au saut du lit, et regardait autour de lui, étonné et incrédule.

– J'ai été obligé de laisser la camionnette un peu plus bas, expliqua Santiago. Ils étaient en train d'égorger un cochon au milieu de la rue.

Il lâcha le morceau de bois, mais continua à tourner le couteau entre ses mains.

– C'est bientôt Noël, ajouta-t-il. Tout le monde veut bien manger.

Willi jeta un coup d'œil sur le couteau et rentra. Il n'appréciait pas du tout la situation et n'avait aucune envie de se dénuder dans la cuisine, dos à la porte. D'un autre côté, il pouvait difficilement prendre le pistolet et le poser près de la cuvette. Il se gratta la poitrine et réfléchit. Puis il haussa les épaules, ôta son pantalon et commença à se laver.

Quand il ressortit, Santiago avait extrait les outils de la boîte et se penchait déjà sur le moteur.

– Ça va prendre quelques heures, dit-il.

Willi acquiesça. Ils en auraient sûrement pour la journée entière, en effet. Peut-être même la suivante, s'ils voulaient vraiment remettre le camion en état de marche. Mais l'opération paraissait absurde, puisqu'il n'avait pas l'intention de s'en servir, de toute façon. À moins qu'elle n'eût un sens caché. Peut-être Santiago comptait-il utiliser le camion plutôt que sa vieille Ford à bout de souffle.

– Au boulot, dit Santiago.

– Il faut d'abord vidanger le circuit, précisa Willi.

Santiago lui tendit la clé à molette.

Willi hésita un instant avant de se mettre sur le dos et tenter d'atteindre le bouchon. Il était tout à fait conscient de s'exposer terriblement, de la sorte, les bras sous le camion et le reste du corps en dehors. Le bouchon était grippé et il lui fallut un bon moment pour parvenir à le dévisser. Une eau gris-brun, mélangée d'huile, s'écoula alors du moteur et fut absorbée par la terre extrêmement sèche, entre les pierres.

Ils travaillèrent en silence et sans se presser. Quand ils eurent ôté le couvercle de culasse et enlevé le joint défectueux, ils observèrent une pause pour manger un morceau de pain et quelques rondelles de saucisson. Puis ils restèrent un moment assis dans la mince bande d'ombre, le long de la maison, à fumer. Santiago dit alors :

– Je connais quelqu'un qui est marin. Il est allé à Hambourg à plusieurs reprises. D'après lui, il y a des rues entières de bars et boîtes de nuit où les femmes dansent toutes nues et les filles défilent devant vous dans la même tenue, près des bordels. Et les kiosques à journaux et les débits de tabac ordinaires exposent des livres et des revues pleines de femmes nues.

– C'est exact, en gros, répondit Willi.

– La dernière fois, il m'a raconté qu'il était allé dans un endroit où une femme couchait avec un bouc, si on lui donnait vingt-cinq *douros* pour ça.

Willi eut une moue et se rappela que Hugo Spohler lui avait un jour dit qu'en Égypte les prostituées s'exposaient nues dans les vitrines et fumaient le cigare avec le sexe pour montrer leurs talents. Les gens exagèrent toujours et, d'ailleurs, Hugo n'était jamais allé en Égypte.

– C'est possible, dit-il.

– Est-ce que c'est pareil, dans ta région d'Allemagne ?

– Non, ces choses-là sont bien mieux organisées en République Fédérale.

– Où ça ?

– En Allemagne de l'Ouest, je veux dire.

– Comment sont les femmes, dans ton pays ?

– Elles ne couchent pas avec des boucs, en tout cas.

Cette conversation ne lui plaisait guère et il aurait aimé y mettre fin mais, en regardant Santiago, il comprit que ces questions, y compris la dernière, étaient très sérieuses.

– Les conditions sont très différentes d'ici, répondit-il. Elles travaillent et exercent divers métiers, elles conduisent les autobus et les locomotives, par exemple, et travaillent sur les chantiers, dans les usines, à la douane, partout, quoi. Elles reçoivent la même éducation que les hommes et occupent une tout autre place dans le système. En conséquence, elles ont aussi droit aux mêmes libertés, si elles veulent.

Ils étaient retournés au camion et se penchaient sur lui, chacun de son côté.

– Des libertés ?

– Oui, elles peuvent coucher avec qui elles veulent, aussi souvent et avec autant de types à la fois qu'elles le souhaitent. Toutes ne le font pas, mais certaines.

– Et personne ne leur dit rien ?

– Si, bien entendu, mais elles n'ont pas à s'en soucier.

– Et les bordels ?

– Il n'y en a pas.

– Comment ça marche ?

– Bien, je crois. Pas de problèmes de ce côté-là. Ils sont d'un autre genre.

Ils restèrent muets un moment, tandis qu'ils arrachaient le joint et en limaient les bords. Willi toucha les pistons et trouva qu'ils avaient beaucoup de jeu. Pendant ce temps, il réfléchit à des questions à poser, lui aussi. Il les formula dans sa tête mais attendit que l'autre soit penché sur le moteur pour insérer le joint neuf, avant de dire :

– Ce n'est pas comme ça en Espagne, hein ? Vous avez du mal à entrer en contact avec d'autres femmes que celles qui sont dans les bordels, hein ?

– C'est pas facile, c'est vrai.

Santiago ne leva pas les yeux pour répondre. Il avait ôté son chapeau, qui le gênait dans ses mouvements, et Willi scrutait le toupet de cheveux bruns, sur sa nuque, qui ressemblait au centre d'une cible.

– Mais toutes ces touristes, dit-il en serrant dans sa main la clé à molette. Vous n'essayez pas de coucher avec elles, de temps et temps ?

Santiago leva la tête et le regarda, d'abord en face, puis en fixant des yeux la main qui tenait la clé.

– Ça arrive, lâcha-t-il froidement.

Puis il se pencha de nouveau sur son travail. Willi eut l'impression qu'il se figeait, un instant, comme s'il attendait quelque chose, mais il n'en était pas sûr. Ils ne se dirent rien d'autre pendant le reste de l'après-midi. La réparation n'était pas encore terminée lorsque, peu après 18 heures, Santiago regarda sa montre, prit sa boîte à outils et partit sans préciser s'il avait l'intention de revenir le lendemain.

Le jour suivant, Willi ne se laissa pas surprendre de la même façon. Quand la camionnette freina devant la maison, il était déjà assis sur le perron, à l'attendre.

Le moteur fut prêt vers midi, mais il leur fallut encore une bonne heure avant de parvenir à le mettre en marche. Pour finir, ils regonflèrent les pneus à l'aide d'une pompe à pied. Ce fut un travail ardu, car elle était vieille et pas très étanche, et ils durent se relayer souvent. Pendant que Willi s'affairait sur la dernière roue, Santiago dit, derrière lui :

– Le sentiment familial est très fort, ici.

– J'ai entendu dire ça.

– Si quelque chose arrive à un membre de la famille, c'est grave pour les autres.

– Ah bon, dit Willi sans se soucier de lever les yeux.

Peu après, Santiago repartit. Willi eut le sentiment qu'il n'était pas près de le revoir.

7

Les événements des deux dernières semaines avaient passablement perturbé Willi. Ses rapports avec Santiago avaient débouché sur une série de situations qu'il n'avait su prévoir et qui étaient loin d'être univoques.

Il était toujours persuadé que, tôt ou tard, il tuerait Santiago, mais ne savait plus quand ni comment.

Pour la première fois depuis deux ans environ, il prenait conscience de sa solitude et de son isolement ; il n'avait plus rien à attendre et, de ce fait, son existence lui paraissait soudain artificielle et absurde.

Il comprit qu'il vivrait sans doute encore un certain temps mais, comme cet avenir était impossible à embrasser et n'était délimité par aucun but précis, il lui semblait parfaitement diffus et répugnant.

Après le départ de Santiago, il avait été pris d'un besoin d'action qu'il n'avait pas éprouvé depuis longtemps. La fatigue physique lui permettait de repousser la nécessaire activité intellectuelle au moins jusqu'au lendemain.

Il constata avec satisfaction que son combustible était épuisé et chercha ses cordes pour confectionner de nouveaux fagots. La montée s'avéra pénible, par cette chaleur sèche et dépourvue d'air, et pourtant il effectua deux tournées, en montant chaque fois plus haut dans la montagne que jamais auparavant. Quand il revint chez lui, le crépuscule commençait déjà à tomber et il put reprendre calmement sa routine vespérale. Bien que las et en sueur, il se rendit dans le petit restaurant derrière l'église et, après le repas, passa une ou deux heures au Café Central, comme d'habitude. À la table d'à côté étaient assis des ouvriers qui travaillaient au chantier de la route. Ils ne buvaient pas mais avaient sacrifié une peseta pour pouvoir utiliser un jeu de cartes usagé. Ils jouaient en silence et leurs visages maigres et bronzés n'exprimaient rien d'autre que la pauvreté et le découragement.

Willi revint à la maison du Barrio Son Jofre peu après minuit. Il ouvrit la porte et entra dans la pénombre sans prendre la peine de fermer à clé derrière lui. Étant donné son degré de fatigue, il ne se soucia pas de la lampe à pétrole et se contenta de craquer une de ses allumettes pour allumer le morceau de bougie placé près de son oreiller. Il bâilla et se souvint qu'il fallait qu'il aille se laver les dents et uriner dans la cour, avant de se coucher. Il alla donc chercher sa brosse à dents et un verre d'eau mais, au moment où il se dirigeait vers la porte, il entendit quelqu'un bouger, au-dehors.

Il se figea sur place, à deux pas du seuil.

Il était certain que personne n'avait gravi la ruelle derrière lui et pourtant quelqu'un attendait dans le noir.

Quelqu'un qui avait dû se trouver là tout ce temps et était déjà sur le perron, juste derrière la porte fermée. La clé était restée à l'extérieur.

Ne sachant absolument pas quoi faire, il resta avec sa brosse à dents dans une main et le verre dans l'autre.

Puis il entendit un froissement d'étoffe au-dehors, vit la poignée tourner lentement et, parfaitement immobile, fixa des yeux cette porte qui s'ouvrait lentement et sans bruit. Sur le perron se tenait un petit garde civil au visage de chat bien rond et à la fine moustache brune. Il regardait dans la pièce d'un œil indifférent, la carabine à la main.

– Si vous voulez bien me suivre, dit-il.

8

Dans la pièce, rien n'avait changé.

Elle ne contenait que quatre meubles, un petit bureau, une armoire de rangement teinte en brun, un fauteuil noir et un banc de bois branlant à deux places – et pourtant elle semblait pleine à craquer. Il n'y avait pas de fenêtre mais un grand portrait du Caudillo était accroché au mur, derrière la table, dans un gros cadre de bois noir. Sous cette photo, un homme était en train d'écrire, dans le cercle de lumière de l'abat-jour vert d'une suspension.

Lorsque Will pénétra dans la pièce, le sergent Tornilla posa aussitôt sa plume et se leva de son fauteuil. Il le salua de façon réglementaire, puis lui tendit la main en lui disant, avec un sourire :

– Je suis enchanté de vous revoir. Mais je regrette d'avoir eu à vous convoquer à cette heure.

Willi le dévisagea de ses yeux bleu clair et lui rendit machinalement sa poignée de main.

Dans l'entrée, on entendit la crosse d'une carabine cogner contre le sol en ciment. Quelqu'un montait la garde, à l'extérieur, sans doute le petit garde civil au visage de chat et à la fine moustache brune, qui l'avait amené en restant perpétuellement trois pas derrière lui. Willi ne l'avait donc pas vu depuis leur départ de la maison du Barrio Son Jofre. Il avait seulement entendu le gravier crisser sous la semelle de ses chaussures.

Le sergent Tornilla fit le tour de la table pour en approcher le banc.

– Le banc des accusés, dit-il en souriant toujours, comme s'ils échangeaient une plaisanterie à l'intention des seuls initiés.

Ils prirent place l'un en face de l'autre. Le sergent Tornilla avait les coudes sur la table et le bout des doigts, puis les paumes entières, l'un contre l'autre. Comme sous le coup d'une inspiration soudaine, il les écarta brusquement, tira le paquet de cigarettes de derrière le téléphone à manivelle et le tendit.

Willi sentait qu'il devait à tout prix mettre un terme à cette répétition intégrale et tenta de prendre ses allumettes dans sa poche. Mais l'homme assis sur le fauteuil fut plus prompt que lui et lui tendit son briquet allumé.

Avant de le reposer, il le soupesa un instant.

– Toujours le même briquet. Excellente qualité, jamais en panne. Il est vrai que, à strictement parler, je ne devrais pas l'utiliser, parce qu'il est confisqué. Mais…

Il pressa de nouveau le bout de ses doigts l'un contre l'autre.

Le sergent Tornilla n'avait pas changé le moins du monde depuis cette nuit-là, deux mois et demi plus tôt. Il avait toujours le même sourire navré et la même marque de cigarettes. Les mêmes joues glabres et le même uniforme bien repassé, son calot était fendu de la même façon et son baudrier toujours aussi bien astiqué. Sur le bureau était posée une paire de gants brun clair qui n'était pas là la fois précédente, mais c'était la seule et unique différence. Les feuilles de papier et les dossiers eux-mêmes semblaient identiques.

Willi croisa les jambes et braqua les yeux droit devant lui sans se dérider. Il n'était pas nerveux, mais le silence de cet homme et l'immobilité de son regard l'irritaient. Il avait sommeil, en outre, et dut réprimer un bâillement.

– Pourquoi m'avez-vous fait venir ? demanda-t-il.

Pas de réponse.

Willi finit sa cigarette et écrasa soigneusement le mégot dans un cendrier où il y en avait déjà quatre.

– Où habitez-vous, maintenant ? demanda Tornilla.
– Au Barrio Son Jofre.
– Depuis combien de temps ?
– Depuis le mois d'août de l'année dernière.
– En effet. Votre espagnol s'est beaucoup amélioré. Bientôt, vous parlerez aussi bien qu'un natif.
– Merci.
– J'exagère, bien entendu. Une façon de s'exprimer, n'est-ce pas ? Mais il est exact que vous parlez beaucoup mieux, maintenant. Je m'en suis aperçu tout de suite. Vous avez fait de gros progrès.

Il offrit à Willi une *Bisonte* qu'il parvint de nouveau à allumer avec son briquet avant que ce dernier ait eu le temps de sortir ses allumettes.

Il faudra que je sois plus rapide que lui, la prochaine fois, se dit Willi.

– Nous sommes à moins de deux semaines de Noël, reprit le sergent Tornilla. Mais j'ai peur que vous ne trouviez pas les festivités à votre goût, dans ce pays. Ce n'est pas du tout comme dans le vôtre. Je me souviens très bien du Noël allemand. Y compris en Russie, sur le front. On rentrait de petits arbres dans la chaleur des abris, on accrochait des guirlandes de papier rouges et vertes aux branches, et on chantait des airs mélancoliques. Je connaissais bon nombre de vos compatriotes et ils se plaignaient que ce n'était pas un vrai Noël. Je crois que c'est la seule fois où je les ai entendus se lamenter. Ils expliquaient aussi comment c'était, avant la guerre. On se mettait des fausses barbes et on se distribuait des cadeaux. On se déguisait en une sorte de figure de carnaval au nom bizarre, n'est-ce pas ?
– Le père Noël.
– C'est ça. Le père Noël. Mais ici, ce n'est pas du tout pareil, cela ne fait pas partie de nos coutumes. Du moins à la campagne parce que, dans les grandes villes, des gens entreprenants ont vu qu'il y avait là une occasion à saisir. Tout ce qui se passe, ici, c'est que les gens rentrent chez

eux et mangent un peu plus que d'habitude, par exemple une paella à la viande. Puis ils vont boire un pastis dans un bar. Mais vous ne l'avez sans doute pas remarqué. À moins que vous n'ayez déjà passé Noël en Espagne ?

– J'étais ici l'année dernière.

– C'est vrai, j'oubliais. Il y a longtemps que vous êtes parmi nous. Mais vous ne l'avez sans doute pas remarqué, comme je l'ai dit ?

– Non.

– Pâques, c'est très différent. C'est la grande fête, ici. Elle dure plusieurs jours, avec de belles processions et manifestations, tant civiles que religieuses. Mais vous avez peut-être déjà passé les fêtes de Pâques en Espagne, aussi ?

– Non.

– C'est vrai, vous n'étiez pas ici à Pâques.

Le noir se fit devant les yeux de Willi et il pensa : je ne vais pas tarder à m'endormir. Mais il s'aperçut alors que c'était la lumière qui faiblissait. Elle baissa d'intensité jusqu'à ce que le filament de la lampe se réduise à un petit fil rouge en zigzag, derrière la surface sale du verre, et le noir presque complet se fit dans la pièce.

Tornilla sortit ses cigarettes et alluma son briquet.

– L'électricité ne marche pas très bien, ici, dit-il. La centrale est ancienne et en mauvais état. Elle cesse souvent de fonctionner, en hiver, et ce sera encore pire quand surviendront les tempêtes. Il faudrait la moderniser, mais les gens semblent s'en contenter. Ils sont fiers d'avoir un tant soit peu d'énergie électrique. Comme je vous l'ai déjà dit, ce sont des gens simples, qui ont bon cœur.

La lumière s'éteignit totalement mais, au bout d'une minute environ, elle regagna à deux reprises en intensité, avant de se stabiliser.

– Bon, comme ça on peut se voir à nouveau, lança gaiement le sergent.

Après un silence, il ajouta, sur un ton d'excuse :

– Nous allons bientôt avoir un groupe électrogène ici. Cela nous évitera ce genre de désagrément.

Willi bâilla, sans faire le moindre effort pour le cacher. La banalité de cette conversation le fatiguait.

L'homme en uniforme l'observait attentivement.

– Ma femme est très en colère contre ce service. En effet, elle possède une machine à coudre électrique que mes beaux-parents lui ont offerte il y a deux ans. Je crois vous avoir déjà dit qu'ils vivent à Huelva. Son père possède un commerce, assez important, dont il a confié la gérance à mon beau-frère. Êtes-vous déjà allé à Huelva ? C'est dommage, c'est une belle ville. Et cette machine à coudre porte souvent sur les nerfs de ma femme. Lorsque j'étais en poste à Badajoz et que nous habitions là-bas, elle fonctionnait parfaitement mais, ici, ce n'est pas du tout la même chose. Il y a des moments où le courant n'est pas assez puissant pour entraîner le moteur et d'autres où il n'y en a pas du tout. Il paraît que c'est à cause des chaudières. Elles sont très anciennes et on s'étonne même qu'elles soient encore en état de fonctionner.

Willi observait le portrait, les yeux mi-clos. La ressemblance entre le Caudillo et l'homme assis sur le fauteuil était plus frappante que jamais, au point d'en être presque ridicule.

Il m'a fait venir sous escorte de police, au beau milieu de la nuit, pour me parler de la machine à coudre de sa femme. Il est fou, pensa Willi Mohr.

Le sergent s'était tu. Sans bouger les yeux, il prit une feuille de papier sur le bureau et dit, avec un sourire gêné :

– On a déposé plainte contre vous. Une personne du nom d'Amadeo Prunera se plaint que vous ayez dérobé du bois sur ses terres.

– Pas du bois. Des branches mortes.

– Je vois. Mais c'est également interdit.

– Je ne le savais pas.

– Bien entendu. Mais, comme je vous l'ai déjà dit, bien des choses sont différentes, ici. Certaines d'entre elles peuvent paraître totalement dépourvues de valeur, mais elles n'en ont pas moins pour leur propriétaire. Ce coin de terre est pauvre et ceux qui y vivent sont des gens simples et pauvres, eux aussi. Ils tiennent à leurs droits.

Willi ne savait que répondre. Il était las et cette surprenante accusation le prenait au dépourvu.

– Ce n'est naturellement pas bien grave, mais ce n'en est pas moins un délit. Cet homme est parfaitement dans son droit de se plaindre. Le mieux serait de le dédommager. Il ne peut guère s'agir que d'une petite somme, et vous avez de l'argent, n'est-ce pas ?

– Un peu.

– D'où vous vient-il ?

Willi ne répondit pas.

– C'est Santiago Alemany qui vous l'a donné, hein ?

Tornilla n'attendit la réponse qu'une seconde avant de reprendre :

– La dernière fois que nous nous sommes vus, je vous ai parlé de votre chemise. Vous la portez aujourd'hui aussi. Depuis quand la possédez-vous ?

– 1941.

– Quelle sorte de chemise est-ce ?

– Une chemise des Jeunesses hitlériennes.

– Vous faisiez donc partie de cette organisation, pendant la guerre ?

– Avant aussi. Comme tout le monde.

– Exact. Étiez-vous membre d'une autre ?

– Non.

– Et à l'époque où vous viviez en Allemagne de l'Est ?

– Là non plus.

– Avez-vous vu le Führer en personne ?

– Une seule fois.

– Quand ?

– En 1944, je crois.

– Vous n'êtes pas sûr ?

– Je ne saurais affirmer que je l'ai vu.

– Pouvez-vous vous expliquer ?

– C'est très simple. On nous a dit qu'il devait passer en train et on nous a alignés le long de la voie ferrée avec des fleurs et des drapeaux dans les mains. On a d'abord vu un convoi rempli de militaires et de policiers. Puis un autre qui ne comportait que deux wagons. Je crois qu'il était à l'une des fenêtres. On nous a dit que c'était lui, du moins. Tout s'est passé très vite. Maintenant, je ne suis pas sûr de l'avoir vu mais, à l'époque, je le croyais.

– Vous voyez que vous allez bientôt parler parfaitement espagnol. Passons à autre chose. Vous m'avez dit que vous n'étiez pas ici à Pâques. Mais un peu plus tôt dans l'hiver, si ?

– En effet.

– Vous viviez en ville ?

– Oui.

– Dans la maison du Barrio Son Jofre ?

– Oui.

– Quand en êtes-vous parti ?

– Fin mars ou début avril.

– Pourquoi êtes-vous parti ?

Willi ne répondit pas.

– Quand avez-vous vu Santiago Alemany pour la dernière fois ?

– Aujourd'hui.

– Et avant cela ?

– Hier.

– Est-ce vous qui lui aviez demandé de venir ?

– Non.

– Pourquoi est-il venu, alors ?

– Je ne sais pas.

– Qu'avez-vous fait, pendant sa visite ?

– Nous avons réparé un camion.

– Tout ce temps ?

– À peu de chose près.

– Vous a-t-il donné de l'argent ?

– Oui.

– Combien d'autres fois, avant celle-ci ?

– Une seule.
– Pourquoi vous a-t-il donné cet argent ?
– Je ne sais pas.
– Vous a-t-il acheté quelque chose ?
– Oui, d'une certaine façon.
– Que vous a-t-il acheté ? Un tableau ?
– Non. Un pneu.
– Et la fois précédente ? Vous a-t-il également acheté quelque chose ?
– Non.
– Il vous a donc donné de l'argent sans raison.
– Oui.
– Êtes-vous ami avec Santiago Alemany ?

Willi ne voulait pas répondre, mais il dut faire un effort pour se retenir. Sa résistance était en train de s'effriter.

– Oui, dans l'ensemble.
– Revenons en arrière. Vous viviez dans cette ville au cours des mois de janvier, février et mars, n'est-ce pas ?
– Oui.
– Quand avez-vous quitté l'Espagne ?
– Fin mars ou début avril.
– Et quand y êtes-vous revenu ?
– Fin mai.
– En effet. Vous êtes parti le 2 avril et revenu le 15 mai. Qu'avez-vous fait pendant ce temps ?
– Je travaillais sur un bateau.
– Quel genre de bateau ?
– Un yacht de plaisance.
– Qui en était le propriétaire ?
– Un Anglais.
– Vous souvenez-vous de son nom ?
– Thorpe.
– En effet, le colonel Thorpe. Quand l'avez-vous rencontré pour la première fois ?
– Juste avant
– Avant quoi ?
– De prendre la mer.

– Vous souvenez-vous quel jour vous l'avez rencontré ?

– Le 29 ou 30 mars.

– Est-il venu vous demander de vous enrôler ?

– Non.

– C'est donc vous qui êtes allé le trouver ?

– Oui.

– Pour trouver du travail à bord de son yacht ?

– Oui.

– Vous saviez qu'il partait pour la Corse ?

– Non.

– Vous n'êtes pas marin, n'est-ce pas ?

– Non.

– Pourquoi avez-vous sollicité cet emploi, alors ?

Willi avait prévu la question et préparé sa réponse. Il dit donc, après un léger silence :

– Je voulais quitter le pays. J'y vivais depuis sept mois.

– Mais vous ignoriez où le colonel Thorpe comptait aller ?

– Oui.

– En d'autres termes, vous étiez prêt à le suivre n'importe où ?

– Oui.

– Si vous n'aviez pas rencontré le colonel Thorpe, comment saviez-vous qu'il cherchait du personnel ?

– Je l'ai entendu dire.

– Où cela ?

– Dans un bar.

– C'est donc quelqu'un qui vous en a informé ?

– Oui, d'une certaine façon.

– Qui était ce quelqu'un ?

– Quelqu'un que je ne connaissais pas. J'ai entendu ça par hasard.

– Et vous êtes allé trouver le colonel Thorpe ?

– Oui.

– Qui vous a embauché aussitôt ?

– Non.

– Pourquoi pas ?
– Mes papiers n'étaient pas en règle.
– Ils ne l'étaient pas, en effet. Vous n'aviez pas de visa de sortie.
– Non, mais ça s'est arrangé.
– Comment ?
– C'est l'Anglais qui s'en est chargé.
– Quand ça ?
– Le lendemain.
– Et, le jour suivant, vous avez pris la mer ?
– Oui.
– Aviez-vous de l'argent, quand vous êtes parti ?
– Non.
– Absolument pas ?
– Pratiquement pas.
– Combien ?
– Cent pesetas, peut-être.
– Étiez-vous le seul homme d'équipage ?
– Non.
– Il y en avait donc un autre ?
– Oui.
– Qui était-ce ?
– Ramón Alemany.
– En effet. C'était Ramón Alemany. Savez-vous où se trouve celui-ci, maintenant ?
– Non.
– Est-il en Espagne ?
– Non.
– Est-ce lui qui vous a demandé de l'accompagner ?
– Non.
– C'est donc son frère, Santiago Alemany, qui vous a convaincu de chercher de l'embauche auprès du colonel Thorpe ?

Willi fut très surpris de cette question. Sans réfléchir, il répondit :
– Bien sûr que non.

Le sergent Tornilla ne dit rien d'autre pendant quelques minutes. Durant tout l'interrogatoire, il n'avait pas quitté du regard l'homme qui était assis en face de lui et son visage était grave.

Pour échapper à la fixité de ce regard, et pouvoir se concentrer, Willi baissa les yeux. Sous la table, il voyait les jambes du sergent Tornilla. Il n'y avait pas un seul grain de poussière sur ses bottes noires impeccablement cirées.

– Vous êtes fatigué ?

– Oui.

– Dommage. J'aurais aimé poursuivre encore un peu cet entretien. Y voyez-vous un inconvénient ?

– Oui.

– Dommage. Vraiment dommage, dit le sergent, soucieux. Vous désirez peut-être boire quelque chose ?

– Oui.

– Je vais m'en occuper. Voyons : où en étions-nous ?

– À mon départ pour la Corse.

Le sergent tendit la main et prit un dossier cartonné dans l'armoire de rangement. Il effectua ce geste avec la sûreté d'un somnambule, sans regarder ce qu'il faisait.

– Non, dit-il, ce n'est pas Santiago Alemany qui vous a donné cet ordre, bien entendu.

Willi regarda le sergent avec étonnement.

– C'était donc Antonio Millan ?

– Je n'ai jamais entendu ce nom.

– Vous ne dites pas la vérité, répliqua l'homme assis dans le fauteuil, la mine attristée. Je l'ai déjà prononcé devant vous.

– Je ne m'en souviens pas.

– Vous avez pourtant excellente mémoire.

Le sergent avait ouvert le dossier et sorti deux feuilles de papier agrafées. Il les tendit à travers la table sans les regarder et dit :

– Lisez cela. Ce sera un bon exercice et cela vous intéressera peut-être.

Les feuilles étaient tapées à la machine et semblaient extraites d'un rapport de police. Willi les prit et secoua la tête pour mieux voir.

– Lisez à haute voix, dit Tornilla.

Willi s'exécuta.

Procès-verbal d'audition du colonel Archibald Thorpe, dressé à bord de son yacht le *Monsoon*, à Puerto de Soller, Majorque, province des Baléares, le 10 septembre. Le colonel déclare être né en Angleterre en 1893 et à la retraite depuis neuf ans. Au cours des quatre dernières années, il a séjourné pendant des périodes plus ou moins longues dans divers ports espagnols de la Méditerranée, occupé à rédiger ses Mémoires. Sur le citoyen allemand Willi Mohr, il a ceci à déclarer : le soir du jour où j'ai été informé que l'un des matelots que j'avais engagés faisait défaut, j'ai reçu la visite d'un Allemand (Mohr), qui a déclaré avoir servi dans la marine au cours de la guerre et être prêt à embarquer. Il m'a paru très désireux de faire ce voyage, à tel point d'ailleurs que j'ai d'abord craint qu'il ne cherche à quitter clandestinement le pays. Il est apparu que j'avais tort car, le lendemain, il a obtenu aisément un visa de sortie des autorités. J'ai donc décidé de l'engager, malgré son absence d'états de service, car ma femme et moi étions désireux de quitter le plus vite possible, pour profiter des bonnes conditions météorologiques, cet endroit où les circonstances nous avaient contraints de nous attarder bien plus longtemps qu'il n'était dans nos intentions. Cet homme (Mohr) est resté à mon service du 2 avril au 29 du même mois, date à laquelle il l'a quitté de son plein gré, à Ajaccio. Pendant ce laps de temps, il s'est acquitté de ses tâches avec sérieux et, me semble-t-il, de son mieux, mais son expérience de la navigation et du travail quotidien à bord d'un bateau me paraît extrêmement limitée et il ne fait aucun doute qu'il a exagéré ses qualifications au cours de son entretien d'embauche. Ce n'était pas un bon marin et je n'emploierai plus d'Allemands. Quand mon second homme d'équipage (un

Espagnol du nom de Ramón Alemany) eut déserté, à Ajaccio, l'Allemand a demandé à être délié de son engagement. Je n'ai vu aucune raison de refuser, d'autant moins que, dans l'hypothèse inverse, j'aurais sûrement été obligé de m'en séparer. En revanche, j'ai beaucoup regretté le départ de mon autre matelot (Alemany), qui était un marin fort capable et dur à la tâche.

À la question de savoir comment se présentaient les rapports entre les deux hommes, le colonel Thorpe répond qu'il n'a pas pour habitude de surveiller le comportement et les agissements de ses hommes en dehors du service, qu'il n'avait jamais discuté avec l'Allemand et ne lui avait même pas adressé la parole sinon pour lui délivrer ses consignes. Il avait cependant l'impression que les deux hommes se connaissaient avant d'embarquer. Quant à la personnalité de Mohr, le colonel déclare qu'elle lui paraît typiquement allemande. La femme du colonel, la señora Clementine Thorpe, présente lors de cet entretien, déclare pour sa part : Ils (Mohr et Alemany) étaient toujours ensemble et, lorsqu'ils sont descendus à terre, une fois dans un port français de métropole où le bateau est resté à quai pendant deux jours, et deux fois à Ajaccio, c'était également en compagnie l'un de l'autre. Elle ajoute que Mohr et Alemany assuraient bien la propreté du poste d'équipage où ils avaient leur quartier. À la question de savoir où Mohr comptait aller quand il avait quitté le bord, le colonel répond que celui-ci ne lui a rien dit à ce sujet. Quant à la rémunération que Mohr a obtenue pour son travail, le colonel Thorpe répond qu'il avait offert de travailler moyennant le logement et la nourriture et qu'il ne lui avait donc pas versé de solde.

Willi se tut. Il avait la gorge sèche, après sa lecture, et la tête vide.

Le sergent Tornilla ne dit rien pendant tout ce temps et il était impossible de savoir s'il avait écouté ou non. Il eut un sourire amical et dit :

– Vous lisez vraiment très bien. Il est remarquable que vous ayez appris si bien notre langue en si peu de temps, même si vos « j » ne sont pas encore parfaits. Ils sont beaucoup trop durs. Répétez après moi : Barrio Son Jofre, J-o-f-r-e… J-o…, J-o… J-o-f-r-e.

– Jofre, dit Willi.

– Voilà, ça vient.

Tornilla tendit la main, prit les papiers et les replaça dans le dossier. Puis il remit celui-ci dans l'armoire de rangement, toujours sans regarder dans cette direction.

– Vous vous plaisez chez vous, au fait ? J'ai entendu dire que la maison était mal entretenue. Ce n'est pas très agréable, à cette époque de l'année. Les nuits sont parfois froides et humides, et, même à votre âge, on peut s'attirer des rhumatismes. Ma femme a souvent des douleurs à la jambe. Et pourtant, notre demeure n'est pas mal.

Il sourit et ajouta pensivement :

– Elle est même remarquablement bien, vu le niveau général, ici. Elle est dans l'*avenida*, près de l'église. À un pâté de maisons de l'endroit où vous mangez, quand vous avez de l'argent.

– Puis-je avoir un peu d'eau ?

– Dans un instant. À propos d'argent : vous n'en aviez pas à votre départ et le colonel Thorpe ne vous en a pas donné. Pourtant, quand vous êtes revenu, vous en aviez assez pour payer six mois de loyer d'avance et vous avez fort bien vécu pendant trois mois. Vous n'avez pas changé de devises, non plus, vous aviez donc forcément de la monnaie espagnole.

L'estomac du sergent Tornilla se mit à gargouiller. Le bruit avait beau être discret, Willi le perçut distinctement. Il y vit même une sorte de succès, enfin.

– Vous voyez, c'est le genre de détail qui intrigue quand on se met à y réfléchir. Mais l'expérience prouve que tout s'explique naturellement. D'où vous est venu cet argent ?

Willi ne répondit pas. Son visage bourru et fermé ne reflétait nullement son épuisement physique.

L'homme assis dans le fauteuil prit un papier sur la table, y jeta un coup d'œil et dit, comme en passant :

– Le 20 février de cette année, le colonel Thorpe a sollicité du gouverneur général de la province un visa de sortie pour Ramón et Santiago Alemany, au motif qu'il comptait les employer à bord de son yacht, le *Monsoon*. Quatorze jours plus tard, le visa de Ramón a été accordé alors que celui de son frère était refusé. Thorpe a fait appel de la décision et, le 31 mars au matin, lui et Santiago Alemany ont été informés que cette demande non plus n'avait pas obtenu satisfaction. Le même soir, vous avez embarqué et avez offert de travailler gratuitement, malgré la minceur de vos qualifications en ce domaine. Le lendemain, vous partez en taxi pour la capitale provinciale, avec le colonel, où ce dernier parvient à vous obtenir un visa. Comme vous êtes étranger et que le colonel Thorpe connaît personnellement le gouverneur général, cela ne pose aucune difficulté. En France, Ramón quitte le bord et, juste après, vous faites de même. Quatre semaines plus tard, vous revenez ici avec de l'argent. Auparavant, vous étiez presque quotidiennement en compagnie de Santiago Alemany ou non loin de lui mais, maintenant, vous restez trois mois et demi sans vous voir. Puis il réapparaît et vous donne de l'argent. C'est surprenant, non ?

Ces mots se gravèrent dans la conscience de Willi, l'empêchant de s'endormir et de tomber du banc. Il cligna des yeux à plusieurs reprises, sans que cela améliore sa vision notablement, et le visage lui faisant face lui parut étrangement irréel, dans la lumière mouvante de la lampe.

– Vous voulez bien me donner un peu d'eau ? dit-il.

– Vous êtes fatigué et vous avez soif ?

– Oui.

– Ce n'est pas grave. Ça peut être bien pire.

Le sergent avait les mains jointes devant lui mais, soudain, il appuya les coudes sur la table et pressa le bout des doigts l'un contre l'autre. Son sourire disparut au coin de ses lèvres et il demanda rapidement, d'une voix dure :

– Êtes-vous allé à Santa Margarita ?

– Oui.

– Quand ça ?

– Il y a un an, juste avant Noël.

– Et auparavant ?

– Une autre fois.

– Quand ?

– En octobre ou novembre, je crois. C'était à l'automne, en tout cas.

– Essayez de vous rappeler la date.

– La première ou la seconde fois ?

– Les deux.

– Je ne sais pas au juste, une fois peu avant Noël et l'autre plus tôt encore, au cours de l'automne.

– Essayons de reconstituer le cours des événements. C'est à cette époque que vos amis norvégiens vous ont quitté, n'est-ce pas ?

– Oui.

– Quand ?

– Le 15 décembre.

– Êtes-vous allé à Santa Margarita avant ou après cela ?

– La seconde fois, c'était après, peu avant Noël, je vous l'ai déjà dit. Sans doute le 18 décembre, ajouta-t-il après avoir compté sur ses doigts.

– Qu'avez-vous fait, à Santa Margarita ?

– J'ai loué un véhicule.

– Exact, vous avez convenu avec un entrepreneur de maçonnerie de reprendre un vieux camion que vos amis norvégiens utilisaient auparavant. Mais la première fois ? Était-ce aussi au mois de décembre ?

– C'est possible.

– Était-ce avant ou après le 3 décembre ?

– Avant, je crois.

– Le 1er ou le 2 décembre, par exemple ?

– Non, c'était sûrement avant ça. En novembre ou octobre. Il pleuvait.

– Y êtes-vous allé seul ?

– Non.

– Qui était avec vous ?

– Mes… amis norvégiens.

– Comment s'appellent-ils ?

Willi ne répondit pas.

– Pedersen, n'est-ce pas ?

– Oui.

– Quels sont leurs prénoms, voyons ? Ah oui, Daniel et Sig… quelque chose, c'est ça. Vous le savez, non ?

– Oui.

– Voulez-vous avoir l'amabilité de me le dire ?

Le sergent attendit la réponse. Pendant ce temps, son attitude se fit pensive, comme si autre chose lui avait traversé l'esprit.

– Savez-vous comment je m'appelle ?

– Oui.

– Mon prénom aussi ?

– Non.

– Je vous l'ai pourtant dit.

Willi réfléchit

– Ah oui, dit-il, je m'en souviens maintenant.

– Voulez-vous avoir l'amabilité de me les dire ?

– José Tornilla.

– C'est cela, José Tornilla. Mais vos « j » sont toujours trop durs. J-o-s-é.

– José.

– Et comment s'appellent vos amis norvégiens ?

Silence.

Willi regarda l'homme assis sous le portrait, la mine bourrue mais pas provocatrice.

– Vous pensez que vos amis norvégiens sont morts, avez-vous dit ?

– Oui.

– Vous avez sans doute raison. C'est donc avec eux que vous êtes allé à Santa Margarita. Voulez-vous me raconter ce qui s'est passé ?

– On est allés admirer le paysage et on est rentrés.

– Il y a une mine, là-haut. Êtes-vous allés la voir aussi ?

– On n'y est pas allés, mais je me souviens de l'avoir vue de loin.

– Santiago Alemany était-il avec vous ?

– Non.

– Vous ne vous rappelez plus la date mais vous pensez que c'était en novembre et, en tout cas, avant le 3 décembre.

– Oui.

– Nous devions parler un peu de ces jours-là, le 2 et le 3 décembre. Que faisiez-vous ?

– Aucune idée.

– Je vais vous aider. Le 2 décembre au soir, vous étiez sur le port. Une patrouille de police vous a vu près de la jetée, à 1 h 30 du matin, avec vos amis norvégiens et les frères Alemany. Que faisiez-vous là ?

– Rien.

– Que faisiez-vous sur la jetée ?

– On se baignait.

– À 1 h 30 ? Sur la jetée ? Pourquoi pas sur un des lieux de baignade habituels, plus près de la localité ?

– On n'avait pas de maillots de bain.

– La femme non plus ?

– Non.

– Il n'est pas permis de se comporter ainsi. Il existe même une loi qui l'interdit. Vous le savez ?

– Elle est ridicule, cette loi.

– C'est possible. Avez-vous eu des relations sexuelles avec cette femme, également ?

– Non.

– Pourtant, vous avez pratiquement vécu en ménage avec elle pendant quatre mois. Il paraît qu'elle était très attirante et pas très… difficile. Elle n'a pu éviter de produire sur vous une certaine impression. Étiez-vous amoureux d'elle ?

Willi ne répondit pas. Il se sentait moins las, maintenant, mais très mal à l'aise, et voulait à tout prix amener l'autre à changer de sujet.

– Que voulez-vous savoir, au juste ?

– Eh bien, ce qui s'est passé le lendemain, 3 décembre.

– Je crois qu'on est allés au port, aussi. Voyons, un instant, il faisait très chaud. On ne s'est pas baignés mais on est allés dans un bar et on est restés jusque tard dans la nuit. Il y avait une sorte de fête. On a chanté et pas mal bu. Et… rien d'autre.

– Les frères Alemany étaient-ils là, également ?

– Oui. Santiago tout le temps. Son frère est arrivé plus tard, parce qu'il était sorti en mer. Oui, je me souviens, maintenant. Nous étions sur le quai quand le bateau est rentré au port. Le père des Alemany a fait des reproches à Santiago parce qu'il n'avait pas livré le poisson en ville, la veille. Et on est tous remontés au bar.

– Qu'a répondu Santiago Alemany ?

– Je ne me rappelle pas. Pas avec certitude. Il a dit que la camionnette était en panne, je crois. Puis on s'est remis à boire et ensuite on est rentrés à la maison. C'est moi qui conduisais le camion, je m'en souviens.

– Vous avez conduit en état d'ivresse ?

– Oui.

– C'est interdit, ça aussi.

Le sergent Tornilla sourit en disant cela. Son visage était à nouveau amical et bonasse.

– Vous avez déjà avoué trois délits, ce soir, dit-il sur le ton de la plaisanterie. Où allons-nous ?

Il passa la main derrière son siège et prit le pot à eau. Puis il se leva et fit le tour de la table, toujours aussi élégant et détaché. Willi but, l'autre lui donna une cigarette et du feu, puis regagna sa place.

– L'électricité est vraiment défectueuse, soupira-t-il, la mine sombre, en voyant la lumière baisser à nouveau.

Il resta un moment à observer l'homme qui lui faisait face.

– Vous devriez fonder une famille, dit-il en caressant du bout du doigt le cadre aux trois photographies. C'est important, pour un homme, d'avoir une famille. Cela lui procure un ancrage tout différent dans l'existence. Je me souviens du changement que cela a représenté dans ma propre vie, après mes années de soldat. Mais on ne s'en rend vraiment compte que lorsqu'on a des enfants. Vous devriez vous marier. Après cela, on a deux motifs importants de vivre : son travail et sa famille. Celle-ci enrichit votre travail même si, comme moi, on ne la voit pas très souvent. Elle donne une idée précise de ce pour quoi on travaille, une preuve que le but correspond véritablement aux efforts qu'on fournit pour l'atteindre.

Willi n'écoutait pas. Sa cigarette s'était éteinte et il regardait le portrait en la tenant entre ses doigts. Il avait eu l'impression que le Caudillo remuait les lèvres, exactement comme la fois précédente, et il n'aimait pas cela.

– Vous avez peut-être une fiancée, en Allemagne ? demanda le sergent Tornilla.

– Non.

– Vous n'en avez pas eu avant, non plus ?

– Si, peut-être, une fois. En un certain sens.

– Il y a longtemps ?

– Pendant la guerre.

– Vous étiez en Pologne, alors, n'est-ce pas ?

– Oui, à Gotenhafen.

– C'était une ville agréable ?

– Non, pas particulièrement. Assez petite, des rues larges et des maisonnettes carrées. Un grand port, plein de soldats.

– Je suis aussi allé en Pologne à plusieurs reprises et je n'ai pas gardé un excellent souvenir des Polonais. Ils étaient très hostiles, presque implacables. Comme les Russes.

– Ils avaient de bonnes raisons de l'être, après avoir été injustement agressés.

– C'est exact. Mais pourquoi cette guerre était-elle injuste ? Eh bien, parce qu'elle a été perdue. Même ici, on reconnaît maintenant cette vérité historique, en convenant que le résultat opposé aurait été meilleur. Cette guerre est devenue injuste à partir du moment où elle a été perdue. En outre, l'issue aurait fort bien pu être différente.

– Ne parlez pas de la guerre, dit Willi en écrasant son mégot.

Le sergent poussa vers lui le paquet de cigarettes et se tint prêt avec son briquet. Puis il attendit en silence.

– Gotenhafen était une ville affreuse, dit Willi. Je n'y suis resté qu'un an, de février 44 à janvier 45, affecté à la deuxième division d'aspirants sous-mariniers, plus de deux mille hommes entassés dans un ancien navire de luxe repeint en gris. Tout était gris, à part la neige quand elle tombait, mais elle devenait grise elle aussi dès qu'elle touchait le sol. Le vent n'arrêtait pas de souffler et votre foutue guerre traversait la ville en un interminable serpent gris : convois sanitaires, transports de marchandises, tracteurs, bateaux peints en gris qui allaient et venaient, et voix grises criant des mensonges dans des haut-parleurs tout aussi gris. Chaque nuit, on avait peur d'être bombardés, que le bateau coule et qu'on soit noyés. Il a d'ailleurs fini par l'être, coulé, et cinq mille personnes, surtout des femmes et des enfants, ont trouvé la mort à bord. Ainsi que près de la moitié de ma division.

Il se tut.

– Qu'est-ce qui s'est passé ?

– C'est sûrement les Russes, un de leurs sous-marins, qui l'ont torpillé.

– J'ai lu ça, en effet. C'était au cours de l'évacuation, n'est-ce pas ?

– Oui.

– C'est vraiment horrible.

– Pas du tout. C'est votre guerre, exactement comme vous la voulez. Et qu'est-ce que vous croyez qu'on voit dans un foutu périscope, au milieu de la nuit, en pleine tempête ? Des femmes et des enfants ? Mon œil.

– Qu'est-ce qui vous est arrivé, à vous ?

– Rien. Il ne m'est jamais rien arrivé. Je n'ai pas vu un seul ennemi, pas avant que la guerre soit terminée et alors ce n'était plus des ennemis, pas vrai ? C'est la règle du jeu, hein ? Je n'ai vu qu'une foule d'êtres gris au visage gris, venant de nulle part et attendant sur les quais par dizaines de milliers. Au milieu d'une tempête de neige. Je suppose qu'une bonne quantité d'entre eux sont morts, on disait qu'il y avait des attaques aériennes. Mais il n'est jamais tombé de bombe là où j'étais et je n'ai rien vu. Puis le bateau qui devait m'emporter est arrivé. C'était aussi un navire de luxe qui avait été peint en gris, seulement un peu plus vieux. Et il n'a pas coulé avec moi à bord.

Hélas, pensa Willi. L'instant d'après, il fut surpris des propos qu'il venait de tenir. Il fallait qu'il fasse attention.

– Mais vous aviez une fiancée, là-bas ?

– Oui, si on peut appeler ça comme ça.

– Comment s'appelait-elle ?

– Barbara.

– Allemande ?

– Oui.

– Elle vivait à Gotenhafen ?

– Elle y était cantonnée. Comme auxiliaire féminine.

– Qu'est-il advenu d'elle ?

– Je ne sais pas.

– A-t-elle disparu lors du torpillage ?

– Je ne sais pas à bord de quel bateau elle est partie. La plupart sont arrivés à bon port. Et puis on était soldats, on n'avait le droit de rien savoir.

– Vous ne l'avez plus jamais revue ?

– Non.

– Vous l'avez recherchée ?

– Tout le monde cherchait quelqu'un. Mais il n'y avait personne pour chercher tout le monde.

– Vous vous aimiez ?

– On couchait ensemble.

– Il vous est pénible d'en parler ?

– Pas du tout. Mais ce n'est pas d'un grand intérêt.

– Non, je ne le pense pas, dit le sergent Tornilla.

Il prit une photographie, sur la table, et la tendit.

– Vous reconnaissez cet homme ?

Visage espagnol d'une maigreur banale, comme ceux des ouvriers du chantier de la route, peut-être un peu plus animé.

– Non.

– Voyons, vous avez navigué pendant près de trois semaines, dix-neuf jours très exactement, en compagnie de Ramón Alemany.

– Oui.

– Savez-vous où il se trouve maintenant ?

– Non.

Réponds par monosyllabes, se dit Willi. Ne le laisse pas t'inciter à te lancer dans des explications à nouveau.

Il avait les mains et les tempes en sueur, mal à la nuque, et ses vêtements lui faisaient l'effet d'être sales et humides. L'air de la petite pièce était vicié et étouffant, mais le sergent Tornilla paraissait toujours très à l'aise.

– Parlons un peu de votre voyage en Corse. Vous avez eu beau temps ?

– Je suis fatigué, dit Willi. J'ai besoin de dormir.

– Naturellement, j'aurais dû y penser plus tôt. Vous pouvez dormir ici, si vous voulez. À moins que vous ne préfériez rentrer chez vous.

– Oui.

– Vous désirez rentrer ?

– Oui.

Le sergent se leva et lui tendit la main.

– Merci pour cette agréable conversation. Mais nous n'allons sans doute pas tarder à nous revoir.

Willi vacilla, en se mettant debout. Il était en nage et sa vue se brouillait. L'autre était exactement comme lorsqu'il s'était levé de son fauteuil pour la première fois, une éternité auparavant.

– Je suis navré d'avoir été obligé de vous fatiguer autant, dit-il. Au revoir, ajouta-t-il avec un geste de regret et un sourire.

Puis il alla ouvrir fort courtoisement la porte.

C'est du déjà vu, pensa Willi, une fois dans l'entrée, en clignant des yeux sous la lumière de l'aube.

Le soleil était derrière les collines, du côté de la mer, et le flanc des montagnes baignait dans sa lumière d'un jaune clair tirant sur le blanc. Un reste de fraîcheur de la nuit était toujours perceptible et, bien qu'il fît déjà chaud, la température n'était pas encore étouffante. Le long bâtiment de pierre jaunâtre du poste paraissait désert et mort, et le silence pesait telle une chape sur le paysage. Willi resta sans bouger, dans cette grande immobilité poussiéreuse, à regarder les constructions se dresser timidement derrière les oliviers. Telle était la ville dans la montagne. Là vivaient un certain nombre de curés, un médecin, divers officiers et policiers et, naturellement, quelqu'un à qui appartenaient les moutons et l'essentiel des terres. Sans compter trois mille personnes qui étaient des gens simples, pauvres et heureux d'avoir la chance de donner de nouvelles générations à cette société. La plupart d'entre eux avaient fait la guerre pendant trois ans pour ne pas jouir de ce privilège.

Cela faisait plus d'un an qu'il vivait là, pour sa part, assez pour se familiariser avec le milieu sans pour autant se fondre en lui ou procéder à des études systématiques. Et maintenant il était là, à attendre que la ville s'éveille, se dresse et hurle, non pas de révolte mais d'angoisse de la mort et de désespoir.

Il était épuisé et hors d'état de contrôler les pensées, impulsives et irrationnelles, qui avaient forcé les barrages.

Il haussa les épaules et se mit à marcher sur la route entre les oliviers. Elle était encore droite et plate, mais les pluies de ces dernières semaines avaient effrité ses bermes et emporté une bonne partie de la terre battue.

Il continua à regarder devant lui, tout en traversant la ville à grands pas paisibles et machinaux. Les seuls êtres humains qu'il rencontra furent deux gardes civils, plantés au milieu du carrefour, le regard fixé vers l'est. Ils avaient ôté leur carabine, posée contre le muret longeant la route, et fumaient.

Il pénétra dans la maison du Barrio Son Jofre et tira la porte derrière lui sans la fermer à clé. Il avait le vague sentiment que ce genre de détail ne changerait rien à sa situation et ne pourrait même pas influer sur elle. Il donna de l'eau à la chienne et but à longs traits ce qui restait dans la cruche. Avant de quitter la cuisine, il regarda l'heure, par habitude. Il était 6 heures, à quelques minutes près. L'interrogatoire n'avait pas duré très longtemps, trois ou quatre heures au plus.

Il ne prit pas la peine de se laver et retourna dans la pièce principale pour s'allonger sur le matelas, le chapeau de paille sur le visage et sans ôter quoi que ce soit, même pas ses sandales.

Trente secondes plus tard, il fut frappé par l'idée qu'ils allaient le tuer. Sans doute sans lui dire pourquoi ni lui laisser une nouvelle occasion d'abattre Santiago Alemany. Mais cela n'avait plus d'importance. Tout ce qu'il désirait, c'était dormir.

Juste avant de sombrer dans le sommeil, il pensa une nouvelle fois à Barbara Heinemann.

9

En décembre 1944, Barbara Heinemann venait d'avoir vingt et un ans, soit deux de plus que Willi. Elle mesurait un mètre soixante-deux, pesait cinquante-six kilos et portait un chignon d'un blond moyen. Habillée, elle avait l'air assez rondelette, mais c'était dû à l'uniforme, qui lui allait mal, et à ses grosses chaussettes. Physiquement, elle n'était pas très avantagée, mis à part sa jeunesse, mais, en compagnie de Willi elle paraissait sans aucun doute jolie. Un jour qu'il le lui avait dit, elle s'était regardée dans la glace tachetée de l'armoire avant de s'exclamer :

– Tu as raison, bon sang. Je m'en rends compte moi-même.

La chambre était petite et lépreuse et ils avaient dû voler trois rouleaux de sparadrap et une quantité indécente de rations de réserve pour avoir les moyens de la louer.

Il coucha seize fois avec elle et, avant cela, il n'avait eu que quelques fallacieuses expériences dans des bordels de campagne dont les pensionnaires à bout de forces étaient totalement rasées, pour des raisons d'hygiène et, dans l'ensemble, refusaient d'ôter quoi que ce soit d'autre que leur culotte de laine. Barbara était donc la première femme qu'il voyait nue et il se souvenait encore, avec la précision d'une photographie, de l'aspect qu'elle avait, surtout de derrière.

À l'extérieur, il neigeait et la chambre baignait dans une lueur grisâtre douce et fluctuante. Elle était debout sur le sol, à quelques mètres du lit, calme et détendue, la nuque baissée et les bras le long du corps. Ses pieds étaient écartés à trente degrés et elle avait soulevé le talon droit de cinq centimètres, peut-être, de sorte que son genou était légèrement plié et que le poids de son corps reposait sur ses orteils et sur la partie antérieure de la plante de son pied. Ses jambes n'étaient ni minces ni bien formées, mais assez longues, avec des mollets joliment galbés et des muscles dessinant de douces collines longitudinales au-dessus de la pliure du genou. En dépit du fait que ses talons n'étaient distants que de deux ou trois centimètres, ses jambes ne se touchaient qu'en un seul endroit, à une dizaine de centimètres de la fourche, là où deux légers renflements amenaient l'intérieur de ses cuisses au contact l'une de l'autre. Au-dessus de ce point, la lumière du jour passait de nouveau entre elles et de petits poils frisés se détachaient sur le fond clair. Ses hanches avaient beau paraître fortes et inspirer confiance, son derrière était petit, ses fesses fermes et bien formées. Au-dessous de la gauche, un pli horizontal les faisait pourtant paraître différentes en taille et en grosseur. L'étroite raie qui les séparait se perdait dans une cavité obscure, douce et accueillante, et, plus haut, de chaque côté de sa région lombaire, se creusaient deux fossettes. Elles étaient placées d'une façon qui n'avait rien de rationnel, la gauche étant plus haut que la droite et plus écartée de sa colonne vertébrale. Ses hanches ne s'arrondissaient pas artificiellement et se terminaient sur une courbe irrégulière d'une beauté impeccable et au-dessus de toute définition géométrique. Ses épaules étaient un peu plus larges que ses hanches et la ligne légèrement convexe reliant sa taille à ses aisselles était d'une douce pureté et simplicité. Ses omoplates sortaient du léger duvet de sa peau telles des ailes au repos et, plus bas, l'ombre se concentrait dans un long renfoncement, pas très profond, le long des vertèbres. Ses bras ne semblaient pas attachés à son corps ni occupés à quoi que ce soit, et il ne voyait pas ses mains, qui reposaient sur le devant de ses cuisses, juste au-dessous de l'aine. Il ne pouvait pas voir ses seins, non plus, mais il savait qu'ils étaient assez petits et que ses tétons étaient brun clair et parfaitement circulaires. Elle était immobile, la tête penchée en avant et le regard braqué sur un point du plancher, juste devant elle et légèrement à gauche.

Il ne se souvenait pas s'il l'avait vue dans cette position en une seule occasion ou si cela s'était renouvelé chaque fois qu'ils étaient ensemble.

Tel était en tout cas le point de départ. Ensuite, elle se retournait, avec souplesse et rapidité, et approchait du lit, les yeux luisant de confiance, de bonheur et d'espoir.

Par la suite, il avait conclu à des dizaines de reprises que c'était une fille solide et bien constituée, mais qu'elle aurait sans doute été grassouillette avec un régime plus nourrissant. Et que, si ses yeux luisaient, c'était parce qu'elle avait envie de faire l'amour, ce qui était d'ailleurs absolument incontestable. Mais cela ne changeait rien.

Elle n'était nullement vierge, quand ils s'étaient rencontrés, mais il s'imaginait qu'elle changeait, en sa compagnie, et montrait à peu près les mêmes tendances que lui à l'éveil et à l'émancipation. Naturellement, il avait tout à fait raison, même s'il n'était pas sûr de le souhaiter.

Ils couchaient l'un avec l'autre sans retenue, de toutes les façons possibles et imaginables, avec une persévérance et un zèle systématique dont ils étaient les premiers étonnés, du moins au début.

Il se souvenait très bien de cet aspect de leur relation et, encore une fois, il la voyait surtout de derrière.

Couchée sur le ventre, la joue sur la taie d'oreiller et les cuisses écartées, elle prenait appui sur les coudes et les genoux pour trouver une meilleure position. Elle poussait de petits gémissements et passait sa langue sur sa lèvre inférieure, tandis qu'il besognait son corps avec une frénésie poussée presque jusqu'à la sauvagerie.

Quand venait l'orgasme, elle donnait des grands coups de pied, agitait la tête en tous sens et mordait l'oreiller sale.

Il disposait d'une cartothèque entière de souvenirs de ce genre, surtout dans des poses de crispation et des attitudes d'abandon.

Elle était à califourchon sur lui et haletait, la bouche grande ouverte et le regard vitreux, et le chevauchait jusqu'à ce que ses épaules et ses seins soient luisants de sueur et, quand venait le soulagement, elle lui mordait la lèvre inférieure et cognait sur sa poitrine avec ses poings.

Ou bien elle était allongée sur le côté, contre le mur, la tête vers le pied du lit, les genoux écartés et la plante des pieds serrée l'une contre l'autre, exposant ainsi son sexe à sa vue. Il caressait avec méthode, mais aussi légèreté, un seul point de son corps, l'étirant prudemment jusqu'à ce qu'elle s'effondre en sanglots, impuissante et totalement à sa merci.

Ceci s'était produit l'une des dernières fois, alors qu'ils avaient déjà appris l'essentiel sur leurs centres nerveux respectifs. Tard un soir de janvier, avec des hordes de réfugiés massés sur le quai et le tonnerre du front qui grondait au loin en fond sonore, derrière les bancs de brume et les tourbillons de neige.

Il disposait aussi d'autres souvenirs moins photographiques et froidement enregistrés, mais il avait depuis longtemps réussi à les entourer d'un cocon protecteur et ils ne se manifestaient qu'en de rares occasions. De préférence quand il était malade ou épuisé physiquement.

Par exemple, les mains de Barbara sur son corps, et les fois où il s'était réveillé, la tête sur son épaule, bien en sécurité dans sa douce chaleur.

En un certain sens, elle faisait penser à Hugo Spohler. Elle possédait la capacité de réagir normalement dans des circonstances anormales et à trouver des issues simples et positives à des situations apparemment sans espoir. Elle était en outre très débrouillarde et considérait donc que les problèmes étaient faits pour être résolus. C'était elle qui avait trouvé cette mansarde et son lit de fer et, si elle n'avait pas pris cette initiative, ils n'auraient sans doute jamais couché ensemble. C'était elle qui avait déniché du combustible pour le poêle en pierre de taille fendillée, dans le coin de la pièce, derrière l'armoire, et c'était aussi elle qui se déshabillait la première, dès qu'elle avait refermé la porte et mis le loquet. C'était même elle qui avait trouvé des préservatifs, la première fois, encore qu'ils n'aient pas pris la peine de les utiliser.

C'était elle qui était nue, à deux mètres de lui, la nuque penchée et un des talons légèrement soulevé, et qui fixait quelque chose du regard, avant de se retourner et de le regarder avec des yeux luisants d'espoir et de bonheur.

Elle n'était pas nymphomane, explication venant tout naturellement à l'esprit et pouvant servir d'échappatoire très pratique. C'était au contraire, dans la mesure où il était capable d'en juger, une femme dotée de facultés sexuelles parfaitement normales. Après chacune de leurs rencontres, elle était satisfaite et heureuse, mais pâle et épuisée.

La première fois, elle en savait plus long que lui, mais seulement une partie de ce qu'ils savaient tous deux en se quittant, il en était certain.

Mais elle voulait utiliser ses mains et ses lèvres, sa bouche et sa langue, sa tendresse et son corps de femme pour faire tout ce pour quoi celui-ci était conçu et dont il était capable. Avant qu'il ne soit trop tard. Ainsi que lui. Or, ils étaient pressés.

Cela n'avait rien que de banal, en soi. Bien d'autres se comportaient de la même façon à ce moment-là et dans cette région-là, naturellement, même si la plupart devaient se contenter d'abris en tôle traversés par les courants d'air ou de wagons de marchandises vides. Mais cela non plus ne changeait rien au fond des choses.

Au début, il se disait souvent qu'ils s'étaient rencontrés alors qu'ils étaient encore trop innocents et avaient couché seize fois l'un avec l'autre, le plus souvent à deux ou trois jours d'intervalle du fait de la difficulté d'obtenir une permission en même temps. La première, c'était un dimanche et ils n'avaient pas employé de préservatif. C'était au milieu de la journée et il faisait clair dans la mansarde. Il était couché, nu, sur elle. Lorsque son bas-ventre avait été frappé d'un éclair et que la crampe avait commencé à gagner la région de l'aine, il avait été saisi du vieux réflexe de prudence du bordel et il avait eu l'intention de se retenir. Mais elle s'en était aperçue aussitôt et avait saisi ses testicules pour l'obliger à éjaculer sa semence brûlante au fond d'elle. Et elle ne l'avait pas lâché tant que ses soubresauts ne s'étaient pas calmés et que son membre n'avait pas commencé à mollir. Puis il était resté entre ses bras serrés autour de lui comme sur un ours en peluche ou une poupée. Après cela, ils n'avaient plus jamais hésité, ni l'un ni l'autre, et cela donnait matière à réflexion. Même dix ans après.

Ils se parlaient assez peu et seulement à propos du présent, jamais du passé ni d'un hypothétique avenir.

Elle venait de Königsberg.

C'était à peu près tout ce qu'il savait de Barbara Heinemann.

Il ne savait d'ailleurs pas grand-chose, de façon générale, le plus ridicule étant qu'il ne savait même pas si elle était vivante ou morte.

L'évacuation était survenue plus tôt que prévu. Elle s'était effectuée dans la hâte et la confusion, en fonction d'une série d'ordres et de contrordres. Une bonne partie de ceux-ci avaient d'ailleurs été édictés dans la hâte et n'avaient pas été très efficaces. Le navire de croisière camouflé qui avait servi de quartier à l'école de sous-mariniers avait été torpillé à hauteur de Stolpmünde, avait chaviré et coulé avec plus de cinq mille personnes à bord, nul n'en savait le nombre exact. À bord se trouvaient près de quatre cents auxiliaires féminines, logées dans l'établissement thermal, au cœur du navire. L'une des torpilles avait touché le bateau à cet endroit et toutes ces femmes sauf deux avaient péri. Les autres s'étaient retrouvées prisonnières, lorsque les cloisons étanches s'étaient refermées, et avaient été noyées comme des souris dans une boîte de métal soudée. Le nom de Barbara Heinemann ne figurait pas sur la liste des passagers, mais celle-ci était loin d'être fiable. D'un autre côté, elle était affectée spéciale auprès d'un état-major quelconque et avait fort bien pu prendre un autre bateau. La plupart de ces derniers étaient arrivés à bon port, ainsi que le vieux vapeur de ligne sur lequel Willi Mohr s'était retrouvé. Mais deux autres avaient été coulés.

La majorité des passagers avait cependant eu la vie sauve, sans compter les dizaines de milliers de gens restés à terre. Cette équation était totalement insoluble. Et il n'avait pas fait grand-chose pour la résoudre. Il n'en avait d'abord pas eu l'occasion, puis il n'y avait pas consacré suffisamment d'énergie et, ensuite, il était trop tard.

Lorsqu'il lui arrivait d'y penser, il préférait se la représenter enfermée derrière les portes hydrauliques, au fond du grand paquebot qui avait chaviré et coulé dans l'eau glaciale, même si cette hypothèse n'était pas la plus vraisemblable. À moins que ce ne fût la plus logique.

Il ne le savait pas et, avec le temps, il avait oublié. L'essentiel, mais pas tout.

Il ne lui était rien arrivé d'autre. Il n'avait pas rencontré de nouvelle femme et il n'était rien résulté de ses liaisons fortuites. Il avait accepté qu'il en soit ainsi depuis longtemps. S'il y avait un bordel à proximité, il y allait. Mais, le plus souvent, il s'en abstenait.

Cela faisait pourtant dix ans qu'il portait Barbara Heinemann en lui. C'était ses mains et ses épaules qu'il voyait, lorsqu'il était las et sans défense, et ne pouvait s'empêcher de rêver. Mais, avant tout, c'était à cette cartothèque de souvenirs de ses attitudes physiques qu'il avait recours lorsqu'il lui arrivait de penser à la sexualité.

C'était également elle qui l'exonérait d'une espèce de complexe d'infériorité. Nul ne pouvait posséder quelqu'un plus complètement qu'il l'avait possédée.

Du moins sur le plan physique.

Pendant une brève période, six mois peut-être, elle avait été refoulée par une autre femme, qui s'introduisait discrètement dans sa chambre, pieds nus, tôt le matin, alors qu'elle pensait qu'il dormait. Elle était drapée dans un peignoir, en général, mais, un jour, il l'avait vue nue, le corps couvert de petites demi-perles de verre, à la lueur pâle et traînante d'un phare. Il lui avait résisté tant qu'elle avait été présente, mais avait cessé après sa disparition.

Peu de temps auparavant, Barbara Heinemann était revenue, la nuque baissée et les bras ballants, et il avait maintenant l'impression qu'elle ne l'avait jamais quitté.

Barbara était aussi le seul être qui ait été capable de le toucher, pendant son sommeil, sans aucune conséquence fâcheuse. À plusieurs reprises elle s'était réveillée la première ou il s'était endormi d'épuisement à côté d'elle, et elle l'avait réveillé. Elle ne lui avait jamais rien dit, dans ces cas-là, se contentant de le réveiller avec ses mains.

Étant petit, déjà, il avait horreur qu'on le prenne au dépourvu pendant son sommeil et qu'on le touche. Au cours des premiers temps de son séjour au Barrio Son Jofre, il avait même eu du mal à s'habituer au chat qui venait se glisser sous sa couverture quand il avait froid.

10

Willi Mohr ouvrit les yeux en sentant qu'on le touchait. Il avait rêvé de quelque chose, confusément, et, en sentant cette main, il sut qui figurait dans ce songe. C'était une grande main bronzée, aux ongles larges et bombés, et portant une chevalière à pierre brun-rouge. Un homme en uniforme vert se penchait sur lui et le secouait doucement. C'était le garde civil d'âge mûr au visage somnolent, aux traits marqués et à la moustache grise coupée court. Il tenait dans sa main droite une carabine dont la crosse reposait sur le sol. Willi écarta cette main d'un geste vif et se mit sur son séant.

– Vous ne m'avez pas entendu frapper, dit l'homme pour s'excuser.

Willi secoua la tête en regardant sa montre-bracelet. Elle indiquait 8 h 15. De l'autre côté de la porte ouverte brillait le soleil matinal. Deux heures s'étaient écoulées depuis qu'il était revenu chez lui, après le dernier interrogatoire.

– Si vous voulez bien me suivre, dit le garde civil en passant sa carabine autour de son corps.

11

Ils descendirent la ruelle étroite et sinueuse, et prirent à droite sur la rue principale. Au carrefour, ils s'engagèrent sur l'Avenida Generalísimo Franco et traversèrent la place de la fontaine et des trois cafés. Comme d'habitude, Willi allongea le pas, avec souplesse et légèreté. C'était lui qui donnait la cadence et le garde civil à moustache marchait à sa gauche, un demi-pas derrière lui. Il avait beau n'avoir dormi que quelques heures d'un sommeil agité, il n'avait pas les idées confuses, et, dans cette belle et vive lumière, il distinguait tous les détails, le long du chemin, avec une netteté presque surnaturelle. Il avait cessé de réfléchir et ses gestes et ses actes étaient machinaux mais aussi précis, comme en fonction d'un plan préétabli. Près du Café Central, il s'arrêta pour poser la même question que la fois précédente. Le garde civil haussa les épaules et posa sa carabine contre le bord de la table. Ils burent chacun un vermouth avant de continuer et, d'une certaine façon, on pouvait dire que tout était en ordre. Il allait retrouver le sergent Tornilla et ils allaient prendre place l'un en face de l'autre, dans cette petite pièce sans fenêtre mais pourvue du portrait du Caudillo, d'une armoire et d'une suspension à abat-jour vert, il serait très fatigué et aurait très soif, et, soudain, on lui donnerait de l'eau et tout s'achèverait, le laissant libre de rentrer chez lui et de se coucher. Il était aussi normal que ce soit l'homme à la moustache grise qui soit venu le chercher et non l'un de ses collègues, par exemple le petit au visage de chat. Juste avant qu'ils n'arrivent sur la route en terre battue bien droite entre les oliviers, une grosse femme en haillons sortit sur le pas de sa porte et tira le garde civil par la manche. Sans doute était-ce sa femme, et il en fut gêné et inquiet. Il fit alors signe à son prisonnier et suivit la femme à l'intérieur. Cela n'était pas prévu et constituait donc une contrariété. Willi eut le sentiment d'être traité avec bien peu d'égards et ne cessa de se dandiner d'un pied sur l'autre, au milieu de cette rue mal revêtue, à écouter le bruit de la dispute. Un petit enfant au visage barbouillé et au chandail jaunâtre trop court pour lui le dévisageait, depuis le pas de la porte. Au bout d'un moment, le garde civil fit sa réapparition, prit l'enfant dans ses bras, lui donna une tape sur les fesses et un gros baiser sur la joue. Cela parut lui redonner courage car, quand ils repartirent, il dit avec un sourire d'excuse :

– Les femmes…

Le poste était paisible et silencieux, et le drapeau rouge et or pendait sur son mât. En regardant sa montre, Willi nota qu'il s'était écoulé trente-cinq minutes depuis qu'ils avaient quitté la maison du Barrio Son Jofre. Le garde frappa doucement à la porte de la salle d'interrogatoire, l'entrouvrit, regarda rapidement à l'intérieur et la referma très vite. Il désigna un banc de bois, dans l'entrée, et dit à Willi :

– Attendez là.

Puis il s'éloigna, ouvrit une porte latérale et disparut. Willi resta à attendre, les coudes sur les genoux. Il prenait un certain plaisir au fait d'être arrivé le premier au rendez-vous. Cela renforça sa confiance en lui, en lui fournissant une sorte d'avantage de départ. Son cerveau fonctionnait un peu mieux mais il n'était pas en mesure d'esquisser des lignes de défense pour l'interrogatoire ni de se concentrer sur le moment présent ou sur le futur immédiat. Dans la mesure où il réfléchissait, il ne parvenait à faire surgir dans son esprit qu'une série incohérente d'images. Penché en avant sur ce sol en ciment, il pensa au carrelage de la maison du Barrio Son Jofre et, peu après, à la clé à mollette qu'il serrait dans sa main deux jours auparavant, tandis que Santiago Alemany était penché sur le moteur, de l'autre côté du camion, le crâne à cinquante centimètres de lui, pas plus. Parvenu à ce point, il tenta de tout reprendre au début et de reconstituer l'association d'idées qui l'avait amené là. Il ne se souvenait pas de toutes les étapes, mais sans doute de la plupart. Il avait d'abord pensé à des revêtements de sol de façon générale, puis au pont en métal de son bateau, à Gotenhafen, au plancher verni de la mansarde, aux pieds et aux talons roses de Barbara Heinemann et la sensation qu'ils procuraient quand on les avait dans les mains, puis à une autre femme et à son sein gauche, qu'il avait tenu dans sa main comme un petit oiseau terrorisé, à un chaton qu'il avait aussi tenu dans sa main quand il était petit, au chiot à la tache noire sur l'œil et au bruit qu'avait fait l'autre, celui qui était presque entièrement noir, quand il s'était écrasé contre la paroi rocheuse, à un homme en pantalon de toile et chandail noir, à quatre pattes devant lui, qui tentait de se réfugier en gémissant sous une étroite table fixée au sol, à une série de cercles concentriques à la surface de l'eau, puis au tourbillon brun et régulier des cheveux de Santiago Alemany, et il en eut alors terminé. Le reste de cet enchaînement lui fit si mal qu'il en eut la nausée et que son front le brûla. Il secoua très fort la tête et se concentra sur ce qui se passait autour de lui, à savoir pratiquement rien. À deux reprises, un téléphone sonna, à l'intérieur du bâtiment. Quelqu'un dut répondre aussitôt, car il n'y eut qu'une sonnerie à chaque fois. Un cochon décharné, de toute évidence propriété du poste, passa devant la porte d'entrée, en grognant de façon apathique et balançant son long groin noir au-dessus du sol. On entendit également des coups de feu en provenance du cantonnement militaire, de l'autre côté de la ville, un âne qui poussait des cris et, au loin, une détonation, sans doute celle d'un explosif sur le chantier de la route.

Il s'était écoulé exactement une demi-heure lorsque le garde civil à la moustache grise sortit, tête nue et tunique déboutonnée. Il prit Willi par le bras, doucement et gentiment, et lui fit faire les quelques pas nécessaires pour traverser le couloir, avant d'ouvrir la porte sans frapper et de le pousser dans la salle d'interrogatoire.

Willi resta debout derrière la porte.

Celle-ci se referma aussitôt et il entendit les pas du gendarme s'éloigner.

La suspension était allumée et, sous son abat-jour vert, un nuage de fumée de cigarette gris clair était en train de s'étaler et de se dissiper.

Sous ce cercle de lumière, le sergent Tornilla était en train d'écrire. Il était là depuis le début, en fait.

Il posa sa plume, se leva et tendit la main à Willi, qui la prit mollement et eut le temps de penser : Tu peux tout dire sauf une chose. Une seule chose. Une seule.

Le sergent lui indiqua le banc de la main mais ne répéta aucune des expressions toutes faites qu'il avait employées précédemment et parvint à en faire un tour de force, comme s'il désirait souligner que les plaisanteries, même la plus petite, ne peuvent manquer de souffrir de la répétition.

Son uniforme paraissait encore plus parfait et mieux repassé que jamais. Son grand col de chemise était impeccable et il avait dû se raser une heure plus tôt, au maximum. Il resta poliment debout en attendant que l'autre se soit assis, puis il tira son fauteuil et prit place de l'autre côté de la table, pressa le bout des doigts l'un contre l'autre et secoua lentement la tête.

– Vous auriez dû suivre mon conseil, dit-il avec un petit sourire triste, et passer la nuit ici. Cela nous aurait économisé un temps précieux.

Willi ne répondit pas.

– Excusez-moi de dire cela, mais vous auriez dû vous laver et changer de chemise. Et vous raser. J'espère que vous avez mangé, au moins ?

– Vous êtes trop aimable.

– Pas du tout. C'est au contraire ma faute si vous êtes dans cet état. J'aurais dû vous expliquer la situation plus tôt et insister encore plus nettement pour que vous restiez ici. Je n'arrive pas à comprendre où j'ai eu la tête.

Il poussa un soupir de reproche à l'intention de lui-même et fronça les sourcils.

– Mais vous avez dormi, n'est-ce pas ?

– Oui.

– C'est déjà cela.

Willi s'attendait à se voir offrir une cigarette mais rien ne se produisit.

Il voyait un coin du paquet de *Bisonte*, à sa place, derrière le téléphone. Il avait tellement pris l'habitude qu'on lui en offre qu'il lui fallut un bon moment avant de s'aviser qu'il pouvait utiliser les siennes. Il avait en effet un paquet d'*Ideales* dans sa poche, mais pas d'allumettes, comme d'habitude. À la réflexion, il se rappela qu'il les avait posées à côté de la bougie, quelques heures plus tôt, comme il le faisait toujours avant d'aller au lit.

– Puis-je avoir du feu ?

– Dans un instant, dit le sergent Tornilla.

Il eut un sourire mais ne fit pas mine de sortir son briquet.

Au lieu de cela, il continua à observer Willi, qui attendait, sa cigarette non allumée aux lèvres. La seule chose qu'on entendait dans la pièce était le léger bruit des mouches tournant autour de la lampe et le claquement qui se produisait lorsque l'une d'elles venait se heurter à l'abat-jour vert.

Il s'écoula une minute, peut-être deux. Le sourire s'effaça lentement sur les lèvres du sergent Tornilla et, quand il reprit la parole, sa voix était tranchante et digne d'un homme d'affaires.

– Vous avez donc quitté l'Espagne le 2 avril à bord du *Monsoon*, en compagnie des Thorpe et de Ramón Alemany ?

– Oui.

– À destination de la Corse ?

– Oui.

– Vous y êtes allé directement ?

– Non.

– Vous avez fait relâche dans un autre port avant cela ?

– Oui.

– Lequel ?

– Port-Vendres.

– En effet. Port-Vendres, en France, juste au nord de la frontière. Pourquoi le colonel Thorpe a-t-il fait relâche dans ce port ?

– Il voulait se procurer des pièces de rechange qui n'existent pas ici.

– Vous saviez que vous toucheriez ce port avant même de partir, n'est-ce pas ?

– Non.

– Vous avez été surpris de constater que le colonel Thorpe ne mettait pas directement le cap sur la Corse ?

– Oui.

– Êtes-vous descendu à terre, à Port-Vendres ?

– Oui.

– En compagnie de Ramón Alemany ?

– Oui.

– Dans quel but ?

– Aucun en particulier.

– Qu'avez-vous fait ?

– Rien, nous sommes allés dans un bar et avons regardé les lieux.

– Êtes-vous monté à bord d'un autre bateau, là-bas ?

– Non.

– À qui avez-vous rendu visite ?

– À personne.

– Êtes-vous restés tout le temps ensemble ?

– Oui, à peu près.

– Que voulez-vous dire par « à peu près » ?

– Ramón s'est éloigné quelque temps, pendant que j'étais dans un bar.

– Combien de temps ?

– Une heure peut-être.

– Qu'a-t-il fait pendant ce temps ?

– Il est allé rendre visite à une femme, m'a-t-il dit par la suite.

– Et avant de partir, que vous a-t-il dit ?

– Rien. Il a disparu pendant un certain temps, c'est tout.

– Avez-vous des raisons de croire qu'il ne vous a pas dit la vérité ?

– Non, absolument pas.

– Ramón Alemany était-il un homme à femmes ?

Willi ôta sa cigarette, toujours pas allumée, de sa bouche et la roula entre ses doigts.

– Vous avez entendu la question ? Ramón Alemany était-il un homme à femmes ?

– Oui.

– Beaucoup ?

– Oui.

– Comment le savez-vous ?

– Il en parlait souvent.

– Et vous ? Vous intéressiez-vous à elles ?

– Pas de la même façon.

– Comment avez-vous pu rester des heures dans un bar sans un sou en poche ?

– Je n'ai bu qu'un verre d'eau minérale.

– C'est tout ce que vous avez fait, à Port-Vendres ? Boire de l'eau minérale ?

– Oui.

– Bon, et ensuite vous êtes partis pour la Corse ?

– Oui.

– A-t-il fait beau, pendant la traversée ?

– Presque trop beau. Il n'y avait pas de vent et nous avons dû marcher au moteur presque tout le temps. L'Anglais était très mécontent.

– Comme il l'était de vos services ?

– Oui, mais, dans ce cas, c'était par radinerie.

– Et vous êtes donc arrivé à Ajaccio. Combien de jours y êtes-vous resté ?

– Six ou sept, en tant que membre de l'équipage.

– Et c'est pendant ce temps que Ramón Alemany a disparu ?

– Oui.

– Quel jour ?

– Le 21 avril.

– Comment savez-vous que c'était ce jour-là ?

– Je me souviens de la date, c'est tout.

– Voyons : sa disparition n'a été découverte qu'au cours de l'après-midi du 22. Comment savez-vous qu'il est parti la veille et non pas le matin du jour où il a été porté disparu ?

Willi écrasa sa cigarette entre ses doigts. Il garda le silence en regardant par-dessus la table d'un air de défi et très bourru.

– Vous étiez bien sûr au courant de son projet, n'est-ce pas ?

– Non.

– Vous étiez bien sûr au courant de son projet, n'est-ce pas ?

Il s'était préparé si longuement à cette partie de l'interrogatoire que la question suivante de Tornilla lui fit l'effet d'un soulagement.

– Estimez-vous avoir été maltraité, à bord ?

– Non, ça allait.

– Vous étiez bien nourri ?

– Relativement.

– Où étiez-vous logé ?

– Dans le poste d'équipage.

– Avec Ramón Alemany ?

– Oui.

– À quoi ressemblait ce poste ?

– C'était un petit espace triangulaire situé sous le pont et où il y avait la place pour une table et deux couchettes.

– Vous étiez donc un peu à l'étroit ?

– Oui.

– Les couchettes se faisaient-elles face ?

Willi hésita un instant.

– Oui.

– Vous en êtes sûr ?

– Oui.

– Bizarre, dit le sergent Tornilla.

Il tendit la main, prit un dossier dans l'armoire, l'ouvrit et tendit une feuille de papier à Willi.

– Si vous voulez bien lire ceci à haute voix.

C'était de nouveau une feuille dactylographiée portant un numéro d'enregistrement dans le coin supérieur droit. Le texte n'était pas très long. Willi s'éclaircit la voix et lut :

– À votre requête, j'ai inspecté ce jour certaines parties du yacht *Monsoon*, propriété du colonel Thorpe, citoyen britannique, qui séjourne ici depuis le 15 août de cette année. L'endroit où les hommes d'équipage (au nombre de deux) sont logés est situé sous le pont, à l'avant du bateau. Il est triangulaire et couvre trois mètres carrés. Il compte une table fixée au sol d'un mètre de long et quatre-vingts centimètres de large et deux chaises mobiles sans dossier. Les couchettes (au nombre de deux) sont situées dans des espaces (ou alcôves) arrondis aux deux extrémités et placées l'une au-dessus de l'autre le long du côté de la pièce qui donne sur le flanc gauche du bateau. On en sort par une trappe à laquelle on accède au moyen d'une échelle qui est fixée à environ quarante centimètres de la tête des alcôves (dont la largeur est moindre au pied). Pour monter à cette échelle, il faut passer près de la tête de l'alcôve supérieure. À la question de savoir lequel des deux hommes d'équipage occupait quelle couchette, le colonel Thorpe a répondu qu'il n'en a aucune idée car il ne descend jamais dans l'espace en question et se contente de lancer ses ordres par la trappe. La femme du colonel, la señora Clementine Thorpe, déclare cependant savoir que c'est l'Allemand Mohr qui occupait la couchette supérieure et l'Espagnol Ramón Alemany, l'inférieure. Elle peut l'affirmer de façon catégorique pour avoir inspecté l'endroit en leur absence. Elle ajoute qu'il était toujours parfaitement tenu, quand Mohr et Alemany se trouvaient à bord du bateau. Poste de police, Puerto de Soller, Majorque, Baléares, le 15 septembre. Certifié sincère et véritable, Juan… je ne parviens pas à déchiffrer la signature.

– Peu importe, dit le sergent Tornilla.

Il tendit la main, prit la feuille de papier et la remit en place.

– Celui qui a écrit cela est sans doute plus mauvais marin que vous, plaisanta-t-il.

Il eut un sourire amical et fit jouer le bout de ses doigts l'un contre l'autre l'espace de quelques secondes.

– Mais ce n'est pas grave, on comprend quand même ce qu'il veut dire, n'est-ce pas ?

Willi ne se donna pas la peine de répondre. D'ailleurs, la question pouvait être considérée comme purement rhétorique. Il préféra méditer en silence le résultat de sa première contrevérité manifeste.

L'homme en uniforme souriait toujours.

– Qui est-ce qui faisait le ménage ? Vous ?

– Oui.

– Avez-vous également fait le ménage sur la couchette de Ramón Alemany après son départ ?

– Oui.

La fatigue était en train de revenir. Naturellement, il n'aurait pas dû répondre à cette question-là, pensa-t-il.

Le sergent prit le paquet de *Bisonte*, le cogna contre le bord de la table pour en faire sortir à moitié une cigarette et l'offrit poliment. Puis il sortit son briquet et l'alluma.

– Fumer avant la sieste est une mauvaise habitude, dit-il. Il m'arrive de m'y laisser aller moi-même, surtout lorsque j'ai un travail fatigant. Mais, quand je suis à la maison, ma femme me surveille. Vous devriez être marié, comme je vous l'ai déjà dit. Vous devriez fonder une famille.

Il joua avec son briquet en regardant avec un sourire Willi tirer de profondes bouffées sur la cigarette.

– Vous ne savez donc pas, reprit-il, où Ramón Alemany est parti ni de quelle façon il a quitté le bord. Vous n'avez pas remarqué qu'il sortait du poste d'équipage avec toutes ses affaires, mais vous êtes persuadé qu'il a déserté le soir du 21 et non le matin du 22. L'annexe, qu'il a utilisée manifestement, n'a été retrouvée que deux jours plus tard, dérivant au large du port. Vous ne savez naturellement pas comment elle est arrivée là.

Willi se contenta de fumer.

– En revanche, vous êtes certain que Ramón Alemany n'est pas rentré en Espagne et ne s'y trouve pas en ce moment. Vous l'avez répété à plusieurs reprises.

Il ouvrit le dossier qui était devant lui et en sortit une nouvelle feuille de papier. Cette fois, il ne la tendit pas à Willi et parcourut le texte dactylographié.

– J'ai sous les yeux, dit-il, la déclaration que vous avez faite à la gendarmerie d'Ajaccio le 24 avril. Je suppose que vous vous en souvenez assez bien pour ne pas avoir besoin de la lire à haute voix ? Il y est dit, en bref, que lorsque vous vous êtes réveillé, le matin du 22, Ramón Alemany avait disparu avec tous ses effets. Comme il ne restait plus de canot à bord, personne ne l'a su avant que le colonel Thorpe et sa femme ne reviennent ce soir-là. Où étaient-ils allés, d'ailleurs ?

– Chez une connaissance, Maretti ou un nom comme ça, dans une ferme en dehors de la ville.

– En effet. Cet ami s'appelait Mazetti et était lieutenant-colonel. Vous avez bonne mémoire. Et vous ne saviez pas, à ce moment non plus, pourquoi Alemany avait quitté le bord ni ou il était parti. Mais ce n'est pas particulièrement intéressant, n'est-ce pas ?

Il mit le briquet dans sa poche d'un geste rapide, comme s'il était prêt à passer à autre chose. Quand il reprit la parole, ce ne fut pas sur un ton aussi railleur.

– Il y a deux dates qui m'intéressent plus que le 22 avril. À savoir la veille, d'une part, et, d'autre part, un jour qui se situe deux semaines plus tard, c'est-à-dire le 5 mai. Essayons de reconstituer ce qui s'est passé alors. D'abord et surtout le 21 avril, veille de du jour où vous avez découvert la disparition de Ramón Alemany. Qu'avez-vous fait ce jour-là ?

Will se passa le revers de la main sur le visage comme pour en effacer la fatigue et la perplexité. Le point était décisif et il savait qu'il devait être extrêmement prudent.

– Cela faisait trois jours que nous étions là, je crois, finit-il par dire non sans hésitation.

– En effet, vous êtes arrivés à Ajaccio le 18 avril. Quand êtes-vous allé à terre pour la première fois ?

– Le lendemain de notre arrivée.

– Avec Ramón Alemany ?

– Oui.

– Et le 21, que s'est-il passé ?

– Le matin, j'ai emmené l'Anglais et sa femme à terre, à la rame, pour aller voir ce Mazetti.

– Saviez-vous qu'ils avaient l'intention de passer la nuit chez lui ?

– Oui.

– Avaient-ils l'habitude de s'absenter aussi longtemps du bateau ?

– Non, c'était la première fois.

– Est-ce qu'il ne fallait pas que quelqu'un reste à bord, puisque ni l'Anglais ni sa femme n'étaient là ?

– Si, il fallait que quelqu'un soit de garde, pour aller les chercher quand ils voudraient revenir sur le bateau. On était amarrés à une bouée, à l'extérieur du brise-lames, et l'Anglais nous appelait au sifflet depuis la jetée, quand il voulait qu'on aille le chercher.

– Il avait donc été décidé que l'un de vous resterait à bord, soit Ramón Alemany, soit vous-même ?

– Oui.

– Et pourtant, vous êtes tous deux allés à terre dès que vous avez été sûrs que le colonel avait quitté la ville ?

– Oui.

– Et vous avez laissé le yacht sans personne à bord ?

– Oui.

– Ce n'est pas très consciencieux, hein ?

– Non.

– Mais sans doute aviez-vous une affaire pressante qui réclamait votre présence à tous les deux ?

– Non.

– Est-ce vous qui avez eu l'idée d'aller à terre ?

– Non.

– C'est donc Ramón Alemany ?

– Oui.

– Pourquoi l'avez-vous accompagné ? Vous auriez pu rester à bord.

Willi ne répondit pas aussitôt. Après avoir regardé le portait du Caudillo, il finit par dire :

– Je ne voulais pas le laisser aller seul.

La réponse était exacte, mais dangereuse.

La question suivante du sergent Tornilla prouva que, soit il en négligeait la conséquence logique, soit il gardait cela pour plus tard. Il dit :

– Vous êtes donc descendus à terre. Que s'est-il passé ensuite ?

– On s'est baladés pendant un moment.

– Combien de temps ?

– Tout l'après-midi.

– Il ne s'est rien passé de particulier ?

Willi observa à nouveau le portrait. La photo avait été fortement retouchée afin d'insérer un vague halo autour de la tête en forme d'œuf du général. Une plaque de laiton gravée avait été fixée sur le bord inférieur du cadre et, pour gagner du temps, il déchiffra péniblement l'inscription.

General Franco, el invicto Caudillo,
bajo cuya espada invencible se cubren
de gloria los Ejércitos nacionales, el
general Franco, al frente del movimiento
salvador, vindica ante el mundo entero,
con una emoción de admiración y respeto
universales, el nombre sagrado de nuestra
querida España, Caudillo de España por
la gracia de Dios.

Il ne comprit que le sens général de cet éloge mais pensa aussitôt aux ouvriers du chantier de la route, là-haut dans la montagne, aux Asturiens le long de celle de Santa Margarita, et aux bonnes sœurs avec leurs seringues et leurs châles noirs et sales. Puis il prit conscience du silence qui régnait dans la pièce et baissa les yeux vers le sergent Tornilla, qui attendait sa réponse, absolument immobile, le regard impassible et le bout des doigts joint.

– Ramón Alemany a bu, dit Willi.

– Beaucoup ?

– Oui.

– Il s'est enivré ?

– Oui.

– Était-ce dans ses habitudes ?

– C'était la première fois au cours de ce voyage.

– Il s'est passé quelque chose de désagréable ?

– La police est venue.

– Pourquoi ?

– Il était tellement ivre qu'il a importuné des femmes, devant un bar.

– A-t-il été arrêté ?

– Non, mais ils nous ont ramenés sur le quai et m'ont dit de faire en sorte qu'il retourne à bord.

– Vous n'aviez pas bu, personnellement ?

– Non.

– Pourquoi pas ?

– Je bois très rarement.

– Vous avez dit vous-même qu'il vous est arrivé de vous enivrer sur le port, ici, n'est-ce pas ?

– C'était bien avant.

– En effet, c'était bien avant.

Le sergent le regarda longuement et pensivement, avant de prendre l'un des papiers qui se trouvaient sur sa table, apparemment au hasard.

– Bien, cela vous épargnera l'embarras d'une nouvelle lecture à haute voix.

Il eut un sourire et parcourut la feuille dactylographiée, avant de regarder Willi et de dire, comme en réponse à une question qui n'avait pas été posée :

– La señora Thorpe, encore une fois. Elle a l'air d'aimer raconter ce qu'elle sait, cette dame. Elle s'est présentée d'elle-même à mon collègue de Majorque, il y a un certain temps, pour lui dire ce qui suit. Elle a entendu cette histoire par hasard, à Ajaccio, après votre départ, et elle ajoute qu'elle en a été extrêmement choquée, car elle était soucieuse que les employés du *Monsoon* se comportent de façon correcte. Elle désire manifestement témoigner en votre faveur. D'après ce qu'on m'a rapporté, l'Allemand s'est comporté de façon sensée et irréprochable, dit-elle, alors que l'autre s'est conduit pire qu'un cochon.

Tornilla reposa la feuille dans le dossier et ajouta :

– Elle ne parle pas du ménage, cette fois.

Comme d'habitude, cette petite plaisanterie laissait présager un changement d'acte et de décor. Il se redressa légèrement et posa les mains sur la table, les paumes sur son sous-main brun, comme s'il s'apprêtait à se lever.

– Venons-en à l'autre date, dit-il, à savoir le 5 mai. Que faisiez-vous ce jour-là ?

Flairant le danger, Willi retenait son souffle. Il éprouva donc un grand, un immense soulagement.

– Je ne sais pas, dit-il.

– Faites un effort.
– Je ne me souviens même pas où j'étais.
– À Ajaccio.
– C'est possible.
– C'était votre dernière journée en Corse.
– Ah bon.
– Comment avez-vous quitté l'île ?
– Par bateau.
– Pour quelle destination ?
– Marseille.
– Comment vous êtes-vous procuré votre billet ?
– Je l'ai acheté.
– Vous êtes resté à Ajaccio pendant deux jours, après avoir quitté votre emploi à bord du yacht ? Est-ce exact ?
– Oui.
– Où logiez-vous ?
– Dans une pension de famille.
– Qu'avez-vous fait pendant ces dix jours ?
– Rien.
– Sortiez-vous souvent ?
– Rarement.
– Qui attendiez-vous ?
– Personne.
– Avez-vous payé votre note d'hôtel ?
– Oui.
– Avez-vous payé votre traversée ?
– Oui.
– Êtes-vous allé au consulat d'Espagne à Marseille ?
– Oui.
– Pourquoi ?
– Pour obtenir un visa d'entrée.
– Avez-vous acquitté le droit de timbre ?
– Oui.
– Ensuite, vous êtes venu ici ?
– Oui.
– Avez-vous payé votre voyage vous-même ?
– Oui.

– Vous payez toujours rubis sur l'ongle ?

– Oui, quand j'ai de l'argent.

– Avez-vous payé la facture du consulat en argent français ?

– Non.

– Vous aviez de l'argent en entrant dans ce pays, bien que vous n'ayez rien déclaré au contrôle financier à la frontière ?

– Oui.

– Quelle est l'origine de cet argent ?

Willi ne répondit pas à la question. Il fixait obstinément les bottes noires et luisantes, sous la table, et attendait que la question soit répétée ou suivie d'une autre. Les secondes passèrent, pour finir par former une longue minute de silence. Puis une autre. Et encore une. Et encore une. Et encore une. Et encore une. Et encore une. Mais, naturellement, il évaluait mal le cours du temps, les minutes ne passent pas aussi vite. Il jeta un coup d'œil à sa montre-bracelet. Il était 11 h 50. Il se mit à observer la trotteuse, qui faisait le tour du cadran à petites saccades. Un tour – deux – trois – quatre – cinq – six – sept – huit – neuf – dix.

Soudain, il sursauta, s'apercevant qu'il avait perdu le compte. Puis il leva la tête. Le sergent l'observait toujours, les mains sur la table, mais son regard avait perdu de son tranchant et son visage aux joues replètes et aux gros sourcils bruns semblait détendu et dépourvu d'expression.

Il a eu une hémorragie cérébrale et perdu la parole, se dit Willi, qui, la seconde d'après, pensa que, si c'était une plaisanterie destinée à faire diversion, elle avait totalement manqué son but. Il tenta de fixer ces yeux bruns, mais ne put soutenir son regard que quelques secondes.

Il croisa les jambes et observa le portrait, à la place, et déchiffra une nouvelle fois l'inscription sur la plaque en laiton. Puis il se racla la gorge et demanda :

– Que signifie ce qui est marqué sous la photo ?

Le sergent ne bougea pas et ne dit rien.

Estimant qu'il était mal assis, Willi changea de nouveau de position. Il essayait de se détendre et de penser à des choses qui n'avaient rien à voir, par exemple le chat ou la chienne, mais il n'y parvint pas et, au lieu d'un sentiment de relaxation, il éprouvait un besoin croissant de parler ou d'écouter, et au moins de bouger.

Il prêta l'oreille, mais la seule chose à entendre était le silence. L'homme en uniforme ne produisait pas le moindre bruit et même celui des mouches s'était interrompu. En levant les yeux, il constata que seules deux d'entre elles tournaient encore autour de la lampe, toujours l'une en face de l'autre, mais avec l'abat-jour entre elles, en une sorte de carrousel muet et grotesque.

Il chercha les *Ideales* dans sa poche, sortit le paquet, le posa sur le bord de la table et resta un instant avec la cigarette brun-jaune non allumée à un ou deux centimètres de la bouche, avant de demander, calmement et poliment :

– Voudriez-vous avoir l'amabilité de me donner du feu ?

Silence.

Au bout de deux minutes, Willi ôta la cigarette de sa bouche et la remit soigneusement dans le paquet. Puis il resta immobile. Il ne tenta pas de regarder l'autre dans les yeux, mais en revanche il examina ses mains. Il avait jadis lu ou entendu dire que nul ne peut éviter de se mettre en colère si on observe ses mains avec une attention soutenue.

Celles du sergent Tornilla étaient parfaitement calmes. Ses doigts étaient courts et un peu adipeux, mais légèrement bronzés et très soignés, avec leurs ongles joliment limés.

Willi leva la main droite pour se gratter la nuque. Ce pur réflexe le contraria énormément. À la démangeaison, suivante, il se maîtrisa parfaitement et sa main ne bougea pas.

Peu après, il dut changer de position, car sa jambe droite était en train de s'engourdir. Pendant qu'il bougeait, il en profita pour se gratter très fort les cheveux et entre les omoplates. C'était une lourde erreur ; il eut l'impression de se comporter comme un singe en cage, dans une ménagerie. En plus, ce geste était absurde, car la démangeaison ne fit qu'empirer et se transmettre à d'autres parties de son corps.

Il se mit à penser au silence. En dépit de son élasticité, il était au départ petit, clos et compact. Mais, si on l'étirait, il se mettait à vibrer. Plus il se distendait, plus il était fragile et plus sa fréquence croissait. Il possédait indubitablement un point de rupture, mais Willi ignorait où celui-ci se situait dans le temps et il était persuadé que Tornilla ne le savait pas non plus. Mais il était également sûr que, tôt ou tard, il ouvrirait la bouche et se mettrait à parler. Il répondrait et sa réponse serait circonstanciée. Ensuite, ce serait terminé. Cependant, il fallait d'abord que le silence atteigne ce point de rupture, qui n'était peut-être pas si éloigné. Il sentait la pression s'accroître en lui au point de devenir presque explosive. Quelques mois auparavant, déjà, il avait pris conscience que cette pression existait, mais elle n'avait jamais été aussi vive que maintenant, il s'en fallait de beaucoup.

Curieusement, il n'avait pas sommeil. Mais ce n'était pas si étrange que cela, en fait. Le moment décisif était trop proche.

Pourtant, il cherchait toujours des issues, sondant toutes les possibilités.

Il en existait trois, pas plus. Que l'homme assis en face de lui s'effondre, que quelqu'un entre dans la pièce ou que le téléphone se mette à sonner.

La lampe pouvait s'éteindre, aussi, mais cela ne changerait pas grand-chose.

L'idée que Tornilla puisse s'effondrer était totalement irréaliste et très probablement, personne n'entrerait dans la pièce. Il ne restait donc plus que le téléphone. Il ne l'avait pas encore entendu sonner mais, d'un autre côté, il n'était jamais venu ici durant la journée. S'égarant un peu plus avant dans le monde des clichés, il se dit : il faut bien qu'il y ait une première fois.

Pendant une heure, environ, sa pensée se concentra sur le téléphone. Puis il décida de compter jusqu'à mille, lentement et en silence, sans remuer les lèvres, et, s'il n'avait pas sonné avant qu'il en ait terminé…

Là s'interrompit son raisonnement.

Un – deux – trois – quatre – cinq – six – sept…

… cinq cent quatre-vingt-dix-huit… cinq cent quatre-vingt-dix-neuf… six cents… six cent un…

C'est alors qu'il s'évanouit et glissa au bas du banc. Il resta sur le carrelage, les yeux fermés, à moitié sur le côté, la tête en arrière et les genoux pliés.

Le sergent se pencha en avant sur son siège, les mains sur la table, en remuant les épaules et les jambes, et se dégourdissant les doigts. Puis il bâilla, sortit une cigarette du paquet vert, l'alluma et la fuma, légèrement recroquevillé, le coude gauche appuyé sur le bras de son fauteuil et en passant le bout de ses doigts sur sa joue en direction de ses sourcils, comme pour vérifier que sa barbe avait déjà commencé à pousser. Son regard était braqué droit devant lui, mais il ne semblait rien voir du tout.

Quand il ne resta plus qu'environ quatre centimètres de sa cigarette, il en écrasa soigneusement le mégot dans le cendrier et le plia par le milieu. Il bâilla de nouveau, ouvrit le tiroir de son bureau et en sortit un tube de *simpatina* [1]. Il le secoua pour en extraire deux comprimés de couleur blanche et les regarda un moment avant de saisir la cruche, derrière son siège, et de les avaler avec une gorgée d'eau.

Puis il se leva et fit le tour de la table, le pot à la main.

---

1. Médicament de la catégorie des amphétamines. *(N.d.T.)*

Willi ouvrit les yeux en sentant de l'eau sur son visage et vit la tige noire et luisante des bottes du sergent à quelques centimètres seulement de lui.

Tornilla ne s'était pas penché, il se tenait au contraire bien droit, la cruche à la main, et semblait l'observer de très haut.

Lorsque Willi eut commencé à se redresser et se fut hissé sur les coudes, il posa le pot à eau sur le banc et regagna sa place de l'autre côté de la table.

– Relevez-vous et asseyez-vous, dit-il.

Willi obéit, s'assit sur le banc, prit la cruche et la porta à sa bouche. Il but beaucoup, et longtemps, à longues gorgées sonores.

Le sergent l'observait, toujours dans la même position. Au bout d'un moment, il demanda :

– Eh bien ? D'où provenait cet argent ?

Willi éprouva un regain de confiance, malgré son récent malaise et bien qu'il eût toujours la tête vide et pleine de courants d'air. Le téléphone n'avait certes pas sonné, mais il s'était passé quelque chose d'inattendu et ce n'était pas lui qui avait rompu le silence. Il jeta un coup d'œil sur sa montre et nota qu'elle indiquait déjà 14 h 15. Le précédent silence était donc vieux de plus de deux heures. Le nouveau, lui, ne dura qu'une minute.

– De Ramón Alemany.

– Il vous a donc donné au moins vingt mille pesetas ? Ce n'est pas une somme négligeable.

– Non, je l'ai volée.

La réponse ne parut ni étonner ni dérouter l'homme assis dans le fauteuil. Mais il demanda aussitôt :

– Vous n'avez pas trouvé étrange de pouvoir… voler autant d'argent à un pauvre pêcheur comme Ramón Alemany ?

La pause qui précéda le mot « voler » fut brève mais néanmoins tout à fait perceptible.

– Si, répondit Willi.

Le sergent eut un sourire amical et plongea la main dans sa poche.

– Vous m'avez demandé du feu, dit-il, je vous en prie.

Willi sortit l'une de ses cigarettes bon marché et se mit à fumer.

– Mon allemand n'est pas assez bon pour que je puisse vous donner une traduction fidèle du texte qui figure sous ce portrait, mais je vais faire de mon mieux, bien entendu. Voyons, cela donne à peu près ceci : Le général Franco, Chef invaincu, sous l'épée triomphante duquel l'armée nationaliste se couvre de gloire, le général Franco qui, à la tête du mouvement de libération, défend et justifie aux yeux du monde entier notre pays bien-aimé et son saint nom d'une façon qui a suscité partout une vague d'enthousiasme, de respect et d'admiration, Guide de l'Espagne par la grâce de Dieu. En gros.

– Merci.

– Je ne suis hélas pas en état de réaliser une traduction qui rende justice à la formulation. Une partie de sa beauté est perdue. Votre langue est certes puissante, mais elle manque de poésie et de grandeur. J'espère au moins vous avoir donné une idée du contenu. Ces mots étaient vrais quand ils ont été écrits et ils le sont toujours, dans l'ensemble. Ici et pour nous. Mais vous n'avez pas séjourné parmi nous assez longtemps pour le comprendre.

Willi le regarda avec étonnement et lassitude à la fois.

– Chacun de ces mots n'est naturellement pas à prendre au pied de la lettre, pas plus que certaines parties de la Bible, ajouta le sergent.

Willi sentit les muscles de sa mâchoire se contracter et, pour la première fois depuis des années, il faillit éclater de rire.

Tornilla le scruta et s'empara, avec la sûreté de geste d'un somnambule, de l'un de ses papiers.

– Il manque un détail, dans les renseignements que vous nous avez fournis sur vous.

– Ah bon ?

– Votre religion n'est pas indiquée.

– Non.

– Je suppose que vous n'êtes pas catholique ?

– Vous avez raison.

– Vous êtes donc protestant.

– Non.

– De quelle confession êtes-vous, alors ?

– D'aucune.

– Que voulez-vous dire par là ?

– Ce que je dis. J'ai été baptisé, par habitude, dans une Église luthérienne, mais j'ai rompu avec elle voici sept ans. J'en ai même la preuve écrite.

– Quand vous viviez en Allemagne de l'Est, donc. Vous y avez été contraint ?

– Absolument pas. À ce que je sache, on pouvait prier qui on voulait, Dieu, Bouddha, le tonnerre ou n'importe quoi. Un de mes camarades de parti portait à la fois l'insigne du parti communiste et un emblème catholique, au revers de sa veste.

– Un catholique, même mauvais, ne peut pas être communiste.

– Non, cela ne paraît pas très logique, en effet. Pas un bon communiste, en tout cas.

– Il n'y a rien de bon dans le communisme, il ne peut donc exister de bons communistes.

– Ah.

– Et vous-même ? Vous ne croyez pas en Dieu ?

– Je ne sais pas.

– Que voulez-vous dire par : je ne sais pas ?

– Ce que je dis, encore une fois. Cette question ne m'intéresse pas. À mon avis, cela n'a aucune importance qu'il existe un dieu ou un millier ou encore pas un seul. Pendant qu'on est en vie, en tout cas.

– Et si vous veniez à mourir, brusquement ?

– J'espère mourir brusquement.

– Sans y être préparé et sans même pouvoir être enterré en terre consacrée ?

– Mon père est mort il y a sept ans, hélas pas de façon brutale. C'est un de ses amis, qui le connaissait bien, qui a officié lors de ses funérailles. Cet homme était conducteur de locomotive. Je ne crois pas qu'un pasteur aurait pu faire mieux.

Le sergent offrit une cigarette à Willi et l'alluma.

– Vous êtes très malheureux ?

– Non.

Willi jeta un coup d'œil au portrait et haussa les épaules.

– En tout cas, pas pour cette raison, précisa-t-il.

– Après avoir quitté Gotenhafen, vous êtes donc arrivé à Flensburg ?

Tornilla avait changé de sujet sans l'ombre d'une transition et Willi eut besoin d'une demi-minute avant de pouvoir répondre :

– Oui, en passant par Kiel.

– Combien de temps y êtes-vous resté ?

– Jusqu'à la fin de la guerre.

– Vous avez complété votre formation ?

– Oui, à l'école des torpilleurs. Nous avons même eu un cours le matin du jour où les Anglais sont arrivés.

– C'est admirable.

– Vous trouvez ?

– Et ensuite ?

– Je suis rentré chez moi.

– En Thuringe ?

– Oui, les Américains s'en étaient retirés en échange d'un morceau de Berlin.

– Comment vous y êtes-vous rendu ?

– Je suis d'abord arrivé au sud de Hanovre en train de marchandises. Il avançait très lentement et nous étions tassés sur des wagons non clos. J'ai ensuite fait le reste du trajet à pied.

– Votre ville natale avait-elle beaucoup changé ?

– Non. Les Russes avaient installé un grand portique en bois sur la place principale. Quand je l'ai vu, j'ai cru que c'était pour exécuter des gens, mais il s'est avéré que c'était pour accrocher un grand gong destiné à appeler les soldats à la soupe.

– Et votre maison ? Avait-elle été détruite ?

– Non, absolument pas, la ville n'était pas sur la ligne de front et avait à peine été bombardée.

– Vos parents étaient-ils encore en vie ?

– Oui, mais mon père était malade et n'a jamais retrouvé la santé.

– Avez-vous beaucoup souffert ?

– Au cours du premier hiver, on a manqué de nourriture, mais ensuite cela s'est amélioré un peu.

– Êtes-vous devenu membre du parti communiste ?

– Non, je vous ai déjà dit que je ne m'intéressais pas à la politique.

– Oui, vous avez déclaré cela, en effet. Avez-vous réussi à trouver du travail ?

– Oui, dans une entreprise de décoration, à Iéna. Je réalisais des enseignes et des affiches.

– Combien de temps y avez-vous travaillé ?

– Cinq ans.

– Pourquoi en êtes-vous parti ?

– Je me suis disputé avec le propriétaire.

– Pourquoi ?

– Il affirmait que je sabotais son entreprise et que je me comportais en ennemi de l'État. Il est même allé jusqu'à me dénoncer à la police.

– Il était communiste ?

– Au contraire, et il avait peur qu'on le sache.

– Comment cela s'est-il passé ?

– C'est une affaire parfaitement ridicule. Cet homme était un imbécile, et un lâche par-dessus le marché. Le président du pays, Wilhelm Pieck, devait venir faire un discours à Iéna et on nous avait commandé un portrait grand format de lui. Je l'ai réalisé de la façon habituelle, en collant une lithographie en plusieurs parties sur un panneau en carton. Comme le portrait ne couvrait pas toute la surface, j'ai ajouté au pinceau des traits qui partaient de sa tête pour rejoindre les bords, me disant que cela ressemblerait aux rayons du soleil, à une auréole ou quelque chose de ce genre, et que cela ferait bel effet. Mon chef était absent et n'a vu le résultat qu'une fois en place. J'avais utilisé un pinceau rond et cela avait formé une sorte de cercle à l'extrémité de chaque trait. Cet idiot-là est allé s'imaginer que cela représentait des canons qui sortaient de la tête du président et que nous allions tous nous retrouver en Sibérie, car il était obsédé par la Sibérie. C'est pourquoi il m'a dénoncé.

– Qu'a fait la police ?

– Elle a éclaté de rire.

– Et vous ?

– J'ai décidé de partir.

– Pourquoi ?

– Je ne voulais plus vivre dans un pays où les gens étaient tellement abrutis de peur, à tort ou à raison, qu'ils se ridiculisaient ouvertement. On ne vivait pas très bien, en outre, et je croyais que je pourrais gagner plus d'argent dans la zone britannique.

– Et ce n'est pas ce qui est arrivé ?

– Si, quand j'ai réussi à trouver du travail. L'argent qu'on gagnait, on pouvait au moins s'en servir. Mais, par ailleurs, tout paraissait encore plus absurde.

– Où travailliez-vous ?

– Dans un ballet sur glace itinérant, une sorte de cirque qui donnait des représentations pendant toute l'année. En Allemagne mais aussi en France et au Luxembourg.

– Qu'y faisiez-vous ?

– Je conduisais un camion et j'aidais à monter et démonter la tente, les gradins et la scène. Rien d'extraordinaire, un boulot manuel comme les autres.

– Mais il vous permettait de gagner de l'argent ?

– Pas des masses mais, comme je ne dépensais presque rien, je pouvais faire des économies.

– En vue d'un but quelconque ?

– Pour venir peindre ici.

– Vous rêviez de devenir artiste ?

– Non.

– Et pourtant, vous désiriez peindre ?

– Non, je ne désirais rien.

– Vous faites toujours de la peinture ?

– Non.

– Pourquoi êtes-vous ici, alors ?

Willi leva la tête et croisa le regard aimable et immobile qui lui faisait face.

– Je ne sais plus.

– Il faut posséder une foi et désirer quelque chose, dit le sergent Tornilla en secouant légèrement la tête.

– C'est possible, répondit Willi.

Il resta un moment silencieux, à regarder Tornilla. Il avait cessé de voir en lui un tortionnaire et n'aspirait même plus à ce que l'interrogatoire se termine. Curieusement, il avait au contraire commencé à se sentir bien dans ce local et en compagnie de cet homme au sourire redoutable qui n'était jamais en sueur et ne se laissait jamais démonter. Il était très las et pensait à toutes sortes de choses, pêle-mêle et sans la moindre logique. Soudain, il se remit à parler.

– C'est ridicule, cette idée de foi et de volonté, mais il est vrai qu'on peut envier ceux qui en ont. À Iéna, j'ai connu une fille qui était membre du parti. Elle travaillait dans un journal qui parlait de tracteurs et était venue nous commander des panneaux publicitaires. On a bavardé et on s'est vus assez souvent. Elle était très enthousiaste, parlait de tout un tas de choses et avait des idées sur tout. C'était risible.

– Était-elle aussi votre… fiancée ?

– Non, elle était très réservée sur ce genre de choses, elle se troublait dès qu'on la touchait et se mettait à parler deux fois plus vite et sur tous les sujets possibles, en particulier l'agriculture collective et l'accroissement de la production. Il n'en résultait jamais rien, donc. Une fois, ça a failli arriver, mais elle n'a rien réussi à enlever d'autre que sa robe. Puis elle s'est mise à transpirer de partout et a eu l'air de vouloir aller se cacher très vite. J'en ai perdu mes moyens, je me suis moqué d'elle et elle a commencé à pleurer. Mais c'était vraiment une convaincue. Je me souviens qu'elle recevait des journaux d'Allemagne de l'Ouest. Elle regardait les réclames pour les vêtements, les bas nylon et ce genre de choses, et elle me disait comme elle aimerait en avoir. Mais j'avais déjà décidé de partir et je lui ai dit qu'il n'était pas difficile de se procurer les bas et les corsages qu'elle désirait. Il suffisait d'aller à Berlin et de passer la frontière. Elle m'a répondu que nous possédions déjà quelque chose de bien plus important, qu'après nous aurions le reste, dans quelques années, et qu'elle avait le temps d'attendre. Pourquoi parlons-nous allemand, au fait ?

– Parce que vous êtes fatigué, dit Tornilla.

Willi resta un moment silencieux puis il dit comme pour lui-même :

– Ces derniers jours, je me suis demandé si je ne devrais pas retourner là-bas et chercher à la retrouver. Mais il est trop tard pour ça, bien entendu. Elle a sûrement trouvé quelqu'un de moins empoté que moi. Je pourrais peut-être en dégoter une autre qui lui ressemble, même si la plupart sont différentes, à mon avis. À condition de partir d'ici.

– À condition de partir d'ici, en effet, répéta le sergent.

Il secoua gravement la tête et offrit enfin une *Bisonte* à Willi.

– Vous avez vraiment été égaré, ajouta-t-il.

Il resta un moment le briquet à la main, après avoir allumé la cigarette, à contempler la flamme bleue et vacillante de l'essence. Puis il souffla dessus pour l'éteindre et dit, comme en passant :

– Il y a un certain nombre de choses que vous ne m'avez pas dites. Je suggère que vous le fassiez.

– Non, dit Willi en secouant la tête d'un air maussade.

Tornilla eut un sourire de regret et ouvrit un dossier.

– Quiconque a été égaré est parfois innocent, au moins, dit-il. Il cause pourtant des dégâts irréparables et il est le premier à en supporter les conséquences. Le vrai malfaiteur est celui qui égare les autres et les incite à commettre des actes contraires à leur raison, leur instinct de conservation et leur volonté profonde. Je vais vous fournir des exemples concrets de ce que je veux dire. Vous êtes au courant des troubles qui ont eu lieu dans la mine de zinc de Santa Margarita, il y a un an, mais vous n'êtes peut-être pas aussi bien informé de leurs conséquences.

Il sortit un rapport agrafé et le feuilleta d'un air distrait.

– Il y a un état, quelque part, dit-il, ah oui, le voilà. Dix personnes ont été tuées, trois ingénieurs massacrés par la populace et un garde civil, un agent de la Policía Armada et cinq soldats ont trouvé la mort en tentant de rétablir l'ordre. Le garde et deux des soldats étaient originaires de cette ville. Il laisse une veuve et trois orphelins de père, les soldats, eux, étaient de jeunes recrues, leurs parents sont encore en vie et l'un d'eux, au moins, était fils unique. La mine a subi une perte d'un million de pesetas. Pouvez-vous me dire à quoi rime tout cela ?

Il observa une pause pour observer d'un air grave l'homme assis sur le banc.

– À rien, naturellement. Qui est responsable ? Eh bien, celui qui a causé ce méfait en mettant des armes entre les mains d'êtres simples et ignorants, qui ne savent comment ni à quel moment les utiliser. Je vous ai déjà dit qu'il existe encore des exceptions, chez nous. Elles sont rares, mais il faut les éliminer. Sans compter les provocateurs venus de l'extérieur, qui abusent de notre hospitalité. C'est ceux-là qui portent la responsabilité.

Willi écrasa son mégot dans le cendrier et tenta de se concentrer sur ce que disait l'autre. Il n'avait pas entendu parler des troubles de Santa Margarita mais comprit qu'il y avait là un fil qui pouvait mener quelque part, à condition de le saisir, quant à savoir où…

– Bon, tout ça s'est produit avant que j'arrive ici, reprit le sergent. Mais, comme vous étiez là, vous, j'ai pensé que la chose pouvait vous intéresser. C'est arrivé dans la nuit du 3 décembre, pendant que vous vous amusiez à vous baigner nu avec cette Norvégienne, si je me souviens bien.

Il reposa la grosse liasse de papiers.

– Combien de ces… égarés ont payé cela de leur vie ? demanda Willi, pour ne pas changer si vite de sujet.

– Oh, un certain nombre, je ne me rappelle pas combien exactement. Ils sont morts inutilement, eux aussi, bien entendu. Tout cela était parfaitement absurde. Nul n'a tiré profit de cette affaire ou n'a eu de raison de s'en réjouir, même pas les communistes qui l'ont déclenchée. Des centaines d'ouvriers se mettent en grève durant quelques heures. Puis la grève prend fin.

– Mais si un nombre suffisant trouve la mort en même temps, en un nombre suffisant d'endroits ?

– Il n'y aura pas d'autre grève, répliqua le sergent Tornilla, pas dans ce district-ci, en tout cas. Vous savez que les grèves sont interdites par la loi, n'est-ce pas ?

– Oui.

– Elles sont illégales, parce qu'elles sont absurdes et ne peuvent causer que du mal. C'est le fait de l'ignorance, tout simplement. Jadis, au cours des années sombres qui ont précédé 1936, le pays était sans cesse le théâtre de grèves. Il s'appauvrissait, l'ordre ne pouvait être maintenu, tout n'était que chaos et confusion, le fruit de mensonges venus de l'étranger et d'idées criminelles.

Il mit le dossier à l'écart avant d'ajouter :

– Cela ne se reproduira pas.

Pour la première fois depuis plusieurs heures, des bruits parvinrent de l'extérieur, à travers les panneaux d'olivier brun foncé de la porte. On entendit des grosses chaussures ferrées et des crosses de carabines cogner sur le sol en ciment, dans l'entrée, et même des répliques, sèches et concises comme des commandements, qu'on échangeait. On procédait apparemment à une sorte de rassemblement.

À l'intérieur de la salle d'interrogatoire aussi, un nouveau bruit, sec et rythmé, se fit entendre.

L'homme assis sur le fauteuil remontait sa montre, qu'il portait au poignet gauche. Son large bracelet en or était à moitié dissimulé sous la manchette et Willi n'avait encore jamais vu le sergent la consulter.

– La relève de la garde, dit-il. Cela signifie que la sieste est terminée. Nous n'en avons pas beaucoup profité, tous les deux, aujourd'hui, n'est-ce pas ? Enfin bon, on se rattrapera un autre jour.

Il remit sa manchette en place sans avoir regardé l'heure. Sa montre était grosse et possédait des boutons qui commandaient ses fonctions chronométriques. Il prêta un instant l'oreille à la garde qui s'éloignait dans l'entrée puis lâcha distraitement :

– Au cours des semaines que vous avez passées sur ce yacht, vous avez dû faire assez bien connaissance avec Ramón Alemany. Vous l'aimiez bien ?

– Non.

– Comment le qualifieriez-vous ?

– D'assez primitif.

– Votre opinion cadre avec ce qu'on m'a dit de lui. Mais je n'ai jamais eu le plaisir de le rencontrer.

– Ah bon.

– Ce n'est peut-être pas une grande perte, d'ailleurs. Il était fort, physiquement, hein ?

– Relativement.

– Mes informateurs ont peut-être exagéré. Mais il paraît que son frère est très différent, c'est exact ?

– Oui.

– C'est ce qu'on m'a dit, en effet. Je ne l'ai jamais rencontré, lui non plus.

Ce n'était pas une question et Willi n'avait donc pas besoin d'y répondre, ce dont il fut reconnaissant, comme si on lui avait accordé une faveur inattendue qui lui tenait très à cœur. Il observa l'homme en uniforme d'un œil distrait et formula lentement, à la place, une question qu'il désirait poser, pour une raison ou pour une autre.

– Vous avez tué beaucoup de gens, n'est-ce pas ?

Le sergent Tornilla écarta les mains avec un petit sourire triste.

– C'était inévitable, dit-il. Quand on a passé neuf ans en tant que soldat. Mais c'est aussi arrivé par la suite. Le service réserve parfois de mauvaises surprises.

– Comment vous sentez-vous ?

– Je me porte très bien, merci. Je ne suis pas particulièrement fatigué, notre conversation m'a stimulé.

– Je veux dire : quel effet cela fait-il de tuer et de savoir qu'on le fera encore ?

– Pour ma part, c'est toujours arrivé à la guerre ou dans des circonstances s'y apparentant. On ne les analyse pas après coup et, avant, les problèmes sont la plupart du temps d'ordre technique.

– Merci. Vous ne m'en voulez pas de vous avoir posé la question ?

– Absolument pas.

– Ni d'avoir… comment dire… pris l'interrogatoire à mon compte ?

– Quel interrogatoire ?

Pour la première fois depuis le début, Tornilla eut l'air sincèrement surpris. Il fouilla la table du regard, l'air de chercher quelque chose parmi ses papiers.

– Ah oui, dit-il, l'homme à qui on a volé du bois, Amadeo Prunera. Vous ne l'avez pas oublié ?

– Non, dit Willi.

Tornilla se leva et fit le tour de la table.

– Je vous remercie pour cette agréable et enrichissante conversation, dit-il. J'espère qu'elle ne vous a pas trop fatigué.

Il tendit la main à Willi, avec un sourire, pour l'aider à se mettre debout.

– J'espère aussi que vous voudrez bien excuser ma curiosité et mon insistance, si je vous rappelle encore une fois ces détails dont vous n'avez rien voulu me dire. Si vous changiez d'avis dans les jours suivants, vous pouvez toujours revenir ici. Vous y êtes d'ailleurs le bienvenu en toutes circonstances, ai-je besoin de le préciser ?

Il accompagna Willi jusqu'à la porte mais s'arrêta, la main sur la poignée pour lui dire :

– Dans le cas contraire, nous n'allons peut-être plus nous revoir. Je regrette de n'avoir pas eu l'occasion de découvrir vos tableaux.

Puis il ouvrit la porte en tendant la main. Celle-ci était ferme et sèche, et cordiale à serrer.

Willi passa très vite de la fraîcheur de l'entrée à la chaleur lourde et moite de l'après-midi.

Il était à cinquante mètres de la porte lorsqu'il s'aperçut qu'il tenait son chapeau à la main. Il s'arrêta pour le mettre sur sa tête. Quand il l'eut bien enfoncé sur sa nuque, il se retourna pour regarder le bloc oblong du poste, d'un jaune grisâtre au milieu de la blancheur de la poussière.

Des lignes noires et rouges dansaient devant ses yeux et pourtant il distinguait nettement le sergent Tornilla.

L'homme à l'élégant uniforme vert était debout, jambes écartées, sous le drapeau. Il avait une cigarette au coin des lèvres et essuyait sa paume droite avec un mouchoir blanc tout propre.

– La prochaine fois, il m'aura, se dit Willi Mohr.

En s'éloignant entre les oliviers d'un gris de soie, il pensa : J'espère que ça ne tardera pas trop.

SIXIÈME PARTIE

1

Au cours de la nuit du 14 décembre, il se mit à pleuvoir. D'abord à grosses gouttes éparses mais bientôt de façon plus drue et, dans la lumière de l'aube, le déluge dressait un mur devant les portes et fenêtres. Au réveil, les gens de la ville bénirent cette pluie.

Elle tomba avec une régularité désespérante, sa grisaille et sa monotonie anesthésièrent les esprits et la fraîcheur des premières heures ne tarda pas à se changer en un froid humide qui perçait le mur des maisons. Il n'y avait aucun moyen de se défendre contre lui, car la pluie rabattait la fumée dans les cheminées, étouffant les braises de l'âtre.

Au début, le sol très sec but l'humidité avec avidité, mais il ne tarda pas à être saturé.

Au cours de la troisième journée, quatre bâtiments s'écroulèrent, à la suite d'un glissement de terrain. Pour l'un d'eux, ce fut de façon inopinée, au milieu de la nuit, et plusieurs personnes en train de dormir furent écrasées sous l'amas de plâtras, de poutres brisées et de pierres d'un jaune grisâtre aux bords acérés. Après cet accident, nombreux furent ceux qui tentèrent d'étayer leur demeure à l'aide de planches et de perches, mais le bois manquait et, aux endroits les plus exposés, les gens n'osaient plus dormir sous leur toit et passaient la nuit dans des abris de fortune faits de tôle ondulée et de toiles de jute.

C'était maintenant le cinquième jour qu'il pleuvait.

La maison du Barrio Son Jofre était bâtie sur le roc et ne montrait guère plus de tendances à l'effondrement que d'habitude, mais les murs passés à la chaux de la pièce du rez-de-chaussée portaient déjà des taches de moisissure et tous les objets étaient recouverts d'un voile de buée.

Willi Mohr était assis dans l'escalier menant à l'étage et regardait le chat tapi sur le seuil. Il avait rentré la tête entre les épaules et sa queue se dressait, grosse, rigide et hérissée. Il était en chaleur, mais dans ce déluge, cet excellent motif ne l'incitait même pas à sortir. De temps en temps il miaulait d'une voix rauque et insistante, et regardait l'homme d'un air de reproche.

Willi riait doucement, in petto, et secouait la tête.

Dix minutes plus tôt, il s'était comporté de même pour une raison plus étrange encore. Le pistolet glissé sous le matelas l'avait gêné dans son sommeil et, en le fourrant dans son sac à dos, il avait découvert deux taches de rouille sur le pontet. La corrosion avait déjà dû s'introduire dans le canon, après qu'il l'eut nettoyé, donc, et l'idée qu'un peu d'humidité risquait d'abîmer le palais des glaces de la peur lui avait inspiré une gaieté qui, après coup, paraissait aussi inexplicable que mal placée.

Il se défendait en se disant qu'il n'utiliserait ce pistolet qu'une seule fois, et très bientôt, et qu'un peu de rouille dans le canon ne devrait pas perturber le fonctionnement de l'arme, à si brève échéance.

Il avait alors caressé l'idée de mettre bientôt fin à l'existence de Santiago Alemany. C'était la première fois qu'elle lui venait depuis qu'il avait pris congé du sergent Tornilla sous le drapeau jaune et rouge qui pendait devant le poste de gendarmerie. Au cours des derniers jours, il avait été trop occupé par ce qui s'était passé pour avoir le temps de réfléchir à ce qui était susceptible d'arriver.

Le chat avait enfin pris sa décision. Il se ramassa sur lui-même et franchit le seuil d'un bond pour disparaître dans la grisaille du déluge.

Willi sursauta. Son pantalon était chiffonné et sa chemise si humide qu'elle lui collait sur le dos. Il aurait aimé avoir du linge sec et propre pour se changer, mais c'était un luxe hors de sa portée. Au lieu de cela, il ôta sa chemise et tenta de l'essorer, mais il ne put en extraire que des gouttelettes qui ne laissèrent même pas de trace sur les briques de l'escalier, déjà tachées d'humidité. Il étendit le vêtement sur la rampe, dans l'espoir assez vain qu'il sèche au moins un peu. Puis il se leva et alla chercher une serviette dans son sac à dos. Même si elle n'était pas sèche, elle était au moins propre et il passa dans la cuisine pour ôter ses sandales, son pantalon et son slip. Nu au milieu de la pièce, il s'essuya systématiquement avec cette serviette au tissu assez rêche, en commençant par les jambes, puis les hanches, le ventre, la poitrine et le dos. Quand il se fut légèrement réchauffé, il enfila à nouveau ses vêtements humides avec une grimace de répugnance, jeta sa mince cape de plastique froissée sur ses épaules et sortit sous la pluie.

La chienne trottait fidèlement à ses côtés. Au bout de quelques minutes, son pelage noir était lisse et luisant comme le dos d'un phoque.

– Pourquoi ne restes-tu pas à la maison ? lui demanda Willi en l'écartant avec le pied.

L'instant d'après, il se dit : Et qu'est-ce que je fais dehors, moi-même, à cette heure de la journée ?

Il n'était pas plus de 11 h 30 et il ne se rendait jamais en ville d'aussi bonne heure. Mais, au milieu de toute cette pluie, il se sentait encore plus seul que d'habitude et souffrait d'une inquiétude sournoise qu'il ne pouvait combattre qu'en se donnant un peu d'exercice physique. Il voulait voir des gens et les entendre parler, et avait besoin de compagnie, tout simplement.

Il ressentait cela depuis la veille de la pluie et avait conscience que ce changement était survenu après les dix-huit heures passées avec Tornilla. Mais il n'avait pas l'intention de se l'avouer.

Au milieu du carrefour se tenaient quatre gardes civils et, dans l'Avenida Generalísimo Franco, il en croisa deux autres. Ils avaient un drôle d'air, avec leur fichu en forme de cône et l'imperméable vert foncé qui leur descendait jusqu'aux pieds, mais ils se fondaient si bien dans le paysage qu'il paraissait naturel que ce soit cet univers pluvieux qu'ils peuplent, et non un autre. Ils ne firent pas mine de remarquer sa présence, mais il était sûr qu'ils n'oublieraient pas de la mentionner dans leur rapport.

Son pantalon mouillé lui collait aux jambes, tandis qu'il traversait la place et son chapeau était déjà tellement trempé que l'eau passait à travers. Il sentit celle-ci se glisser sous le col de sa chemise et couler le long de son cou et de ses épaules en minces ruisselets.

Devant le Café Central était garée une jeep dont le soufflet en toile avait été rabattu et, à côté d'elle, une petite Renault noire d'un modèle maintenant fabriqué sous licence à Valladolid. Il n'était pas d'excellente qualité, mais extrêmement cher, et la plus grande partie de la première série avait été réservée aux autorités. En règle générale, les personnes privées possédant assez d'argent pour disposer d'une voiture uniquement destinée aux loisirs avaient aussi les moyens d'acheter des voitures étrangères. La voiture particulière était vide mais sur le siège avant de la jeep étaient assis deux hommes de la Policía Armada qui fumaient en contemplant la pluie d'un air mélancolique.

À l'intérieur du café, il y avait une douzaine de personnes. Près de la porte étaient assis deux gardes civils occupés à remplir des bulletins de pronostics. Ils avaient ôté leur cape et posé leur carabine contre le mur, derrière la table. Les pages sportives un peu froissées de la *Vanguardia* étaient étalées sur la table de marbre et, de temps en temps, l'un d'eux fronçait les sourcils et se penchait sur les tableaux qu'elles contenaient.

Au bar, deux étrangers étaient en train de boire du café. L'un était petit, maigre et chauve, l'autre un peu plus grand et nettement plus jeune, et presque beau, avec ses cheveux bruns à raie sur le côté, sa fossette et ses yeux bruns et tendres. Ils n'étaient pas de la ville, selon toute vraisemblance, mais leur apparence ne tranchait en rien sur celle des autres et ils auraient pu être à peu près n'importe quoi, depuis représentants de commerce jusqu'à bateleurs itinérants en passant par négociants en poisson. Leur tenue relativement soignée, chemises à manchettes et faux col, et complets taillés dans une étoffe mauve à rayures assez molle, témoignait qu'ils venaient au moins de Santa Margarita ou, plus probablement encore, de la capitale provinciale. Le chauve avait posé l'imperméable en plastique noir sur la barre entourant le comptoir, alors que l'autre portait un manteau assez mince dans les tons gris, manifestement de mauvaise qualité, qui ne résisterait pas longtemps au déluge, dehors. Willi conclut que c'étaient les propriétaires de la voiture noire garée sur la place.

Les autres occupants étaient des ouvriers du chantier de construction de la route, accroupis au milieu de la salle, autour d'un gros brasero. Nul d'entre eux ne parlait et leurs visages étaient graves et fermés.

Willi ôta son chapeau et sa cape, et gagna le comptoir, où il commanda un cognac et un *café con leche*. Le patron haussa les épaules et se prépara à satisfaire cette étrange commande. C'était le propriétaire de Willi, ainsi que du lit grinçant qui était toujours au premier étage de la maison du Barrio Son Jofre. Au cours des six derniers mois, il était venu à plusieurs reprises au secours de son locataire, dans des circonstances difficiles. Il avait toujours exigé une forme quelconque de garantie ou de reconnaissance, mais Willi était persuadé que cet homme lui aurait sans doute témoigné la même bienveillance sans cela. Il savait aussi que les ouvriers du chantier venaient là parce que c'était le seul endroit où ils pouvaient se réchauffer un moment sans boire quoi que ce soit et que la location d'un jeu de cartes n'y coûtait que deux réaux. Il y avait toujours beaucoup de monde, au Central, mais le bar n'était sans doute pas très rentable car les ouvriers, à eux tous, dépensaient moins que deux Scandinaves en une soirée chez Jacinto.

Le patron ne s'était jamais montré pressant et n'était d'ailleurs pas particulièrement bavard, peut-être parce qu'il était catalan et venait du nord de la province de Gérone. Ces derniers temps, Willi s'était pris d'affection pour cet homme, à cause de sa façon de prendre soin des inévitables lithographies du Caudillo et de José Antonio Primo de Rivera. Elles étaient coincées entre des affiches de cinéma et de tauromachie et étaient d'une saleté si incroyable qu'on avait du mal à discerner ce qu'elles représentaient.

Ce jour-là, le patron ne disait rien. Il apporta le café et le cognac en détournant le regard, après quoi il se remit à essuyer des verres.

Willi avala rapidement le lait, à longues gorgées, pour se réchauffer avant qu'il ait le temps de refroidir.

Au-dehors, la jeep se mit en marche et s'éloigna sur la place dans un grand bruit de moteur, bientôt noyé par le bruissement monotone de la pluie.

Un nouvel ouvrier écarta la jalousie de la porte. Il était trempé et en haillons, et on lui fit place en silence dans le cercle groupé autour du brasero.

Les deux hommes accoudés au bar se parlaient à voix basse. À ce que Willi crut comprendre, ils s'entretenaient de l'endroit et du moment où ils iraient dîner. Le chauve, qui buvait un alcool incolore quelconque avec son café, vida son verre et le repoussa.

– Un autre, dit-il.

Le patron prit une bouteille sur l'étagère et versa un peu de son contenu sans rien dire.

– Il est excellent, dit le chauve.

– Comme d'habitude, répondit le patron.

– Avez-vous des cigarettes, aussi ?
– Oui. Des *Ideales*.
– Rien d'autre ?
– Non.
– Laissez tomber. Donnez-moi un cigare, à la place.
– Je n'ai pas de cigares.

Willi écoutait cette conversation d'une oreille distraite en sirotant son cognac. Elle n'avait rien que de très banal et pourtant elle lui rappelait le sergent Tornilla et la pièce aux quatre meubles et à l'abat-jour vert.

– Vous devriez essayer ça, dit le chauve à Willi en désignant son verre. C'est ce qu'il vous faut, par un temps pareil. Les paysans en boivent le matin, avant de partir au travail dans les champs.

Willi était sorti pour avoir de la compagnie et entendre des voix humaines. Or, maintenant que quelqu'un lui adressait la parole, il ne trouvait pas cela à son goût.

– C'est du *cazalla*, une boisson authentiquement espagnole qui fait vraiment du bien.

– Pas au foie, dit le beau gosse en manteau en buvant une gorgée de son express.

– Tout doit être consommé avec modération, philosopha le chauve.

Il leva son verre en direction de Willi et ajouta en riant :

– Santé et argent, sans compter une bonne érection.
– À la vôtre, répondit Willi.
– À voir ces taches de peinture, on dirait que vous êtes étranger. Anglais ?
– Non, allemand.
– Vous vivez ici ?
– Oui.

Le patron saisit son regard au vol, derrière le comptoir. L'espace d'un instant, sans rien dire ni faire aucun signe.

– Cette ville est plus morne que la moyenne, dit le chauve. Heureusement qu'on n'est que de passage.

Il parut abandonner l'idée d'entamer une conversation et vida son verre en regardant fixement devant lui.

Willi s'irrita de la curiosité de cet homme et de son désir manifeste de bavarder. Sans doute ces étrangers étaient-ils des représentants de commerce ou, au plus, de simples employés de l'administration. Manifestement, le chauve était incapable de garder le silence.

– Il fait vraiment frisquet, dit-il en faisant craquer les jointures de ses doigts. Ça donne envie de se réchauffer.

Il se dirigea vers le brasero mais ne put en approcher, car nul ne lui fit place.

– Cette source de chaleur est peut-être réservée aux hôtes de marque ? susurra le beau gosse.

– Écartez-vous, pour faire de la place à monsieur, dit le patron.

Les ouvriers s'écartèrent.

– Merci, les gars, dit gentiment le chauve en s'agenouillant et tendant les mains au-dessus des braises rougeoyantes.

Personne ne répondit.

Le grand en manteau se pencha alors sur le bar pour demander :

– Ils sont au chômage, ces types ?

– La pluie a emporté leur lieu de travail, répondit le patron. Ils vont perdre plusieurs journées de salaire.

Au bout d'un moment, le chauve revint, paya et prit son imperméable.

– Parfait, dit-il sans s'adresser à qui que ce soit en particulier. Au revoir, mes amis.

Les deux étrangers se dirigèrent vers la sortie mais ne quittèrent pas la salle et restèrent près de la porte, dans le but manifeste de parler à nouveau de leur dîner.

Sans qu'il lui ait rien demandé, le patron prit la bouteille sur l'étagère et en versa un verre à Willi. Puis il en essuya un autre et s'en servit à lui-même.

– Il a raison, ce monsieur, dit-il. Le *cazalla*, c'est bon, par un temps pareil. Cul sec, ajouta-t-il en levant son verre.

L'alcool anisé brûla la gorge de Willi et lui traversa les entrailles telle une boule de feu. Il ne put réprimer un frisson, non plus, en sentant le froid de ses vêtements humides lui glacer la peau sous le courant d'air froid et saturé d'eau qui provenait de l'extérieur.

– Allez vous réchauffer, lui dit le patron.

Il se dirigea vers le brasero et les hommes qui faisaient cercle autour de celui-ci se serrèrent aussitôt pour lui faire place. Il s'accroupit comme les autres et tendit les paumes au-dessus de la chaleur. Ils étaient tous apathiques et silencieux, et fixaient d'un œil morne les braises en train de s'éteindre. Seul celui qui se trouvait à droite de Willi bougea et lui donna un léger coup de coude dans le flanc. C'était un petit homme édenté au visage oblong et aux yeux profondément enfoncés dans les orbites. Il était à peu près comme les autres, aussi maigre et en haillons, peut-être le regard seulement un peu plus acéré et vivant.

Les deux hommes debout près de la porte avaient enfin réussi à arrêter leur choix. La jalousie se referma derrière eux en bruissant, puis on entendit des portières claquer et un démarreur tousser. À la troisième tentative, le moteur se mit en marche et la voiture s'éloigna.

– Bon débarras, dit l'édenté.

Les autres ne bougèrent pas. Seul Willi leva la tête et lança un regard étonné à celui qui avait rompu le silence.

– La police secrète, cracha l'homme. Je les reconnais n'importe où et n'importe quand, même déguisés en curés ou en bonnes sœurs. Peut-être surtout dans ce cas-là, ajouta-t-il en crachant sur le sol, cette fois.

– Fais attention, dit l'un de ceux qui se trouvaient en face de lui, avec un geste presque imperceptible de la tête vers les deux gardes civils toujours occupés à leurs paris.

– Bah, ceux-là, ils ne sont pas à craindre, dit l'édenté. Ils sont d'ici et ils sont sourds, quand ils ne sont pas de garde. Qu'est-ce qu'ils ont de plus que nous ? Rien du tout. C'est des paysans et des ouvriers ordinaires, comme nous – qui ont accepté un boulot de merde pour pouvoir vivre. Mais, les autres, ces salauds qui fouinent partout… Vous avez entendu ça ? Vous avez des cigarettes, ah bon, seulement des *Ideales*, alors donnez-moi un cigare…

Il regarda autour de lui, dans sa fièvre, et lança très fort au patron :

– Des cigarettes, t'en as, hein, Juan ? Heureusement qu'ils sont pas allés voir sous…

Le patron posa la main sur le robinet du tonneau à vermouth. Il en remplit deux verres à ras bord, les posa sur un plateau et porta le tout à la table près de la porte. Les deux gardes civils ne levèrent pas la tête, mais l'un d'eux prit aussitôt son verre et le vida.

Le patron regagna le comptoir et s'arrêta derrière Willi en cours de chemin, en cognant légèrement sur sa jambe avec son plateau.

– C'est exact, dit-il. Ils cherchent des produits de contrebande, du café et des cigarettes étrangères.

L'homme à la droite de Willi mordit sa lèvre inférieure avec ses gencives édentées et explosa.

– Je t'en fous, ils cherchent l'un de nous ou un autre pauvre type de notre espèce. Je le sais, je les connais…

– Doucement, dit celui qui était à gauche de Willi.

C'était un brun en bleu de travail déchiré et délavé, et aux grosses mains noueuses.

– Doucement, sois prudent, siffla l'édenté de sa voix rauque. Je connais personne d'aussi calme et prudent que nous, et voilà la récompense. Quinze pesetas par jour et rien du tout quand il fait mauvais ou quand ils interrompent le chantier pour procéder à leurs foutues manœuvres militaires, là-haut. J'ai une femme et trois petits qui crèvent de faim, mais il faudrait que je sois prudent. Et que je sois satisfait de mes trois douros par jour. J'ai rencontré un type qu'a bossé dans un de leurs foutus hôtels thermaux, où il y a pas de source et où on amène l'eau par camion. Il s'appelle Formentor, cet hôtel, et le type m'a dit que ceux qui vivent là paient quatre douros le verre d'eau qu'ils boivent, et c'est pas des étrangers mais des Espagnols… vous m'entendez : des Espagnols.

Il se tut et s'affaissa légèrement, peut-être déçu que les autres ne prêtent pas attention à ce qu'il disait. Ils ne bougeaient pas et restaient muets comme avant.

Sans doute avaient-ils déjà entendu ce discours bien des fois et se réjouissaient-ils qu'il ait assez baissé le ton pour que ses propos ne parviennent pas jusqu'à la table près de la porte. Deux d'entre eux se rapprochèrent du brasero, dont le rayonnement avait commencé à baisser.

Au bout d'un moment, l'homme en bleu de travail tourna la tête vers Willi et lui demanda à voix basse :

– Vous avez des enfants ?

Il employait un dialecte qui n'était pas de la région mais s'efforçait de parler clairement et distinctement.

Willi secoua la tête.

– J'en ai deux, moi, dit l'homme, un fils de neuf ans et une fille de cinq.

– Ici ?

– Non, très loin, dans la région de Bilbao. C'est mon pays, je suis basque.

Après un moment de silence, il leva deux doigts et dit :

– Mon fils est déjà allé deux ans à l'école et a appris à lire et à écrire. Regardez, ma femme m'a envoyé son premier cahier.

Il glissa la main sous son bleu et en tira un cahier plié en deux dont les couvertures étaient cornées et portaient des marques de doigts.

– Vous voulez voir ?

Willi hocha la tête et prit le cahier.

– Moi, j'ai pas appris à lire ni à écrire, reprit gravement l'homme, mais mon fils sait déjà, et pourtant il n'a que neuf ans. C'est triste que je ne puisse pas lire ce qu'il y a dans ce cahier et voir si mon fils sait bien écrire.

Willi soupesa le petit cahier sans l'ouvrir.

– Pourquoi ne faites-vous rien ? demanda-t-il soudain sans réfléchir.

– Je travaille, répondit l'homme, surpris. Et j'envoie l'argent que je gagne chez moi.

Au bout d'un instant de silence, il ajouta :

– Mais il faut que quelqu'un m'aide à rédiger l'adresse.

– Ce n'est pas ce que je voulais dire.

– Non, je comprends ce que vous voulez dire : le reste, mais c'est fini depuis longtemps, ce n'était pas bien. Quand il fallait se battre contre… ceux-là. On a tenu une année et chacun disait que la terre entière nous aiderait mais j'ai vu personne. On devait être indépendants, mais on n'était pas assez nombreux, même si on avait des fusils et quelques vieux canons et véhicules blindés. Et ensuite ils sont venus… ils avaient des avions et des bombes et des tanks, ces salauds-là, c'était il y a longtemps, en mars 1937, on n'avait rien d'autre que nos fusils, nous, on s'est battus dans la montagne mais tous les jours ils déversaient sur nous des bombes qui contenaient quelque chose qui mettait le feu partout, je crois qu'on s'appelle ça de la thermite, ça brûlait partout autour de nous. Ils ont continué ainsi pendant tout le mois d'avril, de mai et juin, et nous aussi on a continué à se battre, mais alors ils sont venus avec de nouveaux avions, de nouvelles bombes et de nouveaux canons. Moi, j'étais au col d'Urquiola. Quand on n'a plus été assez nombreux, ils ont pris Bilbao et ça a été la fin. Je préfère ne pas en parler.

L'homme en bleu de travail se tut un instant. Puis il reprit, avec un rire rauque :

– Pas étonnant qu'on n'ait pas appris à lire, on a pas eu le temps. Mais, vous comprenez, nous qui avons combattu alors, on peut pas recommencer, parce que c'est le genre de chose qu'on fait qu'une seule fois. La prochaine, faudra que d'autres tentent le coup, des plus jeunes qui en savent plus long. On a tenu une année entière et on a foutu sur la gueule à ces salauds-là pas mal de fois, malgré leurs avions et leurs bombes et leurs tanks. Moi, j'ai été fait prisonnier et, à la fin de la guerre, je suis pas rentré chez moi. Ça faisait rien parce qu'ils étaient presque tous morts, mais on aurait bien voulu quand même. Ensuite, ils m'ont enfermé à Formentera pendant six ans, dans une mine de sel. On fait pas ça plusieurs fois, dans sa vie, même si on meurt toujours de faim et si on est obligé de voir ces salauds-là dans la rue.

Willi ne savait pas grand-chose sur la tragédie basque, mais ce n'était pas la première fois qu'il entendait parler des camps de concentration de Formentera. Il demanda :

– Dans les mines de sel ? Vous étiez communiste ?

L'homme sursauta et, bien qu'il n'eût cessé de parler à voix basse, il lança des regards inquiets à la ronde en se léchant les lèvres.

– Non, dit-il, c'est pas ça… faut pas croire…

Il était évident que le maître était parvenu à ses fins sans avoir besoin de tuer l'élève. Willi eut honte de s'être lancé dans cette conversation et encore plus d'avoir incité l'autre à la poursuivre et de l'avoir forcé à se mettre à nu et à parler de choses dont il ne voulait pas se souvenir. Il baissa les yeux et regarda le cahier à couverture jaune.

– C'est mon fils qu'a écrit ça, dit le Basque. Vous pouvez lire, si vous voulez.

Willi feuilleta le cahier. Il contenait trois textes recopiés d'une grande écriture d'enfant, tremblée et maladroite. Le premier parlait de Francisco Franco Bahamonde, le second de José Antonio Primo de Rivera et le troisième de Jésus. Chacun était accompagné d'une illustration en couleurs que l'enfant avait sans doute décalquée sur un modèle quelconque. La première était la plus réussie et, malgré certains défauts, on reconnaissait nettement la tête en forme d'œuf du général, sa moustache triangulaire brune, son front très haut et la racine de ses cheveux en forme d'arc de cercle. Cette image avait sans doute été réalisée à partir du même original que le portrait qui figurait dans le bureau du sergent Tornilla.

Willi ferma les yeux quelques instants, puis il ouvrit le cahier et lut au hasard :

José Primo de Rivera est un jeune homme qui a sacrifié sa vie avec plus de courage que tout autre adulte pour la grandeur de la patrie dans la noble et juste guerre de libération contre les hordes barbares des Rouges. Ce jeune et valeureux phalangiste…

Il referma le cahier et le rendit à son propriétaire.

– Très bien, dit-il. C'est très bien écrit.

– Il n'a que neuf ans, répéta l'homme en bleu de travail.

Avant de remettre le cahier là où il était, il le contempla avec beaucoup de tendresse et d'amour.

Willi se redressa et alla régler sa note au bar. Comme il lui restait quelques douros en poche, il hésita une seconde à offrir un peu de vin aux Basques, mais écarta cette idée. Ce serait un geste absurde, presque une insulte. Il mit son chapeau, enfila sa cape en plastique et partit. Les hommes massés autour du brasero en train de s'éteindre avaient entonné un chant plaintif et sentimental qui parlait de leur pays natal. Les paroles étaient indistinctes et difficilement intelligibles et il ne put comprendre que le refrain :

No somos de aquí – somos de Bilbao…

Nous ne sommes pas d'ici – nous sommes de Bilbao…

Les gardes civils parieurs étaient sortis sans qu'il s'en aperçoive mais, sur le seuil de la porte, il dut s'écarter pour laisser le passage à deux autres venant de la place. Lorsqu'ils ôtèrent leur fichu en forme de cône il reconnut l'un d'eux. C'était l'homme d'âge mûr à la moustache grise qui était venu déjà le chercher à deux reprises au Barrio Son Jofre. Il avait l'air fatigué, ses yeux étaient enflés et injectés de sang, mais il le reconnut, lui adressa un sourire et secoua la tête en désignant du pouce la pluie qui tombait à l'extérieur :

– Affreux.

Dehors, rien n'avait changé. La pluie tombait toujours à verse, avec la même facilité et la même force. La chienne pataugeait à ses pieds. Il l'avait oubliée, durant sa visite au Central, mais elle était sans aucun doute restée couchée sous une table pendant ce temps.

Il allait rentrer chez lui plus trempé qu'il n'en était parti, mais peu importait.

Sur le chemin du retour, il croisa deux personnes et une voiture. Les deux personnes étaient en fait des enfants à demi nus qui jouaient dans une flaque d'eau jaune de vase agitée, en poussant de grands cris de joie. La voiture était un camion militaire bâché fonctionnant au gazogène qui le doubla de si près, sur l'avenue, que le panneau latéral camouflé effleura sa manche, dans un nuage de gouttelettes bondissantes.

Au carrefour, il n'y avait pas de garde civil.

Quand il eut parcouru les deux tiers de la ruelle qui montait au Barrio Son Jofre, la chienne se mit à aboyer et à courir. Il comprit que quelqu'un l'attendait.

La Ford était garée à côté du camion. Assis à la place du conducteur Santiago Alemany regardait la pluie tomber. Il portait un suroît et un ciré, ce qui n'était pas du luxe, car la camionnette n'avait pas de porte et le pare-brise était cassé. C'était sans doute arrivé récemment, et il y avait encore des éclats de verre entre le cadre métallique et la bordure en bois. Santiago avait déboutonné son ciré et tenait son grand couteau à gaine dans la main droite. Il avait l'air courroucé et impatient, et sans doute venait-il de tailler un morceau de bois mouillé, car le sol du véhicule était couvert de grands copeaux.

Quand il vit Willi, il descendit de voiture et dit :

– Cela fait deux heures que je vous attends.

– J'étais au Central. Vous auriez dû y venir.

– Je voulais vous voir ici.

Debout sur le perron sans savoir que faire, Willi observait son visiteur, toujours le couteau à la main.

– Ouvrez la porte, j'ai assez attendu comme ça, lui dit Santiago, impatient.

Willi haussa les épaules et se retourna pour glisser la clé dans la serrure en se disant : Il va brandir son couteau et me le planter entre les épaules, mais peu importe, maintenant.

2

La porte s'ouvrit en grinçant sur ses gonds à moitié rouillés sans qu'il se passe rien.

Willi fit un pas de côté pour laisser entrer Santiago, qui avait remis son couteau dans son étui en cuir et en fermait le rabat tout en franchissant le seuil.

Avant de le suivre à l'intérieur, Willi se retourna à nouveau pour regarder la petite Ford, lourdement chargée de caisses de poisson fermement arrimées et recouvertes d'une bâche déchirée.

– Qu'est-ce qui est arrivé au pare-brise ? dit-il.

– Ils m'ont tiré dessus.

– Les gardes civils ?

– Non, la Policía Armada. Deux idiots dans une jeep. Ils auraient pu faire demi-tour et me rattraper, au lieu de ça.

– Pourquoi vous ont-ils tiré dessus ?

– Parce que je ne me suis pas arrêté quand ils m'ont fait signe. Je ne les ai même pas vus, d'ailleurs.

Sa voix vibrait d'impatience, on aurait dit qu'il estimait l'épisode sans importance et ne l'évoquait qu'en passant.

Willi ôta ses sandales d'un coup de pied sans rien dire, et accrocha son chapeau et sa cape en plastique au clou, derrière la porte. Puis il alla s'asseoir sur la marche de l'escalier pour tordre le bas de son pantalon, gorgé d'eau, avant de le remonter.

Santiago faisait les cent pas en cherchant quelque chose dans sa poche, sans doute de quoi fumer. Il regarda à plusieurs reprises l'homme dans l'escalier, l'air d'hésiter.

– Il y a des cigarettes à côté de mon sac à dos, lui dit Willi sans lever les yeux.

Santiago prit une *Ideales* et l'alluma. Ses doigts tremblaient et il resta un moment à regarder la pluie qui tombait toujours à verse, comme pour se donner une chance de retrouver son équilibre, puis il dit :

– Ça vous plaît, cette ville, par un temps pareil ?

– Pas vraiment.

– Je voulais vous demander une chose.

– Ah bon.

Santiago se retourna brusquement et jeta sa cigarette à moitié consumée dans la pluie.

– Vous voyez ce que j'ai dans la voiture ? demanda-t-il.

– Oui, du poisson.

– Du poisson, c'est ça. Mais il y en a qui n'est pas tout à fait comme les autres.

Willi, toujours occupé avec le bas de son pantalon, ne répondit pas.

– Vous voulez les voir ? demanda Santiago sur un ton légèrement acide.

– Pourquoi pas ?

Santiago pouffa bizarrement de rire. Puis il alla défaire les pattes retenant un coin de la bâche. Bien que ce ne fût encore que le milieu de la journée et que la camionnette ne se trouvât qu'à guère plus de cinq mètres, Willi eut du mal à distinguer ce que faisait l'autre. La pluie tombait si dru qu'elle rendait les contours indistincts et, plus il scrutait la pénombre, plus sa vue se brouillait.

Santiago déchargea une caisse et la posa sur le carrelage, derrière le seuil. Sans dire un mot, il regagna la voiture et alla en chercher une autre, qu'il plaça à côté de la précédente, tout près de l'escalier.

Willi n'avait pas bougé et regardait les poissons.

– Vous voyez ce que c'est, dit Santiago en donnant un coup de pied dans la caisse.

– Des seiches.

– C'est ça, la pire espèce. Pas très appétissant, hein ?

– Non.

– Et pas très bon non plus. On a beau les faire cuire une dizaine d'heures, elles restent aussi dures que des vieux pneus. Et ça, maintenant ? demanda-t-il en donnant un coup de pied dans l'autre caisse.

– Des sardines.

– Même pas. Des *alachas*. Y a rien de pire. Ça ne vaut même pas la peine d'être ramené à terre. Il n'y a que les plus misérables pour manger ça, après l'avoir salé et conservé dans des pots en terre.

– Ah bon.

Santiago tira alors la clé de la serrure et ferma la porte de l'intérieur.

– Tâtez un peu le fond de la caisse, dit-il.

Willi se pencha et passa la main le long du bord de la caisse. La seiche peu appétissante était froide et gluante et, au milieu du lacis de tentacules emmêlés, on voyait des amas de sécrétions couleur sépia.

– Non, pas là, plus au centre, dit Santiago.

Malgré un irritant sentiment de répulsion, Willi plongea les doigts dans cette masse gluante et glaciale. Puis il leva la tête et regarda Santiago, qui se dressait au-dessus de lui dans la pénombre, noir et luisant dans son ciré mouillé.

– Il ne faut pas que ce soit un plaisir, de mettre la main là-dedans. Et pourtant, c'est la moins désagréable des caisses. L'autre est encore pire. Les *alachas* ont des nageoires plus acérées qu'aucun autre poisson de ma connaissance. Et j'ai aussi quatre caisses de déchets de boucherie, des boyaux et des estomacs de porc à moitié pourris, ainsi que quelques oursins. Si on les touche sans avoir des gants, on se blesse les mains, et, si on en a, on les abîme.

Il s'agenouilla, plongea dans la caisse ses deux avant-bras, qui fouillèrent comme des godets dans la masse gluante, et transféra les seiches dans l'autre caisse.

Ce n'est que lorsqu'il eut écarté le reste sur les côtés que Willi vit que la caisse était plus profonde qu'il ne le pensait.

Sur les planches non équarries du fond, entre les morceaux de seiche et les tentacules arrachés, il découvrit un fusil-mitrailleur démonté. En dépit de ce que l'éclairage avait de défectueux, il nota qu'il était enduit d'une épaisse couche de graisse verdâtre.

Ni l'un ni l'autre ne dit quoi que ce soit, pendant un bon moment. Santiago était soudain devenu aussi calme que Willi. Sa respiration n'était plus irrégulière et haletante, et il était accroupi, les coudes sur les cuisses, et ses mains souillées entre les genoux.

– J'en ai quatre autres comme ça, dehors, et six pistolets automatiques. Et, sous le plateau, j'ai trois cents chargeurs et deux douzaines de grenades à main.

– D'où est-ce que ça vient, tout ça ? demanda Willi.

– De la mer.

Au-dehors, la pluie crépitait toujours aussi fort.

– Pas sur notre bateau. C'était avant, quand on était deux. Mon père serait fou, s'il apprenait ça. Il croit qu'il faut s'adapter et accepter, comme la plupart des gens de son âge. Ils sont à bout et disent qu'ils ont donné une fois pour toutes ce qu'ils avaient.

– Qui est-ce qui apporte ça à terre ?

– Quelqu'un d'autre. Presque personne n'est au courant, seulement lui et moi. Et vous.

Après un bref silence, il ajouta :

– Mais c'est en train de mal tourner. Et je suis obligé de demander de l'aide. À vous.

Nouveau silence. Ils ne bougeaient ni l'un ni l'autre, se contentant d'écouter tomber la pluie. Puis Willi s'essuya les doigts sur la marche et dit :

– Et si je refuse ?

Le chat était entré par la chatière, trempé et misérable, avec une longue éraflure allant du museau jusqu'à un œil. Santiago sortit son couteau et le plongea dans la caisse d'*alachas* jusqu'à ce qu'il trouve un poisson plat de couleur rouge, parmi tous les autres qui luisaient comme du nickel. Il le prit par la queue et le posa devant le chat.

– Dans ce cas, je vous tuerai, dit-il.

– Si vous pouvez, répliqua Willi.

– Oui, si je peux.

Le chat flaira le poisson, posa la patte avant droite dessus puis inclina la tête et lui croqua la nuque.

– Qu'est-ce qui a mal tourné ? demanda Willi.

– Quelque chose se prépare, une opération de grande envergure, je reconnais les signes. J'ai dû franchir deux barrages depuis le port, et puis il y a ces idiots en jeep.

– Qu'est-ce qui s'est passé ?

– Au premier barrage, ils m'ont m'arrêté pour inspecter le véhicule. Ils ont même retiré la bâche et examiné les caisses du dessus. Mais je n'y mets jamais rien. Quand ils ont vu toutes ces saletés et les déchets de boucherie, ils ont abandonné la partie. C'est des gens d'ici et ils ne sont pas très dangereux. Ils m'ont stoppé si souvent que c'est un simple réflexe. Un jour, je les ai obligés à décharger tout le poisson sur le bord de la route pour fouiller la camionnette. J'ai fait ça par pro… comment dit-on, déjà ?

– Provocation.

– C'est ça. C'était une provocation. Depuis, ils n'y regardent plus de très près. L'autre barrage m'a laissé passer sans rien me demander, car ils communiquent entre eux. Mais ensuite j'ai rencontré cette patrouille de la Policía Armada. Ils avaient garé leur jeep sous les arbres et je ne l'ai pas vue, pas plus que leur signal, avant qu'ils ne me tirent dessus. La balle a traversé la cabine et fracassé le pare-brise. Ils ne devaient pas avoir envie de se salir les mains à toucher le poisson ni d'être trempés. Celui qui a tiré était un peu penaud et m'a dit que c'était sûrement l'effet d'un ricochet.

Il se leva et alla chercher les cigarettes.

– Je n'ose pas aller plus loin, dit-il. C'est encore pire sur la grande route, de l'autre côté de la montagne. C'est là que sont les barrages vraiment sérieux. Et puis, cette nuit ou demain de bonne heure, ils mettront fin à l'opération, c'est comme ça que ça se passe, en général.

Il alluma deux *Ideales* à la même allumette et en tendit une à Willi. Puis il donna un coup de pied dans les caisses et dit :

– Il faut que ce soit livré ce soir, demain au plus tard…

Il resta sans bouger, à fumer, pendant environ une demi-minute, avant d'achever sa phrase :

– … d'après eux.

– Qui ça ?

– Vous êtes trop curieux.

– Antonio Millan ?

Santiago eut un sursaut et demanda vivement :

– Que savez-vous de lui ?

– Rien. J'ai simplement entendu son nom.

– Où ça ?

– À la police.

– Ils vous ont convoqué ? Je n'aurais pas dû venir, alors.

Il observa une pause et reprit sur un ton résigné :

– Mais je n'ai nulle part ailleurs où aller. Vous et moi…

Il se tut à nouveau.

Willi s'étonnait un peu de ne pas être surpris, et que la conversation se déroule de façon si naturelle et logique.

Une nouvelle question lui vint à l'esprit :

– Pourquoi faites-vous ça ? Pour l'argent ?

– Je ne crois pas, plus maintenant. Ils ne sont pas tellement généreux, d'ailleurs. Au début, je l'ai fait pour l'argent, mais ensuite il s'est passé quelque chose, il y a un an, à peu près, à l'automne dernier. Vous avez entendu parler de la révolte de Santa Margarita ?

– Oui, vaguement.

– Ils ont abattu quarante ou cinquante personnes, là-bas. Elles n'avaient ni munitions ni grenades à main. Vous savez pourquoi ?

– Non.

– Parce que je ne leur ai pas livré la marchandise. Ils m'avaient pourtant dit que c'était important et j'avais promis de le faire, j'avais même déjà été payé pour ça. Qu'est-ce que j'ai fait, à la place ? Je suis allé me baigner avec vous et…

Il s'interrompit soudain et abattit sèchement son poing droit dans la paume de sa main gauche.

– Ils se sont battus, pourtant, alors qu'ils n'avaient rien pour ça. Ce n'est sûrement pas pour rien. Aujourd'hui aussi, ils m'ont dit que c'était important et, cette fois, je vais assurer la livraison. Personne ne m'en empêchera.

Sa respiration se fit plus lourde et sa voix hostile.

– Même pas vous.

– Vous devez comprendre que tout ça ne me concerne pas vraiment, répliqua poliment et froidement Willi, qui n'appréciait pas ce changement de ton et était toujours gêné par l'expression incontrôlée de sentiments personnels. Peu après, il ajouta :

– Qu'est-ce que vous avez l'intention de faire ?

– Laisser la marchandise ici et revenir la chercher cette nuit ou demain, quand ils auront retiré les patrouilles supplémentaires. Je livrerai le poisson en ville cet après-midi, comme d'habitude. J'en ai quand même quatre caisses à vendre.

– Que pensez-vous faire des armes et des munitions ?

– Les déposer dans l'appentis ou là-haut, à l'étage.

– Il y a un tas d'ordures, derrière la maison. Ce serait plus sûr.

– Comme ils sont déjà venus ici, c'est dangereux à n'importe quel endroit.

– Personne n'aurait l'idée d'aller fouiller là-dedans. Il y a des vieilles tôles et des choses de ce genre qu'on peut mettre par-dessus. Et il y a du foin dans l'appentis.

– Vous avez peut-être raison, dit Santiago. Je m'y mets tout de suite, la sieste est bientôt terminée.

Willi tâta du doigt le fusil-mitrailleur démonté.

– C'est de la bonne marchandise, dit-il. À qui sont destinées ces armes ?

– Je ne sais pas. À quelqu'un qui en a besoin.

Santiago remit rapidement et systématiquement la seiche gluante dans la caisse et ouvrit la porte d'entrée. Au-dehors, la pluie tombait en un rideau gris et mouvant.

– C'est le temps qui nous sauve, dit-il, on y voit à peine à dix mètres. Si on vient, dites que ma voiture est en panne, qu'il faut que j'emprunte votre camion et que je suis en train de transférer le chargement.

– Ça marchera peut-être.

Santiago prit ensuite la caisse contenant les poissons en forme de sardines et aux nageoires tranchantes.

– Vous voulez bien m'aider ? demanda-t-il.

Willi se leva de la marche, non sans mal, jeta sa cape en plastique sur ses épaules et souleva la caisse de seiches. Puis il la prit dans ses bras et fit le tour de la maison, pieds nus, quelques pas derrière Santiago.

Il ne leur fallut qu'un quart d'heure pour transporter huit caisses de poisson et les boîtes en métal soudées contenant les munitions et les grenades à main depuis la Ford jusqu'au tas d'ordures et nul ne se montra à l'horizon. Une fois qu'ils eurent recouvert les caisses avec des vieilles canisses et de la paille pourrie de l'appentis, Santiago amarra solidement le reste de la cargaison et dit sans lever les yeux :

– Je reviens ce soir ou cette nuit.

Puis il poussa le camion à l'épaule pour le mettre en branle et grimpa à bord. L'équipage disparut dans la pluie bien avant d'avoir atteint la ruelle et, si le moteur démarra, on ne l'entendit pas.

Willi resta un moment sur le perron et exposa ses pieds nus à la pluie pour qu'elle les débarrasse de la boue qui les recouvrait. Puis il procéda de la même façon avec ses mains, qui puaient le poisson et les entrailles pourries.

Pendant qu'il se tenait là, un gros morceau d'enduit se détacha du mur et tomba sur le sol détrempé. Il lui sembla percevoir l'écho d'un coup de feu, à travers le bruit de la pluie, mais il pouvait se tromper.

3

Willi ne quitta pas un instant la maison du Barrio Son Jofre au cours de l'après-midi et de la soirée. À une ou deux reprises, il lui vint à l'idée de se procurer quelque chose à manger, mais la simple idée des seiches et des déchets de boucherie lui coupa aussitôt l'appétit. Bien qu'il fût trempé et que tout, à l'intérieur, fût imprégné d'humidité, il ne se sentait pas particulièrement mal à l'aise et n'avait pas froid.

Il avait beau ne pas attacher beaucoup d'importance à cette histoire de contrebande d'armes et être persuadé que nul ne trouverait la marchandise compromettante sous son tas d'ordures, il se sentait de plus en plus tendu. Il savait que quelque chose allait se produire, mais il ignorait quoi.

Il passa la plus grande partie de l'après-midi assis sur l'escalier, à réfléchir. Pendant plus d'une heure, il feuilleta son passeport, étudiant minutieusement les différents visas et cachets d'entrée et de sortie, et se surprit soudain à se demander quand, où, et à quelle occasion, le prochain serait apposé.

Par moments, ses réflexions étaient confuses et indisciplinées. Les événements de la journée lui avaient certes apporté un certain nombre de faits nouveaux et de pistes, mais il était hors d'état d'y mettre de l'ordre et de les suivre. Rien ne cadrait plus avec le schéma qu'il avait conçu et auquel il s'était longtemps tenu. L'équation n'était pas exacte, alors qu'elle aurait dû l'être, et, par voie de conséquence, l'existence refusait de paraître simple et facile.

Si le goût de la vie était en train de lui revenir, le moment était singulièrement mal choisi.

Il resta assis là, même après la tombée de la nuit, à réfléchir, car le puzzle comportait maintenant beaucoup trop de pièces. Puis il se mit à écouter. Le déluge s'abattait toujours avec autant de force mais, si on se familiarisait avec lui et si on était très attentif, on pouvait déceler des nuances. Il s'atténuait par exemple à certains moments, pour reprendre ensuite avec encore plus de force. On aurait dit que cette pluie était vivante et respirait.

Il était maintenant 21 heures. Il ferma la porte, défit sa ceinture, ôta sa chemise et son pantalon, et alla se coucher sur le matelas, bien droit sous la couverture boursouflée qui tombait en morceaux comme un vieux papier d'emballage dans un herbier.

Au bout de vingt minutes, il s'endormit mais, avant cela, il connut un moment d'excitation sexuelle. Celle-ci fut soudaine et violente et sa manifestation physique, si impérieuse qu'il comprit qu'il ne servirait à rien de tenter de la surmonter par la simple force de sa volonté. Il n'y avait qu'une seule façon de s'en débarrasser.

Allongé sur le dos, il se représenta des femmes nues, Barbara Heinemann et la Norvégienne qui vivait à l'étage, mais aussi, curieusement, la journaliste spécialisée dans les tracteurs. (Il ne l'avait pourtant jamais vue déshabillée et, la seule fois où il avait lui caressé la joue et le cou, puis avait laissé ses doigts descendre un peu plus bas sous son pull, elle avait rougi, transpiré et continué à parler. Il se rappelait une clavicule fine et fragile, et un sein de femme sous le pull et le soutien-gorge. Il reposait dans sa main tel un animal paralysé de peur, petit, doux et chaud, et son museau pointu se nichait dans la paume de sa main. Pendant ce temps, elle ne cessait de parler, tête baissée, très vite et de façon incohérente, et surtout de production.) Ce fut violent et strictement mécanique. Le spasme prit naissance dans ses testicules et, de là, se propagea au reste de son corps. Puis les muscles de ses cuisses et de ses mollets, ainsi que tous ses tendons, se bandèrent, d'abord dans ses pieds puis également dans son cou et ses bras. Ensuite, les barrages cédèrent enfin pour laisser la place à un brouillard rouge et vibrant.

Il était presque nu, car il avait eu la présence d'esprit d'ôter son pantalon et son slip, et de déboutonner sa chemise. Il était couché, seul, le cœur battant, dans une pièce dégoulinante d'humidité et plongée dans le noir, sur un matelas d'ouate qui avait commencé à moisir.

Au bout de deux minutes, il chercha ses vêtements humides et les enfila.

Cela faisait huit mois qu'il avait couché avec une prostituée, dans un bordel de Cologne. Depuis, il n'avait eu qu'une seule occasion, à Marseille, au début du mois de mai, mais il avait alors autre chose en tête. Il était donc naturel qu'il se masturbe, et pourtant cela le contrariait. Et surtout, il trouvait cela ridicule.

Il fut réveillé par le bruit du moteur de la camionnette. Il était 1 heure et il pleuvait toujours. Santiago entra, vêtu de son ciré luisant. Il ôta son suroît et dit :

– Ça grouille de policiers et de militaires, par ici. J'ai été arrêté deux fois, en venant. La seconde, j'ai cru qu'ils allaient démonter toute la voiture.

Il sortit une cigarette et l'alluma au-dessus du bidon d'essence.

– Il faut que la marchandise soit livrée avant la sieste, demain. L'action va sans doute être retardée, mais ceux à qui j'ai parlé ne pensaient pas qu'elle serait annulée. Ils ont sûrement eu vent de quelque chose. Il ne peut pas y avoir autant de monde sur les routes pour une rafle ponctuelle ou pour un simple contrôle de routine.

– Quelle action ? demanda Willi.

– La grève. Quatre cents ouvriers vont se mettre en grève, au-dessus de Santa Margarita, à partir de demain après-midi. Le chargement doit leur parvenir avant ça.

– Je me demande si la violence est la bonne méthode.

– Les grèves qu'on peut mettre sur pied et organiser à l'avance ne sont pas très massives. Comme elles sont toutes illégales et que celles qui ont lieu sont petites et locales, elles sont toujours réprimées par la violence. Puisqu'il en est ainsi, il est absurde que les ouvriers se laissent abattre sans résistance, comme un troupeau de moutons. Il est important, au contraire, qu'ils prouvent qu'il existe encore des gens qui osent se battre et que nous pouvons recevoir de l'aide de l'extérieur, par exemple des armes. Il deviendra alors possible de mettre sur pied des actions de plus grande envergure, et elles n'auront pas besoin d'être armées, elles seront efficaces malgré tout.

Willi regarda avec étonnement Santiago, qui eut un petit sourire triste et ajouta :

– Ce n'est pas moi qui ai inventé ça. Vous savez qui ?

– Non.

– Celui dont vous m'avez parlé il y a peu.

– Antonio Millan ?

– Oui, je lui ai posé la question, un jour.

– Où est-il, en ce moment ?

– Aucune idée.

– Il a une verrue entre les sourcils ?

– Comment le savez-vous ? Vous l'avez rencontré ?

Sa voix était à nouveau méfiante.

– Non, on m'a montré sa photo, au poste de police.

Santiago s'était agenouillé près de la lampe, tout en fumant. Il écrasa son mégot sur le carrelage et se leva.

– Il faut enlever les armes d'ici, dit-il. Ce n'est pas une bonne cachette.

– Vous avez l'intention de tenter le coup ? Maintenant ?

– Non, j'essaierai de passer demain, quand il fera jour. C'est mieux. Mais je vais déjà mettre la marchandise en lieu sûr, un peu plus bas sur la route du port. Je n'ai pas pu le faire cet après-midi, à cause de la jeep.

– Et les patrouilles ?

– Ils les retireront au cours de la nuit ou à l'aube.

– Vous pouvez laisser la marchandise ici. Le tas d'ordures est un endroit sûr.

– Quand j'ai quitté la ville, il avait cessé de pleuvoir. Cela va s'arrêter ici aussi, cette nuit ou demain matin. On verra la maison, alors, avec son tas d'ordures et le reste, à mille mètres de distance, du haut de la montagne. Il y a toujours du monde, là-haut. Je sais comment ça se passe, ça fait longtemps que j'en suis. Auparavant c'était le café et les cigarettes, mais il y a toujours eu quelque chose depuis que je suis petit. Le curé, l'un d'entre eux parce que j'en ai eu plusieurs, m'a dit un jour que j'étais une âme perdue. Mon père, lui, dit que je suis un bon à rien. C'est pourtant grâce à moi qu'il gagne plus d'argent que n'importe quel autre pêcheur. Il est bizarre. Il a fait toute la guerre à bord du *Libertad*, y compris à Cabo Palos, où on a remporté une grande victoire, mais il ne ferait jamais rien contre *eux*. Pas maintenant. Et il n'accepterait pas que je tente quelque chose. D'après lui, quand on a été jeté à terre une fois, il ne faut plus se relever. Je crois que beaucoup sont du même avis, parmi ceux qui ont fait la guerre.

– Ce n'est peut-être pas étonnant.

– En effet. Et il a raison sur mon compte. Je suis un bon à rien.

Santiago sortit un bâton de tabac à chiquer de la poche de son pantalon et en coupa un morceau d'un grand coup de couteau.

– Bel engin, dit Willi.

– Tous mes outils sont de première qualité, dit Santiago en éclatant d'un rire très sonore.

Lorsque Willi le regarda, il vit que ses yeux luisaient d'excitation, sous le bord de son suroît. Son visage bronzé était tendu et scintillait, non pas de pluie mais de sueur.

– Il faut que j'aille charger, dit Santiago. Au revoir.

– Je vais vous aider

– Pas besoin. Ceci ne vous concerne pas.

– Je vais vous aider quand même.

Ils firent le tour de la maison dans le noir, trébuchant et glissant sur des pierres à moitié enfoncées dans le sol qui dépassaient çà et là. La pluie tombait plus abondamment que jamais, verticalement et avec un bruit d'enfer, comme pour donner son maximum avant une fin très proche.

La manœuvre fut difficile, dans le noir et l'humidité. Ils eurent beau faire aussi vite qu'ils pouvaient, il leur fallut quarante minutes pour que toutes les caisses soient solidement arrimées sur la camionnette. À un moment, Santiago trébucha et alla s'affaler contre le mur. La caisse lui échappa et des pièces de deux des fusils-mitrailleurs tombèrent dans la boue, au milieu d'estomacs de cochon puants et de boyaux à moitié pourris. En tombant, il heurta une pierre du genou et eut ensuite du mal à marcher. Willi remit toute cette masse gluante dans la caisse avec une pelle, tandis que Santiago, appuyé contre le mur de la maison, l'éclairait avec la lampe à pétrole, dont il masquait la lueur au moyen d'un pan de son ciré.

Une fois que les caisses furent sur le plateau, bien attachées sous la bâche, ils rentrèrent dans la maison et fermèrent à clé derrière eux. Ils étaient essoufflés, après ce dur labeur. Tous deux étaient trempés à la fois de pluie et de sueur, et, malgré le déluge, leurs bras et leurs jambes étaient couverts de boue, sous leurs vêtements.

Santiago s'adossa au mur, près de la porte, prit sa respiration et haleta :

– J'espère qu'il n'y a pas de garde au carrefour. Je pourrais me laisser descendre sans allumer le moteur ni les phares.

Willi acquiesça.

– Si vous voulez bien aller vous en assurer. J'arrêterai la voiture à la sortie de la ruelle et je vous attendrai.

Si vous voyez du monde, dépêchez-vous de revenir. Sinon, je compterai jusqu'à cent avant de desserrer le frein à main. S'il y a un barrage, je mettrai le moteur en marche et je partirai de l'autre côté.

Willi acquiesça de nouveau et ajouta, peu après :

– Bon, allons-y.

– Oui, dit Santiago.

Le silence se fit dans la maison. Au-dehors, la pluie continuait son vacarme, avec une énergie apocalyptique. Santiago était toujours appuyé contre le mur blanchi à la chaux, maintenant gris d'humidité. Willi, lui, était au centre de la pièce, les pieds écartés et les bras ballants. Ni l'un ni l'autre ne bougeait.

Le temps passa. Il s'écoula peut-être deux minutes, longues et irréelles.

– Où est mon frère ? demanda Santiago Alemany.

– Il est mort.

– Je sais. Mais où est-il ?

– Au fond de la mer.

– Comment est-il mort ?

– C'est moi qui l'ai tué.

Le chat entra par la chatière, maigre et trempé, avec des griffures autour des yeux. Il regarda les deux hommes l'un après l'autre et miaula plaintivement.

– Qui a tué Dan Pedersen ? demanda Willi.

– Mon frère.

– Et Siglinde ?

– Moi.

– Comment ?

– Au couteau. Par-derrière.

Ni l'un ni l'autre ne bougea. Le chat était assis entre eux et se léchait l'entrejambe.

– Je ne vous demande pas de le croire, dit Santiago, mais ce n'était pas dans nos intentions, pas au départ. Et, si j'ai fait cela, c'est parce que j'ai pensé que c'était la seule solution. Ramón ne voulait pas le faire. C'était… un acte inévitable.

Una cosa forzada. Willi enregistra l'expression, qu'il jugea excellente.

– Ce n'est pas une excuse, reprit Santiago. Ce n'était pas prémédité, mais je savais que ça pouvait arriver tout d'un coup. Je n'ai jamais rien désiré autant qu'elle. J'ai trahi deux cents personnes qui avaient confiance en moi, pour la voir se baigner. Après ça, je ne savais plus ce que je faisais. Pourtant, c'est le fait du hasard. Alors que ce n'est pas un hasard si vous avez tué Ramón.

– Non, dit Willi.

– Vous l'avez attiré dans un guet-apens, c'était prémédité.

– Oui, surtout à la fin. Chaque minute, pendant vingt jours. Il lui a fallu un bon moment avant de le comprendre.

– Il n'était pas très lucide. Surtout les six derniers mois.

Ce dialogue se déroulait dans le calme. Ils étaient toujours immobiles.

– Vous avez pris l'argent qu'il avait sur lui, ajouta distraitement Santiago, comme s'il pensait à autre chose.

– Une partie.

– Il ne lui appartenait pas. Il devait le remettre à un contact qu'on avait là-bas. En Corse.

– Je ne le savais pas. Si je l'avais su, je ne me serais pas donné cette peine.

– C'était une erreur du début à la fin, dit Santiago. Je n'ai pensé à rien d'autre qu'à eux, pendant toute l'année qui s'est écoulée. Je ne suis pas un bon tueur.

– Moi non plus.

Ils se regardèrent en silence et sans rien trahir de leurs sentiments.

– Il est temps d'y aller, maintenant, reprit Santiago en se détachant du mur.

Il s'interrompit dans son geste, la main sur la poignée de la porte, et tourna la tête.

– Qu'avez-vous l'intention de faire ?

– Rentrer chez moi.
– Dans votre pays ?
– Oui.

Santiago ouvrit la porte et sortit, suivi par Willi. Quand le premier eut grimpé sur le siège du conducteur, le second poussa le véhicule avec l'épaule pour le mettre en branle. Comme la ruelle était légèrement en pente, il n'eut guère de mal et sentit vite qu'il lui échappait. Le long de ce parcours étroit et sinueux, il s'étonna que Santiago ait pu le monter tous feux éteints. Soudain, il heurta le coin du plateau et comprit qu'il était arrivé à la route principale. Au passage, il tapa sur le garde-boue avec les phalanges pour avertir de sa présence. Il n'y avait pas de patrouille, au carrefour. Il fit une dizaine de mètres dans chaque sens sans rien remarquer, puis alla se poster le long de la route, le pied sur le muret, et attendit. Quelques secondes plus tard, la camionnette passa près de lui en silence. Il entendit seulement les roulements à billes qui grinçaient et les gerbes d'eau que projetaient les roues, mais il ne distingua qu'une vague silhouette, dans le noir.

En regagnant le Barrio Son Jofre, il eut l'impression d'avoir perdu l'ouïe et la vision dans le noir. Il trébucha çà et là, et, en haut de la ruelle, se heurta à plusieurs reprises à des murs et des coins de maisons. La capacité de réaction intuitive à laquelle il était habitué avait soudain disparu, comme à un chat auquel on aurait coupé les moustaches. Mais, après réflexion, il se posa plusieurs fois une question fort hypothétique : que se serait-il passé, s'il avait mis fin à la conversation et était allé chercher son pistolet dans son sac à dos ou si Santiago Alemany avait sorti son couteau ?

4

Lorsque Willi revint dans la pièce, la lampe à pétrole brûlait toujours. Il remarqua que le sol était mouillé et couvert de boue, et que le chat à moitié noyé s'était blotti sur le lit, au milieu d'une grande tache d'eau.

En ôtant sa cape, il nota que ses jambes et ses pieds étaient boueux, eux aussi, et ses bras souillés de déchets de poisson. Cela sentait mauvais partout dans la pièce. Écœuré, il gagna le coin où étaient posés son sac à dos, son linge sale et son matériel de peinture. Il les écarta et prit le sac de jute découpé aux ciseaux qui était étalé sur le sol.

Après l'avoir secoué à plusieurs reprises, il le posa sur le matelas, ôta ses vêtements et sortit sur le perron, les sandales à la main. Il resta un bon moment à laisser la pluie couler sur son corps avant de mettre ses sandales trempées et de revenir vers le matelas. Il s'essuya avec la toile, dont les aspérités laissèrent des longues éraflures rouges sur sa peau. Puis il ferma la porte à clé, écarta le chat et s'allongea sous la couverture. Avant de souffler la lampe, il fuma une cigarette et regarda sa montre : il était déjà 3 h 30.

Il était inquiet et nerveux, et n'avait pas sommeil. Il savait que les derniers mots qu'il avait dits à Santiago Alemany étaient vrais. S'il réussissait à partir, il rentrerait chez lui. Que ce soit à Dornburg, Iéna ou Berlin, importait peu. De préférence à Dornburg, car sa mère n'était pas encore très vieille et vivait sans doute encore. Pourtant, il était parfaitement clair dans son esprit qu'il ne voulait pas rentrer au pays pour sa mère. Il savait aussi qu'il ne tuerait pas Alemany et qu'il n'avait donc aucune raison de rester ici plus longtemps que le strict nécessaire.

Pourquoi serait-ce nécessaire, d'ailleurs ? Que lui avait dit Tornilla, sur le seuil, quand ils s'étaient quittés ?

Dans le cas contraire, nous ne nous reverrons peut-être pas. Or, le cas était sans aucun doute contraire.

Il continua à réfléchir ainsi, avec logique et lucidité. Sans doute ne parviendrait-il pas à s'endormir et, dès qu'il ferait jour, il devrait se mettre au travail. Il commencerait par détruire son journal et jeter son pistolet, qui ne lui attirerait que des ennuis si quelqu'un le découvrait dans ses bagages. Il était facile de s'en débarrasser, dans le tas d'ordures, derrière la maison. Puis il chargerait ses affaires sur le camion et partirait pour la capitale provinciale. Il pourrait y être avant midi et, en premier lieu, il irait déposer son passeport et demander un visa de sortie. Le manque d'argent ne constituerait pas un obstacle. Le consulat de la République Fédérale serait obligé de lui venir en aide. Ce genre de détail lui paraissait futile pour peu qu'il parvienne à quitter cette maison et ces montagnes, ces rues pavées et ces visages. Pour la première fois, cette ville au milieu des montagnes lui faisait l'effet d'un piège mortel et l'année qu'il y avait passée, celui d'une longue maladie invalidante.

Pour la première fois, aussi, il échappait au souvenir du jour où il était resté assis sur le quai, à attendre, et à celui des dernières minutes passées avec Ramón Alemany, à bord du yacht de l'Anglais.

Il ne voulait tuer personne, il voulait vivre, lui aussi.

J'ai encore une chance, se dit-il. Ça, c'est terminé, c'est le passé, cela ne me concerne plus.

Cela ne le concernait plus. Il répéta ces mots plusieurs fois de suite, d'abord intérieurement, puis en les formant avec ses lèvres. Couché dans le noir, il se répéta : Cela ne me concerne plus. Puis il se dit : Je veux m'endormir, maintenant, dormir quelques heures et me réveiller quand le jour sera revenu. Puis : La pluie va peut-être cesser.

On frappa alors à la porte, pas très fort, mais avec insistance.

– J'arrive, cria-t-il.

Celui qui se tenait à l'extérieur, dans ce déluge, ne pouvait sans doute percevoir aucun bruit de l'intérieur et il continua à frapper.

Willi chercha ses allumettes à tâtons. Elles étaient humides et il dut en utiliser une dizaine avant de parvenir à en craquer une et à allumer la lampe. Il se drapa dans la couverture, glissa les pieds dans ses sandales et se dirigea vers la porte.

Certain que c'était Santiago Alemany, il ouvrit la porte, mais la silhouette qui se tenait sur le perron était revêtue d'un grand vêtement vert foncé et portait un fichu en forme de cône, et elle était si bien protégée de la pluie qu'on ne voyait ni ses mains ni son visage.

Le garde civil franchit le seuil sans rien dire.

Willi faillit éclater de rire. L'homme se tenait au milieu de la pièce comme s'il avait poussé sur le carrelage. Il avait l'air d'un martien sorti d'un illustré de bas étage, mais on pouvait aussi le prendre pour une tente à moitié dressée ou une figure de carnaval parfaitement réussie.

Une manche de tissu militaire sortit de l'imperméable et défit le nœud retenant le fichu qui recouvrait ce bonnet malcommode en toile cirée. En même temps, le canon d'un pistolet-mitrailleur pointa par une fente du vêtement. Willi n'avait encore jamais vu cet homme. Il était assez jeune, avait les joues rebondies et le teint rougeâtre. Mais, quand il parla, ce fut d'une voix froide et tranchante.

– Vous êtes Willi Mohr, n'est-ce pas ?

– Oui.

– Je vous prie de m'accompagner au poste de police.

Willi acquiesça.

– Veuillez vous habiller. Nous sommes pressés.

Willi secoua la tête et enfila ses fripes mouillées. Le garde civil mit ce temps à profit pour regarder partout autour de lui, dans la pièce.

Quand ils furent sortis et que Willi eut fermé la porte à clé, l'homme tendit la main.

– Je dois vous demander de me confier votre clé. Tournez à gauche, je vous suis.

Il pleuvait un peu moins, à vrai dire, mais il faisait toujours nuit. Willi ne vit pas une seule lumière, pendant qu'ils traversèrent la ville, et le seul bruit qu'il entendit, à part la pluie, fut celui des rares ordres très brefs que lui lançait la silhouette invisible, dans son dos. Tout droit. Tournez à gauche, ici. Attention aux marches. Plus vite.

L'éclairage public était inexistant. De toute évidence, la compagnie d'électricité avait abandonné la partie.

Quelle ville, se dit Willi.

Il n'était pas inquiet à l'idée de revoir Tornilla. Il était maintenant familier de cet homme et de ses habitudes, et l'idée d'échanger la maison humide du Barrio Son Jofre contre le confort relatif de la salle d'interrogatoire ne lui était pas entièrement désagréable. Il allait certes devoir passer quelques heures en cellule, comme la première fois, mais cela ne le souciait pas particulièrement non plus. Quant au contenu de l'entretien, il savait parfaitement ce qu'il avait déjà dit et ce qu'il devrait dire. Peut-être même la pièce serait-elle chauffée. Cette idée le réconforta et il allongea le pas. Le garde civil le lui avait déjà demandé à plusieurs reprises, ce qui laissait penser que le sergent était déjà là, à l'attendre dans le cercle de lumière de la lampe à abat-jour vert. Comme il n'avait pas d'objection à le revoir, il n'avait aucune raison, non plus, de le faire patienter plus que nécessaire. En outre, il avait diverses choses à faire, une fois le jour revenu, et il ne fallait donc pas que l'interrogatoire s'éternise.

Willi savait que c'était sa dernière journée dans cette ville de la montagne. C'était aussi la première depuis longtemps où il nourrissait certains espoirs.

Ils étaient déjà dans la ligne droite entre les oliviers.

– Un peu plus à droite, dit le gendarme en le poussant dans le dos. On est arrivés.

Pas une seule lumière ne brûlait dans le bâtiment.

Ils étaient dans l'entrée. Willi entendit une paire de chaussures à clous claquer sur le ciment. Cinq secondes plus tard, le garde civil ouvrit une porte et le poussa à l'intérieur, sans trop de ménagement.

5

La pièce était vaste, les murs nus et blanchis à la chaux, et le sol en ciment reflétait la lueur blanche et éblouissante d'une lampe à pétrole suspendue à un crochet, au plafond. Il y avait quatre personnes, à l'intérieur, mais aucune d'elles n'était le sergent Tornilla.

Aveuglé par l'éclat vif et froid de la lampe, Willi fit le tour de la pièce en clignant des yeux. Elle était meublée de façon spartiate. Au centre était placée une table en bois longue et massive sur laquelle étaient posées çà et là des feuilles de papier, ainsi qu'une vieille machine à écrire américaine. Tout autour se trouvait une demi-douzaine de chaises en bois très simples et sur le mur opposé s'ouvrait une petite fenêtre devant laquelle était tiré un store noir. Dans l'un des coins, il y avait un poêle en métal qui sentait la suie et la fumée de charbon. C'était tout.

À l'une des extrémités de la table était assis un officier qui portait des galons dorés sur les manches et dont la tunique était ouverte. Son bonnet en toile cirée à large ruban doré était posé devant lui et, à côté, son baudrier et sa ceinture, ainsi que l'étui de son pistolet. Willi l'avait déjà vu et se rappelait même que c'était le lieutenant Pujol.

À côté de lui, nonchalamment penché sur la table, se tenait le petit chauve qui buvait de l'alcool à l'anis, la veille, au Café Central. Il avait accroché sa veste sur le dossier de sa chaise et ne portait donc qu'une chemise bleue à rayures avec bracelets autour des manches et boutons de manchette jaunes. Un peu plus loin était assis le beau jeune homme aux cheveux bien peignés en arrière et à la fossette au menton. Il n'était pas en manches de chemise, lui, mais avait ouvert le col de la sienne et était assis de façon à appuyer les bras sur le dossier de sa chaise. Son doux regard brun affichait l'ennui et l'indifférence et il se balançait doucement d'avant en arrière.

La quatrième personne était un garde civil en uniforme de lin vert et chaussures basses de couleur brune. Il était agenouillé devant la table, occupé à régler la mèche d'une lampe à pétrole munie d'un abat-jour métallique en forme de cône noir.

Le chauve lança un regard négligent au nouveau venu et demanda :

– Vous l'avez fouillé ?

– Non, dit le garde civil en imperméable, entré dans la pièce sur les talons de Willi et qui était encore juste derrière lui.

– Eh bien, faites-le.

Le garde civil ôta le chapeau et la cape en plastique de Willi, tâta ses poches et ses jambes, et finit par dire :

– Il n'a rien.

– Bien, dit le chauve, vous pouvez disposer.

Puis il se tourna vers l'officier assis à l'extrémité de la table et reprit une conversation manifestement interrompue lorsque la porte s'était ouverte.

– Vous avez donc envoyé quelqu'un à la compagnie d'électricité. Qu'est-ce qu'ils ont dit ?

– Ils sont en train de réparer la ligne. De plus, une conduite a éclaté.

– Et le téléphone ?

– Je ne sais pas, ils ne nous ont rien dit, répondit le lieutenant Pujol.

Son front était en sueur, il avait l'air las et contrarié.

– C'est toujours comme ça, ici ? demanda l'homme en manches de chemise. L'électricité est en panne depuis huit heures et le téléphone depuis cinq. Et le poêle fume. On s'étonne que le bâtiment tienne encore debout.

Le lieutenant Pujol ne répondit pas.

– C'est ce type que vous interrogez depuis trois mois ?

– C'est Willi Mohr, dit le lieutenant.

– Vous pouvez être fiers. La garde civile est peut-être capable d'effrayer les paysans mais, pour ce genre de travail, elle n'est pas bonne à grand-chose. Ce n'est d'ailleurs pas votre partie, il ne faut donc pas vous le reprocher. Où est-il, au fait, votre fameux expert ?

– Je ne sais pas.

– Vous êtes son supérieur, oui ou non ?

– À strictement parler, oui.

Le chauve poussa un soupir et se pencha sur la table.

– Vous avez bientôt fini ? demanda-t-il au garde civil.

Celui-ci avait cessé de s'occuper de la lampe et semblait désormais prêter l'oreille.

– Oui, bien sûr, bredouilla-t-il. C'est parfait ainsi.

– Eh bien, si vous allumiez, maintenant, dit calmement et gentiment le beau gosse.

Le garde civil fouilla un moment dans ses poches, de toute évidence en quête d'allumettes. Une fois qu'il les eut trouvées, il passa un moment à tripoter la boîte avant de parvenir à en gratter une. Il fit monter un peu de pétrole dans la mèche et la lampe répandit enfin une vive lueur.

– C'est tout ? demanda l'homme assis sur la chaise.

Le garde civil pompa un peu plus et la lueur s'intensifia.

– Je n'ose pas plus que ça, elle risque d'exploser.

– C'est nous qui l'avons apportée, on sait ce qu'elle vaut, dit le chauve. Bon, mettez l'abat-jour et accrochez-la.

L'homme en uniforme tourna maladroitement quelques vis et parvint à abaisser trois des sections de l'abat-jour noir. Puis il monta sur une chaise et suspendit péniblement la lampe à deux crochets fixés au plafond.

– Pas de ce côté-là, espèce d'idiot, gronda l'homme en chemise à rayures.

La lampe finit par être placée comme il convenait. Sa très vive lumière s'abattit alors sur un secteur nettement délimité, devant la table.

– Faites avancer ce pauvre type, qu'on en finisse, dit le chauve.

Le garde prit Willi par le bras et le conduisit jusqu'à la table. La lumière était si vive qu'il ne voyait plus les autres et entendait seulement leurs voix. Il trouva la chaise à tâtons et s'assit.

– On ne vous a pas dit de vous asseoir, à ce que je sache. Levez-vous !

C'était le plus jeune des civils qui avait parlé.

Willi se leva.

– Je commence la rédaction du procès-verbal ?

Cette fois, c'était le garde civil en uniforme de lin.

– Non, on rédigera ses aveux par la suite.

C'était le chauve, maintenant.

Willi sentit la fureur s'emparer de lui, une colère froide, renfrognée, qui montait lentement et inexorablement en lui et le faisait réfléchir avec calme et une lucidité parfaite.

– À quoi jouez-vous ? On est dans un film de gangsters américain ?

– Taisez-vous, quand on ne vous demande rien.

– Ramenez-moi tout de suite chez moi et fichez-moi la paix. Je suis citoyen allemand et, quoi qu'il arrive, je me plaindrai à mon ambassade. Si vous souhaitez me poser des questions, adressez-vous au consulat de mon pays le plus proche. Je ne sais d'ailleurs même pas qui vous êtes.

– Ces messieurs font partie des services de sécurité, dit le lieutenant Pujol.

Willi avait baissé les yeux pour éviter, dans la mesure du possible, d'être aveuglé. Il entendit quelqu'un rire, sans doute le plus jeune des civils, mais ce fut son collègue, celui en chemise à rayures, qui prit le premier la parole.

– Eh bien, voilà la situation. Nous allons vous rendre le service de vous informer dès le début que l'affaire est réglée. Vos amis sont passés aux aveux et vous ont dénoncé. Vous n'avez plus qu'à suivre leur exemple.

– Je n'ai pas d'amis.

Les yeux de Willi ne parvenaient pas à s'habituer à la lumière et il était incapable de distinguer quoi que ce soit, mais les voix qui s'élevaient de l'autre côté de la table parvenaient parfaitement à ses oreilles et y déversaient leurs questions et affirmations en un flot d'une dureté métallique. Les hommes de la Policía Secreta parlaient chacun à leur tour et sans jamais se couper la parole. C'était toujours le plus jeune qui utilisait les formules les plus tranchantes et adoptait le ton le plus menaçant.

– Vous êtes un provocateur communiste à la solde de l'Allemagne de l'Est.

– Ah bon.

– Où avez-vous caché les armes ?

– Je ne sais pas.

– Si vous continuez à faire le malin, il vous en cuira.

– Ah bon.

– Depuis combien de temps êtes-vous en Espagne ?

– Je ne sais pas.

– Où est Antonio Millan ?

– Je ne sais pas.

– Nous vous conseillons fortement de répondre à nos questions.

– Ah bon.

– Avez-vous été formé à Moscou ?

– Je ne sais pas.

– Quand est partie la livraison à destination de Santa Ponsa ?

– Je ne sais pas.

– Qui en assure le transport ?

– Je ne sais pas.

– Vous ne comprenez donc pas que nous sommes parfaitement au fait de la situation et que tout ce que vous obtiendrez en nous résistant, c'est à prolonger votre supplice ?

– Non.

– Antonio Millan et Baltazar Rodríguez sont arrêtés tous les deux. La centrale de Santa Margarita est démasquée. L'organisation tout entière est démantelée. Vous voulez en savoir plus ?

Willi eut un vague sourire. Il était parfaitement calme et, bien qu'il ne pût voir ses tortionnaires, il les avait totalement percés à jour. Ils ne savaient rien, surtout pas sur son compte, et l'essentiel de leurs propos était du bluff ou, au mieux, des semi-vérités.

Ils continuèrent à faire pleuvoir sur lui leurs questions et accusations, des noms qu'il n'avait jamais entendu prononcer, des faits et des chiffres qui ne lui disaient rien, et, pour sa part, il faisait toujours la même réponse, sous des formes variées : Non, ah bon, je ne sais pas, bien sûr.

Il ne savait pas depuis combien durait ce petit jeu, mais cela n'avait pas d'importance. Peu à peu, leurs questions et affirmations se firent plus acérées.

– Au fait, savez-vous que votre mère a été déportée en Sibérie par les Russes ?

– Bien sûr.

– Vous ne comprenez pas que votre sacrifice est inutile et que nous allons continuer ainsi jusqu'à ce que vous passiez aux aveux ?

– Non.

– Nous savons qu'on vous a livré des armes, hier soir.

– Ah bon.

– Où les avez-vous cachées ?

– Je ne sais pas.

– Nous savons aussi que vos amis étrangers qui ont fui le pays et vous-même êtes membres du parti communiste.

– Ah bon.

– Vous ne trouvez pas que nous vous avons fourni une bonne lampe de chevet ?

– Non.

– Vous pensez que c'est agréable, cet éclairage ?

– Bien sûr.

– Vous commencez à avoir soif ?

– Je ne sais pas.

– Nous ne vous donnerons pas une goutte d'eau et vous ne bougerez pas d'ici tant que vous ne vous serez pas montré raisonnable.

– Ah bon.

– Nous allons vous faire une proposition alléchante, pour faire appel à votre instinct de conservation.

– Ah bon.

– Si vous nous dites tout ce que vous savez, vous ne risquerez d'autre peine que l'expulsion de ce pays. C'est une offre vraiment très généreuse.

– Bien sûr.

– Vous pouvez vous y fier. Nous ne sommes pas des barbares et le lieutenant ici présent peut vous certifier que nous tenons nos promesses. Acceptez-vous ?

– Je ne sais pas.

– Si vous n'avez pas avoué dans les dix minutes qui viennent, je vous poserai personnellement des questions qui seront très désagréables pour vous.

– Ah bon.

– Où sont les armes ?

– Je ne sais pas.

– Vos complices de Villanueva sont arrêtés et ont avoué.

– Ah bon.

– Il est inutile de tenter de protéger qui que ce soit, parce qu'il n'y a personne pour vous protéger, vous.

Nous savons que les contrebandiers débarquent la marchandise à Villanueva. Vous pouvez donc avouer cela en toute tranquillité.

– Je ne sais pas.

– Il ne vous reste plus que huit minutes. Vous n'avez pas oublié ce que je vous ai dit il y a un instant, hein ?

– Non.

La lampe accrochée au plafond explosa alors dans un grand bruit et la mèche se mit à grésiller furieusement sous l'effet de l'oxygène de l'air, qui en attisa brusquement la combustion. Des morceaux de verre brûlants vinrent frapper Willi au visage mais il s'en aperçut à peine. Le réservoir étant toujours en surpression, les vapeurs d'essence se répandirent dans la pièce avec un sifflement qui s'apaisa soudain. La lampe s'était éteinte et Willi la regarda avec un sourire.

– Excellent matériel, ironisa-t-il.

– Ta gueule, hurla le jeune aux cheveux gominés.

Il avait ôté sa veste, lui aussi, et était assis, une fesse sur le bord de la table. Le chauve avait boutonné son col et s'était penché en arrière sur sa chaise. Il mâchonnait un crayon jaune et regardait la lampe, l'air stupéfait.

Le lieutenant Pujol était toujours dans la même position, jambes croisées et tunique ouverte. Le secrétaire en uniforme de lin était maintenant appuyé contre le mur, la cigarette au bec et la mine dépitée.

Willi était calme, avait les idées parfaitement claires et se sentait en excellente condition, si étonnant que cela paraisse. Des points lumineux de couleur blanche montaient et descendaient sur sa rétine, et pourtant il était à nouveau capable de distinguer les objets qui l'entouraient et se sentait sûr de lui. Ils ne savaient rien et s'étaient à l'évidence mis le doigt dans l'œil. Sans doute n'oseraient-ils pas continuer longtemps ainsi.

C'est le lieutenant Pujol qui rompit le silence.

– Je fais appel à votre bon sens, dit-il. Et je vous parle d'homme à homme. Je suis officier, je commande la police de ce district et je vous demande de dire ce que vous savez. Je le fais en tant que représentant de la loi et du gouvernement, mais aussi en tant qu'homme d'honneur. Cessez de vous humilier à jouer la comédie. Si vous savez quelque chose, dites-le-nous. Je vous donne ma parole d'officier espagnol que vous serez traité de façon correcte et humaine. Si ces messieurs vous assurent que vous ne risquez qu'une expulsion, vous pouvez considérer que je suis témoin et garant de cette promesse.

Le chauve rota. Il semblait revenu de sa stupéfaction et se tourna sur sa chaise pour sortir un cigare de sa veste.

Willi contempla posément le lieutenant Pujol et chercha la meilleure façon de formuler sa réponse. Constatant que ses connaissances en espagnol n'étaient pas suffisantes pour cela, il lui demanda :

– Parlez-vous allemand ou anglais ?

– Oui, anglais, pas trop mal.

– Bien. Je vais donc vous dire tout ce que je sais : rien du tout. C'est une immense erreur et je suis innocent de ce dont vous me soupçonnez et m'accusez. Je vous assure que je ne suis membre d'aucun parti, que je n'ai jamais été communiste et que personne ne m'a envoyé ici. J'y suis venu en tant que touriste et je n'ai pas introduit d'armes en contrebande, pas plus que je ne me suis livré à de la propagande. C'est tout ce que j'ai à dire dans cette affaire. Je ne vais pas jouer la comédie, comme vous dites, mais je ne répondrai pas non plus à d'autres questions tant que je n'aurai pu me mettre en relation avec mon consulat. J'exige donc d'être libéré.

Le lieutenant Pujol se tourna vers les autres pour leur traduire ces propos, lentement et rigoureusement. Ils ne parurent pas les impressionner.

Willi sentait sa fureur froide exploser derrière son front et lui conférer à la fois lucidité et confiance en lui. Il reprit :

– Avant de me taire pour de bon, je désire dire quelque chose et, cette fois, je m'adresse à vous personnellement.

Vous ne devriez pas parler d'honneur et de parole d'officier, tant que vous vous laissez traiter n'importe comment par ces… crétins-là. C'est ce que vous dites, en espagnol, hein ? Pour moi, vous n'êtes qu'un subalterne et le représentant d'un régime misérable et corrompu. En outre, vous êtes un lâche. Je ne dirai rien d'autre.

Le rouge était monté aux joues du lieutenant Pujol et sa peau se tendit sur son visage. Il avait du mal à garder les mains immobiles et ne pouvait s'empêcher de palper son baudrier et sa ceinture. Il se mordit la lèvre inférieure et sortit sa large ceinture de cuir des passants de son étui de pistolet. Puis il la plia en trois et se leva.

– J'exige des excuses immédiates, dit-il.

Willi ne répondit pas.

– Vous avez entendu ce que je vous dis : j'exige des excuses, sur-le-champ.

D'un œil intéressé, les agents de la police secrète le virent faire un pas de plus et venir se placer devant Willi, à moins d'une longueur de bras.

– J'exige des excuses, répéta-t-il.

Willi le contempla d'un air buté. Tu n'oseras pas, pensa-t-il froidement.

Le lieutenant avait toujours le visage écarlate, mais ses yeux revêtaient maintenant une expression presque puérile, tant ils étaient implorants et trahissaient un manque de confiance.

– Présentez-moi vos excuses, dit-il.

Ce n'était plus un ordre, mais une prière. Willi ne l'exauça pas.

Le lieutenant leva alors la main et le frappa au visage, aussi fort qu'il le put, de sa ceinture plusieurs fois repliée.

Le cuir toucha Willi juste au-dessus de la pommette et en dessous de l'œil gauche, et la lourde boucle métallique l'atteignit au nez. Il ressentit une brûlure en dessous de l'œil, perçut un bruit sinistre à l'intérieur de sa tête lorsque l'os de son nez se brisa, et dut faire un pas en arrière malgré lui. Il n'avait pas très mal et était surtout surpris de sentir l'air cesser de parvenir à ses poumons par le nez et le sang se mettre à couler le long de ses lèvres et de son menton. Il eut le vertige et son regard se voila, mais il vit néanmoins que le visage rond de l'officier n'exprimait rien d'autre que l'étonnement et la perplexité. Il nota aussi, en passant, que le chauve était en train de sectionner l'extrémité de son cigare.

– Le lieutenant commence à se reprendre, dit le jeune à la raie sur le côté en descendant de la table et s'emparant d'une paire de gants dans sa veste. Voilà ce que vous auriez dû faire il y a trois mois, ajouta-t-il en faisant le tour de la table.

Il enfila ses gants et étira plusieurs fois les doigts comme pour les assouplir.

– Bon, dit-il en frappant.

Le coup fut bien asséné, avec rapidité et précision, et il porta juste en dessous des côtes, entre le nombril et le bord supérieur de la hanche. Willi ne tomba pas à terre mais gémit, bouche ouverte, en respirant lourdement.

– Bon, répéta l'homme à la raie sur le côté en frappant à nouveau, avec une remarquable précision, exactement au même endroit.

Willi gémit très fort et le gris se fit devant ses yeux.

– Je vous donne quinze secondes avant de recommencer.

– Vous ne connaissez pas Vicente, dit le chauve. Il est capable de continuer longtemps comme ça.

– Est-ce vraiment nécessaire ? demanda le lieutenant.

– Qui est-ce qui a commencé ? dit Vicente. Ce que je fais ne va pas salir le sol, au moins.

Il frappa de nouveau, pour la troisième fois au même endroit. Willi tomba à la renverse et resta allongé sur le côté, recroquevillé, les deux mains sur le ventre.

– Bon, répéta encore Vicente en se penchant sur lui. Je vous donne quinze secondes, cette fois aussi. Mais, ensuite, ça va se gâter.

Il ôta ses gants, enjamba Willi, regarda distraitement sa montre, puis lui donna un grand coup de pied, par-derrière, de façon que la pointe de sa chaussure le frappe exactement à l'entrejambe.

La douleur fut atroce, précise et pénétrante. Willi poussa un bref hurlement en se mettant sur l'autre flanc et remontant très haut les jambes, en un geste de pur réflexe. Deux secondes plus tard, il se tourna à nouveau et s'allongea sur le dos, détendu, les yeux mi-clos, les jambes tendues et les bras le long du corps.

– Merde, jura Vicente en lui assénant un petit coup de pied prudent, en dessous du genou gauche, pour voir ce qu'il en était.

Willi ne réagit pas.

Il n'avait pas perdu conscience, cependant. Il n'avait plus mal et n'avait plus l'impression qu'un organe ou une partie quelconque de son corps soit encore susceptible de lui faire mal. Son ouïe, elle, fonctionnait parfaitement et il entendait les hommes converser dans la pièce.

– Ça ne sert plus à rien, reconnut Vicente.

– C'est du temps perdu, tout ça, déplora le chauve. Où est le rapport sur cette affaire ?

Puis, un peu plus tard :

– Qu'est-ce que c'est que ça ? Une thèse de doctorat ? Qui est-ce qui a rédigé ça ?

– Je ne sais pas, dit le lieutenant Pujol.

– Qui est ce Santiago Alemany ? C'est incroyablement mal fait. A-t-on des preuves quelconques contre ce crétin-là ou avons-nous totalement perdu notre temps ?

– C'est le sergent Tornilla qui est chargé de l'affaire.

– C'est ce qu'on nous a dit. Il vaut mieux qu'il continue, alors. Le télégraphe fonctionne-t-il ?

– Il n'ouvre qu'à 7 heures.

– Eh bien, c'est parfait. La moitié de la province est peut-être en état d'insurrection, à l'heure qu'il est, et nous, on est là les bras croisés. Il ne se passe jamais rien, ici, paraît-il. Les gens qui tolèrent votre compagnie d'électricité ne risquent pas d'introduire des armes en contrebande, n'est-ce pas ? Tout ça, c'est une erreur depuis A jusqu'à Z.

Un peu plus tard encore :

– Il a cessé de pleuvoir.

– C'est la première bonne nouvelle depuis qu'on est arrivés ici. On laisse cette affaire entre vos mains et celles du sergent. Ça vaut sûrement mieux pour toutes les personnes concernées.

– Il commence à faire jour.

– Veillez quand même à ce que ce type ne casse pas sa pipe. Ça pourrait être ennuyeux. Si je suis à nouveau envoyé ici en mission, je donne ma démission.

– Il n'est quand même pas mort, hein ?

Le silence se fit. Willi Mohr n'était pas mort. Il dormait.

6

Il était parfaitement conscient. La seule personne encore dans la pièce était le secrétaire en uniforme de lin.

Ils bavardèrent.

– Tout ce que j'ai fait, c'est vous laver et apposer un pansement sur votre visage. Je vais vous emmener chez un médecin.

– Ce n'est pas la peine.

– Ordre du lieutenant.

– Ne vous occupez pas de ça.

– Attendez, je vais vous aider. Voilà, vous tenez debout, au moins. Et vous ne saignez plus.

– Quelle heure est-il ?

– Un peu plus de 8 heures. Vous ne voulez pas…

– Je vous ai dit que ce n'était pas nécessaire.

– Je vais l'appeler. La lumière n'est pas revenue, mais le téléphone fonctionne.

– C'est inutile. J'irai le trouver si j'en ai besoin.

– Vous avez du mal à marcher.

– Ça ira mieux dans un instant. Où est le sergent ?

– Je ne sais pas. Peut-être dans son bureau. Sinon, il ne va pas tarder à arriver.

Willi quitta la pièce. Tandis qu'il gagnait lentement la porte, l'électricité revint. Il sortit dans le couloir, cinq mètres plus loin que d'habitude.

La porte du bureau de Tornilla était fermée à clé et personne ne répondit quand il y frappa. Il alla donc s'asseoir sur le petit banc de bois, juste en face.

Il tâta prudemment sa bosse et le pansement sûrement d'amateur qu'il portait au visage. Celui-ci semblait consister uniquement en coton et sparadrap. Il avait le nez complètement bouché, mais sa blessure ne lui faisait plus mal et était maintenant discrète et sourde. En revanche, il éprouvait une brûlure intense à l'aine et son bas-ventre tout entier était endolori. La douleur qu'il ressentait au diaphragme était supportable, même si elle se faisait sentir chaque fois qu'il respirait.

Il installa tant bien que mal son corps maltraité sur le banc et attendit, sans penser à rien.

Dehors, il avait cessé de pleuvoir, mais le coin de ciel qu'il apercevait était couvert et d'un gris uniforme.

Il était peut-être là depuis une demi-heure, lorsque le lieutenant Pujol sortit.

Il donna d'abord l'impression de vouloir passer sans s'arrêter, mais il ralentit le pas et se retourna.

– Êtes-vous allé chez le médecin ? demanda-t-il.

– Non.

– Pourquoi restez-vous ici ?

– J'attends le sergent Tornilla.

– Pourquoi ?

– Je veux lui parler.

– Je ne sais pas quand il arrivera. Vous pouvez me parler, à moi, à la place.

– Je préfère attendre.

– Comme vous voudrez.

Il faillit s'éloigner, mais se ravisa une nouvelle fois et dit d'une voix hésitante :

– Ai-je besoin de préciser que je... enfin, que je regrette ce qui s'est passé cette nuit... C'est votre faute, pour l'essentiel, mais...

Willi ne répondit pas. Le lieutenant eut une petite toux gênée, avant de s'éloigner.

Une heure plus tard, le sergent Tornilla descendit de vélo devant le poste. Il alla le déposer dans le porte-bicyclettes, tout au fond de l'entrée, sortit un trousseau de clés de sa poche et ouvrit la porte de son bureau.

– Bonjour, dit-il gentiment à l'homme assis sur le banc. Vous n'avez pas l'air en forme. C'est très regrettable.

Avant de franchir le seuil, il décrocha une brosse sur l'intérieur de la porte et ôta méticuleusement quelques petites taches de boue de la tige de ses bottes. Par ailleurs, il était toujours aussi impeccable, son uniforme avait été repassé peu auparavant et il était rasé de frais.

– Vous m'avez attendu ? demanda-t-il. Pas trop longtemps, j'espère.

– Je veux vous parler.

– Bien sûr, si vous voulez vous donner la peine d'entrer.

Il tint la porte ouverte et Willi entra en boitillant.

– Incroyable, nos techniciens viennent encore d'effectuer un miracle, dit Tornilla en tournant l'interrupteur.

Willi s'assit sur le banc sans y être invité, pendant que le sergent faisait le tour de la table, lissait la peau de chèvre sur son fauteuil et prenait place. Il regarda derrière le téléphone, secoua la tête, actionna un des tiroirs de son bureau et parut aussitôt se rasséréner. Il sortit un paquet intact de *Bisonte*, l'ouvrit à l'aide de son coupe-papier, le cogna contre le bord de la table et le tendit à Willi.

Celui-ci déclina l'offre d'un signe de tête.

– Je veux vous parler, répéta-t-il.

– Bien sûr. J'ai beaucoup plus de travail que d'ordinaire mais, pour vous, j'aurai toujours un moment de libre. Je suis désolé que vous ayez dû attendre mais, en fait j'ai passé une nuit très fastidieuse et désagréable.

Il regarda Willi, l'air soucieux, et se hâta d'ajouter :

– Pas autant que vous, naturellement, car vous semblez avoir passé un mauvais moment. J'espère que vous n'avez pas attendu trop longtemps, je le répète. Je suis venu ici vers 7 heures, mais je ne vous ai pas vu.

Il se tut. Willi secoua légèrement la tête et toussa un peu pour s'éclaircir la gorge. Tornilla leva alors le doigt pour l'interrompre avant qu'il ait dit quoi que ce soit.

– Prenez tout votre temps. Ne vous précipitez pas à cause de moi.

Il se cala sur son siège, comme pour mieux écouter.

– Vous avez dit que je vous cachais quelque chose, commença Willi. Vous aviez raison. Ramón Alemany n'a pas déserté, à Ajaccio. C'est moi qui l'ai tué. Ce n'était pas un accident, mais un meurtre, prémédité et soigneusement préparé. C'est après cela que j'ai trouvé l'argent, près de trente mille pesetas, et l'ai volé.

Le silence se fit dans la pièce. Au bout d'une minute, le sergent Tornilla demanda :

– Est-ce que cela peut vous aider si je dis quelque chose ? Je peux vous demander, par exemple : Pourquoi avez-vous fait cela ?

– Je pensais qu'il avait tué Dan Pedersen, le Norvégien chez qui je logeais en arrivant ici, et qu'il avait violé sa femme, Siglinde. Je ne pouvais pas le prouver mais il y avait une foule de détails qui ne collaient pas et qui m'ont persuadé que j'avais raison. J'ai voulu les venger et j'ai poursuivi Ramón Alemany et son frère pendant des mois. C'est pour cela que je me suis fait engager à bord du yacht de l'Anglais. Ensuite, j'ai simplement attendu le moment propice. Je ne le perdais pas de vue un instant, je l'épiais et, peu à peu, il s'en est aperçu et a pris de plus en plus peur. Il était courageux physiquement, mais lâche sur le plan moral.

Il y eut un nouveau silence. Tornilla parut chercher un moyen de venir en aide à Willi et finit par dire :

– Quand est-ce arrivé ?

– Le soir du 21 avril, quand la police française nous a ramenés sur la jetée. Il s'était enivré parce qu'il avait peur. Je le savais depuis le début. Il avait une peur bleue. Au bout d'une heure dans le poste d'équipage, il a un peu dessaoulé, mais je crois que c'était également dû au fait qu'il avait peur. Je l'ai accusé de ce dont je l'estimais coupable et j'ai fait exprès de lui tourner le dos, mais en restant sur mes gardes. Je voulais que ce soit lui qui commence et prenne l'initiative de sa propre exécution. J'avais compris que c'était le seul moyen que j'avais de le tuer et cela s'est avéré exact, mais j'ai quand même eu du mal à le faire. Il a tiré son couteau pendant que j'avais le dos tourné, je l'ai désarmé et il a alors tenté de me tuer avec les mains, en hurlant de peur. C'était affreux. Il était fort mais je lui étais supérieur en tout, y compris sur le plan physique, parce que j'étais en très bonne condition, à l'époque. Je l'ai abattu d'un coup de poing et il s'est mis à ramper sur le sol en gémissant et m'implorant de lui laisser la vie sauve. Il a invoqué Dieu et tous les saints, et même les êtres humains, en avouant et jurant de son innocence tour à tour. Il a aussi tenté de s'échapper, mais il n'avait nulle part où se réfugier. Cela a duré plusieurs minutes, avant qu'il perde enfin conscience sous mes coups. Je lui cogné plusieurs fois la tête contre le sol, aussi fort que je le pouvais. Peut-être est-ce ainsi qu'il est mort, je n'en sais rien. J'ai rassemblé toutes ses affaires et les ai fourrées dans son sac de marin, où j'ai aussi mis plusieurs grosses pierres pour le lester. C'est alors que j'ai trouvé l'argent et que j'en ai volé une partie. Puis je suis parti à la rame jusqu'à un bateau abandonné, un peu plus loin, et là, j'ai pris une chaîne d'ancre. J'ai descendu le corps dans l'annexe et je l'ai entouré plusieurs fois avec la chaîne. J'ai ensuite doublé la jetée et pénétré dans l'entrée du port, où c'est toujours profond, et j'ai jeté le cadavre et le sac à l'eau. À mon retour, je n'ai pas amarré l'annexe, pour qu'elle parte à la dérive. Ensuite, j'ai fait le ménage partout et je me suis couché. Je n'ai pas pu dormir et je n'ai rien oublié depuis. C'est ainsi que ça s'est passé et, si vous voulez bien dresser procès-verbal de ce que je viens de dire avant de me mettre sous les verrous, je le signerai.

Tornilla esquissa un geste, mais Willi fut plus prompt que lui et poursuivit :

– Attendez un instant, s'il vous plaît. J'ai encore une ou deux choses à dire. Je suis revenu ici, parce que j'avais décidé de tuer Santiago Alemany également, avant d'être arrêté. J'ai toujours cru que je pourrais le faire, pendant tout ce temps, mais je n'y suis pas parvenu, bien que j'aie eu plusieurs occasions de le faire et possède un pistolet que j'ai introduit en fraude en Espagne.

– Où est-il en ce moment ? demanda le sergent.

– Chez moi, dans la maison du Barrio Son Jofre. Il est presque sur le dessus de mon sac à dos.

On frappa alors à la porte et un garde civil qu'il n'avait jamais vu entra, porteur d'un télégramme. Tornilla l'ouvrit et le lut en fronçant les sourcils. Puis il regarda de nouveau Willi avec un sourire.

– Ah, le service, soupira-t-il. Toujours des ennuis. Et puis le téléphone qui est en panne, à nouveau. Continuez.

– J'ai encore une chose à dire. Je sais de quoi vous me soupçonnez. Sur ce point, je suis presque complètement innocent. Je n'ai jamais eu d'activité politique et je n'ai pas introduit d'armes en contrebande. Je ne sais à peu près rien de cette affaire. Les événements de Santa Margarita, que vous avez évoqués devant moi, je n'en avais jamais entendu parler. Je vous jure que c'est vrai. Je n'ai jamais transporté d'armes ni rien fait d'autre d'illégal.

Le sergent se fit grave et retrouva l'un de ses gestes habituels : il pressa le bout de ses doigts l'un contre l'autre.

– Je vous crois, dit-il.

– Je vous ai presque toujours dit la vérité. Mais je ne vous ai pas parlé de deux choses : à savoir que j'ai tué Ramón Alemany et que j'avais l'intention de mettre fin aux jours de son frère. Je ne sais pas pourquoi je vous le dis maintenant. Ce n'est pas parce qu'ils m'ont passé à tabac, ici, cette nuit. Je ne le pense pas, en tout cas.

Le silence tomba à nouveau.

Soudain la sonnerie perçante du téléphone retentit.

– Incroyable, dit Tornilla, il est en panne depuis hier soir presque sans interruption. Je vous prie de m'excuser…

Il prit l'écouteur et parut écouter un message. Il hocha la tête à plusieurs reprises, mais ne dit rien d'autre qu'un bref oui ou non, de temps en temps.

Et, une seule fois :

– On verra bien dans quelques heures.

Il raccrocha, nota quelques mots sur une feuille de papier et reprit :

– Excusez-moi. Je ne comptais pas sur votre visite et je suis obligé de mener plusieurs affaires de front.

Willi resta un moment sans rien dire. Il respirait avec peine et de façon irrégulière, mais c'était dû au fait que son nez était bouché.

– Je crois que c'est tout, dit-il.

Au bout de quelques secondes de silence, il ajouta :

– En fait, j'avais pensé m'en aller, aujourd'hui.

Tornilla montra des signes d'étonnement, haussa les sourcils et inclina la tête sur le côté.

– Ah bon ? Vous vouliez quitter le pays ?

– Oui.

– Vous ne vous plaisez pas, ici ?

– Non. Plus j'en vois, moins je m'y plais. Dans la mesure où je parviens à comprendre la situation, il me semble qu'elle est intenable. Et exécrable.

– Où aviez-vous pensé aller ?

– D'abord dans la capitale provinciale. Puis au pays.

– En Allemagne de l'Ouest ?

– Non. En République Démocratique d'Allemagne.

– Qu'aviez-vous l'intention de faire, là-bas ?

– Travailler.

– Et devenir communiste ?

– Je ne sais pas.

– Vous avez vraiment été égaré, dit Tornilla.

Nouveau silence, long et tendu, comme si tous deux attendaient quelque chose. L'homme assis dans le fauteuil regarda longuement son visiteur, d'un air pensif, et dit :

– Qu'attendez-vous de moi ?

Willi regarda autour de lui, perplexe.

– Que vous m'arrêtiez, bien sûr, répondit-il en haussant les épaules.

– Pourquoi ?

– Eh bien, j'ai tué quelqu'un, non ?

Le sergent Tornilla sortit lentement une cigarette de son paquet et l'alluma. Il souffla quelques ronds de fumée et les suivit du regard jusqu'à ce qu'ils aillent se dissiper sous l'abat-jour vert.

– Je peux difficilement vous coffrer pour un crime qui a été commis dans un autre pays. Il n'y a pas de cadavre et personne n'a encore déclaré que Ramón Alemany était mort. Sauf vous. Vous connaissez sûrement l'expression *corpus delicti* ? En outre, si les événements se sont bien déroulés comme vous l'affirmez, il s'agirait plutôt d'un homicide en état de légitime défense. Même devant un tribunal, en l'absence d'autre témoignage que le vôtre, vous seriez innocenté.

– J'ai pourtant bien tué.

– J'ai fini par le comprendre moi-même, dit aimablement le sergent.

– J'étais obligé de le faire. Je ne pouvais pas aller à la police. Il n'y avait pas de preuve et je n'étais même pas capable d'expliquer ça dans votre langue.

– Je comprends.

– Qu'avez-vous l'intention de faire ?

– Rien. Que pourrais-je faire ?

– Je suis donc libre de partir ?

– Bien entendu.

– Et je peux m'en aller dès aujourd'hui, si je veux ?

– Je ne peux pas vous en empêcher. À moins que vous ne commettiez un autre crime auparavant, bien sûr.

Avez-vous payé ce que vous devez à Amadeo Prunera, l'homme au bois mort ?

– Non.

– Faites-le.

– J'ai toujours mon pistolet, aussi.

Le sergent eut un sourire énigmatique, actionna un tiroir et posa le Walther sur la table. Willi le reconnut aussitôt aux marques de rouille sur le pontet. Un morceau de carton portant un cachet était fixé à la crosse.

– Pour certaines raisons, nous avons procédé à une perquisition à votre domicile, tôt ce matin. Mes hommes ont trouvé ceci, dans un sac à dos, comme vous l'avez déclaré. Ils n'ont pas jugé bon d'emporter autre chose.

Puis il ajouta, d'un air de reproche :

– Vous n'en avez pas pris soin. Mais bon, je ne le vous le rendrai pas. Votre punition sera de ne pas récupérer l'objet confisqué. En revanche, vous avez droit à un reçu. Je vous le ferai parvenir dès aujourd'hui.

– Je peux donc m'en aller ?

– Bien sûr.

– Et quitter cette ville ?

– Bien sûr.

– Je ne suis pas venu en Espagne pour faire de la contrebande d'armes.

– Je vous crois.

– Je partirai dès que possible, alors. Peut-être même dès aujourd'hui.

Le sergent se leva.

– J'ai bien des doutes quant au caractère raisonnable de cette décision, mais cela ne me regarde pas.

Il prit doucement Willi par le bras et le conduisit vers la porte, ouvrit celle-ci et lui tendit la main.

– Bonne chance, dit-il.

Willi s'arrêta sur le seuil.

– Je vais vraiment m'en aller, dit-il. Et je n'ai pas l'intention de… enfin, de tuer l'autre, plus maintenant.

Tornilla observait deux gardes civils en train de charger des bandes de munitions sur la remorque d'un vélo, dans l'entrée. Puis il dit d'un air absent :

– Je vous crois sur ce point également. Ce serait trop tard, d'ailleurs. Santiago Alemany a été arrêté, peu avant 6 heures ce matin, sur le port, sous diverses inculpations. Il a opposé une certaine résistance et a été blessé, avant d'être maîtrisé. Grièvement, je le crains. Il a été transporté dans un hôpital militaire, à quelques dizaines de kilomètres d'ici et, m'a-t-on dit, les médecins n'ont guère d'espoir de le sauver. Il y a plusieurs heures de cela et il est sans doute déjà… bah, je ne sais pas exactement…

Le téléphone sonna. Tornilla referma la porte derrière Willi Mohr avec un sourire d'excuse.

7

Lentement, les jambes raides, Willi parcourut la ligne droite entre les oliviers. Puis il s'engagea dans la petite rue bosselée où habitait le garde civil à la moustache grise, traversa la place sans jeter un regard au Café Central et continua son chemin le long de l'avenue, avec ses façades grises de pluie et ses beaux pavés. Il était absolument sûr que c'était la dernière fois qu'il effectuait ce trajet.

Il ne cessait de se répéter quelques brèves affirmations assez simples : Je me fiche de tout ça. C'est fini. Ils sont tous morts et je n'en ai rien à faire. Je veux vivre. L'occasion m'en est offerte.

Bien que Tornilla n'eût rien dit de précis, il avait le sentiment que Santiago Alemany avait été atteint d'une balle dans le ventre et n'était mort que trois ou quatre heures plus tard.

Il ne remarqua personne ni quoi que ce soit, au cours de sa traversée de la ville. Ce n'est que lorsqu'il parvint à la ruelle montant au Barrio Son Jofre qu'il s'arrêta et prêta l'oreille à un bruit qui ne lui était pas familier. Au bout de deux secondes, pourtant, il comprit que c'était les ruisseaux dévalant de la montagne, pendant leur parcours souterrain.

La porte de la maison était fermée à clé, mais celle-ci se trouvait dans la serrure, à l'extérieur. Il entra, fit des yeux le tour de la pièce et constata que tout était comme lors de son départ, à part les traces de boue sur le sol.

Puis il sortit à nouveau sur le perron. Le camion était toujours à sa place habituelle. Sept mois s'étaient écoulés depuis la dernière fois où il avait circulé, mais seulement une semaine depuis qu'ils avaient fait démarrer le moteur à titre d'essai et il devait donc fonctionner encore, en principe. Il y avait assez d'essence dans le réservoir pour lui permettre de gagner la capitale provinciale.

Un avion passa alors en rase-mottes au-dessus de la ville et s'éleva juste assez pour passer par-dessus la crête des montagnes. C'était un appareil militaire grisâtre, pas très rapide, dont il n'aurait pas pu dire le modèle, mais il savait qu'il était tout sauf moderne. Comme il n'avait jamais vu d'avion survoler la cité, il le suivit du regard et prit soudain conscience de l'existence du monde extérieur.

Il fit un tour d'horizon et nota un certain nombre de choses. Par exemple, la chienne qui se roulait sur le sol à ses pieds et un petit garçon pieds nus qui se tenait à l'ombre des maisons de la ruelle, ainsi que le soleil qui commençait à percer la couverture nuageuse, à partir de l'est, au-dessus de la mer. Que faire de la chienne ? L'emmener avec lui ? La chasser ? Demander à quelqu'un de s'en charger ? Mais à qui ?

C'était bien ennuyeux, et il réfléchit à la question tout en rentrant dans la pièce et se mettant à rassembler ses affaires éparses sans beaucoup de méthode.

Il était dans la cuisine lorsqu'il vit une ombre passer sur le coin de soleil du carrelage et entendit quelqu'un frapper d'un doigt ferme et décidé.

C'était le petit garde civil à la face de chat.

Non, pensa Willi, ce n'est pas possible. Pas ça.

L'homme glissa la main sous sa tunique et sortit une enveloppe brune portant un cachet officiel.

– De la part du sergent Tornilla, dit-il en faisant le salut réglementaire.

Quand Willi eut ouvert l'enveloppe et se retrouva avec le reçu de son pistolet entre les mains, le garde civil avait déjà disparu.

Dans le coin supérieur gauche du reçu, Tornilla avait accroché au trombone un morceau de papier sur lequel il avait écrit, d'une écriture régulière et penchée en arrière :

Vous n'oubliez pas Amadeo Prunera, n'est-ce pas ?

Willi sentit son pansement lui brider la joue, sûrement à cause du sourire qu'il avait esquissé. Et, s'il avait tenté de sourire, c'était parce que, pour la première fois depuis plus d'un an, il avait eu peur.

Il se remit à rassembler ses affaires, de façon un peu plus systématique, mais toujours avec une indolence assez somnambulesque. Il pensa à la chienne et dit à mi-voix :

– Il va bien falloir que je l'emmène.

Il se retourna en entendant un froissement, sur le perron. Le petit garçon en haillons qu'il avait vu dans la ruelle se tenait là, un pied sur le seuil, le regard aux aguets, comme s'il était prêt à s'enfuir à tout moment.

– C'est vous le monsieur allemand ?

Willi hocha la tête.

– C'est bien sûr ?

Le garçon fit deux pas vers l'avant, avec prudence et méfiance, tel un chat dans une maison qu'il ne connaît pas. Il tendit la main droite et l'ouvrit. Dans le creux pas très propre de sa paume, il y avait un morceau de papier froissé et plié plusieurs fois.

Willi ne comprenait rien à ce qui se passait et il lui fallut quelques secondes avant de se décider à le prendre et le déplier. C'était le verso d'une vieille enveloppe et le texte écrit au crayon était à peine lisible, et tremblé comme s'il avait été rédigé dans le noir.

Aller chercher 600 mètres du carrefour chemin
droite gauche premier croisement deuxième ferme.
Abandonnée. Bâtiment habitation sous escalier.
Livrer S. Margarita garage Fontanet
droite à l'entrée Dodge brun avec chargement bois.
Intérieur du garage. Avant 15 heures sans faute.

En dessous du dernier membre de phrase, celui qui avait rédigé ce message avait tiré un trait pas très droit et, un peu plus bas, il avait écrit quatre autres mots, à la hâte.

Arrêté envoie argent essence.

Willi relut le texte par deux fois. Son cerveau travaillait lentement et avec hésitation. Puis il regarda longuement le garçon avant de lui dire :

– Qui t'a donné ça ?

– Santiago, monsieur.

– Tu l'as montré à quelqu'un d'autre ?

– Non, monsieur.

– Tu l'as lu ?

– Je ne sais pas lire, monsieur.

– Comment es-tu venu ?

– J'ai couru, mais je n'osais pas arriver avant vous.

– Où est Santiago ?

– Je ne sais pas, monsieur. Il s'est réfugié dans le hangar à poisson et j'ai entendu quelque chose claquer. Il y avait aussi des gardes civils.

Le garçon pouvait avoir onze ans. Il était sale, en haillons, et on voyait qu'il avait beaucoup transpiré, car son visage brun était couvert de longues coulées claires. Il fouilla dans les lambeaux de sa chemise et en sortit un rouleau de billets crasseux.

– C'est tout, monsieur.

C'étaient des billets de cent pesetas. Willi remercia l'enfant et lui en remit deux. Il resta bouche bée de stupéfaction.

– Tu peux partir, lui dit Willi, mais promets-moi de ne rien dire à personne.

– Oui, monsieur.

– Attends une seconde.

Willi préleva deux autres billets sur le rouleau, les enveloppa artistiquement dans un morceau de papier d'emballage et écrivit dessus, avec un morceau de craie rouge qu'il trouva dans l'escalier : Amadeo Prunera, pour le bois mort, de la part de l'Allemand.

– Prends ça et va t'asseoir là où personne ne te verra. Attends de m'avoir vu partir avec le camion. Ensuite, attends encore deux heures, va trouver quelqu'un qui s'appelle Amadeo Prunera et donne-lui ceci.

– Je n'ai pas de montre, monsieur.

– Écoute les cloches de l'église. Quand tu entendras sonner trois coups, tu pourras y aller. Compris ?

– Oui, monsieur.

L'enfant sortit à reculons et disparut.

Willi alla s'asseoir dans l'escalier menant à l'étage et regarda à l'extérieur, par la porte ouverte. Des nuages de mouches tournoyaient dans les premiers rayons du soleil. Il resta une vingtaine de minutes sans bouger. Puis il regarda sa montre. Il était déjà 1 h 15.

Il se leva, prit le balai d'attalea et alla nettoyer le camion. Ensuite, il se mit à sortir ses affaires de la maison. Comme il n'en avait pas beaucoup, il ne lui fallut que dix minutes pour que tout soit bien calé sous les bancs et entre eux : ses vêtements, ses ustensiles de peinture et ses tableaux. Dans sa poche il avait fourré deux choses : son carnet de notes et son passeport.

Il regagna son poste dans l'escalier, ouvrit le message de Santiago et le relut par deux fois. Puis il passa dans la cuisine, déchira le papier et jeta les morceaux dans l'âtre. Ensuite, il sortit son carnet de notes et déchira toutes les pages, systématiquement. Il les chiffonna les unes après les autres, les jeta à leur tour dans le foyer, gratta une allumette et y mit le feu. Il resta à regarder le spectacle jusqu'à ce qu'il ne reste plus qu'une petite pyramide de cendre blanche sur les pierres noires de suie.

Willi Mohr quitta la maison du Barrio Son Jofre, ferma la porte à clé et laissa celle-ci dans la serrure. Il saisit la chienne par la peau du dos et la hissa à bord du camion. Puis il alla se placer devant le radiateur, se pencha et actionna la manivelle. Il dut renouveler la manœuvre à plusieurs reprises avant que le moteur ne consente à réagir, au prix d'un tour supplémentaire très hésitant, et à démarrer dans un grand bruit.

Willi regarda une dernière fois autour de lui et adressa un signe d'adieu au chat, qui tournait le coin de la maison.

– Salut, lui dit Willi.

Puis il grimpa à bord et partit.

Au carrefour, il y avait deux gardes civils en train de fumer, carabine en bandoulière. L'un d'eux esquissa un vague geste du bras, qui pouvait aussi bien être un salut qu'un ordre d'arrêt.

Willi l'interpréta dans le second de ces sens et freina. L'un des gardes examina ses bagages d'un œil morne, souleva un coin de la couverture et passa au hasard la main sous le tas de vêtements, de toiles et autre fatras. Son collègue approcha du conducteur pour lui demander :

– Vous déménagez ?

Willi se pencha sur le côté puis en avant, pour couvrir le bruit du moteur.

– Oui, mais je ne vais pas tarder à repasser. Je descends seulement au port déposer la chienne.

– C'est beaucoup de dérangement pour pas grand-chose, dit le garde. Je peux l'abattre, si vous voulez.

Il éclata de rire, fit signe de passer et Willi partit.

Le chemin qu'il devait prendre était étroit, sinueux et mal empierré, et le camion cahotait en tous sens. Peu après le carrefour, il vit la première ferme abandonnée et, six ou sept cents mètres plus loin, la seconde. Il pénétra dans la cour, elle aussi mal empierrée, et s'arrêta.

L'endroit était bien choisi, coincé entre des éperons rocheux couverts de buissons et masqué à la vue par des champs en terrasse en friche. Le bâtiment d'habitation était fait de gros blocs de pierre jaune mal équarris, et à moitié en ruine. Le bras du puits asséché pointait vers le ciel, de biais, tel un monument funéraire à la mémoire du labeur inutile.

À l'intérieur de la maison, l'air était lourd et étouffant. La pluie avait déposé sur le sol une couche de boue qui montait jusqu'aux chevilles. Une forte puanteur, ajoutée au bruit de myriades de mouches indiquaient clairement l'emplacement des caisses, entassées sous l'escalier à moitié effondré.

Willi les sortit l'une après l'autre en les traînant sur le sol, puis les renversa et porta les armes dans le camion, laissant le poisson et les déchets de boucherie en tas sur le sol. Les boyaux et estomacs de porc grouillaient déjà de vers.

Il lui fallut une demi-heure pour être satisfait du chargement. Les armes, les grenades et les boîtes de munitions étaient maintenant soigneusement dissimulées sous ses maigres effets personnels. Seul un pistolet-mitrailleur ne trouvait pas place. Tout en l'emportant vers le puits, il tenta vaguement de déchiffrer l'inscription en langue tchèque gravée sur le canon. Puis il le laissa tomber dans le trou, regagna le camion, fit descendre la chienne et lança le moteur. Quand il se retourna, au premier virage, l'animal était déjà loin derrière lui.

Au carrefour, les gardes civils n'avaient pas été relevés. Ils lui adressèrent un vague salut agrémenté d'un sourire, quand il passa devant eux.

Une fois sur la route principale, il appuya à fond sur l'accélérateur pour affronter le premier lacet. Très haut au-dessus de lui se dressait le col, dont les contours se détachaient confusément sous un grand ciel bleu clair.

Le camion grimpa lentement la côte, non sans renâcler un peu, et il sentit l'angoisse le saisir à la taille. Il dut se pencher en avant sur le volant et rentrer le ventre pour qu'elle se relâche un peu.

Puis il se dit qu'il était peu probable qu'il y ait d'autres barrages dans le secteur, à cette heure de la journée, et que, s'il y en avait, ce serait sûrement de ce côté-ci du col. Sur l'autre versant, la route descendait, il ne tarderait pas à quitter le district et, à partir de là, il pourrait à nouveau se prévaloir de sa qualité d'étranger.

Il se calma donc et se rappela les gardes civils, au croisement. Ils ne manqueraient pas de rire, quand ils verraient la chienne arriver, croyant qu'elle avait fait tout le chemin depuis le port en courant. Il espérait seulement qu'ils ne l'abattraient pas.

Il était déjà à mi-hauteur du col et celui-ci semblait se dresser juste au-dessus de sa tête. Il avait le sentiment de ne faire qu'un avec le camion et d'être partie intégrante d'une machinerie rationnelle et fonctionnelle. Le vieux moteur faisait un vacarme de tous les diables, mais il le connaissait et savait qu'il ne le laisserait pas tomber.

Le ciel était maintenant totalement dégagé et le soleil lui brûlait le dos et les épaules. Il enfila le lacet suivant. Puis le suivant. Puis le suivant. Il ne progressait certes que lentement mais il approchait du sommet.

Il savait que chaque mètre qu'il parcourait réduisait les chances que les hommes du poste se soient donné la peine de grimper jusqu'ici à coups de pédales. Aussitôt après, il s'avisa qu'il était en train de se rendre coupable d'un crime dont on l'avait accusé à l'avance.

Juste avant le sommet, il doubla une charrette à âne chargée de bric-à-brac et de ferraille.

Il franchit le dernier virage et se retrouva au sommet.

Le col était désert.

Il coupa le moteur, laissa le camion franchir la crête en roue libre, appuya sur le frein et s'arrêta près du muret.

Sur l'autre versant, la route changeait d'aspect. Elle ne descendait plus en lacet mais en un long arc de cercle un peu irrégulier, sur le flanc de la montagne. De là-haut, il la voyait sur plusieurs kilomètres, loin dans le district suivant. Tout le tronçon qui s'offrait à sa vue était désert, tant de véhicules que d'êtres humains.

Pourtant, il s'attarda un moment à écouter les petits claquements métalliques du moteur en train de refroidir.

Il attendit que le vieil homme à la charrette passe près de lui, tête basse, du même pas que son âne.

– Bonjour, dit le vieux sans lever les yeux.

– Bonjour, répondit Willi.

Il suivit la charrette du regard jusqu'à ce qu'elle ne soit plus qu'un petit point noir qui disparut derrière un rocher. Elle avait continué sa route à la même allure, tout ce temps, nul ne l'avait arrêtée, la voie était libre.

Willi lâcha la pédale de frein et laissa le camion descendre en roue libre, d'abord assez lentement puis en accélérant rapidement. Il sourit et sentit le pansement brider sa peau, sur son visage. Pour la première fois de sa vie, il était en train d'accomplir un acte positif, qu'il estimait à la fois motivé et pourvu d'un certain sens. Il jouissait pleinement de la situation et d'être capable de maîtriser ce camion dévalant la pente en silence. La moitié de la chaussée, parfois plus, était recouverte d'une frange de gravier et de cailloux que la pluie avait arrachés à la montagne. Mais il savait parfaitement conduire un camion et les évita sans grande difficulté.

La vitesse commençait à être un peu trop élevée et, à l'entrée du premier virage, il dut freiner. Le système se bloqua l'espace d'un instant, puis se relâcha totalement et la pédale s'enfonça jusqu'au sol.

Il eut le temps de penser : ce n'est pas grave, je peux freiner avec le moteur.

À la sortie du virage, il vit un garde civil se précipiter sur la route et lui faire signe de s'arrêter, à trente mètres de distance. Deux autres se tenaient sur la berme, leur vélo appuyé contre de petits buissons.

Il n'avait pas le choix et poursuivit sa route. Le garde eut juste le temps de faire un bond de côté et il n'entendit pas de coup de feu derrière lui.

Il n'eut absolument pas peur. Il se dit, en un éclair, qu'il était passé et qu'il avait maintenant toutes les chances de s'en sortir. Pour commencer, ils ne seraient pas près de le rattraper et, ensuite, il aurait bien des moyens de leur échapper. Il pouvait prendre n'importe quelle route secondaire, s'arrêter au premier endroit propice, décharger la marchandise, la cacher, revenir en arrière et ensuite retourner la chercher. Il pouvait…

Trois cents mètres après le barrage, une bicyclette était appuyée contre un rocher. Un peu plus haut sur le versant de la montagne, le garde civil d'un certain âge, au visage somnolent et à la moustache grise coupée court, était allongé. Il mit calmement Willi en joue, avec un banal fusil militaire de six millimètres à canon rayé, à moins de cinquante pas de distance, et tira.

La balle le toucha presque de plein fouet, lui fracassa le sternum et ressortit à environ deux centimètres à gauche de sa colonne vertébrale. Il était déjà mort lorsqu'il braqua violemment le volant vers la gauche, ce qui fit chavirer le camion et le projeta contre la rambarde.

La pluie avait nettoyé l'air de toutes ses impuretés et, à deux kilomètres de là, au carrefour où l'ancienne voie longeant la côte à partir du port rejoignait la grande route, le sergent Tornilla perçut la détonation.

Il regarda sa montre-bracelet et dévissa le capuchon de son stylo. Puis il nota l'heure sur un morceau de papier blanc, le plia et le glissa dans sa pochette.

– 14 h 32, se dit-il.

Peu après, il vit une mince colonne de fumée noire et virevoltante s'élever dans le calme de l'air.

Le sergent se retourna et se dirigea vers un camion de location noir vieux modèle garé sous les caroubiers.

– Bon, marmonna-t-il. Voilà pour cette fois. Mais ça va se gâter. On commence à être bien seuls.

Le garde civil qui se trouvait le plus près de lui crut qu'un ordre lui avait échappé.

– Je n'ai pas compris, dit-il, se mettant au garde-à-vous.

– Quoi ? Non, rien. Venez, on rentre.

8

Plusieurs mois plus tard, Hugo Spohler et le sergent Tornilla étaient assis sous l'auvent fixe du Café Central, en train de prendre l'apéritif, avant le dîner.

Hugo Spohler était arrivé au port le 15 avril et, le lendemain, il avait pris le car pour la ville, afin de récupérer les effets personnels de Willi Mohr. La police les avait fourrés dans une caisse qu'elle avait ensuite placée dans une cabane de la cour, derrière le poste de police, et le sergent était venu en personne ouvrir le cadenas et ôter les scellés. La journée était chaude et la chaleur extrême, à l'intérieur de la baraque en métal, mais Tornilla ne parut pas s'en apercevoir, bien qu'il portât son uniforme toujours aussi bien repassé, sa chemise blanche à col empesé et ses bottes de cuir noires.

– Je crois que c'est tout, dit-il. À part cela, il possédait un pistolet, un chat et une chienne. Le pistolet, nous avons été dans l'obligation de le confisquer, la chienne a été abattue par la police et, le chat, on n'a jamais mis la main dessus. Sans doute est-il toujours vivant, à moins que les Basques qui sont venus loger là-haut ne l'aient dévoré.

– En Russie, en 1942, c'était un mets de choix, dit Hugo Spohler.

– En effet.

– Ah bon, vous y étiez, vous aussi ?

– Division Azul, troisième brigade.

– SS, cinquième régiment blindé.

Hugo avait vidé la caisse et trié son contenu sur le sol.

– L'essentiel peut être jeté sans regret, dit-il. En fait, seuls les tableaux sont de quelque valeur. Pourtant, il n'a pas beaucoup peint, si on pense qu'il a vécu ici pendant un an et demi.

– J'ai eu l'impression qu'il se renfermait de plus en plus sur lui-même, les derniers mois avant l'accident.

– Vous le connaissiez ?

– Oui, nous nous sommes vus à plusieurs reprises.

– Il n'a jamais été très adapté à l'existence, dit Hugo.

Il étendit les toiles sur le sol et les estima du regard.

– Voilà qui m'intéresse, dit le sergent. Nous avons évoqué plusieurs fois l'idée que j'aille voir ses peintures, mais l'occasion ne s'est jamais présentée.

– Vous pouvez en garder une, si vous voulez.

– Vous parlez sérieusement ?

– Bien sûr, prenez celle que vous voulez.

– J'aime beaucoup celle de la maison avec les cactus, Elle est très fidèle à la réalité et très bien travaillée.

– Il avait la main sûre. Prenez-la, je vous en prie.

– À une condition : que vous nous fassiez l'honneur de venir dîner chez nous.

– J'accepte volontiers.

Plus tard, au Café Central, le sergent dit en montrant la toile enroulée sur elle-même :

– Ce sera à peu près le seul souvenir que j'emporterai d'ici. Elle me fait donc doublement plaisir.

– Vous allez déménager ?

– Oui, dans quelques semaines, je pars pour les Asturies. Je fais partie d'une section spéciale et nous sommes souvent mutés pour raisons de service. Ce n'est pas très agréable, quand on a de la famille. J'ai deux fils, de dix et douze ans, vous allez faire leur connaissance.

– J'ai aussi deux enfants, un garçon de trois ans et une fille d'un an. Rien ne vaut la vie de famille.

– Vous avez parfaitement raison.

– Dites-moi. Je m'avise qu'il y avait une chose que j'espérais trouver parmi ses affaires. Une sorte de journal intime qu'il m'avait promis de tenir.

– Je ne peux malheureusement pas vous venir en aide, car on n'a rien retrouvé de la sorte. Il l'avait peut-être sur lui. Lors de l'accident, vous comprenez, le camion s'est renversé et ce qu'il y avait à bord a été éjecté. Ensuite, il est tombé dans le ravin, où il a pris feu. Le corps a été brûlé au point d'être méconnaissable.

Le dîner fut excellent et, après cela, ils burent deux verres de Jaime Primero dans le patio ombragé, derrière la maison. Le sergent Tornilla avait ôté sa tunique et échangé ses bottes contre des pantoufles. Sa femme et ses enfants s'étaient retirés et ils étaient confortablement assis, dans des fauteuils en osier, pour digérer.

– La division Azul, dit Spohler, était une troupe d'élite. Elle avait excellent moral, au combat, et ses chefs étaient de très bons tacticiens. Si tous les secteurs du front avaient été tenus par des soldats de ce calibre, l'issue du conflit aurait été bien différente.

– C'est exact. Les troupes de relève n'étaient pas à la hauteur. Je pense surtout aux Italiens. La discipline laissait à désirer, parmi eux, et même leurs officiers manquaient d'ardeur au combat. Ils ne parvenaient pas à forcer leurs hommes à rester couchés sous le feu de l'ennemi et la panique se déclarait fréquemment dans leurs rangs. Nous nous en sommes rendu compte dès la guerre civile, ici.

– Il y en a eu d'autres qui n'ont pas été beaucoup plus brillants. Sur notre flanc droit, il y avait un régiment roumain. Son commandement était extrêmement mauvais sur le plan tactique et le niveau des hommes de troupe encore pire. Je peux vous assurer que leurs officiers se promenaient en bottes vernies à vingt ou vingt-cinq kilomètres du front. Et, quand la contre-offensive a été déclenchée, on aurait dit qu'il n'y avait personne, à cet endroit. Les Bolcheviques ont enfoncé les lignes sans rencontrer de résistance et ont ouvert une brèche de dix kilomètres en moins d'une heure. C'est le tragique de l'affaire. Avoir échoué à cause d'alliés incapables.

– Vous avez raison. La guerre n'était pas perdue d'avance. Si nous avions pu tenir le front pendant tout l'hiver, nous leur aurions brisé les reins au cours de notre offensive d'été et cela aurait changé bien des choses. Mais il n'était pas facile de tenir un front le long duquel un secteur sur trois était confié à des Italiens, des Hongrois et des Roumains.

– Naturellement, des erreurs stratégiques ont aussi été commises. Si l'idée du Führer d'attaquer dans une seule direction, et non pas trois, n'avait pas été dénaturée par l'état-major général, nous aurions pris Moscou dès le premier automne.

Ils s'entretinrent sur ce sujet pendant une heure encore.

Composition et mise en pages : FACOMPO, LISIEUX

Juin 2012

Achevé d'imprimer en avril 2012
par Novoprint (Barcelone)

Dépôt légal : avril 2012

Imprimé en Espagne